JENNIFER BLAKE
MARGARET BROWNLEY
RUTH JEAN DALE
SHERYL LYNN

Feuerwerk der Leidenschaft

W0225177

Buch

Acht Menschen – und vier hinreißende Liebesgeschichten in der luxuriösen Suite eines Hotels, die sie sich als Ziel ihrer »zweiten Hochzeitsreise« erträumten. Doch unschuldige Verwechslungsspiele schützen nicht vor wahrer Leidenschaft, verloren geglaubte Zuneigung nicht vor weiser Erkenntnis – und Karriere nicht vor wahrer Liebe ... Ein zärtlich-hingebungsvoller Reigen voller Überraschungen und sinnlicher Freuden!

Autorinnen

Jennifer Blake hat über vierzig Bücher verfaßt – jedes mit riesigem Erfolg: Sie gilt als die Grande Dame des leidenschaftlichen Liebesromans. *Margaret Brownley,* die mit ihren ersten drei Romanen bereits beachtliche Erfolge aufzuweisen hat, *Ruth Jean Dale* mit ihren zahlreichen bezaubernden Liebesgeschichten und die hinreißend begabte *Sheryl Lynn* runden diesen Reigen der Erzählkunst ab. Jede dieser Autorinnen wurde bereits mit Auszeichnungen preisgekrönt.

Von Jennifer Blake bereits lieferbar:

Bitteres Paradies (9812), Brennende Glut (41446), Der Kreole (9463), Ein Hauch von Paradies (9752), Feuerlilien (9997), Nacht über Louisiana (9684), Strom der Sehnsucht (9814), Taumel der Sinne (42624), Träume des Südens (9467), Verheißung der Nacht (42940), Wie Feuer im Blut (9830), Wilder Jasmin (42221), Willkür meines Herzens (41366), Zärtliche Betrügerin (42032), Zärtlicher Verführer (43446), Der Zigeunerprinz (41447), Sternenzauber (Vier Romane in einem Band, 43685).

JENNIFER BLAKE
MARGARET BROWNLEY
RUTH JEAN DALE
SHERYL LYNN

Feuerwerk der Leidenschaft

Vier Romane in einem Band

Deutsch von Inez Meyer

BLANVALET

Die amerikanische Originalausgabe erschien unter dem Titel
»Honeymoon Suite« bei St. Martin's Press, New York

Umwelthinweis:
Alle bedruckten Materialien dieses Taschenbuches
sind chlorfrei und umweltschonend.
Das Papier enthält Recycling-Anteile.

Blanvalet Taschenbücher erscheinen im Goldmann Verlag,
einem Unternehmen der Verlagsgruppe Bertelsmann

Taschenbuchausgabe Mai 1998
Copyright © der Originalausgabe 1995 by St. Martin's Press
Copyright © »Die reservierte Suite« (Reservations) 1995 by Jennifer Blake
Copyright © »Die Reifeprüfung« (Check-out Time) 1995 by Margaret Brownley
Copyright © »Der Weckruf« (Wake-up Call) 1995 by Betty Duran
Copyright © »Gesucht und gefunden« (Lost and Found) 1995 by Jaye W. Manus
Copyright © der deutschsprachigen Ausgabe 1997 by
Wilhelm Goldmann Verlag, München
Umschlaggestaltung: Design Team München
Umschlagillustration: Schlück/Daeni
Druck: Elsnerdruck, Berlin
Verlagsnummer: 35030
SK · Herstellung: Heidrun Nawrot
Made in Germany
ISBN 3-442-35030-1

1 3 5 7 9 10 8 6 4 2

Inhalt

Jennifer Blake

Die reservierte Suite

1

An der Tür der Hochzeitssuite klopfte es energisch und drängend. Gina Madison schnellte bei dem Geräusch herum wie ein aufgeschrecktes Huhn.

Sie war allein und erwartete niemanden. Es war bestimmt schon eine halbe Stunde her, seit Chad, der flinke Hotelpage mit dem jungen Gesicht, ihren Koffer abgestellt und sich pfeifend verabschiedet hatte. Sie hatte das »Bitte nicht stören«-Schild unmittelbar nach seinem Abgang außen vor die Tür gehängt.

Niemand mit halbwegs guten Manieren würde ein solches Schild ignorieren. Das ließ darauf schließen, daß höchstwahrscheinlich ihr ehemaliger Verlobter draußen im Flur stand.

Gina wandte sich wieder der Skyline von Dallas zu, die sich vor ihr ausbreitete, halb verdeckt von dem graublauen Dunst des sommerlichen Zwielichts. Trotzig hob sie das Kinn und zwang sich, sich zu entspannen. Sie beobachtete die letzten Sonnenstrahlen auf dem Balkon im vierundvierzigsten Stockwerk, auf den sie hinausgetreten war. Sie dachte gar nicht daran, die Tür aufzumachen. Sollte Bradley Dillman doch die ganze Nacht oder von ihr aus auch bis in alle Ewigkeit dort draußen ausharren.

Ihr ehemaliger Verlobter wollte ihr nur nachspionieren, darauf wäre sie jede Wette eingegangen. Der eingebildete Kerl wollte offenbar nicht glauben, daß sie sich in der Hochzeitssuite des Glass-Garden-Hotels mit einem Nachfolger eingemietet hatte. Solcherart Dinge spornten ihn an.

Natürlich hatte er recht. Sie hatte gar keinen Bräutigam. Aber wie sehr sie sich wünschte, sie hätte einen! Sie würde Bradley zu gerne einen umwerfend attraktiven und atembraubend sexy neuen Ehemann vorführen. Wie schön wäre es doch, wenn sie in der kommenden Woche jemanden um sich hätte. Jemanden, der sie liebevoll ansah und sie berührte, als ob er seine Hände nicht von ihr lassen könnte. Das würde Bradley eine Lehre sein.

Traurigkeit überfiel Gina. Sie schlang ihre Arme um den Körper. Die liebevolle Wärme einer Ehe, die Zuneigung und das süße, nie versiegende Verlangen waren für sie der größte Reiz gewesen. Sie hatte sich sehnsüchtig darauf gefreut. Und dann war nichts daraus geworden. Jetzt schien es ihr, als ob sie das Eheversprechen mehr vermißte als Bradley.

In dem Moment klingelte es an der Tür in den Tönen der Titelmelodie aus Doktor Schiwago. Unglaublich! Die Musik hallte noch ein wenig nach, als ob der Knopf besonders lange gedrückt worden wäre. So leicht gab Bradley offensichtlich nicht auf.

Ihrem ehemaligen Verlobten wäre es sogar zuzutrauen, vor ihrer Tür sein Lager aufzuschlagen und dort bis zum Sankt-Nimmerleins-Tag auszuharren. Oder aber, er würde das Hotelpersonal bitten, ihm mit einem Generalschlüssel aufzuschließen, weil er angeblich befürchtete, ihr könne etwas passiert sein. Sie traute ihm alles zu. Er war es gewohnt, seinen Kopf durchzusetzen. Es war einer jener Wesenszüge, die sie immer schon an ihm gestört hatten. Wieder ertönte die Klingel. Mit einem frustrierten Seufzer wandte Gina sich um und marschierte durch die geöffneten Balkontüren in das Wohnzimmer. Sie durchquerte den Flur zur Eingangstür der Suite und spähte vorsichtig durch das Guckloch.

Sie schnappte überrascht nach Luft. Der Mann vor der Tür war nicht Bradley, bei weitem nicht.

Dieser Mann war um gute fünfzehn Zentimeter größer als Bradley, und seine breiten Schultern sprengten die Nähte seines ausgewaschenen Jeanshemds auf eine Weise, wie es bei ihrem Ex-Verlobten niemals möglich gewesen wäre. Seine

Haare glänzten silberblond statt des matten Brauns von Bradleys Schopf. Seine Haut hatte den Bronzeton eines Menschen, der unter freiem Himmel arbeitete. Das Blau seiner Augen war so klar wie das des Meeres, die Farbe sowohl dunkler als auch intensiver als das helle Blau von Bradleys Augen.

Kurz gesagt – der Mann vor der Tür war ein heißer Typ. Ein Typ, der etwas müde und abgerissen aussah und offensichtlich nicht in der Stimmung war, auf etwas oder jemanden zu warten. Ein Typ, der jeden Moment die Tür eintreten würde. Instinktiv öffnete Gina die Tür einen Spalt weit. Der selbstsicher auftretende Fremde trug fleckige Jeans und grobe Arbeitsstiefel, die ihr Ex- Verlobter weit von sich gewiesen hätte.

»Jaa?« fragte sie und vergewisserte sich, daß sie die Kette vorgelegt hatte.

»Eugenia Madison?«

Sie nickte beiläufig. Die förmlichere Version ihres Namens stand lediglich auf ihrer Geburtsurkunde und auf ihrem Führerschein. Wie konnte dieser Mann sie kennen?

»N'Abend. Ich bin Race Bannister. Soviel ich weiß, benötigen Sie einen Bräutigam.«

Gina blinzelte verdutzt. Sie war sowohl von der Wirkung seines Lächelns auf dem markanten, klassisch geschnittenen Gesicht als auch von seinen Worten überrascht. Er nestelte in seiner Jackentasche nach einer Visitenkarte und überreichte sie ihr. Automatisch nahm sie sie entgegen.

Mieten Sie einen Gentleman.

Der Name stand fettgedruckt und in kühnen Lettern auf dem dicken Papier. In der unteren linken Ecke prangte die winzige Silhouette eines sich verbeugenden Mannes im Frack, in der einen Hand einen Zylinder, in der anderen einen Spazierstock. In der oberen rechten Ecke standen eine Adresse und eine Telefonnummer. Service Center war der Name des Geschäfts. Darunter stand erklärend: Modell- und Begleitservice.

Dieser Race Bannister war ein Begleiter.

»Da muß es sich wohl um ein Versehen handeln«, erwiderte sie kühl und streckte ihm die Karte hin.

Race machte keine Anstalten, die Karte entgegenzunehmen. Mit ruhiger Stimme sagte er: »Kein Versehen, Ma'am. Der Kontakt wurde über eine dritte Person geknüpft. Sie sagte, Sie bräuchten jemanden, der Sie zum Essen begleitet und sich um Sie kümmert, um einen anderen Typen irrezuleiten, der Sie schon seit einiger Zeit belästigt. Die Rechnung ist bereits beglichen. Ich bin Ihr Mann.«

Ihr Mann. Die Worte wärmten ihr Herz und drohten sich von dort aus weiter auszubreiten.

Nein, das ging nicht. Jetzt waren Vernunft und Logik angesagt. Diane, dachte sie erleichtert. Es mußte Diane gewesen sein, die ihn geschickt hatte. Ihre Freundin aus dem Apartment nebenan war die einzige, die wußte, daß Gina sich in diesem Hotel eingemietet hatte. Sie war die einzige Person, mit der sie gesprochen hatte, nachdem Bradley angerufen und erklärt hatte, daß er heiraten wolle und die Suite, die Gina unter ihrem Namen gebucht hatte, nach der Hochzeit für seine Flitterwochen beziehen wolle. Diane war allerdings zu jener Zeit sehr abgelenkt gewesen. Ihre Unterhaltung war mehrmals unterbrochen worden, als sie ihrem fünfjährigen Sohn Corey verboten hatte, mit ihrer neuen Videokamera zu spielen. Daß ihre Freundin ihr überhaupt zugehört hatte, als sie ihr lachend erzählte, daß sie ihrem Ex-Verlobten gegenüber geäußert hatte, sie werde die Suite selbst beziehen, überraschte sie. Daß Diane den von ihr gewünschten Mietgentleman tatsächlich geschickt hatte, grenzte fast an ein Wunder.

Damit hatte Gina nun am allerwenigsten gerechnet. Sie kannte Diane erst seit ein paar Monaten, als sie selbst dort eingezogen war. Aber sie empfand ihre Nachbarin als die Vernunft in Person. Außerdem war sie sich sicher gewesen, daß Diane wußte, daß sie lediglich einen Scherz machte.

»Es tut mir leid«, sagte Gina etwas geknickt zu dem Mann

vor der Tür. »Aber ich glaube wirklich nicht, daß ich Sie – Ihre Dienste – in Anspruch nehmen möchte.«

»Das glaube ich auch nicht.« Sein Blick wanderte von dem dunklen Sienabraun ihrer Augen zu dem perfekten Oval ihres Gesichts, über die rötlichbraunen Haare und weiter über ihre schlanke Figur hinab. »Eine Frau, die so aussieht wie Sie, braucht normalerweise keinen Begleiter. Aber es gibt ja für alles ein erstes Mal.«

»So hatte ich das eigentlich nicht gemeint. Es ist nur so, daß ...«

Er hob die Hand, um ihre Absage zu stoppen. »Falls ich Ihnen nicht gefalle, warten Sie mit Ihrer Entscheidung noch einen Augenblick. Ich weiß, ich sehe im Moment etwas abgerissen aus. Aber ich komme direkt von der Ranch. Was Sie jetzt sehen, ist nicht unbedingt das, was Sie später bekommen werden. Ich habe einen Smoking und noch ein paar andere Sachen dabei. Wenn ich mich in Ihrem Badezimmer kurz duschen könnte, werden Sie erkennen, daß ich durchaus passabel aussehe.«

Das konnte sie sich gut vorstellen. Sie griff das eine unbelastete Wort auf, das er benutzt hatte. »Ranch?«

Er lächelte breit. »Das ist meine eigentliche Arbeit. Jobs wie dieser helfen mir, die Tierarztrechnungen zu begleichen.«

Gina blickte noch immer auf die Visitenkarte in ihrer Hand. Für einen Augenblick erwog sie die Sache. Dann schüttelte sie den Kopf. »Es tut mir wirklich leid, Ihnen den Job zu vermasseln. Aber ich halte es für keine gute Idee.«

»Es ist doch nur ein einziger Abend und schließlich keine lebenslange Verpflichtung.«

Er senkte die Stimme zu einem kehligen, überzeugenden Ton, als er die Hand gegen den Türrahmen stützte, sich vorbeugte. »Ich beiße nicht, Ehrenwort. Ich bin kein Sexualtäter oder Mörder. In meiner Begleitung werden Sie sicherer sein als beim Gottesdienst am Sonntagmorgen. Wir werden unten auf der Terrasse zu Abend essen, uns ein wenig unterhalten und uns etwas kennenlernen. Danach tanzen wir vielleicht oder gehen ein wenig im Garten spazieren. Ich will nicht unbedingt behaupten, daß es ein traumhafter Abend wird, aber es dürfte zumindest ein angenehmer werden. Soviel glaube ich garantieren zu können.«

Schmeicheln konnte er, das mußte sie ihm lassen. Seine Stimme klang dabei vollkommen ernsthaft und überzeugend. Außerdem versprach der so geschilderte Abend viel erfreulicher zu werden als der, den sie für sich geplant hatte. Sie hatte den Zimmerservice bestellen und sich dann mit einem Krimi ins Bett legen wollen. Außerdem hätte sie zu gern Bradleys Gesichtsausdruck gesehen, wenn er sie in Begleitung eines männlichen Models sehen würde.

Dennoch zögerte Gina. Die Unechtheit an der ganzen Sache störte sie. Außerdem scheute sie mit ihrer spartanischen Buchhalterseele die Ausgabe. Diane mochte die Sache arrangiert haben, aber sie konnte nicht zulassen, daß ihre Freundin auch noch die Rechnung beglich.

Weiter unten im Gang ertönte ein diskretes Klingeln, das die Ankunft des Aufzugs auf dieser Etage des Hotels ankündigte. Race Bannister wandte sich um, dann blickte er sie auffordernd an. »Als ich unten am Empfang vorbeiging, standen dort gerade ein Mann und eine Frau, die sich in die Edelsteinsuite nebenan einmieteten. Ich bin mir nicht sicher, ob das der Typ ist, der Ihnen Ärger macht. Sein Name klang jedenfalls richtig. Wollen Sie das hier nicht bei sich abstellen, nur für den Fall der Fälle?«

Gina schob hastig die Sicherheitskette zurück und riß die Tür weit auf. Race griff nach dem schwarzen Mantel und der Anzugstasche zu seinen Füßen, dann trat er in den Flur. Sie schloß die Tür und wandte sich ihm zu.

Race stand mitten im Flur, einen erstaunten Ausdruck im Gesicht, während er den rosa Marmor unter seinen Füßen, die Spiegel an den Wänden und den üppigen Farn auf einer Messingkonsole in einer Ecke betrachtete. Er musterte eine

Bronzestatue von Mitsy Packard, jener Dame, für die das dreistöcke Atrium, das dem Hotel seinen Namen gab, ursprünglich gebaut worden war. Dann blickte er auf das mit imitierten Antiquitäten eingerichtete Wohnzimmer, auf dessen Wandtapeten Blumen in üppiger Pracht blühten. Er musterte den fließenden Chintz, die extravaganten Rokokobilderrahmen, die schweren, vergoldeten Holzschnitzereien, die Porzellanuhren und die fransenbesetzten Samtkissen.

»Großer Gott«, sagte er tonlos.

Gina verteidigte sich: »Es soll eben romantisch aussehen.«

»Allerdings.« Seine Worte klangen ironisch. Aber sein Blick signalisierte Interesse.

»Ich habe von dieser Suite schon vor Jahren gehört und in Hochzeitsmagazinen darüber gelesen. Auch darüber, daß dieses Hotel von einem zünftigen Rindermillionär für seine zarte Blume von Ehefrau gebaut wurde. Ich wollte schon immer meine Flitterwochen hier verbringen.«

Race betrachtete sie. Sein kobaltblauer Blick strahlte warme Zuneigung aus. »Ja. Und ich wette, daß Sie eines jener altmodischen Nachthemden ausgewählt haben, die zu dieser Umgebung passen, nicht wahr? Aus weißer Seide vielleicht und knöchellang. Rüschen und Spitzen – und tausend kleine Knöpfchen, die eines nach dem anderen zu öffnen jemandem viel Spaß bereiten würde.« Er lächelte und schüttelte langsam den Kopf. »Der Mann, der dich enttäuscht hat, muß ein Idiot gewesen sein.«

Sie hätte sich an die Art diesese Mannes gewöhnen können. Er hatte sie geduzt. Und es schien ihr ganz selbstverständlich, ihn ebenfalls zu duzen. Natürlich hatte er recht. Und er wußte, daß er recht hatte, denn er grinste breit, während sie bis zu den Haarwurzeln errötete.

Sie räusperte sich. »Hör zu, ich ...«

»Nein, du hörst jetzt zu«, sagte er und bückte sich, um seine Taschen abzustellen. Dann streckte er sich und stemmte die

Hände in die Hüften. »Das hier ist ja keine große Sache. Ich bin hier, du bist hier, und es sind ja nur ein paar Stunden unseres Lebens. Wir werden uns vor dem Idioten königlich amüsieren, und dann verschwinde ich. Mission erfüllt. Dann kannst du dich den Rest der Woche hier verkriechen, während sich draußen vor der Tür die Tabletts des Zimmerservice stapeln.«

»Aber ich habe so etwas noch nie getan«, erwiderte sie und schloß die Augen, als sie merkte, wie ihre Worte klangen.

»Ich hatte auch nicht angenommen, daß du daraus eine Gewohnheit machen würdest«, erwiderte er mit kaum verhohlener Ironie.

»Was ich damit sagen will, ist, daß ich so etwas noch nicht einmal in meinen kühnsten Träumen ...« Sie brach abrupt ab, weil durch ihre Erklärungen alles nur noch schlimmer wurde.

»Dann versuch es doch zur Abwechslung mal. Lebe gefährlich, tu einfach mal irgend etwas Leichtsinniges.« Seine Stimme wurde leise. »Wer weiß? Vielleicht findest du ja Geschmack daran.«

»Das glaube ich kaum«, sagte sie und versuchte, ihre Stimme überzeugend klingen zu lassen. »Ich verabscheue schnelle Entscheidungen oder unangenehme Situationen. Wenn ich etwas mache, dann muß es bis ins letzte Detail geplant und organisiert sein.«

»So wie deine Hochzeit? Von deinen Flitterwochen mal ganz abgesehen.« In seinen dunkelblauen Augen schimmerte ein wenig Sympathie durch, die sich aber nicht in seiner Stimme zeigte. Ihre Peinlichkeit verwandelte sich in Unwillen. »Was kannst du denn darüber schon wissen!«

»Ich weiß, daß du diese Suite auf deinen Namen und auf deine Kreditkarte hast reservieren lassen. Dann hast du vergessen, die Reservierung zu stornieren, als du die Hochzeit abgeblasen hast. Ich weiß, daß du die Suite nicht deinem ehemaligen Bräutigam überlassen wolltest, als er die Frechheit besaß, sich ausgerechnet zu eurem Hochzeitstermin eine neue Braut anzulachen. Ich bin mir allerdings nicht sicher, ob du nun hier bist, um ihm eins auszuwischen, oder aber ob es dir leid tut, die Suite einfach verfallen zu lassen, wo du doch ohnehin dafür zahlen mußt.«

»Das geht dich auch gar nichts an!« Die Worte waren so scharf ausgestoßen, daß sie in ihrer Kehle schmerzten.

»Nein? Noch nicht einmal dann, wenn ich dir aus dem Dilemma heraushelfen soll?«

»Ich bin nicht in einem Dil...« Gina brach ab, als sie merkte, daß das einfach gelogen war. Gleichzeitig schien sich ihre Ungeduld unter seiner ruhigen, besonnenen Stimme zu legen. »Du mußt wirklich gut sein in deinem Job«, sagte sie ruhig. »Eine echte Begabung dafür hast du jedenfalls.«

Er hob eine goldblonde Augenbraue. »Ich habe keine Angst davor, für das, was ich will, etwas zu riskieren«, erwiderte er. »Falls es das ist, was du meinst.«

Sie glaubte ihm aufs Wort. Er hatte etwas Schneidiges an sich. Außerdem strahlte er eine Tüchtigkeit und Kompetenz aus, die sich mit ihrem Bild eines männlichen Modells nicht so recht vertrug.

Und er hatte recht, was ihre mißratene Hochzeit anging. Nichts an dieser traurigen Sache war so gelaufen, wie es hätte sein sollen. Sie war bereits von Zweifeln geplagt worden, noch bevor sie herausgefunden hatte, daß Bradley sie betrog. Sie war sogar zu seiner Wohnung gefahren, um die Hochzeit abzublasen. Dort hatte sie ihn dann mit Sandra, ihrer Trauzeugin, im Bett überrascht.

Seitdem waren zwei Wochen vergangen. Lange hatte sie darüber gegrübelt, was sie falsch gemacht hatte und wie sie nur so blind hatte sein können. Vielleicht hatte sie sich ja zu sehr auf ihren Verstand verlassen und zu wenig ihren Gefühlen getraut. Zu viel Kalkül, zu wenig Gefühl. Vielleicht hatte sie einfach zu viel geplant und sich zu wenig treiben lassen. Möglicherweise war jetzt der richtige Zeitpunkt, das zu ändern. Hatte sie sich nicht eben gerade vorgestellt, wie sie ihren attraktiven Bräutigam an Bradley vorbeiführen würde? Warum sollte sie auch nur einen Gedanken daran verschwenden, einen solch perfekten Kandidaten vor die Tür zu setzen?

Sie schloß ihre Augen, dann öffnete sie sie wieder. Ihre Lippen öffneten sich, um Race Bannister mitzuteilen, daß sie die Sache durchziehen und so tun würde, als sei sie seine Braut.

Die Worte wollten ihr nicht über die Lippen kommen. Sie ließ die Schultern hängen und seufzte: »Ich kann es nicht.«

»Warum nicht?« fragte er leise. »Wovor hast du Angst? Doch wohl nicht vor mir, oder? Das kann ich nicht glauben, weil du mich ja hier hereingelassen hast.«

Wollte er damit etwa andeuten, daß sie Angst vor sich selbst hätte? Das war ja lächerlich. »Ich habe keine Angst«, entgegnete sie brüsk. »Es ist nur – ach, es würde einfach nicht funktionieren.«

»Warum nicht?«

»Bradley würde herausfinden, daß wir nicht verheiratet sind.«

»Eine Hochzeit ist nicht der einzige Grund, warum zwei Menschen zusammen eine Hotelsuite beziehen. Ein Mann muß ja kein Bräutigam sein, um sich wie ein Liebhaber zu benehmen.«

Seine tiefe Stimme und die Bilder, die seine Worte hervorriefen, verwirrten ihre Gedanken und beschleunigten ihren Herzschlag. Mit leicht zittriger Stimme sagte sie: »Nennen wir es einfach eine Sache des Prinzips.«

»Prinzipien sind eine gute Sache«, erwiderte er und neigte den Kopf zur Seite. »Sie sind jedoch wenig tröstlich.«

»Tja, nun, sie sind aber alles, was ich habe.«

Er schüttelte verneinend den Kopf. »Wenn du willst, hast du mich.« Er machte eine Pause. »Ich mach dir einen Vorschlag, um dir die Entscheidung zu erleichtern. Sag das Wort, und ich gehe, ohne zu murren. Wenn du aber heute meine Unterstützung möchtest und wenn du mich einen Abend lang ertragen kannst, dann mußt du lediglich mit dem Finger Richtung Dusche zeigen.«

Er blickte sie entspannt an. Seine Nähe war in dem engen Flur fast überwältigend, während er auf ihre Zustimmung wartete. Und sie stimmte zu. Vielleicht sogar mit ein bißchen zuviel Begeisterung.

Aus seinem Mund hatte alles so einfach geklungen. Das war es aber nicht, und sie wußte es. Dennoch konnte sie dem Leuchten seiner Augen und seiner gewinnenden Persönlichkeit einfach nicht widerstehen. Sie hätte ihn niemals hereinlassen sollen, niemals auch nur ein Wort mit ihm wechseln sollen.

Sie würde diesen Schritt bereuen, soviel war ihr hundertprozentig klar. Aber sie konnte nicht anders: Sowohl der Mann als auch die Gelegenheit waren einfach zu gut, um zu widerstehen.

Sie hob die Hand und deutete vage in Richtung der Tür zwischen Wohn- und Schlafzimmer. Ihre Stimme war kaum mehr als ein Flüstern, als sie sagte: »Da drüben.«

Sein Lächeln breitete sich nur langsam auf seinem Gesicht aus, aber es lohnte sich, darauf zu warten. »Gute Entscheidung«, erwiderte er. Dann hob er seine Sachen auf und wandte sich Richtung Badezimmer. »Du wirst es nicht bereuen.« Sie bereute es jetzt schon. Sie fand nur nicht die richtigen Worte, um ihn zurückzurufen.

Ihre Nerven waren derart angespannt, daß sie sich weder setzen noch sonst irgendwie entspannen konnte. Sie konnte an nichts anderes denken als daran, wie sich der Mann in ihrem Badezimmer auszog und so lässig in ihr Leben getreten war, wie er jetzt unter die Dusche trat. Die Spiegel hinter der Wanne und entlang des erhöhten Whirlpools würden seine sehnigen, schlanken, sonnengebräunten Muskeln widerspiegeln. Er würde ihre Kosmetika und andere persönlichen Sachen auf der Marmorkonsole sehen, die sie vorhin bei der Suche nach einer Kopfwehtablette ausgekippt hatte.

Jetzt spürte sie, wie das Kopfweh sich wieder meldete.

Ein gemieteter Begleiter. Sie mußte vollkommen übergeschnappt sein.

Und dennoch hatte er vollkommen recht. Sie hätte keinen besseren Bräutigam finden können. Und auch keinen, der so unweigerlich Bradleys Aufmerksamkeit erregen würde.

Und gleichzeitig war es vollkommen irreal, daß er hier war. Es schien fast, als ob sie ihn mit ihrem ungezügelten Verlangen herbeigerufen hätte.

Aber nein, Diane hatte ihn geschickt. Ich sollte ihr wirklich dankbar sein, dachte Gina. Ihre Freundin und Nachbarin verdiente es wirklich, zu erfahren, wie gut ihre Idee geklappt hatte und was für einen tollen Bräutigam die Agentur geschickt hatte. Gina ging zu dem kleinen Korbsessel vor dem Kamin, ließ sich auf die Kissen fallen und beugte sich vor, um das Telefon vom Ende des Tisches zu sich herüberzuziehen. Als sie gewählt hatte und auf Dianes Antwort wartete, kräuselte ein verwegenes Lächeln ihre vollen Lippen.

»Diane? Du wirst kaum glauben, wer gerade bei mir im Badezimmer unter der Dusche steht«, sagte sie, sobald ihre Freundin abgenommen hatte. Ohne auf eine Erwiderung zu warten, erzählte sie ihr die Geschichte.

»Warte doch, Gina! Halt!« rief Diane. »Der Mann ist jetzt bei dir? In diesem Augenblick?«

Die Stimme ihrer Freundin klang merkwürdig. Gina glaubte, daß Diane möglicherweise schockiert darüber war, wie schnell sich Gina hatte überzeugen lassen. Lachend sagte sie: »Du hast es erfaßt!«

»Schnell! Lauf raus!« schrie Diane. »Verlaß sofort die Suite!«

»Aber Diane ...«

»Jetzt hör mir mal gut zu«, unterbrach ihre Freundin sie barsch. »Ich habe diesen Mann nicht beauftragt, Gina. Ich habe niemanden beauftragt. Ich habe diese Mietagentur niemals angerufen? Du mußt sofort das Zimmer verlassen!«

»Aber dieser Mann muß dich kennen«, entgegnete Gina. »Sonst würde er doch nicht ...«

»Ich habe noch nie von ihm gehört, ich schwöre es! Es ist garantiert nur ein Trick, um in dein Zimmer zu gelangen. Wenn du nicht sofort das Zimmer verläßt, dann wirst du bald lediglich ein weiteres Opfer in den Polizeistatistiken von Dallas sein.«

Je eindringlicher Diane sie warnte, um so sturer wurde Gina. »Aber Diane, er hatte doch eine Visitenkarte und alles. Ich sehe sie mir in diesem Moment an. Und er ist vollkommen normal, wenn man mal davon absieht, daß er eine Mischung aus dem Engel Gabriel, Robert Redford und Sundance Kid ist!«

»Gina, du redest Unsinn. Visitenkarten kann man fälschen, man kann sie in jeder Druckerei drucken lassen. Massenmörder, die sich bei Frauen einschleichen, müssen zumindest insoweit beeindrucken, als daß ihre Opfer sie hereinlassen. Was hat dieser Typ nur mit dir angestellt?«

»Nichts!« Gina drehte sich Richtung Badezimmer um, als sie sich ihrer lauten Stimme bewußt wurde. Die Dusche lief immer noch. Etwas leiser sagte sie: »Aber er wußte doch, daß ich hier in der Flittersuite bin, er wußte von Bradley und von der geplatzten Hochzeit. Das erkläre mir mal.«

»Das kann ich auch nicht«, erwiderte Diane entnervt.

»Vielleicht hat Bradley dir ja diesen Begleiter geschickt. Ein übler Scherz auf deine Kosten.«

»Nun mach mal einen Punkt! Mich mit einem anderen Mann zusammenbringen, das wäre wirklich das allerletzte, was Bradley tun würde.«

»Also gut, was auch immer. Es ist sowieso egal. Du mußt auf jeden Fall da raus, hörst du? Pack jetzt nicht erst deine Koffer und warte auf keinen Fall auf irgendwelche Erklärungen. Mach, daß du da rauskommst. Laß alles stehen und liegen, und mach dich aus dem Staub!«

Im Badezimmer wurde das Wasser plötzlich abgestellt. Race würde sich nach dem Handtuch ausstrecken und sich abtrocknen. Er würde nackt sein. Himmel, ein unbekannter nackter Mann in ihrer Dusche! Gina schluckte, als sie in die Telefonmuschel sprach: »Okay, ich gehe. Mach dir keine Sorgen.«

»Ruf mich wieder an, wenn du in Sicherheit bist.« Das Telefon klickte, als Diane auflegte.

Ginas Handtasche lag auf dem polierten Kirschholztischchen, das am Ende des Zimmers stand. Der prunkvolle Zimmerschlüssel lag daneben. Sie hob beides auf und trat leise in den Flur hinaus.

Die Badezimmertür klapperte, dann öffnete sie sich. Gina schnellte herum, und alles Blut wich aus ihrem Gesicht.

»Hey, ich habe mein Rasierzeug vergessen«, rief Race. »Du hast hier ein paar von diesen Wegwerfklingen. Kann ich davon eine nehmen?«

»Natürlich«, rief Gina gepreßt. Gleichzeitig ließ sie ihre Handtasche hinter ihrem Rücken verschwinden.

»Danke.« Er steckte seinen Kopf zur Tür heraus und lächelte sie kurz an. Dann zog er den Kopf zurück und schloß die Tür.

Gina atmete aus. Auf Zehenspitzen tappte sie über den Marmorfußboden, verließ die Suite und schloß die Tür vorsichtig von außen. Sie rannte zum Aufzug und drückte wieder und wieder auf den Knopf, während sie wartete. Erst als sie in der Sicherheit des Fahrstuhls war und langsam nach unten fuhr, konnte sie wieder ruhig atmen.

Alles war in Ordnung. Sie hatte sich richtig verhalten. Sie war wieder draußen.

Was jetzt? Zur Hotelaufsicht, dort mußte sie hin. Sie würde es ihnen überlassen, was sie mit Race Bannister machten. Dann würde sie wieder in ihre Suite zurückkehren. Und das wäre das Ende der Geschichte.

Sie war unversehrt aus einer möglicherweise gefährlichen Situation entkommen. Sie hätte froh sein, ja sogar jubeln sollen, daß ihr mit diesem Mietgentleman nichts passiert war. Warum aber war sie plötzlich fast krank vor Enttäuschung?

2

Race Bannister stand da, den Kopf durch die Badezimmertür gesteckt, und er zuckte zusammen, als er hörte, wie Gina Madison die Tür von außen hinter sich zuzog.

Sie hatte anscheinend doch Bedenken gehabt, und wer konnte ihr das schon verdenken? Offenbar hatte er ihr Angst eingejagt. Aber womit? fragte er sich. Er hatte seine Rolle so geschickt wie möglich gespielt und wirklich geglaubt, er habe sie überzeugt. Na ja, nichts war jemals so einfach, wie es auf den ersten Blick schien. Nein, einen Moment mal. Da war ein Geräusch gewesen, ein Klicken, kurz nachdem er das Duschwasser abgestellt hatte. Sie hatte vermutlich jemanden angerufen. Mit wem auch immer sie telefoniert hatte, derjenige hatte sie vermutlich gewarnt. Das war es.

Sollte er ihr hinterherlaufen? Oder sollte er einfach warten und sehen, wie sich die Dinge entwickelten? Vermutlich würde sie mit einem Polizisten im Schlepptau wieder hier erscheinen. Aber das machte ihm keine Sorgen. Er hatte kein Gesetz gebrochen.

Er hätte natürlich einfach nur zum Aufräumen erscheinen können. Vielleicht hätte er das sogar vorgezogen. Denn dieser Frau hier einen Streich zu spielen, war wirklich nicht sein Ding. Wenn sie ihn aus ihren tiefbraunen Augen anblickte, hatte er jedesmal das Gefühl, sie könnte geradewegs durch ihn hindurchsehen.

Als er sich von der Tür wegdrehte, sah er sich im Spiegel. Er strich sich mit einer Hand die nassen Haare zurück und zog eine Grimasse. Den Mann, der ihm entgegenblickte, schätzte er in diesem Augenblick nicht sonderlich.

Gina war ganz anders gewesen, als er erwartet hatte. Sie hatte zwar ihre Abwehrmechanismen und ihre kühle, spiegelglatte äußere Schale. Aber darunter war irgend etwas ganz Feines und wundersam Empfindliches. Etwas, das seinen Beschützerinstinkt weckte. Unter den Umständen war das gar nicht mal das Schlechteste. Noch war es dumm. Sie war offensichtlich alles andere als das.

Normalerweise ließ er sich nicht von einem hübschen Gesicht becircen. Okay, einem wunderschönen Gesicht. Aber trotzdem.

Frauen brachten ihn nicht aus der Fassung. Seit Jahren schon hatte er sie abgewiesen. Er konnte nichts dafür, daß er bei seinem Aussehen so hofiert wurde, da die meisten Frauen nun mal lediglich auf das Äußere achteten. Er begegnete nicht gerade häufig einer Frau, die auch das sah, was unter seiner Fassade verborgen war. Und wenn er tatsächlich einmal einer solchen Frau begegnete, dann war sie meistens schon vergeben. Seine Erfahrung jedenfalls bestätigte, daß die Besten bereits in festen Händen waren.

Gina Madison wäre fast vom Markt genommen worden. Fast, aber nicht ganz, und das war es, was ihn gereizt hatte. Das war der Grund, weswegen er hier war.

Möglicherweise würde sie sogar allein in die Suite zurückkommen, wenn auch nur aus Neugier. Oder vielleicht auch aus Fairneß, denn sie schien eine solche Person zu sein. Sie hatte schließlich keinen Beweis dafür, daß er irgend jemand anderer war, als er zu sein vorgab. Möglicherweise kam sie auch nur zurück, um sich an Bradley Dillman zu rächen, dem sie immer noch zu grollen schien.

Rasieren war vermutlich das Beste, was er tun konnte. Dann würde er sich anziehen und alles Weitere abwarten. Wenn sie nicht zurückkehrte, könnte er immer noch gehen. Wenn doch, dann würde er sich einfach auf sein Gefühl verlassen.

Aber vorher muß ich noch eine Kleinigkeit erledigen, dachte er mit zusammengepreßten Lippen. Er griff nach dem Badezimmertelefon. Er konnte sich in etwa denken, wen Gina angerufen hatte. Diese Störung mußte ausgeschaltet werden, bevor sie alles vermasselte.

Dann konnte er warten und sehen, wie sich die Sache weiterentwickelte.

»Kann ich Ihnen helfen, Ma'am?« Gina kaute auf ihrer Unterlippe, als sie den Empfangschef betrachtete, der die Frage gestellt hatte. Sein Namensschild wies ihn als einen Herrn Tyrone aus. Er trug einen perfekt geschneiderten Nadelstreifenanzug, der gut zu seinem silbergrauen Haar paßte. Er machte einen aufmerksamen, diskreten und kompetenten Eindruck. Vielleicht war er genau die richtige Person, um mit dieser seltsamen Situation fertig zu werden, in die sie sich gebracht hatte.

Gleichzeitig aber befielen sie plötzliche Zweifel. Was, wenn Race nun genau das war, was er behauptete zu sein, nämlich ein Rancher, der als Teilzeitmodell arbeitete? Was, wenn er vollkommen unschuldig in diese Situation geraten war? Oder wenn es sonst irgendeine vollkommen einleuchtende Erklärung dafür gab? Sie würde ein schrecklich schlechtes Gewissen haben, wenn sie die Polizei auf einen hart arbeitenden Cowboy hetzte, der lediglich versuchte, seinen Lebensunterhalt etwas aufzubessern. Mal ganz abgesehen davon, daß ihn das den Job kosten würde.

Nichts an Race Bannister erschien ihr zwielichtig. Er hatte ihr direkt in die Augen geblickt und hatte versucht, sie zu beruhigen. Er konnte nicht gefährlich sein. Oder doch?

Wenn sie jetzt wegrennen würde, würde sie niemals herausfinden, was hier vorging. Das wäre verdammt schade. Das Lächeln auf dem Gesicht des Empfangschefs schwand und wurde von einem Stirnrunzeln ersetzt, das ihrem eigenen glich. »Was ist das Problem, Ma'am? Hat es etwas mit dem Hotel zu tun? Kann ich Ihnen behilflich sein?«

Gina sah ihn bedauernd an. »Ich weiß nicht, ich kann mich nicht so recht entscheiden. Sie ... Sie haben nicht zufällig etwas über einen fremden Mann gehört, der sich unter einem Vorwand in die Zimmer Einlaß verschafft, oder?«

»Um Himmels willen, nein!« Die Augen des Empfangschefs weiteten sich. »Sie wollen doch nicht etwa andeuten, daß Ihnen das widerfahren ist?«

»Genau da liegt das Problem. Ich weiß nicht, ob er rechtschaffen ist oder nicht. Und ich weiß nicht, wie ich ihn wieder aus dem Zimmer bekommen soll.«

Diese Unsicherheit war normalerweise überhaupt nicht typisch für sie. Sonst wußte sie immer, wo es langging. Um ein Beispiel zu nennen: Sie war sich sicher gewesen, daß Bradley und sie gut zusammenpaßten.

Die beiden aßen gerne dieselben Speisen, mochten dieselbe Musik, dieselben Autos, hatten ähnliche Vorstellungen über Arbeit und Freizeit und teilten viele ihrer politischen Ansichten. Es stimmte zwar, daß sie einen vollkommen anderen Sinn für Humor hatten. Bradley lachte sich krank über Slapsticks, die sie vollkommen öde fand. Ihre ethischen Ideen hatten sich auch als sehr verschieden erwiesen. Die Wahrheit war nun einmal: Sie hatte sich in Bradley geirrt. Und jetzt traute sie ihrem eigenen Urteil nicht mehr so recht.

Tyrone sah sie fragend an. »Ich möchte mich nur vergewissern, daß ich Sie richtig verstanden habe. In Ihrem Zimmer befindet sich ein Fremder. Und Sie wissen nicht, ob er derjenige ist, der er vorgibt zu sein?«

Sie zuckte mit den Schultern. »Ja, so kann man es ausdrücken.«

»In welchem Zimmer wohnen Sie?«

»In der Hochzeitssuite ...« Sie brach ab, als sie merkte, wie sich das anhören mußte. Daß der Mann plötzlich die Brauen hochzog, war unter den Umständen nur allzu verständlich. Tyrone räusperte sich. Mit äußerster Diskretion fragte er: »Ich gehe davon aus, daß es sich bei dem Mann nicht um den Bräutigam handelt?«

»Nicht wirklich.« Gina fühlte Glut in ihre Wangen steigen.

»Ich ... verstehe.« Der Mann hinter dem Tresen atmete so

tief durch, daß seine Brust anschwoll. »Wenn Sie mir die Frage gestatten: wie lange schon befindet sich der Herr ...?«

Gina blickte auf ihre Uhr. »Seit einer Viertelstunde. Zeit genug, um sich zu duschen und zu rasieren.«

»Selbstverständlich. Eine Dusche. Und eine Rasur. Und Sie glauben, daß er noch dort ist, wenn Sie zurückkehren?«

Sie nickte, ohne ihn anzublicken. »Es sei denn, er hat bemerkt, daß ich das Zimmer verlassen habe.«

»Hmm.« Der Empfangschef zögerte, sagte dann aber: »Was, schlagen Sie vor, sollen wir mit dem Mann machen?«

»Ich weiß es nicht«, erwiderte sie mit verzweifelter Offenheit. »Was schlagen Sie vor?«

Tyrone legte den Kopf zur Seite. »Nun, das kommt darauf an.«

»Worauf?«

»Er hat sich nicht gewaltsam Zugang zu Ihrer Suite verschafft?«

»Aber nein!«

»Er hat keinerlei Anstalten gemacht, Sie zu verletzen?«

Sie schüttelte den Kopf.

»Er hat Sie weder bedroht noch irgendwelche Forderungen gestellt?«

»Nichts dergleichen.« Sie sprach die Worte mit aller Entschiedenheit aus.

Tyrone spitzte die Lippen. »Dann sollten wir in diesem Fall wohl besser nicht die Polizei hinzuziehen.«

»Auf gar keinen Fall«, erwiderte sie scharf. Dann schloß sie die Augen und seufzte. Da sie offensichtlich keine andere Wahl hatte, schilderte sie die Situation so offen wie möglich.

»Nun«, sagte Tyrone, als sie mit ihren Ausführungen fertig war. »Natürlich kann einer unserer Sicherheitsdienstleute mit dem Mann reden. Wenn er die Suite nicht verläßt, können wir noch ein paar kräftige Männer vorbeischicken, die sich seiner annehmen werden.«

»Aber, um Gottes willen, nein! Ich glaube nicht, daß wir gleich mit solch harten Bandagen kämpfen müssen.«

Der Empfangschef musterte sie. »Ich bin stolz darauf, jede Situation in diesem Hotel zu meistern, Frau Madison. Aber sind Sie sich auch ganz sicher, daß Sie den Mann aus Ihrem Zimmer heraushaben möchten? Schließlich würden die meisten jungen Frauen Ihres Alters das ganze Haus zusammenschreien und die sofortige Entfernung des Mannes fordern, anstatt sich um ihn Sorgen zu machen.«

»Tja, aber wir haben ja keine andere Wahl, oder?« erwiderte sie mit einem reumütigen Lächeln.

Der Empfangschef klopfte beschwichtigend ihre Hand, die auf dem Tresen ruhte. »Es sei denn, Sie sind in der Stimmung für ein kleines Abenteuer.«

Lebe gefährlich. Das hatte Race gesagt. In ihrem Kopf konnte sie seine tiefe, verführerische Stimme hören.

Ihr ganzes Leben lang war sie gewissenhaft, vernünftig und gesetzestreu gewesen. Als Kind war ihre Kleidung immer ordentlich gewesen, ihr Kleiderschrank ebenso. Sie war niemals über den Rasen gelaufen, hatte niemals eine rote Ampel überquert oder war zu schnell gefahren. Sie hatte immer Listen der Dinge angefertigt, die zu erledigen waren, und diese auch getreulich abgearbeitet. Ihr Konto war immer in Ordnung, ganz zu schweigen von den Büchern, die sie für andere führte.

Sie war immer vorsichtig gewesen. Und was hatte es ihr eingebracht? Einen Verlobten, der ein Lügner war, und Flitterwochen, die sie allein verbrachte.

Das alles hatte sie gründlich satt. Auch die Männer, die mit ihr machten, was sie wollten, während sie nichts dagegen unternahm.

Ihre Augen wurden schmal, als sie Tyrone anblickte. »Sollte ich es wagen, wieder nach oben zu gehen?«

»So hatte ich das nicht gemeint«, erwiderte der Mann alarmiert.

»Aber Sie sagten doch, daß ich das Abenteuer möglicherweise genießen würde.«

»Ich sagte ... ja, was sagte ich? Egal. Sie wissen doch, Frau Madison, daß ich hier lediglich zu Ihren Diensten bin, nicht, um Ihnen kluge Ratschläge zu erteilen.«

»Vielen Dank«, erwiderte Gina. Ein Lächeln breitete sich auf ihrem Gesicht aus. »Sie haben mir wirklich sehr geholfen.« Als sie sich abwandte und ging, spürte sie förmlich den Blick des Empfangschefs im Rücken.

Durchaus verständlich, daß er ihr nachstarrte. Sie mußte verrückt geworden sein. Sie konnte doch wohl nicht ernsthaft erwägen, wieder nach oben zu gehen und das Spiel des Mannes unter ihrer Dusche mitzuspielen? Oder etwa doch?

Sie konnte.

Um Zeit zu gewinnen, wandte sie sich um und machte einen Umweg über die breite Terrasse, die auf den Wintergarten herabsah. Obwohl sie über die Brüstung schaute, bemerkte sie kaum die üppigen Palmen, den plätschernden Springbrunnen und die märchenhaften Lampions, die in den Feigenbäumen leuchteten. Ein karibischer Rhythmus stieg von unten auf, der ihren Gang beschwingte und ihren Gedanken eine gewisse Verwegenheit verlieh.

Race Bannister war ihr nicht bedrohlich erschienen. Er sah sogar wirklich so aus wie der Cowboy-Rancher, der er vorgab zu sein. Er roch sogar wie einer. Er roch nach Pferden und nach dem Schweiß eines gesunden Mannes, der unter freiem Himmel arbeitete. Das konnte man ja wohl nicht fälschen. Es mußte sich also um ein Mißverständnis handeln. Sie konnte doch herausfinden, was es war, oder nicht? Er würde es ihr erklären, und dann wäre alles in Ordnung. Race und sie würden den Abend gemeinsam verbringen, und das wäre es dann gewesen. Wirklich keine große Sache.

Wenn sie sich selbst gegenüber ehrlich war, dann mußte sie zugeben, daß ihr der Gedanke, in Races Begleitung gesehen zu werden, gefiel. Bradley würde Bauklötze staunen. Er schien zu glauben, daß sie ohne ihn furchtbar litt. Am Telefon war er äußerst vorsichtig gewesen, als ob er befürchtet hätte, sie würde in hysterische Tränen ausbrechen oder ihn anflehen.

Die Sorgen hätte er sich sparen können.

Sie war für eine Veränderung in ihrem Leben bereit, für einen neuen Mann. Sie hätte ihrem Glücksstern danken sollen, daß jemand wie Race Bannister aufgetaucht war, anstatt ihn gleich wieder wegzuschicken. Wenn ihn auch etwas Geheimnisvolles umgab, so war das doch eine gute Sache. Vielleicht würde er sie aus ihrem Alltagstrott herausreißen, aus ihrem öden, viel zu abgesicherten Leben.

Veränderung, Aufregung, Abenteuer. Ja, das war es, was sie jetzt brauchte. Sie würde gefährlich leben.

Und ob sie das tun würde.

Ein Schauer überlief Gina. Sie war sich nicht sicher, ob es die Aufregung war oder ganz einfach die Angst. Was auch immer es war, es wurde abrupt von einem anderen Gedanken verdrängt.

Race würde einen Smoking tragen. Und sie?

Wie es ihre ordentliche Art war, hatte sie ihren Flitterwochenkoffer bereits vor Wochen fertig gepackt. Sie mußte lediglich auf dem Weg aus der Wohnung nach ihrem Koffer greifen. Dennoch hatte sie nichts dabei, was auch nur im entferntesten als Abendkleid hätte durchgehen können. Mit Bradley hatte sie höchstens damit gerechnet, das anzuziehen, was sie normalerweise zur Kirche anzog. Aber irgend etwas sagte ihr, daß sie mit Race mehr Kleidung brauchen würde. Außerdem war sie es ihrer neuen Rolle als Abenteurerin schuldig, ihren Stil dramatisch zu verändern.

An einer Ecke des Hotels war ihr bereits eine Boutique aufgefallen. Das war ihre einzige Hoffnung. Wenn sie ihnen ihre goldene Kreditkarte gab und eine Option auf ihren erstgeborenen Sohn einräumte, dann würde man sie wohl ein paar Dinge zur Anprobe mit auf ihr Zimmer nehmen lassen. Gina setzte eine entschlossene Miene auf und strebte auf die Boutique zu.

Als sie die Suite wieder betrat, saß Race mitten im Wohnzimmer. Er trug ein offenes weißes Hemd, das hinten über seine Smokinghose hing, und plagte sich mit den Manschetten ab.

Er blickte sie mit einem strahlenden Lächeln an. »Ich hatte mir schon Sorgen gemacht, wo du abgeblieben bist.«

Gina zwang sich, ihren Blick von der muskulösen Brust abzuwenden, die unter seinem offenen Hemd zu sehen war. Seine Brust war mit Haaren übersät, die die Farbe alten Goldes hatten. Etwas außer Atem, was sicherlich ihrer Eile zuzuschreiben war, machte sie eine Bewegung in Richtung der vielen Kleidungsstücke, die in mintgrünen Plastiktüten verpackt waren. »Du würdest es kaum glauben, aber ich hatte nichts zum Anziehen. Jedenfalls nichts für einen offiziellen Anlaß.«

»Wir hätten auch ein wenig lässiger gehen können.« In seinen Augen lag eine Andeutung von Besorgnis.

»Auf gar keinen Fall«, erwiderte sie und ging auf das Schlafzimmer zu. »Ich versuche mich zu beeilen. Wenn du fertig bist, nimm dir ruhig einen Drink aus der Bar.«

Er hatte seinen Blick auf sie geheftet und ließ den Manschettenknopf fallen. Während er sich hastig danach bückte, sagte er: »Könntest du mir erst noch eben hiermit helfen? Ich konnte diese Dinger noch nie richtig befestigen.«

Ihm derart nahe zu kommen, schien keine sehr gute Idee, aber Gina wußte nicht, wie sie sich der Bitte entziehen konnte. Sie legte die Kleidertüten auf einen Stuhl, nahm den schlichten goldenen Manschettenknopf aus seiner Hand und griff nach seinem Arm.

Sein Handgelenk war fest und stark, seine Muskeln sehnig. Er hielt den Arm ganz ruhig, während sie den Knopf durch beide Seiten seines seidenen Hemds führte. Ihre Finger zitterten ein ganz klein wenig.

So dicht neben ihm stehend, konnte sie seine nach Seife riechende Frische und sein Aftershave schnuppern, das sie an wilde Täler und Nächte in der Wüste erinnerte. Die Wärme seines Körpers umfing sie wie eine unsichtbare Umarmung. Eine Gänsehaut überlief sie.

»Ich habe unten auf der Terrasse einen Tisch reservieren lassen«, sagte er mit etwas heiserer Stimme. »Ich hoffe, du bist damit einverstanden.«

»Prima. Schön, daß du daran gedacht hast.«

»Das ist schließlich meine Aufgabe, dir die Dinge etwas zu erleichtern.«

Sie hob die Augen und musterte sein Gesicht. Er beobachtete sie. Sein blauer Blick war voller Neugier. Seine Pupillen weiteten sich etwas, als könne er sie dadurch noch besser sehen. Sein Puls schlug heftig an der Seite seines Halses.

Sein Haar, das von der Dusche noch etwas feucht war, kringelte sich leicht über seinen Ohren. Die dunkelblonden Stoppeln seines Bartes waren gerade eben unter der frisch rasierten Haut erkennbar. Eine schmale Narbe über seiner Augenbraue bewahrte ihn vor allzu großer Perfektion und verlieh ihm abwechselnd einen Ausdruck von Neugier und Zynismus.

Sein Mund war gut geschnitten. In den Mundwinkeln zeigten sich kleine, humorvolle Grübchen. Wenn er lachte, dann vertieften sie sich und reichten bis an die Falten um seine Augen heran. Mit sanfter Stimme sagte er: »Wirst du mich grüßen, wenn ich dir das nächste Mal über den Weg laufe?«

»Vielleicht«, erwiderte sie und ließ ihre Wimpern wie eine kleine Jalousie herabfallen. »Wenn ich dich nach diesem Abend jemals wiedersehen sollte.«

»Aber ja doch. Das werde ich schon veranlassen. Persönlich.«

Die Worte waren ganz simpel. Und dennoch – mit seiner ruhigen, volltönenden Stimme gesprochen, hatten sie den Beiklang eines Versprechens. Oder einer Drohung.

3

Das Kleid war von der Sorte, wie Gina sie in ihrem zugeknöpften, braven Leben bisher noch niemals getragen hatte. Ein schwarzes Strickkleid mit einer Bolerojacke, die mit juwelenbunten Perlen in arabesken Mustern bestickt war. Es war ein wenig zu figurbetont, ein wenig zu freizügig am Ausschnitt und ein wenig zu kurz und viel, viel zu auffällig. Sie sah darin aus wie Dolly Parton, Madonna und Mata Hari in Personalunion. Aber sie fühlte sich wie die Königin der Nacht.

Mit einem ironischen Zucken ihrer Lippen meinte sie, sie habe wohl eine bisher unentdeckt gebliebene zweite Persönlichkeit. Normalerweise zog sie einfache, bequeme Schnitte vor. Dennoch hatte sie einen heimlichen Hang zu Romantischem, der sich in ihrem altmodischen Nachthemd und ihren spitzenübersäten farbenfrohen Dessous äußerte, die sie unter ihren Tageskostümen trug. Dieses Kleid jedoch erschien ihr genau das richtige für den Anlaß zu sein. Es war gewagt und sexy. Natürlich konnte es sein, daß ihre seltsame Stimmung auch mit dem Mann zusammenhing, der auf dem Sofa auf sie wartete.

Natürlich war es ebensogut möglich, daß sie einfach überreagierte, indem sie einen solchen Gedanken auch nur in Erwägung zog. Gefühle hatten hier nichts zu suchen, überhaupt nichts.

Unabhängig von dem Grund, weswegen Race Bannister hier war, war die Zeit mit ihm begrenzt. Ein Abend, dann würde er wieder verschwunden sein. Basta. Ein Grund mehr herauszufinden, wer ihn geschickt hatte und warum. Wenn ein neues Kleid ihr dabei behilflich sein konnte, dann war ihr auch der Preis egal.

Und außerdem würde es Bradley vor Augen führen, was er verpaßt hatte. Sie durfte den ursprünglichen Grund dieser Farce nicht aus den Augen verlieren.

»Wow!« rief Race, als sie das Wohnzimmer betrat. Er stand auf. Sein Blick glitt über ihre glänzenden Locken, die ihre Schultern berührten, über ihre schmale Taille, die durch das Bolerojäckchen noch betont wurde, und wanderte dann weiter zu den schönen Beinen, von denen ein gutes Stückchen unter ihrem Rock hervorschaute. Er schüttelte bedächtig den Kopf, ein belustigtes Funkeln in den Augen. Dann fügte er hinzu: »Hinreißend.«

Seine Reaktion war so erfreulich, daß sie auflachte. »Dasselbe könnte ich von dir sagen«, erwiderte sie leicht atemlos. »Wenn Männer doch nur merken würden, wie gut sie mit einer schwarzen Fliege aussehen, dann würden sie niemals etwas anderes tragen.«

»Nun ja«, sagte er. Unter seiner sonnengebräunten Haut wurde er ein klein wenig rot. »Es ist aber nun mal nicht so praktisch, wenn man reitet.« Er ging voran in den Flur, öffnete die Tür und ließ sie hinaustreten.

Sie hatte ihn aus der Fassung gebracht. Die Tatsache, daß sie dazu in der Lage war, steigerte ihr Selbstvertrauen. Sie straffte ermutigt die Schultern, als sie an ihm vorbei aus der Suite ging.

Während der Abend seinen Fortgang nahm, war es fast möglich zu vergessen, daß sie kein Paar waren, sondern sich ganz normal verabredet hatten. Ihre Unterhaltung war locker und angeregt, und es hatte keinen einzigen verlegenen Moment gegeben, seit sie die Suite verlassen hatten und ihre Vorspeisen serviert worden waren.

Das lag hauptsächlich an Race. Er schien ernsthaft an ihrer Meinung über alle möglichen Dinge interessiert. Er wollte ihre Vorlieben und Abneigungen erfahren, ihre Ansichten und Überzeugungen. Er erkannte ihren Hang zum Absurden und machte Späße und Bemerkungen, die sie zum Lachen brachten. Seine Kommentare waren jedoch nicht gehässig, im Gegenteil, sie zeugten von großer Toleranz, die ihn um so attraktiver machte.

Gleichzeitig war er sehr zuvorkommend. Ihr den Stuhl zurechtzurücken, nach ihren Getränkewünschen zu fragen oder ihr Brot anzubieten, ja sogar ihr die schwarzen Oliven aus seinem Salat zu überlassen, als er merkte, wie gern sie sie aß, schien ihm vollkommen selbstverständlich. Er paßte sich ihrem Rhythmus an und schien keinerlei Eile zu haben, den Abend hinter sich zu bringen. Da sie in ähnlicher Stimmung war, zog sich die Zeit zwischen den Gängen immer länger hin. Race Bannister, das mußte Gina zugeben, war ein faszinierender und höchst unterhaltsamer Begleiter. Aber das mußte er ja auch sein, nicht? In seinem Beruf war das schließlich sein Kapital. Sie sollte sich an diese letzte Tatsache eigentlich nicht erinnern müssen, tat es aber dennoch.

Als sie ihre Shrimps mit Spargel und kleinen Karotten gerade zur Hälfte gegessen hatten, bemerkte Gina Bradley. Wie lange er und Sandra – die neue Frau Dillman – bereits an dem Tisch am Rande des Restaurants gesessen hatten, vermochte sie nicht zu sagen. Die Tische waren in kleinen Umzäunungen angesiedelt und boten ein Maximum an Intimität. So hatte sie die anderen Gäste fast vergessen können, selbst jene, die man am anderen Ende des Saales sehen konnte. Es war lediglich die Art und Weise, wie ihr ehemaliger Verlobter sie anstarrte, die ihre Aufmerksamkeit erregt hatte.

Bradleys Auftauchen erschien ihr plötzlich wie eine Störung. Sie war erschrocken, als ihr bewußt wurde, daß sie regelrecht verärgert über ihn war.

»Was ist los?« fragte Race aufmerksam und musterte ihr Gesicht.

»Dieser Idiot«, sagte sie und nickte steif in Richtung des Paares. »Man kennt ihn auch als meinen ehemaligen Verlobten, Bradley Dillman. Die Frau an seiner Seite ist seine Ehefrau.«

»Schon gut«, erwiderte Race und legte seine Hand auf ihre. Seine Lippen verzogen sich zu einem zärtlichen Lächeln. »Vorhang auf.«

Der Vorhang ging tatsächlich in gewisser Weise auf. Wenn sie vorher schon geglaubt hatte, Race Bannister sei ihr gegenüber sehr zuvorkommend, so war das nichts gewesen im Vergleich zu dem, wie er sich jetzt auf sie konzentrierte. Noch mehr Augenkontakt. Er ließ keine Gelegenheit aus, sie zu berühren. Er brachte sie mit seinen Bemerkungen zum Lachen. Er fütterte sie sogar mit den Kirschen seines Eisbechers, den er sich zum Nachtisch bestellt hatte. Als sie ihre Fingerspitze benutzte, um einen Tropfen geschmolzener Eiscreme abzuwischen, griff er nach ihrer Hand und leckte das klebrige Eis von ihrem Finger. Der feste Griff seiner Hand, die warme, etwas rauhe Berührung seiner Zunge ließen sie ein wenig schwindelig werden. Vielleicht lag es auch am Wein, sie wußte es nicht. Sie wußte nur, daß sie in dem Meerblau seiner Augen hätte ertrinken können. Und wenn er noch einmal ihren Finger ablecken sollte, dann würde sie genauso schnell dahinschmelzen wie die Eiscreme.

Das durfte sie nicht durchgehen lassen. »Ich denke«, sagte sie mühsam, »wir sollten jetzt gehen.«

Die kleine Narbe über seiner Augenbraue hob sich verwegen. Leise sagte er: »Aber warum denn? Der Abend hat doch gerade erst begonnen.«

»Ja schon, aber das hier ... könnte außer Kontrolle geraten.«

»Meinst du?« Die Frage klang harmlos, seine Augen jedoch sprachen eine andere Sprache.

Sie benetzte ihre Lippen. »Was glaubst du eigentlich, was du tust?«

»Den Bräutigam spielen«, sagte er immer noch lächelnd. »Und ich freue mich schon darauf, mit dir zu tanzen. Auf der Terrasse vielleicht, im Mondschein.«

»Ich bin mir nicht so sicher, ob das eine gute Idee ist.«

»Und ich hatte schon geglaubt, es wäre eine meiner besten Ideen gewesen.« Sein Lächeln war vorwitzig, dann fügte er hinzu: »Natürlich nur wegen Dillman. Es wird ihm den Eindruck vermitteln, daß du überhaupt nicht mehr an ihn denkst.«

Genau das war der Fall, und es beunruhigte sie. Wenn sie der Sache jedoch jetzt gleich ein Ende machte, dann würde das bedeuten, daß sie nie erfahren würde, wer Race Bannister war oder wie er so viel über sie in Erfahrung gebracht hatte. Irgendwie hatte sie in den letzten zwei Stunden jenen Aspekt der Situation völlig vergessen.

»Du hast recht«, erwiderte sie plötzlich und blickte sich suchend um. »Wo bleibt nur der Kellner mit unserer Rechnung?«

Races Lächeln versiegte. Er blickte an ihr vorbei und machte eine entsprechende Geste. Die Rechnung würde gleich fertig sein. Er lehnte sich in seinem Stuhl zurück und sagte: »Hast du Dillman lange gekannt?«

»Lange genug«, erwiderte sie und konzentrierte sich auf den letzten Bissen ihres Schokoladendesserts.

»Wie hast du ihn kennengelernt?«

»Bei der Firma, wo ich gearbeitet habe, war er Kunde. Ich wurde mit seiner Kontoführung beauftragt, hatte jedoch Schwierigkeiten damit, weil er mir nicht genügend Informationen zukommen ließ, um die Buchführung zu machen. Als ich ihn dann in einem der Imbißlokale auftrieb, um das Problem zu diskutieren, lud er mich zum Essen ein.«

»Und du hast die Sache dann von da aus weiterbetrieben.«

»So ungefähr«, sagte sie und zuckte mit den Schultern. Um das Thema zu wechseln, sagte sie: »Und du? Ich nehme an, daß du in festen Händen bist?«

Races flüchtiges Lächeln signalisierte, daß er ihr Ausweichmanöver erkannt hatte. Dennoch antwortete er prompt »Momentan nicht. Meine Arbeit ist nicht gerade förderlich für eine feste Beziehung.«

»Wenn sich viele deiner Abende so wie dieser abspielen, dann macht es die Dinge natürlich etwas schwierig.«

»Nicht viele.« Er stieß die Worte hastig aus. Ein merkwürdiger Ausdruck breitete sich auf seinem Gesicht aus, als ob ihn seine Antwort selbst überrascht hätte. Einen Augenblick später war der Ausdruck wie weggewischt, als Race sagte: »Gefällt dir die Arbeit als Buchhalterin?«

»Meistens ja. Es ist einer der wenigen Bereiche, in denen man die Dinge zu säuberlichen Reihen und Kolonnen ordnen kann und die Antwort immer die ist, die sie sein sollte.«

»Aber das ist sie doch nicht immer, oder? Gibt es nicht manchmal Diskrepanzen zwischen den Zahlen?«

Sie sah ihn scharf an. Sie konnte ihm jedoch nicht antworten, da der Kellner in diesem Moment am Tisch auftauchte und eine Lederhülle neben Races Ellenbogen legte. In geübter Manier öffnete er das Ledermäppchen, überflog die Rechnung und griff nach seinem Portemonnaie, um die Kreditkarte hervorzuholen.

»Warte«, sagte Gina hastig. »Laß mich das auf die Zimmerrechnung setzen.« Sie griff nach der Rechnung.

Race vermied ihre Berührung und steckte seine Karte in das Lederetui, dann reichte er es dem Kellner. Mit fester Stimme sagte er: »Das war ganz und gar mein Vergnügen.«

»Und wie ist das mit der Tierarztrechnung auf der Ranch?« fragte sie und runzelte die Stirn. Der Kellner wandte sich diskret um und verschwand.

»Dieses eine Mal kann ich es verschmerzen.«

»Aber so war es nicht vereinbart.«

»Wie willst du das wissen? Vielleicht ist es ja Teil der Abmachung, vielleicht schicke ich dir auch später noch eine Rechnung mit all den Extradiensten.«

Seine Stimme hatte etwas Sinnliches, das ihre Aufmerksamkeit erregte. Sie zuckte ein wenig zurück. »Welche Extradienste denn noch?«

Sein Blick hatte ein schläfriges Leuchten, sein Lächeln wurde breiter. »Was immer du möchtest«, erwiderte er ohne Umschweife. »Für dich gibt es keine Beschränkungen.«

Meinte er etwa das, woran sie dachte? Ihr stockte der Atem. Nein. Nein, das konnte er nicht andeuten wollen. Das wäre ja so, als wäre er ein, nun ja, einen Gigolo nannte man das wohl, wenn man sich höflich ausdrücken wollte. Sie konnte es nicht glauben. Damit wollte sie nichts zu tun haben.

Dennoch war gerade Dallas eine Stadt, in der es reiche Witwen im Überfluß gab – einsame ältere Frauen, die möglicherweise gerne für die Zuwendungen eines attraktiven, unterhaltsamen Mannes im besten Alter zahlten. Sicherlich konnte Race Bannister jeden Preis verlangen, wenn er diese Karriere einschlagen wollte. Welche Frau konnte schon einem Abend mit ihm widerstehen, der in einem leidenschaftlichen Finale in einem abgedunkelten Schlafzimmer wie der Flittersuite endete?

Sein Lächeln wurde noch breiter, als er ihren Gesichtsausdruck beobachtete. »Meine süße Gina«, sagte er leise, »woran denkst du gerade?«

»An nichts!« Sie zog scharf den Atem ein, dann wiederholte sie etwas leiser: »Jedenfalls an nichts von Wichtigkeit.«

Er glaubte ihr kein Wort, soviel verrieten ihr seine Augen. Aber immerhin war er höflich genug, das Thema nicht zu vertiefen.

»Ich glaube, tanzen stand als nächster Punkt auf unserer Liste«, bemerkte er, bewußt das Thema wechselnd. »Oder vielleicht auch ein Rundgang durch den Garten. Was darf es sein? Es ist Damenwahl.«

Die Terrasse, auf der sie gegessen hatten, befand sich im Erdgeschoß des östlichen Turms des Hotels und war für alles ausgerüstet. Ein Steinway stand etwas versteckt in einer Ecke. Ein Pianist mit schwarzem Schlips spielte dort eine Mischung aus Evergreens und klassischen Stücken, um die Verdauung anzuregen. Eine Tanzfläche jedoch gab es nicht. Tanzen konnte man dagegen in dem anderen Restaurant des Hotels im westlichen Flügel. Montague, so hieß das Restaurant, kam mehr dem deftigen, bodenständigen Geschmack entgegen und zog hauptsächlich Gäste an, die Country- und Westernmusik liebten. Dort spielte eine Live-Band mit Fideln und elektrischen Gitarren. Die Atmosphäre war lebhaft, die Musik laut.

Für Ginas Geschmack hatte es von beidem etwas zu viel. Race und sie paßten dort in ihrer Abendgarderobe nicht so recht hin. Obwohl sie durch das Restaurant hindurchschlenderten, kamen sie doch ohne anzuhalten am anderen Ende auf der Terrasse wieder heraus.

Dieser kühle Platz unter freiem Himmel war ein idealer Kompromiß zwischen dem betont Formellen und dem betont Lässigen. Der Nachtwind rauschte in den grünschwarzen Blättern der Magnolien über ihnen und wirbelte den Duft der Gardenien durch die Luft, die in große Kübel gepflanzt waren. Im Anschluß an den mit mexikanischen Fliesen gepflasterten Weg lag ein kleiner künstlicher Teich, in dessen Mitte sich ein Gartenhäuschen befand. Irgendwo inmitten der Zypressen und der Trauerweiden, die das Ufer säumten, schrie schrill ein Pfau, seine Stimme ein eigenartiger Kontrast zu den Klängen der Musik, die durch die offenen Türen drangen. Inmitten der sich bewegenden Schatten auf der Terrasse unter einem leuchtenden Mond wandte sich Race ihr zu und breitete seine Arme aus. Es dauerte einen Augenblick, ehe Gina verstand, daß es sich lediglich um eine Aufforderung zum Tanz handelte.

Zusammen schwebten sie zu der langsamen, nostalgischen Melodie über die Tanzfläche. Race sang teilweise mit seiner tiefen Baritonstimme mit. Er bewegte sich leicht und elegant zum Rhythmus der Musik, was Gina jedoch nicht weiter überraschte. Sie wünschte sich fast, er wäre etwas weniger selbstbewußt und perfekt gewesen. Etwas weniger professionell.

Dennoch war es notwendig, sich daran zu erinnern, daß er sie lediglich des Eindrucks wegen so dicht an sich gepreßt hielt. Daß die Art, wie er auf sie herabschaute, als wäre sie das lieblichste Wesen, das er jemals gesehen hatte, lediglich einer seiner Tricks war. Daß der feste Griff seiner Arme nicht beschützend wirken sollte. Noch sollten die festen Muskeln seiner Schenkel, die sich bei jeder Bewegung an ihre drängten, eine derartige Erregung bei ihr auslösen.

Natürlich war Bradley nirgendwo zu sehen. Soweit sie wußte, war er immer noch im Restaurant und schlug sich den Magen voll. Aber es war immerhin möglich, daß er auftauchte, und das reichte schon.

Das Lied, das gespielt wurde, war eines, das Gina gut kannte. Es hieß »Der Tanz« und war ein Country-Westernlied, das durch Garth Brooks bekannt geworden war. Der Text besagte, daß man den mit der Liebe verbundenen Schmerz zwar vermeiden konnte, aber nur, indem man von vornherein auf Liebe verzichtete.

Der Abendwind trug das Lied zu Gina hinüber. Sie atmete die geheimnisvollen Düfte der Nacht ein, während sie sich in Race Bannisters Armen wiegte. Dieser Tanz war etwas, worauf sie nicht hätte verzichten wollen, wie ihr plötzlich bewußt wurde. Er hatte etwas Zauberhaftes an sich.

Sie fühlte sich auf einmal lebendig, herrlich lebendig und gleichzeitig von innerem Frieden erfüllt, obwohl sie doch durch Bradleys Betrug ihre eigene Hochzeit verpaßt hatte. Sie hatte die Liebe falsch angepackt. Aber es war nur ein Umweg gewesen, keine Sackgasse. Es war nicht so, daß etwas mit ihr nicht stimmte. Im Gegenteil, sie war offensichtlich in der Lage, Liebe und Verlangen zu empfinden. Eines Tages würde ihr irgendwo ein Mann begegnen, der ihres Vertrauens und ihrer Zuneigung würdig war. Und er würde sie ebenfalls lieben.

Race hatte ihr dieses Selbstvertrauen und die Hoffnung zurückgegeben, indem er einfach nur er selbst war. Innerhalb weniger Stunden hatte er ihr das Gefühl vermittelt, daß sie attraktiv und begehrenswert war. Er hatte ihr gezeigt, daß sie dem richtigen Mann am richtigen Ort zur richtigen Zeit offen gegenüber sein würde. Das konnte er natürlich nicht wissen, und sie hatte nicht die Absicht, es ihm zu sagen. Dennoch war sie ihm dankbar dafür.

Aber weiter durfte es nicht gehen. Deshalb mußte sie jetzt etwas unternehmen, wenn auch nur, um sich selbst zu schützen.

Sie war zur Zeit viel zu verletzlich, als daß sie sich in eine Affäre hätte stürzen können. Dankbarkeit, wie tief empfunden auch immer, war kein Ersatz für wirkliche Zuneigung.

Gleichzeitig fiel es ihr schwer zu glauben, daß sie von seinem attraktiven Gesicht und seiner freundlichen Art derart gefangen war. Es schien ihr, als müßte noch mehr dahinterstecken. Aber vielleicht wollte sie das auch nur glauben. Sie wich etwas aus seinen Armen zurück und sagte: »Du hast vorhin gesagt, ein Dritter hätte Kontakt mit dir aufgenommen wegen dieses Jobs. Wer war das denn?«

»Man hat mir keinen Namen gesagt«, erwiderte er leichthin. »Das Büro hat den Auftrag angenommen und über meinen Auftragsdienst an mich weitergeleitet.«

Sagte er die Wahrheit? Sein Gesicht war ganz offen, er blickte sie ohne zu zögern direkt an, und doch war sie sich nicht sicher.

»Also bist du vor meinem Hotelzimmer aufgetaucht«, sagte sie. »Ist das nicht ein wenig gefährlich? Wenn sich nun jemand auf deine Kosten einen Scherz leistet und ein wildgewordener Ehemann dich mit einer Pistole in der Hand vor der Tür abfängt?«

»Dann würden mir schon die richtigen Worte einfallen, glaube ich. Aber bisher ist mir nichts dergleichen passiert.«

Sie glaubte ihm, daß er sich in einer solchen Situation aus der Affäre ziehen konnte, da brauchte sie sich keine Sorgen zu machen. Sie kam wieder auf das ursprüngliche Thema zurück und bemerkte: »Da die Agentur den Auftrag angenommen hat, wird sich dort in den Unterlagen auch der Auftraggeber finden lassen. Ich könnte mir vorstellen, daß man dir auf Nachfrage den Namen mitteilen würde.«

»Vermutlich, ja«, sagte er. Sein Blick war auf ihre Lippen gerichtet. »Aber warum sollte ich das tun?«

»Ich würde es gerne wissen, auch wenn es dich nicht interessiert.«

»Du willst dem Leben aber auch jedes Geheimnis nehmen«,

erwiderte er lächelnd. »Es gibt Fragen, die man besser unbeantwortet läßt.«

»Aber nicht diese«, erklärte sie unnachgiebig. »Ich möchte gerne genau wissen ...«

Weiter kam sie nicht. Race drückte sie plötzlich fest an seinen Körper und bewegte sich im Takt der Musik. Er zögerte für einen kurzen Moment, dann beugte er den Kopf und preßte seine Lippen auf ihre.

Schock überflutete sie in Wogen. Sie versteifte sich etwas, wobei sich ihre Lippen vor Erstaunen öffneten. Dann wurde sie von Erregung überwältigt. Seine Lippen lagen weich und heiß auf ihren und lösten ein sinnliches Pulsieren zwischen ihrer beider Körper aus. Er schmeckte nach der Kirscheiscreme, der Sahne und nach Verlangen. Das Eindringen seiner Zunge in ihren Mund war eine hitzige Invasion, die sich in eine köstlich langsame Erkundung verwandelte. Ihrer beider Atem vermischte sich, bis sie beide erregt keuchten. Sein Griff wurde noch fester, während er tiefer und stürmischer in sie eindrang.

Dann fühlte Gina einen sinnlichen Schauer durch seinen Körper laufen, und plötzlich war sie wieder frei. Elegant schwang er von ihr weg, obwohl er sie immer noch mit einem Arm umfangen hielt, während sie schwankend versuchte, ihr Gleichgewicht wiederzufinden. Mit zusammengekniffenen Augen starrte er den Mann an, der sich ihnen von hinten genähert hatte.

»Hey, immer mit der Ruhe!« sagte Bradley und warf die Hände hoch. »Ich wollte euch nicht erschrecken.« Neben ihm stand Sandra, Ginas ehemalige Freundin, die ihre Trauzeugin hatte sein sollen. Sie blickte überall hin, nur nicht auf Gina.

»Was wollten Sie denn dann?« verlangte Race zu wissen. Seine Stimme war unnachgiebig, seine Haltung noch immer angespannt.

»Ich wollte nur den Mann kennenlernen, dem es gelungen ist, Gina innerhalb von zwei kurzen Wochen den Kopf zu verdrehen. Alle Achtung, mein Lieber. Wir waren über ein Jahr lang verlobt, und sie hat mir kein einziges Mal erlaubt, sie in der Öffentlichkeit anzufassen. Und zu Hause auch kaum, wenn ich mich recht erinnere.«

»Ihr Pech«, erwiderte Race scharf.

Gina sah den Mann an ihrer Seite strafend an. Der Unterton heftiger Abneigung in seiner Stimme ließ sie aufhorchen. Seine Augen waren hart wie polierter Türkis, sein Kiefer angespannt. Als er Bradley so anstarrte, schien es fast, als wären die Drohung und die Feindseligkeit, die sich in seinen Zügen abzeichneten, persönlicher Natur.

Gina riß sich zusammen und machte alle miteinander bekannt. Gleichzeitig grübelte sie darüber nach, daß sich Bradley und Sandra von hinten an sie angeschlichen hatten, genau aus der entgegengesetzten Richtung, aus der sie eigentlich hätten kommen müssen. Sie hatte angenommen, daß Races Kuß Teil der Schau gewesen war, daß er sie nur deshalb geküßt hatte, weil er Bradley entdeckt hatte. Aber das konnte nicht der Fall sein.

Entweder war Races Kuß Teil der von ihm erwähnten Dienstleistungen, oder aber er hatte seine eigenen Gründe. Letzteres anzunehmen, wäre albern. Dennoch wünschte sie sich plötzlich sehnlichst, daß es so wäre.

Und da war noch etwas. Obwohl Bradley nicht gerade glücklich darüber schien, sie in Races Armen zu sehen, machte es Gina selbst nicht das geringste aus, daß er sie entdeckt hatte. Es war sogar in gewisser Weise befreiend. Auch das war etwas, wofür sie dem Mann an ihrer Seite Dank schuldete.

Ihre Stimme war plötzlich klar und kühl: »Verrate mir nur noch eines, Bradley. Warum, um alles in der Welt, hast du ausgerechnet dieses Hotel für deine Flitterwochen ausgesucht?«

Er blickte auf seine neue Braut und zuckte dann mit den Schultern. »Sandra erinnerte sich an all deine Bemerkungen über diese besondere Suite, also habe ich angerufen. Als ich herausfand, daß du sie immer noch auf deinen Namen reserviert hattest, wollte ich sie dir abnehmen. Ich war vollkommen baff, als du mir sagtest, daß du sie selbst beziehen wolltest.«

Sein Tonfall war eine Spur zu beiläufig. Gina fragte sich, ob hinter seinen Worten nicht mehr steckte, als er zugeben wollte.

»Warum bist du denn nicht irgendwo anders hingegangen?«

»Ich habe das gleiche Recht, hier zu sein, wie du«, verteidigte er sich. »Außerdem war ich neugierig. Wie gesagt, ich wollte deinen neuen Mann kennenlernen.«

Er wollte ihr hinterherspionieren! Wut stieg in ihr auf und machte sie draufgängerisch. Sie lächelte ihn breit an und sagte: »Oh, Race und ich sind nicht verheiratet.«

Bradleys Augen drohten ihm aus dem Kopf zu fallen. »Du machst wohl Witze!«

»Aber nicht doch. Und jetzt entschuldigt ihr uns sicherlich, wir möchten uns verabschieden.« Sie hakte sich bei Race unter und schmiegte sich an ihn. Ihre Stimme klang sinnlich und intim, als sie ihn einladend anblickte. »Ich glaube, ich habe genug getanzt, Liebling. Du nicht auch? Ist es nicht an der Zeit, daß wir uns Richtung Bett bewegen?«

4

Liebling ...

Race spürte den Schock, den ihm Ginas verbale Liebkosung und die damit verbundene Andeutung versetzt hatte, bis hinunter in seine Zehenspitzen. Sie spielte lediglich ihre Rolle; er wußte, daß es so sein mußte. Dennoch brauchte er seine gesamte Selbstbeherrschung, um sein Erstaunen nicht zu zeigen.

Gott im Himmel, aber wie würde es sich anfühlen, wenn sie diese Worte sagte und sie auch meinte? Er würde einiges riskieren, um das herauszufinden.

»Gute Idee«, sagte Bradley. »Meine Braut und ich werden Sie begleiten, falls Ihnen das recht ist.«

Bradleys Lächeln war liebenswürdig, und sein Benehmen erweckte den Eindruck, als hätte er sich mit der unangenehmen Situation abgefunden.

Race traute ihm jedoch nicht über den Weg. Der Mann war einfach nicht der Typ dazu.

Ginas Exverlobter hatte das geleckte Äußere, das manchen Frauen gefallen mochte. Sein braunes Haar war sorgfältig frisiert, um seinem schmalen Gesicht zu schmeicheln. Sein dünner Schnurrbart war rechts und links seiner Nase hochgezwirbelt, seine Kleidung saß perfekt und war teuer. Er war mittelgroß. Sein Körper hatte die künstlichen Konturen, die auf Fitneßtraining statt auf harte körperliche Arbeit schließen ließen. Und die Bräune seiner Haut stammte offensichtlich aus dem Sonnenstudio. Für Race hatte der Mann etwas durch und durch Unechtes an sich. Bradley Dillman war ihm vom ersten Augenblick an unsympathisch.

Er glaubte auch, daß diese Abneigung auf Gegenseitigkeit beruhte. In den eisblauen Augen des Kerls war ein Ausdruck, der besagte, daß er es mühelos mit Race Bannister aufnehmen könnte. Nur zu, dachte Race. Versuch's ruhig mal.

Race jedenfalls störte die Begleitung ungemein. Sogar noch mehr, als er sich hätte vorstellen können. Gleichzeitig jedoch erkannte er seinen Vorteil in dieser Situation. Auf diese Weise würde es Gina nicht möglich sein, ihn an der Tür zu ihrer Suite abzuhängen, während dieser Idiot mit seiner Braut neben ihnen herlief. Dann hätte sie nämlich nicht länger behaupten können, daß sie beide ein Paar waren. Es könnte sich sogar ergeben, daß diese besonderen Umstände zu einer Einladung führten, die Nacht mit ihr zu verbringen. Aber zunächst einmal war dies eine gute Gelegenheit, ein paar gepfefferte Fragen zu stellen.

Ginas Begrüßung der neuen Ehefrau, Sandra, war ziemlich kühl ausgefallen, wie er bemerkt hatte. Was jedoch nicht weiter verwunderlich war, denn schließlich war sie »die neue Frau an seiner Seite«. Wenn die beiden Frauen sich nähergestanden hätten, dann hätten sie sicherlich ein belangloses Gespräch geführt. Da dies aber nicht der Fall zu sein schien, sah er hier einen Handlungsspielraum. Er wandte sich zusammen mit Gina um und steuerte auf den hinteren Eingang des Glasgartens zu. Als die beiden anderen ihnen folgten, startete er seinen Angriff auf eine, wie er hoffte, beiläufig lässige Art.

»So, Dillman, und was tun Sie so, um Ihren Lebensunterhalt zu verdienen?«

»Dieses und jenes«, erwiderte Bradley in ebensolch beiläufigem Tonfall. »Ein paar Pizzeria-Lizenzen, eine in Shreveport und eine andere in Longview. Ein bißchen Im- und Export in Houston. Und Sie?«

»Fleischrinder. Ein Stück nördlich von der Stadt.«

»Erstklassiges Weideland da oben. Muß nett sein.« Dillman sah ihn scharf an.

»Schon möglich«, erwiderte Race mit einem Lächeln, das sowohl entwaffnend als auch tadelnd sein sollte. »Wenn das Geschäft endlich einmal etwas abwirft.«

»Das wird es doch wohl«, bemerkte Dillman in trockenem Tonfall. Dillman schien den Armutsbekundungen keinen Glauben zu schenken, aber Race war es gleichgültig. Das Familienvermögen hatte noch nie ausschließlich auf der Zucht von Fleischrindern basiert. Die Ranch züchtete noch immer reinrassige Herefordrinder, hatte sich aber in den letzten Jahren auf eine seltene weiße englische Rasse mit langen, gebogenen Hörnern spezialisiert, die nicht verkäuflich war.

Race hielt die schwere Glastür zum Garten auf und ließ die anderen hindurchtreten. Das kurze, komplizenhafte Grinsen, das ihm Gina zuwarf, während die beiden anderen durch die Tür gingen, ließ einen erregten Schauer über seinen Körper laufen. Es war ein Schauer, der sich direkt unter dem Reißverschluß seiner Hose lokalisierte, wo er für ein schmerzhaftes Unbehagen sorgte, das vor einer anstrengenden Nacht warnte. Er atmete geräuschlos tief ein und vorsichtig wieder aus.

Das Plätschern des Springbrunnens füllte den dreistöckigen gläsernen Garten. Lichter schimmerten durch das Blattwerk hindurch und verwandelten die herabstürzenden Wassertropfen in Diamanten. Hibiskus und Glyzinien wanden sich farbenfroh an Mauern empor, während sich die weiße Perfektion der Lilien wie von Zauberhand berührt in der Brise wiegte.

Instinktiv wählte Race den gewundenen Pfad, der am Brunnen vorbeiführte, und nicht den viel näheren Weg außen herum. Ihm wurde bewußt, daß er den Abend in die Länge ziehen wollte, und er versuchte erst gar nicht, gegen das Bedürfnis anzukämpfen. Es wäre jedoch hilfreich zu wissen, wie lange er noch weiter Theater spielen mußte.

Während sie sich auf den extravaganten römischen Brunnen zubewegten, den der Rinderfürst Packard importiert hatte, bemerkte Race zu Dillman: »Sind Sie hier lediglich übers Wochenende, oder bleiben Sie gleich die ganze Woche?«

»Kommt drauf an«, erwiderte der andere Mann. »Wir haben nur das Wochenende gebucht, würden aber verlängern, wenn es uns gut gefällt.«

Gina und Sandra waren auf dem schmalen Pfad vorausgegangen und unterhielten sich über die Münzen, die auf dem Boden des Brunnens glitzerten. Gina griff nach der kleinen Abendtasche, die sie trug. »Sieht so aus, als ob das Wünschen hier Tradition hat«, sagte sie lächelnd. »Wir sollten es auch mal probieren.«

Dillman, der ihre Bemerkung gehört hatte, warf ihr einen zynischen Blick zu. »Damit verschwendest du nur dein Geld. Da müßte so einiges zusammenkommen bei all den Münzen, die Leute wie du in den Brunnen hineinwerfen. Für das Hotel ist das sicher eine zusätzliche Einnahmequelle.«

Race sah, wie die Freude aus Ginas Gesicht wich, und fühlte

Ärger in sich aufsteigen. Mit schneidender Stimme sagte er: »Das Geld kommt mehreren Wohltätigkeitsorganisationen zugute.«

»Klar doch, da gehe ich jede Wette ein.« Dillman lachte kurz und sarkastisch auf.

Race hätte Dillman am liebsten auf der Stelle umgehauen. Es erstaunte ihn, wie heftig er sich danach sehnte.

Race hatte niemals Münzen dabei, wenn es sich vermeiden ließ. Auch jetzt hatte er keine in der Tasche. Das war wirklich schade, vielleicht würde er seine Angewohnheit ändern müssen. »Nur zu, wünsche dir was«, sagte er mit ruhiger Stimme und blickte Gina an. »Wir warten.«

»Ach, laß nur«, sagte sie und wollte weitergehen. »Ich ... mir ist die Lust daran vergangen.«

Race beobachtete ihre geraden Schultern und die stolze, abweisende Haltung ihres Kopfes und fluchte unhörbar vor sich hin. Plötzlich hatte er Angst.

Als sie zu viert auf den Aufzug zusteuerten, fühlte er Ginas Finger, die wieder seinen Arm suchten. Ihre Blicke kreuzten sich für einen Moment. Er bemerkte, wie ernst und blaß ihr Gesicht geworden war.

Woran dachte sie, daß sie derart angespannt war? Race hätte viel dafür gegeben, in dem Moment ihre Gedanken lesen zu können. Denn er wußte beim besten Willen nicht, was sie plötzlich hatte.

Einen Augenblick lang befürchtete er, sie sei ihm auf die Schliche gekommen. Aber er verwarf den Gedanken wieder. Wenn sie das herausgefunden hätte, dann stünde sie jetzt nicht neben ihm. Es sei denn, sie wollte etwas beweisen? Es sei denn – Gott möge ihm beistehen –, daß sie gar nicht so unschuldig war, wie es den Anschein hatte.

Nein, vermutlich machte sie sich Sorgen wegen dem, was Dillman tun oder sagen würde, wenn sie die Suite erreicht hatten. Der Mann hatte sie ja auch bis auf die Terrasse verfolgt, obwohl er es hätte vermeiden können. Er mußte einen Grund dafür haben. Diesen Idioten hier wiederzusehen, mußte sie natürlich beunruhigen. Schließlich hätte sie den Kerl fast geheiratet. Das war es, das mußte es sein.

Und was, wenn das nicht der Grund war? Race runzelte die Stirn, als die Türen des Aufzugs sich öffneten. Er konnte es sich nicht leisten, dieses instinktive Gefühl zu ignorieren. Es hatte sich für ihn schon unzählige Male bezahlt gemacht, auf seinen Instinkt zu vertrauen. Was er brauchte, war eine Gelegenheit, um ihn auf die Probe zu stellen.

Er hatte da schon eine Idee, zögerte aber, sie auszuführen. Denn er befürchtete, daß er das Experiment zu sehr genießen würde. Außerdem hatte er sich selbst hoch und heilig geschworen, daß er aus dieser Angelegenheit keine Vorteile ziehen wollte.

Gina Madison konnte natürlich jeden Vorteil haben, den sie sich wünschte. Sie würde keinerlei Widerspruch von ihm zu erwarten haben.

Die Türen ihrer beiden Suiten lagen am Ende des Flurs fast im rechten Winkel zueinander. Als die vier sich den jeweiligen Zimmertüren näherten, räusperte sich Bradley. »Ihr beide könntet doch noch auf einen Schlummertrunk bei uns hereinschauen«, schlug er vor. »Ich habe Champagner bestellt, der eisgekühlt für uns bereitsteht.«

»Vielen Dank für die Einladung, aber wir müssen leider ablehnen«, erwiderte Race, noch bevor Gina antworten konnte. »Wir haben ebenfalls eine Flasche Champagner von der Hoteldirektion bekommen. Es wäre eine Schande, ihn stehenzulassen.«

»Nun, dann könnten wir doch unsere Vorräte zusammenlegen und ...« begann Bradley.

»Oh, ich bin sicher, daß Sie das nicht wollen, nicht ausgerechnet heute nacht«, unterbrach Race ihn trocken. »Und um ehrlich zu sein, uns geht es genauso.« Er tat so, als merkte er nicht, wie Gina überrascht nach Luft schnappte und plötzlich ihre Fingernägel in seinen Arm grub. »Wir verabschieden uns jetzt. Vielleicht sehen wir uns ja noch einmal. Falls wir jemals wieder aus dem Bett herauskommen.«

Ohne Dillmans Antwort abzuwarten, schlang er seinen Arm um Gina und ging weiter. Sie hatte ihm den Zimmerschlüssel in Verwahrung gegeben. Nun zog er ihn aus seiner Tasche, öffnete rasch die Tür und geleitete Gina in den Raum.

Als die Tür ins Schloß gefallen war, drehte Gina sich um und öffnete den Mund, um ihm gehörig die Meinung zu sagen. Hastig legte er seine Finger auf ihre weichen Lippen, dann horchte er mit zur Seite gelegtem Kopf auf den Gang hinaus.

Nichts. Kein Laut war zu hören.

Er blickte auf Gina, dann zog er seine Hand weg. Einen Augenblick lang sagte sie gar nichts, aber ihr Gesichtsausdruck war rebellisch. Er hatte vielleicht noch fünf Sekunden, ehe sie mit Sachen um sich warf.

Das »Bitte nicht stören«-Schild hing innen an der Tür, wo sie es hingehängt hatten, als sie zum Abendessen gegangen waren. Er öffnete die Tür, so als ob er sich nach Dillman und seiner Frau umsehen wollte. Die beiden verschwanden gerade in der Nachbarsuite.

Das war gut so. Sehr gut sogar. Race kehrte in den Raum zurück und wandte sich zu Gina um.

»Ich hoffe doch sehr«, sagte sie scharf und kreuzte die Arme vor der Brust, »daß du nicht erwartest, die Nacht hier mit mir zu verbringen.«

Er lehnte sich gegen die Tür und kreuzte ebenfalls die Arme. »Wie bitte? Willst du damit etwa sagen, daß wir nicht, wie sagt man doch noch, ins Bett gehen?«

»Du weißt genau, daß das nur Teil der Schau war!«

»Ein sehr schöner Teil jedenfalls«, erwiderte er leise, als er sich daran erinnerte, wie süß sich ihre Brüste und ihre Schenkel gegen ihn gepreßt hatten.

»Aber du hättest ja nicht ganz so schnell darauf einzugehen brauchen.« Ein goldener Funke sprühte in ihren dunkelbraunen Augen.

Er zog eine Augenbraue hoch. »Was hätte ich denn sonst tun sollen? Dir die Hand schütteln und dir höflich vor der Tür gute Nacht sagen? Ich hatte angenommen, wir wollten deine alte Flamme davon überzeugen, daß du diese Suite auch für den ursprünglich geplanten Zweck benutzt.«

Eine feine Röte überzog ihr Gesicht. Es wirkte unglaublich sexy auf ihn. Was nur wieder einmal bewies, wie tief er schon in der Sache drinsteckte.

»Was auch immer der Grund dafür gewesen sein mag«, stieß sie zwischen zusammengebissenen Zähnen hervor, »jetzt ist Schluß damit. Du solltest schon lange hier draußen sein.«

Damit hatte sie ihn. Und weil er das wußte, antwortete er äußerst vernünftig. »Da du mich aber schon bei meinem ersten Erscheinen nicht rausgeworfen hast und da dieser Idiot da drüben mich gesehen hat und nun glaubt, daß wir ein Paar sind, meinst du da nicht auch, daß er besser glauben sollte, ich bleibe über Nacht hier?«

»Was er glaubt und was sich hier tatsächlich abspielt, sind zwei vollkommen verschiedene Dinge. Du wirst in etwa zwei Sekunden diese Suite verlassen, und damit basta.« Sie ging ein paar Schritte zurück und hielt in der Tür inne, die vom Flur ins Wohnzimmer führte.

»Und wenn dir Dillman nun nachspioniert?«

»Warum sollte er das tun?« entgegnete sie mißtrauisch.

»Woher soll ich das wissen? Schließlich ist er dein alter Freund«, erwiderte er. »Ich kann dir nur sagen, daß er eben sehr besorgt ausgesehen hat. Vielleicht ist er ja auch ein Wahnsinniger. Vielleicht ist er immer noch scharf auf dich. Oder vielleicht hat er unsere Schau auch nicht sonderlich überzeugend gefunden.«

Sie funkelte ihn unter ihren geschwungenen Augenbrauen ärgerlich an. »Ich glaube nicht, daß er das nach all deinen ekelhaften Lügen noch tun würde.«

»Ach ja? Und wie steht es mit deinen? Mal ganz davon abgesehen, daß du dich an mich gedrängt hast wie ein ...« Er hielt inne und holte tief Luft.

»Wie ein was?« verlangte sie augenblicklich zu wissen.

»Ach, vergiß es.« Er wandte den Blick ab und vergrub seine Hände tief in den Taschen.

»Ich will aber wissen, was du gerade sagen wolltest!«

»Nein, das willst du nicht.«

Sie starrte ihn unbewegt an und wartete.

Er gab auf. »Also gut, wie eine Erbsenranke um eine Bohnenstange, wie meine gute alte Großmutter immer gesagt hat. Die Beschreibung schien mir nur im Augenblick doch nicht die passende zu sein.«

»Warum denn nicht?« Sie legte den Kopf schief und runzelte verwirrt die Stirn.

Eine Mischung aus Gereiztheit und Verlegenheit, wie er sie seit seinen Schultagen nicht mehr verspürt hatte, ließ ihn mutig werden.

»Wenn ich dir das wirklich erklären muß, dann brauchst du etwas Unterricht über die Grundzüge der weiblichen und männlichen Anatomie.«

Sie starrte ihn an, dann blinzelte sie. »Oh.«

Er nahm eine Hand aus der Hosentasche und strich sich damit durch das Haar. »Egal, lassen wir's gut sein. Ich wollte hier ja nur in einer Notsituation aushelfen. Es gibt keinen Grund, warum ich in deine Privatsphäre oder in dein Bett eindringen müßte, um den Job zu tun. Ich hatte auch weder das eine noch das andere geplant. Wenn du möchtest, können wir noch stundenlang Champagner trinken, vielleicht ein wenig tanzen oder Karten spielen. Du kannst dich im Schlafzimmer einschließen, ich lege mich dann auf das kleine Sofa im Wohnzimmer, ganz wie dir beliebt. Auf diese Weise hat Dillman jedenfalls den Eindruck, daß du die Nacht mit mir verbringst. Wenn ich mich nicht täusche, dann hast du in aller Deutlichkeit durchblicken lassen, daß du mit dem Mann fertig bist.«

»Ja, das ist richtig«, erwiderte sie langsam. Sie starrte auf den Boden, während sie an ihrer Unterlippe kaute. Dann endlich fand sie die Sprache wieder. »Ich verstehe nur nicht, warum du das alles tust. Ich meine, was bedeutet es dir denn?«

Die Wahrheit ist manchmal die beste Waffe, dachte er. »Man hat mich mit diesem Job beauftragt. Und ich beende nun mal gerne, was ich angefangen habe. Abgesehen davon gefiel mir der Mann, den du heiraten wolltest, überhaupt nicht.«

Sie schüttelte den Kopf und wandte sich ab, um ins Wohnzimmer zu gehen. Er schien ja wirklich sehr überzeugt von sich zu sein. Dann gab sie plötzlich ein Geräusch von sich, als hätte ihr jemand in die Magengrube geschlagen.

Mit zwei schnellen Schritten war er neben ihr. Es schien ihr nichts weiter zu fehlen. Dann folgte er ihrem Blick zu der Wand mit den hohen Glastüren.

Die Vorhänge waren nicht zugezogen, damit man den Blick auf das Lichtermeer von Dallas genießen konnte. Die Stadt erstreckte sich wie ein graues Tuch bis an den Horizont, auf dem goldene und grüne Sternchen funkelten. Hinter den doppelverglasten Türen konnte man einen Teil des Balkons sehen, der die drei Turmsuiten miteinander verband. Bradley Dillman stand dort und schaute herein. Als er Gina und Race in seine Richtung starren sah, winkte er nonchalant und verschwand aus ihrem Blickfeld. Race wandte sich um und blickte in Ginas ungläubiges Gesicht. Mit gepreßter Stimme sagte er: »Begreifst du nun, was ich meine?«

Sie schloß die Augen und rieb sich mehrmals übers Gesicht, als ob sie etwas loswerden wollte, was sich dort wie ein unschönes, altes Spinnennetz hartnäckig festgesetzt hatte. Als sie ihre Hände wieder sinken ließ, sah sie so müde und besiegt aus, daß er augenblicklich Reue empfand.

Dann seufzte sie tief auf. Schließlich sagte sie: »Ein Mann von deiner Größe kann unmöglich auf einem zweisitzigen Sofa schlafen. Und das Schlafzimmer kommt nicht in Frage. Bleibt also nur noch die Badewanne oder der Fußboden.«

»Ich lege mich auf den Schafspelz vor dem Kamin«, erwiderte er ruhig. »Ich habe schon auf Schlimmerem geschlafen.« Gina schwieg lange Zeit und beobachtete ihn mit großen, fragenden Augen. Deshalb fügte er noch hinzu: »Du brauchst nichts zu befürchten, das verspreche ich. Großes Indianerehrenwort.«

Sie nickte langsam. Mit etwas zittriger Stimme erklärte sie: »Ich könnte dir ja eines der Kopfkissen überlassen. Vielleicht gibt es ja auch noch irgendwo ein zweites Bettlaken.«

Seine Befriedigung erschien ihm fast schon obszön, und er verbargt sie, so gut es ging. Außerdem war sie ohnehin nur von kurzer Dauer. Die bevorstehende Nacht würde nicht einfach werden, geschweige denn aufregend. Noch vor Morgengrauen würde er wahrscheinlich feststellen müssen, daß er sich selbst überlistet hatte. Nachdem er das zweisitzige Sofa beiseite geschoben hatte, war das Bett, das er sich herrichtete, eigentlich ganz bequem. Dennoch quälten ihn Unruhe und Schlaflosigkeit. Er war nicht imstande, die Vorstellung zu verdrängen, wie Gina in ihrem langen Spitzennachthemd aussehen mochte. Noch konnte er die Erinnerung an ihren leidenschaftlichen Kuß verdrängen. Es war fast, als könnte er noch immer ihren verlockenden Geschmack auf der Zunge spüren. Er konnte sie fast körperlich neben sich fühlen. Wie ein Teenager lechzte er danach, ihren warmen, duftenden Körper zu umarmen. Ihr fester Körper war so weich, ihre Weichheit so fest. Ihr Gesicht erschien vor seinem inneren Auge. Sie lächelte mit aufwärts geschwungenen Lippen und verheißungsvollem Blick.

Es war die reinste Folter. Und er hatte sie verdient, daran bestand kein Zweifel.

Die Stunden vergingen. Er warf sich unruhig hin und her, bis das Laken ein einziges Knäuel war. Er überlegte, ob er aufstehen und sich in den gut gefüllten Bücherregalen neben dem Kamin etwas zum Lesen holen sollte. Er hatte jedoch Angst, Gina dadurch zu wecken. Und das wollte er nicht, da er nur in Unterhosen schlief. Schlafanzüge gehörten normalerweise nicht zu seinem Leben, und er hatte es versäumt, einen einzupacken.

Erst gegen Morgengrauen überkam ihn die Müdigkeit. Wie üblich kurz vorm Einschlafen erinnerte er sich daran, daß er den Sicherheitsriegel nicht vor die Eingangstür geschoben hatte. Er hatte einfach zu viele andere Dinge im Kopf gehabt.

Die Tür schloß natürlich automatisch. Aber er hätte wirklich aufstehen und sie sicherheitshalber verriegeln sollen.

Es beunruhigte ihn allerdings nicht zu sehr, da er einen leichten Schlaf hatte. Falls sich jemand an der Tür zu schaffen machte, würde er bereits dort sein, bevor derjenige seinen Fuß über die Schwelle setzen konnte. Die Balkontüren des Wohn- und Schlafzimmers zumindest waren beide fest verschlossen. Wenigstens das hatte er nicht vergessen.

Race drehte sich auf den Rücken, stieß das Laken zurück und ließ die Arme zu beiden Seiten des Körpers herabsinken. Er atmete einmal kurz durch und versuchte sich ganz bewußt zu entspannen. Dann übermannte ihn der Schlaf.

Es mochten Stunden oder auch nur Minuten vergangen sein, als er hörte, wie ein Schlüssel in das Schloß gesteckt wurde. Das Geräusch ließ ihn sofort aus seinem tiefen, traumlosen Schlummer aufschrecken. Er schnellte in einer geschmeidigen Bewegung von dem Schafsfell hoch, dann war er hellwach und stürzte in den Flur. Er hielt so abrupt inne, daß seine nackten Füße auf dem rosafarbenen Marmor quietschten.

Die Frau, die gerade die Tür öffnete, starrte ihn mit offenem Mund an, eine Hand auf ihren Busen über dem rosa Arbeitskittel gepreßt.

»Du lieber Himmel!« Der erstaunte Blick des Zimmermädchens heftete sich auf ihn, glitt an seinen breiten Schultern entlang zu seinem muskulösen Brustkorb, dann zu seinen knappen Unterhosen und den nackten Schenkeln. Sie sah auf das zerknüllte Laken vor dem Kamin. Ihre Wangen röteten sich verlegen, obwohl ihre Augen zu funkeln begannen.

»Was, zum Teufel, suchen Sie hier?« knurrte Race bedrohlich.

Sie rieb sich ihre Hände an der spitzenbesetzten Schürze ab, dann vergrub sie sie in deren Falten. »Ich bin Etta, und dies ist meine Etage. Ich ... der Herr von nebenan sagte, daß Sie und Ihre Braut frühstücken gegangen seien. Entschuldigen Sie, es tut mir wirklich leid. Ich komme später wieder!«

5

Gina wachte von dem Duft frisch gebrühten Kaffees auf, dessen aromatische Duftwolke sie umhüllte. Auf dem Bauch liegend und ohne den Kopf anzuheben, öffnete sie einen Spaltbreit ein Auge.

Direkt vor ihr kniete ein Mann. In der einen Hand hielt er eine Tasse Kaffee, mit der anderen fächelte er den Dampf in ihre Richtung.

Sie riß ihre Augen auf und schnellte derart rasant von ihrem Kopfkissen hoch, daß sie sich fast den Hals verrenkt hätte. Plötzlich erinnerte sie sich. Sie atmete aus und versuchte, das Stakkato ihres Herzschlags zu kontrollieren. Dann rollte sie auf die Seite und stützte sich auf einen Ellenbogen. Races Mundwinkel verzogen sich langsam zu einem viel zu selbstsicheren Grinsen. »Guten Morgen.«

»Was«, fragte sie tonlos, »machst du denn hier?«

»Ich versuche gerade herauszufinden, ob du ein Morgenmensch bist.«

Sein Tonfall und seine Worte waren sanft, aber nicht bedrängend. Kurz darauf erwiderte sie: »Die Antwort darauf ist jein. Manchmal ja, manchmal nein.«

»Dachte ich mir. Der Kaffee ist ein Friedensangebot, falls er das ist, was den Ausschlag geben könnte.« Sein kariertes Hemd war ziemlich weit aufgeknöpft. Er trug abgeschnittene Jeans, und seine Füße steckten in einem Paar Segelschuhen aus Leinen. Er sah insgesamt ein wenig zu frisch, zu fröhlich und zu lässig attraktiv aus, um wahr zu sein. Gina schloß die Augen, um ihre Kräfte zu sammeln. Dann legte sie sich auf den Rücken und richtete sich im Bett auf. Sie schob sich die Kissen unter den Kopf und lehnte sich gegen das schwarzlackierte Kopfteil des Bettes, das mit gemalten Rosen verziert war. Wortlos griff sie nach der Kaffeetasse.

Er war höflich oder vielleicht sogar klug genug, um nicht sofort ein Gespräch mit ihr anzufangen. Er goß sich eine Tasse Kaffee aus der Kanne von dem neben dem Bett stehenden Tablett ein. Dann setzte er sich ans Fußende der Matratze und lehnte sich gegen das Fußbord. Gina überlegte einen Moment, ob sie ihn vom Bett verweisen sollte. Aber es war die Mühe nicht wert. Statt dessen beobachtete sie ihn unter gesenkten Wimpern hervor und nippte an dem belebenden Getränk. Er gab ein solch widersprüchliches Bild ab, so ausgesprochen männlich gegen den Hintergrund des ausgesprochen femininen Zimmers.

Sie mußte ihm jedoch zugute halten, daß ihn die Atmosphäre überhaupt nicht zu stören schien. Es war nicht etwa Arroganz oder Überheblichkeit, vielmehr ruhte er so sehr in sich selbst, daß es ihm gleichgültig war. Das war ein sehr anziehender Wesenszug. Schon beim Aufwachen einen Mann um sich zu haben, war eine vollkommen neue Erfahrung. Wenn dies immer so angenehm sein sollte, dann könnte sie sich leicht daran gewöhnen. Vielleicht sogar zu leicht.

Irgend etwas an der Art und Weise, wie er sie anblickte, verunsicherte sie. Sie blickte an ihrem weißen Seidennachthemd herab, um zu sehen, ob es vielleicht doch durchsichtiger war, als sie angenommen hatte. Ob sich vielleicht die dunklen Höfe ihrer Brustwarzen durch den dünnen Stoff abzeichneten. Sie konnte jedoch nichts entdecken. Dennoch verschränkte sie so unauffällig wie möglich die Arme vor dem Körper. Gleichzeitig konnte sie nicht umhin, sich zu fragen, wie es wohl wäre, wenn sie beide tatsächlich hier ihre Flitterwochen verbrächten. Wie es wohl wäre, wenn er sich neben sie setzen würde? Was würde passieren, wenn sie ihren Kaffee ausgetrunken hätten und sie sich neben ihm ausstreckte, ihn berührte und an sich zog? Wie würde es sich anfühlen, sich an seinen harten, muskulösen Körper zu pressen? Würde er seine Arme um sie schlingen und sie noch näher an sich drücken, bevor er sie in die weichen Kissen des Bettes drückte? Was wäre, wenn keinerlei Hindernisse zwischen ihnen ständen und sie den ganzen Tag, die ganze Woche Zeit hätten, um sich zu lieben?

Ein warmes Verlangen überflutete sie aus dem tiefsten Inneren. Es war so heftig, daß es drohte, alle ihre guten Vorsätze zunichte zu machen. Sie hielt den Atem an, um sich gegen die Sehnsucht nach menschlicher Nähe und Vertrauen und Zuneigung zu wappnen. Nein, so ging es nicht. Ausgeschlossen.

Sie räusperte sich und sagte: »Gibt es einen speziellen Grund dafür, daß du heute morgen so gutgelaunt und eifrig bist?«

»Nicht direkt. Außer daß ich bereits das Zimmermädchen bis zu den Haarwurzeln schockiert habe, einen Streit mit Bradley, dem Idioten, angezettelt habe und die Hälfte des Wassers aus dem Hotelpool verspritzt habe. Ich dachte, es wäre Zeit, dich darüber zu informieren.«

Sie starrte ihn an. »Wie bitte? Noch einmal von vorne.«

Seine Erklärung war so witzig, daß sie lachen mußte. Sie unterdrückte ihr Lachen, indem sie schnell hintereinander mehrere Schlucke Kaffee trank. Als er seinen Bericht beendet hatte, sagte sie: »Glaubst du, daß Bradley das Zimmermädchen absichtlich hierher geschickt hat?«

»Was denn sonst? Jedenfalls hat er uns nicht das Zimmer verlassen sehen.«

»Stimmt«, erwiderte sie. Ihre Augen wurden schmal. »Wir sollten es ihm eigentlich heimzahlen.«

»Wir können seine Tür zunageln«, schlug Race schelmisch vor. Sie sah ihn nachdenklich an. »Die Hoteldirektion wäre über die Löcher sicherlich nicht begeistert. Aber vielleicht könnten wir Leute auf sein Zimmer schicken, so wie er es bei uns getan hat. Wir könnten Handtücher, Eis und einen Fernsehmechaniker bestellten. Oder wir rufen den Zimmerservice an und bestellen ihnen ein riesiges Frühstück. Bradley frühstückt nämlich nicht.«

»Du hast eine teuflische Phantasie«, sagte er lächelnd. »Und deine Vorschläge gefallen mir. Es wäre eine sehr gute Idee, wenn nicht dein ehemaliger Bräutigam und deine Trauzeugin eben just in diesem Moment bereits ihr Mittagessen einnehmen würden.«

»Mittagessen!«

»Richtig.« Seine Augen blitzten ironisch. »Ein ganz normaler Vorgang zu dieser Tageszeit.«

»Du nimmst mich auf den Arm.« Sie hielt mit ihrer Tasse auf halbem Wege zu ihrem Mund inne.

»Du hast den Schlaf wohl dringend nötig gehabt«, sagte er und legte den Kopf ein wenig zur Seite, während er sie beobachtete.

»Ja, offensichtlich«, erwiderte sie. Daß sie in seiner Gegenwart so lange und tief geschlafen hatte, war erstaunlich. Scheinbar hatte seine Anwesenheit im nächsten Zimmer eher beruhigend als störend gewirkt.

»Überarbeitung führt zu Schlafentzug«, meinte er. »Das gleiche gilt für Grübeln, Streß, Depressionen. Hat dich in letzter Zeit irgend etwas belastet? Mal abgesehen von der geplatzten Hochzeit?«

»Nein, eigentlich nicht«, erwiderte sie. Ihr Blick war auf den mit Volants drapierten Tisch vor ihm gerichtet, dann glitt er zu dem Fenster dahinter, wo das Tageslicht durch den Spalt zwischen den Vorhängen hereinsickerte.

Race schwieg einen Moment und konzentrierte sich ganz auf seinen Kaffee. Dann richtete er wieder den Blick auf sie. »Und was machen wir mit dem Rest des Tages? Ein gemütlicher Brunch auf dem Balkon? Ein Spaziergang um den See? Golf? Einkaufen? Ein Museumsbesuch? Du darfst es dir aussuchen, ich treffe dann die Vorbereitungen. Oder auch umgekehrt. In der Beziehung bin ich pflegeleicht.«

Sie schien ebenfalls pflegeleicht, denn sie protestierte nicht augenblicklich dagegen, daß er noch blieb. Sie hatten zwar vereinbart, daß er die Nacht über noch bleiben sollte, um Bradley irrezuleiten. Von dem Morgen danach oder gar dem folgenden Nachmittag war jedoch keine Rede gewesen. Aber was waren schon noch ein paar zusätzliche Stunden, nachdem sie die Nacht zusammen verbracht hatten? Was machte das noch für einen Unterschied?

Race Bannister hatte Wort gehalten: Er hatte in der Nacht nichts versucht. Wenn er vergessen wollte, daß sie eine Abmachung hatten, dann konnte sie das ebenso. Nur noch für eine Weile. Nur noch ein ganz klein wenig länger.

Sie frühstückten auf dem Balkon und teilten sich die Sonntagszeitung. Die warme Brise rauschte in dem üppigen Efeu und durch die Blätter der Kübelpflanzen, die die große Fläche etwas intimer gestalteten. Der Wind fuhr unter die rosa Tischdecke und wehte den Duft frisch gemähten Rasens zu ihnen herauf. Spatzen gesellten sich zu ihnen und hüpften unter dem Tisch herum oder lugten erwartungsvoll vom Balkongeländer herunter. Das Essen war ausgezeichnet, der Kaffee ebenso. Ein Gefühl von Frieden und Übereinstimmung war zwischen ihnen. Gina hatte sich noch nicht angezogen, sondern lediglich einen vom Hotel gestellten Morgenmantel über ihr Nachthemd geworfen. Anfangs versuchte sie, es fest gegürtet über ihren Brüsten und

Knien zu halten, gab den Kampf aber schon bald auf. Einmal, als der Kragen etwas aufklaffte, bemerkte sie Races Blick auf der Spitze und den winzigen Perlmuttknöpfen über ihrer Brust. Sein Lächeln in diesem Moment war träge, fast schläfrig. Und dennoch sah sie die hypnotische Intensität seiner Augen, bevor er die Wimpern senkte. Er wandte den Blick ab und wiederholte diesen Fehler nicht noch einmal. Sie sprachen nur wenig miteinander und wenn, dann meist über Dinge, die sie in der Zeitung gelesen hatten. Ihre Kommentare wurden von langen Zeiten des Schweigens unterbrochen, wenn lediglich das Rascheln der Seiten und das Klappern einer Tasse oder eines Löffels zu hören war.

Als sie ihren Kaffee ausgetrunken hatten, waren es schließlich die sonntäglichen Comics, die das Gespräch auf Zeichentrickfilme brachten. Sie hatten eine kleine Auseinandersetzung über die Wirkung von Gewalt in Zeichentrickfilmen. Gina war der Ansicht, daß Filme wie *Die Schöne und das Biest* oder *Aladins Wunderlampe* Kindern viel zuträglicher seien als die brutaleren Filme mit Helden wie den Ninja Turtles. Race jedoch ließ sich nicht überzeugen. Er fand die Disney-Filme zwar ganz ausgezeichnet, meinte aber, daß Werte wie Treue und Zusammengehörigkeit, die bei den Turtle-Filmen betont wurden, die Gewaltszenen entschuldigten. Und außerdem, sagte er, würde niemand den Turtles ein Messer in den Rücken stechen oder sie mit Haut und Haar verschlingen, wie es bei Disney-Filmen der Fall war.

Gina mußte lachen und stimmte zu. Ihr fiel auf, wie gut er sich mit Kinderzeichentrickfilmen auskannte. Sie selbst war nur deshalb so bewandert, weil sie Dianes Sohn Corey kannte. Corey hatte eine Leidenschaft für elektronisches Spielzeug und sah gewöhnlich auf seinem Videorecorder Kinderfilme, wenn Gina ihre Freundin besuchte. Aber welche Ausrede mochte ein Mann wie Race haben? Es sei denn, er war verheiratet und hatte Kinder?

Aber nein, er hatte doch gesagt, er sei alleinstehend und ohne feste Beziehung. Was jedoch nicht viel besagen mußte, denn Männer bekennen sich ja häufig gerade in diesen Dingen nicht immer zur Wahrheit.

Als sie an Diane und Corey dachte, zuckte Gina schuldbewußt zusammen, denn sie hatte ihre Freundin nicht, wie versprochen, gestern abend noch zurückgerufen. Diane würde vollkommen aufgelöst sein. Es war ein Wunder, daß sie nicht die Polizei benachrichtigt oder wenigstens den Sicherheitsdienst des Hotels alarmiert hatte. Gina legte die Zeitung beiseite und stand auf. »Entschuldige mich einen Augenblick. Ich muß jemanden anrufen.«

Race sah auf, dann nickte er Richtung eines Zweitanschlusses mitten in den Pflanzen. »Da drüben steht ein Telefon.«

»Nein, laß nur. Ich statte bei der Gelegenheit auch gleich der Toilette einen Besuch ab«, sagte sie schnell. Noch bevor er antworten konnte, öffnete sie die Balkontür und trat ins Zimmer.

Diane nahm beim zweiten Klingeln ab. Gina ratterte ihre Erklärungen herunter, weil sie befürchtete, das Gespräch notfalls unterbrechen zu müssen, falls Race vom Balkon hereinkommen sollte. Diane hörte ihr ruhig zu. Als Gina fertig war, entstand ein kurzes Schweigen.

»Nun«, sagte ihre Freundin schließlich. »Ich kann nur hoffen, daß du weißt, was du tust.«

»Da bin ich mir nicht ganz so sicher«, erwiderte Gina und lachte. »Aber das kümmert mich im Moment nicht. Race ist so wunderbar, daß du es kaum glauben würdest. Ich kann es ja selbst kaum glauben. Du hättest mal Bradleys Gesicht sehen sollen, als er ihm begegnet ist. Er war vollkommen vor den Kopf gestoßen, wirklich. Und er klang so doppelzüngig. Ich weiß wirklich nicht, was ich an dem Kerl einmal gefunden habe.«

»Wenigstens etwas Gutes kommt bei alledem heraus«, erwiderte Diane. »Aber mach keine Dummheiten und verliebe dich jetzt in diesen Race. Meiner Ansicht nach hattest du genügend Männer, die für eine Ehe absolut untauglich waren. Das letzte, was du jetzt brauchst, ist noch einer von der Sorte.«

Gina mußte lachen. »Woher willst du wissen, daß Race nicht einen wunderbaren Ehemann abgeben würde? Es hat schon merkwürdigere Dinge gegeben.«

»Sag das nicht!« Dianes Tonfall wurde beißend. »Du weißt doch überhaupt nichts über diesen Menschen. Ein männliches Fotomodell, um Himmels willen!«

»Er hat noch andere Qualitäten«, entgegnete Gina. Dann erzählte sie Diane von der Ranch.

»Mir ist es vollkommen gleichgültig, ob seine Ranch sich über halb Texas erstreckt. Das ist immer noch viel zu riskant. Ich will einfach nicht, daß du wieder verletzt wirst.«

»Diane, er ist wirklich ein sehr netter Mensch.«

»Seine Mutter würde das sicherlich gerne aus deinem Mund hören, aber deshalb braucht es noch lange nicht zu stimmen. Du solltest ihn augenblicklich hinauswerfen.«

»Das wollte ich ja, aber uns stand irgendwie beiden nicht der Sinn danach. Es ist ja schließlich nur noch ein Nachmittag.«

Diane gab einen entnervten Ton von sich. »Tja, wenn du nicht willst, dann willst du eben nicht. Aber sei wenigstens vorsichtig.«

»Diane«, begann Gina, bekümmert über die Zweifel der Freundin.

»Ich muß jetzt auflegen«, erwiderte Diane. »Corey hat gerade etwas davon gesagt, daß er das CD-ROM-Laufwerk meines Computers an die Stereolautsprecher anschließen will. Und jetzt ist er beunruhigend still. Paß gut auf dich auf. Und glaube diesem Race kein Wort. Du kannst dein ganzes Vermögen darauf wetten, daß es alles nur leeres Gerede ist!«

Gina legte auf. Dann starrte sie auf die kalten künstlichen Holzscheite in dem Gaskamin. Es war eigentlich gar nicht Dianes Art, so schroff und nervös zu sein. Normalerweise war sie sehr entspannt, niemals in Eile, unglaublich tolerant gegenüber den kleinen Macken ihrer Mitmenschen und immer bereit, nur die positiven Eigenschaften zu sehen. Gleichzeitig war sie offen und hielt mit ihrer Meinung nicht hinter dem Berg.

Ihre Freundin hatte auch während dieses Gesprächs die meisten dieser Qualitäten gezeigt, aber irgend etwas war anders gewesen. Zunächst einmal hatte sie fast überhaupt keine Fragen über Race gestellt. Zum anderen hatte sie ihn, ohne ihn zu kennen, gleich in Grund und Boden verdammt. Und sie hatte nicht wirklich über die ganze Angelegenheit sprechen wollen, außer daß sie ihre Warnungen zum besten gab.

Irgend etwas stimmte nicht, aber was?

Gina war klar, daß die wenigen Monate ihrer Bekanntschaft mit Diane nicht ausreichten, um zu einer fundierten Meinung zu gelangen. Diane kam ursprünglich aus der Umgebung von Dallas. Sie sprach oft davon und hatte sogar ihre eigenen Flitterwochen im Glass Garden Hotel verbracht. Sie war im selben Alter wie Gina und bereits Witwe. Ihr Mann, ein Ingenieur und ihre Jugendliebe, war auf einer Bohrinsel ums Leben gekommen. Diane hatte außer ihrem kleinen Sohn nur wenig Verwandte, lediglich eine ältere Tante, einen älteren Bruder, der in der Politik tätig war, und eine jüngere Schwester. Um diese Schwester machte sie sich Sorgen, denn sie war Mitglied eines ultrakonservativen Hochleistungskults in Kalifornien.

Ginas Verwandte kamen vom Land und verließen ihre in einem Flußdelta gelegene Farm nur selten. Weil Diane und sie beide allein waren, hatten sie schnell zueinandergefunden. Mehr noch, irgend etwas hatte gleich zwischen ihnen gefunkt; sie hatten sich vom ersten Augenblick an gemocht.

Aufgrund dieser Zuneigung hatte Gina von Diane eigentlich mehr Besorgnis erwartet. Mehr von der Art von Panik, die sie gestern abend gezeigt hatte. Aber keine Spur davon. In gewisser Weise fühlte sich Gina abgeschnitten, fast verlassen. Das war beunruhigend. Und erschreckend, weil Gina nur ein Grund dafür einfiel, warum Diane aufgehört hatte, sich darum zu kümmern, was mit ihr passierte – und jener Grund stand in direktem Zusammenhang mit Bradley Dillman. Doch wenn Diane es herausgefunden hatte, dann konnte auch jeder andere davon wissen. Jeder. Einschließlich Race.

Aber wie? Und warum sollte es ihn interessieren? Er war Rancher und arbeitete gelegentlich als Modell. Oder etwa nicht?

Neben dem Telefon lag die Visitenkarte, die er ihr gestern gegeben hatte. Sie lag noch dort, wo Gina sie vor ihrem Gespräch mit Diane hingelegt hatte. Gina blickte darauf, dann auf die Telefonnummer, die unten aufgedruckt war. Sie blickte auf das Telefon, dann nahm sie den Hörer ab und tippte die Nummer ein.

Die Modellagentur schien tatsächlich zu existieren, denn es klingelte am anderen Ende der Leitung. Doch es hob niemand ab. Natürlich würde niemand abheben, es war Sonntag.

Sie wollte gerade auflegen, als nach dem vierten Klingeln sich ein Anrufbeantworter einschaltete. Gina riß den Hörer wieder ans Ohr.

»*Vielen Dank, daß Sie die Humanistische Gesellschaft von Dallas-Süd gewählt haben. Bitte hinterlassen Sie Ihre Nachricht . . .*« Sie hatte sich scheinbar verwählt und legte auf. Dann wählte sie die Nummer noch einmal.

Es klingelte viermal, dann schaltete sich wieder der Anrufbeantworter mit der gleichen Ansage ein.

Gina warf den Hörer auf die Gabel und riß die Hand zurück, als ob sie sich verbrannt hätte. Ihr Herz schlug so heftig, daß sie es hören konnte. Der dicke Bademantel bebte über ihrer Brust.

»Gina?« Race kam vom Balkon herein. Er trat besorgt auf sie zu. »Ist irgendwas nicht in Ordnung?«

Nichts war in Ordnung. Alles und jedes in ihrem Leben hatte sich als vollkommen unmöglich und unverzeihlich falsch erwiesen.

Aber sie konnte in diesem Moment nicht darüber sprechen. Sie konnte es sich nicht leisten, derart offen zu sein. Oder derart ehrlich.

Sie sah auf, und ihr Blick war offen und verletzlich, als sie dem dunklen Blau seiner Augen begegnete. Sie befeuchtete ihre Lippen und versuchte eine Antwort zu finden, die ihn zumindest kurzfristig befriedigen würde. Dann hatte sie sie gefunden. »Nein, alles okay«, erwiderte sie. »Aber ich kann Anrufbeantworter nun mal nicht ausstehen.«

6

»Du lieber Himmel, war mir das peinlich! Ich muß puterrot gewesen sein. Aber was für ein Mann! Nicht viele sehen nur im Slip so umwerfend aus. Und sich sein Bett auf dem Teppich zu machen, also das ist ja gerade so romantisch wie *Verlangen unter Sternen*, wo der Held ganze fünfundsiebzig Seiten lang auf dem Boden schlafen muß. Oh, und dann! Na ja, sagen wir einfach, daß sein Anblick dafür entschädigt.«

Das Zimmermädchen schnatterte weiter, während sie das Badezimmer mit schnellen, geübten Bewegungen putzte. Gina sah sie von der Seite her an, während sie sich die Wimpern am Schminktisch tuschte. Diese Etta war eine drollige Type mit ihren aufgedrehten Schillerlöckchen und einer überdimensionalen Brosche in Form eines Herzens auf der Brusttasche. Sie hatte ein besitzergreifendes Benehmen, als ob sie ihre eigene Wohnung säubern würde. Ihre Bemerkungen und die gelegentlichen Blicke in Ginas Richtung zeugten von Neugier. Dennoch war sie durch ihre Offenherzigkeit und ihre Wärme nicht unhöflich.

Gina war gerade dabeigewesen, Make-up aufzulegen, als das Zimmermädchen zum zweiten Mal erschienen war. Race war kurz zuvor nach unten gegangen, um einen Tennisplatz zu reservieren. Da Gina ihm in wenigen Minuten folgen würde, hatte sie Etta gebeten, doch gleich anzufangen.

Vorsichtig und scheinbar beiläufig sagte Gina: »Das ... äh ... Schlafarrangement ist nur vorübergehend.«

»Das will ich auch hoffen«, erwiderte Etta lächelnd und strich die Laken glatt. »So ein Mannsbild wollen Sie doch nicht ewig auf dem Boden hausen lassen. Ich habe beobachtet, daß er Ihnen Kaffee gebracht hat. Also, ich selbst mag auch zupackende, praktische Männer. Aber ein Mann, der so sehr um das Wohlergehen seiner Frau besorgt ist, der ist doch etwas ganz Besonderes.«

»Glauben Sie?« Gina griff nach dem Lipgloss und trug ihn eher hastig denn präzise auf.

»Darauf gebe ich Ihnen mein Wort. Und noch etwas. Ich bin ja vorhin hier ganz ahnungslos und ohne bösen Willen hereingekommen. Aber der Mann hat Sie so energisch verteidigt, als ob Sie seine Angetraute wären.«

»So dramatisch wird es schon nicht gewesen sein«, erwiderte Gina unsicher.

Etta hielt mitten im Kissenaufschütteln inne und sah ihr direkt in die Augen. »Sie haben ja auch nicht sein Gesicht gesehen, bevor er wußte, wer das Zimmer betreten hatte.«

Nein, weder das Gesicht noch den Rest von ihm, dachte Gina. Eigentlich schade. Sie sagte: »Das mag ja alles sein. Aber manche Männer sind einfach nicht dazu geeignet, gute Ehemänner abzugeben.«

»Das nicht, aber dieser hier würde ... oh!« Etta versteifte sich und hielt die Hand vor den Mund. »Das hätte ich nicht sagen sollen. Tyrone, Sie wissen schon, der Empfangschef, sagte mir, daß Sie und Ihr Aufpasserheld sich noch gar nicht lange kennen. Aber er wollte nicht klatschen. Er wollte nur, daß ich ein Auge auf Sie habe, weil er sich Sorgen machte, daß er Sie dazu verleitet haben könnte, das Falsche zu tun.«

»Wegen seines Ratschlags, meinen Sie.« Es überraschte Gina nicht weiter, daß Etta alles wußte. Es schien typisch für sie zu sein.

»Er hat ein Talent dafür, Gästen mit besonderen Problemen aus der Klemme zu helfen«, bemerkte Etta mit vertraulich gesenkter Stimme. »Jedenfalls solange es sich um solche Dinge handelt, wie Limousinen zu bestellen, Diamanten anzuliefern oder einen Whirlpool mit Champagner zu füllen. Aber es will einfach nicht in seinen Kopf, daß es Probleme gibt, die nicht so einfach zu lösen sind.«

»Ich bin für seine Anteilnahme sehr dankbar«, sagte Gina, »aber wir haben eigentlich keine Probleme.«

Etta hielt mitten in der Bewegung inne. »Wollen Sie damit sagen, daß Sie das Hotel verlassen werden? Ich dachte, daß Sie für eine Woche auf meiner Liste stünden?«

»Mein ... nun, der Herr wird abreisen.«

»Aber warum? Was hat er denn getan?«

Er hatte sie ausgetrickst, getäuscht, verspottet und sie Dinge fühlen lassen, die sie weder brauchte noch wollte.

»Nichts. Absolut gar nichts«, erwiderte Gina und zog den Reißverschluß ihrer Kosmetiktasche zu. »Es ist nur ... nun, manche Dinge entwickeln sich eben einfach nicht wie geplant.«

»Mögen Sie ihn denn nicht?« fragte das Zimmermädchen und schüttelte den Kopf. »Dumme Frage, natürlich tun Sie das. Was kann man da schon nicht mögen? Also, was ist dann mit Ihnen los?«

»Woher wollen Sie wissen, daß es an mir liegt?« fragte Gina gereizt.

»Ich habe nicht den Eindruck, als ob es an ihm liegen könnte. Männer würden eine Frau nicht so vehement beschützen wollen, wenn sie ihnen egal wäre. Und sie schwimmen auch nicht Runde um Runde durch den Pool, als wäre der Teufel hinter ihnen her, es sei denn, sie haben Sorgen oder wollen ihren männlichen Frust vergessen.«

Männlicher Frust.

»Na schön, vielleicht hat er ja Sorgen«, erwiderte Gina grimmig.

Etta legte den Kopf schief wie ein Vögelchen. »Ich sehe schon, was es ist. Sie trauen ihm einfach nicht über den Weg.«

»Das trifft den Nagel ziemlich genau auf den Kopf.« Gina vermied den Blick des Zimmermädchens und fuhr mit der Bürste durch ihr Haar.

»Das ist doch mal ein richtiger Kerl«, sagte Etta schwärmerisch. »Ich habe noch nie ein schöneres Paar als Sie beide gesehen. Da muß sich doch irgendwie etwas machen lassen.«

»Ich würde an Ihrer Stelle lieber nicht darauf zählen.« Gina griff nach ihrer Handtasche. Einen Moment lang stand sie blicklos da, von einem Gefühl tiefer Niedergeschlagenheit überwältigt. Dann schlang sie den Riemen mit aller Entschiedenheit über die Schulter und sah ein letztes Mal auf ihr blaues T-Shirt mit den türkisfarbenen Shorts. Sie sah adrett und gepflegt aus, wenn auch nicht besonders aufregend. Mit festen Schritten ging sie auf die Tür zu.

Das Zimmermädchen schüttelte den Kopf, als Gina sich entfernte. Aber ihr Blick war nachdenklich. Ein Pfauenpaar stolzierte schreiend vor dem Zaun entlang, als Gina den Tennisplatz erreichte. Race erwartete sie bereits am Eingang. Die Sonne ließ sein Haar golden schimmern. Auf seinen Zügen lag eine kaum beherrschte Ungeduld. Er war nicht allein. Bradley und Sandra, beide in modischer weißer Tenniskleidung, standen neben ihm. Bradley drehte sich um, als Gina auf sie zukam. Er lächelte siegessicher.

»Gina, mein Liebling«, rief er, »sag doch bitte deinem Mann, daß du nichts dagegen hast. Gestern abend, okay, das war eine andere Sache. Aber er scheint absurderweise zu glauben, daß du uns auch heute morgen am liebsten aus dem Weg gehen würdest.«

»Vielleicht hat er ja recht«, erwiderte Gina gereizt. Das letzte, was sie wollte, war, mit Bradley und Race gleichzeitig fertig werden zu müssen.

»Ja, klar doch«, entgegnete ihr ehemaliger Verlobter. »Wenn das der Fall wäre, dann wärst du inzwischen abgereist.«

»Warum sollte ich? Dieses Hotel war von Anfang an meine Wahl, wie du dich vielleicht erinnern wirst.«

»Ja.« Bradley senkte seine Stimme vertraulich. »Ich entsinne mich, wir sollten ja gemeinsam hier sein.«

Dieser unverblümte Versuch, sie vor Sandra und Race in Verlegenheit zu bringen, machte sie wütend. Es steigerte ihre ohnehin schon vorhandene Wut, die in ihr schwelte, seit sie wußte, daß Race nicht derjenige war, der zu sein er vorgab. Die Kombination führte zu dem Impuls, geradewegs auf Race zuzugehen, eine Hand auf seine Schulter zu legen, sich auf die Zehenspitzen zu stellen und einen Begrüßungskuß auf seine Lippen zu drücken.

Ihm stockte vor Überraschung der Atem. Dann umfaßte er mit einem Arm ihre Taille und zog sie zu sich heran.

Seine Lippen waren weich und warm, ihr fester Druck unglaublich verführerisch. Ihre eigenen Lippen öffneten sich erstaunt, als er plötzlich die Initiative ergriff. Das vorsichtige Tasten seiner Zunge in ihrem empfindlichen Mund sandte einen prickelnden Schauer durch sie hindurch. Sie versuchte, seine Zunge zurückzudrängen, und kämpfte gegen seine drängende Süße und die zärtliche Verführungskunst.

Aber selbst der Kampf war erregend. Die warme Berührung ihrer Lippen ließ nur noch Raum für Gefühle, nicht für Vernunft. Sie fühlte, wie ihr Widerstand gegen ihren Willen dahinschmolz, gefolgt von einem verzweifelten Verlangen, fester und noch fester umarmt zu werden. Ein schwindelerregendes Glücksgefühl stieg in ihr auf. Sie hob die Arme und verschränkte sie hinter Races Nacken. Race zog sie noch näher an sich heran. Von den Brüsten bis zu den Knien an ihn gepreßt, schien die Zeit plötzlich stillzustehen. Sie vergaß fast, was sie tat und wo sie war, wer ihr dabei zusah und warum. Fast, aber nicht ganz.

»Gott«, sagte Bradley angewidert. »Seid ihr zwei sicher, daß ihr überhaupt spielen wollt?«

Race löste seine Lippen von Ginas Mund und hob den Kopf, ohne sie aus seinen Armen zu lassen. Seine Miene war konzentriert, als er sprach: »Doch, wir sind uns sicher, ich bin es zumindest. Nur weiß ich nicht, ob gerade Tennis das richtige Spiel ist.«

»Nun kommt schon, nur ein oder zwei nette kleine Sätze.«

Race ließ von Gina ab. Er schien es jedoch nur widerwillig zu tun, denn er behielt eine Hand an ihrer Taille. Er drehte sich mit ihr zusammen um und ging zurück Richtung Hotel. Mit einem Lächeln sagte er über seine Schulter hinweg: »Tut mir leid, Dillman, aber mir ist nicht nach Nettigkeiten zumute.«

Wonach dann? Gina hätte in diesem Moment einiges darum gegeben, wenn sie es gewußt hätte. Aber sie konnte ihn nicht danach fragen.

Der Grund, warum sie es nicht konnte, war einfach der, daß die Antwort viel zu wichtig war. Wie es zu dieser Situation gekommen war, konnte sie sich selbst nicht mehr recht erklären. Sie wußte nur, daß es passiert war; und so sinnlos es auch sein mochte, sie konnte es einfach nicht leugnen.

Das Zimmermädchen Etta hatte recht gehabt, wie Gina mit einem schmerzlichen Gefühl in der Brust erkannte. Auch sie, Gina, hatte eine Schwäche für einen beschützenden Mann, ganz zu schweigen davon, daß sie hoffnungslos romantisch war.

Absolut hoffnungslos.

7

Sie hatte ihn erwischt.

Race konnte es kaum fassen. Normalerweise wäre ihm das nicht passiert. Aber da stand Gina, auf dem Balkon, als er gerade aus Dillmans Zimmer kam. Und als er sie bemerkte, war es schon zu spät, um sich zurückzuziehen.

Er war wütend, allerdings nicht auf sie. Er hatte den Fehler gemacht zu glauben, sie sei wie andere Frauen. Er hatte angenommen, daß er mindestens noch eine halbe Stunde Zeit hätte, bis sie sich zum Abendessen fertig gemacht hatte. Sie hatte diese Schätzung allerdings um gute zwanzig Minuten unterboten.

Jetzt konnte er nur noch eines tun, und zwar, sich durchmogeln. Eine Lüge würde wohl herhalten müssen. Bei der Übung, die er in letzter Zeit darin bekommen hatte, sollte ihm das nicht weiter schwerfallen.

Er schlenderte auf sie zu. Sein Lächeln war fröhlicher, als es seiner Stimmung entsprach. Er sagte: »Unsere Nachbarn haben die Tür offenstehen lassen, als sie zum Abendessen gegangen sind. Weißt du, ich bin mir gar nicht mal so sicher, ob die beiden überhaupt verheiratet sind. Das ist doch schockierend, oder nicht?«

Sie fand das gar nicht komisch. »Warum sagst du das?«

»Nirgendwo liegen Reiskörner herum – auch kein Vogelfutter, das neuerdings von Umweltschützern als der korrekte Ersatz gepriesen wird. Keine Champagnergläser mit Monogramm, keine Krümel vom Hochzeitskuchen. Und keine zerknüllte Kleidung.« Er lehnte seinen Rücken gegen die Balkonbrüstung. »Vielleicht sind sie auch nur schnell beim Standesamt vorbeigerauscht. Aber der Ehering deiner Freundin Sandra hat mich nicht allzu sehr beeindruckt. Und sie selbst sieht auch nicht gerade wie eine glückliche Braut aus. Was meinst du?«

»Der Ring sieht mir nach einem billigen Zirkonia aus, und die Fassung scheint nur vergoldet zu sein.«

Die Erleichterung darüber, daß sie das Spiel mitspielte, ließ ihm das Blut in den Kopf schießen. »Genau das denke ich auch«, erwiderte er. »Was aber hat das zu bedeuten? Ist er wirklich so geizig, oder will er nur ein kurzes Techtelmechtel? Oder soll das Ganze lediglich verdecken, daß er die Frau beobachtet, die er beinahe geheiratet hätte?«

»Was glaubst du denn?« Ihr Blick war direkt auf ihn gerichtet.

Er versuchte ein beiläufiges Schulterzucken. »Schwer zu sagen, da ich den Mann nicht kenne. Ich habe ja dich gefragt.«

»Alles könnte zutreffen«, erwiderte sie mit einem reuevollen Blick. »Ich bin mir allerdings nicht sicher, ob Sandra ohne den Ring mitmachen würde. Es überrascht mich, daß sie nicht den Solitär trägt, den ich zurückgegeben habe.«

»Würde dich das stören?«

Sie sah ihn mit dunklen Augen an. »Willst du wissen, ob ich nachträglich irgend etwas bereue? Darauf gibt es nur eine Antwort: Es tut mir leid, daß ich so lange gebracht habe, um Bradley zu durchschauen.«

»Keine tiefsitzende Empörung, daß er mit einer anderen Frau hier ist? Kein Schmerz darüber, wie er dich behandelt hat?«

»Nein, eigentlich nicht mehr.«

Er stieß einen verwunderten Laut aus. »Du bist nicht normal.«

»Vielleicht bin ich einfach nur erleichtert.« Sie blickte über ihn hinweg auf die Hochhäuser der Skyline von Dallas, die in glühender Sonne dalag.

»Oder du stehst noch unter Schock?« schlug er vor.

»Wenn es irgend etwas gibt, worüber ich schockiert bin, dann ist es die Tatsache, daß dir mein Gemütszustand nicht gleichgültig zu sein scheint.«

Sein Blick glitt von ihren rotbraunen Haaren über die feinen

Konturen ihres frischen Gesichts, dann weiter über das einfache blaue Hemd, das sie mit einem silbernen Gürtel zusammengebunden hatte. Ein Lächeln spielte um seinen Mund. »Du bist eine schöne und intelligente Frau, die es verdient hat, glücklich zu sein«, sagte er. »Ich will um jeden Preis vermeiden, daß du verletzt wirst.« Das allerdings war die Wahrheit, obwohl es jetzt ein bißchen spät war, sich noch Sorgen darum zu machen.

»Warum?« fragte sie knapp und blickte ihn an.

Er sollte es ihr hier und jetzt sagen. Allein der Gedanke daran ließ sein Herz wie wild schlagen. Aber er konnte es nicht tun, er hatte nicht das Recht dazu.

Leise sagte er: »Warum nicht? Ich bin vielleicht ein bezahlter Begleiter, aber ich bin trotzdem ein ganz normaler Mann mit ganz normalen Gefühlen.«

Sie lächelte müde. »Ich habe niemals etwas anderes angenommen.«

Das mußte belohnt werden. Unwirsch sagte er: »Möchtest du, daß ich dir Dillman vom Hals schaffe?«

»Kannst du das denn?« Ihr Blick war aufmerksam auf sein Gesicht gerichtet. »Nein, vergiß es. Es wäre den Aufwand nicht wert.«

Eines wurde ihm durch ihre Antwort klar: Dillman war ihr nicht so wichtig, als daß sie alles daransetzen würde, um ihn loszuwerden. Dennoch hätte er niemals den Vorschlag machen dürfen; sie hatte ohnehin schon Verdacht geschöpft. Noch ein Fehler. Oder vielmehr noch eine dumme Machogeste, die aus Frust heraus entstanden war und weil er von sich selbst angewidert war.

Diese Farce begann ihn zu bedrücken. Und mehr noch, sie bröckelte bereits hier und da, und er wußte nicht, wie lange er die Fassade noch aufrechterhalten konnte. Während des Nachmittags hatte er mehr als nötig von der Ranch gesprochen, seine Meinung über landwirtschaftliche Subventionen, über die politische Situation in Texas und über vieles andere geäußert. Als

Gina und er um den See gelaufen waren, hatte er sich mehrmals dabei ertappt, wie er ihre Hand suchte, ihren Arm berührte oder das Haar aus ihrem Gesicht strich. Als sie später auf mehreren Kissen ausgestreckt lagen und sich einen Videofilm angesehen hatten, hatte er sich sehr zusammenreißen müssen, um sie nicht unter sich zu begraben und all die Dinge zu tun, die ihn die letzte Nacht verfolgt hatten. Sein Vorschlag, daß sie sich zu einem frühen Abendbrot nach dem späten Brunch umziehen sollten, war nur der verzweifelte Versuch gewesen, sie aus der Suite herauszubekommen, bevor er sich vollkommen lächerlich machte. Zu lügen, sich zu verstecken, so zu tun als ob; er hätte wissen müssen, daß ihm das nicht gelingen würde. Natürlich hatte er nicht geplant, daß diese Farce so lange dauern sollte. Ein oder zwei Stunden, höchstens einen Abend, dann hätte es vorbei sein sollen. Er hätte die ganze Sache als üblen Scherz aufdecken oder aber sich wortlos mit einer höflichen Verbeugung aus dem Staub machen sollen.

Statt dessen war er besonders galant gewesen. Seine Motive waren ganz und gar lauter gewesen, so hatte er es jedenfalls damals gesehen. Jetzt war er sich dessen nicht mehr so sicher.

Gina hatte etwas Besseres verdient. Es war jetzt an der Zeit, daß er das tat, weswegen er gekommen war, und sich dann verabschiedete. Falls er es ertragen könnte zu gehen.

Er nickte zustimmend zu ihrer letzten Bemerkung, dann deutete er schnell auf die Tür in ihrem Rücken und sagte: »Hunger? Ich würde gerne ins ›Montague‹ gehen, falls du soweit bist.«

Gina blickte Race an, während sie darauf warteten, in dem im Westernstil eingerichteten Restaurant zu einem freien Tisch geführt zu werden. Seine Miene war starr, als er sich ungeduldig nach einer Kellnerin umblickte.

Er war irgendwie den ganzen Nachmittag über nicht wirklich ansprechbar gewesen. Mehr als einmal hatte sie nach Worten gesucht, um ihn zu fragen, wer und was er war und was er von ihr wollte, aber hatte nie die richtigen Worte finden können. Später hatte sie eingesehen, daß es dumm von ihr wäre, eine Auseinandersetzung herbeizuführen, wenn sie allein waren. Was würde sie denn tun, wenn er auf ihre Fragen gewalttätig reagierte? Oder wenn er ihr erzählte, daß er ein Juwelendieb, ein Killer, ein CIA-Mann oder etwas ähnlich Exotisches und Gefährliches wäre?

Nein, es wäre besser zu warten, bis Leute um sie herum waren, bevor sie das Thema zur Sprache brachte. Abends, wenn sie im Restaurant saßen, wäre dazu eine gute Gelegenheit. Jetzt war die Zeit dafür gekommen.

Das Durcheinander in ihrem Kopf hatte eine weit stärkere Wirkung als eine Diätpille, um ihr den Appetit zu nehmen. Aber ganz gleich wie, sie wollte die Mahlzeit hinter sich bringen, alles hinter sich bringen. Sie war dankbar, als man sie endlich zu einem Tisch in einer Nische geleitete.

Die Atmosphäre im »Montague« war sehr locker: über die Hälfte der männlichen Gäste hatten ihre Mützen auf, und auf einem riesigen Fernsehschirm wurde ein Fußballspiel übertragen. Die meisten tranken Bier aus großen Gläsern, und gegrillte Rippchen mit Bohnen galten hier als eine Spezialität. Von den vier Männern der Band hatte nur einer ein richtiges Hemd an. Die anderen drei trugen lediglich eine Weste auf der nackten Haut.

Ein Grund, warum sie das »Montague« der Terrasse vorgezogen hatten, war, weil sowohl sie als auch Race sich nicht elegant hatten anziehen wollen. Beide hatten sich für zwanglose Kleidung entschieden. Dennoch fand Gina, daß Race mit seinem offenen weißen Hemd und seinen Jeans auf eine typisch texanische Weise elegant aussah. Der wirklich ausschlaggebende Grund für den Restaurantwechsel hatte jedoch mit Bradley und Sandra zu tun. Die sicherste Art, eine Begegnung zu vermeiden, schien, sich von der Terrasse fernzuhalten.

Das allerdings sollte sich als Trugschluß erweisen.

Sie hatten gerade ihre Teller am Buffet gefüllt und sich wieder an ihren Tisch gesetzt, als sie jemanden rufen hörten. Bradley mit Sandra im Schlepptau bahnte sich seinen Weg zwischen den Tischen hindurch auf sie zu. »Hallo, Leute!« sagte ihr ehemaliger Verlobter und zeigte beim Lächeln seine Zähne. »Wir haben euch im Vorbeigehen gesehen. Ist es euch recht, wenn wir uns dazusetzen?«

Bradley wartete ihre Antwort jedoch gar nicht erst ab, sondern zog einen Stuhl für Sandra heraus und ließ sich dann auf den Stuhl neben ihr fallen. Gina erwartete, daß Race der Störung ein Ende bereiten würde, da er früher ja auch nicht gezögert hatte. Aber Race tat nichts dergleichen. Nach einer kurzen Begrüßung winkte er der Kellnerin, ihnen noch zwei weitere Gedecke zu bringen. Sandra schien alles andere als glücklich, das war nur zu offensichtlich. Gina bemitleidete sie und versuchte so freundlich wie möglich zu ihr zu sein. Während die beiden ihre Bestellung aufgaben, blickte sie Race vielsagend an. Sie wollte ihm ihre Unzufriedenheit, aber auch ihre Belustigung über das seltsame Bild vermitteln, das sie zusammen abgaben: die sitzengelassene Braut, der schuldbewußte Bräutigam, die Ersatzbraut und der vorgebliche Liebhaber friedlich vereint an einem Tisch. Wie modern, wie unecht, welch eine Farce!

Er schien ihrem Blick auszuweichen. Mit ausdruckslosem Gesicht begann er sehr höflich ein Gespräch über Football, fuhr fort mit Basketball und berührte dann noch mehrere andere männliche Sportarten. Sie wäre beeindruckt gewesen, wenn sie von seinem wirklichen Interesse für diese Themen überzeugt gewesen wäre.

Diese Überzeugung verstärkte sich allerdings mit der Zeit. Die beiden Männer schienen sich prächtig zu verstehen, verglichen Teams und Spieler, erzählten einander die Geschichten großer Spiele und stritten freundschaftlich über Ergebnisse. Sie wären glatt als Freunde durchgegangen. Es war ein merkwürdiges und sicherlich ausschließlich männliches Phänomen, sich des Themas Sport zu bedienen, um einen Nenner zu finden. Sie taten es scheinbar instinktiv, auch wenn ein gemeinsamer Nenner das letzte war, was jetzt vonnöten gewesen wäre. Vielleicht war es aber auch der einzige Weg, eine unschickliche Aggressivität unter Kontrolle zu halten.

Was immer auch der Grund sein mochte, er irritierte Gina. Sie fühlte, wie sich hinter ihrer Stirn ein Spannungskopfschmerz aufbaute. Es hatte einmal eine Zeit gegeben, als sie mit der Frau neben ihr hatte lachen und reden können, als sie einander nahe gewesen waren. Beide wußten, daß diese Zeit vorüber war. Niemals würde es wieder möglich sein, sich so entspannt wie die beiden Männer zu unterhalten, die sich doch kaum kannten.

»Wie denkst du darüber?«

Races Frage unterbrach ihre Gedanken. Sein Blick war so intensiv, als ob der Fortbestand der gesamten Menschheit von ihrer Antwort abhinge. Sie war nicht zu solchen Spielchen aufgelegt. »Ich habe gerade nicht zugehört«, erwiderte sie knapp. »Was hast du gesagt?«

»Darf ein Amateursportler in Werbefilmen für Geld auftreten? Sollten amerikanische Sportler dafür bei internationalen Wettkämpfen bestraft werden, wo doch andere Länder ihre Sportler finanziell unterstützen – sie also eigentlich für ihre Fähigkeiten bezahlen?«

»Wie, in aller Welt, seid ihr denn auf dieses Thema gekommen?« fragte sie überrascht.

Bradley lachte schallend. »Wo bist du denn mit deinen Gedanken gewesen, Liebling? Aber laß nur, Bannister. Ich kann dir ohnehin genau sagen, was Gina antworten würde.« Ein ironisches Lächeln zog seine von dem Schnurrbart verdeckte Oberlippe aufwärts. »Sie würde dir erzählen, daß jeder, der die Regeln kennt und sie nicht befolgt, dafür den Preis bezahlen sollte, ganz gleich, was alle anderen um ihn herum tun. Recht oder unrecht, so sieht sie es nun mal. Ein Mittelding gibt es bei ihr nicht.«

»Stimmt das?« fragte Race. Er lehnte sich in seinen Stuhl zurück. Seine Augen waren dunkelblau und ruhig, als er sie über den Tisch hinweg ansah.

»Ich glaube schon«, erwiderte Gina langsam. Hier war irgend etwas, was sie nicht ganz verstand. Dennoch konnte sie ihre grundsätzlichen Überzeugungen nicht verleugnen.

Ein Schatten glitt über Races Gesicht. Mit leiser Stimme sagte er: »Das hätte ich wissen sollen.«

»Und ich auch, gleich von Anfang an«, stimmte Bradley zu. »Keine zweite Chance, nicht wahr, Gina? Kein Verzeihen, das ist bei dir nicht drin.«

Sie blickte auf den Mann, den sie fast geheiratet hätte, und bemerkte die Schwäche in seinem Gesicht. Und möglicherweise auch eine Spur der Reue. Trotzdem konnte es nur eine Antwort geben. »Nein, jedenfalls nicht häufig.«

Bradley sah Race an. »Verstehst du nun, wovon ich spreche?«

Ginas reger Einbildungskraft schien es so, als ob ein Funke des Verständnisses zwischen den beiden Männern übersprang. Ihr Kopf hämmerte. Was, wenn Diane nun recht hatte? Wenn es nun Bradley gewesen war, der Race angeheuert hatte? Wenn er ihn beauftragt hatte, sie zum Essen auszuführen und sie mit Komplimenten zu überschütten, um herauszufinden, wieviel sie wußte?

Im Laufe ihrer Verlobungszeit mußte Bradley genug Einblick gewonnen haben, um zu erkennen, daß es keinen Bräutigam geben würde, der mit ihr in das Hotel durchbrannte. Dieses Wissen hatte er sich zunutze gemacht, um sich einen kleinen Spaß auf ihre Kosten zu machen.

Und sie war darauf hereingefallen. Sie hatte Race in ihre Suite und in ihr Leben gelassen. Dieser Fehler würde sie teuer zu stehen kommen, soviel wußte sie jetzt schon. Es war nur noch die Frage, wie hoch der Preis sein würde. Als sie vorhin Race aus Bradleys Tür hatte kommen sehen, war er nicht aus reiner Neugier dort gewesen, wie er behauptet hatte. Nein, er hatte sich dort mit seinem Auftraggeber unterhalten. Die beiden hatten sicherlich das Treffen im Restaurant abgesprochen.

Bradley konnte nicht mit Sicherheit wissen, daß sie von seinen illegalen Geschäften wußte. Sie hatte niemals mit ihm darüber gesprochen, weil er ihr einen anderen guten Grund geliefert hatte, die Hochzeit abzublasen. Doch möglicherweise hatte er es geargwöhnt. Aus diesem Grund hatte er ihr auch die merkwürdige Frage über Amateursportler gestellt. Sie hatte gar nichts mit Sport zu tun, sondern sollte ihre Skrupel auf die Probe stellen. Es war eine Falle gewesen. Gina legte ihre Gabel beiseite und schob den Teller weg. Mit festem Blick sah sie von Race zu Bradley. Dann blickte sie wieder auf den Mann, den sie fast geheiratet hätte. »Welche andere Antwort könnte es denn da geben?« fragte sie. »Recht ist Recht und Unrecht ist Unrecht. Ich könnte niemals eine wie auch immer geartete Beziehung mit jemandem haben, der den Unterschied nicht erkennen kann. Jemand, der gegen die Regeln verstößt, sollte sich über die Konsequenzen im klaren sein. So jedenfalls sehe ich das. Und ich weigere mich, mich dafür zu entschuldigen.«

Bradley lachte kurz auf. »Sehr einfach und niedlich, aber nicht sehr praktisch. Du wirst vielleicht ganz schön einsam werden da draußen mit keinerlei Gesellschaft außer deinen Prinzipien.«

»Mag schon sein«, erwiderte sie leise. »Aber dieses Risiko nehme ich auf mich.«

Was jetzt? Bradley hatte seine Verbindungen, von denen einige sogar gefährlich waren. Sollte sie das jemals bezweifelt haben, dann brauchte sie nur den Mann anzuschauen, der ihr gegenüber saß. Trotzdem, dies war ein öffentlicher Ort. Man konnte sie wohl kaum von hier wegschaffen, ohne daß es irgend jemandem aufgefallen wäre. Oder?

Race sah sie mit einem angespannten, undurchdringlichen Blick an. Was mochte er gerade denken? Ob er wohl wußte, wie schnell ihr Herz schlug? Hatte er die geringste Ahnung von dem Schmerz, der in ihr wütete? Hatte er auch nur die leiseste Ahnung, wie sehr der Gedanke an das weh tat, was er getan hatte? Sie würde ihm jedenfalls keine weitere Gelegenheit geben. Nicht, wenn sie es verhindern konnte.

Aber wie konnte sie das?

Er sollte angeblich ihr Liebhaber sein, wenn nicht sogar ihr Mann. Sie hatte zwar dem Empfangschef etwas anderes gesagt, und auch das Zimmermädchen Etta wußte Bescheid. Aber alle anderen, die sie in die Flittersuite hatten hinein- und hinausgehen sehen, mußten annehmen, daß sie ein Paar waren. Er konnte sie überall hinbringen, wohin er wollte. Wer würde sich da schon einmischen? Wer würde ihn daran hindern, sie auf ihr Zimmer zu bringen und mit ihr zu machen, was er wollte?

Plötzlich erkannte Gina in aller Deutlichkeit, daß Diane in allem recht gehabt hatte. Sie hätte wirklich weglaufen sollen, solange sie noch die Chance hatte.

8

In diesem Moment kreuzten sich Sandras und Ginas Blicke. »Ich gehe zur Toilette«, murmelte Sandra. »Kommst du mit?«

Die Einladung schien eine besondere Dringlichkeit zu haben. Merkte Sandra womöglich, was hier gespielt wurde, und wollte ihr helfen? Wenn das der Fall war, was würden die beiden Männer dann unternehmen?

Es gab nur eine Möglichkeit, das herauszufinden. Vorsichtig stand Gina auf. Keiner protestierte, niemand versuchte sie aufzuhalten. Weder Bradley noch Race machten eine Bemerkung. Gina hatte weiche Knie, als sie der anderen Frau folgte. Gleichzeitig war sie verwirrt. War sie möglicherweise im Unrecht? War all die Distanz zwischen Bradley, Race und ihr lediglich das Resultat ihrer übereifrigen Einbildungskraft?

Die Toiletten lagen hinter dem Foyer und waren sowohl vom »Montague« als auch von der Terrasse aus gut zu erreichen. Die extravagante Einrichtung in cremefarbenem Marmor mit goldenen Verzierungen umfaßte freistehende Marmorbecken, Kristalleuchter, Duftseifen und eine rosa Rose in einer Vase neben jedem Spiegel. Der große Raum war praktisch leer. Eine Frau trocknete sich gerade die Hände unter dem elektrischen Fön und verließ den Raum, als Gina und Sandra eintraten.

»Gina«, begann Sandra und blickte sie vor den Waschbecken an. »Ich wollte nur eine Gelegenheit haben, um mich bei dir zu entschuldigen. Ich weiß, daß ich dir jetzt ziemlich gleichgültig bin, und ich kann dir das nicht verübeln. Aber es war niemals meine Absicht gewesen, die Beziehung zwischen dir und Bradley aus dem Lot zu bringen. Es ist eben ... einfach passiert. Ich habe ein so schlechtes Gewissen.«

»Mach dir keine Sorgen«, erwiderte Gina. »Vielleicht sollte ich dir sogar dankbar sein.«

Sandras Miene erhellte sich für einen Augenblick, bevor sie den Blick senkte und ihre künstlichen Nägel betrachtete. »Ich glaube nicht, daß Bradley mit der Entwicklung der Dinge besonders zufrieden ist.«

»Das kann ich nicht ändern.«

»Weißt du eigentlich, daß es ihn wahnsinnig macht, daß du mit diesem Race im nächsten Zimmer wohnst?«

Gina lächelte. »Da bin ich mir zwar nicht ganz sicher. Aber wenn dem so ist, dann ist es gut so.«

Sandra lachte überrascht auf. »Donnerwetter, Gina, ich wußte gar nicht, daß du das drauf hast.«

»Nein?« fragte Gina nachdenklich. »Ich auch nicht, weißt du.«

Sandra lächelte sie etwas gequält an, dann sagte sie plötzlich: »Ich werde direkt nach dem Abendessen abreisen und wieder nach Shreveport zurückkehren. Ich muß morgen früh wieder an meinem Arbeitsplatz sein. Ich brauche diese Arbeit, weil meine

Ehe nicht halten wird. Bradley hat mir nur einen Heiratsantrag gemacht, um sich an dir zu rächen, weil du ihn sitzengelassen hast.«

Gina sah jetzt, daß Sandras Qualen den ihren nicht so unähnlich waren. Das war Grund genug, um ihr gegenüber freundlich zu sein. »Ach, ich glaube nicht, daß das der Grund war. Ihr beiden wart ja bereits ein festes Paar.«

»Nur ein kurzes Abenteuer.« Sandra trommelte mit ihren Fingernägeln auf das Marmorbecken. »Du hast ihm ganz schön Angst eingejagt, Gina. Ist dir das eigentlich klar? Du verlangst sehr viel von einem Mann.«

»Nicht mehr, als ich zu geben bereit bin.« Die Worte waren leise und schmerzlich.

»Das ist es doch gerade, begreifst du das denn nicht?« erwiderte Sandra ernst. »Mit dir war es alles oder nichts. Bradley war sich nicht sicher, ob er dem standhalten konnte.«

»Nun, er hat ja bewiesen, daß er es nicht kann.«

»Vielleicht war es einfacher für ihn, als sich zu ändern. Ich weiß aber, daß er sich jetzt wünscht, er hätte es wenigstens versucht.«

Gina starrte die andere Frau an.

»Du willst damit doch nicht etwa sagen, daß er nur hier ist, um ... um wieder mit mir zusammenzukommen?«

Sandra rieb gedankenverloren den Marmor. »Nein, vielleicht nicht so direkt. Aber er hat sich Sorgen deinetwegen gemacht. Er hatte Angst, was du tun würdest.«

»Nun mach aber mal einen Punkt!«

»Nein, es stimmt«, sagte Sandra und sah besorgt auf. »Dich einfach so aus dem Staub zu machen, ist doch sonst nicht deine Art. Du bist doch bodenständig und praktisch, du tust immer genau das, was im jeweiligen Moment richtig ist. Du würdest doch niemals mit einem Typen in ein vornehmes Liebesnest flüchten, den du nicht schon seit langer Zeit kennst.«

Gina stöhnte auf. »Jetzt reicht es aber, Sandra! Willst du

mir etwa weismachen, daß Bradley meine Anwesenheit hier mit Race stört, wenn er derjenige ist, der Race überhaupt erst hierhergeschickt hat?«

Sandra riß überrascht den Kopf hoch. »Das kann nicht dein Ernst sein. Bradley hat schon Schaum vor dem Mund, weil Race hier ist. Er hat wirklich geglaubt, dich hier alleine anzutreffen.«

Gina starrte ihre ehemalige Trauzeugin entsetzt an, dann schüttelte sie den Kopf. »Das ist nur das, was er dich glauben machen will.«

»Ich schwöre, daß er geglaubt hat, du wärst allein hier. Er hat sich die ganze Fahrt hierher darüber lustig gemacht, wie er dich dazu bringen wollte, zuzugeben, daß es keinen anderen Mann in deinem Leben gibt. Als er dich gestern abend mit Race auf der Terrasse gesehen hat, ist er fast ohnmächtig geworden.«

Das ergibt doch alles keinen Sinn, dachte Gina verwirrt. Wenn Sandra recht hatte, dann mußte sie ihre Schlußfolgerungen noch einmal überdenken. Sie wußte nur nicht, wie. Schließlich sagte sie: »Es waren nicht gerade wundervolle Flitterwochen für dich, nicht wahr? Das tut mir leid.«

»Stimmt«, erwiderte Sandra mit einem matten Lächeln, drehte sich um und ging auf die Toiletten zu. »Mir tut es auch leid.«

Race hatte die beiden Frauen bereits gesichtet, noch bevor sie zum Tisch zurückgekehrt waren. Das Lächeln, mit dem er Gina bedachte, ließ ihr einen sinnlichen Schauer über den Rücken rieseln. Sie unterdrückte ihn energisch, allerdings ohne großen Erfolg. »Möchtest du ein Dessert?« Sein Blick war aufmerksam und gleichzeitig unendlich zuvorkommend.

Sie schüttelte den Kopf. Sie hatte ihr Barbecue und die Bohnen kaum angetastet. Der Gedanke an etwas Süßes war ihr zuwider.

»Dann ist es wohl an der Zeit zu gehen«, sagte er und winkte nach der Rechnung.

Sie hätte Eiscreme, Kaffee, Kuchen, egal was, verlangen sollen. Jetzt sah sie ganz deutlich, daß ihre Zeit abgelaufen war. Bradley protestierte und schlug vor, mit seinem Wagen in eines der Touristenlokale im Westen der Stadt zu fahren und sich dort etwas umzusehen. Race lehnte höflich, aber bestimmt ab. Gina wußte nicht, ob sie lachen oder weinen sollte, als ihr Ex-Verlobter sich ohne Widerspruch fügte. Es schien ein wenig unvernünftig, beidem nicht abgeneigt zu sein.

Sie hätte sich natürlich weigern können, das Restaurant zu verlassen. Aber damit hätte sie eine Auseinandersetzung herausgefordert, wozu sie noch nicht bereit war. Sie wußte nicht, was sie denken oder sagen sollte. Sie konnte noch nicht einmal entscheiden, welche Fragen die richtigen sein würden. Sie hatte Angst, sich durch ihre eventuell falschen Schlußfolgerungen lächerlich zu machen. Aber noch mehr Angst hatte sie davor, wie ein Dummkopf dazustehen, nur weil sie nicht für sich selber geradestand. Wie gelähmt von der Fülle von Zweifeln und Möglichkeiten, die ihr durch den Kopf gingen, ließ sie sich zu den Aufzügen führen.

Sie wollte die Wahrheit nicht wissen.

Das wurde ihr plötzlich ganz deutlich bewußt, als sie den Flur hinunter auf ihre Suite zugingen. Sie wollte Race nicht sagen hören, daß alles nur ein Witz war, daß ihm nichts etwas bedeutet hatte. Ob er nun von Bradley angeheuert worden war oder ob er nur ein gewöhnlicher Krimineller war, sie wollte es einfach nicht hören.

Wurden Frauen auf diese Weise zu Gewaltopfern ihrer Geliebten oder Freunde? Wollten sie ihren melodramatischen Ängsten einfach keinen Glauben schenken? Versuchten sie nicht, sich in Sicherheit zu bringen, weil sie einfach nicht glauben wollten, daß jemand, den sie liebten, ihnen weh tun würde? Oder weil die innerliche Wunde von jenem Verrat, wenn er kam, schlimmer sein würde als alles, was man ihnen sonst noch antun könnte?

Liebe. Ein ganz einfaches Wort und doch so vielschichtig.

Sie liebte Race nicht. Warum auch, sie kannte ihn ja kaum. Man mußte jemanden wirklich kennen, um ihn zu lieben, nicht wahr? Dieses Wissen brauchte seine Zeit. Gefühle und Ansichten wollten vorsichtig nach Gemeinsamkeiten abgetastet werden. Das überkam einen nicht einfach mit einem Blick, einer Berührung.

Oder doch?

Kleine herzförmige Süßigkeiten lagen auf den Kissen, wo Etta die Betten aufgedeckt hatte. Gina rührten die romantischen Andeutungen des Zimmermädchens. Race hatte es Etta ganz offensichtlich angetan. Sie war sich ganz sicher gewesen, daß er auf dem Boden geschlafen hatte, um sie beschützen zu können. Vielleicht stimmte es ja – vielleicht wollte er sich vor sich selbst beschützen.

Plötzlich wünschte sich Gina, daß Etta recht haben möge. Welch einen Unterschied das machen würde. Aber Gina glaubte nicht mehr an Romantik. Jetzt nicht mehr. Nach diesem Vorfall hier würde sie nie wieder romantische Gefühle hegen.

»Ist alles in Ordnung?« ertönte Races tiefe, leicht heisere Stimme hinter ihrem Rücken.

Sie wandte sich um und sah ihn mit einer Hand an der Schlafzimmertür stehen. Der besorgte Blick wirkte fast echt. Er war ein guter Schauspieler.

»Ja, alles in Ordnung«, erwiderte sie.

»Dann schließe ich ab.« Er wartete einen Augenblick. Aber als sie nicht antwortete, ging er wieder ins Wohnzimmer. Dann hörte sie, wie der Riegel vor die Tür geschoben wurde. Er hatte wohl erwartet, daß sie protestieren oder doch zumindest eine zweite Nacht seiner Anwesenheit in der Suite in Frage stellen würde. Sie aber hatte weder die Zeit noch die Kraft dazu gehabt. Sie mußte jetzt andere und viel wichtigere Entscheidungen treffen.

Sie wollte nicht eingeschlossen sein. Plötzlich konnte sie den Gedanken nicht ertragen. Sie ging auf die Balkontüren zu, zog die Gardinen beiseite und ging hinaus. Sie hielt sich an dem Balkongeländer fest und atmete tief und hastig in der Dunkelheit.

»Gina?«

Die Dunkelheit erhellte sich flüchtig, dann wurde sie wieder finster, als Race die Vorhänge beiseite schob und nach draußen schlüpfte. Sie sah ihn nicht an, obwohl er sich neben sie stellte. Seine Hände hatte er in den Taschen vergraben.

Die Nachtluft war weich und kühl. Der grauschwarze, sternenlose Himmel über ihnen wurde durch die Lichter der Stadt erhellt, die wie gefallene Sternschnuppen in der Ferne leuchteten. Race schwieg. Es lag etwas Beruhigendes in seiner Größe und Stattlichkeit. Er war so nahe, und doch forderte er nichts. So merkwürdig das auch sein mochte, aber seine Anwesenheit machte ihr irgendwie Mut.

Mit leicht zittriger Stimme fragte sie: »Wer bist du eigentlich?«

Sein Seufzen war wie ein stummes Eingeständnis. »Nur ein Mann, der sich wünscht, daß die Dinge anders gelaufen wären, daß er selbst ein anderer wäre. Oder vielleicht auch, daß du eine andere wärst.«

Sie hatte es gewußt und doch gehofft, daß sie sich geirrt haben möge. Zögernd begann sie: »Du bist nicht ...«

»Ich bin vieles«, unterbrach er sie. Er wandte sich mit dem Rücken zum Geländer. »Manche Dinge stimmen sogar. Die Sache mit der Ranch stimmt. Ich leite sie und arbeite sehr hart dafür.«

»Das ist doch schon mal etwas.«

Er wandte den Blick ab, und seine Miene war wie erstarrt, bevor er sich erneut zu ihr umdrehte. Mit rauher Stimme sagte er: »Verstehst du etwas von Rodeos?«

»Ein wenig.« Sie zögerte, weil sie spürte, daß er noch mehr sagen wollte.

»Früher bin ich dort geritten. Das ist Jahre her, als ich noch jung und dumm und voller Elan war. Ich liebte die Herausforderung, ja auch auch die Todesverachtung der Gefahr. Du hast nur acht Sekunden, um dich zu beweisen. Acht Sekunden nur, aber sie können so lang sein wie ein ganzes Leben. Der Ritt ist gefährlich und schnell vorbei, aber es ist ein unglaublicher Sieg. Wenn du es schaffst, dich auf dem Mustang zu halten, und das Klingelzeichen ertönt, dann ist dein Tag gerettet. Du bekommst die silberne Gürtelschnalle, die dich als Sieger auszeichnet. Diesen Preis kannst du mit nach Hause nehmen.«

»Und was, wenn du herunterfällst?« fragte sie leise.

»Dann knallst du auf die Erde, und der Mustang tritt dich mit den Hufen in die Rippen und ins Gesicht. Zusätzlich zu den Schmerzen kommt auch noch die Niederlage.« Seine Stimme wurde heiser: »Aber, bei Gott, du hast auch diesen Ritt gehabt.«

»Ja, ich verstehe«, erwiderte sie. Und sie verstand tatsächlich, irgendwo tief in ihrem Inneren, wo die Logik nicht hinreichte und nur die Gefühle herrschten. Wo der Verstand aufhörte und das Herz begann.

Sie schwiegen beide, während von dem Restaurant unten Musik zu ihnen heraufschwebte. Es war eine alte süßliche Ballade von Liebe und Verlust.

Race legte den Kopf zur Seite und lauschte. Dann zog er eine Hand aus der Tasche und streckte sie ihr hin. Sein Blick war auf ihr blasses Gesicht gerichtet. Seine Stimme war tief und ruhig, als er sagte: »Tanzen wir?«

Sie konnte nicht nein sagen, selbst wenn sie es gewollt hätte. Soviel war ihr mit einem Schlag klar. Den Tanz akzeptieren, den Mustang reiten, der Liebe eine Chance geben – für alle diese Dinge mußte man auch bereit sein, den Schmerz zu riskieren. Es gab Menschen, die brachten das niemals fertig. Sie zogen die Sicherheit vor und vermieden den Schmerz um jeden Preis. Aber Schmerz zu vermeiden bedeutete, das Leben zu vermeiden. Und das Leben, wie ein Rodeo, war ein viel zu großer Spaß, als daß man es sich entgehen lassen sollte.

Sie hatte sich geschworen, gefährlich zu leben, und das würde sie auch tun. Sie hatte gar keine andere Wahl.

Sie drehte sich um und musterte ihn in dem matten Licht. Er war wie ein warmer Schatten und dennoch aus Fleisch und Blut. Sie legte ihre Hand in seine, dann ließ sie sich umarmen. Er drückte sie fest an seine muskulöse Brust. Sie akzeptierte seine Umarmung und fühlte seine Kraft und schloß die Augen.

Körper an Körper bewegten sie sich auf dem Balkon. Es war ein uralter Instinkt, jener Drang, sich in einem verführerischen Rhythmus zu bewegen. Sie ergaben sich ihm und hielten einander umarmt, bis jeder Nerv in ihrem Körper zu der Musik zu singen schien, bis zu dem Moment, als sie es nicht länger ertrugen. Bis die Musik aufhörte.

Race berührte ihre seidigen Haare und ihre Stirn mit dem Mund und suchte ihre Lippen, als sie ihr Gesicht zu einem Kuß hob. Sie fühlte etwas Süßes, Warmes und Nachgiebiges in sich und teilte dieses Gefühl mit ihm.

Seine Brust schwoll unter einem tiefen Atemzug an. Dann bückte er sich, schob seine Arme unter ihre Knie und hob sie hoch. So eng umschlungen ging er mit ihr in das Zimmer, wo er sie auf dem breiten, weichen Bett ablegte. Seine Knie beulten die Oberfläche neben ihr ein, dann legte er sich langsam neben sie.

Sie seufzte leise und wohlig, als er ihre Brüste berührte und sie mit seinen warmen Fingern umfaßte. Es war jedoch nur ein Vorspiel zu seiner zärtlichen und dennoch sehr sorgfältigen Erkundung der Kurven ihres Körpers. Er streichelte sie und hielt sie mit geschlossenen Augen und weit gespreizten Fingern, als ob er sich jeden Zentimeter ihrer seidigen Haut, jeden Muskel und jeden zarten Knochen ins Gedächtnis einprägen wollte.

Er knöpfte ihre Hemdbluse auf und drückte Zentimeter für Zentimeter heiße Küsse auf den sich öffnenden Ausschnitt. Er legte die Spitzen ihres Büstenhalters frei und liebkoste die festen darunterliegenden Wölbungen mit seinen Lippen. Sie spürte die

Hitze seines Atems und seine feuchte Zunge um ihre Brustwarzen. Er nahm erst die eine, dann die andere Knospe zwischen seine Lippen und erregte sie.

Atemlos öffnete sie die Knöpfe seines Hemds und ließ ihre Fingerspitzen über seine behaarte Brust fahren. Sie fand seine Warze und rieb sie mit ihrem Daumen. Zu ihrer Freude zog sie sich augenblicklich fest zusammen. Sie merkte kaum, daß er ihren BH-Träger von der Schulter geschoben hatte. Dann bedeckte die heiße Feuchte seines Mundes ihre Brustwarze. Sie atmete leise stöhnend ein, als er zärtlich an ihr zu saugen begann.

Seine Hände waren so sicher, so geschickt. Sie versuchte, nicht daran zu denken, warum das so war, versuchte den Gedanken an andere Frauen beiseitezuschieben. Und es gelang ihr, zumindest teilweise. Langsam wichen die Suite, das Bett und die Nacht um sie herum in weite Ferne zurück, und sie nahm nur noch die Berührungen und den Geruch und den Geschmack des Mannes wahr, der sie in seinen Armen hielt. Ihr Blut rauschte in ihren Adern.

Sie war vollkommen entflammt und in einer Welt der heißen, verzehrenden Gefühle gefangen. Voll Verlangen umarmte sie ihn und gab ihm all die Wonnen wieder, die er ihr so liebevoll geschenkt hatte. Die Kleidung wurde aufgeknöpft und weggestoßen. Die weichen Seidenlaken berührten ihre Haut, während sie sich lustvoll drehten und wanden und sich gelegentlich auf einem Ellenbogen oder einem Knie abstützten.

Sie leckten und kosteten einander und lernten sich kennen. Sie drückten einander das Muster ihrer Körper und ihrer Seelen auf. Er hielt das Innerste ihres Wesens in der Hand, und sie ließ ihn ungehindert gewähren. Als er tief in sie eindrang, zogen sich die Muskeln ihres Schoßes um seinen Finger zusammen.

Das Eindringen brannte, obwohl er gleichzeitig köstliche Lust auslöste. Sie schloß fest die Augen und preßte ihr Gesicht an seine Schulter.

Ein leiser Laut kam aus seiner Kehle. Jeder seiner Muskeln war angespannt. Er wollte sich zurückziehen, als er die Grenze bemerkte, die er erreicht hatte.

»Nein«, flüsterte er in ihr Haar. »Ich kann nicht. Du ...«

»Das macht nichts. Bitte ...« antwortete sie mit heiserer Stimme und drückte sich noch enger an ihn.

Ein heißer Schauer rieselte über seinen Rücken. Er küßte sie fast schon mit an Verzweiflung grenzender Heftigkeit. Dann begann er, sie behutsam zu öffnen und auseinanderzudehnen. Gleichzeitig ließ er seinen Daumen über die kleine feuchte Knospe zwischen ihren Schenkeln gleiten, bis eine Woge brennender Lust über ihr zusammenschlug.

Ihre Muskeln spannten sich an. Ihre Brust hob und senkte sich immer schneller, ihr Herz raste. Ihre verschwitzte Haut klebte aneinander. Sie legte ihre Arme um seine Schultern und preßte sich noch enger an ihn. Sie tastete nach seinem heißen, prallen Glied. Es pulsierte in ihrer Handfläche und drängte der unausweichlichen Vereinigung entgegen.

Ihr Verlangen steigerte sich zu einer plötzlichen Ekstase. Sie stöhnte leise, während sie sich ihm hungrig entgegenbäumte. Augenblicklich wechselte er die Stellung und legte sich auf sie zwischen ihre Schenkel. Auf dem Höhepunkt ihrer Lust drang er in ihr heißes, weiches Geschlecht. Er hielt inne und küßte ihren Mund. Dann zog er sich ein wenig zurück. Er beobachtete ihr Gesicht in dem Halbdunkel, dann drang er tiefer in sie ein und bezwang ihren inneren Widerstand so behutsam, daß sie nur den Bruchteil einer Sekunde einen Schmerz verspürte, ehe sie in das Reich der Lust entführt wurde.

Dann hielt er wiederum inne und drehte seine Hüften ein wenig, so daß er die festen Wände ihres geheimen Ortes erkundete. Sie begegnete seinem dunkel leuchtenden Blick, während ihr Herz ihr überquoll. Sie hielt nichts zurück in diesem Moment, sondern ließ ihn vollkommen in sich hinein, öffnete sich ihm, um ihn tief in sich aufzunehmen.

Sein Atem ging schnell und keuchend. Seine Arme hielten sie und zitterten angestrengt, denn er hielt sich noch immer zurück. Dann begann er sich zu bewegen.

Das Liebesspiel war ein Tanz, mal langsam, dann wieder schneller, aber mit einer sich steigernden pulsierenden Kadenz, die beständig an Kraft und Geschwindigkeit und Intensität zunahm. Es war eine alte und doch immer wieder neue Melodie, vertraut und fremd zugleich, wild und zärtlich mit ihrem mitreißenden Refrain.

Und endlos. Ihr Blut raste immer schneller, immer schneller. Ihre Erregung wuchs, wurde wieder heftiger. Vorwärts und zurück, schneller und langsamer folgten sie der Melodie mit keuchendem Atem und verschwitzten Körpern, mit rasendem Herzschlag und ihrem ganzen Wesen. Das wunderbare Lied umschwebte sie und gipfelte in einem plötzlichen, unvergleichlichen Crescendo eines einzigen Tones, der lang und kräftig anhielt. Ihre Körper und Seelen wurden von Leben durchflutet und verschmolzen zu einem Wesen.

Das Lied verklang nicht, sondern hallte auch danach noch in ihren Köpfen wider, rein und klar, als sie einander umschlungen hielten. Gina konnte es sogar noch beim Einschlafen hören, als sie ihren Kopf an Races Hals geschmiegt hatte und er seine Arme um sie geschlungen hatte.

Später in der Nacht spürte sie, wie er sich von ihr löste. Sie murmelte protestierend und streckte die Arme nach ihm aus. Augenblicklich kam er wieder zu ihr und küßte sie zart auf die Mundwinkel, so daß sie selbst im Halbschlaf lächeln mußte. Er strich ihr liebevoll das Haar zur Seite. Sie fühlte seine kratzigen Bartstoppeln und die Weichheit seiner Augenlider, die Berührung seiner Wimpern. Zufrieden ließ sie sich noch tiefer in die Kissen sinken.

Und doch war sie am nächsten Morgen allein, als sie in dem dunkel lackierten Bett aufwachte. Sie war mutterseelenallein in der Suite. Race war verschwunden.

9

Die Türklingel mit der süßlichen Melodie war das allerletzte, was Gina jetzt hören wollte. Sie unterdrückte einen Fluch und griff nach dem Bademantel. Sie hätte eben doch gleich aufstehen und sich anziehen sollen, als sie die Geräusche nebenan gehört hatte. Sie hätte es auch getan, wäre es ihr nicht wie Energieverschwendung vorgekommen.

Kaffee war das einzige, was sie bisher hatte herunterbekommen können. Sie wußte genau, daß das Umherirren mit einem Taschentuch in der Hand sie auch nicht weiterbringen würde. Aber was machte das schon? Es gab keinen Ort, an dem sie sein wollte, nichts, was sie tun wollte.

Als sie zur Tür ging, schaute sie sich unterwegs in dem Wandspiegel des Flurs an. Ihre Haare waren durcheinander, ihr Gesicht blaß, und unter ihren Augen lagen dunkle Schatten. Ihre Lippen, die von Races Küssen noch rot und geschwollen waren, paßten gut zu ihren Augen, die ebenfalls vom Weinen rot und geschwollen waren. Es war ihr gleichgültig. Wenn jemandem ihr Erscheinungsbild nicht paßte, dann brauchte er ja nicht hinzuschauen.

Die beiden Männer vor ihrer Tür waren eindeutig von der Polizei, wenn sie auch keine Uniform trugen. Einer hatte graue Haare und Tränensäcke unter den Augen, der andere trug sein Haar raspelkurz und trat schneidig und höflich auf. Beide jedoch hatten dieses gewisse Etwas ihres Berufes. Sie zeigten ihre Ausweise und wurden eingelassen, worauf der Ältere der beiden auch gleich zum Thema kam. »Wir gehen davon aus, Miss Madison, daß Sie bis vor kurzem für Bradley Dillman die Bücher geführt haben. Ist das richtig?«

Ein Schauder rann ihr den Rücken herunter. Sie verflocht nervös ihre Finger. »Die Steuerberatungsfirma, bei der ich arbeite, wurde von ihm dazu beauftragt, ja.«

»Sie führten die Bücher?«

»Das ist richtig.«

Der andere Beamte holte einen Notizblock heraus. »Wir würden gerne von Ihnen erfahren, was Sie über den Geldfluß und die finanziellen Transaktionen von Herrn Dillmans diversen Firmen wissen.«

Die forsche, professionelle Art der beiden Männer war in gewisser Weise beruhigend. Es konnte sie nicht überraschen, daß sie mit ihr sprechen wollten. Sie hatte diese Art von Besuch schon seit geraumer Zeit befürchtet. Es schien ganz folgerichtig, daß er jetzt stattfinden sollte.

Sie benetzte ihre Lippen und sagte: »Sie ... untersuchen Bradleys geschäftliche Aktivitäten?«

»Herr Dillman ist heute früh unter dem Verdacht der Geldwäsche in Untersuchungshaft genommen worden.«

Verhaftet. Bradley. Halb hatte sie es erwartet, aber dennoch erschien es ihr jetzt wie eine merkwürdige Fügung. So ähnlich, als ob man jemandem Pech wünschte und derjenige dann in einen Brunnen stürzte.

Der zweite Mann sah sie aufmerksam an und sagte: »Wir sollten vielleicht klarstellen, daß wir mit unserem Besuch lediglich nichtoffizielle Nachforschungen betreiben, Miss Madison. Sie sind bereits von jedem Tatverdacht der Beihilfe bei seinen illegalen Transaktionen entlastet. Dennoch wäre jegliche Information wichtig, die Sie uns geben könnten, um eine Verurteilung zu erreichen. Wir würden Ihre Mithilfe sehr begrüßen.«

»Ja, natürlich, selbstverständlich.« Gina ging zu dem Korbsessel im Wohnzimmer und ließ sich darauf sinken, bevor ihre Knie unter ihr nachgaben. Sie bedeutete den Männern, sich zu setzen, und sagte: »War ... war Bradley die einzige Person, die verhaftet wurde?«

»Im Augenblick ja. Er war allein in seiner Suite. Wie wir erfahren haben, hat seine Frau das Hotel in den frühen Morgenstunden verlassen.«

Sie wollte nach Race fragen, brachte die Worte aber nicht über die Lippen. Das war vielleicht auch gut so. Wenn die beiden nichts von seiner möglichen Beteiligung wußten, dann durfte sie ihn nicht hineinziehen.

»Und es liegt wirklich nichts gegen mich vor? Ich stehe nicht kurz vor der Verhaftung?«

Der Jüngere der beiden lächelte sie an. »Wir wissen aus erster Hand, Madam, daß Sie von den Transaktionen des Mannes nichts wußten, als Sie die Buchhaltung übernommen haben. Als Sie es dann herausfanden, haben Sie offenbar sowohl die geschäftlichen als auch die persönlichen Beziehungen abgebrochen. Das reicht uns.«

»Aus erster Hand«, wiederholte sie mit brüchiger Stimme. »Was genau heißt das?«

Die beiden Männer sahen einander an.

Der Ältere antwortete: »Wir würden diesen Punkt im Augenblick gerne unbesprochen lassen. Wenn Sie nun ganz von vorne beginnen und uns alles erzählen könnten, was Sie über Dillman wissen?«

Die folgenden Fragen waren anstrengend und voller Details. Gina erzählte den Männern die Fakten, wie sie sie kannte, und so viel über die Hintergründe von Dillmans Aktivitäten, wie sie hatte herausfinden können. Die Vertraulichkeit der geschäftlichen Transaktionen von Kunden war eine Sache, aber wenn einer das Gesetz bewußt verletzte und jeglichen Anstand in den Wind schlug, dann konnte er nicht mehr auf den Schutz dieser Vertraulichkeit hoffen. Zugegeben, ihr war etwas unwohl dabei, Bradley bloßzustellen. Aber sie kannte ihre Verantwortung genau. Dennoch war sie es nicht gewohnt, mit der Polizei zu tun zu haben.

Als sie die beiden Männer endlich aus der Suite hinausbegleitete, war sie mit den Nerven am Ende. Sie schloß die Tür und lehnte sich mit geschlossenen Augen dagegen. Ihr Hals schmerzte von unterdrückten Tränen, und ihr Kopf fühlte sich an, als ob er durch einen Fleischwolf gedreht worden wäre. Der Schmerz des Verlusts kroch mit der langsamen, aber unaufhaltsamen Kraft eines Gletschers durch ihren Körper. Sie wollte laut schreien oder aber wegrennen und sich in stummem Leiden verkriechen.

Race. Wo war er? Was machte er? Hatte er geahnt, daß Bradley verhaftet werden würde? Hatte er sie deshalb verlassen? Sie hätte der Polizei von ihm erzählen sollen. Es zu verschweigen, widersprach all ihren Prinzipien der Aufrichtigkeit und Gradlinigkeit. Aber sie konnte es nicht. Sie brachte es einfach nicht über sich.

Warum eigentlich nicht? Er hatte sie ausgetrickst, sie getäuscht und benutzt, ihr alles genommen, was sie zu geben hatte, und war dann wie ein Dieb in der Nacht verschwunden. Genau das ist er wahrscheinlich auch, ein Dieb oder Betrüger, dachte Gina. Sie hätte sich entrüsten sollen. Sie hätte gerne dieses Gefühl der Selbstgerechtigkeit gespürt.

Aber sie konnte es nicht. Es schmerzte zu sehr. Außerdem hatte sie sich mit offenen Augen in dieses Abenteuer für eine Nacht gestürzt. Sie konnte niemanden beschuldigen außer sich selbst.

Es beruhigte sie ein wenig, daß sie nicht der Mittäterschaft an Bradleys Transaktionen bezichtigt wurde. Das war wirklich nett von ihm gewesen, daß er trotz seiner vielen Probleme wenigstens daran noch gedacht hatte. Das hätte sie nicht von ihm erwartet. Vielleicht hatte er sie ja trotz allem doch ein wenig gemocht. Vielleicht aber hatte er ihr auch nur deswegen einen Heiratsantrag gemacht, weil er eine Buchhalterin brauchte, die nicht gegen ihn würde aussagen können. Dieser Gedanke war ihr bereits mehrmals gekommen.

Rückblickend erkannte sie, daß sie seinem Heiratsantrag nur deswegen zugestimmt hatte, weil sie die Hoffnung auf wahre Liebe bereits aufgegeben hatte. Sie hatte es aufgegeben, einen Mann zu finden, dem sie von ganzem Herzen zugetan war. Einer, der sie so liebte wie die Helden in den Romanen, die Etta las. Sie hatte bereits akzeptiert, daß eine solche Liebe nur ein Mythos war. Doch das war sie nicht. Soviel wußte sie inzwischen, aber was nützte ihr das jetzt noch?

Tränen verschleierten ihren Blick. Mit einer schnellen, fast verstohlenen Geste wischte sie sie weg. Sie würde nicht mehr weinen. Nein, das würde sie nicht tun. Sie würde sich duschen und sich anziehen, dann ihre Sachen packen und abreisen. Wenn die Polizei noch etwas von ihr wollte, dann wußten sie ja, wo man sie finden konnte. Hier jedenfalls gab es nichts mehr außer ihren Erinnerungen – und diese Erinnerungen waren noch ein Grund mehr, um schleunigst von hier zu verschwinden.

Gina packte gerade ihre Kosmetika in ihren Koffer, als erneut die Türklingel schrillte. Es war Etta, die einen Tisch auf Rädern vor sich herschob.

»Ganz wie ich erwartet hatte«, sagte das Zimmermädchen, als sie den Koffer auf dem Bett bemerkte. »Ich habe Tyrone schon gesagt, daß Sie sicherlich packen und abreisen werden. Es tut mir so leid, daß Sie eine so unglückliche Zeit hier hatten. Ich hätte mich mehr um Sie kümmern sollen, irgend etwas tun sollen, damit die Geschichte besser für Sie gelaufen wäre.«

»Sie wissen ja, daß Race fort ist«, sagte Gina beiläufig.

»Ich habe ihn selbst heute früh abreisen sehen. Er sah nicht gerade stolz aus, als er ging, soviel kann ich Ihnen verraten. Er sah sogar ganz so aus, als ob er die ganze Last der Welt auf seinen Schultern tragen müßte.«

Etta schob den Wagen vor die Wohnzimmerfenster und zog das darüberliegende Tuch ab. »Ich weiß ja, daß Sie kein Frühstück hatten, deswegen habe ich Ihnen ein kleines Mittagessen gebracht. Nur ein bißchen Salat mit ein wenig gegrilltem Hühnchen und etwas Käsekuchen.«

»Das ist sehr nett von Ihnen, aber ich bin wirklich nicht hungrig.«

»Ich weiß, ich weiß. Aber Sie werden sich besser fühlen, wenn Sie etwas zu sich genommen haben. Das verspreche ich Ihnen.«

»Nein, wirklich nicht ...«

»Bitte. Probieren Sie doch einmal. Lassen Sie uns Ihnen doch diese kleine Freude bereiten, um Sie ein wenig für all die anderen Dinge zu entschädigen, besonders diesen Aufruhr heute morgen in Ihrer Nachbarsuite. Sie kannten Herrn Dillman, nicht wahr?«

Gina nickte resigniert und setzte sich an den Tisch. Diese kleine Geste war alles, worauf Etta gewartet hatte.

»Das dachte ich mir. Dann sind Sie sicherlich erschrocken darüber, daß er verhaftet wurde. Natürlich hat die Hoteldirektion versucht, alles zu tun, damit die Sache möglichst unauffällig über die Bühne ging. Aber wie Tyrone schon sagte, die Polizei mußte ihn schnappen, solange er noch in Texas war, weil er hier die meisten seiner krummen Touren gedreht hat. Schätze, wir sollten uns sogar noch geehrt fühlen, daß er hier gefaßt wurde.«

Das war ein Aspekt, den Gina noch gar nicht beachtet hatte. Langsam sagte sie: »Ich verstehe.«

Etta blickte mitfühlend auf ihre rotgeränderten Augen. »Das muß aufregend gewesen sein, so im Mittelpunkt von alledem zu stehen. Aber es war sicherlich nicht das, was Sie erwartet hatten.«

»Nein, sicherlich nicht«, gab sie zurück und verzog das Gesicht.

»Nun, wie dem auch sei, wir wollen nicht, daß Sie unser Hotel in schlechter Erinnerung behalten. Wir hoffen, daß Sie einmal hierher zurückkehren werden und die Suite für den Zweck nutzen, für den sie eigentlich gedacht ist.«

Gina lachte hohl. »Ich glaube nicht, daß das sehr wahrscheinlich ist.«

»Nicht?« Etta ließ ihren Blick auf ihr ruhen. »Ich glaube, daß es nichts Wahrscheinlicheres auf der Welt gibt, meine Liebe. Frauen wie Sie läßt man nicht sitzen. Dieser Freund von Ihnen wird wieder zu Ihnen zurückkommen, da gehe ich jede Wette ein.«

»Ich bin mir gar nicht so sicher, ob ich ihn auch zurückhaben möchte.«

»Sagen Sie das nicht. Vielleicht hat er ja einen guten Grund für sein Verhalten. Und wenn er es Ihnen erzählt, dann werden Sie ihm die Füße küssen, wenn er Ihnen überhaupt etwas wert ist. Die goldene Regel der Liebe ist, immer daran zu glauben, daß der Mann, den man liebt, nur das Beste für einen will.«

»Und wenn Sie sich nun irren?« fragte Gina müde.

»Nun, die Sache ist die«, begann Etta und stützte die eine Hand auf die Hüfte. »Wenn Sie einen Mann verlieren, weil Sie ihm nur das Beste zugetraut haben, und es dann trotzdem schiefgeht, dann ist das seine Schuld. Wenn Sie ihn aber verlieren, weil Sie Schlechtes von ihm dachten und Sie ihm damit Unrecht getan haben, dann ist es Ihre Schuld. Es gibt nichts Traurigeres, als die Liebe zu versäumen, nur weil es ein wenig an Vertrauen fehlt.«

»Ich weiß nicht recht«, erwiderte Gina, ohne das Zimmermädchen anzusehen.

Etta lächelte breit. »Ich aber. Sie werden es schon richtig machen, wenn die Zeit dafür gekommen ist. Denken Sie an meine Worte.«

In einem zumindest hatte Etta recht: Das Essen tat Gina wirklich gut. Danach schienen die vier Stunden Autofahrt nach Shreveport, die noch vor ihr lagen, nicht mehr ganz so schlimm.

Gina war endlich zur Abfahrt bereit, sie mußte nur noch den Kofferträger rufen. Sie wollte gerade nach dem Telefon greifen, als es klingelte. Sie riß erschrocken die Hand zurück und zögerte, den Hörer abzunehmen. Der Gedanke, daß es vielleicht die Polizei sein könnte, die ihr noch ein paar Fragen stellen wollte, ließ sie abheben.

Die Stimme am anderen Ende war klar und deutlich. Diane, nur Diane. Gina atmete aus.

»Gina? Bist du es?« Die Stimme ihrer Freundin klang besorgt. »Gott sei Dank, daß ich dich noch erwischt habe. Ich hatte schon Angst, daß ich dich nicht mehr erreichen würde.«

»Ich habe mich heute früh zur Abreise entschieden und wollte gerade das Zimmer verlassen«, erwiderte Gina schnell. »In ein paar Stunden können wir uns treffen.«

»Nein, nein. Ich bin hier unten. Würde es dich stören, wenn ich kurz in deine Suite komme? Es gibt etwas, was ich dir unbedingt zeigen möchte.«

»Willst du etwa sagen, daß du hier unten im Hotel bist?«

»Höchstpersönlich«, erwiderte Diane. Sie schien sich über Ginas Erstaunen zu amüsieren. »Ich bin gleich oben.«

Gina legte den Telefonhörer auf. Was, in aller Welt, machte Diane denn in Dallas? Und was war so wichtig, daß es nicht bis zu ihrer Rückkehr hätte warten können?

Gina blieb nicht viel Zeit, darüber nachzugrübeln. Sie hatte sich kaum vom Telefon abgewandt, als ihre Freundin auch schon vor der Tür stand.

Diane war ganz außer Atem, als sie die Suite betrat. Sie hatte einen kleinen Jungen dabei. Sie schob ihn mit einer Hand ins Zimmer, in der anderen trug sie einen winzigen Fernseher.

»Corey!« sagte Gina überrascht und umarmte den Jungen. »Ich wußte gar nicht, daß du auch hier bist.«

»Die Fahrt hierher hat eine Ewigkeit gedauert«, erwiderte Dianes Sohn und ging ihnen voraus in das Wohnzimmer, wo er sich mit intelligenten Augen umsah. Er hielt inne, dann drehte er sich um, die Hände auf dem Rücken. »Gina, stecke ich irgendwie in Schwierigkeiten?«

»Ich glaube nicht«, antwortete sie und lächelte über seine Besorgnis, während sie gleichzeitig die Brauen in Richtung Diane hochzog.

»Warte lieber mit deiner Antwort«, erwiderte Diane. »Vielleicht möchtest du dir erst einmal ansehen, was wir mitgebracht haben.«

Das mitgebrachte Fernsehgerät mit dem eingebauten Videorecorder gehörte Corey. Diane schloß es geschickt ans Netz an, dann schob sie eine Videokassette ein. Der Titel und die Musik eines Trickfilms begann: *Die Abenteuer des Jonny Quest*. Gina sah Diane fragend an. »Ich verstehe nicht ganz.«

»Doch, gleich.«

Ihre Freundin hatte recht. Nach wenigen Sekunden verschwanden die Cartoons auf dem Bildschirm, gefolgt von etwas, das ein schlecht gedrehter Amateurfilm zu sein schien. Der Film war unterbelichtet, die Bewegungen ruckartig und der Kamerawinkel zu tief. Die Stimmen zweier Frauen, die sich an einem Tisch sitzend unterhielten, hatten einen hohlen, undeutlichen Klang.

Wenig später erkannte Gina, daß sie auf Dianes Wohnung blickte. Die beiden Frauen waren Diane und sie selbst. Auf dem Bildschirm hörte sie sich lachend mit Diane unterhalten und mit gespielter Verzweiflung sagen: »Was ich wirklich bräuchte, wäre ein Bräutigam zum Mieten ...«

Während das Video weiterlief, setzte sich Corey auf den Zweisitzer aus Korbgeflecht, zog die Knie hoch und senkte den Kopf. Gina blickte ihn kurz an, dann starrte sie wieder gebannt auf den Fernsehschirm.

Diane sagte: »Erinnerst du dich, daß Corey mit meinem neuen Camcorder gespielt hat, während wir uns am Samstagmorgen unterhalten haben? Ich habe ihm mindestens ein Dutzendmal gesagt, er solle die Finger davon lassen. Aber du kennst ihn ja, er ist dann so konzentriert darauf, daß ihn nur der Weltuntergang von seiner Beschäftigung loseisen könnte.«

»Ja, ich erinnere mich«, sagte Gina, der allmählich die Erkenntnis dämmerte.

»Und ich selbst war zu gebannt von dem, was du sagtest, um ihn zu ermahnen. Außerdem war ich mir sicher, daß die Kamera leer war. Offenbar hat er jedoch diese Videokassette eingelegt und über den Zeichentrickfilm aufgenommen. Später hat er sie dann wieder herausgenommen und nie wieder ein Wort darüber verloren, der kleine Schurke.«

Corey sah sie mit tränenumflorten Augen an. »Ich wollte doch nur, daß die Kamera funktioniert.«

»Das weiß ich doch, mein Schatz«, erwiderte seine Mutter. »Es war meine Schuld, daß ich nicht besser aufgepaßt habe.« Diane kreuzte die Arme vor der Brust und sah wieder auf Gina. »Habe ich dir gegenüber meinen Bruder erwähnt, der hier in der Gegend wohnt? Nun, er hat mich später an jenem Tag, nachdem du gegangen warst, in Shreveport besucht. Als ich aus dem Supermarkt nach Hause kam, stand er vor meiner Tür.«

»Willst du damit etwa sagen ...« Gina hielt inne, unfähig weiterzusprechen.

Diane nickte kurz. »Während ich die Lebensmittel wegpackte und ein kleines Mittagessen zubereitete, haben mein Bruder und Corey sich im Wohnzimmer beschäftigt. Offenbar hat Corey ihm das Band gezeigt. Mein Bruder ist sofort nach dem Mittagessen wieder abgefahren. Er wollte vor einer Sitzung noch irgend etwas auf der Ranch erledigen. Damals dachte ich noch, daß sein kurzer Besuch wohl kaum die lange Hin- und Rückfahrt gelohnt hätte.«

»Onkel Rory fand dich großartig, Gina«, piepste Corey aus dem Hintergrund. »Er hat das Band dreimal zurückgespult, nur um dich zu sehen. Und dann hat er noch gesagt, daß er gerne Mamas Nachbarin kennenlernen würde.«

Eine Falte erschien zwischen Ginas Augenbrauen. »Aber was soll das alles mit meinem Aufenthalt hier zu tun haben?«

»Schau dir das hier an«, sagte Diane. »Da sagst du gerade, daß du die Flittersuite nicht an Bradley Dillman abtreten möchtest. Dann sage ich, was für ein Mistkerl er doch ist, daß ich ihn noch nie gemocht habe und daß du ohne ihn viel besser dran bist. Ich glaube jedenfalls, daß ich das gesagt habe.«

»Ich weiß nicht, ob ich das richtig verstehe.« Gina befürchtete allerdings genau das Gegenteil.

»Nun, wenn Rory nicht draußen auf der Ranch ist, dann fungiert er als Sonderberater des Landwirtschaftsministers in Austin. In letzter Zeit hatte er auch viel Kontakt mit der Sonderkommission gegen organisiertes Verbrechen.«

»Ein Politiker, das hast du mal erwähnt.«

»In gewisser Weise schon. Es ist nicht sein Beruf, er leistet nur dann Unterstützung, wenn sie gebraucht wird. Er arbeitet am besten hinter den Kulissen, da er das Rampenlicht scheut.«

Es paßt alles nur zu gut zusammen, dachte Gina entsetzt. Eine Sonderkommission gegen organisiertes Verbrechen, eine Festnahme wegen des Verdachts der Geldwäsche. Ihre Arbeit als Bradleys Buchhalterin und ein Bedarf an Informationen, damit es für einen Schuldspruch reicht. Ein Mann, der sie von einem Miet-Bräutigam hatte sprechen hören, eine Visitenkarte mit der Aufschrift »Mieten Sie sich einen Gentleman«.

»Warum hast du mir das nicht gleich gesagt, als ich dich angerufen habe?« fragte Gina mit gepreßter Stimme.

»Ich habe einfach den Zusammenhang nicht gesehen, sonst hätte ich es sicher sofort gesagt«, erwiderte Diane und schüttelte kurz den Kopf.

»Das verstehe ich nicht, ich habe dir seinen Namen genannt und dir sein Äußeres beschrieben!«

»Mein Bruder heißt Rory, Rory Donavan. Und was deine Beschreibung betrifft ... wie war sie noch? Eine Kreuzung aus Sundance Kid und dem Engel Gabriel? Wenn Schwestern an ihre Brüder denken, dann bestimmt nicht in diesen Kategorien, glaube mir. Aber dann hat Rory heute in aller Frühe angerufen. Ich habe dieses Band gesucht und es mir angesehen. Und jetzt bin ich hier.«

Auf dem Bildschirm war der Amateurfilm gerade vorüber und der Trickfilm wieder zu sehen. Jonny Quest sprach sehr aufgeregt mit einem gutaussehenden Heldentypen mit silberblondem Haar. Er erzählte ihm etwas von einer Taucherglocke, die sein Vater, Dr. Quest, benutzte. Noch bevor Jonny den Namen des Mannes nannte, wußte Gina bereits Bescheid. Sie hatte ebenfalls Jonny-Quest-Trickfilme gesehen, als sie in Coreys Alter gewesen war.

Jonny Quests Kumpel war, genau wie Coreys Onkel, eine Art Geheimdienstmann. Und sein Name lautete Race. Race Bannister.

Race war nicht von Bradley angeheuert worden.

Race war kein professioneller Damenbegleiter. Einen Race Bannister gab es nicht und hatte es auch nie gegeben.

Der Miet-Gentleman war Dianes Bruder.

10

»Er wartet unten.«

Gina sah auf und starrte Diane vollkommen entgeistert an.

»Race, ich meine, dein Bruder?«

»Er hat mich gebeten, hierherzukommen und dir das Band zu zeigen. Er hat sogar darauf bestanden. Er wollte, daß du weißt, wie diese ganze Sache angefangen hat. Wenn du ihn nicht sehen willst, dann wird er nicht darauf bestehen. Aber er hätte wirklich gerne die Chance, auch den Rest zu erklären.«

Panik erfaßte Gina. Sie konnte Race – Rory, oder wie auch immer er hieß – nicht gegenübertreten. Es war eine Sache, nur zu argwöhnen, daß er sie ausgetrickst hatte, aber eine völlig andere, es mit Sicherheit zu wissen.

Sie kam sich lächerlich vor, daß sie sich von ihm und seinem Trickfilm-Alter ego hatte vereinnahmen lassen und sich zusätzlich noch dazu hergegeben hatte, Bradley zu überführen. Zu wissen, daß Dianes Bruder diesen Spaß bis zum bitteren Ende getrieben hatte, ließ sie vor Scham bis zu den Haarwurzeln erröten. Das allerletzte, was sie jetzt noch brauchte, war die Erinnerung daran, wie und warum sie ihm verfallen war.

»Nein«, erwiderte sie gepreßt. »Ich glaube nicht.«

»Gina, du solltest ihn wenigstens einen Augenblick hereinbitten. Er hat ein so schlechtes Gewissen, das kannst du dir gar nicht vorstellen.«

»Dazu hat er auch allen Grund.«

»Er hat doch nur seine Arbeit getan«, protestierte Diane. »Und denk auch mal daran, was er für dich getan hat, wie er dich beschützt hat. Du hättest zusammen mit Bradley verhaftet werden können, wenn Rory sich nicht für deine Unschuld verbürgt hätte.« Dann war es also Rory gewesen, der sie vor der Polizei entlastet hatte, und nicht Bradley. Das erschien ihr im nachhinein auch viel wahrscheinlicher. Sie hätte gleich wissen sollen, daß Bradley nicht so großzügig war. Sie sagte: »Dafür kann ich nichts, außerdem tut es auch nichts zur Sache. Dein Bruder und ich haben einander nichts mehr zu sagen.«

»Du vielleicht nicht, aber Rory hätte dir schon noch das eine oder andere zu sagen.«

»Das mag ja sein, aber warum sollte ich ihm zuhören? Wenn ich mich recht erinnere, dann hast du mich sogar vor ihm gewarnt, als ich das zweite Mal angerufen habe.«

»Ich hatte Angst, daß du verletzt werden würdest, das gebe ich zu. Rory war schon immer so zielstrebig und unbeirrbar bei dem, was er tut. Außerdem kann er Frauen nicht ausstehen, die ihn nur seines Aussehens und seines Geldes wegen anhimmeln. Ich wußte, daß du nicht so bist, konnte aber nicht sicher sein, ob er das auch erkennen würde. Er hat es aber erkannt. Was kann es schon schaden, wenn du ihm eine Chance einräumst?«

Ihm eine Chance geben. Etta hatte gesagt, daß sie das gerne tun würde. Aber Gina wollte es nicht, konnte es nicht. Es war ihr alles viel zu peinlich und zu erniedrigend. Und mehr noch, die Möglichkeit, daß er herausfand, wie sie für ihn fühlte, war einfach ein zu großes Risiko.

Sie hatte versucht, gefährlich zu leben. Und man brauchte ja nur zu sehen, was dabei herausgekommen war. Nein, sie hatte nicht den Mut, es noch einmal zu versuchen.

Corey hatte sie beide die ganze Zeit beobachtet. Jetzt stand er von dem Sofa auf und stellte sich vor Gina. Er sah sie ernst an und sagte: »Magst du denn Onkel Rory nicht, Gina?«

Wie sollte sie das einem kleinen Jungen erklären, wenn sie selbst noch nicht einmal wußte, wie sie sich in all den Ängsten und der Wut, dem Verlangen und dem Stolz zurechtfinden sollte? »Nicht so richtig.«

»Das wollte er aber. Er sagte, er würde alles tun, was er kann, daß du ihn magst.«

Gina lächelte schwach. Sie streichelte dem Jungen über die Haare und versuchte seine Bedenken zu zerstreuen. »Dein Onkel Rory ist schon okay, ich habe ihn durchaus gemocht. Aber manchmal tun Menschen etwas, was die Gefühle eines anderen verletzt.«

»Ich weiß. Und dann müssen sie sagen, daß es ihnen leid tut. Dann ist alles wieder gut.«

»Ja, das stimmt. Aber es funktioniert nicht immer.«

Seine kleine Stirn krauste sich sorgenvoll. »Auch dann nicht, wenn sie versprechen, es nie wieder zu tun? Und sich küssen und sich wieder versöhnen?«

Schritte waren hinter ihnen zu hören. Eine dunkle männliche Stimme ertönte: »Gute Idee, Kumpel. Ich glaube, von jetzt an komme ich ohne deine Hilfe klar.«

Gina fuhr herum und erblickte Race – nein, Rory –, der in der offenen Tür zum Flur stand. Mit mühsam beherrschter Wut fragte sie: »Wie bist du hier hereingekommen?«

»Etta«, erwiderte er und hielt den Generalschlüssel hoch. »Ich bin unruhig geworden und habe mich ihr zu Füßen geworfen. Du hast es einfach zu lange hinausgezögert.«

»Komm jetzt, Corey«, sagte Diane zu ihrem Sohn. »Ich glaube, wir sollten uns jetzt besser verziehen.«

»Ich will aber sehen, wie sie sich küssen und versöhnen ...«

»Später, junger Mann. Sagen wir in ungefähr zwanzig Jahren.«

Als Diane ihren Sohn zur Tür hinausdrängte, blickte sie sich lächelnd über ihre Schulter nach den beiden um. »Tschüs, ihr beiden.«

Nachdem die beiden die Tür hinter sich geschlossen hatten, herrschte erdrückendes Schweigen. Ginas Lippen wurden schmal. Sie ignorierte Rory Donavan, als sie in das Schlafzimmer ging, ihren Koffer zumachte und abschloß. Sie hob ihn von dem Kofferständer herunter und stellte ihn neben die Tür, griff nach ihrer Tasche und schlang sich den Riemen um die Schulter. Es war Zeit zu gehen. Rory hatte sich in der Schlafzimmertür aufgebaut. Mit ruhiger Stimme stellte er fest: »Du wirst nicht abreisen.«

»Nicht?« Sie würdigte ihn kaum eines Blickes. »Wie kommst du denn auf die Idee?«

»Du müßtest erst an mir vorbeikommen.«

»Das dürfte kein Problem sein.«

»Na schön. Dann versuch es doch.«

Er war größer, schwerer und muskulöser als sie. Es war schlichtweg unmöglich, und er wußte es. Ein ungeheures Verlangen, ihn zu schlagen, überkam sie. Die Finger ihrer rechten Hand ballten sich zur Faust. »Schlag ruhig, wenn dich das erleichtert«, sagte er, während er auf sie zukam. »Wer weiß, vielleicht wird es auch mich erleichtern.«

Einen kurzen Augenblick lang beobachtete sie, wie er näherkam. Dann wich sie zurück und kreuzte die Arme vor der Brust. »Was willst du von mir? Du hast alles bekommen, was du brauchtest. Ich war bei den polizeilichen Nachforschungen gegen Bradley behilflich. Könnten wir es damit nicht gut sein lassen?«

»Was ich möchte, mal ganz abgesehen von dem, was ich brauche, hat mit Dillman nicht das geringste zu tun.«

»Nein, natürlich nicht.« Ihre Stimme klang sarkastisch.

»Ganz und gar nicht«, erwiderte er. »Ich bin vor zwei Tagen nicht an deiner Zimmertür erschienen, um irgend etwas zu erreichen. Was auch immer danach geschehen sein mag. Ich wollte lediglich sicherstellen, daß du nicht gerade dabei warst, schmutziges Geld in sauberes zu verwandeln.«

»Vielen Dank für dein Vertrauen!«

»Bitte schön, gern geschehen. Schließlich kannte ich dich zu dem Zeitpunkt überhaupt noch nicht. Du hast Dillmans Bücher geführt. Du wirst zugeben müssen, daß das verdächtig war.«

Sie starrte ihn über ihre Schulter hinweg an. »Was immer ich auch getan habe, habe ich offen und ehrlich getan. Ich konnte auch nichts dafür, daß meine einzige Information sich lediglich auf die Auszüge beschränkte, die Bradley in die Steuerberatungsfirma mitbrachte.«

»Aber auch du hast doch etwas gefunden, was nicht ganz ordnungsgemäß war. Habe ich recht?«

»Nachdem Bradley und ich miteinander befreundet waren, fiel mir auf, daß in seiner Shreveport-Pizzeria niemals so viele Gäste waren, wie ich erwartet hatte. Wenn ich nach den Kassenbelegen oder den Lieferantenrechnungen fragte, dann hat er mich immer vertröstet. Bis ich dann einmal überraschenderweise vorbeigekommen bin. Das war zwei Wochen vor der Hochzeit.« Sie zuckte mit den Schultern. »Die Kassenbelege zeigten einen täglichen Umsatz von durchschnittlich acht- oder neunhundert Dollar. Aber Bradleys Angaben zufolge waren es über fünftausend Dollar am Tag.«

»Ein klassischer Fall«, sagte Rory. »Also hast du ihn sitzenlassen, weil du das nicht tolerieren wolltest. Das entspricht nun mal deiner Wesensart. Als ich das herausgefunden hatte, bin ich noch geblieben, um sicherzugehen, daß Dillman nicht irgendeinen faulen Trick versuchte, wenn er herausfand, daß du ihn vor Gericht belasten könntest.«

Sie lachte kurz auf. »Du wolltest mich beschützen?«

»Es bestand durchaus die Möglichkeit, daß du in Gefahr warst. Der Hauptgrund, warum Bradley eine so schnelle Hochzeit geplant hatte, war der, daß du noch polizeilich gemeldet warst. Er wollte dich so schnell wie möglich irgendwo hinbringen, wo dich niemand kannte. Und deshalb beschloß ich, hierzubleiben, um Gewalttätigkeiten oder eine endgültige Lösung zu verhindern.«

Ob Bradley ihr Gewalt angetan hätte? Es war schwer zu sagen. Der Gedanke gefiel ihr gar nicht, und plötzlich war sie froh, daß sie nicht gezwungen gewesen war, es herauszufinden. Natürlich brauchte sie das Rory Donavan nicht erst zu sagen.

»Das ist also deine Entschuldigung«, sagte sie und schüttelte ungläubig den Kopf.

»Aber nicht die einzige«, erwiderte Rory mit plötzlich weicher Stimme. »Dann war da noch die Kleinigkeit, daß ich vollkommen unfähig war, mich von hier loszureißen.«

»Nun ja, es war ja auch ein wirklich aufregender Fall.«

»Mit einer aufregenden Kronzeugin. Eine Frau, die ich gleich vom ersten Augenblick an begehrt habe, als ich sie trotz ihrer Traurigkeit darüber witzeln hörte, daß sie sich einen Bräutigam mieten wollte. Ich dachte, wenn du wirklich auf der Suche nach einem Ehemann bist, dann könnte auch ebensogut ich derjenige sein.«

Sie weigerte sich, ihn anzusehen. Mit gepreßter Stimme sagte sie: »Du hattest also die Flitterwochen ohne das Problem der Hochzeit. Schön. Und jetzt kannst du eine Trennung haben, ohne den Scheidungsrichter bemühen zu müssen. Du brauchst lediglich zur Tür hinauszugehen.«

Er fluchte verzweifelt und fuhr sich mit den Fingern durch das wellige Haar, dann schloß er sie zu einer Faust. »Ich gehe nirgendwohin, bis du mir nicht zugehört hast. Ich schwöre, daß ich dich niemals berühren wollte. Ich wollte lediglich einen schönen Abend mit dir verbringen, der dann mit einer Entschuldigung für den dummen Scherz hätte enden sollen, nachdem deine Unschuld festgestanden hätte. Dann sah ich plötzlich andere Möglichkeiten – ich weiß selbst nicht, was passierte. Vielleicht war es ja diese besondere Suite oder die Vorstellung, dein Mann zu sein. Vielleicht warst auch einfach nur du der Grund. Ich weiß nur, daß ich keine Sekunde der letzten beiden Tage hätte missen wollen, auch nicht die letzte Nacht. Das einzige, was ich gerne ändern würde, ist das, was sich abgespielt hat, bevor ich einen Fuß in diesen Liebespalast gesetzt habe. Und das, was ich heute morgen getan habe.«

Sie wandte sich langsam zu ihm um und benetzte ihre trockenen Lippen. »Heute morgen bist du fortgegangen.«

»Heute morgen bin ich vor dir davongelaufen«, erwiderte er tonlos. »Ich bin weggerannt, weil ich eine Heidenangst vor deiner Reaktion hatte, wenn meine Lüge auffliegen würde. Ich wollte dein Gesicht nicht sehen, wenn du herausfandest, daß ich ein Schwindler war. Und du hättest es garantiert herausgefunden. Das war unvermeidlich, da ich die Verhaftung von Dillman angeordnet hatte. Von dem Punkt an mußte einfach alles eskalieren.«

Sie stieß einen leisen Laut des Erstaunens aus. »Du konntest das Risiko nicht akzeptieren.«

»Ich habe mich nicht getraut«, gab er mit dunklen Augen zurück. »Ich wußte von all den Grundsätzen, nach denen du lebst. Außerdem wußte ich, daß du es verabscheust, an der Nase herumgeführt zu werden. Ich bewundere und respektiere das an dir. Aber gleichzeitig wußte ich, daß du schon einmal einen Mann aus diesem Grunde verlassen hattest.«

»Einen ganz anderen Mann, und wegen anderer Prinzipien.«

»Ja, schon, aber ich war auch nicht viel besser. Also habe ich das getan, was jeder vernünftige Mann tun würde, wenn er sich überwältigenden Schwierigkeiten gegenübersieht. Ich habe Verstärkung angefordert.«

»Diane.«

»Und meinen kleinen Freund Corey.«

Sie sah ihn ungläubig an. »Du hast das Kind dazu angestiftet!«

Rorys Lächeln war voller Wärme und Mitgefühl. Er schüttelte den Kopf. »Das hat er ganz von sich aus getan. Dennoch schulde ich dem Kleinen etwas.«

Sie konnte nicht das Lächeln unterdrücken, das um ihre Mundwinkel spielte. Dann nahm sie ihren ganzen Mut zusammen und versuchte, noch ein letztes Mal gefährlich zu leben – um der Chance willen, die sie vage zwischen ihnen erkennen konnte. »Aber du hast doch gesagt ... daß da vorher etwas gewesen wäre, bevor du hierhergekommen bist, das du gerne ändern würdest?«

»Ja, allerdings.« Sein Lächeln war verschmitzt, und dennoch lag auch Bedauern und, ja, Sehnsucht darin. »Ich wäre hier viel lieber für meine Flitterwochen erschienen. Ich wünschte, ich wäre mit dir verheiratet gewesen.«

Sie sog scharf den Atem ein. »Aber das ... du willst doch nicht etwa ...«

»Ich kann und ich will. Oder würde, falls du mir jemals verzeihen kannst. Was ich eigentlich sagen möchte«, fuhr er fort und atmete tief durch, »ist, daß ich die größte und prunkvollste Hochzeit haben möchte, die man jemals gesehen hat. Ein richtig rauschendes Fest. Wir können ein Dutzend Brautjungfern auffahren, ein Blumenmädchen in einem von diesen kleinen weißen Kleidchen, Corey überbringt die Ringe und so fort. Danach machen wir einen Empfang mit Champagner und einem Hochzeitskuchen, der drei Meter hoch ist. Reichlich zu essen, ein vielleicht zwölfköpfiges Orchester und genug Konfetti und Vogelsand, um damit eine Badewanne zu füllen. Ich werde deinen Blumenstrauß werfen und dich dann zu der weißen Limousine führen.«

Er trag zögernd einen Schritt auf sie zu und berührte mit den Fingerspitzen ihre Wange, bevor er fortfuhr. »Wir kommen hier in diese Suite zurück. Dann nehmen wir unser Abendessen bei

Kerzenschein auf dem Balkon ein und trinken dazu Champagner Rosé. Du ziehst dieses weiße Nachthemd mit all den Spitzen und den vielen, vielen Knöpfen an. Und dann ...« Er hielt plötzlich inne, aus Angst, schon zuviel gesagt zu haben. Gina schaute in seine leuchtenden Augen und dachte an Etta. Was hatte das Zimmermädchen noch einmal gesagt? *Die goldene Regel der Liebe ist, immer daran zu glauben, daß der Geliebte nur das Beste für einen will.*

Sie glaubte es, ohne jeden Zweifel.

Rorys Mund wurde zu einem dünnen Strich, und er warf frustriert die Hände hoch. »Okay, okay, vergiß es. Ich sehe ja, daß dich allein die Vorstellung so in Rage bringt, daß du dich am liebsten auf mich stürzen würdest. Vergiß einfach, daß ich überhaupt etwas gesagt habe. Vergiß, daß diese ganze Sache jemals stattgefunden ...«

»Du glaubst, ich will mich auf dich stürzen?« fragte sie mit einem leisen Lachen. »Eine gute Idee, immerhin. Besonders wenn ich mir vorstelle, was du wohl tragen würdest, wenn ich mein Nachthemd trage.«

Sein Gesicht wurde vollkommen ausdruckslos. Er beobachtete die süßen, aber leicht spitzbübischen Grübchen ihrer Mundwinkel argwöhnisch. Dann wurde seine ohnehin dunkle Haut noch eine Schattierung dunkler.

Als er nicht sofort antwortete, kam sie auf ihn zu, legte ihre Hände auf seine Brust und ließ ihre Finger über die Muskeln unter seinem weichen Baumwollhemd fahren. Sie suchte seinen Herzschlag. »Etta hat mir erzählt, daß du in Unterhosen schläfst. Aber das finde ich nicht sonderlich romantisch. Oder trägst du sie tatsächlich immer?«

Er schüttelte langsam den Kopf. Mit heiserer Stimme erwiderte er: »Nein, nicht immer.«

»Was also würdest du dann für deine Hochzeitsnacht einpacken?« bohrte sie weiter, während sie ihn unter gesenkten Wimpern hervor beobachtete.

»Nichts?« Das rauh ausgesprochene Wort war eine Mischung aus Hoffnung und Verzweiflung.

»Genau richtig«, erwiderte sie zufrieden, während sie ihre Arme um seinen Hals schlang.

Er preßte sie fest an sich, hob sie hoch und schwang sie im Kreis herum. Er vergrub sein Gesicht in der glänzenden Masse ihres Haares und flüsterte: »Mein Gott, du hast mich vielleicht verrückt gemacht. Ich liebe dich! Ich liebe dich und werde dich niemals wieder anlügen, solange ich lebe.«

»Das kannst du ruhig tun, wenn du einen guten Grund dafür hast«, erwiderte sie mit bebender Stimme. »Solange du mich nur nie wieder verläßt.«

»Niemals. Nicht für alles auf der Welt werde ich dich jemals wieder verlassen. Das verspreche ich dir.« Sein Griff verstärkte sich, als wollte er sie erdrücken. Gina war es recht. Sie murmelte ihm Liebkosungen ins Ohr und drückte sich an ihn, als ob sich ihre beiden Körper allein durch ihr schieres Verlangen vereinen könnten.

Nach einer Weile hob sie den Kopf. Innige Liebe und Fröhlichkeit leuchteten in ihren Augen, als sie sagte: »Übrigens, diese Flitterwochen, die du da geplant hast ...?«

»Was ist damit?« fragte er mit vor Sinnlichkeit kehliger Stimme.

»Ich dachte, du wolltest mir erzählen, was nach der Stelle mit den vielen Knöpfen an meinem Nachthemd passiert? Ich sollte ja eigentlich warten, um es herauszufinden. Ich bin mir aber nicht sicher, ob ich es noch so lange aushalten kann. Du weißt schon, was ich meine. Der Teil fängt so an: ›Und dann ...‹«

Rory brach in ein erleichtertes, triumphierendes Gelächter aus, das von den Wänden widerhallte. Gina stimmte in sein Lachen ein, als sie ihr Gesicht an seinem Hals vergrub. Und dann ...

Dann demonstrierte er es.

Margaret Brownley

Die Reifeprüfung

1

Sie war später dran. Nicht nur spät, sondern sehr spät: zwei Stunden! Im Foyer des Glass Garden Hotels, einem Hotel von Weltrang in Dallas, Texas, rannte Rick Matthews unruhig hin und her.

Siebenundzwanzig von den achtundzwanzig Jahren seiner Ehe hatte er mit Dana zusammengelebt, und sie war nicht ein einziges Mal pünktlich gewesen. Er konnte nur sich selbst dafür tadeln, daß er sich so beeilt hatte, sie wie versprochen pünktlich zur Mittagszeit zu treffen. Seine Lage wurde noch dadurch verschärft, daß er die dreistündige Fahrt von Austin nach Dallas im Rekordtempo hinter sich gebracht hatte und genau zweiunddreißig Minuten zu früh erschienen war. Würde er wohl jemals seine Lehren daraus ziehen? Sogar zu ihrer eigenen Hochzeit war sie verspätet erschienen und hatte ihn nervös zwischen dem Altar und dem Parkplatz der Kirche hin- und herrennen lassen. Er erinnerte sich noch an seine entsetzliche Angst, daß sie in einen Verkehrsunfall verwickelt sein könnte, oder daß dem Baby, das sie erwartete, etwas zugestoßen wäre.

Überrascht – und mehr als nur ein wenig irritiert – darüber, daß er ausgerechnet jetzt an ihren lange zurückliegenden Hochzeitstag dachte, wanderte er erneut in einem großen Bogen durch das Foyer und ging an den drei Hotelrestaurants vorbei. Vielleicht hatte er sie ja übersehen. Er musterte jede Frau, die eine wenn auch noch so entfernte Ähnlichkeit mit seiner einen Meter sechzig großen, blauäugigen blonden Frau hatte, die schon bald seine Ex-Frau sein würde.

Das Hotel wimmelte nur so von Mittagsgästen. Touristen

standen mit vor Bewunderung gereckten Hälsen vor der dreistöckigen Glaswand, die dem See, der Terrasse und den üppigen Gärten zugewandt war. Hoch oben ergossen sich üppig grüne, fächerförmige Farne aus weißen Körben. Eine etwas matronenhafte Dame bemühte sich, die Gartenanlage aus jeder nur möglichen Perspektive zu fotografieren, während ihre Freundinnen Münzen in den kleinen Teich warfen und ihren ständigen Bitten, ein Lächeln aufzusetzen, mit albernem Grinsen Folge leisteten.

Er ging an der großen Treppe vorbei zum Foyer zurück und fand sich vor dem Souvenirshop wieder, von wo aus er den Eingang im Blickfeld hatte. Als er sein grimmiges Spiegelbild in einem der Fenster sah, wurde ihm bewußt, daß er eher besorgt als ärgerlich war.

Wenn sie nun einen Unfall gehabt hatte?

Er sah auf seine Uhr. Nur wenige Minuten waren seit seinem letzten Blick auf das Zifferblatt vergangen, doch er hatte das Gefühl, daß es fast schon eine Ewigkeit her war. Sie war ja auch die vielen anderen Male, als sie sich verspätet hatte, nicht in einen Unfall verwickelt gewesen. Also, warum sollte es dann heute anders sein?

Sie war einfach nur wieder Dana, die absolut kein Zeitgefühl besaß.

Natürlich war es auch möglich, daß sie überhaupt nicht erschien. Das konnte er ihr nicht verübeln. Keiner von ihnen beiden hätte zugestimmt, hier eine gemeinsame Woche zu verbringen, wären nicht ihre drei erwachsenen Kinder gewesen. Schon allein der Gedanke daran ließ ihn vor Wut kochen. Dana und er waren verdammt gute Eltern gewesen. Keines ihrer Kinder war je mit dem Gesetz in Konflikt geraten oder hatte Drogen genommen. Und wie dankten es einem die Kinder? Indem sie jede noch so hinterhältige Taktik anwandten, um Schuldgefühle zu erzeugen und ihre in Scheidung lebenden Eltern dazu zu kriegen, eine letzte gemeinsame Woche zu verbringen! Genau so!

Es war keine gute Idee. Er wußte einfach, daß es keine gute Idee war. In diesem Punkt hatte ihm sogar Dana zugestimmt. Es war übrigens das einzige Mal in den letzten beiden Jahren gewesen, daß sie einer Meinung gewesen waren.

In ein paar Wochen würde die Scheidung durch sein. Alles, was gesagt werden mußte, war schon häufiger gesagt worden, als er sich erinnern konnte. Es war an der Zeit, die Vergangenheit hinter sich zu lassen und nach vorn zu blicken. Sowohl Dana als auch er hatten versucht, das den Kindern zu erklären.

Aber hatten sie ihnen zugehört? Mitnichten!

Als Schuldgefühle allein nicht den gewünschten Erfolg brachten, hatten ihre beiden Söhne Brian und Sean und ihre Tochter Debby sowie deren Mann Steve sie gebeten – gebeten? Ha! Gefleht hatten sie! – und jede nur denkbare Taktik ausprobiert, um ihren Kopf durchzusetzen. Was war nur in ihren ältesten Sohn Brian gefahren? Glaubte er wirklich, daß er sie mit seiner Drohung erpressen konnte? Er hatte angedroht, er wolle in der Geraldo-Talkshow zum Thema »Egoistische Eltern, die von ihren Kindern vergöttert werden« auftreten. Sogar seine Tochter hatte sich an ihn gehängt, ihn umarmt und ihn Papa Bär genannt, so wie sie es als kleines Mädchen getan hatte. Wenn sie das nicht getan hätte und wenn sie nicht mit seinem und Danas erstem Enkel schwanger gewesen wäre, dann hätte er ihr Anliegen rundweg abgelehnt.

Verdammte Kinder. Dana und er hatten einfach überhaupt keine Wahl gehabt. Er konnte es selbst kaum glauben. Sie hatten tatsächlich zugestimmt, eine ganze Woche miteinander zu verbringen! Und das, obwohl sie es nicht geschafft hatten, den Weihnachtsabend gemeinsam zu verbringen. Himmel, sie konnten noch nicht einmal mehr miteinander telefonieren, ohne sich zu streiten.

Nun, er jedenfalls hatte sein Versprechen den Kindern gegenüber gehalten und war hier im Hotel erschienen. Sollte *sie* doch den Kindern erklären, warum sie hier nicht aufgekreuzt war.

Er hatte sich schon fast entschlossen, das Warten aufzugeben und wieder nach Hause zu fahren, als er Dana durch die Doppeltüren hereinkommen sah.

Sie trug Jeans, die ihre weiblichen Kurven und ihre schmale Taille betonten. Ihr blondes Haar war zu einem Pferdeschwanz gebunden. Sie sah fast so jung und entnervt aus wie an dem Tag ihres ersten Treffens, als sie auf dem Parkplatz ihrer Schule seinem Auto in die Seite gefahren war. Damals hatte sie auch Jeans getragen. Daran konnte er sich noch genau erinnern, denn an jenem Tag hatte er sich in sie verliebt.

Dana hatte Rick sogleich bemerkt, als sie durch die Tür gekommen war. Das war auch nicht weiter schwierig. Mit seinen einsdreiundneunzig füllte er jeden Raum, sogar einen von den Ausmaßen dieser Lobby. Er trug eng geschnittene Jeans, Cowboystiefel und ein Flanellhemd von demselben leuchtenden Blau wie seine Augen.

Irgendwie war es ihm in den vier Wochen seit Weihnachten gelungen, etwas Farbe zu bekommen. Das war erstaunlich, wo doch der Januarhimmel immer bedeckt gewesen war. Sie fragte sich, ob die Frau mit der zuckersüßen Stimme, die sich vor ein paar Tagen an seinem Telefon gemeldet hatte, wohl auch diese nicht der Jahreszeit entsprechende Bräune aufwies. Der Gedanke irritierte sie. War es wirklich zuviel verlangt von einem Mann, mit dem man achtundzwanzig Jahre verheiratet gewesen war, daß er bis *nach* der Scheidung wartete, bevor er mit irgendeinem Flittchen in Urlaub fuhr?

Dana ermahnte sich, daß es sie nichts anging, wie er seine Zeit verbrachte. Sie schob ihre Schultertasche zurecht und umklammerte den Griff ihres Koffers noch fester.

Sie atmete tief durch und wappnete sich innerlich, während sie durch die Halle eilte. Sein grimmiger Gesichtsausdruck sagte ihr bereits, daß er fuchsteufelswild war. Damit hatte sie gerechnet.

Er haßte es, wenn sie sich verspätete. Doch so sehr sie sich auch bemühte, sie schaffte es niemals, wirklich pünktlich zu sein. Auch wenn sie etwas mehr Zeit einkalkulierte, kam doch immer in letzter Minute irgend etwas dazwischen. Heute morgen war es das rot aufleuchtende Warnlicht auf ihrem Armaturenbrett auf halbem Wege nach Dallas gewesen.

»Du bist spät dran!«

Seine eisige Stimme sandte ihr einen Schauer über den Rücken. Sie biß die Zähne zusammen und stellte ihren Koffer ab. Wenn er sich auch nur einen Anflug von Besorgnis hätte anmerken lassen, dann hätte sie ihm die Sache mit der Benzinpumpe erklärt. Wer weiß, vielleicht hätte sie sich sogar entschuldigt. Aber so nicht!

»Ich bin doch da, oder etwa nicht?«

»Du nimmst kein bißchen Rücksicht auf mich.«

»Sag dir einfach«, schnappte sie zurück, »daß du nach dieser Woche nie wieder auf mich warten mußt.« Sie wollte sich von seinen Worten nicht verletzen lassen.

»Was soll ich dann mit meiner vielen freien Zeit anfangen?« Er nahm ihren Koffer und ging damit in Richtung Empfang.

Sie starrte ihm mit den Händen auf den Hüften nach. Sie konnte sich schon das eine oder andere vorstellen, was er mit seiner freien Zeit anfangen könnte. Da sie sich jedoch in der Öffentlichkeit befanden, enthielt sie sich jeden Kommentars.

Wutentbrannt folgte sie ihm und ließ ihren Beauty-case neben dem Koffer vor der Rezeption auf den Marmorboden knallen.

Sie wußte, daß diese gemeinsame Woche ein Fehler war. Sie konnten offensichtlich nicht zusammen in einem Zimmer sein, ohne sich gegenseitig anzugiften. Sie versuchte, den Knoten in ihrem Magen zu ignorieren und atmete tief durch, um sich zu beruhigen. Daß sie der gemeinsamen Woche mit Rick zugestimmt hatte, selbst wenn sie es den Kindern zuliebe getan hatte, war nicht nur ein Fehler gewesen. Es grenzte eindeutig an Masochismus.

2

Hinter der Rezeption war nur eine Angestellte. Es schien eine Ewigkeit zu dauern, bis der Gast vor ihnen seine Probleme mit der Rechnung geklärt hatte.

»Du hättest ruhig schon einchecken können«, bemerkte Dana mit gedämpfter, gereizter Stimme.

»Ich hatte nicht geglaubt, daß du kommen würdest.«

»Ich habe gesagt, daß ich kommen würde, oder vielleicht nicht?«

»Du hast gesagt, daß du schon seit zwei Stunden hier sein wolltest.«

»Kann ich Ihnen behilflich sein?« Keiner von beiden hatte bemerkt, daß der Gast vor ihnen inzwischen fertig war und sich abgewandt hatte.

Rick trat einen Schritt vor und nannte der hübschen jungen Frau hinter dem Tresen seinen Namen. Die Frau schenkte ihm ein Lächeln, das weitaus strahlender war als das müde Lächeln, das dem vorherigen Gast gegolten hatte.

Als Dana der Unterhaltung zuhörte, glaubte sie platzen zu müssen. »Sagten Sie Hochzeitssuite?« stotterte sie.

Wieder lächelte die Frau. Dieses Mal jedoch hatte es nicht jenes Leuchten, mit dem sie vor wenigen Augenblicken noch Rick geblendet hatte. »Auf der vierten Etage mit Blick über den See.« Ihr Blick wanderte wieder zu Rick zurück, begleitet von einem breiten Lächeln. »Die Suite ist ja so romantisch«, schwärmte sie. »Besonders nachts, wenn man auf das Lichtermeer blickt.«

»Miss, äh ...« Dana blickte auf das Namensschild der jungen Frau, das auf ihrer Brust zu tanzen schien. Das verwirrte sie noch mehr. »... Ashlee. Wäre es nicht möglich, ein anderes Zimmer zu bekommen? Vielleicht etwas nicht so ... etwas Kleineres?«

»Ein anderes Zimmer?« Es gelang der Frau, ihren Blick zumindest so lange von Rick loszueisen, um etwas in den Computer zu tippen.

»Wir haben den Kindern versprochen, ihren Wünschen gemäß zu handeln«, sagte Rick mit leiser, ungeduldiger Stimme.

»Ich wußte ja nicht, daß es sich um die Hochzeitssuite handelt.« Ihre Tochter Debby hatte die Reservierung vorgenommen. *Was für ein durchtriebenes kleines Biest* ...

Ashlee starrte auf den Monitor und schüttelte den Kopf. »Tut mir leid. Die Suite ist die einzige, die für die ganze Woche frei ist. Es sei denn, Sie wollen die Präsidentensuite nehmen. Da müßten wir aber erst mit dem Geschäftsführer Rücksprache halten.«

»Die Hochzeitssuite ist in Ordnung«, entgegnete Rick.

Ashlee versuchte, Dana mit einem Lächeln zu beruhigen. Dennoch merkte man ihr an, daß sie Danas Reaktion verunsicherte. »Es wird Ihnen nicht leid tun, Mrs. Matthews. Das verspreche ich Ihnen.« Sie reichte Rick einen Kugelschreiber. »Bitte unterschreiben Sie hier.«

Rick unterschrieb und nahm wortlos den Schlüssel entgegen. »Kommst du?« Er hatte zwar Dana angesprochen, aber er hätte genausogut auch mit einer Fremden reden können. Seine Stimme war distanziert und kalt. Dennoch brachte sie etwas in Danas Innerem zum Schwingen.

Der junge Page in seiner rot-grauen Uniform eilte heran. »Das nehme ich, Madam.« Er lud ihren Koffer auf den Wagen und führte sie zu dem Aufzug des westlichen Turms. Als sie im Fahrstuhl waren, schweifte sein Blick zwischen Rick und Dana hin und her, als ob er die körperliche und seelische Entfernung zwischen ihnen abschätzen wollte. »Woher kommen Sie?«

»Aus Austin«, erwiderte Dana höflich, während sie auf sein Schild mit dem Namen »Chad« sah. Sie schätzte ihn auf das gleiche Alter wie ihren Sohn Sean und entspannte sich. Dieser junge Mann hatte sicherlich ganz andere Sorgen im Kopf, als darüber nachzudenken, warum Rick und sie so weit voneinander entfernt im Aufzug standen.

Der Aufzug hielt mit einem leichten Seufzer an, die Türen öffneten sich mit einem kaum vernehmbaren Flüstern.

Chad führte sie den eleganten Flur nach rechts entlang. Die Hochzeitssuite befand sich am Ende des Flurs gleich neben der Diamantensuite. Ihre Schritte waren auf dem dicken roten Teppich kaum zu hören.

»Sie haben sich für Ihren Aufenthalt eine gute Woche ausgesucht«, bemerkte er freundlich. »Sie haben praktisch den gesamten Turm für ein oder zwei Tage ganz für sich allein. Januar ist in der Regel ein eher ruhiger Monat. Die Leute erholen sich vermutlich noch von den Feiertagen. Ab nächster Woche sind wir dann für den Rest des Jahres vollkommen ausgebucht.«

Dana blickte auf jede Tür, an der sie vorbeikamen, und las die bronzenen Namensschilder. Sie hätte jeden anderen Raum vorgezogen. Die Rubinsuite vielleicht. Oder auch die Edelsteinsuite.

Die Direktion hatte ihrer Tochter und deren Mann eine Woche Hotelaufenthalt als Wiedergutmachung geschenkt. Während ihres letzten Besuchs hier war Debbys Ehering verschwunden. Debby war sich ganz sicher gewesen, daß man ihn aus dem Zimmer entwendet hatte. Der Verlust schmerzte sie noch immer so sehr, daß sie den Scheck der Versicherung noch immer nicht eingelöst hatte. Noch hatte sie ihrem Mann Steve erlaubt, ihr einen neuen Ehering zu kaufen. »Es wäre einfach nicht dasselbe«, hatte sie gesagt.

Debby konnte sich noch nicht dazu überwinden, das Hotel noch einmal zu betreten. Sie hatte darauf bestanden, daß ihre Eltern die großzügige Geste des Hotels annehmen sollten. Dana schien es, als ob ihre Kinder sich in letzter Zeit der Devise »Warum selber unglücklich sein, wenn man seine Eltern unglücklich machen kann?« verschrieben hatten.

Es ärgerte Dana, als sie jetzt wieder daran dachte, wie man sie manipuliert und unter Druck gesetzt hatte, um diese Woche mit Rick zu verbringen. Sie blickte auf ihren zukünftigen

Ex-Mann und erwiderte seinen vernichtenden Blick nicht minder vernichtend. Wenn Blicke töten könnten, dann wäre die Hochzeitssuite zu einem Ort des Verbrechens geworden. Chad steckte den Messingschlüssel in das verzierte Schloß, schwang mit einer großartigen Geste die Tür auf und knipste das Licht an. Aus einer sternförmigen Lampe ergoß sich warmes Licht auf einen eleganten Flur mit Topfpflanzen und grazilen Statuen. Der junge Kofferträger blickte Rick vielsagend an. »Sind Sie soweit?«

Rick sah ihn verdattert an. »Was meinen Sie?«

»Nur keine Hemmungen. Wir sind es gewohnt, daß unsere Gäste die Braut über die Türschwelle tragen. Ich schaue immer besonders gerne den alten Leuten dabei zu.«

Dana schenkte dem Pagen einen jener mütterlich strafenden Blicke, mit denen sie ihre eigenen Kinder in letzter Zeit des öfteren bedacht hatte. Alte Leute, also wirklich! Dieser junge Spund glaubte doch wohl nicht, daß sie und Rick ... Sie wagte es, Rick anzublicken.

Er hatte immer noch eine muskulöse, schlanke Figur. Sie bezweifelte nicht im geringsten, daß Rick sie über die Türschwelle tragen konnte, wenn er es denn wollte. Natürlich würde sie das nicht zulassen.

»Ich möchte das dem Rücken meines ... Mr. Matthews nicht zumuten«, meinte Dana.

»Mein Rücken ist vollkommen in Ordnung«, entgegnete Rick entrüstet. Wie zum Beweis legte er plötzlich seinen Arm um ihre Schulter und schob den anderen Arm unter ihre Knie. Dann hob er sie vom Boden auf. Bevor sie sich noch wehren konnte, trug er sie durch den Flur bis zu dem elegant möblierten Wohnzimmer. Ohne weitere Umstände stellte er sie neben dem gläsernen Eßtisch wieder auf die Füße. Gefühlsmäßig war er in etwa so intensiv daran beteiligt, als hätte er einen Sack Kartoffeln transportiert.

Dennoch fühlte Dana sich von ihren eigenen Empfindungen

wie von einer Flutwelle überspült. Er hatte recht: Mit seinem Rücken war alles in Ordnung. Ebenso mit seinen starken Armen, mit denen er sie gegen seine stahlharte Brust gedrückt hatte.

Sie haßte es, daß Rick sie immer noch körperlich, wenn auch nicht mehr seelisch, berühren konnte. Nicht, daß es von Bedeutung gewesen wäre. Sie war noch nicht jenseits von Gut und Böse. Sie war immer noch an Romantik und Sex interessiert, und es war schon lange her, daß Rick und sie miteinander geschlafen oder auch nur dasselbe Bett geteilt hatten. Sehr lange her.

Etwas aus der Fassung gebracht, lief sie zu den großen Glastüren und trat auf den Balkon hinaus, von wo aus man auf den Teich und den wunderschönen Garten blicken konnte. Wären dahinter nicht die Hochhäuser zu sehen gewesen, so hätte man es nicht für möglich gehalten, daß sie der Stadt so nahe waren.

Es war ein kühler Tag. Dicke weiße Wolken wanderten über einen tiefblauen Himmel, aber die Sonne schien strahlend, und der Regenschauer, der kurz zuvor gefallen war, hatte die Luft frisch und würzig gemacht. Sie lehnte sich über die Brüstung und atmete tief ein, bevor sie wieder die Suite betrat.

Der Page hatte die Zimmer bei ihrer Rückkehr bereits verlassen. Der Raum schien ihr plötzlich klein und intim. Das lag nicht etwa an der Einrichtung, sondern weil Rick jedes Zimmer irgendwie ganz und gar ausfüllte.

Sie wandte ihren Blick von ihm ab und starrte in das Gasfeuer, das unter dem marmornen Kaminsims flackerte.

Auf dem kleinen Glastisch stand in einem Eiskübel eine Flasche Champagner. Winzige orangene Flammen tanzten langsam über die polierte Oberfläche des Eiskübels.

»Dom Pérignon«, sagte Rick. Er hob den winzigen Briefumschlag hoch und las die Karte. »Alles Liebe, Eure Euch liebenden Kinder.«

Dana hätte aufschreien mögen. Alle drei ihrer Kinder mußten

mit dem Pfennig rechnen. Dom Pérignon war in ihrem Budget eigentlich nicht vorgesehen.

Mütterliche Schuldgefühle schlimmster Art überkamen sie. Mit den Schuldgefühlen stieg Zorn in ihr auf. Sie hatte sich niemals in das Leben ihrer Kinder eingemischt. Warum bestanden sie dann umgekehrt darauf, sich in das Leben ihrer Eltern einzumischen?

Rick ließ den Korken knallen und füllte zwei Sektkelche, die er in der Bar gefunden hatte. Er tat es mit derselben Sorgfalt, mit der er auch Öl in einen Motor eingefüllt hätte. Er reichte ihr das Glas. »Ist irgend etwas nicht in Ordnung?«

»Nein. Doch. Ich will das hier nicht, Rick. Was soll das alles? Warum wollen wir den Kindern falsche Hoffnungen machen?«

»Es ist ja nur für eine Woche.« Er nippte einen Schluck Champagner und zog eine Grimasse. »Wir haben es immerhin achtundzwanzig Jahre miteinander ausgehalten. Da machen ein paar Tage mehr auch nichts mehr aus.« Er stellte sein Glas ab und ging den kurzen Flur entlang bis zum Schlafzimmer.

Seine Worte hatten sie ebenso erstaunt wie verletzt. Sie ließ sich auf das zweisitzige weiße Korbsofa fallen und starrte ins Feuer. Miteinander ausgehalten? Dachte er so über ihre Ehe?

Hatte sie sich all die Jahre über etwas vorgemacht? Hatte sie in dem Glauben gelebt, eine glückliche Ehe zu führen, während Rick das vollkommen anders empfand? Hatten ihre Schwierigkeiten vielleicht doch schon angefangen, noch bevor Rick seinen Arbeitsplatz verloren hatte? War sie vielleicht einfach zu blind oder zu sehr mit sich selbst beschäftigt oder zu selbstgefällig gewesen, um es zu bemerken? Der Gedanke war niederschmetternd und traf sie bis ins Innerste.

Dana nippte an ihrem Champagner, aber nach dem Genuß zu urteilen, den ihr das Getränk bereitete, hätte sie auch ebensogut Leitungswasser trinken können.

Als sie ihr Glas auf dem Tisch abstellte, klingelte das Telefon. Es war Debby, die fröhlich und etwas außer Atem klang.

Es war die Kurzatmigkeit, die Dana Sorgen machte. »Ist das Baby …?«

Ein kurzes Schweigen folgte. »Wie bitte?«

»Ist es soweit mit dem Baby?« fragte Dana.

»Mutter, sei nicht albern. Das Baby kommt erst in zwei Wochen.«

Dana atmete erleichtert auf. »Na ja, man kann nie wissen.«

»Mir geht es gut, Mama. Wirklich. Steve achtet darauf, daß ich mich schone.«

»Ich kann nur hoffen, daß du ihm gehorchst.«

»Aber natürlich. Ich wollte nur wissen, wie euch das Zimmer gefällt. Ist es nicht das schönste Zimmer, das du jemals betreten hast?«

Dana blickte sich in dem Raum um. Die Blumentapete, die weißen, chintzbezogenen Korbmöbel und die üppigen Grünpflanzen hatten den Charme eines alten englischen Gartens. Das Rosa und das Grün des Teppichs wiederholte sich in den Polstern der Korbmöbel. Moosgrüne, rosa abgesetzte Gardinen umrahmten die vom Boden zur Decke reichenden Fenster in Falten aus Brokat. »Es ist wunderschön«, erwiderte sie bemüht begeistert. Ihr Blick streifte die in Leder gebundenen alten Bücher, die die Bücherregale zu beiden Seiten des Kamins füllten.

»Und der Champagner? War er wirklich eisgekühlt, wie wir es bestellt hatten?«

»Ich … wir trinken ihn gerade in diesem Moment«, erwiderte Dana. »Aber ihr hättet wirklich nicht …«

»Aber natürlich hätten wir!« rief Debby. »Und grüße bitte Etta von mir.«

»Etta?«

»Das Zimmermädchen. Du weißt schon, die wie Betty White aussieht. Sie hat sich so bemüht, als mein Ring verschwunden war.«

»Nun … Debby, ich will wirklich nicht, daß du und deine

Brüder euch Hoffnungen macht. Meine Ehe mit eurem Vater ist wirklich am Ende und ...«

»Ich muß Schluß machen, Mama«, sagte Debby kurzangebunden. »Ich wollte nur wissen, ob Papa und du gut angekommen seid.«

»Warte noch, Debby ... wir müssen reden ...« Sie hielt inne, als das Freizeichen ertönte. *Diese verwöhnten, undankbaren ...*

Sie knallte den Hörer auf die Gabel und sah auf ihre Uhr. Es war erst drei Uhr nachmittags. Was, in aller Welt, sollten Rick und sie mit dem Rest des Tages anfangen, ganz abgesehen von der bevorstehenden Woche?

Sie blickte den Flur hinunter zum Schlafzimmer. Ihre ohnehin schon angespannten Nerven schienen zerreißen zu wollen. Sie waren in der Hochzeitssuite. Sie wäre jede Wette eingegangen, daß das prunkvolle Himmelbett, das die gesamte Breite der Doppeltüren zum Schlafzimmer ausfüllte, das einzige Bett in dieser Suite war.

3

Rick hatte seine paar Kleidungsstücke im Schrank aufgehängt. In dem überdimensionalen Schrank wirkte sein einziger Anzug etwas verloren. Welches Flitterwochenpaar würde denn einen solch riesigen Schrank benötigen? Vermutlich hätte das extragroße Bett darin Platz, und es wäre immer noch Raum frei.

Das Bett. Es war schwierig, wenn nicht gar unmöglich, das Bett zu ignorieren, das vor einer vollverspiegelten Wand stand. Mit seinen vergoldeten Drechselarbeiten und den schwarz lackierten, mit rosa Blumen geschmückten Kopf- und Fußteilen war es auch ohne die Spiegel ein imposantes Möbelstück.

Noch nie zuvor hatte er ein derart beeindruckendes Bett gesehen. An das Schlafarrangement hatte er noch gar nicht gedacht. Seine Hauptsorge war vielmehr, wie Dana und er die Tage hinter sich bringen sollten, ohne sich gegenseitig umzubringen. An die Nächte hatte er überhaupt gar nicht gedacht. Gott sei Dank war das Bett groß genug, daß selbst eine ganze Kompanie darin Platz gehabt hätte. Sicherlich konnten zwei erwachsene Menschen es miteinander teilen, ohne sich dabei in die Quere zu kommen.

Kaum hatte Rick diesen Vorsatz gefaßt, da erinnerte er sich wieder daran, wie er Dana über die Türschwelle getragen hatte. Es war lange her, daß er sie in seinen Armen gehalten hatte. Eine Bewegung auf der Spiegelwand ließ ihn aus seinen Tagträumen aufschrecken. Für einen Augenblick glaubte Rick, daß er in der Zeit zurückgereist sei.

Dana stand hinter ihm. Sie sah genauso jung und unsicher aus wie damals vor all jenen Jahren an ihrem Hochzeitstag. Er hatte niemals herausgefunden, warum sie der Gedanke an den Vollzug der Ehe derart mit Scheu und Unsicherheit erfüllt hatte. Dennoch hatte er damals so empfunden. Und daß Dana ganz ähnlich fühlte, war nur zu offensichtlich gewesen.

Dana hatte ihn in jener Nacht ewig warten lassen. Mehr als zwei Stunden hatte sie im Bad zugebracht, um sich bettfertig zu machen. Er hatte schließlich an die Badezimmertür geklopft und sie aufgefordert, ein Lebenszeichen von sich zu geben. Niemals würde er den Anblick vergessen, als sich die Badezimmertür schließlich öffnete. Sie hatte atemberaubend ausgesehen in einem weißen Negligé, das wie weißer Nebel ihren schönen Körper umspielte.

Er erinnerte sich an das hoffnungslose Unterfangen, sie dazu zu bringen, sich zu entspannen, wo doch seine eigenen Nerven ebenfalls zum Zerreißen angespannt waren. Als sie dann aber endlich auf dem Bett lagen, hatte er sie sehr liebevoll ausgezogen. All die Schuldgefühle und die Peinlichkeiten, die Teil ihrer früheren Begegungen auf dem Rücksitz seines Autos gewesen waren, waren wie weggeblasen gewesen. Es schien ihnen, als ob sich zu lieben der eigentliche Sinn und Zweck ihres Lebens wäre.

Er erinnerte sich in aller Deutlichkeit an jene Nacht. Und an die vielen wunderbaren Nächte der folgenden Jahre, als sie sich gegenseitig in leidenschaftlicher Erregung die Kleider vom Leib gerissen hatten. Er erinnerte sich auch an die Nächte und die Tage, als sich ihr Verlangen etwas zärtlicher und ruhiger, aber keinesfalls bedeutungsloser ausgedrückt hatte. Und an jene anderen Male, jene kostbaren Augenblicke – es waren nicht viele gewesen, aber doch einige –, wenn ein zärtlicher Kuß alles ausgedrückt hatte, was sie füreinander empfanden.

Er fragte sich, ob Danas Erinnerungen an ihr Liebesleben ebenso schön waren wie seine.

Er wandte sich ihr zu. Nicht um sie zu fragen, sondern um die Antwort in direktem Blickkontakt zu finden.

Schockiert registrierte er ihren feindseligen Gesichtsausdruck. Wenn sie ihn geschlagen hätte, hätte er nicht verblüffter sein können. *Lieber Gott, laß nicht zu, daß sie gerade an unsere erste gemeinsame Nacht als verheiratetes Paar denkt oder an all die folgenden Nächte.* Ihr Blick war so hart, ihr Gesicht so grimmig. Vielleicht war er ja ein alter Narr, vielleicht war er auch egoistisch, aber er wünschte sich verzweifelt, daß sie sich an die guten Zeiten, die sie miteinander verlebt hatten, mit derselben Wärme erinnerte wie er.

Warum konnte sie das nicht? Er beobachtete, wie sie ihren Koffer öffnete. Seine ohnehin nicht gerade heitere Laune verschlechterte sich weiter. Jede ihrer Bewegungen ließ unmißverständlich erkennen, wie sehr sie es haßte, mit ihm in diesem Zimmer zu sein. Wie bitter doch ihre Erinnerungen im Gegensatz zu seinen sein mußten.

Er wollte sie schütteln. Sie sollte zugeben, zumindest sich selbst gegenüber, wie gut ihre Ehe gewesen war.

Es war tatsächlich eine verdammt gute Ehe gewesen! Nur weil die Dinge am Ende schiefgelaufen waren, war das noch kein Grund, sie in Bausch und Bogen zu verdammen.

»Ich hole mir im Foyer unten eine Zeitung.« Seine Stimme war rauh und kam von jenem Teil seines Ichs, der ihr gegenüber noch immer empfänglich und verwundbar war. Mit ein wenig Glück und großer Willenskraft würde dieser Teil am Ende dieser Woche nicht mehr existieren. Jedenfalls nicht, wenn es nach ihm ging.

Nachdem Rick aus dem Zimmer geeilt war, stand Dana noch lange reglos da. Ihr war zumute, als ob jemand ihr Herz herausgerissen und mit den Füßen darauf herumgetrampelt hätte. Er hatte sie eben tief verletzt. Bevor sie sich noch hatte fangen können, war sie ins Schlafzimmer gekommen und von den Erinnerungen an ihre Hochzeitsnacht überwältigt worden ...

Warum nur erinnerte sie sich ausgerechnet jetzt an diese Nacht, wo sie doch einen klaren Kopf behalten mußte?

Aber sie kannte den Grund dafür nur zu gut. Sie hatte sein Gesicht im Spiegel gesehen. Er hatte so jugendlich, so stark und verletzlich ausgesehen, ganz wie in jener ersten Nacht ihrer Flitterwochen. Sie war so versucht gewesen, so verdammt versucht, zu ihm zu gehen, genauso wie sie es an jenem Abend getan hatte.

Zum Glück hatte sie es gerade noch vermeiden können, sich vollkommen lächerlich zu machen. Sie ballte die Fäuste und schwor sich, daß er sie nie wieder berühren sollte. Weder emotional noch körperlich, noch in sonst irgendeiner Weise.

Die Titelmelodie aus »Doktor Schiwago« ertönte. Sie brauchte einen Augenblick, um zu registrieren, daß es die Türklingel war. Sicher hatte Rick seinen Schlüssel vergessen. Sie rannte barfuß zur Tür, um zu öffnen. Sofort fiel ihr Debbys Beschreibung der klaren blauen Augen ein, die ihr aus einem freundlichen runden Gesicht entgegenschauten. Sie gehörten offensichtlich Etta, dem Zimmermädchen.

»Sie müssen Mrs. Matthews sein«, sagte die Frau mit stark texanischem Akzent. »Willkommen im Glass Garden Hotel. Ich bringe nur ein paar frische Handtücher vorbei.«

»Vielen Dank.« Dana trat beiseite, um Etta einzulassen.

»Es ist mir ein Vergnügen, dafür zu sorgen, daß alles so ist, wie es sein sollte«, erkärte Etta. Sie schien es nicht besonders eilig zu haben, die Handtücher ins Badezimmer zu bringen. Sie glättete eines der Kissen auf dem Sofa vor dem Kamin und rückte einen Lampenschirm zurecht.

»Meine Tochter läßt Sie grüßen. Ich weiß nicht, ob Sie sich an sie erinnern können, sie heißt Debby Tobias. Sie und ihr Mann ...«

Ettas Gesicht erhellte sich. »Tobias, aber ja. Und Sie sind die Mutter dieser entzückenden jungen Frau? Wissen Sie, daß die beiden ihren Jahrestag hier in diesem Zimmer verbracht haben? Ich habe noch nie einen jungen Mann gesehen, der so viel gegessen hat. Er hat die ganze Küche auf Trab gehalten und sich mit dem Chefkoch prächtig verstanden. Ein nettes Paar. Ja, ich kann die Ähnlichkeit sehen ... die Augen. Sie und Ihre kleine Tochter haben dieselben schönen blauen Augen.«

»Debby erwartet ihr erstes Kind.«

»Ach, das ist ja schön. Ihr erster Enkel?«

»Ja.«

»Sie werden sicher eine gute Großmutter abgeben.« Etta strich über die großen Taschen ihrer Spitzenschürze und schlenderte ins Badezimmer. Dann kam sie mit einem Staubtuch zurück, um einen gerahmten Druck von Monet abzustauben.

»Wirklich eine schlimme Sache, der Vorfall mit dem Ehering Ihrer Tochter. Ich arbeite hier schon seit zehn Jahren, aber das war das erste Mal, daß so etwas passiert ist.«

»Debby ist immer noch nicht darüber hinweg.«

»Wer kann ihr das schon verübeln?« Etta schüttelte den Kopf. »Wir haben alles abgesucht. Ich selbst habe die Suche überwacht.«

»Sie ist sich ziemlich sicher, daß er gestohlen wurde.«

Das Zimmermädchen sah sie zweifelnd an. »Nun, die Gäste hier schließen die Räume immer gut ab. Leben Sie eigentlich weit entfernt von hier?«

»Ich ... wir leben in Austin.«

Sollte Etta ihren Versprecher registriert haben, so ließ sie es sich jedenfalls nicht anmerken. »Ich habe schon viele nette Paare aus Austin hier in meinem Zimmer gehabt.«

»Ihrem Zimmer?«

»In der Hochzeitssuite.« Ihr Gesicht strahlte vor Stolz, als sie sich umblickte. »Dies ist mein ganz besonderes Zimmer. Ich kümmere mich persönlich darum. Wissen Sie, man wird mich schon mit den Füßen voran hinaustragen müssen, um mich loszuwerden.«

»Es ist eine wunderschöne Suite«, erwiderte Dana. »Und das ist eine wunderschöne Kette, die Sie da tragen.«

Etta berührte den herzförmigen Anhänger mit den Fingerspitzen. »Ich habe eine richtige Schwäche für herzförmigen Schmuck. Das meiste habe ich von Paaren bekommen, die in diesem Zimmer geschlafen haben. Sind Sie wegen eines besonderen Anlasses hier?«

»Nein, eigentlich nicht«, erwiderte Dana langsam. Die Lüge fiel ihr leichter, als zuzugeben, daß sie, wenn man das so sagen konnte, das Ende ihrer Ehe hier feierten. »Die Hoteldirektion war so freundlich, Debby zusätzlich zu der Versicherungssumme eine Gratiswoche anzubieten, um sie für den Verlust ihres Ringes zu entschädigen. Ihr Mann und sie haben darauf bestanden, daß wir an ihrer Stelle die Woche nutzen.« »Darauf bestanden« war höflich ausgedrückt, das Wort Erpressung wäre viel treffender gewesen.

»Das ist ja wirklich nett. Wie lange sind Sie denn schon verheiratet?«

Es war eine simple Frage, deren Beantwortung ihr eigentlich hätte leichtfallen sollen.

»Achtundzwanzig Jahre.«

»Achtundzwanzig Jahre.« Etta nickte verständnisvoll. »Das ist einer jener verflixten Meilensteine.«

»Verflixt?«

»Sie wissen schon, was ich meine. Wie das verflixte siebte Jahr. So um die Zeit des achtundzwanzigsten Ehejahres herum müssen sich die Paare wieder vollkommen neu aneinander gewöhnen. Die Kinder verlassen das Haus. Die Dinge ändern sich irgendwie.«

Dana schluckte. Sie hatte geglaubt, bereit für diese Veränderungen zu sein. Rick und sie hatten darüber gesprochen, nun endlich jenen lange ersehnten Urlaub in Europa zu verbringen. Sie wollten sich vielleicht ein Wohnmobil kaufen und das Land bereisen. Ein Kloß saß ihr im Hals, als sie über all die geliebten Träume nachdachte, die zusammen mit der Ehe gestorben waren. Nichts schien eine Scheidung zu überleben, nicht die Vergangenheit und auch nicht die Zukunft. »Wie ... warum wissen Sie soviel über die Ehe?« *Und warum, warum nur, ist aus mir eine Expertin für Scheidungsfragen geworden?*

»Nun, ich lese halt.« Etta zog ein Taschenbuch aus ihrer Schürzentasche und hielt es Dana hin. Es war eine Liebesgeschichte, »Silberne Herzen«. »Das letzte Kind des Paares hat gerade das Nest verlassen. Und plötzlich finden die beiden nichts mehr, worüber sie sich unterhalten können«, erklärte Etta. »Mehr als zwanzig Jahre lang haben sie sich fast ausschließlich als Eltern gesehen. Und plötzlich, Knall auf Fall, müssen sie als Menschen miteinander kommunizieren.«

»Das mag für manche Paare ein Problem sein«, gab Dana zu. *Aber nicht für Rick und mich. Wir haben uns gegenseitig immer als Individuen betrachtet.*

Etta steckte den Roman wieder in die Tasche zurück und wischte mit dem Staubtuch über den Kaffeetisch. »Achtundzwanzig ist schon eines jener verflixten Jahre.« Sie schlurfte genau in dem Moment zur Tür, als Rick das Zimmer betrat.

»Sie müssen Mr. Matthews sein. Ich bin Etta. Wenn Ihnen etwas fehlen sollte, dann rufen Sie mich einfach.« Damit verließ Etta das Zimmer. Ein peinliches Schweigen breitete sich zwischen ihnen aus. Verzweifelt suchte Dana nach den richtigen Worten, die Spannung zu brechen. »Ich habe seit dem Frühstück nichts mehr gegessen. Wie steht es mit dir?«

»Keinen Bissen.« Er sah auf die Uhr. »Wir könnten unten in das ›Kristall‹ gehen und etwas essen.«

»Gute Idee. Ich ... ich will nur noch schnell auspacken.«

»Laß dir Zeit.«

Rick setzte sich und schlug die Zeitung auf den Anzeigenseiten auf. Dana erinnerte sich an die Zeiten, als er jeden Morgen als erstes die Sportseiten aufgeschlagen hatte. Aber das war, bevor er seine Arbeit verloren hatte. Seitdem schienen ihn an einer Zeitung nur noch die Annoncen zu interessieren.

Sie ging ins Schlafzimmer, packte ihr Kleid aus und hängte es neben die weißen Frotteebademäntel, die vom Hotel gestellt wurden. Die Mäntel dienten als Abgrenzung zwischen ihrem einen Kleid und Ricks einem Anzug.

Nach kaum fünf Minuten hatte sie ihre Pullis und Jeans in einem der riesigen Schrankfächer untergebracht.

Als sie wieder ins Wohnzimmer kam, hielt Rick einen riesigen Strauß bunter exotischer Blumen in der Hand. Sie waren von jener teuren Sorte, die auf Hawaii wuchsen.

»Rick! Sie sind wunderschön!« rief sie überrascht. Sie konnte sich nicht mehr erinnern, wann er ihr das letzte Mal Blumen geschenkt hatte. Er tendierte mehr dahin, ihr etwas Praktisches zu schenken.

»Sie sind gerade abgegeben worden«, erwiderte er. »Was glaubst du denn, wer sie uns geschickt hat?«

»Ich ... ich weiß nicht.« Sie bemühte sich, sich ihre Enttäuschung nicht anmerken zu lassen. Wie töricht von ihr zu glauben, daß sie vielleicht von Rick hätten sein können. »Ich schätze, da stecken wieder mal die Kinder dahinter. Erst Dom

Pérignon, und jetzt das hier.« Sie biß sich auf die Unterlippe, um nicht hektisch weiterzureden, wie sie es immer tat, wenn sie ihre Gefühle verbergen wollte.

Rick stellte die Blumen auf den Tisch und zog den kleinen Umschlag zwischen den Stielen hervor. »Er ist an dich adressiert.«

»An mich?« Sie nahm das Kuvert und zog eine winzige Karte heraus. *Ich denke an Dich, Dein Alex,* las sie lautlos. Alex war einer der Rechtsanwälte in der Firma, wo sie als Empfangsdame arbeitete. Alex und sie waren gelegentlich gemeinsam zum Essen ausgegangen. Zu mehr war sie jedoch nicht bereit gewesen und hatte ihm das auch offen gesagt. In letzter Zeit bedrängte er sie allerdings etwas. Er hatte sie sogar zu einem Segeltörn eingeladen und ihre Absage wie ein Gentleman akzeptiert. Sie hätte sich allerdings gewünscht, daß er auf die Nachricht, daß sie eine Woche mit ihrem zukünftigen Ex-Mann verbringen wollte, ebenso gelassen reagiert hätte. Die Blumen waren offenbar als Entschuldigung gemeint.

Sie spürte Ricks neugierigen Blick auf sich ruhen und steckte die Karte wieder in den Umschlag.

»Willst du mir nicht sagen, von wem die Blumen sind?«

»Sie kommen von ... einem Freund.«

Die Muskeln um seinen Mund verspannten sich. »Einem Freund?«

»Sie sind von Alex.« Warum sollte sie ihm ausweichend antworten? Sie hatte nichts zu verbergen. »Du erinnerst dich doch an Alex, nicht wahr? Er ist einer der Rechtsanwälte in meiner Firma.«

»Der Kleine mit der Glatze?«

»Er ist nicht klein.«

Rick beobachtete sie, wie sie die Blumen in der Vase ordnete. »Ist da etwas zwischen dir und diesem Alex?«

Sie richtete sich auf. »Ich bin mir noch nicht sicher.«

»Was soll das denn heißen? Du bist dir nicht sicher?«

»Das soll heißen, daß ich zumindest die Höflichkeit besitze, die Scheidung abzuwarten, bevor ich eine neue Beziehung anfange.«

»Wenn ich mir die Blumen so betrachte, würde ich sagen, daß die neue Beziehung schon lange angefangen hat.«

»Woher willst du das wissen? Das letzte Mal, daß du mir Blumen geschenkt hast, war ... ach, lassen wir das!« Sie griff nach ihrer Handtasche und ging zur Tür. Sie würde sich nicht schon wieder zu einem Streit provozieren lassen.

»Moment mal.« Rick packte sie am Arm. »Willst du damit etwa sagen, daß ich dir niemals Blumen geschenkt habe?«

»Du hast mir Blumen geschenkt. Ein einziges Mal.«

»Ein einziges Mal?«

»Vielleicht auch zweimal. Du warst eben nie so ... so romantisch.«

Er sah verletzt und schockiert aus. Warum ihn das verletzen oder schockieren sollte, konnte sie sich nicht vorstellen. Es entsprach schließlich der Wahrheit.

»Ich finde, daß ich sehr romantisch bin.«

Sie hätte fast laut losgeprustet, konnte sich aber gerade noch rechtzeitig beherrschen. »Du hältst dich also für ... Hast du mir deshalb auf dem Standstreifen einer übervollen Autobahn während eines Reifenwechsels einen Heiratsantrag gemacht? Weil du so romantisch bist?«

»Wenn dir die Art meines Antrags nicht gefallen hat, warum hast du ihn dann angenommen?«

»Weil ich ...« Sie schluckte die Worte *dich liebte* hinunter. Sie war überrascht, daß der Schmerz immer noch so dicht unter der Oberfläche saß. Achtundzwanzig Jahre waren seit jenem Tag vergangen. Die meisten davon waren gute Jahre gewesen. »Ich habe es mir anders überlegt, ich will jetzt nichts essen. Ich werde mich ein Weilchen hinlegen.«

Rick wollte etwas sagen, griff jedoch statt dessen nach der Zeitung und rauschte aus der Suite.

4

»Wie wollen wir das Problem mit dem Schlafarrangement regeln?« fragte Dana. Die Frage schien immer noch in der Luft zu liegen. Sie hatte es so lange wie möglich vermieden, diese Frage zu stellen. Aber es war spät geworden, und sie war müde.

Rick zuckte beiläufig mit den Schultern, als ob die Sache nicht weiter wichtig wäre. Er saß vor dem Kamin, seine mit Socken bekleideten Füße ruhten auf dem Beistelltisch. Er hatte den Großteil des Nachmittags damit verbracht, eine Zeitschrift über Oldtimer-Automobile zu lesen. Alte Autos wieder flottzumachen, war eines seiner Hobbys, oder zumindest war es das einmal gewesen, bevor er seine Stellung verloren hatte. »Mach, was du willst.«

Sie zögerte. Denn was sie wirklich tun wollte war, diese ganze Woche zu vergessen und nach Hause zu fahren. »Ich nehme das Schlafzimmer, dann kannst du …«

Sie warf einen Blick auf die unzureichenden Schlafmöglichkeiten des Wohnzimmers. Das zweisitzige Sofa. Die beiden Sessel. Es war alles so arrangiert, daß die darin wohnenden Paare möglichst nahe beieinander waren. Nicht eines der Möbelstücke hätte ihr als Schlafstatt dienen können, von Rick ganz zu schweigen.

»Wir könnten ein zusätzliches Bett bestellen«, schlug sie vor.

»Das könnten wir tun«, erwiderte er gelassen. »Es wäre sicherlich das erste Mal, daß so etwas in der Hochzeitssuite vorkommt.«

Damit hatte er vermutlich recht. Sie konnte sich Ettas oder Chads mißbilligendes Gesicht lebhaft vorstellen, wenn einer der beiden das Bett in ihre Suite räumen mußte. »Nimm du das Bett, ich rolle mich hier zusammen …« Sie sah sich um. »Auf dem kleinen Sofa.«

»Wir werden beide im Bett schlafen.«

»Ich halte das für keine gute Idee ...« Seit fast einem Jahr hatten sie nicht mehr in einem Bett geschlafen.

»Hast du Angst davor, was passieren könnte, wenn wir ein Bett teilen?«

»Nichts wird passieren«, erwiderte sie mit fester Stimme.

»Genau. Also, wo liegt dann das Problem?«

Sie schluckte. Das Problem war, daß sie sich immer noch an das erregende Gefühl erinnerte, als er sie vorhin auf seinen Armen getragen hatte. Seit fast einem Jahr hatten sie nicht mehr miteinander geschlafen. Dennoch war er immer noch der attraktivste Mann, den sie kannte. Und nach dem herausfordernden Blick zu urteilen, den er ihr jetzt zuwarf, obendrein auch noch ziemlich eingebildet.

»Es gibt kein Problem«, sagte sie. Lieber würde sie sterben, als zugeben, daß sie große Zweifel daran hatte. »Wenn du auf deiner Seite bleibst.«

»Ich gehe niemals dorthin, wo ich nicht willkommen bin.« Darüber hätte sie mit ihm streiten können, unterließ es jedoch. Nicht heute abend. Niemals mehr. Sie hatten genug gestritten. Es war an der Zeit, die Vergangenheit hinter sich zu lassen und an die Zukunft zu denken. Wenn schon sonst nichts von dieser Woche zu erwarten war, dann würde sie vielleicht wenigstens einen Schlußstrich ziehen können.

Das Telefon klingelte. Ricks Gesicht verfinsterte sich augenblicklich.

»Meinst du, das könnte dein Anwaltsfreund sein?«

»Er würde nicht anrufen.«

»Warum nicht? Er hat Blumen geschickt. Es überrascht mich, daß er uns nicht persönlich begleitet hat.«

Sie warf ihm einen ärgerlichen Blick zu und nahm den Hörer ab. Diesmal war es das weiße Telefon mit den goldenen Verzierungen, das auf der Bar stand. Bislang hatte sie bereits sechs Telefone in der Suite gezählt.

Es war ihr ältester Sohn Brian, der sie unter Druck gesetzt

hatte. Als sie sich geweigert hatte, eine Woche gemeinsam mit Rick zu verbringen, hatte er sie beiseitegenommen und sie angefleht: »Bitte, tu es mir zuliebe, Mama. Bitte!«

Hoffentlich war er jetzt zufrieden, denn einen weiteren Gefallen dieser Art würde sie ihm garantiert nicht wieder erweisen!

Kaum hatte sie das Gespräch mit Brian beendet, als Seans Frau Abby anrief. Es folgten Ricks Mutter und ihr Schwiegersohn Steve.

Als sie nach dem letzten Telefonat aufgehängt hatte, war sie es restlos überdrüssig, jedem zu erklären, warum die gemeinsame Woche mit Rick wenig bewirken würde. Am liebsten hätte sie laut aufgeschrien.

Sie brauchte jetzt ein heißes Bad und acht Stunden Schlaf. Sie ging ins Badezimmer und schaltete das Licht an. Das Badezimmer war offenbar für Liebespaare gebaut worden. Sie überdimensionale Marmorbadewanne mit Whirlpool stand auf einer erhöhten Plattform, die man über drei Stufen erreichen konnte.

Duftende Badezusätze standen nebeneinander auf einer Glaskonsole. Sie studierte die Etiketten der bunten Flaschen und entschied sich für eine mit der Aufschrift »Ekstase«. Sie hatte schon so lange nichts mehr gefühlt, was auch nur entfernt an Ekstase herangereicht hätte, daß sie neugierig auf den Duft dieses speziellen Badezusatzes war. Sie schraubte die lila Verschlußkape auf, roch daran und mußte lachen. Das Badeöl roch nach Zitrone.

In Anbetracht ihrer deprimierten Stimmung schien es jedoch die richtige Wahl. Sie ließ den Inhalt des Fläschchens in das brausende Wasser ein. Es war zwar etwas verschwenderisch, aber in ihrer Situation notwendig.

Wenig später sank sie in das herrliche heiße Wasser und pustete gerade den Schaum von ihrem Kinn, als das Klingeln des Telefons sie aufschreckte. Sie drehte den Kopf und ortete das störende Gerät. Ein Telefon im Badezimmer!

Da sie nicht gestört werden wollte, ließ sie sich noch tiefer in das weiche Wasser gleiten und von den Massagedüsen bearbeiten. Nach dem vierten Klingeln war das Telefon wieder still. Sie fragte sich, ob Rick abgenommen oder ob der Anrufer aufgelegt hatte.

Sie schloß die Augen. Irgendwie hatten Rick und sie es geschafft, einen gemeinsamen Tag zu überleben. Noch sechs lange Tage und sechs lange Nächte ...

Wie dumm es von ihr gewesen war, dieser gemeinsamen Reise zuzustimmen. Was hatte es für einen Sinn, alte Wunden wieder aufzureißen? Selbst der Gedanke an die glücklichen Zeiten, wie beispielsweise an seinen Heiratsantrag, verursachte ihr nichts als Schmerz. Dennoch konnte sie die Erinnerungen nicht verdrängen.

Sie erinnerte sich an jeden Augenblick jenes Tages, als ob es erst gestern gewesen wäre. Sie waren auf dem Weg zu seinen Eltern gewesen, um dort zu Abend zu essen. Warum sie ausgerechnet diesen Zeitpunkt gewählt hatte, um ihm die Neuigkeit ihrer Schwangerschaft mitzuteilen, konnte sie nicht sagen. Vielleicht, weil sie Angst hatte und sich sehr einsam fühlte. Rückblickend schienen ihre Ängste vollkommen ungerechtfertigt gewesen zu sein. In der heutigen Gesellschaft dachte sich keiner mehr etwas bei einer Schwangerschaft. Aber in den sechziger Jahren war das noch anders gewesen.

Rick und sie waren während der letzten Schuljahre miteinander befreundet gewesen. Sie waren jedoch niemals so weit gegangen, »es« wirklich zu tun, wie man damals sagte. Bis zu dem Tag ihres Schulabschlusses. Die Welt schien ihnen an jenem Tag zu Füßen zu liegen. Rick hatte ein Stipendium für eines der renommierten Colleges im Osten des Landes bekommen; sie war gerade in Berkeley aufgenommen worden. Rick hatte versprochen, ihr zu schreiben und alle Ferien mit ihr zusammen zu verbringen. Es war nicht unbedingt eine Liebeserklärung, aber doch eine Art Zusage. Einer jungen, verliebten Frau reichte das.

Der jugendliche Überschwang verwandelte sich in jener Nacht in Leidenschaft – eine Leidenschaft, die ihrer beider Leben von Grund auf verändern sollte.

Kaum war sie mit der Neuigkeit ihrer Schwangerschaft herausgeplatzt, als wie ein ironischer Kommentar einer der Reifen platzte. Rick hielt am Straßenrand an. »Bist du dir sicher?« fragte er.

»Ganz sicher«, erwiderte sie.

Schweigend stieg er aus dem Auto, um den Reifen zu wechseln. Wenig später stieg sie ebenfalls aus. Sie stand neben ihm und beobachtete, wie er den Wagenheber ansetzte.

»Wir werden heiraten«, konstatierte er.

»Und was wird aus deinem Stipendium?«

»Mach dir darum keine Gedanken. Ich nehme eine Arbeit an. Ich kann ein Abendstudium machen. Wir werden das schon hinkriegen.« In dem Moment schien es fast leichter, ihre Zukunft zu planen, als den Reifen zu wechseln. Sie nahm an, das war gut so. Sie war viel zu verängstigt, als daß sie eine Alternative ohne Trauschein erwogen hätte. Die Wahrheit war die, daß sie viel zu jung war, um überhaupt zu wissen, daß sie eine andere Wahl hatte.

Als sie später ihre Verlobung bekanntgaben, atmete ihre Familie erleichtert auf. Jeder sagte ihr, wieviel Glück sie gehabt habe. Die meisten Männer hätten sich angesichts einer solchen Situation auf und davon gemacht, hatte ihr ihre Mutter unzählige Male eingebleut. Ihre Schwiegermutter hatte ihr nie verziehen, daß sie die Zukunftsaussichten ihres Sohnes »ruiniert« hatte.

Sie hatte tatsächlich Glück gehabt. Rick war ein guter und treuer Ehemann und ein wunderbarer Vater. Nicht ein einziges Mal hatte er ihr das Gefühl vermittelt, daß die Schwangerschaft ihre Schuld gewesen sei oder daß er sich zur Ehe gezwungen gefühlt habe.

Dennoch nagte das Wissen an ihr, daß ihrer beider Leben

ohne die Schwangerschaft anders verlaufen wäre. Rick hätte zweifellos seinen Abschluß an dem renommierten College gemacht und vermutlich jemand anderen geheiratet.

Seinen Traum, Jura zu studieren, hatte er auf Eis gelegt, wie er es damals gerne ausdrückte. Nachdem das zweite Kind da war, hatte er den Plan vollkommen aufgegeben. Rick verdiente in der Luftfahrt gut. Dort gab es damals jede Menge berufliche Aufstiegsmöglichkeiten. Der Industriezweig blühte. Niemand hätte jemals damit gerechnet, daß es einmal anders werden könnte.

Dana ermahnte sich, sich nicht an den Tag zu erinnern, als Rick seine Arbeit verloren hatte. Das war der Anfang vom Ende gewesen. Statt dessen bemühte sie sich, an etwas Angenehmes zu denken. Ihr erstes Enkelkind ... vielleicht sollte sie sich mal an einer Babydecke versuchen. Die vielen bunten Flicken eines Quilts aneinanderzunähen würde sie vielleicht von dem schwermütigen Grübeln über ihr eigenes Leben ablenken.

Als sie aus dem Badezimmer kam, fühlte sie sich leicht und entspannt. Aber das angenehme Gefühl sollte nur von kurzer Dauer sein. Rick war bereits im Bett und hatte die Decke bis zur Taille hochgezogen. Auf diese Weise war seine Brust, seine verdammt feste, verdammt jugendliche Brust, in all ihrer sonnengebräunten Schönheit zu sehen.

Ein Gefühl weiblicher Bewunderung durchflutete sie, gleichzeitig war sie alarmiert. Ihre Gefühle steigerten sich schnell zur Panik, als sie seinen warmen, durchdringenden Blick fühlte. Er würde doch wohl nicht ... nein, das konnte er nicht ... um Himmels willen.

In all den Jahren, die sie mit diesem Mann gemeinsam im Bett geschlafen hatte, hatte er nie etwas angezogen. Er schlief nackt, egal, welches Wetter herrschte, egal, ob Regen oder Schnee.

Sie riß ihren Blick von ihm los und knipste das Licht auf der Kommode aus. Die beiden Nachttischlampen jedoch spendeten immer noch genügend, sogar mehr als genügend Licht.

Sie atmete tief ein, riß sich zusammen und wandte sich dem

Bett zu. Wenn sie jetzt eine Szene machte oder sich ihre Nervosität anmerken ließ, würde er daraus schließen, daß seine Gegenwart sie in gewisser Weise berührte. Was sie selbstverständlich nicht tat. Ihre merkwürdigen Gefühle, als er sie über die Türschwelle getragen hatte, waren nichts weiter als Überraschung gewesen.

Nun, im Augenblick aber war sie nicht überrascht, sondern wütend. Sie verlangte ja lediglich, daß er eine ganz normale Höflichkeit bewies und einen verdammten Pyjama anzog. War das denn wirklich zuviel verlangt?

Sie wußte beim besten Willen nicht, wohin sie sehen sollte. Wenn sie nach rechts sah, sah sie seine braungebrannte Brust in den spiegelnden Türen der Schränke. Man konnte dem einfach nicht entrinnen: die Hochzeitssuite war bis zum Abwinken mit Spiegeln und Telefonen ausgestattet.

Sie ärgerte sich darüber, daß er sie in diese Lage brachte. Dann entschied sie, daß sie sich von keiner seiner Handlungen irritieren lassen würde. Sie zwang sich, ihm direkt ins Gesicht zu blicken.

Für einen kurzen Augenblick verschmolzen ihre Blicke, dann wanderte sein Blick an ihrem Körper herab. Plötzlich fühlte sich ihr Flanellnachthemd, das sie extra für diese Gelegenheit gekauft hatte, so unweiblich an wie ein Mehlsack. Nicht, daß es sie gekümmert hätte, wie sie in diesem Moment aussah, selbstverständlich nicht. Auch nicht, wie er über ihr Aussehen urteilte.

Sie setzte sich auf die Bettkante und wandte ihm den Rücken zu. Sie bemühte sich, ihren rasenden Pulsschlag zu beruhigen. Nur weil er bis zur Taille nackt war, hieß noch lange nicht, daß er vollständig unbekleidet war.

Vermutlich trug er eine Pyjamahose. Genau! Eine Pyjamahose, eine schöne, ganz normale, dezente Pyjamahose.

Sie legte sich ins Bett und zog die Decke bis zum Kinn. Normalerweise las sie immer im Bett, doch sie hatte ihr Buch im anderen Zimmer liegengelassen. Nach kurzer Überlegung entschied sie, daß sie nie und nimmer die Sicherheit des Bettes verlassen würde. *Sicherheit?* Bei dem Gedanken hätte sie beinahe laut gelacht. Wenn das kein Widerspruch in sich war, dann konnte sie sich auch nicht mehr helfen. Sie drehte sich auf die Seite, so daß ihr Gesicht nach außen zeigte. Das Bett war sicher. Es war mindestens ein Meter Abstand zwischen ihnen. Oder doch wenigstens ein halber. »Gute Nacht«, sagte sie mit meisterhaft kühler Stimme. Sie machte das Licht aus und legte ihren Kopf auf das Kissen. »Gute Nacht.« Wenn die fünfzig Zentimeter ihr vielleicht Sorgen machten, so tat es seine Stimme ganz gewiß nicht. Sie war kälter als Eis.

Sie entspannte sich für einen Augenblick, dann schoß ihr ein Gedanke durch den Kopf, der ihre sorgfältig beherrschten Gefühle zu entfesseln drohte. *Er besitzt überhaupt gar keine Pyjamas.*

Ihr Herz schlug so schnell, daß es fast schien, als ob das Bett mit einem eingebauten Vibrator ausgerüstet sei.

Plötzlich schien der Abstand zwischen ihnen nur noch wenige Zentimeter zu betragen. Sie hatte Angst sich zu bewegen, Angst zu atmen. Sie zwang sich zur Ruhe. Als ihr das nicht gelang, redete sie sich ein, daß sie sich mit den Pyjamas irrte. Vielleicht hatte er sich ja in den elf Monaten, in denen er in seiner eigenen Wohnung lebte, einen gekauft. Der Gedanke war beruhigend, aber sie glaubte keine Sekunde daran. Der Mann hatte sich während ihrer gesamten Ehe nicht ein einziges Kleidungsstück selbst gekauft. Sie bezweifelte, daß er jetzt noch damit anfangen würde. Unterwäsche. Jetzt hatte sie es: er trug eine Unterhose. Normalerweise ließ sie sich nicht von irgendwelchen Vorstellungen gefangennehmen. Heute aber konnte sie nicht anders.

Wenn sie schlafen wollte, dann mußte sie augenblicklich die Vorstellung eines nackten Mannes neben ihr aus ihrem Bewußtsein verdrängen. Aber es war ihr vollkommen klar, daß sie eher eine Klapperschlange in ihrem Bett vergessen konnte als Rick.

Sie mußte unbedingt herausfinden, was er anhatte. Das Problem war nur, wie. Sie ging die Möglichkeiten durch. Sie könnte ihn rundheraus fragen.

Sie könnte auch das Licht anmachen und ihm die Decke wegziehen.

Sie brauchte noch etwas Zeit, bis sie sich wieder soweit beruhigt hatte, eine weitere Möglichkeit überhaupt in Erwägung zu ziehen: Sie könnte ihn *versehentlich* berühren.

Nichts einfacher als das. Kein Problem, sagte sie sich. Nur eine kurze Berührung, nichts Persönliches oder Intimes. Nur eine ganz kurze Berührung. Sie wollte warten, bis er eingeschlafen war, dann würde er es überhaupt nicht mitbekommen.

Sie lag auf dem Rücken und starrte an die Decke. Steif wie ein Brett lag sie da und horchte auf den Rhythmus seines Atems. Jeden Augenblick würde er einschlafen.

Und dann würde sie Bescheid wissen.

5

Wie konnte sie nur in diesem verdammten Flanellnachthemd schlafen? Rick lag stocksteif auf seiner Seite des Bettes und starrte an die Decke. Dort versuchte er in den tanzenden Lichtreflexen etwas zu finden, was ihn von seiner zukünftigen Ex-Frau ablenken würde.

Die Klimaanlage summte leise, dennoch war es heiß im Zimmer. Oder war ihm nur so heiß?

Die letzten elf Monate, eine Woche und zwei Tage hatte er allein in seinem Einzelbett in seiner Einzimmerwohnung geschlafen. Kein Wunder, daß er jetzt nicht einschlafen konnte. Er war so an sein schmales Bett gewöhnt, daß er sich gar nicht zu bewegen traute. Er hatte es sich angewöhnt, sich nicht mehr von einer Seite auf die andere zu werfen. Das hatte nichts mit seiner Bettnachbarin zu tun. Um es zu beweisen, drehte er sich um und schüttelte sein Kissen auf.

Zufrieden ließ er den Kopf ins Kissen sinken und schloß die Augen. Fast augenblicklich fühlte er sich von einer Wolke zarter Blüten eingehüllt. Er riß die Augen auf. Was war das für ein seltsamer Duft? Parfüm? Shampoo? Und was fiel ihr ein, diesen Duft in seinem Bett zu tragen?

Er wälzte sich auf die andere Seite und kehrte ihr den Rücken zu. Jetzt konnte er zwar den Duft nicht mehr riechen, aber dennoch ihre Wärme spüren. Sollte sie doch in ihrem dämlichen Nachthemd schmoren! Das würde ihr recht geschehen.

Dana lag immer noch kerzengerade und steif neben ihm im Bett. Durch die vielen unauffälligen und weniger unauffälligen Gesten wußte sie, daß er nicht schlief. Sie befürchtete schon, daß er überhaupt nicht mehr einschlafen würde.

Und sie fühlte sich irgendwie ... es juckte alles. Reagierte sie auf Flanell etwa allergisch? Sie glaubte nicht, aber sie hatte schon lange keinen Flanell mehr getragen. Seit ihrer Trennung nicht mehr. Und davor auch nicht ... Gerade noch rechtzeitig ermahnte sie sich selbst, nicht an die Zeit davor zu denken.

Außerdem juckte es sie mittlerweile so sehr, daß sie ohnehin kaum an etwas anderes denken konnte. Vielleicht war es einfach die Hitze.

Sie stieß die Decke zurück. Jetzt war ihr zwar kühler, aber der Juckreiz wurde noch schlimmer. Viel schlimmer. Fast unerträglich.

Sie setzte sich auf und machte das Licht an. Rick rollte sich herum und blickte sie fragend an. Es ärgerte sie, daß er so ruhig und attraktiv aussah, während sie sich die Haut hätte kaputtkratzen können.

»Das hast du absichtlich getan«, fauchte sie. Ihr war so unbehaglich zumute, daß sie hätte schreien können. Statt dessen machte sie ihm Vorwürfe. Sie sprang aus dem Bett und riß die Schublade fast aus dem Schrank.

»Was habe ich denn getan?«

»Du weißt schon, was!« Sie griff nach einem T-Shirt, rannte ins Badezimmer und knallte die Tür hinter sich zu. Dann riß sie sich das Nachthemd vom Leib. Ihre Haut war stark gerötet. Sie drehte die Dusche an und stellte sich unter das beruhigend kühle Wasser. Nachdem sie sich gewaschen hatte, trat sie aus der Dusche und trocknete sich ab. Sie hatte noch niemals eine allergische Reaktion gezeigt. Jetzt wußte sie gar nicht, was sie tun sollte. Der Juckreiz hatte Gott sei Dank etwas nachgelassen. Vielleicht konnte sie ja jetzt endlich schlafen.

Als sie zurückkam, saß Rick mit angezogenen Knien gegen das Kopfteil gelehnt. Er sah verdammt gut aus, wie er da so saß; eine Tatsache, die sie nur noch wütender machte.

»Kalt geduscht?« spöttelte er.

»Nein, nicht kalt geduscht!« Sie kochte. Er schien sich für so unwiderstehlich zu halten, daß er offenbar glaubte, sie könnte sich in seiner Gegenwart kaum mehr halten. Tja, da irrte sich der gute Mann! Selbstverständlich konnte sie sich beherrschen.

»Du mußt mir nicht gleich den Kopf abreißen. Und jetzt sei doch so freundlich und erkläre mir, was ich angeblich absichtlich getan habe.« Er sah sie aufmerksam an. »Was ist denn los?«

»Nichts ist los. Die Frage ist wohl eher, was mit dir los ist. Wie kannst du nur ohne ... nackt in mein Bett steigen?«

Er sah sie verwundert an. »Ich trage dasselbe, was ich immer zum Schlafen trage.«

Fast hätte sie sich verschluckt. »Das ist ja genau das Problem.«

»Ich verstehe dich nicht. Du hast doch sonst an meiner Schlafbekleidung nie etwas auszusetzen gehabt?«

»Eines möchte ich von vornherein ganz deutlich klarstellen. Was du hier trägst, ist keine Schlafbekleidung, wie das hier zum Beispiel.« Sie hielt ihr Flanellnachthemd hoch.

Er verschränkte störrisch die Arme vor der Brust. »Ich denke gar nicht daran, das Nachthemd da anzuziehen!«

Sie starrten einander wütend an. »Du könntest wenigstens so höflich sein und dich bedecken.«

»Ich *bin* bedeckt.«

»Dies ist nicht der richtige Zeitpunkt für Witze!«

»Ich mache keine Witze, Dana. Bitte sage mir doch endlich, was dich so wütend macht.«

»Du willst wissen, warum ich so wütend bin? Na schön, ich werd's dir sagen! Wir leben nicht mehr als Mann und Frau zusammen. Und du hast nicht das Recht, nicht das geringste Recht, dich in diesem Aufzug in mein Bett ...« Sie war so aufgeregt, daß sie fast stotterte. »Wir sind hier nur der Kinder wegen.«

»Hast du dieses alberne Großmutternachthemd auch nur der Kinder wegen an?«

»Es ist nicht albern!«

»Und jetzt willst du dieses ... dieses dürftige T-Shirt tragen?« Sein Blick glitt an ihren Beinen herab.

Der Schwall heißen Blutes, der in ihre Wangen strömte, brachte sozusagen das Faß zum Überlaufen. Sie fühlte sich, als ob ihr ganzer Körper in Flammen stünde. Zitternd rieb sie sich die Arme. »Ich glaube, ich reagiere allergisch auf Flanell.«

Rick beugte sich besorgt vor. »Allergisch? Soll ich dich in das Erste-Hilfe-Zimmer bringen?«

»Das ist nicht nötig. Es wird mir gleich besser gehen. Wenn nur dieser schreckliche Juckreiz endlich aufhören würde.«

Noch bevor sie den Satz beendet hatte, hüpfte Rick neben ihr aus dem Bett. *Splitternackt.*

Erschrocken heftete sie ihren Blick auf seinen schlanken Körper, dann ließ sie ihn wagemutig über seine muskulöse Brust wandern und weiter über seinen festen Bauch bis zu seinem ... Penis!

Sein bloßer Anblick ließ ihre Gefühle explodieren. Sie konnte kaum denken oder atmen, und weder das eine noch das andere hatte etwas mit ihrer Allergie zu tun. Andererseits war es eine gute Sache, daß sie so gelähmt war. Nur der Himmel wußte, was sie mit ihren Händen angestellt hätte, wenn sie sie hätte bewegen können.

Glücklicherweise war er viel zu sehr mit der Untersuchung ihrer Arme beschäftigt, als daß er ihre Blicke bemerkt hätte.

Endlich fand sie ihre Stimme wieder. »Würdest du dir bitte etwas überziehen?« zischte sie. Gleich würde sie in Tränen ausbrechen. Das lag natürlich an dem Juckreiz und hatte gar nichts mit Rick zu tun. Noch hatte es etwas damit zu tun, daß sie plötzlich merkte, daß sie ihn immer noch anziehend und sexy fand.

Er schlüpfte sofort in einen der Bademäntel und zog den Gürtel fest. Der Mantel reichte kaum bis an seine Knie, und der V-Ausschnitt zeigte mehr von seiner Brust, als ihr lieb war. Aber zumindest war ein gewisser Teil seiner Anatomie sicher verborgen.

»Ich habe hier irgendwo eine Creme.« Er wühlte in seinen Sachen und hielt dann eine Tube hoch, als handelte es sich um einen Preis bei einer Tombola. »Leg dich mal auf das Bett, dann reibe ich dich ein.«

»D-das wird wohl nicht nötig sein«, stotterte sie. Der Juckreiz mochte zwar fast unerträglich sein, aber sie war nicht derart dumm, daß sie ihm erlauben würde, mit den Händen an ihrem Körper hinauf- und hinunterzustreichen.

»Nun komm schon. Es wird nur eine Minute dauern, und diese Creme hier wird den Juckreiz garantiert lindern.« Ohne ihren Widerspruch zu beachten, legte er seinen Arm um sie und führte sie zum Bett.

Sie saß auf dem Bettrand, während er ihre geröteten Arme und Beine betrachtete.

»Sieht nach Sonnenbrand aus.« Seine Stimme war besorgt und weich. »Und du glaubst, daß es von dem Nachthemd kommt?«

»Was sollte es sonst sein?«

Er sah sie zweifelnd an und schraubte die Tube auf. Dann drückte er etwas Creme auf seine Handfläche und verrieb sie sanft auf ihrer brennenden Haut.

Zuerst wollte er sie nur von dem Jucken befreien. Aber kaum strich er mit seiner Hand ihr wohlgeformtes Bein hinauf, das sich trotz der Rötung immer noch seidig weich anfühlte, als sich ein heißes Prickeln des Verlangens zwischen seinen Schenkeln bemerkbar machte. Ein solch intensives Verlangen hatte er nicht mehr gefühlt, seit ...

Er zog hastig seine Hand von ihrem schlanken Schenkel zurück. Sie sah ihn dankbar an. »Das fühlt sich schon viel besser an.« Sie klang verunsichert, was er auf die Art und Weise zurückführte, wie er sie anstarrte. Oder eher, nicht anzustarren versuchte. Nicht, daß er etwas dagegen hätte tun können ...

»Ich bitte dich wirklich ungern, aber mein Rücken brennt wie verrückt. Würde es dir etwas ausmachen ...?«

Er schluckte und sah hilflos zu, wie sie ihm den Rücken zuwandte und ihr T-Shirt anhob. Er erhaschte einen kurzen Blick auf ihre vollen runden Brüste und drückte fest auf die Tube. Die weiße Creme spritzte auf ihren Rücken.

»Huch! Das ist aber kalt!«

»Tut mir leid«, murmelte er. Er legte die Tube auf den Nachttisch und verrieb die Creme auf der gesamten Länge ihres Rückens. Er hatte ganz vergessen, wie weich sich ihre Haut anfühlte, wie ...

Er versuchte, seine Gedanken zu verdrängen und drückte unwillkürlich fester mit den Fingerspitzen gegen ihren Rücken, als ob er sie von sich wegschieben wollte. »Nicht so fest.« Sie setzte sich auf und ließ das T-Shirt herunterfallen.

»Tut mir leid.«

Sie blickte ihn über die Schulter hinweg an. Einen Moment lang sahen sie sich in die Augen, dann blickten sie hastig weg. Sie betrachtete den Ausschlag auf ihren Armen, und er schraubte den Verschluß auf die Tube.

Dana legte sich in die Kissen zurück, und Rick deckte sie sanft zu. Es war nur eine einfache und freundliche Geste. Dennoch drohten die dadurch heraufbeschworenen Erinnerungen sie fast aus der Fassung zu bringen. Sie erinnerte sich noch genau an all die anderen Male, als er sie so zugedeckt hatte: die glücklichen Zeiten, die liebevollen Zeiten, die verletzlichen Zeiten. Eine warme Woge überflutete sie bei der Erinnerung an die drei Male, als sie nach der Geburt der Kinder im Krankenhaus gelegen hatte. Er hatte sich dann immer außerhalb der Besuchszeit in das Zimmer geschlichen, sie geküßt und behutsam zugedeckt.

Seine Stimme riß sie aus ihren Tagträumereien. »Und jetzt versuch zu schlafen.« Er räusperte sich, und sie fragte sich, ob er sich wohl auch gerade an diese Zeiten erinnerte.

Sie fand die Antwort auf ihre Frage, als sein Blick auf ihren Lippen ruhte. Ein tiefer Schmerz stieg in ihr auf, als ihr plötzlich aufging, daß dies das erste Mal war, daß er sie zugedeckt hatte, ohne sie zu küssen.

»Danke«, flüsterte sie. Sie schluckte hart, kämpfte gegen die Tränen an, die über ihre Lider zu quellen drohten. Sie würde nicht weinen, auf gar keinen Fall würde sie weinen!

»Ich gehe ins andere Zimmer und lese.«

»Ist ... ist alles in Ordnung?« rief sie ihm hinterher. Er hatte so seltsam geklungen.

Er zögerte kurz in der Tür, während er ihr den Rücken zuwandte. »Ja, alles in Ordnung.«

Er las nicht, konnte es nicht. Er hatte es versucht, aber die Worte verschwammen immer wieder vor seinen Augen. Alles, woran er denken konnte, war der Schmerz in seinen Lenden und die Frau, die ihn verursacht hatte. Was war nur mit ihm los? Warum konnte er nicht die Vergangenheit hinter sich lassen und in die Zukunft blicken? Warum nicht? Seine Freunde rieten ihm, mehr unter Menschen zu gehen. Was sich als großer

Fehler erwiesen hatte. Er hatte keine Ahnung gehabt, wie viele einsame Frauen es gab, die alle nur auf den Richtigen warteten, der ihre Welt verzaubern sollte.

Nicht alle Frauen waren so unabhängig wie seine zukünftige Ex-Frau. Marsha jedenfalls war es ganz bestimmt nicht. Sein Freund Joe hatte ihn dazu überredet, sich mit Marsha zu verabreden. Er hatte sie als eine Frau mit einer hinreißenden Figur beschrieben. Zugegeben. Joe erkannte einen schönen Körper, wenn er einen vor sich hatte; sein Fehler bestand jedoch darin, daß er sich offenbar nie die Mühe machte, sich mit seinen jeweiligen Partnerinnen zu unterhalten. Wenn er es getan hätte, dann hätte er der Intelligenz einer Frau vielleicht etwas mehr Aufmerksamkeit gewidmet.

Miss Superkörper kam Rick immer wieder unter irgendeinem fadenscheinigen Vorwand besuchen. Mal suchte sie angeblich nach einem verlorenen Ohrring, mal brachte sie ihm eine selbst zubereitete Mahlzeit. Sie hatte ihn förmlich angebettelt, sie mit auf einen Campingausflug zu nehmen – mit der Begründung, wie groß ihre Liebe zur Natur sei.

»Ich liebe es, nackt unter Sternen zu schlafen. Du nicht auch?« hatte sie gesäuselt.

Gott, was sollte ein Mann denn wohl darauf sagen? Etwa *nein*? Und was für ein Reinfall das Wochenende gewesen war! Er hatte sich selbst nie als prüde eingeschätzt, aber welche andere Erklärung gab es für sein mangelndes sexuelles Interesse? Marsha tanzte wie eine nackte Waldelfe um ihn herum, und er konnte sich gerade noch zu einer väterlich toleranten Haltung durchringen. Er erinnerte sich, daß er etwas für ihn ganz und gar Untypisches gesagt hatte: »Du solltest dir wirklich etwas überziehen, bevor du dir den Tod holst.« Er hatte alle möglichen Erklärungen für das gefunden, was an dem Wochenende passiert war. Oder vielmehr für das, was nicht passiert war. Es war zu früh. Die Scheidung war noch nicht durch. Er wurde älter. Man mußte Marsha allerdings zugestehen, daß sie es ihm nicht verübelt hatte. Sie hatte ihm direkt in die Augen gesehen und sich bereit erklärt, es mit einer etwas »reiferen« Liebe zu versuchen. Was auch immer damit gemeint sein konnte.

Er war nicht lange genug geblieben, um das herauszufinden. Er hatte auch nicht den Fehler begangen, ein solch katastrophales Wochenende mit irgendeiner anderen Frau zu wiederholen. Wenn er seine Mannbarkeit verloren hatte, dann brauchte verdammt noch mal nicht gleich die ganze Welt davon zu erfahren.

Er hatte sie nicht verloren. Jedenfalls nicht, wenn man den heutigen Abend als Maßstab nahm. Nur der Hotelbademantel hatte ihn davor bewahrt, sich vollkommen lächerlich zu machen. Und auch der hätte fast sein Geheimnis preisgegeben und ihn genötigt, in das andere Zimmer zu gehen.

Er konnte es kaum glauben; er war achtundvierzig Jahre alt und konnte immer »den Ozean auf seiner Latte überqueren«, wie es unter Männern so schön hieß. Eigentlich ein Grund zum Feiern. In diesem Fall aber plagte ihn ein anderer Gedanke. War es möglich, daß er aufgrund seiner langjährigen Treue zu seiner Frau nicht mehr in der Lage war, mit einer anderen Frau zu schlafen?

So unangenehm dieser Gedanke auch war, so war er doch nicht annähernd so beunruhigend wie der, der ihm gleich darauf durch den Kopf schoß: Vielleicht lag es gar nicht daran, daß all den anderen Frauen etwas zu fehlen schien. Vielleicht war der Grund einfach der, daß er immer noch an Dana hing. Wie sonst konnte er sich erklären, daß sie ihn immer noch erregte, während ihn Marsha mit all ihren körperlichen Reizen kalt gelassen hatte?

Sogar in diesem albernen Fummel, den sie als Nachthemd bezeichnete, war Dana immer noch die anziehendste Frau, die er je gesehen hatte.

Nachdem er sich diese Wahrheit eingestanden hatte, kam er zu einer verblüffenden und höchst beunruhigenden Schlußfolgerung: Er war ein Mann, der heiß für seine baldige Ex-Frau entflammt war. Die Frage war, was, zum Teufel, er dagegen unternehmen sollte.

6

Dana wachte am nächsten Morgen auf und stöhnte. Ihr Kopf schmerzte, ihr Rücken juckte, und sie lag mit Rick zusammen in einem Bett.

Zugegeben, beide hatten den halben Meter Zwischenraum, der ihr wie wenige Zentimeter vorgekommen war, gewissenhaft respektiert. Dennoch hätte sie Rick nicht intensiver spüren können, wenn sie in seinen Armen gelegen hätte.

Rick rollte auf die Seite und sah sie an. »Wir brauchen einen Arzt für dich.«

Sie setzte sich im Bett auf und schüttelte stur den Kopf. Die frühe Morgensonne drang durch einen Spalt zwischen den Vorhängen herein, und einer der goldenen Strahlen tanzte auf seinem silbergrauen Wuschelkopf. Sie erinnerte sich schlagartig, wie oft sie ihre Finger durch eben diese verwuschelten Locken hatte gleiten lassen.

Er kletterte aus dem Bett und stellte sich, lediglich mit einer Badehose bekleidet, vor das Fenster. Ein Kompromiß, so hatte er es am Abend zuvor genannt, nachdem er in die Hose geschlüpft war.

Toller Kompromiß, dachte sie und zog in Gedanken eine Linie um die aufregend männliche Ausbuchtung, die sich zwischen seinen Schenkeln abzeichnete.

Sie konnte offenbar nicht anders, obwohl sie doch wußte, wie gefährlich es war, einem solchen Impuls nachzugeben.

Er wandte sich um, um seine Uhr von der Kommode zu nehmen, und bot ihr damit eine Gelegenheit, seine breiten Schultern zu begutachten. Entnervt von der Tatsache, daß er ihr immer noch alles andere als gleichgültig war, warf Dana die Bettdecke zurück und griff nach dem Bademantel.

»Vielleicht kann uns das Hotel ja einen Arzt empfehlen«, sagte er.

»Ich hab's dir doch schon gesagt, ich brauche keinen Arzt. Es ist eine Allergie. In ein oder zwei Tagen wird sie verschwunden sein.«

Rick legte seine Uhr um, dann griff er nach seinen Jeans, die er am Abend zuvor auf den Stuhl geworfen hatte. »Aber der Ausschlag hat sich über deinen ganzen Körper ausgebreitet.«

»Nicht über den ganzen Körper«, erwiderte Dana kurzangebunden. Auf ihrem Gesicht hatte sie Gott sei Dank keinen Ausschlag.

Als Rick weiterhin darauf bestand, einen Arzt zu rufen, hüllte sie sich in einen Bademantel und ging ins Wohnzimmer, in der Hoffnung, dadurch einem Streit aus dem Wege zu gehen.

Rick folgte ihr und steckte sich sein Hemd in die Hose. »Ich begreife wirklich nicht, warum du so starrköpfig bist.«

»Und ich verstehe nicht, warum du aus dem bißchen Ausschlag gleich eine Staatsangelegenheit machen mußt.«

»Was ist schon dabei, wenn wir das Hotel um die Nummer eines Arztes bitten, falls wir ihn später brauchen sollten?«

Sie haßte es, wenn er sich auf Vernunft und Logik berief. Er schien ihr Schweigen als Zustimmung aufzufassen und verschwand durch die Tür. Einen Moment später hörte sie seine Stimme auf dem Flur. Da sie nicht wußte, mit wem er sprach, rückte sie den Gürtel ihres Mantels zurecht. »Schau mal, wer hier ist«, sagte Rick und kam wieder ins Zimmer.

Etta folgte ihm. »Mr. Matthews hat mir erzählt, daß Sie einen schrecklichen Ausschlag haben.«

»So schlimm ist es nicht«, erwiderte Dana mit einem wütenden Blick auf Rick.

Etta hob Danas Arm an und untersuchte ihn. »Haben Sie so einen Ausschlag früher schon mal gehabt?«

»Noch nie.«

»Sieht tatsächlich wie eine Allergie aus. Ist vielleicht etwas in diesem Zimmer, worauf Sie allergisch reagieren?«

»Möglich ist alles.« *Sogar eine Allergie gegen einen künftigen Ex-Mann.*

»Vielleicht reagiert sie allergisch auf Flanell«, schlug er hilfreich vor.

Etta schien beleidigt. »Wir benutzen in diesem Hotel keinen Flanell. Alles hier ist durch und durch erstklassig.« Wie zur Betonung ihrer Worte beugte sich Etta über den Beistelltisch und rückte die Rodin-Büste *Der Kuß* zurecht.

»Er hat mein Nachthemd damit gemeint«, erklärte Dana.

Etta schien wie vom Schlag gerührt. »Sie schlafen während der Flitterwochen in einem Flanellhemd?«

Sie gab einen mißbilligenden Laut von sich, als ob Dana eine unverzeihliche Sünde begangen hätte. »Wir sind hier nicht in den Flitterwochen. Wir sind ...«

»Meine Frau friert leicht«, erklärte Rick hastig.

Es überraschte Dana, daß Rick sie sofort verteidigte. Nicht, daß sie seine Verteidigung nötig gehabt hätte, natürlich nicht. Vermutlich hatte er es auch nur gesagt, um seinem eigenen männlichen Stolz nicht zu schaden. Welcher Mann wollte schon zugeben, daß eine Frau in seiner Gegenwart ein Flanellhemd trug?

»Sie Arme.« Etta strich Dana tröstend über den Arm. »Sie könnten ein Kreislaufproblem haben. Darüber habe ich einmal in einem meiner Liebesromane gelesen. Die Heldin trug immer Wollsachen, auch im Sommer, und ...«

Das Telefon klingelte. Dana wollte sich nicht länger begutachten lassen und hastete ins Schlafzimmer, um den Anruf ungestört entgegenzunehmen. Es war ihre dreiundachtzigjährige Mutter. »Woher wußtest du, wo ich bin?«

»Ich habe gestern abend mit Debby gesprochen. Sie sagte, daß ihr beide prima miteinander auskommen würdet.«

»Mach dir keine Hoffnungen, Mutter. Es hat sich zwischen uns nichts geändert.«

»Ihr verbringt eine ganze Woche zusammen, und du sagst, daß sich nichts geändert hat?«

»Wir sind hier nur auf Drängen der Kinder hingefahren. Es hat weiter keine Bedeutung.«

»Natürlich hat es eine Bedeutung«, erwiderte ihre Mutter. »Alles, was wir im Leben tun, hat eine Bedeutung.«

»Wo wir gerade davon sprechen, wie geht es *dir* denn, Mutter?«

»Du wechselst das Thema.«

»Aber nicht doch. Wir reden über das Leben als solches, und da frage ich dich nach deinem Leben.«

»Mir geht es gut. Wann kann ich also die große Neuigkeit verkünden?«

Dana fühlte, wie sich ihr Magen zusammenkrampfte. »Welche große Neuigkeit?«

»Na, mit dir und Rick natürlich. Wann kann ich endlich meinen Kartenfreundinnen erzählen, daß ihr beide wieder zur Vernunft gekommen seid?«

»Niemals, Mutter.«

»Er ist ein guter Mann, Dana. Die meisten anderen Männer hätten dich sitzenlassen damals, als du ihm gesagt hast, daß du ...«

Immer dieselbe Litanei. Immer muß sie Rick dafür loben, weil er eine arme, schwangere Frau geheiratet hat. »Ich muß jetzt auflegen, Mutter. Ich rufe dich später noch einmal an.«

Sie legte den Hörer auf die Gabel, setzte sich auf die Bettkante und starrte ins Leere. Die Angewohnheit ihrer Mutter, jede sich bietende Gelegenheit beim Schopf zu ergreifen, um Ricks Tugenden aufzuzählen, konnte sie zur Weißglut bringen.

Sie riß sich zusammen, weil sie immer noch Ettas fröhliche Stimme aus dem Wohnzimmer hören konnte. Sie hob das verwünschte Flanellhemd auf und schleuderte es durchs Zimmer.

Sie wartete, bis Etta gegangen war, bevor sie wieder ins Wohnzimmer zurückkehrte. Rick telefonierte gerade mit dem Zimmerservice, daß man ihnen das Frühstück auf das Zimmer bringen möge.

Es ärgerte sie, daß er sie nicht nach ihren Wünschen gefragt hatte. Andererseits gab es wirklich keinen Grund, warum er das hätte tun sollen. Sie aß ihr ganzes Leben lang jeden Morgen ein weichgekochtes Ei, einen englischen Muffin und frisches Obst.

»Findest du mich langweilig?« fragte sie ihn, nachdem er aufgelegt hatte.

Es nervte sie, daß er sich für seine Antwort jede Menge Zeit ließ, als ob er die Frage genau überdenken müsse. »Nein«, sagte er und ging durch die offenen Türen auf den Balkon hinaus.

Es tat ihr leid, daß sie ihn danach gefragt hatte. Überhaupt bereute sie eine Menge Dinge.

Rick trat an das Geländer, wobei er eine Taube aufschreckte. Der künstlich angelegte See glitzerte zwischen einem Hain aus Trauerweiden. Ein Kind stand am Ufer und fütterte die Enten. Die friedliche Szene ließ ihm seine innerliche Aufgewühltheit noch stärker bewußt werden.

Er hörte Danas Stimme, und wenig später rollte Chad, der Etagenboy, einen Tisch mit ihrem Frühstück auf den Balkon. Rick drehte sich zu dem jungen Mann um, der sich zu dem Rock'n'Roll-Sound von Phantommusik zu bewegen schien. »Wo soll ich es hinstellen?« Seine Stimme klang bemerkenswert zurückhaltend, wenn man bedachte, daß sein Körper sich zu »yeah, yeah, yeah« bewegte.

»Lassen Sie es einfach dort stehen«, erwiderte Dana. »Das ging aber schnell.«

»Tja, so bin ich, immer auf Zack.« Er machte eine schnelle Bewegung auf den Schein zu, den Rick ihm hinhielt. Dann tänzelte er über den Balkon, grüßte lässig mit zwei Fingern und verschwand hinter den Türen.

Rick setzte sich an den Tisch und holte ein Stückchen Papier aus seiner Tasche. »Etta hat mir den Namen eines Arztes genannt, den das Hotel empfiehlt.«

»Ich habe dir doch schon gesagt, daß ich keinen Arzt brauche. Der Ausschlag ist schon fast abgeklungen.«

»Wie du willst.« Er steckte das Papier wieder in seine Tasche zurück.

Dana beobachtete sein verkniffenes Gesicht und fragte sich, was ihn in solch schlechte Laune versetzt hatte. Sie reichte ihm eine dampfende Tasse Kaffee. »Vielleicht gehe ich nachher einmal um den See.« Es sollte nicht wie eine Einladung klingen, aber wenn er sie begleiten wollte, dann hätte sie nichts dagegen einzuwenden.

Rick murmelte etwas Unverständliches, sagte aber nichts weiter. Sie hätte eigentlich an dieses Schweigen, das in letzter Zeit immer zwischen ihnen stand, gewöhnt sein müssen. Früher war es niemals so gewesen. Sie konnte sich noch daran erinnern, daß der Tag irgendwie nie lang genug schien, um sich alles zu sagen, was sie einander zu sagen hatten. Alles das war schlagartig anders geworden an dem Tag, als Rick seine Arbeit verloren hatte.

Vielleicht hätte sich seine Arbeitslosigkeit weniger massiv auf ihre Ehe ausgewirkt, wenn es zu einem anderen Zeitpunkt passiert wäre. Aber Rick und sie machten zu der Zeit ohnehin eine schwierige Phase durch.

In den ersten sechs Monaten von Debbys Ehe hatte Dana Spannungen zwischen sich und Rick gespürt, die sie sich nicht hatte erklären können. Eine seltsame Unsicherheit hatte sich in ihre Beziehung eingeschlichen. Sie schienen einander mißtrauisch zu beobachten. Rick hatte angefangen, sie zu fragen, was sie mit ihrer Zeit anfange und wo sie hinginge, was sonst nicht seine Art gewesen war.

Sie wiederum grübelte über seinen Tagesablauf nach. Anfangs hatte sie geglaubt, daß es eine Zeit der Umstellung und

Anpassung wäre, die jedes Ehepaar durchmachen mußte, nachdem das letzte Kind das Haus verlassen hatte. Vielleicht litten sie ja gerade unter dem Leeres-Nest-Syndrom. Als sich die Spannungen zwischen ihnen auch nach Monaten nicht legten, begann sie zu vermuten, daß Rick eine andere hatte.

Und so hatte sie fast Erleichterung empfunden, als er eines Tages nach Hause kam und ihr erklärte, er sei entlassen worden. Obwohl er eine Gefährdung seines Arbeitsplatzes immer abgestritten hatte, war sie doch vom Gegenteil überzeugt gewesen. Das erklärte natürlich alles, besonders warum er in letzter Zeit immer so gereizt und unwirsch reagiert hatte. Es gab keine andere Frau! Sie war noch nie so glücklich und erleichtert gewesen.

Anfangs hatten sie sich beide wenig Sorgen gemacht, sie hatten schließlich einander. Sie hatten auch ein Sparkonto, das nach Debbys Hochzeit zwar etwas geplündert war, aber für ihre bescheidenen Ansprüche ausreichte. Sie waren beide überzeugt, daß Rick bald eine neue Arbeit in einem ähnlichen Bereich finden würde.

Was für ein Trugschluß. Es gab keinen ähnlichen Bereich. Und selbst wenn es ihn gegeben hätte, war die Konkurrenz zu groß. Rick war in den Vierzigern, immer noch jung, aber lange nicht mehr so jung wie die meisten anderen Männer, die auf den immer kleiner werdenden Arbeitsmarkt drängten.

Rick lehnte es grundweg ab, von seinen Schwierigkeiten bei der Stellungssuche zu reden. Das wäre ausschließlich sein Problem, hatte er ihr jedesmal erklärt, wenn sie das Thema angeschnitten hatte. Er würde alleine damit fertig.

Wenn er ihr ein Messer direkt ins Herz gestoßen hätte, er hätte sie nicht tiefer verletzen können. Es war ihr *gemeinsames* Problem. Konnte er das nicht begreifen? Sie mußten darüber sprechen. *Sie* mußte darüber sprechen!

Nur zögernd gab sie ihre Versuche auf, ihn dazu zu bringen, sich ihr anzuvertrauen. Sie hoffte, wenn sie das Thema nicht mehr anschnitt, würde er irgendwann seine Sorgen mit ihr teilen. Das ausgeklammerte Thema hatte jedoch die Tendenz, sich auch in die banalste Unterhaltung einzuschleichen. Kein Thema, so schien es, war davor mehr sicher. Eines Tages hatte sie eine harmlose Bemerkung über das Wetter gemacht, als er plötzlich vor Wut explodiert war. »Warum sprichst du es nicht endlich offen aus!« tobte er. »Es ist ein schöner Tag. Warum also macht sich der Penner nicht auf den Weg und sieht sich nach einer Arbeit um?«

Es schockierte sie, daß er ihr solche Gedanken unterstellte. »Das wollte ich doch gar nicht damit sagen«, protestierte sie. »Ich dachte nur, vielleicht könnten wir etwas unternehmen ...«

Was auch immer sie sagte, nichts konnte ihn davon überzeugen, daß sie ihn nicht für den Verlust eines Arbeitsplatzes verantwortlich machte. Nach mehreren Auseinandersetzungen, so heftig, wie sie sie vorher noch nie gehabt hatten, wurde ihnen schmerzlich klar, daß sie sich trotz aller Bemühungen nicht mehr miteinander verständigen konnten.

Das Schweigen, das darauf folgte, war noch schwerer zu ertragen. Liebe, so scheint es, stirbt eines stummen Todes. Rick ging schließlich nach Kalifornien, um sich dort nach einem Job umzusehen. Er war sicher, daß er in einem der Zentren der Raumfahrt- und Flugzeugindustrie eine Arbeit finden würde. Dana war schon der Gedanke an einen Umzug nach Kalifornien zuwider, was bedeutet hätte, daß sie die drei Kinder und ihre alternde Mutter hätte zurücklassen müssen.

»Mutter nehmen wir mit«, hatte Rick gesagt. »Es sei denn, du möchtest gar nicht erst mit mir kommen.«

»Aber natürlich komme ich!« hatte sie ohne zu zögern erwidert. Erst nachdem er weggefahren war, hatte sie sich gefragt, ob er vielleicht gar nicht wollte, daß sie mitkam.

Er kam ernüchterter und entmutigter als jemals zuvor aus Kalifornien zurück. Die Spannungen, die sie erstmals nach Debbys Hochzeit in ihrer Beziehung gefühlt hatte, hatten sich weiter verstärkt. Sie redeten nicht mehr miteinander, jedenfalls nicht über Wesentliches. Eigentlich über gar nichts mehr.

Schon bald nach Ricks erfolgloser Reise war ihre Ehe vollkommen zerbrochen.

Dana verdrängte die Erinnerungen, als sie jetzt ihm gegenüber an dem kleinen Tisch Platz nahm, und kochte schweigend vor sich hin. Er konnte sich doch wenigstens etwas zusammenreißen und ein bißchen gesellig sein. Würde es ihn denn gleich umbringen, wenn sie sich ein wenig unterhielten? Wenn er etwas freundlicher wäre oder sie wenigstens nicht so böse ansehen würde?

Sein Verhalten ging ihr auf die Nerven. Als ob sie dafür verantwortlich wäre, daß sie die Woche hier verbrachten! Man hätte eigentlich erwarten können, daß er das Beste aus der Situation machen würde. Aber nein, er machte die Dinge so schwierig wie nur irgend möglich. Na schön, aber *sie* beherrschte dieses Spiel auch recht gut!

Sie biß herzhaft in ihren englischen Muffin und starrte ihn grimmig an.

Mit jedem Bissen verfinsterte sich seine Laune. Er griff nach der Zuckerdose und löffelte sich doppelt soviel Zucker in seinen Kaffee, wie er eigentlich haben wollte. Hätte sie sich zum Frühstück nicht wenigstens anziehen können? Sie trug zwar einen der hoteleigenen Bademäntel, aber er reichte ihr kaum bis zu den Knien.

Früher hatte er das gemeinsame Frühstück immer sehr genossen. Ganz besonders hatte er sich gefreut, wenn er diese Zufriedenheit in ihrem Blick erkennen konnte und dabei wußte, daß er es war, der sie dorthin gezaubert hatte.

Heute aber gab es keinen solchen Blick, kein warmes Glühen auf ihrem Gesicht.

Verwirrt und gereizt über diese Erinnerungen suchte er ganz bewußt nach etwas an ihr, was ihn jene alten Zeiten würde vergessen lassen.

Sie hätte sich, verdammt noch mal, die Haare kämmen können. Es war unanständig von ihr, sich mit ungekämmten Haaren ihm gegenüber zu setzen. Und Make-up: Hätte sie nicht wenigstens Lippenstift auflegen können, so daß er nicht ihre blassen Lippen ansehen mußte? Ihre weichen, rosa, nackten Lippen.

Er stieß die Tasse von sich. »Der Kaffee ist kalt«, knurrte er.

Sie sah den Dampf aus seiner Tasse aufsteigen, aber sie würde sich nicht mit ihm streiten.

Das Frühstück konnte für Dana nicht schnell genug vorbei sein. Nachdem sich Rick auf die Suche nach einer Zeitung gemacht hatte, war sie schnell vom Balkon geflüchtet. Ganz wie eine Frau, die ihren ungeliebten Liebhaber zurückläßt. Sie duschte ausgiebig. Der Ausschlag war kaum noch zu sehen. Sie hob das Gesicht in den Wasserstrahl und schloß die Augen. Das warme Wasser massierte sanft ihren Körper, preßte sich federleicht auf ihre Haut, so wie es Ricks Finger gestern abend ...

Sie wich vor dem Wasserstrahl zurück und öffnete die Augen. Rick hatte sie nicht gestreichelt. Er hatte sie einfach nur mit einer Creme eingerieben. Da war weiter nichts dabei. Nichts!

Sie schüttelte das Wasser von sich ab, öffnete die Duschkabine und griff nach einem Handtuch.

Als sie eine halbe Stunde später mit immer noch finsterer Miene das Wohnzimmer betrat, telefonierte Rick leise flüsternd.

Er legte vorsichtig den Hörer auf. »Das war ... geschäftlich.«

Geschäftlich, aber natürlich! Rick sorgte mit kleinen Nebenjobs für seinen Unterhalt. Meist machte er Malerarbeiten oder kleine Tischlerarbeiten. Warum also tat er so geheimnisvoll? Es sei denn ...

Er hatte mit einer Frau gesprochen. Darauf hätte sie wetten können. Miss Süßholz mit der sinnlichen Raspelstimme. »Du brauchst dich nicht zu rechtfertigen!« Sie haßte sich dafür, daß sie wie eine Furie klang, aber sie konnte sich einfach nicht beherrschen. Wenn er schlechte Laune hatte, dann hatte sie wohl doch das gleiche Recht, übel gelaunt zu sein!

»Offensichtlich doch«, erwiderte er und runzelte die Stirn.

Sie atmete tief durch. »Du könntest zumindest die Höflichkeit besitzen und deine Freundin von der Halle aus anrufen.« Na wunderbar! Jetzt klang sie nicht mehr wie eine Furie, sondern wie eine eifersüchtige Geliebte. Was, um alles in der Welt, war nur mit ihr los? Sollte er doch telefonieren mit wem er wollte! Was kümmerte sie das schon!

»Ich habe nicht mit einer Freundin gesprochen. Und selbst wenn, dann solltest ausgerechnet du dich nicht so darüber aufregen.«

»Ich?«

»Ja, du. Du hättest deinem Liebhaber wenigstens sagen können, daß er warten sollte, bis du wieder zu Hause bist, wenn er dir Blumen schicken wollte.«

»Er ist nicht mein Liebhaber!« schnappte sie zurück.

Jedenfalls noch nicht!

»Du brauchst gar nicht erst zu versuchen, mich für dumm zu verkaufen. Er hat das Kärtchen mit ›in Liebe‹ unterschrieben.«

Ihre Augen weiteten sich vor Erstaunen. »Du hast die Karte gelesen?«

»Du hast sie für jeden sichtbar auf dem Tisch liegen lassen.«

»Weil ich eben nichts zu verbergen habe!« schrie sie.

»Und ich auch nicht!« schrie er zurück.

Sie standen nahe beieinander und funkelten einander wütend an. »Wenn du so gut wärst, deine Liebhaber aus diesem Zimmer herauszuhalten, dann werde ich es ebenso halten!«

»Darum möchte ich auch bitten!« schimpfte sie grundlos. Ihr jedenfalls wäre es egal, wenn er seine Freundin die Woche über hier bei sich hätte. Vielleicht würde ihn das von ihr ablenken.

»Nun gut.« Er wandte sich um und ergriff den Blumenstrauß.

»Wohin willst du denn damit?« fragte sie scharf.

Er ging durch die Glastüren auf den Balkon und warf die Blumen über die Brüstung. Tausende von Blütenblättern schwebten im Wind.

»Wie kannst du es wagen!« schrie sie.

Er drehte sich mit hochrotem Kopf um, rannte an ihr vorbei und stürmte aus der Tür. Sekunden später schlug er die Eingangstür mit solcher Wucht hinter sich zu, daß das Frühstücksgeschirr klapperte.

Sie stand wie zu einer Säule erstarrt da, während ihr Tränen in die Augen schossen. All der Zorn und der Schmerz und die Demütigung, die sie hinter sich gelassen zu haben glaubte, kamen wieder an die Oberfläche. Sie waren genauso stark, wie sie in den ersten Tagen nach ihrer Trennung gewesen waren.

Diese Woche ... war ein Fehler. Sie hätte sich niemals darauf einlassen dürfen, eine Woche mit ihm zu verbringen.

Wie, in aller Welt, sollten sie die kommenden fünf Tage überstehen? Und die kommenden fünf Nächte?

7

Es klopfte an der Tür, dann war das Geräusch eines Schlüssel im Schloß zu hören.

»Hallo, ich bin's, Etta.«

Dana wischte sich die Tränen ab. »Kommen Sie herein.«

Etta erschien im Türrahmen zwischen Flur und Wohnzimmer. »Ich habe Ihren attraktiven Mann unten gesehen. Da dachte ich, daß es ein guter Zeitpunkt wäre, um Ihre Zimmer zu machen. Natürlich nur, wenn Sie einverstanden sind.«

»Ja, okay.«

»Wie geht es Ihrer Allergie?«

Dana zwang sich zu einem Lächeln. Gott sei Dank konnte sie die Allergie für ihre verquollenen Augen verantwortlich machen. »Der Ausschlag scheint abzuklingen.«

»Was für eine furchtbare Sache, besonders in Ihren Flitterwochen. Aber machen Sie sich keine Sorgen. Unten in den Geschenkeläden können Sie etwas Nettes finden. Nachthemden und solche Sachen.«

»Wie bitte?«

»Ihr Mann sagte, daß Sie auf Flanell allergisch reagieren. Wenn das also das einzige ist, was Sie für nachts haben, dann können Sie unten in den Läden etwas Schönes kaufen.«

»So.« Dana merkte, wie sie grundlos rot wurde. »Na ja, vielleicht werde ich mich dort mal umsehen.«

»Möchten Sie es etwas wärmer hier haben? Oder noch eine zusätzliche Bettdecke?«

»Bitte?« Sie konnte sich einfach nicht konzentrieren.

»Ihr Mann sagte, daß Sie sehr leicht frieren.« Etta schloß die Balkontüren und scheuchte dabei die Tauben weg. »Diese verdammte Taupenpest!« murmelte sie.

»Das ist nicht nötig«, erwiderte Dana. »Das Zimmer ist angenehm warm.« Sie suchte krampfhaft nach einer Möglichkeit, die Unterhaltung in eine andere Richtung zu lenken. »Eine sehr schöne Brosche, die Sie da tragen.«

»Nicht wahr!« Etta schien zufrieden. »Ich habe von den zwei Turteltauben, die sie mir geschenkt haben, gerade einen Brief erhalten. Wirklich ein sehr nettes Paar. Haben in dieser Suite hier ihren fünfzigsten Hochzeitstag gefeiert.«

»Du lieber Himmel, den fünfzigsten.«

Etta strich sich über ihre große Schürzentasche. »Das ist auch eines von diesen verflixten Jahren, fünfzig.«

Dana mußte lachen. Gab es denn überhaupt irgendwelche Zeiten in einer Ehe, die nicht verflixt waren? »Sie meinen so verflixt, wie zum Beispiel achtundzwanzig Jahre?«

»Wenn Sie den fünfzigsten hinter sich bringen, dann sollte es bis zum sechzigsten keine Probleme geben.«

»Haben Sie wirklich all Ihr Wissen über die Ehe aus diesen Liebesromanen!«

»Aber sicher doch.« Sie zog das neueste Exemplar eines Liebesromans aus der Schürzentasche. »Die meisten Menschen verstehen nicht, was eine Ehe überhaupt bedeutet. Wenn man heiratet, dann verschmilzt man eben nicht zu einem Wesen, sondern bleibt weiter zwei individuelle Personen. Es ist wie mit dem Meer und dem Land, ein ständiges Zusammenkommen, um sich dann wieder voneinander zu lösen. Das habe ich in dem Roman *Möwenträume* gelesen. Das mit dem Meer und dem Land, meine ich.«

Dana nickte. »Meiner Meinung nach sind es die Zeiten, wenn man sich voneinander löst, die Ehepaaren die meisten Probleme bereiten.«

Etta ließ ihr Buch in die Tasche gleiten. »Da kann man nichts dran ändern. Solche Dinge passieren eben. Die Kinder werden erwachsen und verlassen das Haus. Man wird älter. Die Gesundheit verschlechtert sich. Verheiratete Menschen müssen diese Probleme zunächst einmal als einzelne begreifen, ehe sie sie als Paar bewältigen können. Das jedenfalls sagt Dr. Hammill.«

»Dr. Hammill?«

»Der Ehetherapeut in *Möwenträume*.«

»Ihr Dr. Hammill scheint sich da wirklich auszukennen.« Dana schwieg einen Moment. »Ich kann mich noch erinnern, als unsere Tochter von einem Auto angefahren wurde. Wir glaubten, daß sie es nicht überleben würde. Es schien fast, als ob Rick und ich uns eine Zeitlang voneinander zurückgezogen hätten. Und dann ...«

Rick und sie hatten die ganze Nacht an Debbys Bett gewacht. Sie hatten während dieser schrecklich langen Nacht nicht ein Wort miteinander gesprochen. Erst später, als sie jeder für sich wieder Kraft geschöpft hatten, konnten sie einander umarmen und ihre Ängste teilen.

»Ist das die Tochter, die ich auch kenne?«

»Ja, Debby. Der Unfall liegt schon einige Jahre zurück. Aber was Sie über Land und Meer gesagt haben, ist richtig. Nachdem wir die Sache mit Debby überstanden hatten, waren Rick und ich uns näher als je zuvor. Bis er dann seinen Arbeitsplatz verloren hat ...« Es überraschte Dana, daß sie sich einer fremden Person anvertraute. Sie unterdrückte die plötzliche Woge von Emotionen, die in ihr aufstieg.

»Arbeitslosigkeit ist natürlich für eine Ehe immer kritisch. Das ist auch in *Das Versprechen* passiert. Der Held hat seinen Job verloren. Das war eine große Belastung für die beiden.«

Dana starrte in das Kaminfeuer und schwieg.

Etta spritzte etwas Reinigungsflüssigkeit auf den Glastisch. »Wollen Sie die Zeitung noch behalten, oder kann ich sie wegschmeißen?«

»Die Zeitung? Vielleicht brauche ich sie noch.« Sie nahm Etta die Zeitung ab. Es war der Anzeigenteil. Eine Annonce war angestrichen. Dana hatte ein schlechtes Gewissen, weil sie sich über Ricks Telefonat aufgeregt hatte. Wenn man sich scheiden ließ, schien das in jedem der beiden Partner die schlechtesten Eigenschaften zum Vorschein zu bringen. Während des letzten schmerzlichen Jahres war sie kleinlich und bitter, unvernünftig und fordernd gewesen. Die Erkenntnis, daß sie so viele unangenehme Eigenschaften hatte, erschreckte sie. Die Trennung hatte ihren Tribut gefordert. Nicht nur, daß sie ihren Mann und Geliebten verloren hatte; manchmal schien es ihr auch, als habe sie einen wesentlichen Teil ihrer selbst verloren. Und zwar jenen Teil, der zu Toleranz und Verstehen fähig war. »Mr. Matthews hat mir erzählt, daß er alte Autos aufmöbelt. Mein Neffe sammelt Autos aus den zwanziger Jahren. Er jammert immer darüber, daß kaum jemand zu finden sei, der Ahnung von der Sache hat.«

»Das macht Rick wirklich sehr gut«, erwiderte Dana. Doch ihres Wissens nach hatte Rick seit Beginn seiner Arbeitslosigkeit kein einziges Auto mehr instandgesetzt. Plötzlich wurde ihr klar, wie wenig sie über Rick und seinen derzeitigen Tagesablauf überhaupt noch wußte. Dann erinnerte sie sich an die

Frau mit der sinnlichen Stimme. Vielleicht war es ja doch besser, nicht so viel zu wissen.

Bald nachdem Etta gegangen war, kehrte Rick zurück. Er hatte die »Dallas Morgenpost« unter den Arm geklemmt. Er sah müde und abgespannt aus. »Dana ... wegen der Blumen ...«

Sie legte ein Lesezeichen in das Buch, das zu lesen sie nicht die Geduld gehabt hatte. »Die Blumen waren nicht so wichtig.«

»Ich glaube doch. Ich habe dein Gesicht gesehen, als sie geliefert wurden. Du hast ausgesehen, als ...«

»Als ... was?«

Er sah sie mit einem merkwürdigen Blick an, als ob er etwas vollkommen Neues wahrnehmen würde. Einen Augenblick lang fürchtete sie, daß er ihre Gedanken lesen könnte. Er sollte aber nicht wissen, wie enttäuscht sie darüber war, daß die Blumen nicht von ihm gewesen waren. Das brauchte niemand zu wissen.

Er wandte sich ab, und sie atmete erleichtert auf. Ihr Geheimnis war sicher.

»Blumen und all diese romantischen Dinge, die Frauen so sehr zu gefallen scheinen, waren noch nie mein Ding.«

Sie musterte sein Profil und wußte nicht, was sie sagen sollte. Sie maß dem romantischen Zeug, das für viele ihrer Freundinnen so bedeutsam war, auch keinen besonderen Wert bei. Mit Rick war es ebenso romantisch, im Auto ein Sandwich zu essen, wie ein Abendessen bei Kerzenschein in einem teuren Restaurant. »Das alles war für mich nie wichtig, Rick. Aber auf eines habe ich doch Wert gelegt ...«

Er wartete. Als sie jedoch ihren Satz nicht beendete, forderte er sie auf: »Sprich weiter.«

»Vergiß es. Es war nicht weiter wichtig.«

Er machte ein Gesicht, als ob er mit ihr darüber streiten wollte, dann schien er sich anders zu besinnen. Er blickte sich im Zimmer um, unentschlossen, ob er sitzen oder stehen sollte.

»Diese Woche ... sie bedeutet den Kindern viel. Wir müssen wenigstens versuchen, miteinander auszukommen.«

»Das finde ich auch.«

»Ich ... ich habe um acht im Terrassenrestaurant einen Tisch reservieren lassen.«

Normalerweise hätte sie gerne im Hotelrestaurant gegessen. »Meinst du, wir sollten dort essen? Es ist sicher ziemlich teuer und ...« Als sie seinen finsteren Gesichtsausdruck bemerkte, war ihr klar, daß sie das Falsche gesagt hatte.

»Ist das alles, was du dazu zu sagen hast? Daß es teuer ist?«

»Nein, natürlich nicht. Tut mir leid, Rick. Es ist nur ...«

»Warum sprichst du es nicht aus? Ich habe keine Arbeit. Na los, sag es!«

Sein Telefonat vorhin war also wieder einmal vergeblich gewesen. Sie wollte sich in seine Arme werfen und ihn trösten und ihm sagen ... Ja, was? Sie wußte es nicht, und es war auch nicht wichtig. Er schien so weit von ihr entfernt. Ganz gleich, was sie gesagt hätte, es hätte die Kluft zwischen ihnen nicht überbrücken können. Wenn es möglich gewesen wäre, dann hätte sie es schon längst getan. »Bitte, Rick, sag das nicht. Wir haben uns doch darauf geeinigt, daß wir versuchen wollen, miteinander auszukommen.«

Er fuhr sich mit der Hand durch die Haare und zerzauste sie damit derart, daß sie sich förmlich dazu aufgefordert fühlte, ihm seine Locken zu glätten. Sie mußte sich von ihm abwenden, um der Versuchung zu widerstehen. Sie drehte den Kopf und starrte in das Feuer. Es war die einzige Möglichkeit, wie sie wieder Kräfte schöpfen konnte.

»Das Restaurant ist sehr elegant«, sagte er. Wenn dies seine Art war, sich zu bemühen, mit ihr auszukommen, dann hatte er versagt. Denn seine Stimme klang distanziert und kalt.

Den Rest des Nachmittags sprachen sie nicht miteinander. Rick las die Zeitung und sah fern. Das heißt, eigentlich zappte er nur durch die Kanäle, so daß eine unzusammenhängende Collage verschiedener Bilder auf dem Fernsehschirm erschien.

Dana versuchte zu lesen. Aber es war fast, als ob ihr Gehirn mit seiner Fernbedienung verbunden sei, denn Bruchstücke ihrer Vergangenheit tauchten immer wieder vor ihr auf. Das Gespräch mit Etta über Debbys Unfall hatte die Erinnerung an andere Familienkrisen wiederbelebt: das Jahr, in dem ihr Vater gestorben war, Ricks Eltern, seine Großeltern, ihre Großeltern. Der Tag, an dem ihr ältester Sohn in den Golfkrieg gezogen war, der schreckliche Moment, als ihr jüngster Sohn aufgehört hatte zu atmen.

Sie erinnerte sich noch in aller Deutlichkeit an die vielen Nächte, in denen Rick sie dabei überrascht hatte, wie sie unablässig im Zimmer auf- und ablief. Oder wie sie ihn dabei beobachtet hatte, wie er bereits im Morgengrauen am Fenster stand und blicklos hinausstarrte.

Damals hatten sie noch den exakten Moment ahnen können, wenn das Bedürfnis des anderen nach Einsamkeit gestillt war und sie bereit waren, sich gemeinsam einem Problem zu stellen.

Sie hatte nie darüber nachgedacht, daß diese Zeiten sowohl für sie beide als Individuen als auch für ihre Ehe von Bedeutung waren. Sie hatte über diese Zeiten überhaupt nicht nachgedacht. Lieber erinnerte sie sich an den Zeitpunkt des Verschmelzens, als an die Zeiten, wenn sie Abstand vom anderen suchten.

Sie lehnte den Kopf im Sessel zurück und schloß die Augen. Warum war ihre Ehe stark genug gewesen, um die Kluft zu überbrücken, die durch Tod und Krieg verursacht worden war, nicht aber die Probleme der Arbeitslosigkeit? Warum?

Draußen war es bereits dunkel, als Dana ins Schlafzimmer ging, um sich für das Abendessen umzuziehen. Sie stand am Fenster und schaute auf die Skyline von Dallas hinunter. Sie konnte nicht umhin, die große schwarze Kluft zu bemerken, die sich zwischen ihr und den hellen Lichtern der Stadt auftat. Sie griff nach der Kordel. Die Satinbahnen rauschten flüsternd herunter und sperrten die Dunkelheit aus. Ihre Traurigkeit wurde dadurch jedoch nicht gemildert.

Sie zog ihr Sweatshirt aus und griff nach dem Kleid.

Es war ein einfaches schwarzes Etuikleid, das ihre immer noch sehr schlanke Figur betonte. Ihre Figur war das Resultat regelmäßiger sportlicher Betätigung und der Vermeidung süßer Speisen in der Kantine.

Das Kleid hatte sie lange nicht mehr getragen und ganz vergessen, wie tief der Ausschnitt war. Sie zupfte daran herum, aber der Spalt zwischen ihren Brüsten war nur zu sichtbar. Sie hatte keinen Schmuck mitgebracht, mit dem sie die elfenbeinweiße Blöße hätte kaschieren können.

Etta löste das Problem. Das Zimmermädchen war gekommen, um die Betten aufzudecken. »Schauen Sie mal, ob das hier aussieht.« Sie löste ihre eigene Kette und hielt sie Dana hin.

Es war ein antikes goldenes Herz an einem schwarzen Samtband. Nicht gerade das, was man normalerweise während der Arbeit trug. Aber Etta schien nach ihren ganz eigenen Gesetzen zu leben.

»Es ist wunderschön«, rief Dana aus. Es paßte wirklich ausgezeichnet zu dem Kleid. »Sind Sie sich auch ganz sicher, daß ich es tragen soll?«

»Würde ich es Ihnen denn anbieten, wenn ich nicht wollte, daß Sie es auch tragen?«

»Natürlich nicht. Vielen Dank.« Dana starrte sich im Spiegel an. »War dies auch ein Geschenk von einem Ihrer Gäste?«

Etta lächelte. »Sie lernen mich langsam richtig kennen, nicht wahr?« Sie deckte beide Betten auf und legte auf jedes Kopfkissen ein in Folie verpacktes Schokoladenstückchen.

Rick kam aus dem Ankleidezimmer ins Schlafzimmer. Er sah umwerfend gut aus in seinem dunklen Anzug.

Das Zimmermädchen nickte anerkennend. »Also wirklich, wenn Sie beide nicht schön genug aussehen, um das Titelbild eines Liebesromans zu schmücken! Viel Spaß!«

»Vielen Dank«, rief Dana ihr nach. Als sie sich umdrehte, schaute Rick sie mit einem Blick an, der ihr den Atem stocken ließ. Anerkennung leuchtete in seinen Augen.

»Du siehst ... wunderschön aus.«

Noch nie hatte ein Kompliment sie mehr geschmerzt oder tiefer berührt. Denn es erinnerte an all die wunderbaren Dinge, die sie einmal miteinander erlebt und nun verloren hatten. Sie verspürte einen bitteren Geschmack in ihrem Mund und ärgerte sich über sich selbst. Sie ärgerte sich über die wirtschaftliche Lage und all die anderen Dinge, die an Ricks Arbeitslosigkeit schuld hatten.

Am meisten aber ärgerte sie sich über Rick. Sie wollte seine Komplimente nicht hören, noch wollte sie, daß er sie mit diesem Blick betrachtete, mit dem er sie jetzt ansah. Sie wollte lediglich – denn mehr hätte sie nicht ertragen können –, daß er sich anständig benahm.

»Danke«, sagte sie mit kühler und reservierter Stimme, die genau aus jenem Teil von ihr zu kommen schien, der alles andere als kühl und reserviert war. »Du siehst ...«, sie würgte das Wort fast heraus, »... auch gut aus.« Anziehend sah er aus, unwiderstehlich anziehend.

»Wollen wir?« Er bot ihr seinen Arm, und sie hakte sich bei ihm unter. Sie konnte nur hoffen, daß er ihr heftiges Zittern nicht bemerkte. Als sie seinen Arm akzeptierte, mußte sie gleichzeitig noch eine bestürzende Wahrheit anerkennen: Er war immer noch fähig, sie innerlich zu berühren. Wenn sie auch nur einen Funken Hoffnung gehabt hätte, daß ihre Ehe noch zu retten sei, dann hätte sie möglicherweise einen Versuch gewagt. Aber es gab keine Hoffnung mehr. Die Wut war zu groß, die Verletzungen waren zu tief.

Es würde sie ihre gesamte Kraft kosten, aber sie würde es schaffen. Sie konnte die kühle Reserviertheit aufrechterhalten, die ihr über die Zeit ihrer Trennung hinweggeholfen hatte. Wenn sie ihm nur nicht zu tief in die Augen blickte. Wenn sie nicht zu dicht neben ihm stand oder nicht zu weit von ihm entfernt, denn dann wäre sie versucht, ihn ohne sein Wissen zu beobachten. Sie mußte es schaffen, denn sonst würde sie die lange, schmerzhafte Anpassung an das Leben als Single noch einmal ganz von vorn durchmachen müssen. Die letzten paar Monate aber konnte und wollte sie einfach nicht noch einmal durchmachen.

8

Im Lift auf dem Weg zur Lobby wechselten sie kein Wort. Dana war zumute, als ob sie eine schwierige Theaterrolle spielen müßte. Jede ihrer Bewegungen mußte im voraus geplant, jedes Wort mußte sorgfältig gewählt und geprobt sein, bevor sie es aussprach.

Du darfst ihn auf keinen Fall zu lange anschauen, ermahnte sie sich. Deshalb ließ sie ihren Blick über das gläserne Hoteldach und die vielen, von winzigen Lampen erleuchteten tropischen Pflanzen gleiten.

Sie versuchte Ricks Hand auf ihrem Rücken zu ignorieren, als sie dem befrackten Oberkellner zu ihrem Tisch folgten. Sie wollte auch nicht die perfekte Harmonie ihrer Schritte spüren, als ob sie den Rhythmus eingeübt hätten.

Das Terrassenrestaurant war von dem sanften, flackernden Schein von Dutzenden hoher Kerzen erleuchtet. Denk nicht an das romantische Kerzenlicht, ermahnte sie sich, oder an die Art, wie der Kerzenschein Ricks silbergrauem Haar Glanzlichter aufsetzte.

Sie sollte nicht an die üppigen Farne denken, die sie an die Grünpflanzen in ihrer ersten gemeinsamen Wohnung erinnerten. Noch sollte sie die Liebespaare beobachten, die in mit Lampions beleuchteten Kähnen über den See glitten.

Sie sollte nicht an unzählige kleine Lichter denken, die wie aufs Geratewohl verstreute Diamanten in den nackten Ästen funkelten. Denn sie erinnerten sie an den vom jahrelangen Tragen dünn gewordenen Ehering, den sie zusammen mit vielen Tränen in eine Schublade verbannt hatte.

Sie sollte auch nicht an die schmale Mondsichel denken, die die Welt zu verspotten schien. Denn genauso hatte der Mond in jener Nacht ausgesehen, in der sie sich zum ersten Mal geliebt hatten. Damals hatte der Mond nicht über sie gespottet.

Ihre Blicke kreuzten sich. Rick fuhr mit dem Finger an seinem Hemdkragen entlang. Er schien sich so unwohl zu fühlen, daß Dana Mitleid mit ihm hatte. »Wenn du deinen Schlips ablegen möchtest, mich würde es nicht stören.«

Sie war sich nur zu deutlich bewußt, daß sein Blick auf ihren Lippen geruht hatte. O nein, wage es nicht! protestierte sie im stillen und mobilisierte alle ihre Abwehrmaßnahmen. Sie richtete sich kerzengerade auf ihrem Stuhl auf und starrte grimmig auf die Speisekarte.

Während sie die reichliche Auswahl an Speisen studierte, spielte sie unablässig mit dem goldenen Herzen an ihrem Hals. Kein guter Einfall, dachte sie, als sie Ricks Blick auf ihrem Busen bemerkte.

»Das ist eine hübsche Kette«, sagte er. »Sie ... sie paßt gut zu dem Kleid.«

»Danke. Etta hat sie mir geliehen.«

Sie hielt ihre Speisekarte höher, so daß er ihr Dekolleté nicht sehen konnte. Für einen kurzen Augenblick kreuzten sich ihre Blicke, dann vertiefte er sich wieder in seine eigene Karte.

Sie senkte die Stimme, damit man sie nicht hören konnte. »Findest du es nicht auch etwas merkwürdig, daß ein Zimmermädchen solchen Schmuck zur Arbeit trägt?«

Er zuckte mit den Schultern. »Ich weiß nicht. Vielleicht hast du recht.«

»Wenn ich es recht bedenke, dann habe ich noch niemals

einen einzigen Menschen so viel Schmuck tragen sehen. Sind dir die vielen Ringe an ihren Fingern und die Broschen aufgefallen?«

»Nun, sie mag halt Schmuck. Was ist schon dabei?«

»Sie behauptet, einige ihrer Schmuckstück seien Geschenke von Hotelgästen. Ich weiß nicht ... es ist irgendwie merkwürdig.«

»Was willst du damit sagen?«

»Du ... du glaubst doch nicht, daß sie den Schmuck gestohlen hat, oder?« Seine Augen weiteten sich überrascht. »Wie kommst du denn auf diesen verrückten Gedanken?«

»Ich weiß, es hört sich absurd an. Aber sieh dir dieses Ding doch mal an.« Sie hielt das Herz zwischen ihren Fingern. »Ist es wirklich nur rein zufällig, daß Debbys verlorener Ring auch herzförmig war? Etta betonte, daß sie besonders herzförmigen Schmuck sammelt.«

Rick preßte die gespreizten Finger aneinander. »Wenn sie eine Diebin wäre, dann hätte das Hotel es schon längst bemerkt. Andere Gäste hätten ebenfalls einen Diebstahl gemeldet, nicht nur Debby.«

»Möglich«, gab Dana zu. »Aber wenn sie nun geglaubt haben, sie hätten den Schmuck ganz einfach verloren? Ich habe auch ein paar Ohrringe, ja sogar eine Anstecknadel verloren. Es wäre mir niemals in den Sinn gekommen anzunehmen, daß sie mir gestohlen wurden.«

Rick schien das nicht zu überzeugen. »Ich weiß nicht. Wenn sie die Sachen wirklich gestohlen hat, würde sie sie dann vor aller Augen tragen?«

Die Unterhaltung wurde durch den Ober unterbrochen, der ihre Bestellung aufnehmen wollte.

Danach zögerte Rick, das Thema wieder aufzugreifen, und Dana ließ es fallen. Aber so sehr sie sich auch bemühte, sie konnte nichts finden, worüber sie sich sonst hätten unterhalten können.

Wenn sie über ihre Arbeit spräche, würde die Rede unweigerlich wieder auf Alex kommen oder die schmerzliche Realität von Ricks Situation heraufbeschwören. Die Vergangenheit würde nur bittersüße Erinnerungen wachrufen. Und über die Zukunft zu reden würde bedeuten, über die bevorstehende Scheidung zu sprechen. Damit blieb nur die etwas unangenehme Gegenwart. Am besten, sie nahmen das Essen schweigend ein. Dennoch erschrak Dana unwillkürlich, als sie zufällig ihrer beider Spiegelbild in einem der Fenster sah. Ricks Gesicht sah hart und finster aus, so unnachgiebig und so untypisch für den Mann, in den sie sich so vorbehaltlos vor all jenen Jahren verliebt hatte.

Ihr eigenes Gesicht wirkte nicht minder mürrisch. Sie legte die Gabel beiseite und tupfte sich mit der weichen Leinenserviette den Mund ab, als wolle sie das häßliche Spiegelbild wegwischen.

Wie hatte es nur soweit kommen können? Wie konnte sich ein Paar nach Jahren der Gemeinsamkeit und der Liebe so fremd werden? Vielleicht war »fremd« nicht das richtige Wort. Denn wenn Rick ein Fremder wäre, dann könnte sie wenigstens über das Wetter reden, ohne sich an ihre Spaziergänge im Regen und an die gemeinsamen Picknicke im Sonnenschein zu erinnern.

Sie ließ ihre Serviette auf den Schoß sinken. »Der Lachs ist köstlich.« Er war perfekt mit einer reichhaltigen Dillsoße angerichtet.

»Nicht ganz so gut wie bei Harvey's.«

Ihre Blicke kreuzten sich für einen Augenblick, bevor sie wieder auf ihren Teller blickte.

Nicht über das Essen reden. Oder über das Wetter. Oder über die Geigen, die das Lied spielten, zu dem sie an ihrem Hochzeitstag getanzt hatten. Sie bewegte ihren Fuß und berührte dabei mit ihrem Knie unabsichtlich seines. Hastig zog sie ihr Bein wieder zurück. »Ich frage mich, ob Debbys Kind nicht schon vor dem errechneten Datum geboren wird.« Sie hob die

Stimme, um die Musik zu übertönen. Über ihren ersten Enkel zu sprechen war doch sicherlich ein ungefährliches Thema?

»Ich hoffe inständig, daß sie es erst im Krankenhaus bekommt. Wenn ich nur daran denke, was ich durchgemacht habe, um dich rechtzeitig ins Krankenhaus zu bringen. Weißt du noch, als bei Brian die Wehen einsetzten und ...« Er hielt inne.

Schweigen breitete sich zwischen ihnen aus. »Möchtest du noch etwas Wein?«

»Lieber nicht.« Zwei Gläser waren ihre Grenze. Dennoch füllte er ihr Glas aus der Karaffe auf. Sie ließ ihn gewähren. »Wir müssen ja nicht mehr fahren.«

Er hatte recht. Sie mußten nicht mehr fahren; sie mußten lediglich umeinander herumnavigieren und ausreichend Abstand bewahren. Sie mußten aufpassen, was sie sagten, wohin ihre Blicke wanderten, was sie mit ihren Händen, ihren Füßen taten.

Sie blieben noch beim Kaffee sitzen, bis die anderen Gäste gegangen waren. Offenbar hatte es keiner von beiden eilig, zu ihrer Suite zurückzukehren, wo sie sich ein weiteres Mal mit der Schlafsituation herumschlagen mußten.

Rick hatte noch eine Karaffe Wein bestellt. Wider besseres Wissen, oder vielleicht gerade deswegen, hatte Dana noch ein Glas angefangen. Ihre Gedanken wurden wirr, und sie konnte sich nicht mehr auf die Musik konzentrieren. Die Kerzen verschwammen vor ihrem Blick.

Der Hintergrund schien sich in Nebel aufzulösen, nicht jedoch Rick. Sein Anblick blieb weiterhin scharf umrissen, und die Details, die sie einmal für selbstverständlich hingenommen hatten, traten nun deutlicher hervor, als ob jemand eine Lupe vor sein Gesicht halten würde. Beispielsweise, daß seine linke Augenbraue ein klein wenig höher gebogen war als seine rechte. Oder wie die Falten um seine Augen sich vertieften oder sich wieder etwas glätteten, je nachdem, woran er gerade dachte.

Ihre Einbildungskraft hatte Flügel bekomme. Die Serviette, die sie abgelegt hatte, nahm plötzlich die Form der Badehose an, die er letzte Nacht getragen hatte, komplett mit der männlichen Ausbuchtung zwischen seinen Schenkeln. Sie erinnerte sich, daß er das Tragen einer Badehose als Kompromiß bezeichnet hatte.

Sie kicherte und stieß auf. Seine Stirn legte sich in Falten, wie sie es zu tun pflegte, wenn er sich sorgte. Seine Hand bewegte sich über den Tisch und hielt kurz vor ihrer inne. »Ist alles in Ordnung? Möchtest du noch etwas Kaffee?«

»Mir geht es gut.« Sie stellte das Glas ab und spielte mit dem Stiel. »Mir geht es nicht gut. Ich fühle mich hundeelend und möchte nach Hause.«

Rick schwenkte den letzten Tropfen Wein und fragte sich, warum er so viel davon getrunken hatte, obwohl er Wein doch gar nicht mochte. Er trank eigentlich gar nicht, nur gelegentlich genoß er mal ein kaltes Bier. »Wir haben es den Kindern versprochen.«

»Ach ja, wir dürfen natürlich unser Versprechen nicht brechen.« Sie zögerte. Aber nur, weil ihre Zunge plötzlich doppelt so groß zu sein schien und ihr das Sprechen schwerfiel.

»Eltern, die ihr Wort nicht halten, können schlimme Dinge zustoßen.« Sie hob ihr Glas. Er legte beschwichtigend die Hand auf ihre. »Wir sollten lieber gehen«, sagte er. Er nahm ihr das Glas ab und stellte es beiseite. »Wir könnten morgen vielleicht etwas unternehmen«, schlug er vor. »Etwas, was uns die Zeit vertreiben würde. Wir könnten eine Stadtrundfahrt machen oder ein Museum besichtigen.«

»Aber du kannst doch Mu-mus ... wie auch immer, nicht ausstehen.«

»Das stimmt nicht.«

»Doch, es stimmt.« Sie bemühte sich, ihr Gleichgewicht zu finden. »Er-erinnere dich an das Mal ...« Ihr Kopf war plötzlich ganz leer, barmherzig leer. Sie kicherte. »Ich kann mich an gar nichts mehr erinnern.«

Er blickte sie erstaunt an. In all den Jahren ihrer Ehe hatte er nie erlebt, daß sie zuviel getrunken hatte. Natürlich hatte er gut reden. Sein eigener Kopf fühlte sich auch nicht gerade gut an. Aber er bezweifelte, daß das mit dem Wein zu tun hatte. »Laß uns tanzen.«

»Du ... du tanzt nicht gern«, erwiderte sie.

Damit hatte sie zwar recht, aber er mußte jetzt unbedingt etwas unternehmen. Wenn sie sich bewegte, würde sie vielleicht etwas nüchterner werden. Außerdem merkte er, daß er etwas draufgängerisch wurde. Wenn sie nicht bald von diesem verdammten Tisch aufstanden, dann würde er es glatt fertigbringen, sich vorzubeugen und sie zu küssen. »Gibt es eine bessere Methode, um einen unerfreulichen Abend zu beenden, als etwas zu tun, was ich hasse?« Er stand plötzlich auf und griff nach ihrer Hand. »Komm schon.«

Sie wollte sich losreißen, aber sein Griff war fest wie Eisen. Sie wäre ohne seine Unterstützung in arger Bedrängnis gewesen. Offensichtlich war ihr das klar, denn sie klammerte sich an seinen Arm, als er sie auf die Tanzfläche führte. »Ich glaube, das war keine so gute Idee.« Ihre Stimme schien atemlos.

»Warum denn nicht?« rief er mit kräftiger Stimme. Die Musik war für eine Unterhaltung ohnehin zu laut. »Fühlst du dich immer noch hundeelend?«

»Das weißt du doch.« Sie blickte sich nervös um. »Wir sollten jetzt gehen ...«

»Warum denn?« Er schlang seine Hand um ihre Taille und drückte sie enger als notwendig an sich, ja sogar enger, als es klug gewesen wäre. Denn nun mußte er feststellen, daß sie ihn sogar auf der Tanzfläche noch immer entflammen konnte. Wenn er nicht schnell etwas dagegen unternahm, dann würde er noch richtig Feuer fangen.

Er wirbelte sie wie verrückt herum, in einem weitaus schnelleren Tempo als der Rhythmus der Musik und ein ganzes Teil schneller, als sich ein Mann, der einen Foxtrott nicht von einem

Charleston unterscheiden konnte, jemals über eine Tanzfläche bewegen sollte.

Sie blickte erstaunt zu ihm auf, was er ihr nicht verdenken konnte. Die wenigen Male, die es ihr gelungen war, ihn zum Tanzen zu bewegen, hatte er sie steif im Arm gehalten und seine Füße bewegt, als ob er auf einem Drahtseil balancierte. Und die modernen, rhythmusbetonten Tänze, die auch ohne Partner getanzt werden konnten, hatten es ihm nie sonderlich angetan. Er wirbelte sie erst in der einen, dann in der anderen Richtung herum. »Was machst du denn?« keuchte sie.

»Möchtest du lieber langsam tanzen?« Er zog sie gefährlich nahe zu sich heran und vergrub seine Nase in ihrem weichen, duftenden Haar. Für einen Moment bot ihm diese Haltung einen Aufschub. Er konnte fast so tun, als ob alles noch so wie früher wäre. Er würde sie nach Hause bringen und sie lieben ...

Die Musik hörte auf. Und die Realität traf ihn wie eine Kugel ins Herz: Er wollte die Dinge wieder so haben, wie sie einmal gewesen waren.

Dana zog sich aus seiner Umarmung zurück und klatschte mit den anderen Paaren Beifall. Ihr Gesichtsausdruck ließ jedoch keinen Zweifel daran, daß sie sehr wütend auf ihn war.

Rick wußte, daß die meisten Männer jetzt so klug wären, es nicht zu weit zu treiben. Aber er konnte gar nicht mehr klar denken. Er war viel zu sehr damit beschäftigt zu beobachten, wie sich das Kerzenlicht in ihren Augen spiegelte und auf ihren wunderschönen, weichen, zum Küssen wie geschaffenen Lippen spielte.

Er senkte den Kopf und berührte ihre Lippen mit den seinen. Sie sah erstaunt auf, zog sich jedoch nicht zurück. Ermutigt umarmte er sie und preßte seine Lippen auf ihre.

Die Zeit schien für den Bruchteil einer Sekunde stehenzubleiben, dann stieß sie ihn grob von sich. Der Kuß hatte eine ernüchternde Wirkung auf ihn, und ihrem Gesichtsausdruck nach zu urteilen, hatte sein Kuß auch bei ihr etwas bewirkt, wenn auch nicht das, worauf er gehofft hatte.

Sie drehte sich um und eilte zurück zu ihrem Tisch. Dort griff sie nach ihrem Umschlagtuch und der Abendtasche.

»Dana!« Er rannte ihr hinterher, aber bis er den Tisch erreicht hatte, war sie verschwunden.

9

Rick kritzelte hastig seinen Namen und die Zimmernummer auf die Rechnung und rannte ihr nach. Dana stand am Aufzug des Westturms. Als sie ihn kommen sah, flitzte sie durch die Tür zum Treppenaufgang.

Er folgte ihr. »Dana! Warte doch!« Zwischen der dritten und der vierten Etage holte er sie schließlich ein, griff nach ihrem Arm und wirbelte sie zu sich herum.

»Warum tust du mir das an?« fragte sie. »Warum nur?«

»Was willst du denn? Eine Entschuldigung? Es tut mir leid, daß ich meine Frau geküßt habe. Fühlst du dich dann wohler?«
Ihre Augen blitzten. »Ich bin nicht deine Frau, Rick! Jedenfalls nicht im herkömmlichen Sinne. Du hattest kein Recht, dich so zu benehmen!«

»Ich habe doch schon gesagt, daß es mir leid tut!«

»Du brauchst nicht so zu schreien. Willst du, daß das ganze Hotel mithört?«

»Ich will nur sichergehen, daß *du* mich hörst.«

»Ich höre dich laut und deutlich.« Sie zog ihren Arm zurück.
Er rieb sich das Kinn. »Was willst du dann von mir?«

»Wollen? Ich werde dir sagen, was ich will. Ich will, daß diese Woche endlich vorbei ist, damit ich nach Hause zurückkehren und mein Leben leben kann. Es war ein Fehler ... wir hätten uns von den Kindern nicht überreden lassen dürfen.«

»Bist du denn nur der Kinder wegen hier?«

Sie sah so überrascht über die Frage aus, daß jegliche Hoffnung, die er gehegt hatte, sofort zerstört wurde.

»Du weißt genau, daß ich dieser Woche niemals zugestimmt hätte, wenn die Kinder nicht gewesen wären. Ist das nicht auch der Grund, warum du hier bist?«

»Ja. Nein ... ich weiß es nicht.« Er war von seiner eigenen Unsicherheit fast genauso überrascht wie sie. »Vielleicht sind wir hier, weil wir hier sein wollen. Hast du jemals diese Möglichkeit erwogen? Wir haben beide einen starken Willen. Glaubst du wirklich, daß die Kinder uns zu dieser Reise hätten überreden können, wenn wir es nicht auch gewollt hätten?«

»Ich habe niemals diese Woche mit dir verbringen wollen. Lieber hätte ich eine Woche in der Hölle verbracht!«

»Das tut mir leid, daß du so denkst. Aber trotzdem ...« Er zögerte. Es fiel ihm nicht leicht, seine Gefühle auszudrücken. »Du sollst wissen, daß ich froh darüber bin, daß wir diese gemeinsame Zeit hatten.«

In ihrem Inneren schien etwas auszuhaken. Er konnte es an ihrem Blick und an ihrem Gesichtsausdruck sehen. Bevor er wußte, wie ihm geschah, griff sie ihn wie eine Raubkatze an und hämmerte mit den Fäusten auf seine Brust. »Du bist froh! Du hast unsere Ehe beendet, und jetzt sagst du, daß du froh über diese Zeit bist ...«

Er packte ihre Handgelenke. »Ich habe diese Ehe nicht beendet, Dana. Du warst diejenige, die die Scheidung wollte.«

»Ich!« Sie riß ihre Arme los. Dann standen sie sich gegenüber und starrten sich wie zwei zornschnaubende Bullen an, die jeden Moment aufeinander losgehen würden. »Du willst mir also die Schuld in die Schuhe schieben?«

»Ich will dir gar nichts in die Schuhe schieben. Es war sicherlich nicht leicht, mit mir auszukommen.«

»Es war nicht nur nicht leicht, es war unmöglich! Du wolltest einfach nicht zulassen, daß ich dir helfe.«

»Du konntest doch gar nichts tun. Niemand hätte irgend etwas tun können.«

»Ich war ja nicht irgendwer. Ich war deine Frau. Ich wollte für dich dasein. Dich trösten. Aber du hast mich nicht gelassen. Du wolltest nicht darüber reden.«

»Dana, bitte ...«

Sie riß sich los. »Faß mich nicht an!« Sie wandte sich um und rannte die paar Stufen bis zur Tür hinauf.

Sein erster Impuls war, sie gehen zu lassen. Er wußte, daß man sie in einer solchen Verfassung besser erst einmal eine Weile in Ruhe ließ. Allerdings hatte er sie noch nie zuvor derart wütend gesehen, und schon gar nicht auf ihn. Bei den wenigen Malen, wo er sie in einem solchen Zustand gesehen hatte, war es immer aufgrund irgendeiner schrecklichen Ungerechtigkeit gewesen, die man einem Wehrlosen zugefügt hatte.

Aber der Zorn, den er nur wenige Sekunden zuvor auf ihrem Gesicht gesehen hatte, hatte nichts mit sozialer Ungerechtigkeit zu tun. Sie hatte allen Grund, wütend auf ihn zu sein. Er war ein Idiot gewesen. Schlimmer noch. Es war aber nicht die Wut, die ihn so sehr bedrückte, sondern vielmehr der nackte, aufrichtige Schmerz in ihren Augen. Dieser Schmerz war es, der ihn die paar Stufen, immer zwei auf einmal, bis in den vierten Stock hochsprinten ließ. Er hatte sich in Zeiten eigener Schwierigkeiten von ihr abgewandt. Aber niemals könnte er sich abwenden, wenn es so offensichtlich war, daß sie diejenige war, die nicht mehr ein noch aus wußte. Er stürmte durch die Treppenhaustür und prallte prompt mit Etta zusammen, die gerade ihren Wagen den Flur hinunterschob und laut aufschrie.

»Du lieber Himmel! Sie haben mich zu Tode erschreckt!«

»Entschuldigung«, murmelte er und rannte weiter.

»Ist alles in Ordnung?« rief sie ihm hinterher.

»Ja.« *Nein.* Nichts war in Ordnung und würde es auch nie wieder sein. Mit zitternder Hand versuchte er, den Schlüssel in das Schloß zu stecken.

Das Wohnzimmer war leer. »Dana!« Er rannte ins Schlafzimmer. »Wir müssen reden.«

Sie schmiß ihm einen Leinensack entgegen. »Du solltest besser abreisen.«

»Beruhige dich, Dana. Wir haben beide etwas über den Durst getrunken.«

»Ein paar Glas Wein geben dir nicht das Recht, mich jederzeit, wann es dir paßt, zu küssen.«

»Es wird nicht wieder vorkommen, das schwöre ich.«

»Damit hast du allerdings recht!« Sie stürmte ins Badezimmer und knallte die Tür hinter sich zu. Sie zitterte so sehr, daß sie kaum die Kette von ihrem Hals lösen und den Reißverschluß ihres Kleides aufziehen konnte.

Schließlich stand sie in BH und Höschen da und konnte sich nicht entscheiden, ob sie ein beruhigendes heißes Bad nehmen sollte oder aber ihre Aufregung mit einer kalten Dusche abkühlen sollte. Verdammt, es war nicht fair. Nach all diesen Jahren konnte er sie immer noch verzaubern. Ein kleiner Kuß, noch nicht einmal ein richtiger, und sie hätte in seinen Armen dahinschmelzen und alles vergessen können. Sie hob ein Handtuch auf, wobei sie sein Rasierwasser versehentlich umkippte. Eine kleine Pfütze blieb zurück, nachdem sie die Flasche wieder aufgerichtet hatte. Aber der Duft hing in der Luft und rief noch mehr Erinnerungen wach, brachte noch mehr Schmerz mit sich und noch mehr Gründe, warum sie ihn hassen sollte.

Je eher sie sowohl den Duft als auch den Mann loswurde, desto besser. Wie konnte er es wagen, auch nur anzudeuten, daß sie hier sein *wollte*!

Sie drehte die vergoldeten Wasserhähne voll auf und goß ein ganzes Fläschchen des »Ekstase«-Badeöls in den Wasserstrahl. Während sie ihre Unterwäche auszog und in stummer Wut jeden nur möglichen Grund auflistete, warum sie ihren zukünftigen geschiedenen Gatten haßte oder hassen wollte, hatte sich in der Marmorbadewanne bereits Schaum gebildet.

Als sie fast eine Stunde später aus dem Bad kam, lag er mit hinter dem Nacken verschränkten Armen im Bett. Neben ihm auf der Matratze lag die Zeitschrift »Oldtimer«. Sein Oberkörper war vollkommen entblößt und reizte ihre Nerven, die sie die letzte Stunde so mühsam zu beruhigen versucht hatte.

Wie sie ihn kannte, würde er noch nicht einmal den Anstand besitzen, die Badehose zu tragen! Sie konnte nur hoffen, daß er sie nicht länger so ansehen würde, als ob *sie* diejenige sei, die nichts anhatte.

»Ich hatte dich gebeten zu gehen.«

»Ich werde nicht eher gehen, bis wir miteinander gesprochen haben.«

»Während all der Monate vor unserer Trennung wolltest du doch auch nicht reden. Erinnerst du dich?«

»Ich wollte nicht über meine Arbeitslosigkeit sprechen. Das will ich immer noch nicht. Ich möchte über uns sprechen. Über uns und darüber, was unten passiert ist.«

»Nichts ist passiert.« Sie griff nach ihrem Kopfkissen, wobei das Schokoladentäfelchen durch das Zimmer flog.

Sie schaute sich nach der Decke um, die Etta versprochen hatte. Da sie sie nicht finden konnte, nahm sie ihren Bademantel und rauschte aus dem Schlafzimmer. Sie arrangierte das Kopfkissen auf dem zweisitzigen Sofa, legte sich hin und deckte sich mit dem Bademantel zu.

Ich will mit dir reden. Ricks Worte hallten in ihrem Kopf wider. Sie hätte alles darum gegeben, wenn er diese Worte vor zwei Jahren ausgesprochen hätte, als er seine Arbeit verloren und ihre Probleme begonnen hatten. Oder auch später, als es immer offensichtlicher wurde, daß sie sich auseinanderlebten, und sie ihn gebeten hatte, sich ihr anzuvertrauen. Warum wollte er ausgerechnet jetzt, nach all dieser Zeit, endlich mit ihr sprechen?

Es gab nichts, was er hätte sagen können, das den Schmerz der vergangenen zwei Jahre hätte lindern können. Nichts!

Im Zimmer war es heiß. Vielleicht war auch nur ihr heiß. Möglicherweise das Resultat von zuviel Wein. Ihr überhitzter Körper hatte nichts mit seiner Umarmung oder mit seinem Kuß zu tun. Nichts!

Sie faltete ihr Kopfkissen zusammen, boxte einmal hinein, wendete es und hob es wieder vom Fußboden auf. Sie konnte einfach keine bequeme Position finden. Ihr wurde von Minute zu Minute heißer.

Plötzlich begann ihre Haut zu jucken.

10

Sie versuchte, ihn nicht zu wecken, als sie in dem dunklen Zimmer nach der Cremetube suchte. Ihre Haut brannte und juckte so sehr, daß sie hätte schreien mögen. Als sie dann noch mit ihrem Zeh gegen ein Stuhlbein stieß, schrie sie auf.

»Dana?«

Das Licht ging an.

»Schon gut, Rick. Schlaf wieder ein.«

Er setzte sich auf. »Deine Beine sind ganz rot.«

»Scheinbar ist es doch keine allergische Reaktion auf Flanell. Weißt du, wo die Creme ist?«

»Hier.« Er schlug die Decke zurück. Sie wandte schnell den Blick ab.

Bitte, bitte, *bitte* laß ihn irgend etwas anhaben, betete sie.

»Laß mich dir helfen.«

»Ich kann das schon alleine«, erwiderte sie heiser.

Aber er wollte nichts davon wissen. »Leg dich auf das Bett. Himmel, Dana, ich will dir doch nur helfen.«

Nur eine vollkommen verzweifelte Frau würde ein solches Angebot annehmen. Und dank des sich rapide ausbreitenden Ausschlags *war* sie eine verzweifelte Frau. Mit gesenktem Blick ging sie zum Bett. Er zog sich einen Bademantel über und folgte ihr.

»Versuch, dich nicht zu kratzen.« Er holte das Kopfkissen von seinem Bett und schob es ihr unter den Kopf. Dann schraubte er die Tube auf und drückte etwas Creme auf seine Handfläche. Seine sanften Finger hinterließen eine Spur auf ihren Armen und Beinen, die sich wie flüssige Seide anfühlte. Die Erleichterung war allerdings nur von kurzer Dauer. Die Haut hörte zu brennen auf, aber dafür kroch ein anderes Gefühl in ihr hoch. Es hatte eine erschreckende Ähnlichkeit mit Verlangen. Sie versuchte, sich auf irgend etwas anderes als auf ihn zu konzentrieren. Sie schloß die Augen. Wenn sie nicht sehen mußte, wie er sie voller Mitgefühl einrieb, würde es sie sicherlich kalt lassen. Aber auch mit geschlossenen Augen konnte sie seine Ausstrahlung fühlen, sein innerstes Wesen, seinen Duft ...

Sie riß die Augen auf. »Mir ist gerade aufgegangen, wogegen ich allergisch bin!« erklärte sie. »Ekstase.«

Rick zuckte verwirrt zurück. »Ekstase?«

»Das Badeöl, das ich benutzt habe. Das hat diesen Ausschlag verursacht.«

»Gott sei Dank ist das Rätsel gelöst.« Er strich immer noch mit seinen Händen über ihre Haut. »Vielleicht sollte ich doch einen Arzt ...«

»Ich brauche keinen Arzt.« Was sie jetzt brauchte, war eine kalte Dusche.

»Ganz wie du willst. Aber dreh dich doch mal um, damit ich deinen Rücken einreiben kann.«

Er wartete ab, bis sie sich auf den Bauch gedreht hatte. Dann schob er ihr T-Shirt bis zu den Armen hoch. Er drückte etwas von der Creme auf ihren Rücken, dann verteilte er sie mit kleinen, kreisenden Bewegungen. Er tat es schnell und geschickt. Dennoch fühlten sich seine Hände auf ihrem Rücken wie die Hände eines Liebhabers an.

Sie zog ihr T-Shirt herunter und drehte sich um. Langsam atmete sie ein. Die Welt schien stehenzubleiben. Sie atmete noch einmal tief durch, und er beugte seinen Kopf über sie. Sie begegnete seinem Kuß mit einem erstickten Aufschluchzen. Es schien ihr, als ob ein fehlendes Teil ihres Ichs nach langer Abwesenheit wieder zu ihr zurückgekehrt wäre. Sie empfand sich wieder als ein Ganzes. Es war, als ob der richtige Text zur richtigen Melodie fände, um ein wunderschönes Lied zu ergeben.

Sie schlang ihre Arme um seinen Hals. Ihre Finger glitten durch sein Haar, wie sie es in der Vergangenheit so oft getan hatten. Er drang mit seiner Zunge in ihren Mund, und sie drängte sich an ihn in einer wortlosen Aufforderung, sie noch tiefer zu küssen.

Seine Hand glitt unter ihr T-Shirt, und seine starken und doch so zärtlichen Finger umfaßten ihre Brüste. Sie bäumte sich ihm entgegen und warf den Kopf in den Nacken. Er streifte zärtlich mit den Lippen an ihrem Hals entlang.

Sie seufzte leise auf, während sie die zärtlichen Berührungen seiner Hände und seiner Lippen genoß. Gott, es war so lange her ...

Plötzlich kehrte sie mit einem Ruck in die Wirklichkeit zurück. Sie wollte sie nicht wahrhaben und kämpfte mit allen Mitteln gegen sie an. Aber die Wut und die Schmerzen der Vergangenheit überfluteten sie. Er spürte offensichtlich, daß sich etwas verändert hatte, und wich erschrocken zurück.

»Dana?«

Sie zog ihr T-Shirt herunter und setzte sich aufrecht hin.

»Ich kann das hier nicht. Ich kann ... es einfach nicht.«

»Ich brauche dich.«

»Aber nicht auf die Art und Weise, wie ich gebraucht werden möchte.«

»Dana, bitte ...«

»Bitte ... bitte nicht ...« Sie stand auf und stolperte mit Tränen in den Augen aus dem Zimmer. Ihr war bleischwer ums Herz, und ihr Körper und ihre Haut brannten. Aus diesem Zimmer hinauszugehen war das Schwerste, was sie jemals hatte tun müssen. Aber es war unbedingt notwendig.

Rick blickte ihr hilflos nach. Er hatte es wieder mal geschafft. Hatte sich wie ein Halbwüchsiger aufgeführt, dessen Hormone verrückt spielten. Unruhig wanderte er im Schlafzimmer zwischen den Balkontüren und dem verspiegelten Schrank auf und ab. Und trotzdem. War er deswegen etwa ein Verbrecher? Sie mußte ja nicht unbedingt davonrennen, als ob ihr Leben davon abhinge. Ein einfaches Nein hätte ihm den Wind aus den Segeln genommen. Vielleicht.

Also gut, er gab es ja zu. Er fand, seine Frau war immer noch die anziehendste, verführerischste Frau der Welt.

Und wenn er auch nur einen Funken Verstand besessen hätte, wenn er einen Job gehabt hätte – oder doch wenigstens die Aussicht auf Arbeit – oder auch nur eine besondere Fähigkeit, dann würde er um sie kämpfen.

Denn die Wahrheit war nun mal, daß er trotz der qualifizierten Ausbildung und der harten Arbeit, trotz seiner vielfältigen Erfahrung auf dem Gebiet der Aerodynamik ein Relikt darstellte. Er hatte nicht nur keinen Job; viel schlimmer war, daß es seinen Beruf praktisch nicht mehr gab.

Er hatte nicht das Recht, sie zurückzugewinnen, solange seine Zukunft so düster ausah. Einfach kein Recht.

Und dennoch – wie sehr er sie zurückhaben wollte.

Er sehnte sich mit jeder einzelnen Faser, jedem Molekül seines Körpers und seiner Seele nach ihr.

Es war nicht leicht, das zuzugeben, noch nicht einmal sich selbst gegenüber, denn das bedeutete, daß er der harten, kalten Wahrheit ins Gesicht sehen mußte. Er hatte nichts mehr, was er ihr hätte bieten können. Nichts! Keine Arbeit. Kein gar nichts! Vielleicht war es das beste für sie – und die beste Art, ihr seine Liebe zu zeigen –, wenn er sich zurückzog und sie ihrem albernen Rechtsanwalt mit seinen albernen Blumen überließ.

11

Noch immer zutiefst erschüttert über die Begegnung im Schlafzimmer hastete Dana durch das Wohnzimmer, riß die Balkontüren auf und rannte nach draußen. Sie stolperte über eine Kübelpflanze, versuchte das Gleichgewicht wiederzuerlangen und hielt sich am Geländer fest. Die Nachtluft war kalt und kniff in ihre Haut wie ein verspielter Welpe. Sie sog den süßen Duft des Gartens tief in ihre Lungen.

Warum, um alles in der Welt, tat er ihr das an? Wie konnte er ihr Herz immer noch mit Verlangen und Leidenschaft füllen? Warum brauchte es nur einen Kuß oder ein einfaches Streicheln seiner Hände, um ihren Körper in Leidenschaft für ihn entbrennen zu lassen? Warum ließ sie es zu, daß er ihr das antat? Lieber Himmel, warum nur?

Sie hätte nicht sagen können, wie lange sie schon auf dem Balkon gestanden hatte, als sie seine Stimme vernahm. Es schien Stunden her zu sein, obwohl es wohl nur Minuten waren, denn ihr Herz pochte immer noch wie wild, und ihre Lippen brannten wie Feuer.

Als sie nicht antwortete, rief er sie erneut. »Dana?«

Sie stieß den Atem aus und wandte sich zu ihm um. Seine Augen lagen im Schatten, nicht jedoch sein weicher, sinnlicher Mund, der sie bereits zum zweiten Mal in dieser Nacht so völlig durcheinandergebracht hatte, daß sie nicht mehr ein noch aus wußte.

»Du hast recht. Diese Woche hier gemeinsam zu verbringen, war ein Fehler.« Seine Stimme klang hart, kalt, distanziert, und sie war dankbar dafür. »Ich denke, wir sollten morgen abreisen.«

Sie umfaßte mit einer Hand das Geländer. »Das ist wohl das beste.«

Sie schluckte den Kloß in ihrer Kehle hinunter. Sie hatte auf irgendeine Art von Schlußpunkt gehofft, damit sie die Vergangenheit ein für allemal hinter sich lassen konnte. Statt dessen hatte sie sich noch mehr Schmerz und Kummer eingehandelt. »Was sollen wir den Kindern sagen?«

»Die Wahrheit«, erwiderte er resigniert.

Sie biß sich auf die Unterlippe. Die Wahrheit war, daß sie diesen Mann noch immer begehrte. Sie begehrte ihn mit jeder Faser ihres Körpers und ihrer Seele. Wie sollte sie den Kindern – oder sonst irgend jemandem – diese Wahrheit beibringen?

Er wandte sich zu den Türen um, während sie auf die Lichter der Stadt hinunterblickte, um ihre Tränen zu verbergen.

Es überraschte sie, daß dieser letzte Abschied genauso schmerzlich und bedrückend war wie damals, als er für immer ihr gemeinsames Haus verlassen hatte. Vielleicht deshalb, weil es zwischen der Wut und der ungewollten Leidenschaft doch noch einen Augenblick der Verbundenheit gegeben hatte, in dem er ihre Bedürfnisse erkannt hatte und sie seine. Aber diese Bedürfnisse des anderen zu erkennen, war nicht dasselbe, wie sie zu befriedigen.

Hinter ihr fluchte Rick. Sie wandte sich halb um. »Was ist denn?«

»Die Tür ist abgeschlossen.«

»Wie bitte?« Sie wischte sich die Tränen aus den Augen und trat neben ihn.

Sie starrte durch die Glastür und bemerkte eine zusammengefaltete Decke auf dem Sofa. »Das muß Etta gewesen sein. Sie wußte ja nicht, daß wir hier draußen sind. Sie dachte vermutlich, wir hätten vergessen abzuschließen.«

»Na, ist das nicht großartig!« Rick starrte auf den Türrahmen. »Es ist eine Sicherheitstür. Das Glas hier kann ich unmöglich durchbrechen.«

Zitternd strich sich Dana über ihre nackten Arme. Dieselbe Nachtluft, die vor kurzem noch angenehm kühl gewesen war, fühlte sich jetzt kalt und feucht an.

Rick ging über den Balkon und steckte den Kopf über das Geländer. »Kann mich jemand hören?« Der Westturm lag auf dem einsamsten Teil des Geländes. Selbst tagsüber hatte Dana kaum Leute dort gesehen.

Rick öffnete das kleine Tor, das auf den nächsten Balkon führte. Sekunden später kehrte er zurück. »Pech gehabt. Die Suiten um uns herum sind alle nicht belegt.« Er stellte einen Fuß auf das Geländer und sah gerade so aus, als wollte er sich hinüberschwingen.

Dana stieß einen Schrei aus und griff hastig nach seinem Arm. »Was machst du denn da? Wir sind hier in der vierten Etage!«

»Ich will auf den Balkon unter uns klettern. Vielleicht ist dort die Tür offen.«

»Das kannst du doch nicht tun! Du wirst hinunterstürzen und dir das Genick brechen.«

»Was bleibt uns denn anderes übrig? Wir werden hier oben erfrieren.«

»Wenn wir weiter um Hilfe rufen, wird uns vielleicht jemand hören.«

»Wer sollte uns denn hören?« Er schwang ein Bein über das Geländer und setzte sich rittlings darauf. Die Brüstung sah plötzlich gar nicht sonderlich stabil aus.

»Vorsicht!« schrie sie und zerrte an dem Saum seines Bademantels. Um ein Haar hätte Rick das Gleichgewicht verloren. Einen schrecklichen Augenblick lang schwankte er hin und her. Dana schrie auf und umklammerte sein nacktes Bein. »Tu es nicht, Rick! Es ist zu gefährlich!«

Er wollte gerade etwas erwidern, ließ es jedoch nach einem Blick in die Tiefe bleiben. »Also gut«, erwiderte er seufzend.

Er sprang neben sie. Sie verblüffte ihn, als sie ihre Arme um seinen Hals schlang. »Du verrückter Hund! Du hast mich zu Tode erschreckt. Weißt du denn nicht ...«

Sie schaute zu ihm auf, und er sah auf sie herab. Es verging eine Weile, bis sie ihre Arme sinken ließ und einen Schritt zurücktrat.

Rick vergrub die Hände in seinen Manteltaschen. Sie verschränkte ihre Arme vor dem Körper, um die nächtliche Kälte zu vertreiben. Plötzlich zitterte sie.

»Du frierst.« Er lief den Balkon entlang und prüfte jede der hohen Türen. »Phantastisch! Alles Sicherheitsglas. Um die einzuschlagen bräuchte man eine Brechstange.« Wie zum Beweis hob er einen der Pflanzenkübel hoch, bedeutete ihr, zur Seite zu treten, und schleuderte ihn gegen die Fensterscheibe.

Der Kübel zerschellte, und tausend Stücke rieselten auf den Boden. Die Glasscheibe jedoch war noch ganz. »Sieht so aus, als ob wir hier bis morgen früh festsitzen werden.«

Er stieß die Pflanze beiseite, die vor seine Füße gefallen war. »Brrr«, sagte er. Um sich warm zu halten, hüpfte er auf und ab. »Und was machen wir jetzt?«

»Ich weiß nicht.« Was hätte sie in diesem Moment für ihr Flanellnachthemd gegeben!

»Wenn du nicht wie ein verängstigter Teenager aus dem Zimmer gerannt ...«

»Mach mich bloß nicht für dieses Fiasko verantwortlich, Richard Matthews. Du bist doch wohl derjenige, der das alles ...«

»Angezettelt hat?« beendete er ihren Satz.

»Bedrängt hast du mich!« Sie schleuderte ihm den Vorwurf entgegen, als wäre er ein Wurfgeschoß.

»Verstehe. Natürlich hast du mich nicht im geringsten provoziert.«

»Du hast die Situation ausgenutzt. Du wußtest, wie sehr meine Haut juckt und ... ach, lassen wir das! Ich will mich nicht mit dir streiten.« Sie ließ sich auf den Grasteppich des Balkons sinken und lehnte sich mit dem Rücken an die Wand. Noch nie zuvor in ihrem Leben hatte sie sich so unwohl gefühlt.

Er setzte sich neben sie. »Ich will mich auch nicht streiten.«

Zwischen ihren Schultern waren nur wenige Zentimeter Abstand. Sie waren einander gefährlich nahe und doch viel zu weit voneinander entfernt.

Er wußte, daß er den winzigen Abstand zwischen ihnen lieber nicht überbrücken sollte, aber sie fror so sehr, daß er fast schon ihre Zähne klappern hören konnte. Er hatte wirklich keine andere Wahl, als seinen Arm um ihre Schultern zu legen. Sie versteifte sich und wollte sich abwenden.

»Nicht doch, Dana. Wir wärmen uns gegenseitig.« Es war ein vernünftiger Vorschlag, dem sie offenbar zuzustimmen schien. Denn kaum einen Augenblick später schloß sie den Mund und lehnte ihren Kopf gegen seine Schulter.

»Du fühlst dich an wie ein Stück Eis«, bemerkte er und drückte sie noch fester an sich.

Sie hätte kaum weniger seiner Meinung sein können, denn plötzlich fühlte sie sich warm und beschützt.

»Dana ... ich ... ich möchte nur noch eines sagen. Ich wünsche dir alles Glück der Welt. Und wenn Alex derjenige ist, der dich glücklich machen kann, dann werde ich mich euch nicht in den Weg stellen.«

»Du weißt ja, daß ich über Miss ... genauso denke.« Beinahe hätte sie »Miss Süßholz« gesagt. »Wie auch immer die Frau hieß, die sich am Telefon gemeldet hat, als ich dich Weihnachten angerufen habe.«

»Meine Vermieterin?«

»Wie bitte?«

»Sie hat mich am Weihnachtstag angerufen, weil es über meiner Wohnung gebrannt hat. Sie wollte sehen, ob es irgendwelche Schäden gegeben hat.«

»Und du bist nicht mit ihr in Urlaub gefahren?«

»Wie kommst du denn darauf?«

»Deine braune Haut, zum Beispiel.«

Er lachte. »Ich war für ein paar Tage in Florida, um mich nach einer Arbeit umzusehen.«

»Ach so.« Dana kam sich ganz erbärmlich vor. »Warum hast du das denn nicht gleich gesagt?«

»Das wollte ich ja, aber du hast mir ja nicht zugehört.«

Er hatte recht. Sie hatte ihm nicht zugehört. Offenbar war ihr eine andere Frau als Hindernis zwischen ihnen nur recht. Sie brauchte so viele Gründe wie möglich, um sich von ihm fernzuhalten.

»Und was ist mit dir und Alex?«

»Wir sind nur befreundet.«

»Aber es ist doch offensichtlich, daß er mehr will.« Rick schwieg einen Augenblick. »Er schickt dir Blumen. Ich bin nicht gerade gut in solchen Sachen. Ich verstehe einfach nicht, warum ein Blumenstrauß eine Frau denken läßt, daß sie etwas Besonderes ist.«

»Ich weiß.« Sie hatte Blumen nie gewollt. Nicht von Rick jedenfalls. Jeder konnte einer Frau Blumen kaufen, aber nur Rick würde einer Frau ein Geschenk aus dem Eisenwarengeschäft mitbringen und damit durchkommen. »Du würdest einer Frau doch eher eine Notleuchte fürs Auto schenken.«

»Hat dir die Taschenlampe, die ich dir geschenkt habe, etwa nicht gefallen?«

Er klang so überrascht, daß sie einfach lachen mußte. »Rick, Taschenlampen sind nicht etwas, was einem gefällt oder nicht gefällt.«

»Ich habe mich um dich gesorgt. Ich dachte, du solltest sie haben, falls du mal eine Panne mit dem Wagen hast.«

»Aber mußtest du sie mir denn unbedingt zum Hochzeitstag schenken? Und wie war das mit dem Trageriemen für den Staubsauger, den du mir vor drei Jahren zum Valentinstag geschenkt hast?«

»Was ist denn daran nicht zu verstehen? Ich habe mir um deinen Rücken Sorgen gemacht ...«

»Und der Schutzhelm?«

»Der war für deine Sicherheit beim Radfahren gedacht.«

Sie lachte. Vielleicht war es ja die verrückte Situation, in der sie sich befanden. Oder aber die kalte Luft stieg ihr zu Kopf.

»Was ist denn so komisch?«

»Kannst du dich daran erinnern, wie du mir einen Heiratsantrag gemacht hast?«

»Natürlich erinnere ich mich.«

»Erinnerst du dich, wie du mir den Antrag am Straßenrand gemacht hast, während du den Reifen gewechselt hast?«

»Ja und?«

»Ach, nichts.«

Er verlagerte sein Gewicht. »Sag das nicht. Wir müssen doch darüber mal reden.« Er beugte sich etwas zur Seite, so daß er ihr Gesicht sehen konnte. »Offensichtlich glaubst du, daß bei meinem Antrag irgendwie etwas gefehlt hat.«

»Wenn ich mich recht erinnere ... du hast einfach nur gesagt, daß wir heiraten. Du hast mich noch nicht einmal gefragt.«

»Ich dachte nicht, daß das notwendig wäre. Du warst ...«

»Schwanger«, beendete sie den Satz für ihn. »Ja, das war ich. Und du hast dich anständig verhalten.«

»Anständig verhalten. Glaubst du, daß es das ist, was ich getan habe?«

»Es ist das, was alle gesagt haben. Daß du dich anständig verhalten hast. Deine Mutter, meine Eltern. Jeder.«

»Und du?« fragte er leise. »Was hast du gedacht?«

»Ich weiß, daß du mich nur wegen des Babys geheiratet hast.«

»Ist das nicht auch der Grund, warum *du* mich geheiratet hast?«

Sie empfand den Vorwurf als so beleidigend, daß sie ihn einen Moment lang empört anstarrte. »Ich habe dich geliebt«, erwiderte sie schließlich.

»Du warst verzweifelt.«

»Glaubst du das etwa? Daß ich verzweifelt war?« Sie rückte etwas von ihm ab. »Du dachtest wohl, daß ich mich nicht selbst hätte versorgen können, wenn ich es gemußt hätte?«

»Und du glaubst, daß ich dich aus Pflichtgefühl geheiratet habe? Daß ich lediglich der Verantwortung für dich und das Baby nachgekommen bin? Mach dir da nur nichts vor. Ich hab' dich nur aus einem einzigen Grund geheiratet. Ich liebte dich. Und ich hätte dich auch geheiratet, wenn du nicht schwanger gewesen wärst!«

Ihr Herz blieb fast stehen. »Das hättest du getan?« Ihre Stimme war kaum mehr als ein Flüstern.

Er runzelte die Stirn. »Das hatte ich immer schon vorgehabt. Gleich nach dem Collegeabschluß. Meine einzige Sorge war, ob du mich dann auch noch haben wolltest.«

»Ob ich dich haben wollte? Aber natürlich wollte ich dich immer haben, aber du hast niemals von Heirat gesprochen. Jedenfalls nicht, bevor ich dir sagte, daß ich schwanger war.«

»Du hast gut reden. Du hast mir ja vor der Schwangerschaft auch nie gesagt, daß du es wirklich ernst mit mir meinst. Du hast immer nur von deinen Collegeplänen gesprochen.«

»Das habe ich doch nur getan, weil ich glaubte, daß es dein einziger Ehrgeiz war, Jura zu studieren ...«

Sie starrten einander an.

»Na großartig!« zischte er. »Wir haben achtundzwanzig Jahre gebraucht, um herauszufinden, warum wir geheiratet haben. Was glaubst du wohl, wie lange es dauern wird, bis wir herausfinden, warum wir uns scheiden lassen?«

»Ich weiß, warum wir uns scheiden lassen.«

»Tu mir einen Gefallen und sag es mir. Damit wir es beide wissen.«

»Du bist sehr witzig.«

»Ich meine es ernst, Dana.«

»Erst möchte ich noch etwas anderes wissen. Und bitte sag mir die Wahrheit.«

»Keine Sorge, ich werde die Wahrheit sagen. Mir ist viel zu kalt, um zu lügen.«

»Hast du es jemals bereut, daß du meinetwegen auf dein Stipendium verzichten mußtest?«

»Was ist denn das für eine Frage? Warum sollte ich das denn bereuen?«

»Du warst so erpicht auf das Stipendium. Du hast die ganze Nacht gefeiert, nachdem du es bekommen hattest.«

»Ich habe eine ganze Woche gefeiert, nachdem du mir gesagt hast, daß du mich heiraten wirst.«

»Meinetwegen hast du eine ganz große Chance verpaßt ...«

»Deinetwegen hatte ich all das, was man sich als Mann nur erhoffen kann.«

»Oh, Rick ... was ist nur schiefgelaufen?«

»Ich habe meinen Job verloren.«

»Aber warum war unsere Ehe nicht stark genug, um das zu verkraften? Sie hat doch auch den anderen Belastungen standgehalten. Als Debby den Unfall hatte und wir dachten, daß sie nie wieder aus dem Koma aufwachen würde ... als Brian eingezogen wurde ... Warum denn nicht auch der Verlust deines Jobs?«

»Ich weiß es nicht, Dana.« Er vergub seine Nase in ihrem Haar. »Ich weiß es nicht. Ich weiß nur, als Debby geheiratet hat und von zu Hause auszog ... ich habe vermutlich immer gedacht, wenn die Kinder erst einmal aus dem Haus sein würden, dann wäre es nur noch eine Frage der Zeit, bis auch du gehen würdest.«

»Das hast du gedacht?« Sie sah ihn erstaunt an. Wieviel Zeit sie doch damit verschwendet hatte, mit ihm über Dinge reden zu wollen, die gar nicht wichtig waren. Es war gar nicht der Verlust seiner Stellung, was sie auseinandergebracht hatte. Es war der Auszug ihres letzten Kindes gewesen, der sie entfremdet hatte. Aber auch nur deswegen, weil sie niemals den wirklichen Grund geklärt hatten, der sie ursprünglich zusammengeführt hatte – Liebe. »Du hast gedacht, daß ich mich auf und davon mache? Nur weil die Kinder ausgezogen waren?«

»Viele Paare bleiben nur der Kinder wegen zusammen. Und wenn diese dann das Haus verlassen ... was sollte ich denn denken? Deine Mutter hat mich niemals vergessen lassen, warum du mich überhaupt geheiratet hast.«

»Meine Mutter?!« Sie dachte an all die Male, als ihre Mutter sie zur Dankbarkeit ermahnt hatte, weil Rick die Verantwortung nicht gescheut und *sie* geheiratet hatte. Offenbar hatte ihre Mutter auch noch andere Dinge gesagt.

»Meine Mutter irrt sich.« Sie hob eine Hand und streichelte seine vom Bartwuchs rauhe Wange. »Ich habe dich nur aus einem einzigen Grund geheiratet, und zwar, weil ich dich liebte. Das Baby, unser süßer Brian, hat lediglich den Zeitpunkt etwas beeinflußt.«

Er nahm ihre Hand, ihre schöne weiche Hand, und drückte sie an seine Lippen. »Ich habe dich geheiratet, weil ich dich über alles geliebt habe.« In der Vergangenheit hatte er sich mit Worten immer etwas schwergetan. Aber heute nacht wußte er genau, was er sagen wollte. »Ich habe dem lieben Gott jeden Tag dafür gedankt, daß Brian so früh aufgetaucht ist. Das hat meine Liebe für dich nur noch stärker gemacht.«

»Ich fühlte mich so erbärmlich«, flüsterte sie.

»Nicht erbärmlicher als ich auch ...«

»Wir hätten schon vor langer Zeit darüber reden sollen.«

»Vielleicht hatte ich Angst, darüber zu sprechen. Angst davor, daß du meine Befürchtungen nur bestätigen würdest. Vielleicht habe ich mich auch deshalb nach Debbys Auszug von dir zurückgezogen.«

»Und ich dachte immer, daß deine Arbeitslosigkeit schuld hätte.«

»Das hat nur alles noch verschlimmert.«

»Oh, Rick.« Sie schmolz in seinen Armen. Die Gefühle, die sie gerade offen und ehrlich miteinander geteilt hatten, machten ihr Hoffnung. Sie hatte es niemals mehr für möglich gehalten, aber vielleicht konnten sie doch noch zueinander zurückfinden.

Sie grub ihr Gesicht an seine Schulter und strich mit der Hand über seine Brust. »Die Vergangenheit taucht irgendwie immer wieder auf, nicht wahr? Sie entfremdet zwei Menschen genau dann, wenn sie es am wenigsten erwarten. Etta hat gesagt, eine Ehe sei wie Meer und Festland. Es gibt immer etwas, was ein Paar auseinanderbringt und dann wieder zusammenführt.«

Sein Seufzer an ihrem Ohr klang wie ein Schluchzer. »Was wird nötig sein, um uns wieder zusammenzubringen, damit wieder alles wie früher zwischen uns ist?«

»Die Kälte vielleicht?« schlug sie nur halb scherzhaft vor.

Er lachte leise und strich mit seinen Lippen über ihre Stirn.

Sie hob ihr Gesicht, und seine Lippen fanden ihre, und diesmal gab es keine Vorbehalte mehr.

Sie schob ihre Arme unter seinen Bademantel und schlang sie um seine Taille. Ihr Verdacht erwies sich als richtig: Er trug nichts darunter. Aber anstatt sich bedroht zu fühlen, begrüßte sie die Entdeckung mit einem erwartungsvollen Schauer. Zärtlich streichelte sie seine festen Schenkel und drückte kleine Küsse auf seine Brust.

Er stöhnte laut auf und murmelte ihren Namen. »Es ist so lange her«, flüsterte er ihr ins Ohr. Sein heißer Atem umhüllte und wärmte sie.

»Ich weiß«, flüsterte sie zurück.

Er ließ seine Hände unter ihr T-Shirt gleiten und streichelte mit seiner besonderen Art ihre angespannten Brüste. Er küßte jede rosige Knospe, bis unbändiges Verlangen sie laut aufstöhnen ließ.

Ihren Namen murmelnd, liebkoste er ihre schmale Taille, ihre Hüften und Schenkel, bis er jede ihrer weiblichen Kurven entflammt hatte.

Er legte sich zurück und zog sie auf sich. Sie kuschelte sich an ihn und stellte zu ihrem Entzücken fest, daß ihr Körper immer noch mit der gleichen Selbstverständlichkeit mit seinem zu verschmelzen schien, wie ... nun wie Land und Meer.

»Mein Gott, sieh nur, was du mit mir gemacht hast«, flüsterte er. Sein Atem ging schwer, sein Körper pulsierte von einer sinnlichen Vitalität, als ob er jeden Moment explodieren würde.

Sie preßte ihren Schoß gegen sein hartes Geschlecht. Eine Woge heißer Sehnsucht raste durch ihre Adern und hinterließ ein derart heftiges, drängendes Verlangen, daß sie es kaum beherrschen konnte. »Du bist so phantastisch wie immer«, keuchte sie.

»Aber nur mit dir, Dana. Es könnte für mich niemals eine andere Frau als dich geben. Und das sage ich nicht aus irgendeinem Verantwortungsgefühl heraus.«

»Und für mich könnte es keinen anderen Mann geben als dich.« Das wußte sie jetzt. Vielleicht hatte sie es auch schon immer gewußt.

Er rollte sie in zärtlicher Eindringlichkeit auf den Rücken. Sie stieß einen leisen Schrei der Glückseligkeit aus, als er sich auf sie legte. Sie öffnete sich ihm wie eine Blume der Morgensonne, preßte ihre Hände auf seinen Rücken und bäumte sich ihm entgegen. Als er in sie drang, war es ein alt vertrautes und vollkommen neues Gefühl zugleich. Ihre Lippen verschmolzen als letztes miteinander, vereinten ihrer beider Körper auf jede nur mögliche Weise. Aber es war die Vereinigung ihrer Herzen, die die letzte Kluft zwischen ihnen schloß.

12

Warme Sonnenstrahlen überfluteten den Balkon. Dana schlug die Augen auf. Sie lag in Ricks Armen, der sie im Schlaf beobachtet hatte. »Alles in Ordnung?« flüsterte er und strich ihr mit den Lippen über die Augenbrauen.

»Es könnte nicht besser sein«, flüsterte sie zurück und strich liebevoll über seine rauhe, stoppelige Wange. Er nahm ihre Hand und küßte sie.

Sie streckte sich neben ihm aus und ließ die immer noch lebendigen Erinnerungen der letzten Nacht an sich vorüberziehen. Sie fühlte sich wie eine Braut, jung und beschwingt und frisch verliebt. Rick beugte sich zu ihr herunter und küßte zärtlich ihre Lippen. Ihr Herz pochte erwartungsvoll.

»Als ich heute morgen aufgewacht bin, dachte ich zuerst, ich hätte das Ganze nur geträumt.« Plötzlich richtete er sich auf und zuckte zusammen. »Au, mein Rücken!«

Sie drehte sich herum und streckte ihre schmerzenden Muskeln. »Jetzt bin ich wohl dran, dich einzureiben.«

Er grinste. »Darauf freue ich mich jetzt schon.« Er stand auf und lockerte seine Muskeln. »Was glaubst du wohl, wie lange es noch dauern wird, bis Etta diese Suite hier saubermacht?«

»Hoffentlich nicht mehr allzu lange.« Dana sah über die Balkonbrüstung auf das Hotelgelände hinunter. Wenn man mal einen Jogger brauchte, dann ließ sich nirgends einer blicken!

»Dana ...«

Sie wandte sich um.

»Letzte Nacht. Das war etwas ganz Besonderes.«

»Für mich war es auch etwas ganz Besonderes«, erwiderte sie leise.

»Ich möchte noch etwas sagen. Aber diesmal möchte ich es richtig machen.«

Sein Blick war warm und voller Liebe. Die Art von Liebe, die so unerträglich kostbar ist und die unter allen Umständen geschützt werden muß. Sie zitterte bei dem Gedanken, wie nahe sie daran gewesen waren, sie wegzuwerfen. »Was möchtest du richtig machen?«

Er beugte ein Knie und zupfte den Bademantel zurecht, als er sich in der klassischen romantischen Pose versuchte. Dies war so uncharakteristisch für Rick, daß er dabei wie ein schlechter Schauspieler in einem Melodrama aussah. Wäre sein Ausdruck nicht so ernst gewesen, hätte sie vielleicht lachen müssen. Statt dessen aber bemerkte sie erstaunt den Ausdruck der Liebe und der Aufrichtigkeit in seinem Blick.

»Was würdest du davon halten, wenn ...« Er hielt inne, räusperte sich und begann noch einmal von neuem. »Würdest du mir die Ehre erweisen und weiterhin mit mir verheiratet bleiben? Viel kann ich dir leider nicht bieten. Ich habe keine Arbeit ...«

Ihr Herz schlug so schnell, daß sie kaum noch stillstehen konnte. »Das ist doch nicht so wichtig ...«

»Aber ich habe eine Idee.«

»Was für eine Idee?«

»Ich weiß nicht, ob es klappen wird. Ich bin durch eine Bemerkung von Etta darauf gekommen. Sie hat gesehen, wie ich die Oldtimer-Illustrierte las. Dann erzählte sie mir von ihrem Neffen und was für ein Problem es für ihn sei, jemanden zu finden, der seinen Pierce Arrow Roadster aus dem Jahre 1926 restauriert. Ich habe mir gedacht, daß ich vielleicht selbst in dieses Geschäft einsteigen könnte.«

»Oh, Rick, was für eine großartige Idee! Dafür hast du wirklich ein Händchen. Warum sind wir eigentlich nicht schon längst auf diese Idee gekommen?«

»Ich weiß nicht. Ich schätze, ich konnte mir gar nicht vorstellen, ein eigenes Geschäft zu haben. Natürlich müßten wir dafür etwas Startkapital auftreiben.«

»Das werden wir schaffen, da bin ich mir sicher.« Sie konnte kaum glauben, daß sie beide nach all den Jahren wieder Pläne schmiedeten und Träume miteinander teilten. Sie war so aufgeregt, daß sie die Worte kaum schnell genug herausbringen konnte. »Wir könnten eine Hypothek auf das Haus aufnehmen und ...«

Er stand auf und legte einen Finger auf ihre Lippen. Es war wichtig, daß es diesmal keine Mißverständnisse gab. »Ich werde dir aber vermutlich niemals Blumen schenken.«

»Das ist doch nicht wichtig.«

»Und du sollst wissen, daß es nur einen Grund gibt, warum ich uns zusammen wissen möchte. Und das ist, weil ich dich liebe.«

»Oh, Rick!« Tränen stiegen ihr in die Augen. »Ich liebe dich auch.« Sie trat auf ihn zu, aber er hielt sie zurück.

»Diesmal werde ich es richtig machen.« Er sah sich um, als suchte er irgend etwas. »Ah!« Er bückte sich, um die Pflanze aufzuheben, die in der vergangenen Nacht aus dem Topf gefallen war.

»Was machst du denn da?«

»Ich werde dir beweisen, daß ich romantisch bin. Ich habe zwar weder Blumen noch Diamanten. Aber es würde mich sehr glücklich machen, wenn du diese Pflanze als Symbol meiner Liebe annehmen würdest.«

Sie lachte, als er ihr die welke Pflanze überreichte. »O Rick, ich werde sie immer in Ehren halten.«

Jetzt war Rick derjenige, der lachen mußte. »So wie den Schutzhelm?« Er nahm ihr Gesicht zwischen die Hände und küßte ihre Lippen. Dabei ließ Dana die Pflanze auf den Boden fallen.

»Nein!« schrie sie auf und hob die schlaffe Grünpflanze behutsam auf. Sie würde sie in den Koffer mit Erinnerungen legen, wo sie auch den Wagenheber von seinem Heiratsantrag aufgehoben hatte.

»Das arme Ding.« Sie bürstete die Erde ab und stieß auf etwas Hartes. Als sie ihre Finger tiefer in den Erdballen grub, holte sie ein glänzendes Objekt hervor.

Sie brauchte eine Weile, bis sie begriff, was sie da gefunden hatte. »Rick! Schau mal, es ist Debbys Ring!«

»Wie bitte?« Seine Augen weiteten sich ungläubig. »Bist du dir sicher?«

»Ganz sicher.« Sie hielt den Ring ans Licht. »Siehst du die Gravierung? *Für D. M. von S. T.*«

»Ich fasse es einfach nicht! Wie ist denn Debbys Ring in den Blumentopf gekommen?«

»Ich weiß nicht. Warte mal, könnte nicht eine Taube den Ring aus ihrem Zimmer gestohlen haben?« Und zu denken, daß sie die arme Etta verdächtigt hatte! »Ich habe jede Menge Tauben in diesen Kübeln herumpicken sehen.«

»Das wäre schon möglich.« Er nahm ihr den Ring ab. »Meinst du, es würde Debby etwas ausmachen, wenn wir ihren Ring eine Weile benutzen würden?«

»Benutzen? Wie denn?«

Er ließ den goldenen Ring über ihren Ringfinger gleiten, genauso, wie er es damals vor so vielen Jahren vor dem Altar getan hatte.

Ein unendliches Glücksgefühl durchströmte sie. Sie fühlte sich so schwerelos, als könnte sie sich vom Balkon bis geradewegs in den Himmel hinaufschwingen.

»Sicherlich hat sie nichts dagegen.«

»Dann wirst du also weiterhin mit mir verheiratet bleiben?«

Sie schlang ihre Arme um seinen Hals. »Ja, ja, ja!«

Rick preßte sie eng an sich und drückte seine Lippen in einem innigen Kuß auf ihren Mund, als das Telefon klingelte. Sie zuckten erschrocken zusammen und starrten auf ein bisher unbemerkt gebliebenes Telefon, das zwischen zwei Liegestühlen in einem Blumenkasten stand.

»Willst du mir etwa sagen, daß wir hier fast erfroren wären, während wir die ganze Zeit ein Telefon in Reichweite hatten?«

»Ich glaub's einfach nicht!« rief Dana. Nach dem dritten Klingeln hob sie den Hörer ab. »Hallo?«

»Hier ist Steve. Tut mir leid, daß ich euch schon so früh wecke. Aber ich dachte, ihr wolltet sicher wissen, daß Debby einen kleinen Jungen bekommen hat ...«

»Ein kleiner Junge«, hauchte Dana und blickte in Ricks strahlendes Gesicht. Sie hatte ihn seit einer Ewigkeit nicht mehr so glücklich gesehen. Sie versuchte, sich auf die Worte ihres Schwiegersohns zu konzentrieren. Das Baby sei zu früh gekommen, aber der Arzt habe gesagt, daß alles in Ordnung sei.

»Aber natürlich kommen wir nach Hause!« Sie drückte Ricks Hand. »Grüß Debby von uns und sag ihr, daß wir eine Überraschung für sie haben.« Sie betrachtete bewundernd den Ring an ihrem Finger und fuhr fort: »Tatsächlich haben wir sogar zwei Überraschungen für sie.«

Kaum hatte sie aufgelegt, als Rick sie in seine Arme zog und sie überglücklich herumwirbelte. »Damit bist du die schönste Oma der Welt geworden«, sagte er.

»Und du der attraktivste Großvater«, gab sie zurück.

»Laß uns sofort nach Hause fahren«, sagte er.

Sie stürmten zur Tür; dann erst erinnerten sie sich wieder daran, daß sie verschlossen war.

»Das Telefon!« Rick hechtete über den Liegestuhl und griff nach dem Hörer, um die Rezeption anzurufen. »Etta kommt sofort«, sagte er, als er auflegte.

Er schlang seine Arme um sie. Dana lächelte und schmiegte sich an ihn. Was für eine Nacht! dachte sie. Was für eine wunderwundervolle Nacht! »Glaubst du, daß Etta uns vielleicht absichtlich ausgesperrt hat?«

»Warum bist du ihr gegenüber immer so argwöhnisch? Erst soll sie Debbys Ring gestohlen haben, und jetzt ... Unsinn! Sie hat lediglich eine stark ausgeprägte romantische Ader. Sie wußte doch gar nicht, daß wir auf dem Balkon waren.« Er drückte einen Kuß auf Danas Nasenspitze und wollte gerade ihre feuchten rosa Lippen küssen, als sie von einem Klopfen unterbrochen wurden. Etta winkte ihnen von der anderen Seite der Balkontüren zu.

Etwas an dem zufriedenen Blick der älteren Frau ließ ihn stutzig werden. »Aber nein. Sie würde uns doch nicht absichtlich aussperren.« Oder vielleicht doch?

RUTH JEAN DALE

Der Weckruf

1

Claire Kendall Elliott durchschritt das eindrucksvolle Foyer des Glass Garden Hotels wie eine Frau, die eine Mission zu erfüllen hatte – was auch tatsächlich der Fall war. Gekleidet in ein Kostüm, das man als »flottes kleines Deux Pièces« bezeichnen würde, und mit einer eleganten Aktentasche in einer Hand, strahlte sie förmlich Autorität und Selbstbeherrschung aus. Hinter ihr folgte ein Kofferträger mit einem teuren Reiseset mit eingravierten Monogrammen.

»Morgen, Mrs. Elliott«; »Guten Morgen, Ms. Elliott«; »Schön, Sie wiederzusehen, Mrs. Elliott.« Alle Hotelangestellten begrüßten sie mit Namen und einem freundlichen Lächeln. Claire reagierte mit einer gewissen Zurückhaltung, die ihrem ernsten Anliegen entsprach.

Ashlee, die Empfangsangestellte, die es an Attraktivität durchaus mit einer Miss America aufnehmen konnte, lächelte sie besonders herzlich an, als sie ihr ihren Zimmerschlüssel übergab. »Willkommen im Glass Garden, Ms. Elliott«, sagte sie aufgeweckt. »Wir freuen uns sehr, Sie wieder ...«

»Vielen Dank, Ashlee.« Claire übernahm zusammen mit dem Zimmerschlüssel auch das Kommando. »Chad kann meine Sachen sofort nach oben bringen.«

»Natürlich, Madam.« Ashlees Lächeln blieb unvermindert freundlich. »Möchten Sie, daß ich ...«

»Nein danke, Ashlee. Im Moment habe ich alles, was ich brauche.« Claire war bereits im Begriff zu gehen; der Hotelpage Chad folgte ihr auf den Fersen. Sie hatte keine Zeit für einen Plausch und entließ Ashlee mit einer vagen Handbewegung.

Mit festen Schritten strebte Claire zu dem Aufzug, der sie zu ihrem Ziel im Westturm bringen würde. Rechts von ihr lag der wunderschöne Garten, der dem Hotel Ruhm und Namen verschafft hatte. Sie würdigte ihn jedoch keines Blickes. Sie kannte ihn bereits, und er war schön. Beruhigend. Verlockend. Die dreistöckige Glaswand bot einen unvergleichlichen Ausblick auf den Kristallsee und seine ganzjährig ansässige Bevölkerung von gefiederten Schmarotzern.

Später würde sie reichlich Zeit haben, um in der tropischen Pracht jenes Zauberreiches für Erwachsene zu sitzen und über den Sinn des Lebens nachzudenken. Im Moment hatte sie jedoch dringende Angelegenheiten zu erledigen.

Ganz bewußt kehrte sie all der Schönheit den Rücken zu und betrat den luxuriösen Aufzug. Mit kaum verhohlener Ungeduld wartete sie auf den Pagen, der sich mit dem Kofferkarren abmühte. Endlich fuhr der Aufzug nach oben. Chad warf ihr ein Lächeln zu, das sie nicht erwiderte. »Schönes Wetter, nicht?«

Warum ließ er sie nicht in Ruhe? Konnte er denn nicht sehen, daß sie sich nur noch mühsam auf den Beinen halten konnte?

Chad seufzte und rollte mit den Augen. »Ich habe Charlie ja gleich gesagt, daß das kein Eisbrecher ist. Aber der Typ lebt ja im Wolkenkuckucksheim«, sagte er vertraulich. »Sagen Sie ihm aber nicht, daß ich Ihnen das gesagt habe. Ich will den alten Knaben nicht verletzen.«

Von ihren früheren Besuchen her wußte Claire, daß Charlie der Obermacker in der Hierarchie der Hotelpagen war. »Für dich, Chad, tue ich doch alles«, erwiderte sie trocken. Sie fragte sich, wie er wohl auf die Idee kam, daß sie mit irgend jemandem über ihn sprechen würde. Sie war eine sehr zurückhaltende Frau, die sich im Zaum hatte.

Der Aufzug kam zum Stehen, die Türen öffneten sich mit einem kaum hörbaren Flüstern. Claire trat hinaus und atmete zur Beruhigung tief ein. Jetzt war sie fast da. Sie strebte in einem Tempo weiter, das schon fast ein Trab war.

Die Tür zur Hochzeitssuite war leicht geöffnet. Sie berührte mit den Fingerspitzen das Messingschild, ehe sie eintrat. Wie immer klopfte ihr Herz erwartungsvoll, ehe es in einen ängstlichen Rhythmus umschlug. Alles war noch so wie früher: der mit Spiegeln ausgekleidete Flur mit dem rosa Marmorfußboden, ein üppiger Farn mit elegant herabhängenden Wedeln und in einer eigenen kleinen Nische die Marmorbüste von Mitsy Packard, der geliebten Frau des Hotelgründers.

Der Mann wußte offenbar, was er an ihr hatte, dachte Claire grimmig.

Mitsys Ehemann, Diamond Mike Packard, ein texanischer Rinder- und Ölmagnat, hatte 1921 dieses Hotel für seine vergötterte Frau erbaut. Als der blassen, elfenhaften Mitsy die Hitze und Luftfeuchtigkeit von Dallas zusetzten, hatte Diamond Mike höchstpersönlich Glass Garden entworfen, damit seine Angebetete den See aus dem kühlen Komfort ihres eigenen riesigen »Gewächshauses« heraus betrachten konnte.

Porträts von Mitsy – blauäugig, blond, patrizisch und mit sehr, sehr traurigem Blick – hingen wie eh und je überall im Hotel verteilt. Es war kaum zu glauben, daß ein Mann eine derart treue Ergebenheit beweisen konnte.

Claire bog rechts durch die Tür und betrat einen wunderschönen romantischen Wintergarten. Die deckenhohen Fenster erlaubten einen atemberaubenden Ausblick auf die Skyline von Dallas. Die Glastüren führten auf einen breiten, blickgeschützten Balkon, der ebenso üppig und romantisch gestaltet war.

Claire kannte bereits all die kleinen Besonderheiten. Sie kannte den Whirlpool im Badezimmer, zu dem man drei Marmorstufen emporsteigen mußte. Sie kannte das Gefühl, wenn sie, ganz wie Kleopatra, ihr dünnes Negligé auf den Boden fallen ließ, bevor sie in das dampfende Wasser stieg.

Alles war noch genauso wie vorher, von der gut gefüllten Bar bis hin zu dem mit Marmor eingefaßten Kamin mit seinem knöcheltiefen Schaffellteppich ... ein Teppich für viele Gelegenheiten. Auf eingebauten Regalen stand eine Vielzahl von alten Büchern und Kunstgegenständen, zu deren Lektüre sie in den vergangenen Jahren viel Zeit gehabt hatte. Der von ihr am wenigsten geliebte Gegenstand war eine Reproduktion von Rodins berühmter Skulptur »Der Kuß«.

Jene alberne Skulptur hatte sie immer in einem Schrank verschwinden lassen. Sie ließ ihre Handtasche und ihre Aktentasche auf einen der Korbsessel fallen, dann eilte sie den Flur entlang zum Schlafzimmer. Die wichtigen Dinge zuerst. Und zuerst ging sie immer ...

Sie stieß prompt mit dem Zimmermädchen zusammen. Etta Hannibal sah mit einem breiten, freundlichen Lächeln hinter dem Bett auf. Wie immer trug sie eine rosa Uniform mit einer Schürze. Und wie immer lächelte sie von einem Ohr zum anderen. Obwohl sie bereits Ende fünfzig oder vielleicht auch Anfang sechzig war, trug sie ihr grellblondes Haar hoch aufgetürmt. Und immer fand sich irgendwo in der vogelnestähnlichen Haarpracht ein herzförmiges Schmuckstück. Sie war Besitzerin der wohl weltweit größten Sammlung herzförmiger Schmuckstücke, von denen sie immer reichlich trug.

»Willkommen!« rief Etta in ihrer gedehnten texanischen Sprechweise. »Passen Sie auf die Stufen auf, ja?« Sie nickte in Richtung der breiten, geschwungenen Stufen, die zu dem tiefer liegenden Schlafzimmer führten. »Die dritte ist besonders schlimm.«

Als ob ich das nicht auch wüßte, dachte Claire verärgert. Es überraschte sie jedoch nicht, Etta vorzufinden. Etta und die Hochzeitssuite waren so etwas wie eine Einheit. Das Zimmermädchen der vierten Etage war hier ganz in seinem Element, denn sie war hoffnungslos romantisch und regelrecht stolz darauf, jene unter ihre Fittiche zu nehmen, die *ihre* Domäne betraten.

Himmel noch mal, sie ist ja noch besser gelaunt als letztes Jahr, dachte Claire bedrückt. Ihr wurde ganz übel.

Chad stand auf den obersten Stufen und betrachtete das mit duftendem Satin, Spitzen und glänzendem Holz ausgestattete Zimmer. »Soll ich die Koffer auf das Bett legen?« fragte er.

Claire antwortete abwesend: »Lassen Sie nur alles hier, ich ...«

»Aber ja doch«, erwiderte Etta. »Bring das Zeug hier herunter, Junge. Dann kann ich Ms. Elliotts Koffer in Windeseile auspacken.«

Claire merkte, wie ihr die Kontrolle der Situation entglitt. »Bitte bemühen Sie sich nicht extra, Etta.«

»Ist überhaupt keine Mühe für mich! Das tue ich doch gern für meine ganz *besonderen* Gäste.« Ettas vorwurfsvoller Blick ließ keine Widerrede zu. Sie klatschte in die Hände. »Sie entspannen sich jetzt. Chad kann eine der Champagnerflaschen öffnen, die ich in den Kühlschrank gestellt habe. Lassen Sie sich ruhig von uns bedienen; dafür werden wir ja schließlich bezahlt.«

Claire rang erneut mühsam um Beherrschung. Aber was soll's, sagte sie sich gleich darauf. Sie war hier. Sie hatte es geschafft. Sollte Etta ruhig die Führung übernehmen.

Sie ging zurück ins Wohnzimmer, ließ sich auf das zweisitzige Korbsofa fallen und schloß die Augen.

»Bitte schön, Ms. Elliott.«

Chad reichte ihr eine Champagnerflöte mit dem schäumenden Getränk. Sie nahm das Glas und hob es zu einem spöttischen Prosit an. »Prost«, sagte sie und spülte den Inhalt hinunter. Ah, das tat gut. Sie hielt ihm das leere Glas entgegen, und er füllte es aufs neue. Dann ließ er die Flasche in den silbernen Weinkühler gleiten und setzte beides vor ihr auf dem Rauchglastisch ab.

»Haben Sie sonst noch irgendwelche Wünsche? Sie brauchen nur zu sagen, was Sie haben möchten.«

Schön wär's, wenn meine Wünsche sich so einfach erfüllen ließen! Sie seufzte. Er war wirklich ein netter Junge. Sie sollte sich schämen, daß sie so gereizt reagiert hatte. »Nein danke, Chad.« Sie räusperte sich, um so ihre heisere Stimme zu rechtfertigen.

Er verabschiedete sich mit einem lässigen Gruß. Nach einem weiteren Glas Champagner kam Etta herein und bot erneut ihre Dienste an. Claire schüttelte den Kopf.

Etta zögerte, wie immer hilfsbereit. »Falls Sie Ihre Meinung noch ändern sollten, brauchen Sie nur zu rufen.«

Claire schluckte. Fast hätte sie sich nicht getraut zu sprechen. »K-könnten Sie das Bitte-nicht-stören-Schild vor die Tür hängen, wenn Sie gehen?«

»Aber natürlich. Sonst noch einen Wunsch?«

Claire schüttelte den Kopf.

»Ist es Ihnen zu heiß? Ich könnte die Klimaanlage höher drehen.«

Claire gab einen unbestimmten Laut von sich.

Das Zimmermädchen deutete es als ein Nein, was es auch war. »Wenn Sie zufrieden sind, sollte ich es auch sein.« Etta ging zögernd ein paar Schritte auf den Flur zu. »Möchten Sie eine Kleinigkeit zu essen zu dem Getränk? Sie hätten eigentlich vom Hotelmanagement eine Fruchtschale bekommen sollen, aber sie ist noch nicht aufgetaucht. Ich könnte Ihnen wirklich leckere ...«

Wieder schüttelte Claire den Kopf, diesmal etwas energischer.

»Nun, wenn Sie sich sicher sind ...«

Endlich waren sie alle verschwunden. Endlich war sie allein. Vorsichtig setzte sie das Glas ab, zog die Flasche aus dem Eis, kickte ihre roten, zum Kostüm passenden Schuhe von den Füßen und ging auf den Balkon hinaus, von wo aus sie den Kristallsee und die Innenstadt von Dallas überblicken konnte. Die Tränen schossen ihr so schnell in die Augen, daß der berühmte Ausblick bald verschleiert war. Prostend hob sie die Flasche.

»Einen Toast auf den Mistkerl, der mein Leben zerstört hat«, rief sie mit grimmiger Stimme. Dann trank sie einen Schluck Champagner direkt aus der Flasche.

Eine halbe Stunde später lag Claire erschöpft auf dem gepolsterten Korbliegestuhl, die Füße auf das Balkongeländer gestützt. Ihre Kostümjacke lag neben ihr auf dem Boden, ihre weiße Seidenbluse war halb geöffnet.

Ihr war es gleichgültig. Es gab niemanden im weiten Umkreis, der sie hätte sehen können.

Darauf mußte sie einen trinken. Sie hob die Champagnerflasche an die Lippen. Zu ihrer Überraschung war sie bereits halb leer. Das verdammte Zeug schien zu verdampfen. Angesichts der sehr feuchten Luft in Dallas war das allerdings merkwürdig. Das mußte sich in dem Jahr ihrer Abwesenheit geändert haben. Lauter war es auch geworden. Was, in aller Welt, klingelte denn da, wo kam das schrille Geräusch her? Ach, das Telefon.

Sie stand mühsam auf und sah sich um. Sie versuchte sich daran zu erinnern, wo das Telefon auf dem Balkon angeschlossen war. Die Hochzeitssuite hatte mehr Telefonapparate als ... ein Hund Flöhe hatte! Sie mußte über ihren eigenen Witz lachen.

Das Telefon klingelte unentwegt weiter. Sie konzentrierte sich, folgte dem Geräusch und entdeckte schließlich einen verzierten Holzkasten, der kunstvoll mit Efeu und Begonien umpflanzt war. Sie stellte die Flasche auf dem Tisch ab und fummelte an der kleinen geschnitzten Holztür herum. Es dauerte einen Moment, bis sie sie auf hatte. Sie nahm den Hörer ab und murmelte ein undeutliches »Hallo!« in den Apparat.

»Hallo, Claire«, erwiderte eine erschreckend fröhliche Stimme. »Ich bin's, Glynn.«

Claire stöhnte unterdrückt. Glynn Johnson war der einunddreißigjährige Sohn ihres Chefs bei der Tuff Tyre Corporation in New York. Darüber hinaus war er noch einiges mehr, unter anderem ihr Möchtegern-Liebhaber und ein echter Computerfreak. Er war gute einsachtzig groß, trug eine randlose Brille, und jedes seiner Hemden hatte einen Kugelschreiberfleck an der Brusttasche. Er war außerdem recht nett, auf eine jungenhafte, aufrichtige Art. Nur leider hatte er die Neigung, Claire mit seinen Aufmerksamkeiten zur Weißglut zu bringen. Aber er war so verdammt nett und rücksichtsvoll, daß sie ihn noch nicht einmal der sexuellen Belästigung hätte bezichtigen können, um ihn loszuwerden.

Sie konnte jedoch böse auf ihn sein. Und das war sie, wann immer sich eine Gelegenheit dazu bot. »Was fällt dir ein, mich hier anzurufen?« fauchte sie.

»Ich wollte nur wissen, ob du gut angekommen bist«, erwiderte Glynn, der sich von ihrem kühlen Empfang nicht beeindrucken ließ.

»Warum rollte, ich meine, sollte ich denn nicht gut angekommen sein? Glynn, du mußt wirklich damit aufhören. Ich will nicht, daß du ...«

»Aber selbstverständlich, Claire, was immer du sagst. Kann ich sonst noch irgend etwas für dich tun?«

»*Nein!* Außer, mich nicht mehr anzurufen.«

»In dem Fall sollte ich vielleicht bei dir vorbeischauen ...«

Sie legte abrupt auf. Verdammter Glynn. Verdammte Männer. Verdammter J. D. Elliott.

Sie griff nach dem Champagner, stieß dabei jedoch die Flasche um, die mit einem dumpfen Aufprall auf dem teppichbelegten Balkonfußboden landete. Die Flasche brach zwar nicht entzwei, aber als Claire sie endlich gefunden hatte, war sie leer.

Sie fluchte leise und stolperte zum Kühlschrank, um sich eine neue Flasche zu holen. Leicht war es nicht, aber sie schaffte es, sich durch das Öffnungsritual zu kämpfen: erst die Folie, dann der Draht, schließlich der Korken. Schaum trat aus dem Flaschenhals hervor, und sie leckte ihn hastig ab, um keinen Tropfen verkommen zu lassen.

Sie brauchte all den vorgetäuschten Mut, den sie aufbringen konnte. Normalerweise trank sie nur wenig, aber heute war der zwölfte August, und sie mußte sich dringend Mut antrinken, um dem dreizehnten August ins Auge zu blicken. Denn am dreizehnten August vor vier Jahren hatte sie John David Elliott, auch als »erbärmliche Laus« bekannt, nach einer intensiven Werbephase geheiratet. Sie hatten sich auf einer zehntägigen Kreuzfahrt durch die Karibik kennengelernt. Claire hatte sich den Urlaub gegönnt, weil sie gerade einen guten Job bei Tuff Tyre bekommen hatte. Und J. D. hatte gerade eine Serie über Korruption in der Politik fertiggestellt. Seine Beiträge hatten später einen der begehrtesten Journalistenpreise gewonnen: den J.-Howard-Welborne-Preis für Enthüllungsjournalismus.

Sie wußte vom ersten Augenblick an, daß sie in Schwierigkeiten steckte, und wappnete sich innerlich, um seiner Anziehungskraft zu widerstehen. Denn wenn es eines gab, was Claire überhaupt nicht interessierte, dann waren es Urlaubsromanzen. Das hatte sie bereits einmal durchgemacht, und es war nichts dabei herausgekommen. Sie hatte geglaubt, es wäre Liebe. Leider hatte sie sich geirrt.

Danach hatte sie sich bewußt dafür entschieden, ihre Karriere an die erste Stelle zu setzen und all diesen romantischen Schwachsinn zu vergessen. Mit zielstrebiger Entschlossenheit hatte sie sich in der Geschäftswelt nach oben gearbeitet, den ganzen weiten Weg von El Paso, Kalifornien, bis nach New York City. Sie hatte eine leitende Stellung und ein elegantes Büro, das sogar über ein Fenster verfügte. Als sie das Kreuzfahrtschiff betrat, war sie eine Frau, die wußte, was sie wollte.

Und sie wollte *nicht* Mr. John David Elliotts Charme verfallen, ganz gleich, wie betörend blau seine Augen auch sein mochten, wie charmant sein Lächeln, wie geistreich und witzig seine Unterhaltung.

Dann machte ihr das Schicksal einen Strich durch die Rechnung. Sie hatte auf eine bessere Kabine umgebucht und war nur zwei Türen von ihm entfernt untergekommen. Bei den Mahlzeiten wurde sie nun mehrmals täglich an denselben Tisch wie er plaziert. Sie hatte sich eines jener als Fitneßpreis vergebenen T-Shirts verdienen wollen und rannte nun jeden Morgen zwanzig entschlossene Minuten lang mit ihm über das Deck.

Die Nähe an Bord hatte sie zugänglicher gemacht, ohne Zweifel. Aber wären sie nicht in einen jener dramatischen karibischen Stürme geraten, dann wäre sie todsicher nicht mit ihm im Bett gelandet.

Bis zu ihrem letzten Atemzug würde sie sich in aller Deutlichkeit an die Ereignisse erinnern, die zu ihrem Fall geführt hatten. Den Auftakt zu dem Drama bildete das schwere Stampfen und Schlingern des großen Schiffes, während es sich seinen Weg durch die aufgewühlte See bahnte. Claire war nicht seekrank, obwohl es die meisten Passagiere erwischt hatte. Aber sie hatte das Gefühl, die Kontrolle verloren zu haben; ein seltenes Vorkommnis, das sie immer beunruhigte. Ihre Knie zitterten, ihr war schwindlig, und sie befürchtete, jeden Moment über Bord zu gehen.

So war es unvermeidlich, daß J. D. aus dem Nichts auftauchte und einen stützenden Arm um ihre Taille legte. »Hey«, sagte er besorgt. »Alles in Ordnung?«

»N-nein«, erwiderte sie. »Überhaupt nicht.« Für sie war das bereits ein unglaubliches Zugeständnis. »Könntest du mich vielleicht ... zur Kabine zurückbringen und mich so lange einschließen, bis der Sturm vorbei ist?«

»Für dich«, entgegnete er großspurig, »tue ich doch alles.«

Sie lächelte säuerlich, war aber doch froh, daß sie sich auf seinen starken Arm stützen und von ihm die breite Treppe heruntergeleiten lassen konnte. Mit seiner Hilfe schaffte sie es sogar den engen Flur hinunter, ohne von einer Seite zur anderen zu schwanken. Vor ihrer Kabinentür holte sie ihren Schlüssel aus der kleinen Abendtasche. Er nahm ihn ihr aus den zitternden Fingern und öffnete für sie.

Die Tür ihrer Kabine schwang auf, und sie stolperte hinein. Sie erinnerte sich an seine Stimme in ihrem Rücken: »Gibt es noch irgend etwas, was Mylady benötigt?«

Mylady, die charmante Art der Anrede, die die liebenswürdige und aufmerksame jamaikanische Besatzung benutzte. Sie klammerte sich an den Frisiertisch und versuchte zu lächeln.

Genau in dem Moment bäumte sich das Schiff auf und schien dann in ein Loch zu fallen. Der unerwartete Aufprall auf die Wellen katapultierte J. D. in die Kabine und in Claires Arme. Noch bevor sie wußten, wie ihnen geschah, waren sie durch die halbe Kabine gestolpert und landeten auf Claires Bett, während hinter ihnen die Tür zuknallte.

Claire lag flach auf dem Rücken, J. D. lag auf ihr. Sie spürte seine starke Brust auf ihren Brüsten, seine Hüftknochen preßten sich gegen ihre. Er atmete schwer und sah mit einem dem Wetter entsprechenden stürmischen Blick auf sie herab. »Ich hätte es nicht besser planen können«, murmelte er und bewegte seine Hüften auf ihr. »Hör auf!« Sie versuchte sich zu befreien, was die Sache nur noch verschlimmerte. Oder verbesserte, je nachdem, wie man die Sache betrachtete. Sie zappelte noch ein wenig und sagte dann: »Ich brauche das hier nicht!«

»Nein, natürlich nicht.« Er küßte ihr Kinn. »Wer braucht das schon?«

Offenbar mußte sie noch deutlicher werden. »Ich meine es ernst«, sagte sie. Sie schlang ihre Hände um seinen Hals und vergrub ihre Finger in seinem dichten braunen Haar, das sich in seinem Nacken lockte. Und sie klammerte sich an ihn, während sie sich des schlingernden Schiffes, ihres klopfenden Herzens und seines keuchenden Atems bewußt war. »Ich schlafe nicht gleich mit jedem, falls du diesen Eindruck gewonnen haben solltest«, fügte sie verzweifelt hinzu.

»Nein, natürlich nicht.« Er schob ihr weiches Kleid über eine Schulter herab und drückte hastig kleine Küsse auf ihr Schlüsselbein und ihre Schulter. »Wer macht das schon?«

Sie stöhnte. »Verdammt noch mal, J. D., genau diese Situation habe ich während der gesamten Kreuzfahrt zu vermeiden versucht. Ich bin nicht so einfach herumzukriegen. Und wenn du noch einmal ›aber natürlich nicht‹ sagst, dann werde ich dich umbringen.«

»Himmel noch mal, Claire, du bist wirklich schwierig.« Das Kleid war, so weit es ging, heruntergezogen, jetzt öffnete er die Knöpfe. »Wahrscheinlich die schwierigste Frau, die ich jemals ... der ich jemals etwas näher gekommen bin. Schwierig und aufregend und ... intelligent ... und wunderbar ...«

Sie erinnerte sich daran, daß sie leicht ihr Gewicht verlagert hatte, um für seine Finger Platz zu machen, obwohl sie das gar nicht beabsichtigt hatte. Das Kleid rutschte ihr bis zur Taille herab. Er streichelte hungrig die runden Kurven ihrer Brüste.

Sie stöhnte und schloß die Augen. »Aber du lebst doch in Kalifornien!« rief sie.

»Ich weiß, wo ich lebe«, murmelte er mit suchenden Lippen. »Macht es dir etwas aus, wenn ich in den nächsten paar Minuten nichts sage? Ich kann zwar herumlaufen und gleichzeitig Kaugummi kauen, aber ich weiß nicht, ob ich ... reden kann und ... gleichzeitig Liebe machen kann ...« Wie sich herausstellte, konnte er es, die ganzen folgenden drei Tage bis Puerto Rico.

Dort endete die Kreuzfahrt, nicht aber ihre Beziehung. Sie hatten einander ja gerade erst gefunden und konnten sich einfach nicht voneinander trennen. Sie hatten die letzten gemeinsamen vierundzwanzig Stunden auf dem Schiff fest umschlungen mit einem Bitte-nicht-stören-Schild an der Tür verbracht. Das war eine ziemlich erbärmliche Art, den Mut aufzubringen, um einander Lebewohl zu sagen. Wie sich herausstellte, war es ganz und gar unmöglich.

Aus diesem Grund suchten sie sich einen Ort ungefähr in der Mitte zwischen Kalifornien und New York, um dort zu heiraten.

Dieser Ort war Dallas, wo sie in dem berühmten Glass Garden Hotel ihre Flitterwochen verbrachten – und was für wundervolle Flitterwochen! Erst am allerletzten Tag waren sie überhaupt dazu gekommen, über ihre Zukunft zu sprechen.

Schon bald hatte sich jedoch herausgestellt, daß sie – Ehe hin, Ehe her – keine gemeinsame Zukunft hatten. Das war jedoch nur der Anfang ihrer Auseinandersetzungen. Claire, die strebsam und ehrgeizig war, wollte ihren Traumjob in New York antreten, während J. D. eher abgeklärt und lässig und seit Generationen in Kalifornien ansässig, sich einen anderen Wohnort überhaupt nicht vorstellen konnte.

Sie kamen niemals wirklich über die bittere Erkenntnis hinaus, daß keiner von ihnen zu einem Kompromiß bereit war, was die Geographie betraf. Danach hatten sie sich noch ein paarmal getroffen. Es waren kurze Begegnungen gewesen, bei denen außer schweißtreibendem Sex – durchaus nicht zu verachten, aber für eine Ehe bei weitem nicht ausreichend – sich wenig abgespielt hatte. Sechs Monate, nachdem sie den Bund fürs Leben eingegangen waren, hatten sie sich auf eine einvernehmliche, »freundschaftliche« Scheidung geeinigt. Claire hatte diesbezüglich allerdings nicht gerade freundschaftliche Gefühle gehegt. Seitdem hatte sie verzweifelt versucht, ihrem Leben eine neue Richtung zu geben, wenn auch nur mit wenig Erfolg.

J. D. gekannt und geliebt zu haben schien sie anderen Männern gegenüber unempfänglich zu machen. Jeder Mann, den sie seitdem kennengelernt hatte, hatte dem Vergleich mit ihm einfach nicht standgehalten. Als ihr erster Hochzeitstag sich näherte, wurde sie so schwermütig, daß sie, einem Impuls folgend, nach Dallas flog. Dort hatte sie fünf Tage mit dem Bitte-nicht-stören-Schild vor der Tür verbracht. Sie hatte ihre Vergangenheit verarbeiten und hinter sich bringen wollen.

Ihr Versuch hatte jedoch genau das Gegenteil bewirkt: Die Erinnerung an J. D war bei ihrer Abfahrt jedesmal viel stärker als bei ihrer Ankunft. Da sie aber eine knallharte Karrierefrau war, ließ sie nicht locker. Seither hatte sie jedes Jahr ihren »Hochzeitstag« allein im Glass Garden Hotel verbracht, in ihren Champagner geweint und sich geschworen, daß dieses Mal endgültig das letzte Mal sein würde.

Vielleicht sollte ich Glynn Johnson endlich eine Chance geben, dachte sie und starrte auf die Champagnerflasche. Als er sie dazu hatte überreden wollen, gemeinsam mit ihr nach Dallas zu fliegen, hätte sie vielleicht ja sagen sollen.

Oder vielleicht hätte sie gar nicht hierherkommen sollen.

Dies ist wirklich das allerletzte Mal, schwor sie sich. Das absolut letzte Mal, daß ich das hier tue. Genug ist genug. Es war höchste Zeit, daß sie ein neues Leben begann. Ihre biologische Uhr tickte bereits. Mit vierunddreißig Jahren tickte sie sogar schon ziemlich laut.

Sogar die Hotelangestellten schienen etwas von ihrem neuen Entschluß zu ahnen, denn nicht einer von ihnen hatte gefragt, ob Mr. Elliott wohl noch nachkommen würde. Anders als in den vergangenen Jahren hatte dieses Mal keiner seinen Namen erwähnt. Gut so!

Schniefend hob sie die Champagnerflasche auf, stolperte ins Badezimmer und drehte den Whirlpool auf. Dieses Mal würde das letzte Mal sein.

Wenn sie diesmal das Glass Garden Hotel verließ, würde sie vergessen haben, daß sie einen Mr. John David Elliott überhaupt jemals *gekannt* hatte.

Währenddessen trug sich Mr. John David Elliott gerade mit einem höchst eigenen Vorhaben im Sinn in das Gästebuch des Glass Garden Hotels ein.

2

J. D. sah sich fast ehrfürchtig im Foyer des Glass Garden Hotels um. Es war noch genau so, wie er es in Erinnerung hatte. Und er konnte sich besser daran erinnern als an seine Wohnung in San Francisco, die er bereits seit zehn Jahren sein Zuhause nannte. Manche Dinge veränderten sich anscheinend nie.

Leider.

Der Geschäftsmann vor ihm hatte seine Dinge erledigt und trat zur Seite. J. D. ging auf die Rezeption zu und wurde von dem warmen Lächeln einer blonden, blauäugigen Schönheitskönigin begrüßt.

»Ashlee« stand auf ihrem Namensschild. Einer der vielen Modenamen, die mit »ee« endeten: Ashlee, Courtnee, Kellee, Kristee und J. D.s Lieblingsname Chutnee.

»Na, wie geht's, Ash«, sagte er jovial, um seine innere Unruhe zu überspielen. »Ich habe reserviert. Elliott ist mein Name.«

»Ach, Mr. *Elliott*!«

Ihr Lächeln wurde noch strahlender.

Sie fuhr fort: »Wir haben Sie schon erwartet. Willkommen im Glass Garden Hotel, Mr. Elliott.« Sie schnippte mit den Fingern. »Chad!«

Ein langhaariger, sonnengebräunter junger Mann in grauer Pagenuniform eilte herbei. Er war einer jener schlaksigen, mit nicht allzu großer Intelligenz ausgestatteten jungen Männer, denen man an jedem kalifornischen Strand und jeder Promenade begegnete.

»Das ist Mr. *Elliott* , Chad«, sagte Ashlee und betonte den Namen so, als ob er wirklich von größter Bedeutung sei. »Wenn Sie hier noch unterschreiben, Mr. Elliott. Chad bringt Ihre Sachen dann sofort nach oben.«

Chad grinste. »Willkommen im Glass Garden Hotel!« sagte er und salutierte zackig.

J. D. konnte sich noch von seinen Flitterwochen her vage an die Freundlichkeit der Angestellten erinnern; das hier erschien ihm jedoch etwas übertrieben. Aber während seines ersten und einzigen Aufenthalts hier hatte seine Aufmerksamkeit ja auch ganz anderen Dingen gegolten.

Nach kurzem Zögern unterschrieb er mit *Mr. und Mrs. J. D. Elliott, San Francisco*, und hoffte, daß Gott ihm die Lüge verzeihen möge.

Zugegeben, er war schwach, aber es war nicht nur seine Schuld. Die Frauen waren schon immer hinter ihm hergewesen – alle bis auf seine Ex-Frau. Vielleicht war es ja auch ihre kühle Reserviertheit gewesen, die ihn überhaupt erst angezogen hatte. Nachdem seine Ehe gescheitert war, wurde die Sache nur noch schlimmer. Hinter jeder Ecke lauerten mögliche Kandidatinnen. Dennoch konnte er sich für keine wirklich erwärmen – oder noch genauer gesagt: Er hatte seit seiner Scheidung mit keiner Frau mehr geschlafen. Das schien ihm allerdings schon mindestens zwanzig Jahre zurückzuliegen. Was für ein erbärmliches Leben für einen erwachsenen Mann, dachte er voller Selbstmitleid, als er den Kugelschreiber ablegte und den Schlüssel von einer immer noch lächelnden Ashlee in Empfang nahm. Dieser Zustand sollte sich aber dank der unnachgiebigen Ramona Daniels schon sehr bald ändern.

Ramona war ihm auf den Fersen, seitdem sie vor zwei Jahren der Redaktion des »San Francisco Evening Star« beigetreten war. Als sich der gefürchtete dreizehnte August näherte, hatte J. D. die kaltblütige Entscheidung getroffen, sich von ihr einfangen zu lassen. Auf diese Weise wollte er die Erinnerungen an Claire ein für allemal auslöschen.

Aus diesem Grunde hatte er auch die Hochzeitssuite gebucht und Mona eingeladen, ihm am nächsten Tag zu folgen. Und deshalb zitterte auch seine Hand, als er sich im Hotel eintrug.

J. D. Elliott war im Begriff, sein Leben in die Hand zu nehmen und die Erinnerungen zu beerdigen.

Chad stellte das Gepäck im Flur der Hochzeitssuite ab, nahm ein ansehnliches Trinkgeld entgegen und ging. J. D. stand einen Moment lang vollkommen verzaubert da.

Alles war noch genauso, wie er es in Erinnerung hatte, von den verspiegelten Wänden bis hin zu der Marmorstatuette von Mitsy Packard, der traurigsten Dame, die er jemals gesehen hatte. Er machte zögernd einen Schritt vorwärts. Ja, alles war noch genauso ... nur daß keine warme, freudig strahlende Frau darauf wartete, sich in seine Arme zu stürzen. Vielleicht war es doch kein so guter Einfall gewesen, einen Tag vor Mona anzureisen. Viel zu viel Zeit, um nachzudenken ...

Er riß sich zusammen. Schießlich war er ein Mann mit eisernem Willen. Er würde nicht tatenlos herumhängen; er würde sich beschäftigen, um sich abzulenken. Er griff nach seinem einzigen Koffer, ging ins Wohnzimmer und stellte ihn auf dem grün und rosa gemusterten Teppich ab. Mit Energie und Entschlossenheit wählte er die Nummer der Rezeption, um sich am nächsten Morgen um sechs wecken zu lassen.

Ja, er würde sich beschäftigen. Er würde noch vor dem Frühstück ein paarmal um den Kristallsee joggen, vor dem Mittagessen ein paar Runden Handball spielen und vor dem Abendessen ein paar Bahnen schwimmen. Er würde jeden Abend mit Mona bis in die frühen Morgenstunden hinein tanzen. Plötzlich waren auf dem dicken Teppich unverkennbar gedämpfte Schritte zu hören, die ihn abrupt aus seiner Gedankenversunkenheit rissen. Er wandte sich um und erstarrte zur Salzsäule bei dem Anblick, der sich ihm bot.

Claire stand im Türrahmen. Sie war mit einem noch nicht einmal knielangen Hotelbademantel bekleidet, in der Hand eine Champagnerflasche. Ihr kurzes, nasses Haar umrahmte ihr hübsches Gesicht. Ihre großen braunen Augen hatten einen absolut verblüfften Ausdruck.

Trotz seines Schrecks sah sie in seinen Augen schöner denn je aus: sexy und weich und fraulich.

Die letzten beiden Eigenschaften hätte er ihr normalerweise nicht zugesprochen.

»Was, um alles in der Welt, machst du denn hier?« fragten sie wie aus einem Munde. »Ich habe dich zuerst gefragt«, antworteten beide ebenfalls gleichzeitig.

Claire war durch den Schreck über das unerwartete Wiedersehen mit dem Mann, der ihr das Herz gebrochen hatte, ganz fahl geworden. Sie starrte ihn mit einer Sehnsucht an, die sie sich selbst nicht eingestehen wollte. Er sah wunderbar aus: ein Meter neunzig braungebrannter kalifornischer Sex-Appeal mit wirren braunen Haaren und betörend blauen Augen, die all ihre Vorsätze augenblicklich dahinschmelzen ließen.

Die Situation war vollkommen verrückt. Ihre Gefühle, noch verstärkt durch den Champagner, den sie getrunken hatte, lagen so ungewöhnlich nahe an der Oberfläche, daß sie entweder lachen oder weinen würde.

Da sie jedoch Claire war – eine Frau, die Tränen für eine weibliche Schwäche hielt, die es zu bekämpfen galt –, entschied sie sich, besser zu lachen.

Jetzt verstand sie auf einmal, warum keiner der Angestellten sie nach J. D. gefragt hatte, wie sie es die vergangenen Jahre über getan hatten. Dieses Jahr dachten alle, daß er kommen würde! Aber warum war er denn gekommen?

Plötzlich wurde sie sich bewußt, daß sie unter dem Bademantel außer ihrer nackten Haut nichts trug. Sie hörte auf zu lachen und schlang den Mantel enger um sich. »Was, um Himmels willen, tust du denn hier?« brachte sie mühsam hervor.

»Ich ... äh, also ... ich dachte ... es schien mir eine gute Idee zu ...« stotterte er und hielt dann stirnrunzelnd inne. »Moment mal, was machst *du* denn hier?«

»Ich habe dich zuerst gefragt.«

»Das ist doch nebensächlich. Zuerst oder nicht zuerst, was macht das schon für einen Unterschied?«

»Also, das ist doch ... ich sehe nicht ein ... ach was, das geht dich überhaupt nichts ...« Vollkommen durcheinander wandte sie sich um und ging Richtung Schlafzimmer.

Er lief ihr nach, worauf Claire hektisch zu ihm herumfuhr. »Was fällt dir ein? Wo willst du hin?«

»Ich komme mit dir ins Schlafzimmer. Wie sollen wir das hier denn klarstellen, wenn wir in zwei verschiedenen Zimmern sind?«

»Ach so, na, in dem Fall ...« Sie drehte sich auf dem Absatz um. Mit gesenktem Blick kehrte sie wieder ins Wohnzimmer zurück.

Sie stellte die Flasche auf dem Tischrand ab, ließ sich auf einen Korbsessel fallen und zog die Knie hoch. Das Baumwollmaterial glitt von ihren Schenkeln herab. Sie versuchte, die beiden Stoffenden zusammenzuhalten, allerdings mit wenig Erfolg.

Als sie zu ihm aufsah, starrte er ihre Schenkel mit einem recht merkwürdigen Gesichtsausdruck an. Sie deutete seinen Blick als eine Mischung aus Ungläubigkeit und lustvoller Erinnerung. Nun, sie konnte es nicht ändern. Warum sollte sie auch? Er hatte ja schon mehr von ihr gesehen, nur daß es schon lange her war. Sie hob trotzig das Kinn, entschlossen, sich nicht unterkriegen zu lassen.

Er räusperte sich, sah ihr in die Augen. Dann zuckte er mit den Schultern, als wüßte er, daß sie ihn dabei ertappt hatte, wie er sie anstarrte, und als kümmerte es ihn nicht. Er ließ sich auf das Sofa fallen und stieg wieder in den Ring. »Du wolltest mir gerade erläutern, was du hier machst«, erinnerte er sie mit leicht heiserer Stimme.

»Ach so. Tja, da gibt es nicht viel zu erklären. Ich mag Dallas nun mal sehr, habe es schon immer gemocht. Ich mag das Hotel ...«

»Magst du Hochzeitssuiten ganz allgemein, oder magst du speziell diese hier?«

»Ich mag Ruhe und Ungestörtheit«, erwiderte sie und fühlte, wie sie rot wurde. »Zumindest dachte ich, daß ich hier meine Ruhe haben würde. Es soll sogar ein Bitte-nicht-stören-Schild an meiner Tür hängen. Und welche Ausrede hast du?« Ein ernüchternder, sogar sehr ernüchternder Gedanke schoß ihr durch den Kopf. »Bist du wieder verheiratet?« stieß sie hervor.

Er blickte auf die Fußspitzen seiner ledernen Turnschuhe. »Nein«, sagte er zögernd, »aber ...«

Allmählich dämmerte ihr die Erkenntnis. Schockiert und entrüstet fragte sie: »Du triffst dich hier mit einer anderen Frau? Hier, wo wir unsere Flitterwochen verbracht haben?« Sie schnellte ungeachtet des auseinanderklaffenden Bademantels auf die Füße. »Wie kann man nur so unsensibel sein?« Sie wischte sich mit beiden Händen die Haare aus dem Gesicht. »Das ist ja wohl der absolute Gipfel!«

»Ziehe bitte keine voreiligen Schlußfolgerungen.« Er rutschte unbehaglich auf den blumengemusterten Kissen hin und her und sah zutiefst beleidigt aus. »Mach mal einen Punkt. Wofür hältst du mich eigentlich? Halt, nein, beantworte das lieber nicht.«

»Warum bist du dann hier?«

»Ich ... ich ...« Er schluckte. »Ich habe hier einen Auftrag zu erledigen.«

Erleichtert sank sie in die Kissen zurück, obwohl ihr augenblicklich Zweifel kamen, was den Wahrheitsgehalt seiner Erklärung betraf.

»Auftrag?«

»Richtig. Ich bin beruflich hier, für die Zeitung. Die Hotels sind alle voll. Irgendwo muß eine große Konferenz oder so etwas stattfinden. Überall wichtige Leute.«

»Ach ja? Mir ist gar nichts Ungewöhnliches aufgefallen.«

»Aber doch, riesige Meute, riesig. Kein Hotelzimmer mehr zu bekommen, außer dieser Suite ...«

»Die ist leider auch nicht mehr frei!« Sie beugte sich nach

vorn. Dann merkte sie, daß ihr Mantel bis zur Taille offenstand und zog ihn wieder fest.

»Ich hatte aber angenommen, daß sie frei sei.« Er befeuchtete seine Lippen mit der Zungenspitze. »Hier handelt es sich offensichtlich um ein Kommunikationsproblem. Das Hotel hat vermutlich angenommen, daß wir ...« Er deutete mit dem Finger auf sie beide. »... zusammen sind. Vielleicht wußten sie gar nicht, daß wir nicht mehr verheiratet sind. Ich jedenfalls habe es ihnen nicht mitgeteilt, du etwa?«

»Ich gehöre nicht zu den Leuten, die ihre Privatangelegenheiten mit Hotelangestellten diskutieren«, platzte sie heraus.

»Du vertraust ohnehin kaum jemandem irgend etwas an, wenn ich mich recht erinnere.«

Seine Bemerkung traf sie wie ein Schlag unter die Gürtellinie, deshalb schlug sie zurück. »Das sagst du nur, weil du ein professioneller Schnüffler bist. Du nimmst doch überhaupt keine Rücksicht auf die Privatsphäre anderer.«

»In deinem Fall handelt es sich nicht um Privatsphäre, sondern um Heimlichtuerei.«

Jetzt stritten sie sich bereits wieder wegen nichtiger Kleinigkeiten! Ihr dämmerte. »Beruflich, sagtest du?« bohrte sie weiter.

»Richtig.« Er hob den Kopf und sah sie mit betont aufrichtiger Miene an. Es war vermutlich genau die Miene, mit der er einen Informanten aufforderte, sich ihm »anzuvertrauen«.

»Lügner«, murmelte sie.

Er schnellte hoch, als hätte sie ihn angespuckt. »Nicht in diesem Ton«, verlangte er würdevoll. »Meine Erklärung scheint mir wesentlich einleuchtender als deine. Ich jedenfalls bin wegen beruflicher Pflichten hier.«

Sie glaubte ihm kein Wort. Sie war überzeugt, daß er sich hier mit einer anderen Frau traf. Und sie wollte verflucht sein, wenn sie sich anmerken lassen würde, daß es ihr etwas ausmachte. Eher würde sie sich die Zunge abbeißen, als zuzugeben, wie sehr es sie auch nach all der Zeit noch schmerzte, ihn mit jemand anderem zu sehen.

»Wie der Zufall es will«, bemerkte sie mit erhobenem Kinn, »treffe auch ich mich mit jemandem, einem Freund.«

»Ein Mann?« Er blickte sich hastig im Zimmer um, als ob er hinter den Topfpflanzen oder den schweren Vorhängen einen Zuschauer vermutete. Als er niemanden finden konnte, wandte er sich spöttisch lächelnd ihr zu. »Ja, klar doch.«

Wagte es der Mann auch noch, sie als Lügnerin hinzustellen! »Es stimmt«, spann sie die Lüge weiter. »Er wird morgen ankommen. Nach unserer Trennung habe ich mir schließlich weder die Pulsadern aufgeschnitten, noch bin ich ins Kloster gegangen. Ich hatte alle möglichen Flirts, weißt du. Aber jetzt glaube ich, d-daß ich den R-Richtigen gefunden habe.«

Noch bevor er in schallendes Gelächter ausbrach, wußte sie, daß er ihr kein Wort abnahm.

»Der Richtige, wie? Daß ich nicht lache! Der einzige Flirt, den du kennst, heißt Karriere. Für eine romantische Beziehung hattest du doch niemals die Zeit. Verdammt, an mich bist du ja auch nur versehentlich geraten. Und nun willst du mir etwa weismachen, daß du dich geändert hast? Ha!«

»Mir ist es vollkommen gleichgültig, ob du mir glaubst oder nicht.«

»Ach ja?« Sein Kinn streckte sich streitsüchtig nach vorn. »Überzeuge mich«, forderte er sie heraus. »Wer ist der Mann der Männer, dem du die Ehre erweist?«

Ja, wer? »Er ist …« Unsicher biß sie sich auf die Lippe. »Warum sollte ich dir von ihm erzählen?« brach sie schließlich hervor. »Ich lasse mich nicht von dir schikanieren.«

»Ich? Ich schikaniere *dich*?«

»Ach, laß mich doch in Ruhe.« Sie ließ sich gegen die Kissen fallen und versuchte, ihre Gedanken zu sammeln, um ihre Lüge zu untermauern.

»Warum fällt es mir bloß so schwer, dir zu glauben? Laß uns

doch mal überlegen, welche Gründe es für deinen Aufenthalt hier geben könnte. Ich hab's! Du hast ein Vorstellungsgespräch. Was hast du vor, willst du die Schönheitskönigin von Texas werden? Ich kann mir nicht vorstellen, daß du für irgend etwas Geringeres New York verlassen würdest.«

Zur Hölle mit ihm! Er hatte kein Recht, hier hereinzustolpern und sie zu all diesen Lügen praktisch zu zwingen. Weil sie sich jedoch verteidigen mußte, sagte sie: »Er heißt Glynn Johnson und ist der Sohn meines Chefs. Er ist ein sehr ...«

»Ah!« J. D. setzte sich auf. »Der Sohn des Chefs. Ein klarer Fall von sexueller Belästigung am Arbeitsplatz. Ich habe ein paar Artikel darüber geschrieben und weiß, wovon ich rede. Hat Daddy dich wie ein hübsches kleines Spielzeug vor Juniors Nase baumeln lassen? Oder hat er ...«

»Ich bin niemandes sexuelles Spielobjekt«, erwiderte sie erregt. »Und kein Mensch wird es wagen, mich irgendwem vor die Nase zu halten. Glynn arbeitet noch nicht einmal bei Tuff Tyre. Er arbeitet als Ingenieur bei einer anderen großen Firma, die sich ...«

Sie hielt inne und starrte ihren Ex-Mann unverwandt an. »Ich bin ich keiner Weise verpflichtet, dir hierüber Rechenschaft abzulegen. Es genügt wohl vollauf, wenn ich sage, daß ich seit unserer Scheidung von Männern praktisch belagert werde. Ich habe mir Glynn ausgesucht. Er wird morgen hier sein. Dann ... nun, wir werden sehen, was daraus wird.«

»Liebst du ihn?«

»Das geht dich nichts an!«

»Dann liebst du ihn also nicht. Ich bin entsetzt, Claire«, sagte J. D. und sah auch tatsächlich so aus. »Wirklich und ehrlich entsetzt, daß du dich in unserer Hochzeitssuite mit einem anderen Mann eingemietet hast, den du noch nicht einmal liebst. Und da beschuldigst du *mich*, unsensibel zu sein.«

»Du hättest auch nicht hier sein und es sehen sollen!« Sie warf abwehrbereit die Hände hoch. »Du mußt dir ohnehin ein anderes Zimmer suchen. Warum gehst du nicht einfach in ein anderes Hotel und schonst unser beider Nerven?«

»Ich sehe überhaupt nicht ein, warum ich derjenige sein sollte, der sich ein anderes Zimmer suchen muß.«

»Sei doch vernünftig, J. D.« Sie konnte selbst kaum glauben, daß sie sich aufs Bitten verlegt hatte. »Keiner von uns beiden würde sich wohl dabei fühlen, wenn wir im selben Hotel wohnen würden.«

Er wollte gerade widersprechen, unterließ es dann aber. »Also gut«, sagte er. »Wenn du wirklich so darüber denkst.« Er sprang mit funkelnden blauen Augen auf. Hastig bückte er sich, hob seinen Koffer auf und lief ärgerlich zur Tür.

Claire hielt den Atem an. Er ging! Trotz ihrer panischen Reaktion darauf, ihn nach so langer Zeit wiederzusehen, hatte sie einen kühlen Kopf bewahrt und gewonnen. *Danke, lieber Gott. Danke, danke, danke.*

J. D. hielt inne. »Einen Moment mal.« Er stellte den Koffer wieder ab, atmete tief durch und wandte sich um. Seine Stirn war gerunzelt wie die eines Mannes, dem gerade ein Licht aufgegangen war. »Ich gehe nirgendwohin. Dies ist das Zimmer, das ich reserviert habe, und es ist auch genau das Zimmer, das ich haben will.«

»Ich war zuerst da!«

»Na und?«

»Raus mit dir!«

»Warum sollte ich? Was habe ich davon, außer daß ich mich um eine neue Unterkunft kümmern muß? Nein, da bleibe ich lieber.«

Sie fühlte sich den Tränen nahe und vollkommen durcheinander und überdreht. Sie hätte nicht so viel von dem verdammten Champagner trinken sollen! Genau, der Champagner war schuld daran. Nicht der Mann; nein, bitte, laß nicht den Mann die Ursache sein! »John David Elliott«, sagte sie mit bebender Stimme, »du bist kein Gentleman.«

»Dann sind wir ja quitt, denn du bist keine Lady, Claire Kendall Elliott. Ich habe dasselbe Anrecht auf unser kleines Liebesnest wie du.«

Sie stöhnte. Innerhalb weniger Minuten waren sie in eine Sackgasse geraten. Ein Spiegelbild ihrer Ehe.

Sie funkelten sich gegenseitig grimmig an. Eigentlich waren ihre Differenzen immer eher unbedeutender Natur gewesen, die jedoch starke Auswirkungen gehabt hatten. Besonders, weil sie beide starrsinnige Menschen waren, die es nie gelernt hatten, nachzugeben.

Vielleicht hätten sie eine Ewigkeit dagestanden, hätte nicht die Türklingel einen neuen Störenfried angekündigt. Claire zuckte zusammen. Die Klingel im Glass Garden Hotel sagte nicht einfach »Ding-Dong«, wie es die Klingeln überall sonst auf der Welt taten, sondern sang die ersten Takte der Titelmelodie aus »Doktor Schiwago«. Ein ganz unverhohlener Versuch, die Gefühle zu manipulieren. Und ein erfolgreicher obendrein. Tränen stiegen ihr in die Augen. Sie blinzelte heftig, um sie zurückzudrängen.

J. D.s Augen wurden schmal. »Wer immer das auch sein mag, ich werde ihn abwimmeln, damit wir die Sache ausdiskutieren können.« Er verschwand im Flur.

Claire stieß einen tiefen Seufzer aus. Jeder Muskel ihres Körpers zitterte vor Anstrengung. Warum hatte sie ihn angelogen? Sie haßte es zu lügen und log nur, wenn sie mit dem Rücken zur Wand stand. Und dann log sie schlecht. Aber wie hätte sie ihm denn den eigentlichen Grund ihres Aufenthalts hier anvertrauen können? Sie konnte ihm doch nicht erzählen, daß sie niemals über ihn hinweggekommen war; daß sie jedes Jahr zum Tatort zurückpilgerte in dem verzweifelten Versuch, J. D. aus ihrem Herzen und ihrer Erinnerung zu verbannen.

Andererseits war er ihr gegenüber auch nicht ehrlicher, als sie es war. Beruflich, dachte sie wütend. *Wenn der sich hier nicht mit irgendeinem kleinen Flittchen trifft, dann heiße ich …*

»Mrs. Elliott, schauen Sie mal, was ich hier habe!« Etta Hannibal, ein Wirbelwind aus Texas in rosa Uniform und mit einem herzförmigen, auf ihre Brust gepinnten Tuch, rauschte in die Suite. In der einen Hand hielt sie einen riesigen Früchtekorb, in der anderen ein ebenso beeindruckendes Blumenarrangement, das vornehmlich aus Paradiesblumen bestand.

»Mit freundlichen Grüßen von der Hoteldirektion«, verkündete sie und stellte beides auf den Sofatisch. Sie stützte beide Hände auf die kräftigen Hüften und strahlte über das ganze Gesicht. »Ich kann Ihnen gar nicht sagen, wie es mich freut, Sie hier wieder einmal beide zusammen zu sehen!«

J. D. trat von einem Fuß auf den anderen und wirkte genauso betreten wie Claire. »Sie sind Etta, richtig?« Als sie nickte, fuhr er fort. »Etta, es ist nicht ganz so ...«

Das Zimmermädchen unterbrach ihn: »Ich bin lange genug im Flitterwochengeschäft, um zu wissen, daß auf dem Meer der Liebe das Segeln nicht immer einfach ist ...«

»Genau«, fiel ihr Claire eifrig ins Wort. »Und wenn zwei Menschen ...«

»... sich wirklich lieben, dann gibt es für sie keine unüberwindbaren Hindernisse.« Etta beugte sich zu den Blumen und richtete eine große Blüte auf, die beinahe herausgefallen wäre. »Entspannen Sie sich, und überlassen Sie sich dem Geschehen. Wenn eine Ehe in meiner Hochzeitssuite im Glass Garden Hotel beginnt, dann haben Sie darauf eine lebenslange Garantie. Das verspreche ich Ihnen.«

Schön wär's, dachte Claire, und ihr Herz zog sich plötzlich schmerzlich zusammen. Wenn es doch nur so einfach wäre!

»Was kann ich sonst noch für Sie tun?« fuhr Etta in ihrem schleppenden Akzent fort. Sie blickte auf ihre herzförmige Armbanduhr. »Schon bald sechs Uhr. Wie steht es mit dem Abendessen? Wollen Sie ausgehen oder auf dem Zimmer essen?«

Noch bevor einer der beiden antworten konnte, schlug sich

Etta mit der Hand an die Stirn. »Ich Dummkopf! Natürlich wollen Sie im Terrassenrestaurant essen wie bei Ihren ersten Flitterwochen. Lassen Sie mich kurz anrufen.«

Ersten Flitterwochen? Claires panischer Blick kreuzte den von J. D., der hilflos mit den Schultern zuckte. Von den »ersten Flitterwochen« zu sprechen bedeutete, daß sie jetzt die »zweiten« hier verbrachten. Nichts konnte weiter von der Wahrheit entfernt sein.

Erinnerungen an diese »ersten« Flitterwochen weckten in Claire Gefühle, denen sie sich nie wieder hatte stellen wollen. Zur Hölle mit J. D.! Warum mußte er auch hier aufkreuzen, wenn er nicht willkommen war! Es war alles nur seine Schuld.

Etta hielt die Sprechmuschel des Telefons mit einer beringten Hand zu. »Das Restaurant ist so intim, genau richtig für ein romantisches Tête-à-tête.« Sie wandte sich wieder dem Telefon zu. »Richtig, Mr. und Mrs. Elliott. Den allerbesten Tisch bitte, Tyrone! Sie sind Gäste meiner Hochzeitssuite, und wir wollen ihnen den Aufenthalt so angenehm wie möglich machen.«

Sie legte auf und lächelte das erstaunte Paar an. »Alles arrangiert, meine Lieben. Der Tisch wird in einer halben Stunde bereitstehen. Sie sollten sich also beeilen.«

»O mein Gott.« Claire blickte hilflos zu J. D. hinüber: *Was sollen wir jetzt bloß tun?*

Er machte nicht den Eindruck, als ob er die Situation besser im Griff hätte als sie. Er holte tief Luft. »Warum nicht?« fragte er resigniert. »Wir müssen ohnehin etwas essen.«

»Genau«, unterbrach Etta wohlwollend. »Das ist die richtige Einstellung. Wenn Sie die anderen Mahlzeiten in Ihrem Zimmer einnehmen wollen, dann werde ich das arrangieren. Aber den ersten Abend sollte man draußen essen.« Sie grinste Claire verschwörerisch an. »Lassen Sie sich von ihm wieder umwerben, das ist mein Ratschlag. Und sie ...«

Sie drehte sich zu J. D. um. »Sie erinnern sich einfach, wie es am Anfang war, und umgarnen Ihre Frau, wie Sie es damals auch getan haben.« Sie klatschte scheinbar hocherfreut in die Hände. »Oh, es wird wundervoll, absolut wundervoll!«

Claire und J. D. starrten einander fassungslos an, während Etta das Zimmer verließ. Als Claire sich an die Zeit von J. D.'s »Brautwerbung« erinnerte, kroch Schamröte in ihre Wangen. Deshalb war sie nicht hierher gekommen; das war es nicht, was sie wollte, ganz und gar nicht!

J. D. brach das Schweigen. Seine Stimme hatte einen tadelnden Unterton. »Etta wird bitter enttäuscht sein, wenn der alte George in ein, zwei Tagen hier aufkreuzt.«

»Glynn. Aber das laß mal meine Sorge sein.«

»Hey, es ist doch dein Leben.« Er sah sich im Zimmer um, als ob er irgendwo seine Augen ausruhen wollte. Er fand aber nur sie. »Was sagst du denn zu Ettas Idee? Sie hat einen Tisch für uns reserviert. Früher oder später müssen wir ohnehin etwas essen. Sollten wir das Risiko eingehen?«

»Wir haben wohl kaum eine andere Wahl.« Sie zog ihren Bademantel enger um sich.

»Vielleicht hat es ja auch etwas Gutes. Wir müssen ohnehin reden.«

»Worüber denn?«

Er sah verletzt aus. »Über das Mißverständnis natürlich. Darüber, wer nun diese Suite bekommt, und wer von uns beiden auszieht.«

»Darüber brauchen wir gar nicht mehr zu debattieren.«

Sein Blick wurde kalt. »Treib es nicht zu weit, Claire. Das hast du schon immer gut gekonnt, aber jetzt wäre sicherlich nicht der richtige Zeitpunkt.«

Sie streckte kriegerisch das Kinn vor. »Ich ...« Sie brach ab. »Du hast recht«, erwiderte sie nachgiebiger, als sie eigentlich wollte. »Wir können das wie zwei vernünftige Menschen beim Abendessen besprechen.« Die Worte *vernünftige Menschen* lagen ihr wie Steine im Mund. Sie hatte eine *vernünftige* Scheidung hinter sich, die ihr fast das Herz gebrochen hätte.

J. D. sah um die Mundwinkel herum ein wenig blaß aus. »Dann zieh dich an, damit wir es hinter uns bringen können«, schnappte er. Er wandte sich ab, als ob er ihren Anblick nicht länger ertragen könnte.

Er konnte es tatsächlich nicht. Jedenfalls nicht, ohne etwas zu tun, was er später bereuen würde. Bespielsweise, sie zu packen und diese weichen Lippen zu küssen und dann ihren Bademantel herunterzureißen und – verdammt noch mal!

Er lauschte ihren wütenden Schritten im Flur. Er mußte verrückt geworden sein.

Sie verstand sich wirklich darauf, ihn auf hundertachtzig zu bringen. Vielleicht, weil er sie noch immer nicht vergessen konnte.

3

Das Glass Garden Hotel bot seinen Gästen drei Möglichkeiten, in Gaumenfreuden zu schwelgen. Als Frischvermählte hatten Claire und J. D. damals alle drei ausprobiert.

Das »Montague« hatte sich auf texanische Hausmannskost spezialisiert: Barbecue und Steaks, Maisbrot und Chili, Krustenbrot und diverse Dips und dergleichen mehr. Das »Kristall« bot mittags und abends ein Buffet zu einem festen Preis an: gegrillte Hühnchen, Rippchen und dergleichen – und einen riesigen Bildschirm, auf dem man die Dallas Cowboys oder andere sportliche Ereignisse aus vergangenen Zeiten sehen konnte.

Und dann gab es da noch das Terrassenrestaurant.

Es war luxuriös eingerichtet, dezent beleuchtet, mit reichlich Personal ausgestattet und in jeder Hinsicht vornehm. Das Restaurant bot eine Fünf-Sterne-Küche, die auch dem kritischsten Gast gerecht wurde.

Oder auch dem unkritischsten, wie es bei Claire und J. D.

der Fall gewesen war, als sie als Frischvermählte dort gegessen hatten. Claire konnte sich immer noch nicht daran erinnern, was sie an ihrem Hochzeitsabend eigentlich gegessen hatte. Sie erinnerte sich nur daran, daß es gut gewesen war. Aber nicht so gut wie der Anblick des attraktiven Mannes, mit dem sie nun für immer verbunden sein würde.

Wie kam sie nur auf die Idee, daß sie jetzt wieder mit ihm hierher kommen und der Anziehungskraft einer glücklicheren Vergangenheit widerstehen könnte?

Der Oberkellner, gepflegt und flott in seinem Smoking, verbeugte sich tief. »Ah, Mr. und Mrs. Elliott. Tyrone hat uns beauftragt, unser Möglichstes zu tun, damit Ihre zweiten Flitterwochen genauso angenehm werden wie die ersten.« Er sprach ohne Pathos, denn er hatte gleich auf den ersten Blick registriert, daß der Erfolg ihrer Flitterwochen garantiert nicht von ihm abhing. Aber was sollte es, er würde das Spiel mitspielen.

Verunsichert folgte Claire ihm durch das schwach beleuchtete Labyrinth und war sich nur zu bewußt, daß J. D. ihr folgte. Erleichtert erreichten sie eine abgelegene Nische, die in den Edelsteinfarben Blau und Grün bezogen war. Die Bänke hatten hohe Lehnen, die sie vor den Blicken der anderen Gäste abschirmten. Sie schlüpfte auf der einen Seite hinein, J. D. auf der anderen. Sie saßen stocksteif da, während der Ober die Kerze in dem zarten Kristalleuchter in der Tischmitte anzündete und das Blumenarrangement beiseiteschob, so daß es ihre Blicke und ihre Unterhaltung nicht behinderte. Er verabschiedete sich mit dem Versprechen, der Weinkellner werde sofort zur Stelle sein.

J. D. sah sie mit ausdruckslosem Gesicht an. »Tyrone?«

Sie brauchte einen Moment, um sich an die Bemerkung des Oberkellners zu erinnern. »Der Empfangschef. Sicher erinnerst du dich an ihn, ein attraktiver Mann mit einem Südstaatenakzent?«

Sein Gesichtsausdruck änderte sich nicht. »Auf dich hat er

offensichtlich einen stärkeren Eindruck hinterlassen als auf mich.«

Achtung! »Ja, offensichtlich.« Sie mußte sich in acht nehmen. Er durfte nicht herausfinden, daß sie die Hotelangestellten deshalb so gut kannte, weil sie hier regelmäßig herkam.

»Dieses ganze Hotel hat mich sehr beeindruckt«, erwiderte sie sich verteidigend. »Ich ... ich habe immer schon mal wieder hierher kommen wollen. Ich finde, es ist ein schöner Ort, um seinen Urlaub hier zu verbringen.«

Er sah sie vielsagend an. »Für die Flitterwochen war es auch nicht übel. Ah, da kommt ja unser Kellner. Möchtest du einen Drink?«

»Champagner«, sagte sie, ohne zu zögern, denn sie sehnte ihren abklingenden Rausch zurück.

Er nickte und wandte sich dem Kellner zu. »Eine Flasche Ihres besten Champagners«, erklärte er großspurig. »Und zwei Gläser.«

»Seit wann trinkst du denn Champagner?« fragte sie überrascht. Normalerweise war er ein Biertrinker. Zumindest war er das damals gewesen.

Er sah sie schief an. »Seit du *meine* Suite betreten hast mit nichts als einem Bademantel bekleidet und einem verwirrten Ausdruck auf dem Gesicht«, gab er zu. »Mein Gott, Claire.« Er atmete tief ein. »Es ist lange, lange her, daß ich so ... überrascht worden bin.«

»Amen.«

Erinnerungen an die guten alten Zeiten stiegen in ihr auf. Vor vier Jahren waren sie so glücklich gewesen, so verliebt. Aber dieses Gefühl, was immer es auch gewesen war, hatte kaum die Flitterwochen überlebt. »Erzähl doch mal«, begann sie betont heiter, »wie ist es dir denn so ergangen?«

»Gut.« Er spielte mit seinem Besteck. »Beruflich war es noch nie besser. Meine Chefs scheinen mit meiner Arbeit sehr zufrieden.«

Sie kräuselte die Lippen und schüttelte den Kopf. »Du warst immer viel zu bescheiden. Ich habe alles über die Auszeichnung gelesen, die du bekommen hast.«

»Ja, den J.-Howard-Welborne-Preis. Ich habe ihn zwar nicht verdient, habe ihn aber trotzdem angenommen. Ich warte nur darauf, daß jemand an meine Tür klopft und ihn zurückhaben will.«

»J. D., du bist doch gut. Du hast ihn verdient.«

»Danke für deine Unterstützung, auch wenn du die preisgekrönte Artikelserie nicht gelesen hast.«

»Ich habe sie gelesen.« *Vorsicht, Claire!*

»Woher will denn ein New Yorker etwas über Artikel wissen, die in einer Zeitung in San Francisco erscheinen?«

Sie sah ihn betreten an. »Wenn du es wirklich wissen willst, ich habe sie abonniert.«

»Abonn …?« Er lehnte sich vollkommen perplex zurück. »Ich traue meinen Ohren nicht!«

Dann eben nicht, dachte sie. Sie hatte die Zeitung kurz nach ihrer Hochzeit abonniert. So konnte sie wenigstens aus der Ferne seine Entwicklung verfolgen.

Die Ankunft des Weinkellners ersparte ihr jeden weiteren Kommentar. Der Champagner wurde in aller Förmlichkeit serviert. Dann kam der Kellner und nahm ihre Bestellung auf: für sie ein Steak, für ihn Fisch.

Als der Kellner gegangen war, begegnete J. D. Claires verwirrtem Blick. »Das gleiche haben wir an unserem Hochzeitstag auch gegessen«, bemerkte er ohne besonderen Nachdruck.

Sie hielt den Atem an. Sie hatte sich wirklich nicht daran erinnern können oder hatte sich zumindest eingeredet, daß sie sich nicht erinnerte. Verdammt! Sie mochte diese ganzen Erinnerungen gar nicht. Sie verwirrten sie mehr denn je.

Bis sie ihn anblickte. Gott, sie liebte die Art, wie er aussah. Sein braunes Haar fiel ihm in die Stirn, genau so wie sie es in Erinnerung gehabt hatte. Die scharfe Intelligenz seiner blauen

Augen, ja sogar die schwungvolle Kurve, die sein Mund bildete, wenn er lachte, entsprachen ihrer Erinnerung an ihn.

J. D. konnte sich für alles begeistern, was er tat. Seine Neugier kannte keine Grenzen, sein Interesse an Menschen war ganz und gar echt. Während sie bei gesellschaftlichen Anlässen oft steif und unsicher war, war er vollkommen entspannt und schien sich wie zu Hause zu fühlen.

»Er ist noch niemals einem Fremden begegnet«, hatte seine Mutter gesagt und damit recht gehabt.

Jetzt hob er seine Champagnerflöte. »Zum Wohl«, sagte er leise und wartete, bis sie ihr Glas ebenfalls hob.

Sie nippten, wobei sie sich immer noch in die Augen sahen. Claire wünschte, er würde sie nicht so eindringlich ansehen. Ihr wurde ganz heiß unter seinem forschenden Blick.

»Erzähl doch mal von dir«, sagte er. »Ich hoffe, das Leben ist gut zu dir gewesen.«

»Allerdings«, flötete sie. »Ich bin mehrmals befördert worden, und bald werde ich noch eine Stufe auf der Karriereleiter hinaufklettern.«

»Karriere.« Seine Mundwinkel zogen sich abwärts. Ihre ausschließliche Konzentration auf ihre Arbeit war schon immer ein Reizthema zwischen ihnen gewesen. »Und ich habe eine neue Wohnung«, fügte sie noch schnell hinzu.

»Schön?«

»O ja, wunderschön.« Na ja, wunderschön war vielleicht etwas übertrieben. Sie war nicht viel besser als ihre alte Wohnung, aber sie lag näher an ihrer Arbeitsstelle. Was irgendwie nicht mehr ganz so wichtig war wie früher. Die Mieten in New York waren astronomisch, aber viel brauchte sie ja nicht. »Wohnst du immer noch in derselben Wohnung?«

Als ob sie ihn das hätte fragen müssen. Er hing mehr an seinem eleganten Apartment in San Francisco als sie an ihrem Job. Auch das war seinerzeit ein Reizthema gewesen.

»Ja.« Er wartete ab, bis der Kellner den Salat serviert hatte und gegangen war. »Du hast dich also nach unserer ... Trennung zu einem geselligen Menschen entwickelt?«

»Nun ja ...« Claire starrte die frischen grünen Salatblätter und die bunten Radieschen und Tomatenschnitze an. »Vielleicht habe ich da ein ganz klein wenig übertrieben.«

»So, so. Dann erzähl doch mal von dem neuen Mann in deinem Leben.«

Er wollte einfach nicht lockerlassen! »Ich habe mich hier und da mal mit einem Mann verabredet, aber es war nichts Ernstes.«

Seine Augenbrauen schnellten in die Höhe. »Nichts *wirklich* Ernstes?«

Sie knallte ihre Gabel auf den Tisch. »Also gut, nichts auch nur halbwegs Ernstes. Du gibst nicht eher Ruhe, bis ich es ausgesprochen habe, stimmt's?«

»Nur wenn es auch wahr ist.« Er schob sein Kinn vor. »Und was ist mit diesem George?«

»Nichts ist mit ihm. Außerdem heißt er Glynn. Er ist halt nur so ein Mann.«

Er glaubte ihr offensichtlich nicht. »Komm schon, Claire. Du willst mir doch wohl nicht weismachen, daß du es nicht ernst mit dem Kerl meinst, wenn du dich morgen hier mit ihm triffst! Vielleicht hast du dich ja verändert. Aber ich bin mir hundertprozentig sicher, daß du dich nicht *so sehr* verändert hast.«

»Ich habe ... ich meine, ich habe mich nicht ... ich bin nicht ...« Sie schloß die Augen und holte tief Luft. »Bring mich doch nicht so durcheinander. Ich habe mich verändert, aber nicht so, wie du glaubst. Und Glynn kommt morgen gar nicht. Ich erwarte niemanden hier. Ich bin hier lediglich, um mir etwas wohlverdiente Ruhe zu verschaffen.«

»Aber klar doch.« Er zeigte auf eine silberne Dose. »Die Butter, bitte.«

Er glaubte ihr kein Wort. Plötzlich schien es ihr wichtig, ihn zu überzeugen. »Nein wirklich, ich treffe mich mit niemandem.

Ich habe das nur gesagt, weil ... weil du mich so wütend gemacht hast.«

»Schon gut. Aber ich möchte die Butter haben.«

Sie schob ihm die Butterglocke rüber. »Du hast niemals die Wahrheit erkannt, selbst wenn sie dich gegen das Schienbein getreten hat«, knurrte sie.

»Deswegen bin ich ja auch so ein guter Reporter«, meinte er grinsend. »Du kannst mir ruhig die Wahrheit sagen, ich habe schließlich keinen Einfluß mehr auf dich.«

Nicht? Er, beziehungsweise die Erinnerung an ihn, hatte jeden Versuch einer neuen Beziehung in den vergangenen drei Jahren unmöglich gemacht. Er hatte offenbar noch jede Menge Einfluß auf sie. Ihr grimmiges Lächeln hätte ihr fast das Gesicht gesprengt. »Ich würde mich viel lieber über dich unterhalten. Lebst du mit jemandem zusammen?«

»Dafür bin ich viel zu clever.«

Gut! »Häufige Verabredungen?«

Er zuckte mit den Schultern. »Ein paar.« Er blickte wieder auf den Salat. »Um ehrlich zu sein ...«

»Warum solltest du auch lügen?« Sie lachte. Es war einer jener Scherze, die sie miteinander teilten.

Er lachte ebenfalls. »Stimmt. Warum sollte ich? Also, um dir die Wahrheit zu sagen, ich habe ... nun, es war auch für mich nicht so ganz einfach, wieder Anschluß zu finden nach unserer Schei ...«

»Fällt einem nicht leicht, das Wort auszusprechen, nicht wahr?«

Er grinste zustimmend. Sie grübelte darüber nach, warum ein attraktiver, unverheirateter Mann mit einem hochkarätigen Job wohl solch ein Problem hatte. Ihr zweifelnder Blick kreuzte den seinen. Funken knisterten zwischen ihnen, und sie lehnte sich hastig auf ihrem Platz zurück.

Er hatte sie vermißt, das konnte sie an seinem Ausdruck erkennen. Genauso, wie sie sich nach ihm gesehnt hatte, hatte er sich nach ihr verzehrt. Wenn sie nicht wohlanständig in einem Restaurant sitzen würden, würde er ihr womöglich genau demonstrieren, wie sehr. Sie befeuchtete nervös ihre Lippen, als sie sich eines seltsamen Gefühls in der Magengrube bewußt wurde.

»Madam, darf ich Ihren Salatteller abräumen?« Gott, ja, nimm ihn doch mit! Was sie sich sehnsüchtig wünschte, konnte man in keiner Restaurantküche bekommen ...

Ihr schwindelte vor Aufregung. Vielleicht wird die Hochzeitssuite ja doch nicht ungenutzt bleiben, dachte sie wagemutig.

Claire war an diesem Abend genauso verwirrt und benommen wie damals bei ihrem ersten gemeinsamen Dinner im Terrassenrestaurant. J. D. war charmant, aufmerksam und vorsichtig. Bevor sie sich versah, war Claire vollkommen von ihm eingenommen. Champagner floß, und allmählich löste sich die Anspannung, und das Mißtrauen auf beiden Seiten schwand. Schon bald scherzten und plauderten sie, wenn auch nicht ganz so offen, wie es einst der Fall gewesen war.

Als sie gerade den letzten Tropfen ihres Champagners getrunken hatte, kam der Kellner herbei. Er beugte sich über den Tisch und sagte vertraulich: »Ein Anruf für Sie, Mrs. Elliott. Soll ich das Telefon an den Tisch bringen?«

Sie blinzelte überrascht, ihre Gedanken rasten. Es mußte Glynn sein. Kein anderer Mensch würde sie bis hierher verfolgen. Sie warf einen Blick auf den aufregend sexy Mann, der ihr gegenübersaß. Natürlich wollte sie das Gespräch nicht hier entgegennehmen und in seinem Beisein mit einem anderen Mann sprechen.

»Kann ich den Anruf vorne entgegennehmen?« fragte sie.

»Selbstverständlich.«

J. D. stand ebenfalls auf. Er legte eine Hand auf ihre Schulter und hielt sie zurück. »Ich warte hier auf dich«, sagte er. »Wir haben diese eine Sache noch nicht besprochen.« Er sah auf den

Kellner, der seine ganze Aufmerksamkeit dem Kristalleuchter widmete.

Sie wußte, wovon er sprach. Sie hatten immer noch nicht die Angelegenheit mit der Suite geregelt. Es erschien ihr irgendwie nicht mehr so problematisch wie vorhin noch. Sie erschauerte unter seiner leichten Berührung und lächelte ihn an. »W-warum gehst du nicht schon in die Suite hinauf und wartest dort auf mich?« schlug sie ein wenig außer Atem vor. »Du hast vollkommen recht. Wir müssen ... reden.«

J. D. beobachtete, wie Claire davoneilte. Er wußte nicht so recht, was er davon halten sollte. Etwas steif unterschrieb er die Rechnung, stand dann ebenso steif auf und blieb einen Moment lang unschlüssig stehen, während er sich wieder in den Griff zu bekommen versuchte.

Steifbeinig verließ er das Restaurant. Er mußte nachdenken. Unwillkürlich zog es ihn in den Garten hinaus.

In der Nähe des Springbrunnens fand er eine schmiedeeiserne Bank und setzte sich. Eine Weile starrte er die Brunnenfigur an, bevor er erkannte, daß es sich um eine Darstellung des Sisyphos handelte. Irgendwie schien es passend: noch so ein armer Trottel, der das Unmögliche versuchte.

Und dann sagte er sich energisch, daß er aufhören mußte, an Wollust und Liebe und Verlust zu denken. Es half nichts, sich immer wieder daran zu erinnern, daß ihn keine Frau jemals so wie Claire gefesselt hatte – *fesselt* , dachte er. Gegenwart, nicht Vergangenheit – aber verdammt noch mal, das war ja nur der Zuckerguß auf dem Kuchen. Gut, sie war regelrecht arbeitssüchtig, aber Fehler hatte jeder. Schließlich war sie auch intelligent, witzig und mutig. Wenn wir es noch einmal miteinander versuchen würden ... ob wir dann eine Chance hätten?

Der Gedanke überraschte ihn so sehr, daß er zitterte. Sie hatte ihn einmal verletzt ... aber er hatte sie ebenfalls verletzt. Vielleicht ...

Ihm war klar, wie sehr er sich in den letzten vier Jahren verändert hatte. Die Sehnsucht nach ihr hatte ihn verändert. Ein Dutzend, ach was, hundertmal hatte er seine Hand nach dem Telefonhörer ausgestreckt, um sie anzurufen. Aber jedesmal hatte er die Hand wieder zurückgezogen. Schließlich war sie es gewesen, die die Scheidung gewollt hatte. Warum sollte er sich dem noch einmal aussetzen?

Vielleicht hatte sie sich ja auch geändert? Früher war sie so versessen auf ihre Arbeit gewesen, daß sie dafür über Leichen gegangen wäre.

Und sie lachte über seine Witze, wie schlecht auch immer sie sein mochten, und brachte ihn mit ihren Witzen zum Lachen. Ja, manchmal lachte er sogar über sich selbst. Das war doch gar nicht so übel für einen Mann, der in einem Beruf Karriere gemacht hatte, wo Arroganz an der Tagesordnung war.

Eine Zeitlang hatte sie ihm das Gefühl gegeben, der einzige Mann im ganzen Universum für sie zu sein. Aber am Ende war ihm klar geworden, daß kein Mann mit ihrem Ehrgeiz konkurrieren konnte – auch er nicht.

Er stand auf und zog eine Münze aus seiner Hosentasche. Er ging zu dem Springbrunnen und hielt einen Moment inne, um zuzusehen, wie das Wasser über die künstlichen Klippen herabschäumte. Ein paar andere Gäste schlenderten vorüber. Er konnte die Menschen sehen, die auf der Terrasse zu Abend aßen und in die dschungelhafte Üppigkeit hinausschauten. Dennoch fühlte er sich einsam. Er fühlte sich jetzt schon seit langer Zeit einsam. Und er hatte dieses Gefühl satt. Er drehte die Münze zwischen den Fingern und grübelte … hoffte …

Und plötzlich wußte er, was er tun würde. Er steckte den Penny wieder in die Tasche und fischte ein größeres Geldstück heraus. Er würde Ramona anrufen und ihr sagen, daß sie morgen nicht hierherkommen sollte. Er würde ihr sagen, daß er ihrer nicht wert war. Das entsprach wohl auch der Wahrheit, denn er hatte vor, sie für eine andere aufzugeben.

Verdammt, er würde ihr sagen, er habe die Pest oder was auch immer. Er schloß die Augen und warf die Münze mit mehr Schwung, als nötig gewesen wäre.

»Ich wünsche mir ...« begann er.

»Mich, hoffentlich«, säuselte eine Stimme hinter ihm. »Liebling, ich konnte es einfach nicht erwarten!«

Ramona Daniels trat vor ihn, schlang ihre Arme um seinen Hals und drückte einen heißen Kuß auf seine tauben Lippen. J. D. Elliott konnte nur reglos dastehen, vor Schreck wie erstarrt.

Im Restaurant war Claire angenehm überrascht, als die Telefonleitung tot war. Wunderbar! Sie hatte es eilig, in die Suite hinaufzukommen, um mit J. D. ... zu sprechen.

Sie legte den Hörer auf und schloß für einen Augenblick die Augen, während sie sich ermahnte, sich nicht von ihren Gefühlen mitreißen zu lassen, sondern vernünftig in dieser Situation zu reagieren, in die sie so unerwartet geraten war.

Sie sollte keine voreiligen Schlüsse ziehen, aber vielleicht bestand ja die Chance, wie gering auch immer, daß sie diese Sache »besprechen« konnten. Quatsch! Wem wollte sie eigentlich etwas vormachen? Ihre Kommunikation hatte immer am besten im Bett geklappt.

Und danach, würden sie eine Chance haben? Sie wußte nicht, ob es J. D. ähnlich erging, aber sie hatte sich in den vier Jahren sehr verändert. Sie hatte sich eingestehen müssen, daß ihre Arbeit nicht das Allerwichtigste in ihrem Leben war. Sie hatte sich in der Geschäftswelt bewiesen, empfand ihren Erfolg jedoch als hohl.

Sie fragte sich, warum sie jemals geglaubt hatte, anders als alle anderen Frauen zu sein. Sie wünschte sich sehnlich einen Mann und eine Familie. Mit vierunddreißig war sie sich auch bewußt, daß die biologische Uhr tickte – ein Klischee, sicher, aber eines, das genau das traf, was sie empfand.

Sie hatte es satt, allein zu sein. Sie wollte J. D. zurückhaben, verdammt. Und wenn sie ihn nicht bekommen konnte, dann würde sie sich zwingen, sich mit dem Zweitbesten zufriedenzugeben. Aber sie würde es sich selbst niemals verzeihen, wenn sie jetzt nicht dieses eine letzte verzweifelte Risiko einging.

Oder vielleicht war es auch gar nicht so verzweifelt. Vielleicht hatte ja auch er die Kunst des Kompromisses erlernt. Vielleicht hatte er sie genauso schmerzlich vermißt wie sie ihn. Vielleicht tat es ihm sogar leid, daß er die Scheidung gewollt hatte.

Sie lächelte und eilte aus dem Restaurant. Sie war eine Frau mit ganz neuem Tatendrang. Heute nacht würde sie vielleicht doch nicht mehr allein sein.

Welches war der schnellste Weg zum Aufzug? An der Rezeption vorbei oder durch den Garten? Für einen Augenblick zögerte sie und versuchte, sich zu entscheiden.

4

Der Garten würde warten müssen: Claire hatte es höchst eilig. Sie konnte gar nicht schnell genug in die Suite kommen. ... nur um festzustellen, daß J. D. noch nicht da war. Ihre Enttäuschung verwandelte sich schnell in Vorfreude. Jetzt würde er jeden Moment kommen, und dann ... Erotische Phantasien durchfluteten sie, während sie inmitten des Wohnzimmers stand und verträumt vor sich hinlächelte.

Sie wollte gerade ihre Schuhe abstreifen, als er in einem Tempo hereinstürmte, als säße ihm der Teufel im Nacken. Etwas überrascht, doch noch immer zu sehr in ihren Phantasien gefangen, um Verdacht zu schöpfen, lächelte sie ihn einfach an.

Er bremste abrupt ab. »Huch«, sagte er. »Du hast mich geschlagen.«

»Ja.« Sie legte einen Arm über die Rückenlehne des Sofas,

hob ein Bein und ließ die Sandalette von ihren Zehen auf den dichten, rosagrün gemusterten Teppich fallen.

Er starrte sie vollkommen perplex an, während sie dieselbe Prozedur mit dem anderen Schuh wiederholte. Er schluckte und wandte den Blick ab. »Ach, was ich noch sagen wollte«, murmelte er. »Ich habe unten in der Lobby jemanden getroffen, der mich aufgehalten hat.«

»Kein Problem.« Sie ging ein paar Schritte auf ihn zu. Der dicke Teppich kitzelte unter ihren Fußsohlen und sandte Schauer der Erregung durch ihren Körper. »Ich wollte mir nur schnell etwas Bequemeres anziehen, wie man so sagt.«

»W-wie wer sagt?« fragte er mit wilden, weit aufgerissenen Augen.

Sie lachte tief in ihrer Kehle; sie hatte ihn an der Angel. Sie machte noch einen neckischen Schritt auf ihn zu. »Jean Harlow, Mae West und solche Frauen.«

»Ach so. Ja.« Er schluckte hart. »Glaubst du, daß das richtig ist?« platzte er heraus. »Ich meine ... das, was du jetzt anhast, sieht doch ganz bequem aus.« Er deutete schwach auf ihr hochgeschlossenes weißes Kleid, das sie zum Abendessen getragen hatte.

Ihr ruhiger, vielversprechender Blick traf auf seinen unsicheren, ausweichenden. Sie lächelte verführerisch, als er sich unbehaglich unter ihrem Blick wand. »Liebling«, murmelte sie. »Du hast das Beste noch gar nicht gesehen.«

J. D. mochte vielleicht durch diese plötzliche Wende der Ereignisse noch etwas verwirrt sein, sie jedoch war es nicht. Sie trat auf ihn zu, schlang ihre Arme um seinen Hals, stellte sich auf die Zehenspitzen und küßte ihn leidenschaftlich.

Oder jedenfalls wollte sie es. Denn sie hatte noch kaum mit ihren Lippen seinen Mund berührt, als er sie aufseufzend in seine Arme zog. Seine Lippen bedeckten ihre heiß und hungrig. Er preßte sie an sich und zerdrückte sie fast in seiner ungezügelten Leidenschaft.

Claire war gerade dabei, sich in seiner Umarmung zu verlieren, als er sie ebenso abrupt wieder losließ, wie er sie gepackt hatte. Einen Augenblick schwankte sie, schwindlig von dem Ansturm von Gefühlen, die zu empfinden sie niemals mehr erwartet hatte. Als sie wieder zu sich kam, blinzelte sie, warf ihm einen bedeutungsvollen Blick zu, der ihm den Himmel versprach, und machte dann kehrt, um mit wiegenden Hüften ins Schlafzimmer zu gehen.

J. D. stand reglos wie ein Baumstumpf da. Alle seine alten Gefühle schienen wieder neu entfacht zu sein. Er war vollkommen schockiert über das, was eben passiert war. Versuchte sie ihn etwa zu verführen? Versuchte? Verdammt noch mal, sie würde es tatsächlich *tun* , wenn er ihr nicht die Wahrheit über Ramona gestand.

In dem Fall würde er jedoch bis zur Halskrause in Schwierigkeiten stecken.

Aber vielleicht konnte er die Situation ja noch retten. Er ging hektisch im Zimmer auf und ab und dachte darüber nach, welche Möglichkeiten ihm noch offenstanden. Seine Gedanken kreisten jedoch ununterbrochen um die eine Frage: Was, in aller Welt, würde er jetzt mit Ramona machen?

Er hatte seine gesamte Überredungskunst aufbringen müssen, um sie dazu zu bewegen, einen Augenblick allein zu bleiben. Er hatte ihr klargemacht, daß es ein Mißverständnis gegeben habe und daß sie ihre Suite nicht sofort beziehen könnten. Und dann hatte er dem Ganzen die Krone aufgesetzt, indem er behauptet hatte, er sei gerade auf dem Weg zum Polizeirevier. Ja genau, zur Polizei. Er würde eine Streife begleiten. Himmel, er hatte keine Streife mehr begleitet, seit er als Anfänger auf jede noch so unwichtige Meldung angewiesen gewesen war.

Gott sei Dank arbeitete Ramona in der Lifestyle-Abteilung und hatte keine Ahnung von dem, was Reporter eigentlich taten. Ob er die ganze Nacht fortbleiben würde, hatte sie ihn schmollend gefragt.

Aber klar doch, die ganze Nacht, keine Frage – so ein Mist! Er müsse sich beeilen, hatte er ihr erklärt und versucht, ihren Umarmungen und Küssen auszuweichen. Sie würde ohne Probleme ein Zimmer im Ostturm bekommen, hatte er ihr versichert – unter besonderer Betonung des Wortes *Ostturm*. Dort würde er sie morgen wiedersehen. Jetzt aber müsse er seiner Pflicht nachkommen.

Das hatte er geschafft. Nun aber fand er sich in der Hochzeitssuite wieder und fragte sich, was, um alles in der Welt, er jetzt tun sollte. Natürlich mußte er Claire von Ramona erzählen, aber wie? Ausgerechnet jetzt, wo sich die Sache zwischen ihnen so gut entwickelte. Verdammt!

Ein schwaches Klopfen an der Tür erregte schließlich seine Aufmerksamkeit. Das Geräusch war so leise, daß er nicht genau wußte, ob er richtig gehört hatte. Denn normalerweise kündigte die Lara-Melodie Gäste an. Etta, dachte er. Sicherlich will sie die Betten aufschlagen oder sonst irgend etwas erledigen. Das Zimmermädchen brauchte er sich nun wirklich nicht auch noch anzutun. Er hatte auch so schon Sorgen genug.

Er stand mitten im Wohnzimmer und starrte auf den Flureingang. Während er so starrte, tauchte eine grauenhafte Erscheinung in Form von Ramona Daniels im Türrahmen auf. Ihre schulterlangen braunen Haare umrahmten ihre Wangen, ihre haselnußbraunen Augen waren groß und ängstlich. »Liebling«, rief sie aus. »Du bist es! Ich war mir nicht sicher, die Tür hat sich ... einfach so geöffnet.«

Das ist mein Ende, dachte J. D. Jetzt wäre der richtige Zeitpunkt für mich, von einem Blitz getroffen oder von einem Meteoriten erschlagen zu werden. Sollte das nicht geschehen, dann wird mich eine dieser beiden Frauen ermorden.

Ramona näherte sich zuversichtlich, während J. D. steif wie ein Stock dastand. Sie trat vor ihn hin und sah ihn aufmerksam an.

Sein Gehirn schaltete sich wieder ein – und das wirklich im allerletzten Augenblick. Seine Überlebensinstinkte meldeten sich. Noch war nicht alles verloren, wenn er sie nur irgendwie aus der Suite bekommen konnte, bevor Claire ...

»Mona«, sagte er mit erstickter Stimme. »Ich muß dir etwas sagen. Es handelt sich um einen Irrtum ...«

»Ein wunderbarer Irrtum. Wir haben also doch noch unsere Suite bekommen. Liebling! Laß uns keine Zeit verschwenden!«

Und sie warf sich ihm genau in dem Moment in die Arme, in dem Claire mit nichts weiter als einem sexy schwarzen Dessous bekleidet ins Zimmer geschlendert kam.

»*Wer ist diese Frau?*« schrien zwei Stimmen gleichzeitig.

»Ich kann alles erklären!« J. D. wich rückwärts aus Ramonas Umarmung zurück und hob flehend die Hände. Sein gehetzter Blick wanderte zwischen den zwei Frauen hin und her, die beide vor Entsetzen gelähmt schienen.

Ramona fing sich als erste. »Ach, du Schreck«, rief sie zerknirscht. »Hier handelt es sich scheinbar um einen Irrtum.« Ihr Blick wanderte über die weibliche Figur in dem freizügigen Dessous. »Sie haben offenbar jemand anderen erwartet. Entschuldigen Sie bitte vielmals die Störung. Wissen Sie, wir sollten diese Suite ...«

»J. D., tu doch was!« Claire schauderte. »Sag etwas!«

»Ja, klar. Äh ... möchtest du dir nicht erst etwas überziehen?«

Sie schnappte scharf nach Luft und kreuzte die Arme vor der Brust. Ihr Gesicht wurde aschfahl.

Ramona runzelte die Stirn. »Du kennst diese Frau, J. D.?«

Plötzlich fiel J. D. ein, daß sich ein Mann von Welt sicherlich aus dieser Schlinge würde lösen können. Was hätte Cary Grant wohl in einer solchen Situation gesagt? Er riß sich zusammen und sagte dann betont nonchalant: »Mona, darf ich dir meine Ex-Frau vorstellen, Claire. Claire, das ist ...« Aus dem Augenwinkel heraus sah er ihren Gesichtsausdruck. Wenn Blicke töten könnten, dann wäre er jetzt erledigt. Er fing an zu stottern: »D-dies ist ...« Er schluckte. »Eine Kollegin.«

»Hat diese ›Kollegin‹ auch einen Namen?«

Ihre Stimme ließ ihm einen kalten Schauder den Rücken hinunterlaufen. »Natürlich«, erwiderte er betreten. »Sie heißt ...« Himmel noch mal, wie hieß sie denn?

»Ramona. Meine Freunde nennen mich Mona.« Sie sah ihn leicht strafend an. »Ramona Daniels, um genau zu sein. Ich arbeite in der Lifestyle-Abteilung des ...«

»*Miss Daniels*, Sie werden mich sicher entschuldigen, während ich mir etwas weniger Bequemes überziehe.«

Claires Abschiedsblick brannte auf J. D.s Haut wie Säure. Er sah ihr hilflos nach. Er wußte, daß sie diesen schwarzen Fummel nur für ihn angezogen hatte. Jetzt hatte er alles verpfuscht. Er würde das Ding niemals wiedersehen und niemals das Vergnügen haben, es von dem schönen, festen Körper abzupellen.

Er stöhnte.

Ramona tätschelte ihm mitleidig den Arm. »Schon gut, Liebling. Wirklich, mach dir nichts draus.« Sie drückte seine Hand. »Ich verstehe nur zu gut, was hier abgelaufen ist.«

»W-wirklich?« Er sah sie skeptisch an. Sie aber schien von der Situation vollkommen unbeeindruckt zu sein.

»Natürlich. Diese Verwechslung ist offenbar die Schuld des Hotels.«

»Das kannst du laut sagen.«

»Und nun versuchst du, deine Ex zum Ausziehen zu bewegen, damit wir hier einziehen können.« Sie sah ihn bewundernd an. »Merkwürdiger Zufall, findest du nicht auch. Ich finde es wirklich süß von dir, daß du mich vor all dem verschonen wolltest, aber nötig ist es nicht. Ich habe für so etwas vollstes Verständnis.«

»H-hast du das?«

»Aber natürlich! Ich bin auch mal auf einer Skihütte gelandet, wo mein Ex-Freund mit seiner neuen Freundin wohnte.

Solche Sachen passieren nun mal. Aber wir werden uns davon nicht verrückt machen lassen, nicht?«

Er hätte ihr nicht ehrlichen Herzens zustimmen können, selbst wenn sein Leben davon abgehangen hätte. Und erst recht nicht, weil Claire jetzt ins Zimmer trat. Sie hatte sich in einen Bademantel gehüllt und trug einen Gesichtsausdruck zur Schau, der einem Büffel die Haut vom Körper gesengt hätte.

»Himmel noch mal!« rief sie aus. »Seid ihr denn immer noch da?«

»Wir gehen gleich«, erwiderte Ramona freundlich. »J. D. hat mir alles erklärt.«

»Die Erklärung würde ich auch gerne hören.« Ramona nickte. »Er hat mir erklärt, daß das Hotel diese Suite hier irrtümlich zweimal vergeben hat. Und dann ist er hierhergekommen, um die andere Partei dazu zu überreden, uns die Suite zu überlassen.«

Claire sah vollkommen verdattert aus. »Die andere Partei!«

»Nun«, erwiderte Ramona ruhig. »Er konnte ja nicht wissen, daß Sie hier wohnen, oder? Das hier ist doch ein Zufall, nicht wahr?« Sie sah fragend von einem zum anderen. Wenn er jetzt nicht bald etwas unternahm, dann würde seine Ex-Frau seine Geliebte mit allem attackieren, was ihr zwischen die Finger kam, einschließlich des Obstkorbes. Er sah, wie sie mit einer Orange spielte ...

»Ramona!«

Bei seinem erstickten Schrei fuhren beide Frauen verdutzt zu ihm herum. Er schluckte. »Mona, geh doch bitte schon mal ins Foyer runter und warte dort auf mich. Ich möchte mich noch kurz mit Claire unter vier Augen unterhalten.«

»Das könnte dir so passen!« Claire funkelte ihn an, die Hände zu Fäusten geballt. »Ich habe dir nichts zu sagen, du Schürzenjäger ...«

»Aber natürlich, Liebling.« In Ramonas Gesicht spiegelte sich nur noch Mitleid. Mitleid mit J. D., daß er sich mit dieser

Verrückten auseinandersetzen mußte. »War nett, Sie kennenzulernen, Claire«, sagte sie freundlich. »Doch, wirklich.«

Dann ging sie.

J. D. trat einen Schritt auf seine vor Wut kochende Ex-Frau zu. »Claire, laß mich doch erklären ...«

»Erklären? Erklären!« Sie stampfte mit einem nackten Fuß auf. »Die Mühe kannst du dir sparen. Ich würde dir sowieso kein einziges Wort glauben, und wenn du es mit deinem eigenen Blut schreiben würdest.«

»Aber ...«

»Du hast mich angelogen! Du hast meine Hochzeitssuite für ein verdammtes Techtelmechtel mit einer anderen gemietet! Was wolltest du eigentlich mit dem Dinner bezwecken? Wolltest du mich weichkochen, damit ich ausziehe und dir für deine billige Affäre *meine* Suite überlasse?«

»Nein, natürlich nicht. Du hast alles völlig falsch verstanden.« Er schüttelte müde den Kopf. Ihm war nur zu bewußt, daß er nichts sagen konnte, was sie hätte überzeugen können. Dennoch mußte er es zumindest versuchen.

»Claire, nur fünf Minuten mit dir, und ich hatte bereits vergessen, daß Ramona existiert. Und das ist die Wahrheit.«

Dieselben Lippen, die er vor wenigen Minuten noch so verlangend geküßt hatte, kräuselten sich jetzt zu einem verächtlichen Lächeln. »Ich werde dir mal ein paar Wahrheiten erzählen«, schleuderte sie ihm entgegen. »Eher wird die Welt untergehen, als daß ich dir diese Suite überlasse. Geh nur und überbring deinem Häschen die schlechte Nachricht, denn in dieser Suite hier wird sich nichts abspielen.«

»Mir ist die Suite vollkommen egal«, entgegnete er ungeduldig. »Ich sorge mich nur ...«

»Um dich selbst, wie immer. Und du hast auch allen Grund dazu. Denn für diese Sache hier wirst du bezahlen müssen, John David Elliott. Du wirst dafür bezahlen müssen, und wenn es das letzte ist, wofür ich jemals sorgen werde!«

»Nun warte doch mal ab!« Er fuhr sich mit beiden Händen durch die Haare, zu aufgeregt, um zu sprechen. »Also gut, ich habe Ramona eingeladen, mich hier zu treffen. Na und? Wie ist das denn mit dir und George?«

»Glynn! Und ich habe dir bereits gesagt, daß ich das nur erfunden habe, damit du nicht merken würdest ...« Sie hielt abrupt inne und starrte ihn mit aufgerissenen Augen an.

»Ach wirklich? Und warum hast du dann solch sexy Dessous dabei, wenn dein Liebesleben wirklich so öde ist?« fauchte er.

Sie wurde blaß. »Du Idiot«, flüsterte sie. »*Du* hast es mir während unserer Flitterwochen geschenkt.«

Sie drehte sich auf dem Absatz um und rannte in den Flur. Die große Doppeltür des Schlafzimmers knallte. Danach hörte man das Scharren von Möbeln, was darauf schließen ließ, daß sie sich verbarrikadierte für den Fall, daß er ihr folgen sollte.

Wenn er auch nur den Schimmer einer Hoffnung gehabt hätte, irgend etwas bei ihr zu erreichen, indem er ihr folgte, er hätte es getan. Aber er hatte Claires Temperament schon mehrmals entgleisen sehen. Und diesmal wußte er, daß er die Sache wirklich vermasselt hatte. Gründlich vermasselt.

Natürlich wartete Ramona in der Lobby auf ihn. Nach einem Blick auf sein niedergeschlagenes Gesicht streichelte sie tröstend seine Wange.

»Laß dich nicht von ihr fertigmachen«, riet sie ihm. »Vielleicht reagieren alle früheren Ehefrauen auf diese Art.« Sie stellte sich auf Zehenspitzen, um seinen Hals zu küssen.

Peinlich berührt über eine solche öffentliche Zurschaustellung von Gefühl, versuchte J. D., ihren tätschelnden Händen auszuweichen. Außerdem fühlte er sich wie ein Verräter, obwohl er sich selbstgerecht sagte, daß er dazu nun wirklich keinen Grund hatte. »Das ist wirklich nett von dir, Mona. Aber sie ist jetzt so fuchsteufelswild, daß wir keinerlei Chance mehr haben, die Suite zu bekommen.«

»Wen kümmert denn schon diese blöde Hochzeitssuite?« Sie warf ihm einen leidenschaftlichen Blick zu, legte ihre Arme um seine Taille und schmiegte sich an ihn. »Das Wo ist doch nicht annähernd so wichtig wie das Was und mit Wem, komm zu Mona, Liebling, und ich werde dafür sorgen, daß du vergißt …«

»Ach, verdammt.«

»Was ist?«

Er versuchte verzweifelt, ihre klammernden Hände abzuschütteln, die sich überall um ihn schlangen und ihn an der Flucht hinderten. »Nur ein etwas unglücklich gewählter Ausdruck des Bedauerns«, improvisierte er schnell. »Ich würde nur zu gern … nur zu gern deine Einladung annehmen, aber ich … ich … kann nicht.«

Sie runzelte die Stirn. »Was redest du denn da, J. D.? Wie meinst du das, du kannst nicht? Deswegen sind wir doch schließlich hierhergekommen, oder nicht?«

Es gelang ihm schießlich, sich zu befreien und einen Schritt zurückzutreten. »Ja, natürlich. Aber ich habe doch noch diese Sache mit der Polizei.«

»Kannst du das denn nicht auf morgen verschieben?« Ihre braunen Augen wurden schmal, aber zumindest hatte sie aufgehört, ihn zu umschlingen und zu betatschen.

»Du glaubst gar nicht, wie gern ich das tun würde. Aber es geht um eine Sonderserie. Eine hochwichtige Sache und sehr eilig.« Er sah auf die Uhr. »Ich bin spät dran und muß wirklich gleich los. Aber erst helfe ich dir noch, ein Zimmer zu bekommen.« *Und zwar so weit wie möglich von Claire entfernt.*

Ihr zufriedenes Lächeln bewirkte, daß sich sein Magen zu einem Knoten zusammenzog. »Kein Problem«, schnurrte sie. »Wir haben ausnahmsweise mal Glück gehabt. Ich habe die Edelsteinsuite gleich neben der Hochzeitssuite gemietet. Ist das nun phantastisch, oder was?«

J. D. schwindelte. Seine einzige Reaktion bestand in einem erstickten Stöhnen.

Ramona schien das nicht aufzufallen. »Auf diese Weise habe ich übrigens erfahren, daß ein Mr. und eine Mrs. Elliott die Hochzeitssuite gebucht haben. Der Page hat es auf dem Weg nach oben beiläufig bemerkt. Natürlich hat mich das neugierig gemacht. Und als ich dann die Tür angelehnt fand – nun, den Rest kennst du ja.«

Allerdings, dachte er deprimiert. Er konnte jetzt jedoch nichts anderes tun, als sie zu ihrer Tür zu bringen. Er würde versuchen (wahrscheinlich mit begrenztem Erfolg), sie mit einem kurzen Kuß auf die Wange abzuspeisen und dann in den Aufzug zu flüchten.

Kurz nach Mitternacht schlich er zur Hochzeitssuite zurück und schloß auf. Er würde auf dem Sofa, auf dem Boden oder wo auch immer schlafen, wenn er nur Mona aus dem Weg gehen konnte. Er kam sich wie ein verdammter Ehebrecher vor und wußte nicht, warum. Schließlich war er seit Jahren von Claire geschieden und hatte noch nie mit Mona geschlafen. Himmel, er hatte seit dem Ende seiner Ehe mit keiner Frau mehr geschlafen. Er war zu einem richtigen Mönch mutiert.

In der Suite war es dunkel und totenstill. Lange Zeit saß er auf einem Stuhl, den Kopf in die Hände gestützt. Er fühlte sich hundsmiserabel und grübelte nach einem Ausweg aus der Grube, die er sich selbst gegraben hatte.

Barfuß schlich er sich den Gang entlang zum Badezimmer. Gott, dieses Bad! Einen Moment stand er nur da und starrte auf den kreisrunden Whirlpool und den von einer Glaswand abgetrennten Regenwald, der hinter der Badewanne zu sehen war. Erinnerungen drängten sich ihm auf, und er schloß die Augen. *Duftkerzen, leise Musik, heißes Wasser und die Frau, die er liebte – seine Ehefrau –, die sich mit einem Lächeln zu ihm umwandte, das alles sagte. Ihre Brüste glänzten unter der aufgewühlten Wasseroberfläche, und sie ließ ihn nicht aus den Augen, während sie sich erhob und sich rittlings auf ihn setzte …*

»Ich liebe dich«, flüsterte sie und beugte sich vor, um an seinem Ohrläppchen zu knabbern. »Ich will dich ...«

Er erinnerte sich an das Gefühl ihrer Brüste in seinen Händen und konnte fast ihr leises, kehliges Stöhnen hören. Ihre Haut war heiß und weich und fest unter seinen begierigen Fingern gewesen.

Sie hatte sich auf ihn gesenkt, war ein wenig herumgerutscht, um die richtige Stellung zu finden ... sich auf ihn gesenkt und ihn in sich aufgenommen ...

Großer Gott! Er spritzte sich kaltes Wasser ins Gesicht, wobei er die vergoldeten Armaturen und das Marmorbecken bekleckerte und überhaupt alles in Unordnung brachte. Er hatte sich eingeredet, daß er mit seiner Ehe inklusive der sinnlichen Aspekte abgeschlossen hatte. Er hatte sich damit abgefunden, daß es die Art von Sex, die er mit ihr gehabt hatte, nur einmal im Leben gab. Und er hatte sich beharrlich eingeredet, daß er mit dem Verlust würde leben können. Und verdammt, das wäre ihm auch gelungen, wenn er sie nicht wiedergesehen hätte. Jetzt quälte ihn wieder die Art von sexueller Hitze, die ansonsten durchaus vernünftige Männer in den Suff treiben konnte.

Sie hatte sich sanft vor- und zurückbewegt, ihm alles dargeboten, ihn vollkommen in ihren samtenen Tiefen aufgenommen. Sie warf den Kopf in den Nacken und stöhnte lustvoll, als sein suchender Mund sich über einer ihrer erregten Knospen schloß. »Ja«, hatte sie geflüstert. »Ja! Ich liebe dich, John David ... Hör niemals auf, mich zu lieben, Schatz, niemals ...«

Und er hatte auch niemals aufgehört, sie zu lieben, so wahr ihm Gott helfe. Bis zum heutigen Tag, diesem Tag der Katastrophen, hatte er nicht aufgehört, sie zu lieben.

Das Wissen, daß sie gleich hinter der Tür schlief, war ihm unerträglich. Sie war da, aber dennoch nicht in seiner Reichweite. Sie schlief in einem Bett, das sie einst geteilt hatten. Nackt, vermutlich. Sie hatten damals beide nackt geschlafen. Später hatte er sich dann angewöhnt, Schlafanzughosen zu tragen.

Merkwürdig, er wußte gar nicht, warum er das getan hatte. Es war einfach so passiert.

Sie war ganz warm und weich gewesen. Wenn er sie berührt hatte, beschleunigte sich ihr ruhiger Atem, und sie wandte sich ihm mit geschlossenen Augen zu. Er hatte ihre Brüste gestreichelt und seine Finger ihren Bauch hinuntergleiten lassen, während sie seinen Namen im Schlaf gemurmelt hatte. Er hatte seine Hand zwischen ihre Schenkel gleiten lassen und sie dort massiert. Dann hatte sie die Augen geöffnet und die Schenkel gespreizt. Dann hatte sie ihn angefleht, sie zu nehmen …

J. D. Elliott schwitzte wie verrückt. Vielleicht sollte er noch einen letzten Versuch unternehmen, mit ihr … zu reden. Das Herz schlug ihm bis zum Hals, als er das Licht im Badezimmer ausknipste und auf leisen Sohlen zu ihrer Schlafzimmertür schlich.

Die Tür war verschlossen.

Er rief leise ihren Namen und pochte mit flacher Hand und angehaltenem Atem gegen die Tür.

Keine Antwort. Nicht das geringste Lebenszeichen. Offensichtlich hatte sie es ernst gemeint, daß sie ihn haßte und nichts mehr mit ihm zu tun haben wollte.

Sollte er es dabei bewenden lassen?

Konnte er es denn überhaupt dabei bewenden lassen, wenn ihn der bloße Gedanke an sie derart erregte, daß er am liebsten den Kopf gegen die Tür geschlagen und laut geheult hätte?

5

Claire hörte ihn vor ihrer Tür. Sie lag stocksteif und hellwach in ihrem Schlafzimmer. Sie kniff die Lider zusammen und hielt die Luft an, bis er fortging. Fort aus ihrer Suite, fort aus ihrem Hotel, fort aus ihrem Leben. Ihre Erniedrigung kannte keine Grenzen. Als sie allein dort in dem Bett lag, das einmal ihr Hochzeitsbett gewesen war, war sie schließlich gezwungen gewesen, sich eine unausweichliche Tatsache einzugestehen: wenn *diese Frau* nicht aufgetaucht wäre, dann hätte sie, Claire, mit diesem Schuft geschlafen!

Was hatte sie sich eigentlich dabei gedacht? Was hatte *er* sich dabei gedacht? Wollte er etwa heute mit seiner ehemaligen Frau und morgen mit seiner neuen Freundin schlafen?

Verdammt, sie hätte ihn eigenhändig umbringen können!

Dafür würde er büßen müssen. Sie würde sich dafür rächen, egal wie. Erst einmal würde sie nicht nachgeben. Auf gar keinen Fall würde sie dieses Zimmer auch nur eine Sekunde vorzeitig verlassen. Und sie wollte verdammt sein, wenn sie auch nur einen einzigen wohlwollenden Gedanken an ihn verschwendete.

Beruhige dich, versuchte sie ihrer aufgewühlten Psyche zuzureden. Es war eine ziemlich unschöne Szene gewesen. Aber wenn sie ehrlich war, dann war es genau das, was sie gebraucht hatte, um endlich aufzuwachen.

Jetzt würde sie keine Schwierigkeiten mehr haben, mit ihrem Leben weiterzumachen. Sie würde aus ihrem Schneckenhaus herauskommen und jemanden finden, den sie lieben konnte. Sie konnte es, natürlich konnte sie das. Sie mußte ihre Aufmerksamkeit nur auf ein neues Ziel richten und darauf konzentriert bleiben.

Sie würde sich verabreden. Häufig. Sie würde dorthin gehen, wo Männer waren, und tun, was sie tun mußte, um sie auf sich aufmerksam zu machen.

Nicht, daß sie einen Mann brauchte, um ihrem Leben einen Sinn zu geben. Sie konnte auch für sich allein glücklich sein, jedenfalls wenn sie sich bemühte. Wenn sie sich weiterhin ein Kind wünschte, dann konnte sie immer noch eines adoptieren.

Müde stieg sie aus ihrem einsamen Bett, ging zu den hohen Terrassentüren hinüber und zog die Gardine so weit beiseite, daß sie den Panoramaausblick auf den Kristallsee genießen konnte. Winzige Lichter glitzerten in den dunklen Bäumen und verwandelten die Szene in ein Märchenland. Das Leben ist schön, versuchte sie sich einzureden. Sie drückte ihre Stirn gegen die kühle Scheibe. Sie war zufrieden.

Sie unterdrückte ein Schluchzen. Doch, wirklich, sie war zufrieden.

Wenn es etwas gab, was Claire wirklich zuwider war – und das gab es –, dann war es, spät zu Bett zu gehen und früh aufzuwachen. Genau das war natürlich am nächsten Morgen passiert. Das Telefon auf ihrem Nachttisch hatte ungefähr eine halbe Stunde später geklingelt, nachdem sie in einen tiefen Schlaf der Erschöpfung gefallen war. Jedenfalls war es ihr wie höchstens eine halbe Stunde vorgekommen.

»Guten Morgen, Mrs. Elliott«, säuselte eine Stimme, so heiter, daß sie selbst die Geduld eines Heiligen auf eine harte Probe gestellt hätte. »Es ist sechs Uhr; Mr. Elliott hatte um diesen Weckruf gebeten. Genießen Sie einen weiteren wundervollen Tag im Glass Garden Hotel. Wenn es irgend etwas gibt, womit wir Ihnen den Aufenthalt noch angenehmer gestalten könnten, dann zögern Sie bitte nicht ...«

Claire stöhnte. Sie legte auf und ließ sich in das zerwühlte Bett zurückfallen. Ein schrecklicher Tag drohte, gefolgt von einer ebenso schrecklichen Nacht.

Man konnte wirklich nicht behaupten, daß Claire Kendall Elliott eine Frau war, die unangenehme Dinge auf die lange Bank schob. Sie zog sich ihren Bademantel über und stolperte ins Wohnzimmer. Gähnend ging sie zu dem kleinen Eisschrank unterhalb der Bar, wo sie einen Orangensaft zu finden hoffte. Plötzlich richteten sich ihre Nackenhaare auf, und sie hielt mitten in der Bewegung inne. Langsam wandte sie sich um, als ob sie einen Einbrecher oder Exhibitionisten auf dem Balkon vermutete. Aber was sie vorfand, war noch weitaus schlimmer: J. D. schlief halb auf, halb neben dem weißen Korbsofa. Seinem gepeinigten Gesichtsausdruck zufolge schien er es nicht sonderlich bequem zu haben.

»Äh? Was … wer …?«

Sie beobachtete seine Bemühungen, sich aufzusetzen, die Augen zu öffnen, sich aus dem fransigen Teppich zu befreien und seine Füße auf den Boden zu bekommen. Ohne das geringste Mitgefühl griff sie sich eine Karaffe aus der Bar, füllte sie mit kaltem Wasser, trat von hinten auf ihn zu und leerte sie über seinem Kopf aus.

Keuchend und spuckend kam er schließlich auf die Beine und sprang fluchend auf. Er schüttelte sich wie ein nasser Hund, wobei er Wassertropfen überall um sich herum spritzte. Endlich fand er seine Stimme wieder. »Verdammt noch mal! Was fällt dir ein? Willst du mich ertränken?«

»Genau!« Sie funkelte ihn wütend an. »Und dann werde ich dich wegen Hausfriedensbruch anzeigen! Du hast vielleicht Nerven, dich hier mitten in der Nacht einzuschleichen und …«

»Sei still und gib mir eine Chance, mich zu entschuldigen.« Claire sperrte verblüfft den Mund auf. »Wo du recht hast, hast du recht. Ich hätte dich niemals anlügen sollen, daß ich Mona in der Lobby getroffen habe. Aber du mußt einfach verstehen, als ich dich wiedergesehen habe …«

Er strich sich mit beiden Händen die Haare aus dem Gesicht. Er trug immer noch dieselben Kleider, die er am Abend zuvor beim Dinner getragen hatte, nur daß sie jetzt naß und zerknittert waren. In anderen Worten, er sah erbärmlich aus. Sie lächelte böse. Als Antwort zog er eine Grimasse. »Dich wiederzusehen hat mich vollkommen aus der Bahn geworfen. Ich wußte gar nicht mehr, was ich tat. Ich plädiere auf vorübergehende Unzurechnungsfähigkeit.«

»Mir ist es vollkommen egal, und wenn du auf lebenslange Idiotie plädierst. Du kannst hier nicht einfach antanzen und …« Sie hielt inne. Sie war im Begriff, diese Situation vollkommen falsch anzupacken. Er erwartete von ihr, daß sie wütend war.

Also würde sie jetzt die Taktik ändern. »Ja?« drängte er. »Mach nur weiter, schimpf mich aus. Ich habe es verdient. Schütte es nur kübelweise über mir aus, danach sehen wir dann weiter.« Er ließ die Arme sinken, schob das Kinn vor und erwartete den Angriff. »Ich kann hier nicht einfach hereintanzen und ... und was?«

»Ach, vergiß es.« Sie wandte ihm den Rücken zu und ging zum Kühlschrank. »Es ist nicht weiter wichtig.«

»Wie meinst du das, es ist nicht wichtig? Gestern abend, nein, noch vor einer Minute warst du bereit, mich umzubringen.«

»Ich habe mich nur aus Gewohnheit so verhalten«, sagte sie ruhig. »Die Wahrheit ist aber, daß es mir gleichgültig geworden ist, was du tust und mit wem du es tust. Also, warum trollst du dich nicht einfach und ... tust es?«

»Ich will verdammt sein!«

»Aller Wahrscheinlichkeit nach«, stimmte sie kühl zu. Ihr war immer noch ganz schwindelig von all den Lügen, die ihr über die Lippen kamen. »Habe ich dich nicht gerade sagen hören, daß du jetzt gehst?«

»Nein, hast du nicht. Aber wenn du genau hinhörst, wirst du die Dusche laufen hören.«

Alarmiert protestierte sie: »Nicht hier! Geh einfach und laß uns vergessen, daß wir einander jemals begegnet sind. Ich will nicht, daß du in meiner Suite ein- und ausgehst, in meinem Badezimmer ein- und ausgehst und in meinem Leben ein- und ausgehst.«

Er war jedoch nicht länger da, um sich ihre Litanei anzuhören. Statt dessen hörte sie das Prasseln der Dusche.

Was sollte sie jetzt tun? Vielleicht würde ihr ja nach einer Tasse Kaffee etwas einfallen. Sie griff nach dem Telefonhörer, aber noch bevor sie den Zimmerservice erreicht hatte, ertönte die Lara-Melodie. Es war der Kellner. »Ihr Mann hatte gestern abend bereits das Frühstück bestellt«, verkündete er heiter.

Kochend vor Wut, ließ Claire ihn den Wagen hereinrollen,

während sie beobachtete, wie er auf dem Balkon den Tisch deckte und dann wieder ging. Er hatte genügend zu essen und zu trinken aufgefahren, daß es für drei starke Männer und eine hungrige Hundemeute gereicht hätte, aber sie wollte verdammt sein, wenn sie es genießen würde! Sie schenkte sich aus einer Kristallkaraffe Orangensaft ein und trank in großen Schlucken. Dann ließ sie sich geschlagen auf einen der Korbsessel fallen.

»Guten Morgen«, zirpte eine fröhliche Stimme. »Wunderschönes Wetter heute, nicht wahr?«

Claire wußte, daß sie die Augen öffnen und sich dieser neuen Herausforderung stellen mußte. Es gelang ihr jedoch nur mühsam. Zuerst entdeckte sie durch ihre halb geschlossenen Lider hindurch einen reich verzierten Zaun, der ihren Balkon von dem der Nachbarsuite trennte. Als sie ihre Augen noch ein wenig weiter öffnete, bemerkte sie den rosenverzierten Paravent, der die Privatsphäre schützen sollte. Und gleich darauf fiel ihr Blick auf Ramona, die hinter der Abtrennung hervorlugte. Mein Gott noch mal, war denn nichts mehr heilig? Claire wollte gerade zu einer heftigen Attacke ansetzen, doch Ramona sprach bereits: »Der Kaffee duftet ja einfach himmlisch. Und wie ich sehe, haben Sie auch noch ein paar Extratassen.«

Die Frau hatte vielleicht Nerven! Sie trat durch das Türchen durch und redete ohne Unterlaß.

»Ist das Hotel nicht einfach phantastisch? Ich bin gleich nebenan in der Edelsteinsuite. Kennen Sie sie? Sie ist wunderschön. Nicht ganz so groß und üppig ausgestattet wie die Hochzeitssuite natürlich, aber doch auch sehr schön. Kennen Sie das Zimmermädchen Etta? Ist sie nicht toll?«

Ramona setzte sich und schenkte sich, ohne ihren Redefluß zu unterbrechen, Kaffee ein. »Wissen Sie, ich war schon immer ganz neugierig auf J. D.s Ex-Frau. Nur weil ich hinter ihm her bin, heißt das ja nicht unbedingt, daß wir nicht Freundinnen sein können, oder? Was ich damit sagen will, ist, Sie hatten ja schon Ihre Chance, nicht wahr?«

Claire merkte, daß sie die andere mit offenem Mund anstarrte. Sie klappte ihn hastig zu.

Ramona streckte ihre Hand nach einem Croissant aus. »Ich wußte, daß Sie mir zustimmen würden. Ich finde es wirklich großartig, daß wir so vernünftig miteinander umgehen. Nur um es gleich ganz deutlich zu sagen: Ich verabrede mich nicht mit verheirateten Männern. Ich wäre nicht hier, wenn J. D. bereits vergeben wäre. Verheiratete Männer machen einem nichts als Ärger, sage ich immer. Und es gibt ja noch so viele andere Fische im Meer. Aber das wissen Sie ja selbst, Sie sind ja auch alleinstehend. Finden Sie es nicht auch lästig, wie sich die Männer ständig an uns heranmachen? Es kann wirklich zu einer Last werden, sie immer abwimmeln zu müssen, wenn man doch weiß, daß die meisten ohnehin nur das eine wollen.«

»Stimmt«, log Claire. Irgend etwas schien in ihrem Leben vollkommen falsch zu laufen. Wenn dieses kleine Ding hier die Männer mit einem Knüppel abwehren mußte ... Aber das war nicht fair. Als sie so mit Ramona zusammensaß, stellte Claire zu ihrer Verblüffung fest, daß das Mädchen eigentlich recht nett war. Nicht gerade J. D.s Typ, jedenfalls nicht der Typ, den er früher bevorzugt hatte. Aber dennoch ganz nett.

Unter anderen Umständen hätten sie vielleicht ... nun, zumindest keine Feindinnen sein können.

Claire beugte sich vor. »Ramona«, sagte sie ernst. »Ich muß Ihnen etwas erklären ...«

Die Balkontüren flogen auf, und J. D. trat heraus. Außer seinen Jeans trug er gar nichts. Er trocknete seine Haare mit schnellen Bewegungen, die die Muskeln seiner Arme und seines Oberkörpers hervortreten ließen. »Kaffee«, sagte er. »Ich rieche ... Ramona? Was, in aller Welt, machst du denn hier?«

J. D. konnte sich kaum eine schlimmere Situation vorstellen – von wenigen Ausnahmen abgesehen –, als nur halb bekleidet durch eine Tür zu kommen, um seine Ex-Frau und seine

Möchtegern-Geliebte bei einem intimen Plausch über einer Tasse Kaffee anzutreffen. Das bedeutete Unheil, daran bestand kein Zweifel.

»J. D.!« Ramona schien vollkommen verwirrt. »Was machst du denn hier?«

»Ja, J. D.«, wiederholte Claire maliziös. »Erzähl doch Ramona mal, was du hier machst.«

J. D.s nackte Zehen krallten sich in den Balkonteppich. Er versuchte, sich auf Mona zu konzentrieren. Denn wenn er Claire ansehen würde, konnte er möglicherweise nicht der Versuchung widerstehen, seine Hände um diesen lieblichen Hals zu legen und zuzudrücken.

»Weißt du, es ist so«, begann er ernst. »Ich habe mir alles noch einmal durch den Kopf gehen lassen. Ich bin zu dem Schluß gekommen, daß es das beste wäre, wenn ich dort auf dem kleinen Sofa übernachte.« Er machte eine Kopfbewegung in das Zimmer hinein.

Ramona runzelte die Stirn. »Aber warum denn?«

»Warum.« J. D. preßte die Lippen aufeinander. »Warum. Weil ... weil es meine Suite ist.«

»Unsere Suite«, korrigierte Ramona hilfsbereit.

»*Meine* Suite«, unterbrach Claire.

Er beachtete sie nicht. »Das meinte ich ja«, sagte er zu Mona gewandt. »Ich ... wir haben dasselbe Recht wie *sie*, hier zu sein. Und ich gebe nicht nach. Hier geht es schließlich ums Prinzip.«

»Ganz richtig«, zischte Claire.

Er mußte sie nun doch ansehen. »Tja, nun, wenn du vernünftig bist, dann können wir das Problem zu unser aller Zufriedenheit lösen. Aber ich lasse mich nicht hier rausschmeißen, wenn ich dasselbe Recht auf diese Suite habe wie du.«

»Ach ja?« Claire stand von ihrem Stuhl auf. »Es gibt nichts zu besprechen. Ich warne dich, John David Elliott! Geh mir aus dem Weg!«

Er wartete, bis sie vom Balkon gestapft war, bevor er sich Ramona zuwandte. »Ich schwöre dir, es ist die Wahrheit«, sagte er. »Du sollst nicht denken, daß irgend etwas zwischen mir und ...«

»Ach, du dummer Junge!« Sie erhob sich lächelnd und kam auf ihn zu. »Ich glaube dir doch.«

»T-tust du das?«

»Aber natürlich! Warum solltest du denn deine Zeit mit dem stacheligen Kaktus verschwenden, wenn du deine süße kleine Rose hast, die es gar nicht abwarten kann, dich in den Armen zu halten?« Er war immer noch ganz perplex, als sie ihre Arme um seinen Hals legte und ihre Finger verführerisch durch sein Haar gleiten ließ. Er widerstand dem Verlangen, über seine Schulter zu blicken, um zu sehen, ob Claire sie beobachtete.

Er widerstand dem Verlangen, schreiend davonzulaufen. Er widerstand auch dem Drang, sich über die Balkonbrüstung zu stürzen. Aber leicht fiel es ihm nicht.

Ich werde mich amüsieren, schwor Claire sich. Unter keinen Umständen würde sie sich von J. D. und seiner Zuckerpuppe *ihren* Urlaub vermiesen lassen.

Und so verbrachte sie den Tag damit, das Glass Garden Hotel zu erkunden. Es gab jede Menge zu entdecken, und alles war wunderbar: der Kristallsee mit seinem auf einer Insel gelegenen Gartenhäuschen, der Garten selbst mit seinen exotischen Pflanzen, imposanten Statuen und der einmaligen Landschaftsarchitektur, die Fotogalerie über die Geschichte des Kristallgartens.

Doch wohin sie auch ging und was sie sich auch anschaute – es erinnerte sie nur wieder daran, daß sie es mit *ihm* gesehen hatte. Das war allerdings nichts Neues; mit diesem Aspekt ihres jährlichen Ferienaufenthaltes hatte sie schon immer zu kämpfen gehabt. Dieses Mal allerdings war es noch viel schlimmer, denn sie begegnete ihm in Fleisch und Blut. An seinem Arm hing Ramona, die mit unverhohlener Bewunderung zu ihm aufblickte.

Nur wenige Begegnungen dieser Art hatten bereits einen zermürbenden Effekt. Claire fand sogar bald heraus, daß sie es nicht ertragen konnte. Sie gab auf. Sie war so verzweifelt auf der Suche nach einem Happy-End, daß sie sich in der Souvenirboutique einen Liebesroman kaufte und sich in der Suite auf einen Lesetag einrichtete – und zwar einen mit einem garantierten Happy-End. So fand sie denn auch Etta am späten Nachmittag über ihrem Buch weinend vor. Zunächst versuchte Claire, ihre Tränen zu verbergen, aber als sie sich in Ettas mütterlichen Armen wiederfand, brach all ihr Kummer plötzlich aus ihr heraus.

Etta hörte ihr mitfühlend murmelnd zu und machte hier und da eine aufmunternde Bemerkung. Als der Sturm vorüber war, gab sie Claire etwas Melissengeist und tätschelte ihr beruhigend die immer noch bebenden Schultern.

Claire schluckte ihren letzten Schluchzer herunter. Sie hatte sich zwar vollkommen blamiert, fühlte sich aber eigenartigerweise nach dem Eingeständnis ihrer Situation viel wohler: J. D. und sie waren geschieden, sie verschwendete immer noch ihre Ferien damit, ihm nachzutrauern, und jetzt hatte er eine andere Frau dabei, um mit ihr das zu entweihen, was früher einmal ihnen beiden gehört hatte. »Es ist vollkommen hoffnungslos«, schloß sie. »Jetzt werde ich mich noch nicht einmal mehr an die guten Zeiten erinnern können, ohne das Gefühl zu haben, daß er mir ein Messer in den Rücken sticht.«

»Meine Liebe, sagen Sie niemals nie«, riet Etta. »Ich hatte schon immer den Verdacht, daß da irgendein Problem ist, als er Sie niemals begleitet hat. Aber an Scheidung hätte ich nicht gedacht.« Sie schüttelte vehement den Kopf. »Dafür hängen Sie beide viel zu sehr aneinander. Das war mir sofort klar, als ich Sie beide zusammen gesehen habe.« Etta löste das herzförmige Taschentuch, das sie an die Brust ihrer rosa Uniform geheftet hatte, und reichte es Claire. Claire nahm es dankbar entgegen und tupfte sich ihre feuchten Augen ab.

»*Er* wollte die Scheidung«, würgte sie hervor. »Was konnte ich da schon noch machen?«

»Sie hätten sie ihm verweigern können!« Etta war vollkommen überrascht, daß Claire sich dieser Möglichkeit scheinbar gar nicht bewußt war. »Meine Liebe, die Männer wissen gar nicht, was sie wirklich wollen, bis eine Frau es ihnen sagt. Genau wie dieses Mädchen da in der Edelsteinsuite.«

»Ramona?« fragte Claire und versank noch tiefer in Selbstmitleid.

»Genau die. Sie hat ihm laut und deutlich gesagt, was es ist, was er wirklich will.«

Claires Lippen zitterten. »Soll das vielleicht ein Trost für mich sein?«

»Ich weiß nicht.« Ettas Augen waren groß und unschuldig. »Ich weiß nur, daß sie es ihm beizubringen versucht, er es aber nicht hören will. Jedenfalls noch nicht.«

»Ist das Ihr Ernst?« Ein Hoffnungsschimmer flackerte in Claires Seele auf.

»Ich würde eine ganze Farm drauf wetten.« Etta blickte auf ihre herzförmige Armbanduhr, erschrak und sprang auf. »Ich muß gehen, meine Liebe. Natürlich nur, wenn es Ihnen jetzt besser geht.«

»Aber ja doch.« Claire stand etwas wackelig auf. »I-ich weiß nicht, wie ich Ihnen danken soll, Etta. Ich weiß zwar noch nicht, was ich jetzt tun soll, aber ich fühle mich schon viel besser.« Sie umarmte das Zimmermädchen verschämt.

Etta strahlte. »Aber natürlich wissen Sie, was Sie jetzt tun sollen«, erwiderte sie mit gespieltem Ärger. »Immer genau das Richtige – und das Lachen nicht vergessen!«

Wenn es doch nur so einfach wäre.

Nachdem Claire sich stundenlang in ihrer Suite verkrochen hatte, kam sie schließlich zu der Erkenntnis, daß ihr weitere Tränen nicht das geringste einbringen würden. Sie warf sich in ein knallrotes, mit Pailletten besticktes Kleid und ging zum Essen hinunter.

Etwas irritiert wies ihr der Oberkellner einen Platz am letzten freien Tisch des Terrassenrestaurants zu. Kaum hatte sie sich gesetzt, als ihr klar wurde, daß sie seinem merkwürdigen Benehmen mehr Aufmerksamkeit hätte schenken sollen. Denn nur einen Tisch weiter saßen Ramona und J. D. Man mußte jedoch zu J. D.s Verteidigung sagen, daß er ebenso unglücklich über Claires Auftauchen zu sein schien wie sie über seines.

Ganz anders Ramona. Sie winkte fröhlich und wollte gerade aufstehen, als J. D.s Hand sie daran hinderte, der Ex-Frau ihres Freundes einen guten Tag zu wünschen.

Soviel zu einem angenehmen Abend. Claire widerstand jedoch der Versuchung, aufzustehen und davonzulaufen. Statt dessen schob sie energisch das Kinn vor und biß die Zähne zusammen. Dem würde sie es zeigen!

»Sind wir uns nicht schon einmal begegnet?« Ein durchaus ansehnlicher Mann hielt an ihrem Tisch inne und lächelte in ihr Dekolleté hinunter, das ihr rotes Kleid enthüllte.

Sie runzelte die Stirn, versuchte sich zu erinnern. Dann merkte sie plötzlich, daß seine Bemerkung nichts weiter als der übliche Aufreißer-Spruch war. Sie wollte ihm schon eine gehörige Abfuhr erteilen, als sie sich gerade noch zurückhielt und mit den Wimpern klimperte.

»Daran würde ich mich sicherlich erinnern«, entgegnete sie, um einen verführerischen Tonfall bemüht.

»Vielleicht verwechseln Sie mich ja auch mit jemand anderem.«

»Ausgeschlossen«, erwiderte er glatt. »Ich würde Sie später gerne zu einem Drink einladen, damit wir uns darüber unterhalten können.«

»Vielleicht«, sagte sie, in der Hoffnung, daß J. D. zuschaute. Sie konnte der Versuchung nicht widerstehen, ihm einen Blick zuzuwerfen.

Leider steckte sein Kopf noch immer hinter der riesigen Speisekarte. Offenbar hatte er die Szene gar nicht mitbekommen. Soviel zu dem Versuch, ihn eifersüchtig zu machen.

»Ach, lassen Sie mich in Ruhe!« fauchte sie ihren Bewunderer an. »Wir sind uns noch nie zuvor begegnet, und das wissen Sie genausogut wie ich.«

»Okay, okay. Ent-schul-di-gung!«

Noch bevor er außer Sichtweite war, bedauerte Claire bereits, daß sie ihn so abgefertigt hatte. Die beste Methode, J. D. aus ihrem Herzen zu verbannen, war die, jemand anderen dort hineinzulassen. Sie wollte jemanden anziehen, nicht angreifen. Und je eher sie damit anfing, desto besser. Wenn J. D. ihr dabei zuschauen wollte, dann hätte sie nichts dagegen einzuwenden.

Und so war es kein Zufall, daß sie das Restaurant nur einen Schritt vor Ramona und J. D. verließ. Und es geschah auch nicht zufällig, daß sie geradewegs in die Kristall-Taverne ging und an der Bar Platz nahm. Sie bestellte ein Glas Wein und schlug elegant die Beine übereinander, so daß das rote Kleid über ihre Knie hinaufrutschte. Dann sah sie sich nach einem Mann um, mit dem sie flirten konnte. Die Auswahl war eher spärlich. Von den wenigen anwesenden Männern saßen die meisten mit einer Partnerin zusammen. Sie drehte sich wieder zur Bar und griff nach ihrem Glas Weißwein.

Genau in diesem Augenblick fühlte sie eine Hand auf ihrer Schulter, und eine männliche Stimme murmelte in ihr Ohr: »Überraschung!«

Überrascht war sie allerdings. Besonders, als sich zwei noch nicht identifizierte Arme von hinten um sie schlangen und sie stürmisch drückten. Das Glas in ihrer Hand drohte zu kippen. »Vorsicht!« rief sie. Aber es war schon zu spät. Der gesamte Inhalt schwappte über den Rand.

Und über sie. Der kalte Wein auf ihren Brüsten oberhalb des Ausschnitts entlockte ihr einen überraschten Schrei. Aber noch bevor sie weiter protestieren konnte, wurde der Mann mit solcher Wucht von ihr weggerissen, daß sie beinahe ebenfalls mit umgefallen wäre.

Als sie ihr Gleichgewicht wiedergefunden hatte und sich umdrehte, blickte sie geradewegs in das Gesicht von J. D. Elliott, geübter Beobachter – im Gegensatz zu Teilnehmer – der menschlichen Szene. Noch nie hatte sie ein solches Feuer in seinen Augen gesehen. Mit der einen Hand hielt er sein Opfer im Schwitzkasten, die andere hatte er zur Faust geballt.

»Die Überraschung«, stieß J. D. zwischen zusammengebissenen Zähnen hervor, »ist ganz auf Ihrer Seite.«

Und dann holte er zu einem Kinnhaken aus.

6

Claire hatte sich zu spät von ihrem Hocker heruntergeschwungen. Glynn, der gute alte, nervtötende Glynn, war bereits wie ein Sack zu Boden gegangen. J. D. stand über seinem reglosen Körper, als ob er eine Heldentat begangen hätte.

»Warum, um alles in der Welt, hast du das getan?« schrie Claire außer sich vor Wut. Sie hämmerte mit ihren Fäusten gegen seine Brust. »Wie kannst du es wagen, eine solche Szene zu machen! Hast du mich denn immer noch nicht genügend erniedrigt? Jetzt mußt du auch noch in der Öffentlichkeit Streit anzetteln!«

J. D. griff nach ihren Fäusten und hielt sie fest. »Hör auf damit. Ich habe dich nur verteidigt. Oder findest du etwa Gefallen daran, wenn dich fremde Menschen von hinten überfallen?«

Sie zielte mit dem Absatz ihres Pumps nach seinem Schienbein. Er schnaubte und stieß sie von sich. »Was ist denn mit dir los? Bist du verrückt geworden? Ich habe lediglich ...«

»Ich habe genau gesehen, was du getan hast, du brutaler Kerl. Glaub bloß nicht, daß ich dir jemals verzeihen werde ...«

»He, alle Mann zurücktreten. Laßt dem Mann Luft zum Atmen!« Es war die Barkeeperin, eine kräftige, energische junge Frau in einem Dallas-Cowboy-Hemd, die sich einen Weg durch die Menge bahnte.

Claire wurde daran erinnert, daß sie in ihrer Wut über J. D.s Benehmen den reglos daliegenden Glynn vollkommen vergessen hatte. Schuldbewußt drehte sie sich um ...

... und sah Ramona, wie sie den Kopf des gefallenen Mannes in ihrem Schoß hielt, während sie über seine Stirn strich und beruhigend auf ihn einsprach. Glynn schien ohnmächtig zu sein. Himmel, wenn er sich nun ernstlich verletzt hatte? Was, wenn J. D. ...? Glynns Lider flatterten, dann öffnete er die Augen. Besser gesagt, er versuchte die Augen zu öffnen. Sein Blick irrte ziellos umher, während er heftig blinzelte. Er stöhnte, hob eine zitternde Hand und betastete seine Wange. »Was hat mich getroffen?« fragte er kläglich.

Claire lachte voller Erleichterung. Die Barkeeperin runzelte die Stirn über ihre unpassende Reaktion. »Ich habe bereits die Sicherheitsleute gerufen«, warnte sie. »Niemand geht fort!«

»Aber es handelt sich doch nur um ein Mißverständnis«, rief Claire aus und nahm wieder Haltung an. »Es war lediglich eine Verwechslung.«

Der Gesichtsausdruck der Barkeeperin blieb hart. Sie kniete sich neben Glynn und berührte sacht seine Schulter. »Alles in Ordnung? Was gebrochen? Ich kann einen Krankenwagen rufen, falls Sie medizinisch versorgt werden müssen.«

»Nicht doch, nicht doch.« Mit Ramonas Hilfe setzte sich Glynn auf. Er berührte sein Kinn, als ob er sich versichern wolle, daß es immer noch ganz war. Dann blickte er auf, erkannte Claire und fragte: »Was ist denn passiert?«

Noch bevor sie antworten konnte, drängte sich J. D. zwischen den Umstehenden hindurch. Angespannt blickte er Claire an: »Nun sag bloß nicht ... nein, laß mich raten. Das ist George, nicht wahr?«

»Nein! Es ist *Glynn*!« Entnervt ließ sie ihre geballte Faust gegen seine Schulter prallen. »Fast hättest du ihn umgebracht, du Tier, du! Ich kann nur hoffen, daß sie dich hinter Gitter bringen und dann den Schlüssel wegschmeißen! Ich hoffe ...«

Glynns Stimme übertönte ihr Gezeter. »Nun beruhige dich, ich habe mir ja nichts gebrochen. Vielleicht sollten wir dem Mann eine Chance geben, sich zu erklären.«

»Sicherheitsdienst! Bitte zur Seite treten, Sicherheitsdienst!«

»Hierher! Dieser Mann hier hat eine Schlägerei angefangen!«

»Unsinn! Ich habe lediglich die Ehre dieser Dame verteidigt.«

»Meine Ehre, lieber J. D. Elliott, geht dich nichts mehr an!«

Und über dem allgemeinen Tumult ertönte eine Stimme der Vernunft. Ramonas. »Nun kommt schon, Leute. Wir wollen uns doch wie Erwachsene benehmen. Meint ihr nicht, daß wir die Sache in aller Ruhe über einem freundschaftlichen Drink besprechen sollten?«

Freundschaftlich? So hätte es J. D. nicht bezeichnen wollen, wenn er auch Ramonas Geistesgegenwart und beschwichtigendes Eingreifen zu schätzen wußte. Ihr Vorschlag beruhigte die erhitzten Gemüter jedenfalls lange genug, um Georg – Glynn! – Gelegenheit zu geben, eventuelle Verletzungen ausfindig zu machen. Glynn versprach weiterhin, daß er weder das Hotel noch seinen Angreifer noch sonst irgendwen haftbar machen würde. Ramona. Die gute alte Ramona stand am Ende wie eine Heldin da. Sie half Glynn auf die Beine und führte ihn zu einem Tisch, wo er sich auf einen Stuhl fallen ließ. Er hielt ein feuchtes Wischtusch an seine Schläfe gepreßt.

Claire starrte J. D. weiterhin über den Tisch hinweg an, als ob der ganze unerfreuliche Vorfall seine Schuld wäre. J. D. starrte ebenso finster zurück. Ich habe doch wirklich nur die besten Vorsätze gehabt, dachte er beleidigt. Woher hatte er denn wissen sollen, daß sie sich von diesem Glynn auf solche Weise umarmen ließ?

Sein Blick wanderte zu dem feuchten Fleck, der das Vorderteil ihres engen rotes Kleides bedeckte. Dann ruhte er einen Moment lang auf den Rundungen ihrer Brüste über den glitzernden Pailletten. Claire sah ganz einfach phantastisch aus.

Der Fußtritt traf ihn vollkommen unvorbereitet ins Schienbein. »Au! Was soll das?«

»Der Tritt ist dafür, daß du erst zugeschlagen und danach Fragen gestellt hast«, brach sie hervor. Rote Flecken glühten auf ihren Wangenknochen.

Er rieb sich das schmerzende Bein. Wenn ihm dieser Glynn den Kinnhaken offenbar nicht allzusehr verübelte, warum sollte sie es dann tun? Er hatte sich schließlich entschuldigt. Er hatte sich vor einer Gruppe wildfremder Menschen blamiert und sich öffentlich entschuldigt. Was wollte sie denn noch mehr? Mona lächelte ununterbrochen. »Laßt uns doch wie zivilisierte Erwachsene miteinander reden. Es gibt doch gar keinen Grund, warum wir nicht alle Freunde sein sollten, oder?«

Claire stöhnte auf.

J. D. schien ähnlich zu fühlen.

Glynn lächelte versöhnlich. »Also ich bin dafür«, sagte er, während er J. D. einen vorsichtigen Blick zuwarf. »Es ist halt ein Versehen gewesen ... nehme ich jedenfalls mal an.«

Claire sank in sich zusammen und bedeckte das Gesicht mit den Händen.

»Mensch, Claire«, fuhr Glynn fort. »Ich bin doch froh darüber, daß jemand in meiner Abwesenheit auf dich aufgepaßt hat.«

»Ist er nicht ein Schatz?« säuselte Mona und tätschelte Glynn den Arm. »Viele Männer würden es nicht verstehen, wenn sie von dem Ex-Mann ihrer Freundin einen übergebraten bekommen. Oder warum eben dieser Ex-Mann mit eben dieser Freundin in der Hochzeitssuite zusammen wohnt.«

»Das haben sie doch schon erklärt.« Glynns Gesicht wurde

nur ein kleines bißchen lang. »Also, ich glaube den beiden.« Er sah Ramona besorgt an. »Du etwa nicht?«

Ramona nickte nachdrücklich. »Aber ja doch, was gibt es denn daran auch zu bezweifeln? Nach der Art, wie sie mit Klauen und Zähnen aufeinander losgehen, brauchen wir uns lediglich darum Sorgen zu machen, daß einer den anderen umbringen wird, bevor sie diese Sache mit der Doppelbuchung ausgebügelt haben.«

Glynn blickte von Claires verärgertem Gesicht auf J. D.s. Sein Lächeln wurde noch breiter. »Ich verstehe, was du meinst.«

Eine Weile saßen sie schweigend da. Die Stille war eher bedrückt als angespannt. Wieder einmal half Ramona aus.

»Und was jetzt?« fragte sie.

Glynn zuckte mit den Schultern. »Ich schätze, ich sollte etwas unternehmen, um ein Zimmer zu bekommen.«

Ramona tätschelte seine Hand. »Stimmt. Schließlich kannst du unmöglich bei Claire wohnen, während J. D. dort herumhängt.«

Claire blickte erstaunt auf. »He, einen Moment mal ...« Ein kurzer Blick auf J. D. ließ sie ihren Kurs ändern.

»Tu doch was!« zischte sie.

»Sieh mich doch nicht an.« J. D. wollte die Verantwortung nicht übernehmen. »Wenn du mich als Zimmergenossen nicht magst, dann kannst du jederzeit ausziehen und dir ein anderes Zimmer nehmen.«

»Siehst du?« Ramona zog die Brauen hoch. »Sie sind stur. Aber ich habe eine Idee, Glynn. Da mein Freund ...«

J. D. zuckte zusammen.

»... auf der Couch deiner Freundin schläft ...«

Claire zuckte zusammen.

»... bist du herzlich eingeladen, auf *meiner* Couch zu schlafen.«

Glynn wich erschrocken zurück. »Ich kann dich doch nicht rauswerfen.«

»Von Rauswerfen kann keine Rede sein. Ich habe gleich neben den beiden eine wunderschöne Suite mit jeder Menge Platz.« Sie lächelte verwegen. »An einem klaren Tag kann ich hören, wie sie sich gegenseitig anbrüllen. Nun komm schon«, drängte sie. »Fair ist fair. Wir könnten uns doch wenigstens Gesellschaft leisten, während unsere anderen Hälften die Sache zwischen sich regeln.«

»Mein Gott«, murmelte Claire schwach. »Ich glaub's einfach nicht.«

J. D. erging es ähnlich.

Als die beiden Paare schließlich etwas unsicher im Korridor zwischen den beiden Suiten stehenblieben, gab Ramona J. D. einen Gutenachtkuß, während Claire sich einen Schmatz auf die Wange von Glynn gefallen ließ. Dann verschwanden Glynn und Ramona hinter der einen Tür, während J. D. und Claire die andere öffneten.

Claire marschierte ins Wohnzimmer, kickte ihre Schuhe von den Füßen und eröffnete den Kampf. »Hoffentlich bist du nun zufrieden! Du hast uns beide vollkommen lächerlich gemacht.«

»Nein, habe ich nicht.«

Sie drehte sich zu ihm um. »Und ob du das getan hast! Dich zu prügeln wie ein gewöhnlicher ...«

Er grinste, wobei sich seine Grübchen zeigten. »Du mit deinen Wutausbrüchen! Du weißt doch, wohin das führt.«

Und ob sie das wußte. Leider. Sie änderte ihre Taktik so schnell, daß es sie selbst überraschte. »Also gut, ich werde betteln. B-bitteeee geh weg und laß mich in Ruhe. Wenn du das tust, werde ich dich nie wieder in meinem ganzen Leben um einen Gefallen bitten.«

Sein Lächeln erstarrte. »Hast du es so eilig, den alten George loszuwerden?«

»Nein!« Sie hielt den Atem an. »Doch!« Sie schloß die Augen. »Vielleicht. Was geht dich das an? Ich mische mich ja auch nicht in dein Leben ein. Warum also solltest du dich in meines mischen?«

»Reden wir hier ganz allgemein von ›Leben‹ oder von ›Liebesleben‹? Nicht, daß es von Bedeutung wäre, denn ich müßte ein vollkommener Idiot sein, um noch irgend etwas zu glauben, was du mir erzählst.«

Ihre Schultern sanken herab. »Das ist ungerecht.«

Er ging zu dem kleinen Kühlschrank und holte sich ein Bier heraus. »Du hast mich angelogen. Du hast Stein und Bein geschworen, daß du dich hier nicht mit einem Mann treffen würdest. Dann bist du mir wegen Mona aufs Dach gestiegen.«

»Ich habe dich nur angelogen, weil du mich zuerst angelogen hast. Was ich wirklich gesagt habe, ist, daß ich einen anderen Mann treffen würde. Aber das war gelogen, weil ...«

Sie merkte, wie sie sich selbst in eine Sackgasse manövrierte. Wenn sie ihm erzählen würde, daß Glynns plötzlicher Besuch sie ebenso überrascht hatte wie ihn, würde er ihr das nie und nimmer abnehmen. Falls er es ihr aber doch glauben sollte, dann wäre es um so schlimmer. Denn wie sollte sie ihm erklären, was sie hier alleine im Glass Garden Hotel tat? Und zwar nicht nur in diesem Jahr, sondern auch schon im letzten und vorletzten Jahr?

Das konnte sie nicht erklären, also gab sie sich geschlagen. »Denk doch, was du willst. Wir haben uns gegenseitig belogen. Ich gehe jetzt ins Bett.«

»Ich auch.«

Sie waren in eine Sackgasse geraten, und plötzlich merkte Claire, daß sie kaum noch Luft bekam. Er hatte sein blaßblaues Hemd aufgeknöpft. Es hing jetzt offen über seiner sonnengebräunten, muskulösen Brust. Aber das war nicht der Grund, weswegen ihre Kehle wie zugeschnürt war, jedenfalls nicht in erster Linie. Es war sein Gesichtsausdruck. Sein hungriger Ausdruck des Verlangens, ein Ausdruck, der ihr alles andere als fremd war. Ein abwehrender Schauder rann ihr den Rücken hinunter, gefolgt von einem Feuer, das sich von ihrer Magengrube aus über ihren ganzen Körper ausbreitete. Ihre Knospen zogen sich erregt zusammen und drückten gegen das weindurchtränkte Oberteil ihres Kleides.

Er sprach mit gepreßter Stimme: »Es könnte sein, daß ich mich mit dir wegen des Bettes streite. Dieses Ding da drüben, das sich Sofa nennt, ist wie ein Nagelbett.«

Er hatte *streiten* gesagt. Aber was er eigentlich meinte, war *teilen*. Er wollte das Bett, das war schon richtig. Aber er wollte es mit ihr darin.

Oder vielleicht wollte er ja auch Ramona, war jedoch bereit, sich mit ihr zufriedenzugeben ...

»Du mußt träumen, mein Lieber. Ich war zuerst hier, und Besitz wird in unseren Gesetzen großgeschrieben!« Sie befreite sich mit aller Kraft von dem Zauber, den er auf sie ausgeübt hatte. Dann marschierte sie hocherhobenen Hauptes den Flur entlang.

»Wen interessiert das denn jetzt noch?« rief er ihr hinterher.

Dann rief er mit vollkommen veränderter Stimme ihren Namen. Der sehnsuchtsvolle Unterton, der darin mitschwang, ließ sie abrupt innehalten, eine Hand bereits auf dem Türgriff.

»Es ist der dreizehnte August. Herzlichen Glückwunsch zum Hochzeitstag.«

Seine Stimme ertönte jetzt direkt hinter ihr. Er war ihr zum Schlafzimmer gefolgt. Sie wollte ihm gerade bittere Worte der Abwehr entgegenschleudern, wirbelte herum ... und landete direkt in seinen Armen. Noch bevor sie protestieren konnte, küßte er sie.

Die Berührung ihrer beider Lippen war immer noch voller Leidenschaft. Aber Claire entdeckte auch noch etwas darin, etwas wie zärtliche Reue. Den ganzen Tag war sie vor dem Gedanken davongelaufen, daß der heutige Tag eigentlich ihr vierter Hochzeitstag hätte sein sollen, und nicht das, was er in Wirklichkeit war: der Gedenktag ihres Scheiterns. Jetzt hatte er eine Konfrontation erzwungen ... eine sinnliche Konfrontation, die sie würde verlieren müssen, um zu gewinnen.

Ihr Verstand sagte ihr, daß sie ihm widerstehen sollte. Ihr Herz und ihr Körper aber schmolzen vor Lust dahin. Sie fühlte seine suchende Zunge und gewährte ihm mit einem Seufzer der Bereitwilligkeit Einlaß. Gleichzeitig berührten seine Hände ihre Hüften und zogen den engen Rock hoch genug, daß er sein Bein zwischen ihre Schenkel pressen konnte.

Wider besseres Wissen schmolz sie dahin. Ihr Körper verlangte nach ihm, sie begegnete seinem Kuß und den streichelnden Bewegungen seines harten Schenkels mit einer seligen Hingabe, die sie schon beinahe vergessen hatte. Zu vergessen versucht hatte ... denn dies war der Mann, der ihre Abwehr auf eine Weise zunichte machte, wie es noch kein anderer getan hatte oder jemals tun würde. Bei ihm war sie so verletzlich gewesen, daß es ihr angst gemacht hatte.

Sie wagte es nicht, das noch einmal geschehen zu lassen. Sie stemmte ihre Hände gegen seine Schultern und stieß ihn von sich, während sie gleichzeitig den Kopf wegdrehte, um den Kuß abzubrechen. Ihr Atem ging keuchend, und ihr Körper war immer noch vollkommen entflammt, trotzdem befreite sie sich mit einer einzigen verzweifelten Bewegung.

Einen Augenblick lang starrten sie einander in dem schwach beleuchteten Flur in die Augen. Ihrer beider Atem ging schwer. Sie sah ein gefährliches Flackern in seinem Blick. Gleich wird er mich packen, dachte sie mit erschrockener Gewißheit. Was sollte sie dann tun? Er würde sie packen und sie zum Bett tragen, und dann würde er sie lieben und sie ... Sie, der Himmel möge ihr beistehen, würde ihm mehr als nur bereitwillig entgegenkommen. Ihre Augen weiteten sich, und sie schnappte nach Luft mit einem Laut, der halb ein Schluchzen, halb ein einladender Seufzer war.

Er fuhr sich mit einer Hand durch die Haare und wandte den Blick ab. »Ach, was soll's«, knurrte er. »Versuch zu schlafen.«

Damit machte er kehrt und ging mit steifen Bewegungen den Flur entlang. Und das war das Allerschlimmste.

Das gemeinsame Frühstück mit den anderen im »Montague« am nächsten Morgen tat wenig, um die Spannungen der letzten Nacht zu lösen. Claire ertappte sich dabei, daß sie ziemlich einsilbig reagierte, und stellte fest, daß J. D. auch nicht viel gesprächiger war.

Es war jedoch immer noch besser als die Alternative: Steit. Nach jener schockierenden Begegnung gestern nacht, die sie erregt und wütend und schlaflos zurückgelassen hatte, wagte sie es nicht, ihre Feindseligkeit ihm gegenüber aufzugeben.

Ramona sorgte dafür, daß die Unterhaltung nicht völlig einschlief. Glynn folgte bald ihrem Beispiel.

Aber sogar Ramonas Vorrat an belanglosen Bemerkungen versiegte schließlich. Wieder entstand ein unangenehmes Schweigen, das schließlich von J. D. gebrochen wurde.

»Kann mir jemand bitte die Marmelade reichen?«

Da die Marmelade in der Nähe von Claires Ellenbogen stand, reichte sie sie ihm. »Du weißt doch wohl noch, wie ich heiße«, zischte sie. »Bist du noch immer nicht zufrieden mit dem, was du gestern abend mit mir angestellt hast? Mußt du denn unbedingt noch ...«

Zu spät wurde ihr bewußt, wie sich ihre Bemerkung anhören mußte. Mit glühenden Wangen versuchte sie die Sache auszubügeln. »Wir hatten noch einen Streit, bevor wir zu Bett gegangen sind«, erklärte sie. »Und dann ...«

Himmel! Sie hatte die Sache noch mehr verschlimmert. Glynn blickte sie eindeutig schockiert an, aber Ramona schien vollkommen unbeeindruckt.

J. D. wandte sich ihr mit einem maliziösen Lächeln zu. »Willst du noch mal ins Fettnäpfchen treten?«

»Nein, ich will dich erwürgen! Warum tust du mir das nur an? Alle anderen haben verstanden, was ich meinte.«

»Du weißt doch selbst nicht, was du gemeint hast. Himmel, Claire, früher hast du wenigstens ...«

»... schon wieder an zu zanken. Sag mal, ist das dein erster Aufenthalt in Dallas?« war Ramona im Hintergrund zu vernehmen.

»... noch ein gewisses Maß an Verstand bei einem fairen Streit bewiesen.«

»... mein ganzes Leben in New York verbracht«, erwiderte Glynn leise.

»Das kommt daher, weil du nicht fair streiten kannst, J. D. Das hast du noch nie gekonnt, und du wirst es auch nicht mehr lernen.«

»... war noch nie zuvor in diesem Hotel. Hättest du Lust, dir den Kristallsee anzusehen? Ich habe gehört ...«

»Ganz im Gegenteil! Hast du noch nie gehört, daß in der Liebe und im Krieg alles erlaubt ist?«

»Oh, ich hab' davon gehört, aber ich glaube nicht daran.« Claire warf ihre Serviette auf den Tisch. »Und ich muß hier nicht sitzen und mir so was von dir bieten lassen! Glynn! Vielleicht sollten wir ...«

Glynn war verschwunden. Ramona desgleichen. Claire blinzelte verdutzt und wandte sich hilfesuchend zu J. D. um. Er aber schien genauso überrascht zu sein. »Na, wie finde ich denn das?« murmelte sie. Sie blickte sich suchend in dem vollbesetzten Restaurant um, konnte aber keine Spur von dem Paar finden. »Sie haben sich noch nicht einmal verabschiedet.«

J. D. nahm die Rechnung entgegen. »Wie kannst du dir so sicher sein?« Er fischte sein Portemonnaie aus seinen khakifarbenen Shorts. »Wir haben ihnen schließlich nicht sonderlich viel Beachtung geschenkt, nicht?« Er legte ein paar Scheine auf den Tisch, dann stand er auf. »Damit werden sie aber nicht durchkommen. Wenn die beiden glauben sollten, daß ich mich ganz alleine mit dir befassen werde, dann müssen sie vollkommen verrückt geworden sein.«

Sie starrte ihn wütend an, er starrte nicht minder wütend zurück. Und wartete. Und wartete.

Schließlich knurrte er: »Kommst du nun mit oder nicht?«

Sie kam mit.

Den restlichen Vormittag und einen Teil des Nachmittags verbrachten sie damit, die Flüchtigen, Ramona und Glynn, zu suchen. Bei einem späten Mittagessen erklärte Ramona, daß weder sie noch Glynn das geringste Interesse daran hätten, weiter den Schiedsrichter bei irgendwelchen Auseinandersetzungen oder Meinungsverschiedenheiten zwischen den ehemaligen Ehepartnern zu spielen. Sie sagte dies ohne jede Schärfe.

Claire und J. D. entschuldigten sich beide, während sie sich gegenseitig wütende Blicke zuwarfen. Sie schworen hoch und heilig, daß sie in Zukunft etwas rücksichtsvoller sein wollten. Wenn sie aber auch nur fünf Minuten zusammen hätten verbringen können, ohne einen Streitpunkt zu finden, dann wäre das schon eine große Leistung gewesen.

»Wie seid ihr beide damals überhaupt zusammengekommen?« jammerte Ramona. »Wenn ich jemals zwei Menschen gesehen habe, die so gar nicht zusammenpassen, dann seid ihr das. J. D. ist liberal ...«

»Und Claire ist konservativ«, beendete Glynn den angefangenen Satz.

»J. D. kommt aus einer wohlhabenden Familie ...«

»... und Claire mußte sich die Karriereleiter hinaufarbeiten.«

»J. D. mag ...«

»Diese Unterhaltung gar nicht.« Er schob seinen kaum berührten Salatteller von sich weg.

Claire gefiel die Unterhaltung ebensowenig. Sie waren tatsächlich in fast jeder nur erdenklichen Hinsicht verschieden. Er kam aus dem alteingesessenen Bürgertum von San Francisco, während sie auf einer Farm im südlichen Texas aufgewachsen war. Er war eigenbrötlerisch, sie war praktisch; er war optimistisch, wo sie zynisch war. Er hatte an der Universität von Stanford studiert, während sie sich durch die Handelsschule gekämpft und dann einen Abschluß an der Abendschule gemacht hatte.

Sie starrte entmutigt auf ihren halb gegessenen Hamburger. Was hatte J. D. eigentlich jemals zu ihr hingezogen? Das würde sie wohl niemals wirklich herausfinden. Denn was immer es auch gewesen sein mochte, sie mußte es offensichtlich irgendwann im Laufe der Jahre verloren haben.

Als sie wenige Stunden später in dem Pavillon auf der kleinen Insel inmitten des Kristallsees gegen Scharen von Mücken kämpften, bemerkten Claire und J. D. gleichzeitig, daß Ramona und Glynn wieder einmal verschwunden waren.

»Die beiden im Auge zu behalten ist schlimmer, als Flöhe zu hüten«, knurrte Claire.

»Du sagst es.«

»Warum sind sie denn dieses Mal geflohen? Ich fand, daß wir uns ganz gut benommen haben, für unsere Verhältnisse jedenfalls.«

»Die beiden haben einfach kein Sitzfleisch.«

»Im Gegensatz zu uns. Sollen wir die Feiglinge aufspüren?«

»Nach dir.«

Mit einer schwungvollen Verbeugung wies er auf den kleinen Steg, der das künstliche Eiland mit dem Festland verband. Sie gingen den Weg unter tiefhängenden Zypressen und üppig blühenden Magnolien entlang. Pfauen und Rebhühner liefen frei herum und trugen noch zu der exotischen Atmosphäre mit bei.

Die Üppigkeit der Gartenanlage gefiel Claire. Dies war eine wunderschöne, elegante Anlage mit einer verträumten Atmosphäre, in der Entfremdung oder Traurigkeit nicht vorgesehen waren. Als sie die Terrasse des Hotels betraten, nahm J. D. ihren Arm. Ein Zittern überlief sie, und sie versuchte, ihren Ellbogen zurückzuziehen.

»Wußtest du eigentlich«, sagte sie etwas außer Atem, »daß sie hier mehrere Gerüste anbringen müssen, um die Glasfront zu reinigen?«

Sein Griff wurde noch fester, als sie weitergingen. »Nein, das wußte ich nicht.« Seine Stimme klang belustigt. »Wie oft machen sie das denn, alle zehn Jahre einmal?«

»Viermal im Jahr.« Sie betraten den Garten. »Dies ist ein wirklich interessanter Ort.« Sie deutete auf den hohen Springbrunnen, der praktisch zu einem Wünschbrunnen geworden war. »Hast du schon mal einen Penny hineingeworfen und dir dabei etwas gewünscht?«

War das ein Seufzer gewesen? »Ja, vor kurzem. Leider hat sich der Wunsch nicht erfüllt.«

Sie sah ihn verwundert an. »Die Münzen gehen regelmäßig als Spende an das Rote Kreuz. Dein Geld ist also nicht verschwendet, selbst wenn dir dein Wunsch nicht erfüllt wurde.«

»Ich erwarte aber, daß meine Wünsche Wirklichkeit werden.« Er drückte heftiger als nötig auf den Knopf des Fahrstuhls. »Der Brunnen hat mich enttäuscht, meine Liebe.«

Der Blick, den er ihr zuwarf, ließ sie sich fragen, ob er wirklich über den Brunnen oder eher über sie sprach.

Sie fuhren in unbehaglichem Schweigen zu ihrer Etage. Während J. D. an die Tür der Edelsteinsuite klopfte, rannte Claire in die Hochzeitssuite. Vielleicht hatten die beiden Ausreißer ja eine Nachricht hinterlassen.

Das hatten sie nicht. J. D. ging mit gerunzelter Stirn zu Claire hinüber.

Claire zog einen Schmollmund. »Also, was sollen wir nun …«

»Wie soll ich das wissen?« Er ließ sich auf das Sofa fallen.

»Ich werde mal bei der Rezeption anrufen, ob sie dort vielleicht eine Nachricht für uns hinterlassen haben.«

»Unser … mein Telefon würde dann ein Blinkzeichen geben.«

»Na schön, dann laß du dir etwas einfallen.«

Sie dachte einen Augenblick nach. »Glaubst du, daß sie das Hotelgelände verlassen würden? Dann würden wir sie nämlich nie und nimmer finden.«

»Früher oder später werden sie zurückkehren müssen.«

»Früher oder später ist mir zu vage. Ich habe nicht die Absicht ...«

Die Lara-Melodie unterbrach die Unterhaltung. Claire stieß einen Seufzer der Erleichterung aus. »Das werden sie sein.«

»Ich mache auf. Und dann müssen wir diese Sache ein für allemal klären.« Er sah sie ruhig an.

»Einverstanden?«

»Einverstanden.« Er hatte recht. Sie konnte unmöglich noch einen weiteren Tag wie diesen verbringen; es war emotional einfach zu erschöpfend. Würde sie bereit sein, aufzugeben und aus der Suite auszuziehen, wenn er sich nicht erweichen ließ?

Zeit der Entscheidung. Sie drehte sich um, um Ramona und Glynn zu begrüßen. Es kam jedoch jemand anderer durch die Tür.

7

Etta rollte einen voll beladenen Servierwagen mitten ins Zimmer und sah Claire erwartungsvoll an. »Soll ich das hier auf den Balkon bringen? Ist doch herrlich draußen zu dieser Tageszeit.«

Claire runzelte die Stirn angesichts der verschiedenen silbernen und kristallenen Schüsseln. Eine Flasche Wein, ein riesiges Blumengesteck und Kerzen waren ebenfalls dabei. Verwirrt wandte sie sich zu J. D. um, der jedoch nur die Augen verdrehte und die Schultern zuckte.

»Es muß ein Versehen sein«, sagte sie.

»Was ist das denn?«

»Genau das, was der Doktor verordnet hat«, versicherte ihr Etta. »Und das ist nur der Anfang, der erste Gang. Ich habe noch Champagner, Erdbeeren und Kaviar und noch jede Menge anderer Köstlichkeiten. Wenn Sie soweit sind, dann werde ich Ihnen Steak und Hummer servieren. Als Dessert haben wir Eistorte.«

»Wir haben das nicht bestellt«, erklärte J. D. kategorisch.

»Irgend jemand hat es aber bestellt«, entgegnete das Zimmermädchen. »Nun stehen Sie doch nicht mit offenem Mund da, sondern lassen Sie mich die Sachen aufbauen.«

»Aber ...«

Aber nichts. Etta war bereits durch die Balkontüren hinausgetreten. Mit verräterischer Eile breitete sie die weiße Leinendecke aus und deckte den Tisch.

J. D. wandte sich an Claire. »Du hast das doch nicht bestellt, oder?«

»Todsicher nicht. Warum sollte ich? *Wann* hätte ich das denn tun sollen?« Beleidigt drehte sie ihm den Rücken zu.

»Schon gut, tut mir leid. Aber wenn weder du noch ich ...« Plötzlich schnippte er mit den Fingern. »Ramona und Glynn. Sie scheinen zu glauben, daß wir die Sache am besten während eines schönen Essens bereinigen können.«

»Ramona und Glynn«, stimmte Claire unglücklich zu. »Sie wollten sich wahrscheinlich nicht noch eine Mahlzeit zumuten, bei der wir uns gegenseitig an die Kehle gehen.«

Etta kam wieder ins Zimmer. »Also«, sagte sie zufrieden. »Jetzt nichts wie raus. Setzen Sie sich und *genießen* Sie es.«

»Ich schätze, wir könnten uns das Essen auch ebensogut schmecken lassen«, stimmte Claire zu.

J. D. nickte. »Ja. Dies ist vermutlich unsere letzte Chance, Claire. Laß es uns noch einmal versuchen. Was haben wir schon zu verlieren?«

Etta zuckte zurück. »Ich muß doch sehr bitten!« rief sie in gespieltem Entsetzen aus. »Manchmal denke ich wirklich, ihr jungen Leute habt nicht mehr Verstand, als Gott einer Gans gegeben hat.«

Manchmal dachte Claire ganz ähnlich, obwohl sie es nicht ganz so kraß formuliert hätte.

Sie dinierten unter Millionen von Sternen, während von der Stadt Millionen von Lichtern herüberglitzerten. Es schien alles so zauberhaft, daß Claire ein Gefühl von déjà-vu überkam. Sie war schon einmal mit diesem Mann hier gewesen. Sie hatte ihn über den Tisch hinweg mit derselben Liebe und Sehnsucht angesehen.

Sie zwang sich, ihre Aufmerksamkeit auf das schmelzende Eis mit Baisers auf ihrem Teller zu konzentrieren, während sie darüber nachgrübelte, wieso sie sich so sehr von ihrem ursprünglichen Vorhaben hatte abbringen lassen. Sie war hierhergekommen, um zu vergessen. Statt dessen hatte J. D. seine Vormachtstellung in ihrem Herzen erneut gefestigt.

J. D. ließ lautstark seinen Dessertlöffel fallen. »Wir schieben das Unausweichliche lediglich auf«, sagte er.

»Ich weiß.« Ihr Löffel gesellte sich zu seinem auf der festen Leinendecke. »Mir graut einfach davor, wieder in den Ring zu steigen.«

»Mir auch.«

»Können wir die Sache nicht ruhig angehen, anstatt frontal aneinanderzugeraten?« fragte sie offenherzig. »Spaß beiseite, es ist wirklich ... sehr schön, dich so ... so gesund wiederzusehen. Macht dir die Arbeit bei der Zeitung immer noch soviel Spaß?«

Während er seinen Blick über die Lichter der Stadt gleiten ließ, antwortete er nachdenklich. »Ja, aber ...« Er zögerte, als ob er sich nicht sicher sei, wieviel er ihr anvertrauen sollte. »Ich habe ein Angebot bekommen, regelmäßig einen politischen Kommentar von Washington aus zu schreiben.«

»Washington, D. C.?« rief Claire erfreut. »Das ist ja wunderbar!« Unwillkürlich berührte sie seine Hand, die auf dem Tisch lag. »J. D., ich freue mich so für dich. Du bist wirklich ein großartiger Journalist. Herzlichen Glückwunsch – und ich meine es aufrichtig.«

Er sah sie mit zur Seite geneigtem Kopf und durchdringendem Blick an, als ob ihn ihre herzliche Reaktion verwirrte. »Vielen Dank. Aber die Glückwünsche sind vielleicht noch etwas voreilig. Ich habe mich noch nicht entschieden.«

»Du machst Witze. Ist es denn nicht genau das, was du schon immer wolltest, deine eigene Kolumne?«

»Ja, schon ...«

»Wo ist dann das Problem? Doch nicht etwa die Herausforderung? Du bist doch noch nie vor einer Herausforderung zurückgewichen.«

Er schüttelte mit ausdrucksloser Miene den Kopf. »Ich werde das Angebot vermutlich nicht annehmen, weil ich sonst von der Westküste fortziehen müßte.«

»Das kann doch nicht dein Ernst sein!« Claire schlang ihre Finger noch fester um seine.

Er lächelte sie schief an. »Nun tu mal nicht so entsetzt. Früher habe ich immer gedacht, ich könnte nur in Kalifornien glücklich sein. Jetzt habe ich meinen Horizont immerhin so weit erweitert, daß er die gesamte Westküste einschließt.«

Sie seufzte. »J. D., das Glück hängt nicht von der Umgebung, sondern von der Einstellung ab.«

Er starrte sie mit offenem Mund an. »Moment mal. Sind das Claires Worte? Ich erkenne diese neue, viel reifere Claire ja kaum wieder. Bist du dir sicher, daß du *Einstellung* und nicht *Anstellung* meinst?«

Sie lachte schüchtern. »Die Wahrheit ist nun mal, daß meine Arbeit nicht länger oberste Priorität in meinem Leben hat.«

J. D.s Mundwinkel zogen sich abwärts. »Was steckt dahinter? Glynn?«

Eine Art Scheideweg tat sich vor ihr auf. Die Wahrheit – daß sie die Entscheidung, ihren Beruf ihm vorzuziehen, mehr bereute als jede andere Entscheidung, die sie getroffen hatte – würde sie schnell auf emotionales Glatteis führen. Eine Lüge – daß Glynn mehr als nur eine Nervenprobe für sie war – würde zumindest dafür sorgen, daß sie sich ohne Peinlichkeit aus der Sache herauswinden konnte.

Sie blickte auf J. D. und forschte in seiner Miene nach einem Hinweis, daß er die Wahrheit hören wollte. Sein Ausdruck verriet jedoch lediglich Skepsis.

Natürlich versuchte sie nun, ihre Schäflein ins trockene zu bringen. »Glynn ... nun ja, vielleicht.« Dann fügte sie betont heiter und so, als ob es sie überhaupt nicht berühren würde, hinzu: »Und wie ist das mit dir und Ramona?«

»Wer kann das schon sagen? Es sind schon verrücktere Dinge passiert.« Hastig zog er seine Hand unter ihrer hervor und riß die Champagnerflasche aus dem Eiskübel. Sie war leer. »Ich hole nur schnell eine neue«, sagte er und rannte vom Balkon. Claire wartete, während sie mit jedem Augenblick melancholischer wurde. Sie hatte sich tatsächlich verändert, wie sie mit einer Entschiedenheit erkannte, die ihr bis dato gefehlt hatte. Alles, was sie von diesem Fiasko hier noch erwartete, war, J. D. glücklich zu sehen. Wenn Ramona das bewirken konnte, dann war sie bereit zu verzichten.

Tränen sammelten sich in Claires Augen, und sie blinzelte heftig. War es das, was wahre Liebe ausmachte – wenn man das Glück eines anderen über sein eigenes stellte?

Sie sprang auf und ging auf die Wand zu, die die beiden Balkone trennte. Sollte das vermißte Paar wieder aufgetaucht sein, dann würde sie jetzt ihren Worten Taten folgen lassen. Claire öffnete das Türchen und schlüpfte hindurch. Es ist das einzig Richtige, das hier zu tun, sagte sie sich. *Weitaus besser als alles, was ich jemals getan habe ...* Ramona und Glynn waren tatsächlich in der Suite. Sie waren so leidenschaftlich ineinander verschlungen, daß Claires Knie bei dem Anblick ganz weich wurden. Halb entkleidet küßten sie sich vollkommen selbstvergessen auf der Couch, die durch die offenen Gardinen zu sehen war.

Schockiert und zitternd wich Claire zurück. Ihr Herz klopfte, ihr Atem ging keuchend. Mein Gott, dachte sie entsetzt. Glynn und Ramona? Wie konnte das sein?

Aber sie wußte genau, wie das sein konnte. Sie hatte weiß Gott einiges dafür getan, daß es passiert war. Sie hatte Ramona und J. D. auseinandergehalten. Jawohl, das hatte sie getan! Sie hatte sich zwischen sie gestellt. Und sie sollte ehrlich genug sein zuzugeben, daß sie es absichtlich getan hatte. Sie hatte den Gedanken einfach nicht ertragen können, daß ihr ehemaliger Mann mit einer anderen Frau zusammen war. Und Glynn? Wie hatte sie seine selbstlose Anbetung erwidert? Sie hatte alles getan, um ihn zu entmutigen, und seine schüchternen Versuche, sie für sich zu gewinnen, mit Verachtung und Spott abgetan.

Dennoch wäre es ihr niemals in den Sinn gekommen, daß er seine Gefühle auf jemand anderen übertragen könnte.

Sie riß sich zusammen, eilte auf ihren eigenen Balkon zurück und schloß das Tor. Was für ein Durcheinander sie angezettelt hatte, was für ein entsetzliches Durcheinander!

Sollte sie J. D. sagen, was sie gesehen hatte?

Ja, denn dann würde er dem Flittchen den Laufpaß geben; nein, denn eine solche Nachricht aus dem Munde seiner Ex-Frau würde zu sehr nach sauren Trauben klingen.

Wenn J. D. Ramona wirklich mochte, dann würde er Claire dafür hassen, daß sie ihm diese schlechte Nachricht überbrachte. Aber hatte er es nicht verdient zu wissen, was für eine Frau Ramona war?

Was sollte sie tun? Was sollte sie nur tun?

J. D. erschien mit einer geöffneten Flasche Champagner. Er sah sie nur einmal kurz an, dann wanderte sein Blick über den Balkon, als ob er hinter einem der vielen Pflanzenkübel einen Eindringling witterte.

»Irgend etwas nicht in Ordnung?« fragte er und schenkte ein.

»A-alles okay«, erwiderte sie etwas zu hastig. Sie griff nach ihrem Glas und trank es in einem Zug leer. Als sie sich wieder gefaßt hatte, lächelte sie. »Erzähl mir doch mal, J. D. – das heißt, wenn dir meine Fragerei nichts ausmacht ...«

»Nur zu.« Er sah fast so aus, als ob er ihre Frage erwarten würde.

»Bist du ...« Sie hatte Schwierigkeiten, es auszusprechen. »Vielleicht ist die Frage ja vollkommen überflüssig, aber wie ernst ist es dir wirklich mit Ramona?«

Sein Blick wurde kalt und fremd, und sie wußte augenblicklich, daß sie zu weit gegangen war. »Das kommt ganz darauf an, wie man das Wort ›ernst‹ definiert«, erwiderte er gepreßt.

Seine feindselige Miene machte sie nervös. Aber sie war bereits zu weit gegangen, um jetzt noch einen Rückzieher zu machen. »Ich sag's noch mal ganz deutlich. L-liebst du sie? Denn wenn du sie liebst ...«

Sie verkniff sich zu sagen: *Denn wenn du sie liebst, dann werde ich den Mund halten und schnell wie der Blitz diese Suite verlassen. Das Mädchen ist dich nicht wert, aber das wirst du auch selbst noch herausfinden.*

Verärgert leerte er sein Glas in einem hastigen Zug. Sie beide tranken den teuren Champagner, als ob es Hustensaft wäre. Er füllte mit eckigen, verkrampften Bewegungen ihre Gläser auf. »Wenn du jetzt einer möglichen künftigen Verbindung deinen Segen aussprechen willst, dann spar dir die Mühe. Ich brauche nicht die Zustimmung meiner Ex- Frau.«

»Nein, natürlich nicht. Ich wollte nur ...«

»Ich weiß, was du gerade wolltest.« Er schien äußerst verärgert. »Ich verstehe ja, warum du mich endlich loswerden willst. Damit du mit deinem Liebsten zusammen sein kannst. Ich sag' dir was. Ich werde schnell mal nebenan vorbeischauen, und wenn die beiden Vermißten zurück sind, lade ich sie auf einen Drink ein. Und dann klären wir diese Sache mit der Suite ein für allemal.«

»Nein!«

»Was ist?« Er hielt mitten im Aufstehen inne.

»Geh nicht!«

»Warum denn nicht?«

»Weil ... weil wir es viel schneller unter vier Augen regeln können. W-weil ...« Sie suchte verzweifelt nach Gründen, Vorwänden, irgend etwas, um ihn davon abzuhalten, die Nachbarsuite zu betreten. Sie hielt ihn am Gürtel fest. »Weil ich dir noch etwas sagen will. Bitte, J. D., geh nicht.«

Seine grimmige Miene ließ sie hilflos innehalten. »Ich glaube nicht, daß ich noch irgend etwas hören möchte, was du mir zu sagen hättest«, erwiderte er langsam und löste ihre Finger von seiner Gürtelschlaufe.

»Vermutlich nicht«, gab sie zu, »aber ...«

Er schob ihre Hände weg. »Ich bin gleich wieder da.«

Was hätte sie noch mehr tun können? Sie ließ sich in ihren Stuhl zurücksinken, schloß die Augen und hoffte, daß das Paar nebenan seine Aktivitäten inzwischen ins Schlafzimmer verlagert hatte, wo niemand sie beobachten und desillusioniert werden konnte.

J. D. hatte wirklich keinen Hang zum Voyeurismus. Dennoch starrte er auf das eng umschlungene Paar auf dem Sofa der Nachbarsuite. Wie auch immer er es betrachtete, die beiden befanden sich in einer entschieden kompromittierenden Situation. Vielleicht gab es ja eine Erklärung dafür.

Na klar, und vielleicht ist Sharon Stone ja auch aufgrund ihrer schauspielerischen Fähigkeiten zum Star geworden. Wenn er es genau bedachte, erinnerte ihn Ramona ein wenig an Sharon Stone. Jedenfalls in den wesentlichen Punkten.

Aber dieser gottverdammte Kerl neben beziehungsweise *auf* ihr! Zähneknirschend stürmte J. D. durch die Verbindungstür zurück auf den Balkon der Hochzeitssuite und knallte das Tor hinter sich zu. Der Mistkerl hatte Claire nicht verdient, aber sie würde höchstwahrscheinlich sauer reagieren, wenn ihr Ex-Mann ihr dies in aller Deutlichkeit klarmachte. Es würde eine bittere Lektion sein, doch die würde sie selbst lernen müssen. Er konnte ihr den Schmerz nicht nehmen ... obwohl er überrascht erkannte, daß er es getan hätte, wenn das in seiner Macht gestanden hätte.

Claire wandte sich ihm zu und starrte ihn mit aufgerissenen braunen Augen an. J. D. nahm an, daß er wie ein Wahnsinniger aussehen mußte, um diese Reaktion bei ihr zu erzeugen.

Er fluchte unterdrückt und zwang sich zur Ruhe. Er versuchte ein Lächeln, war sich aber nicht sicher, ob es nicht eher einem Zähnefletschen ähnelte. »Niemand zu Hause.« Er ließ sich wieder auf seinen Stuhl fallen.

»Ach ja?« Sie schien erstaunt, dann sichtlich erleichtert.

»Ich bin zu einer Entscheidung gekommen«, verkündete er mit heiserer Stimme. »Ich ziehe aus, damit Glynn hier einziehen kann. Du hast gewonnen. Die Hochzeitssuite gehört dir.«

»Aber das kannst du doch nicht tun!« Sie sprang auf und beugte sich, die Hände auf den Tisch gestützt, zu ihm vor.

»Und ob ich das kann!« Er stand ebenfalls auf und stützte sich auf die Hände.

Mutig bot sie ihm die Stirn. »Du verstehst mich nicht. Ich habe mich entschieden, sie dir zu überlassen. Ich bin diejenige, die hier ausziehen wird!«

»Den Teufel wirst du tun!« Er brüllte, aber es war ihm gleichgültig. »Laß mich dir doch diesen Gefallen erweisen!«

Sie schüttelte den Kopf und schob störrisch die Unterlippe vor, eine Geste, die ihn früher immer zum Lachen gebracht hatte. Es hatte mal eine Zeit gegeben, als er sie mit einem Kuß auf eben jene Unterlippe hatte besänftigen können. Aber diese Zeit gehörte leider der Vergangenheit an.

Ihre Antwort war ebenso lautstark wie seine. »Ich will weder diese Suite noch dieses Hotel ... noch dieses gottverdammte Texas! Je schneller ich hier draußen bin, um so besser!«

»Was ist eigentlich mit dir los? Du hast gewonnen! Ich ziehe aus, dein Freund kann einziehen und ...«

Ihre Augen weiteten sich derart schockiert, daß er mitten im Satz abbrach und herumfuhr, um zu sehen, was ihre Reaktion verursacht hatte. Glynn und Ramona standen im Durchgang zwischen den beiden Balkonen. Sie trugen beide die gleichen Bademäntel mit dem Hotel-Logo und lächelten vollkommen selig.

Das brachte das Faß zum Überlaufen, zumindest was J. D. betraf. Mit zwei zornigen Schritten war er bei den beiden Verrätern. Er griff Glynns Bademantel und riß den kleineren Mann nach vorne.

»Du elender Mistkerl!« brüllte er. »Ich werde dir zeigen, daß du Claire so nicht behandeln kannst!«

Ramona schrie auf. Sie warf sich auf J. D.s Rücken und grub ihre Nägel in seine Haut. Claire griff nach J. D.s freiem Arm und zog heftig daran, während Glynn sich aus dem eisernen Griff zu befreien versuchte, der ihn unausweichlich ins Verhängnis zu ziehen drohte. Alle schrien und schimpften gleichzeitig, um sich Gehör zu verschaffen:

»Wir können alles erklären!«

»Erklären! Du bist erledigt ...«

»J. D., nun hör mir doch endlich mal zu!«

»Hast du ihm denn immer noch nicht genügend Schaden zugefügt? Laß ihn los!«

Und dann erhob sich plötzlich eine alarmierte Stimme über den Tumult: »Um Gottes willen, was ist denn hier los? Haben Sie alle plötzlich den Verstand verloren?«

Alle versuchten gleichzeitig, Etta die Situation zu erklären. Jeder wollte zeigen, wem seine Loyalität gehörte. Etta wartete, bis alle einmal Luft holen mußten. Dann klatschte sie energisch in die Hände und bat um Aufmerksamkeit. »Moment mal, habe ich das richtig verstanden?« sagte sie. »Mrs. Elliott ist wütend, weil Ramona sein Herz gebrochen hat?«

Claire nickte voller Abscheu.

Etta fuhr fort: »Und Mr. Elliott will gerade diesen George hier ...«

»Glynn!« rief Ramona beleidigt.

»Glynn«, verbesserte sich das Zimmermädchen. »Wie auch immer, Mr. Elliott will ihn umlegen, weil er Mrs. Elliott betrogen hat. Ist das richtig?«

J.D. stimmte knurrend zu und machte einen drohenden Schritt auf Glynn zu. »Ihn umzubringen ist noch viel zu gut für ihn.«

Glynn schluckte hart und wich zurück. »Worüber regen Sie sich eigentlich so auf? Mona und ich sind diejenigen, die verlassen wurden. Während diese beiden hier die Hochzeitssuite bewohnten, was sollen wir denn da tun? Wir wollten ihnen gerade erzählen ...«

»Eine schwache Ausrede«, zischte J.D. verächtlich. »Verdammt schwache Ausrede, Johnson. Bist du nun nach Texas geflogen, um Claire zu treffen, oder nicht? Wenn sie nun anderweitig beschäftigt ist, gehst du dann immer mit der Nächstbesten ins Bett?« Er beugte und streckte die Finger, als ob er sie am liebsten um jemandes Kehle gelegt hätte. »Warum, zum Teufel, hat sie dich nur jemals eingeladen?«

»Sie hat mich nicht eingeladen, ich bin einfach gekommen. Um genau zu sein, sie hat sogar ausdrücklich gesagt, ich sollte nicht kommen. Aber ich habe es dann doch getan.« Er legte den Arm um Ramona. »Was wahrscheinlich der größte Fehler meines Lebens gewesen wäre, wenn ich Mona nicht hier begegnet wäre.«

Claire trat einen Schritt auf die Frau in Glynns Armen zu. »Ramona Daniels, du solltest dich schämen! Glynn ist ein so harmloses Gemüt, aber du? So durch die Betten zu hopsen ...«

Ramona erhob sich auf die Zehenspitzen und reckte sich Claire mit zornrotem Gesicht entgegen. »Du hast doch keine Ahnung!«

J. D. legte Claire die Arme um die Taille und zog sie eng an seine Brust. »Laß doch«, sagte er mit belegter Stimme. »Sie sind es einfach nicht wert.«

Etta meldete sich wieder zu Wort. »Moment mal!« fuhr sie dazwischen. »Ich kann hier weder gebrochene Herzen noch irgendwelchen Betrug erkennen.«

Claire wandte sich an das Zimmermädchen. »Haben Sie denn gar nicht zugehört?«

»Doch schon, aber ich habe auch die Augen aufgemacht.« Etta zog die Brauen hoch. »Ist es denn niemandem aufgegangen, daß es möglich, ja sogar wahrscheinlich ist, daß sich jetzt genau die richtigen Paare gefunden haben?«

Claire lag in J. D.s Armen, Ramona in Glynns.

Auf jedem der vier Gesichter breitete sich langsam ein Lächeln aus. Claire drehte sich in J. D.s liebevoller, fester Umarmung um. »Meinst du nicht auch, daß es jetzt endlich an der Zeit ist, die Wahrheit zu sagen, die volle Wahrheit und nichts als die Wahrheit?«

Er nickte. Sein Lächeln wärmte sie durch und durch.

»Glynn ist nicht mehr als ein Freund für mich. Er hat mir niemals mehr bedeutet. Er ist trotz meiner Einwände hier aufgekreuzt. Ich habe dich aber glauben lassen, was du glauben wolltest, weil ich es mir nicht leisten konnte, dir die Wahrheit zu erzählen.«

»Und die wäre?«

Sie wollte ihm nicht gestehen, was für ein Dummkopf sie gewesen war. Aber dies war ihre letzte Chance. »Ich bin jedes Jahr zu unserem Hochzeitstag in die Hochzeitssuite gekommen. Ich ... ich dachte, es würde mir helfen, dich zu vergessen.«

»Das ist nicht dein Ernst!« Er sah vollkommen perplex aus.

»Würde ich so etwas im Spaß sagen? Ich schwöre, John David Elliott, ich kann mich für keinen anderen Mann mehr erwärmen. Und ich kann auch ebensogut gleich zugeben: entweder du oder keiner.« Sie wollte sich abwenden, aber er nahm ihr Kinn in die Hand und zwang sie, ihm in die Augen zu sehen. »Laß es uns noch einmal versuchen«, brach es verzweifelt aus ihm hervor. »Ich meine, heirate mich noch einmal. Ich liebe dich, Claire. Ich habe nie aufgehört, dich zu lieben. Ich habe zwar die Hochzeitssuite gebucht, um mich hier mit Mona zu treffen, aber das habe ich nur getan, weil ich so verzweifelt versucht habe, dich zu vergessen.«

»Meinst du das wirklich?« Sie blickte ihn mit tränenverschleierten Augen an. »Du solltest dir besser ganz sicher sein! Denn wir sind immer noch grundverschieden voneinander!«

»Traurig, aber wahr.« Ein Lächeln verzog seinen Mund.

»Und ich bin immer noch politisch konservativ, und du bist immer noch ein Liberaler – oder bist du etwa endlich zur Einsicht gekommen?«

»Nichts dergleichen!« Er lachte jetzt lauthals.

»Seit Ramona gestern beim Abendessen davon angefangen hat, habe ich mir den Kopf darüber zerbrochen, was du wohl jemals an mir gefunden hast.«

»Machst du Witze?« Er streichelte ihre Wange mit einer leicht zittrigen Hand. »Du bist klug und willensstark, und du hältst mich auf Trab.« Er runzelte die Stirn. »Aber ganz ehrlich, ich würde dich wahrscheinlich auch dann lieben, wenn du dumm und schwach und einfältig wärst. Ich liebe dich, weil du du bist. Versuch du mal, das zu erklären.«

Was konnte sie wohl darauf noch sagen? Niemand konnte die Liebe erklären; entweder man liebte sich, oder man liebte sich nicht, und daran konnten auch alle Erklärungen und alles Leugnen der Welt nichts ändern. Er schien ihr Schweigen falsch zu deuten, denn er runzelte die Stirn. »War das noch nicht ausreichend? Gut, wie wär's hiermit? Ich nehme den Job in Washington an. Du kannst nach New York pendeln, bis wir eine bessere Lösung gef ...«

»Pendeln, von wegen!« Sie riß sich gewaltsam aus einem Zustand fast an Lähmung grenzender Glückseligkeit, stellte sich auf die Zehenspitzen und schlang ihre Arme um seinen Hals. »Ich gebe meinen Job auf und suche mir einen anderen – als Lobbyist! Wie fändest du das: der Verfasser liberaler Kolumnen und die konservative Lobbyistin? Wir werden großartig sein! Und übrigens, ich liebe dich auch. Und meine Antwort lautet ja.«

Sie waren ganz in ihrer Umarmung verloren und erinnerten sich erst verspätet daran, daß sie nicht allein waren. Beide wandten sich vorsichtig zu Ramona und Glynn um.

Wie sich herausstellte, hätten die beiden nicht glücklicher sein können.

Ramona warf J. D. eine Kußhand zu. »Keiner kann behaupten, ich hätte mir keine Mühe gegeben«, sagte sie fröhlich. »Ich hätte dich um ein Haar rumgekriegt, gib's zu.«

J. D. errötete. »Bitte, Mona«, flehte er und deutete mit einem Blick auf Claire. »Hab Mitleid!«

»Mein Gott, das ist alles so perfekt, daß ich mich glatt hinwerfen und heulen könnte«, sagte Etta gerührt.

Glynns Grinsen war so breit wie das von Ramona. »Alles Gute für die Zukunft, ihr zwei«, sagte er. »Ich meine das ernst.« Claire glaubte ihm. Sie hatte noch nie so viel Sympathie für ihn empfunden wie in diesem Augenblick. Sie schaute den beiden nach, wie sie zu ihrem eigenen Balkon zurückkehrten, und rief ihnen hinterher: »Danke, daß ihr das exklusive Dinner für uns bestellt habt. Es war einfach perfekt.«

Glynn sah über seine Schulter zurück. Er und Ramona hatten einander seit der Versöhnung nicht mehr losgelassen. »Freut uns, daß ihr es genossen habt, aber wir haben es nicht bestellt. Wir hatten ... andere Dinge im Kopf.«

Sie verschwanden hinter dem von Rosen überwachsenen Tor. Claire und J. D. fuhren zu Etta herum.

»He, he«, verteidigte sie sich und trat einen Schritt zurück. »Irgend jemand mußte ja irgend was unternehmen, um euch beide in eine halbwegs gute Stimmung zu versetzen.«

»Na schön«, erwiderte J. D. »Dann habe ich Ihnen nur noch eines zu sagen, Etta Hannibal – danke! Danke, danke und gute Nacht.«

»Das sind schon mal zwei Dinge«, erwiderte Etta, aber die beiden hörten ihr schon nicht mehr zu.

J. D. hob Claire auf seine Arme und trug sie über die Schwelle ins Zimmer. Im Türrahmen drehte er sich noch einmal zu dem schmunzelnden Zimmermädchen um.

»Machen Sie doch gleich drei daraus«, rief er. »Streichen Sie meinen Weckruf für morgen früh.«

»Mein Lieber, ich würde sagen, jemand hat Sie bereits wachgerüttelt«, bemerkte sie grinsend. Sie sah ihm hinterher, wie er Claire den Flur hinuntertrug. Diese beiden – warum hatten sie eigentlich so verdammt lange gebraucht, um sich einzugestehen, daß sie füreinander bestimmt waren? Etta hatte es von der ersten Minute an gewußt, als sie die beiden damals vor vier Jahren zum ersten Mal gesehen hatte.

Sie summte fröhlich vor sich hin und verließ die Hochzeitssuite. Draußen hängte sie ein Bitte-nicht-stören-Schild an die Tür – und gleich noch ein zweites an die Tür der Nachbarsuite. Diesmal habe ich gleich zwei Fliegen mit einer Klappe geschlagen, stellte sie stolz fest und korrigierte den Sitz des herzförmigen Taschentuchs auf ihrer Brust.

Nicht schlecht, selbst für mich!

Sheryl Lynn

Gesucht und gefunden

1

»Dies ist aber keine Vorstandsetage.« Sandra Campbell folgte dem Hotelpagen in das Wohnzimmer. Sie ließ ihre Aktentasche fallen, und sie landete mit einem gedämpften Laut auf dem dicken Teppich.

Sie blickte sich um, registrierte die grünrosa Ausstattung im viktorianischen Stil: Brokatvorhänge, weiße Korbmöbel, eine rosengemusterte Tapete und ein Marmorkamin. Eine solche Suite hatte sie in ihrem ganzen Leben noch nicht gesehen.

Sie blickte ihren Reisegefähren säuerlich an. Es ärgerte sie, daß Martin die Situation so nonchalant akzeptierte. Für einen Maschinenbauingenieur erkannte er Notlagen bemerkenswert langsam. »Das ist ... ist ...« Wie, in aller Welt, sollte sie diese Suite beschreiben? »Das ist ja ein Liebesnest!«

Martin ließ sich sehr vorsichtig auf dem weißen, zweisitzigen Korbsofa nieder, als befürchte er, das zierliche Möbelstück könnte unter ihm zusammenbrechen. »Du solltest nicht gleich Herzflattern bekommen. So unwiderstehlich du mich auch finden magst, aber diese Angelegenheit ist rein geschäftlich.«

Viele Frauen fanden Martin Stonehouse unwiderstehlich, aber nur deshalb, weil sie einfach zu dumm waren, um dem großen, breitschultrigen, grünäugigen, lockenköpfigen, eingebildeten und absolut unerträglichen Kerl zu widerstehen. In dem einen Jahr, seitdem er in Bugle Creek wohnte, hatte er praktisch die gesamte alleinstehende weibliche Bevölkerung im Sturm erobert. Noch schlimmer war, daß es niemandem aufzufallen schien, was für ein rücksichtsloser Playboy er eigentlich war.

Ganz anders Sandra. Sie kannte diese Sorte und mochte sie nicht. Wenn die Tatsache nicht wäre, daß Martin sich um die Maschinen in der Recyclingfirma ihres Onkels Wally kümmerte, dann hätte sie überhaupt nichts mit ihm zu tun.

Und jetzt hatte er sich auf ihrer ersten Geschäftsreise mit eingeschlichen. *Herzflattern!* Sie warf ihm einen Blick zu, der die Rosen auf der Tapete zum Welken hätte bringen können. »Hier kann ich unmöglich meine Präsentation abhalten.« Sie stemmte die Hände in die Hüften. »Die Leute werden sich halb totlachen.«

»Bisher hat noch niemand über die Hochzeitssuite gelacht, Madam.« Behende lud der Page die Koffer vom Wagen. »Dieses Hotel hat Tradition. Die Skulptur der schönen Frau im Foyer ist Mitsy Packard. Diese Suite gehörte ursprünglich ihr.«

Sandra lief verzweifelt auf und ab. Das freundliche Gesicht ihres Onkels tauchte vor ihrem inneren Auge auf, und eine nur allzu vertraute Furcht verursachte ihr Bauchschmerzen. Die Leute in Bugle Creek hielten Wally für einen genialen Geschäftsmann, aber sie war anderer Ansicht. Wally kam so gerade über die Runden mit seiner altmodischen Art mündlicher Absprachen. Er war schon zufrieden, wenn das Geschäft einigermaßen lief. Er wurde jedoch allmählich älter und hatte einen sorgenfreien Ruhestand verdient. Kürzlich hatte er ihr die Chance gegeben, für potentielle Kunden eine Präsentation auszuarbeiten. Sie hatte hart gearbeitet, um dieses Verkaufstreffen vorzubereiten, und eine Präsentation ausgetüftelt, die die Kunden vom Hocker reißen würde! Und jetzt das hier! Nichts, aber auch gar nichts lief so, wie sie es erwartet hatte. Sie ließ sich in einen Sessel sinken, vergrub ihr Gesicht in den Händen und stöhnte verzweifelt.

Ein Donnerschlag ertönte und ließ sie zusammenzucken. Sogar das Wetter war gegen sie. Eine Sturzflut von Regen und Hagel hatte die unter normalen Umständen vierstündige Fahrt von Bugle Creek nach Dallas in entnervende, schweißtreibende sechs Stunden Überlebenstraining verwandelt. Und die Wettervorhersage versprach keine Besserung.

Aber das alles war nichts gegen die Situation, die sie in Dallas vorgefunden hatten. Sie konnte immer noch nicht glauben, daß sie die Geschäftssuite nicht bekommen hatten und statt dessen in diesem rosa Alptraum von Raum gelandet waren.

»Nun mach keinen Aufstand, Liebling. So schlimm ist es doch gar nicht.«

Sandras Nackenhaare sträubten sich. »Nenn mich bitte nicht Liebling, das kann ich nicht ausstehen.«

»Tut mir leid, ist mir nur so rausgerutscht.« Martin hörte sich aber gar nicht so an, als ob es ihm leid täte. Der Page fuhr mit seinem heiteren Geplapper über das romantisch-tragische Leben der schönen Mitsy Packard und ihrer rätselhaften Krankheit fort, weswegen ihr Öl-Ehemann das Glass Garden Hotel zu ihrer Zerstreuung hatte erbauen lassen.

Ein gesprächiger Junge, dachte Sandra und überlegte, wie sie ihn loswerden konnte. Und Martin gleich mit, da er immer noch wie ein Idiot dasaß und nickte und Interesse heuchelte.

Sie sprang auf. »Entschuldigung ...« Sie las sein Namensschild. »Chad. Ich würde jetzt gern allein sein.«

Der Page blinzelte Martin vielsagend zu und hob den Daumen. »Kein Problem.« Er verbeugte sich und streckte gleichzeitig diskret seine Hand nach dem Trinkgeld aus. An der Tür fummelte sie an dem altmodischen Messingschloß herum. »Entschuldigung, Chad.« Sie sprach mit leiser Stimme.

»Immer zu Diensten, Madam.«

»Ich hätte gerne ein Kännchen Schokolade.« Sie vergewisserte sich, daß Martin nicht zuhörte. »Dieses Hotel ist doch sicher, oder?«

Der junge Mann kratzte sich etwas oberhalb des Ohrs, wobei er sein ohnehin unordentliches Haar noch mehr durcheinanderbrachte. »Sicher?«

Hinter den Balkontüren im Wohnzimmer erstreckte sich die

Skyline von Dallas mit ihren vielen Farbschattierungen und ungewöhnlichen Wolkenkratzern, auf deren Fensterfronten sich die Blitze spiegelten, die über den Himmel zuckten. »Dallas ist eine so große Stadt. Es gibt soviel Kriminalität hier.«

Er sah sie an, als ob sie plötzlich lauter blaue Tupfen im Gesicht hätte. »Das alte Glass Garden Hotel ist so sicher wie nur irgendwas.«

Sie schloß hinter ihm die Tür ab und legte die Kette vor. Großstädte wimmelten von Mördern, Vergewaltigern, Einbrechern und Dieben. Jeder Idiot wußte das.

Im Wohnzimmer beobachtete sie Martin und ärgerte sich über seine Ausgeglichenheit. »Ich bin mir sicher«, sagte sie, jedes Wort betonend, »wenn du dir ein bißchen mehr Mühe gegeben hättest, hätten wir auch noch ein anderes Hotel finden können.«

»Wir hatten schon Glück, daß wir dieses hier noch gefunden haben.« Er legte seine nicht gerade kleinen Füße auf den Tisch. »Außerdem gefällt es mir hier.«

Er strich sich mit den Händen über ein paar unsichtbare Hosenträger und schloß die Augen. »Ich könnte mich wirklich an diese Art Luxus gewöhnen, Liebling. Wenn es dir nicht gefällt, dann finde *du* doch ein anderes Hotel.«

Wenn er in diesem Ton mit ihr sprach, hätte sie sich jedesmal die Haare raufen können. Er tat das nur, um ihr zu zeigen, daß unter Streß – und sie stand momentan unter Streß – ihr texanischer Akzent zum Vorschein kam. »Auf dieser Reise bist du wirklich wie ein überflüssiges Gepäckstück. Ich verstehe einfach nicht, warum Onkel Wally darauf bestanden hat, daß ich dich mitnehme.«

»Du hast *mich* mitgenommen?«

Sein Gelächter zerrte weiter an ihren Nerven.

Sie schlüpfte aus ihrem Cordjackett. »Richtig, ich habe dich mitgebracht. Hier geht es um Geschäfte, um Verkaufstechniken, Marketing und Profit. Du kannst mich ruhig unterbrechen, falls ich zu schnell für dich rede und du nicht ganz mitkommst.« Sie hängte ihr Jackett auf den reich verzierten Messinghalter.

»Tja«, meinte er, »wenn ich nun schon so ein dummes Landei bin, vielleicht könntest du mir dann ein paar Dinge beibringen.« Er rollte wie ein Mondkalb die Augen. »Wir könnten mit ein paar Zahlen beginnen und schließlich soweit kommen, daß ich meinen Namen buchstabieren kann.«

»Weiß Onkel Wally eigentlich, daß du mitten in einer Krise zu Sarkasmus neigst?« Sie rannte wütend auf und ab. Die Einkäufer von einem der größten Papierhersteller in Texas wollten sich mit ihr in einer Konferenzsuite treffen. Ein großer Tisch aus Nußbaum, Mittagessen, ein Overhaedprojektor! Aber das hier? Sie hielt vor einem Bücherregal mit in Leder gebundenen Klassikern der Romantik inne. Unglaublich.

Er schnalzte mit der Zunge. »Wir müssen halt ein wenig umdisponieren. Keine große Sache.«

Sie wirbelte zu ihm herum. »Es ist wohl eine große Sache!« Sie schnippte ihre Aussage betonend mit den Fingern. »Ich hatte alles bis ins letzte Detail vorbereitet, ich hatte jede einzelne Minute geplant.« Sie warf frustriert die Hände hoch. »Und nun sieh dir das hier an! Und du, du findest das auch noch komisch.«

»Wir brauchen nur ein paar Anrufe zu erledigen und allen zu sagen, daß wir jetzt in einem anderen Hotel sind. Das ist doch nicht weiter schwierig.«

»Ich kann Mr. Taylor nicht anrufen. Was wird er von mir denken, wenn ich in letzter Minute alles wieder umschmeiße? Er wird mich für eine Idiotin halten.«

Martin legte den Kopf schief. Seine langen Finger trommelten auf die Rückwand des Sofas, und seine Stiefelspitze bewegte sich im selben Rhythmus. Sie wußte, daß er lachte. Er lachte sie immer aus. Vermutlich konnte er es kaum erwarten, nach Bugle Creek zurückzukehren und jedem die Geschichte ihres Fiaskos zu erzählen.

Er streckte sich und dehnte seine Schultern. »Nicht, daß ich da Fachmann wäre ...«

»Das stimmt allerdings!«

»... aber Wally trifft Käufer meist in einem Restaurant oder in einer Bar. Wir verkaufen schließlich Produkte aus Altpapier und keine Kronjuwelen.« Er schüttelte langsam den Kopf. »Das ganze Drumherum ist ja ganz nett, aber man sollte sich doch besser auf das Wesentliche konzentrieren.«

»Ich brauche mir von dir keine Vorträge anzuhören.«

Er erhob sich mit einer geschmeidigen Eleganz, die so gar nicht zu seiner massigen Figur zu passen schien.

Sandra ertappte sich dabei, wie sie zurückwich, und ärgerte sich. Martin machte das öfter so; er rückte ihr so nahe, daß sie sich plötzlich ganz klein fühlte. Irgend etwas an ihm verursachte tief unter ihrer Haut ein Kribbeln.

»Es war ein anstrengender Tag. Es wird die Sache nicht besser machen, wenn du jetzt Streit mit mir anfängst.«

Er wanderte durch das Zimmer und ließ seine Finger über die Möbel und die Kunstgegenstände gleiten. Sandra beobachtete ihn wachsam. Die Luft im Zimmer schien zum Zerschneiden dick. Plötzlich wandte er sich zu ihr um und blickte sie durchdringend aus seinen glänzenden grünen Augen an. Der Atem stockte ihr in der Kehle. Trotz ihrer genauen Planung hatte sie nicht bedacht, daß sie mit Martin Stonehouse in diesem rosa-grünen Traum allein sein würde.

»Ich weiß ja, daß du mich nicht hierhaben willst.«

Sie warf ihr Haar über die Schulter zurück. »Wie bist du denn darauf gekommen?« Eine Augenbraue schoß in die Höhe, und sein Lächeln enthüllte blitzende Zähne. »Wenn du schon in der Welt der Erwachsenen Geschäfte machen willst, dann solltest du selbst erst mal erwachsen werden und lernen, dich den Gegebenheiten anzupassen.«

Eine Hitzewelle überflutete ihre Wangen. »Was glaubst du eigentlich, wer du bist?«

»Ich bin Ingenieur und versuche, meine Arbeit zu tun. Warum du deswegen Wutanfälle bekommen mußt, weiß ich nicht.« Er hob in einer frustrierten Geste die Hände. »Und ich sage dir noch etwas, Liebling«, fuhr er fort. »Ich habe jetzt ungefähr soviel von deinem Geschimpfe, Gegifte und Geschmolle geschluckt, wie ich an einem Tag verdauen kann. Hör also auf, dich wie ein Kind zu benehmen. Dann werden wir sicherlich miteinander auskommen.«

Ihr Gesicht war puterrot. Niemand wagte es, so mit ihr zu reden – niemand! Erst recht nicht dieses Landei aus Oklahoma. Sie ließ sich auf das Sofa fallen und trat ihre Stiefel von den Füßen. Er und *sie* ertragen? Der Fall lag wohl eher umgekehrt. Dies war ihre Geschäftsreise, ihre Präsentation. Sie hatte all die Arbeit verrichtet und die Kontakte geknüpft. Und es war *ihr* Onkel Wally, dessen finanzielle Sicherheit auf dem Spiel stand.

Seine ruhig ausgesprochenen Worte über ihr »Geschimpfe, Gegifte und Geschmolle« brannten ihr in der Seele.

Ihre Zehen versanken in dem dicken, weichen Teppich, als sie zu den Balkontüren hinüberging. Auf dem See hinter dem Hotel reflektierten Lichter, die durch die gläserne Wand des herabströmenden Regens wie Tausende von Prismen wirkten. Trotz ihres Unwillens mußte sie zugeben, daß es ein atemberaubender Anblick war.

Aus dem Augenwinkel sah sie, wie Martin ihre Stiefel und Socken aufhob und sie neben das Kaminfeuer stellte. Sie wollte ihm gerade sagen, daß er seine Landarbeiterhände von ihren Sachen nehmen sollte, aber der Gedanke, erneut eine beißende Bemerkung zu hören zu bekommen, ließ sie innehalten. *Hör auf, dich wie ein Kind zu benehmen.* Er war mit seinen achtundzwanzig Jahren auch nur vier Jahre älter als sie. Und ganz bestimmt qualifizierte er sich nicht als Heiliger. »Sicher können wir einen der Konferenzräume hier im Hotel benutzen.« Er schob ihr eine Broschüre hin. »Sie scheinen jede Menge davon zu haben.«

Eine irgendwie bekannte Melodie erklang. Sandra sah sich verwirrt nach einem versteckten Lautsprecher um. »Was war das?«

»Das Titellied aus ›Doktor Schiwago‹, wenn ich mich nicht irre. Es ist die Türklingel.«

Rosen, Parfüm, Plüsch ... und jetzt auch noch sentimentale Lieder? *Ich halte es nicht aus.* Sie öffnete die Tür und ließ einen Kellner mit einem Teegedeck herein. Als sie die Flasche Champagner und den üppigen Früchtekorb sah, weiteten sich ihre Augen verblüfft.

»Mit den besten Empfehlungen der Hoteldirektion, Ma'am«, sagte der Kellner. »Und mit den besten Wünschen des Hotelpersonals.«

Die kunstvoll arrangierten Äpfel, Orangen und Bananen ließen Sandra das Wasser im Mund zusammenlaufen. Das Mittagessen war schon eine ganze Weile her.

Der Kellner ließ den Champagner in den mit Eiswürfeln gefüllten Kübel gleiten, wobei ein leise klirrendes Geräusch entstand. »Darf ich das für Sie öffnen, Mr. Stonehouse?«

Martin rieb sich grinsend den Nacken. »Warum eigentlich nicht?«

Der Kellner ließ den Korken mit einem dezenten »Plopp« heraus. Martin nahm die zarte Sektflöte mit dem perlenden Champagner entgegen.

Noch bevor Sandra die Zimmertür schließen konnte, rauschte eine weitere Hotelangestellte herein. Sie trug eine blaßrosa Uniform, eine gestärkte Schürze, weiße Gesundheitsschuhe und einen großen geflochtenen Korb. Bei jedem Schritt berührten ihre wie ein Wasserfall herabfallenden herzförmigen Ohrringe ihre Schultern. Auf ihrem Gesicht strahlte ein Tausend-Watt-Lächeln.

»Guten Abend, liebe Gäste! Willkommen! Ich bin Etta und kümmere mich um die gesamte Juwelenetage.« Sie zählte sie an ihren von herzförmigen Ringen geschmückten Fingern ab: »Da gibt es die Diamantensuite, die Smaragdsuite, die Amethystsuite, die Karneolsuite und die Rubinsuite. Aber diese hier, die Hochzeitssuite, ist mir die liebste. Klingt zwar nicht nach Juwelen, aber glauben Sie mir, sie ist die Krönung des Ganzen. Himmel noch mal, was sind Sie beide für ein schönes Paar.« Sie tätschelte Sandras Arm. »Sehr attraktiv, keine Frage. Sind Sie nicht ein Glückspilz? Junge Liebe läßt mein Herz immer wieder flattern!«

Sandra wechselte einen verwirrten Blick mit Martin.

Die Frau rauschte durch das Zimmer, während sie kleine Schalen mit Duftpotpourris und in Folie verpackten Süßigkeiten aus dem Korb nahm und sie auf den Tischen arrangierte. »So steht es auch in *Wilde Träume von dir:* Die ganze Welt ist ein Palast, wenn man sich liebt. Wasser schmeckt wie Champagner und altbackenes Brot wie Kuchen. Damit will ich natürlich nichts über das Essen hier gesagt haben. Wir haben den besten Küchenchef in ganz Texas. Und der Bursche ist sich seines Wertes auch durchaus bewußt. Also, wenn ...«

»Miss Etta?«

»Ja bitte?« Ihr Blick fiel auf das Gepäck, und sie fuhr etwas zurück. »Sie sind ja gerade erst angekommen!« Sie lächelte Sandra breit an. »Sie sind ein so hübsches Mädchen. Mr. Stonehouse, was sind Sie doch für ein Glückspilz! Hat man Sie bereits herumgeführt?«

Sie nahm Sandra am Arm und führte sie durch das Zimmer. Ihr Enthusiasmus entsprach einem unverkennbaren Stolz, als sie die Benutzung des Gaskamins, der Bar und der Eismaschine im Eisschrank erklärte. Die Hände in den Hosentaschen vergraben und mit einem breiten Grinsen auf den Lippen folgte ihnen Martin durch den kurzen Flur zum Badezimmer. Etta zeigte mit dem Finger auf die Wanne. »Das ist ein Whirlpoolbad. Mit speziellen Düsen und Strahlvorrichtungen. Genau das Richtige zum Entspannen und Ausruhen.« Sie zupfte an Sandras Arm und drängte sie, die Marmorstufen hinaufzusteigen.

»Dieses Ding da in der Mitte ist kein Versehen. Die Wanne ist so gebaut, daß zwei Personen ganz gemütlich darin sitzen können. Diese Wanne hat schon mehr als einem Paar den Weg in die Wonnen der Ehe geebnet.«

Martin warf den Kopf zurück und lachte schallend. Etta blinzelte ihn fragend an.

»Ich muß Sie leider enttäuschen, aber wir sind nicht verheiratet«, erklärte er.

»Ich danke Gott dafür«, murmelte Sandra. Als sie das rosenrote und goldene Badezimmer verließ, warf sie Martin ihren finstersten Blick zu.

»Nicht ... verheiratet?« fragte Etta. Ihre Lippen kräuselten sich.

»Tut mir leid, nein. Wir verbringen hier nicht unsere Flitterwochen«, erklärte Martin. »Jedenfalls noch nicht.«

»Darauf kannst du Gift nehmen.«

Sandra warf ihm einen vernichtenden Blick zu. »Wir sind auf Geschäftsreise hier. *Rein* geschäftlich.«

Martin zeigte mit dem Daumen auf Sandra. »Sie spielt die Schwierige.«

»Verstehe.« Etta sah schrecklich enttäuscht aus. Und Sandra war etwas beschämt darüber, daß sie sich so hatte gehenlassen.

»Sie wird es sich schon noch überlegen«, fuhr Martin träge fort, als ob er eine banale Wahrheit verkündete. »Sobald sie erkennt,daß ich das Beste seit der Erfindung von Erdnußbutter bin.«

Mußte er denn bei jeder sich bietenden Gelegenheit den Clown mimen? Sandra wünschte, sie hätte ihre Stiefel an, um ihm einen ordentlichen Tritt gegen das Schienbein zu versetzen. Ettas Begeisterung hatte einen sichtlichen Dämpfer bekommen, und Sandras Beschämung verstärkte sich noch.

Sandra begleitete das Zimmermädchen in den Flur. Die Frau schaute durch die geöffneten Türen ins Wohnzimmer. »Nehmen Sie es mir nicht krumm, aber er ist wirklich ein attraktiver Kerl. Hab keinen solchen Haarschopf mehr gesehen, seit Mel Gibson mir das Herz gebrochen hat. Und charmant noch dazu.«

Martin mochte zwar alle anderen mit seinem Charme bezaubern, aber nicht Sandra. Sie und Martin Stonehouse – ein Liebespaar? Nie und nimmer!

»Es ist rein geschäftlich.«

»Rein geschäftlich, ja?« Ettas blaubepuderte Lider senkten sich. »Diese Suite hier übt einen ganz besonderen Zauber aus. Sie ist mit wahrer Liebe erbaut worden. Fragen Sie Mitsy da drüben.« Sie deutete auf die elegante Bronzebüste, die in einer Nische im Flur stand. »Sie weiß Bescheid.«

Ihre Worte klangen fast wie eine Warnung.

2

Martin beobachtete Sandra, wie sie sich eine Tasse Schokolade einschenkte. Ihre Augen sprühten zornige Funken, die von einem neuen Sturm kündeten.

»Es ist schon schlimm genug, in dieser blöden Suite zu sein, ohne daß du so tust, als ob zwischen uns etwas wäre. Hör auf, mich in solch peinliche Situationen zu bringen.«

Martin wußte, daß er sie nicht weiter necken sollte. Er setzte eine betont zerknirschte Miene auf.

Er blätterte in den bunten Hochglanzprospekten, die auf dem Tisch lagen, wobei er sie verstohlen beobachtete. Als sie murmelnd im Raum auf- und abging, erinnerte sie ihn an ein nervöses Vollbutpferd, das vor lauter Energie und Anspannung zu bersten schien und dennoch durch und durch anmutig war. Sein Blick folgte dem Schwung ihrer Hüften, und er betrachtete das Spiel des Lampenlichts auf ihrem kupferroten Haar. Er unterdrückte ein Seufzen.

Sie mochte ihn nicht; sie machte ihn für alles verantwortlich, was in ihrem Leben schiefgelaufen war, und sie hatte seine Hilfe nie zu schätzen gewußt. Je freundlicher er sich ihr gegenüber verhielt, desto mehr schien sie ihn als ihren Todfeind zu betrachten. Wer konnte so etwas auf Dauer ertragen? Er jedenfalls nicht. Es war höchste Zeit, daß er etwas dagegen unternahm.

Das war der *einzige* Grund, warum er Wallys Vorschlag zugestimmt und sie nach Dallas begleitet hatte. Diese Reise war eine Schocktherapie. Er würde endlich über das hinwegkommen, was Sandra so faszinierend machte, was immer das zum Teufel auch sein mochte. Drei Tage und zwei Nächte mit Sandra sollten eine genügend starke Dosis sein, um sie für immer aus seinen Gedanken zu verbannen.

Er war eigentlich immer ein relativ unbekümmerter Mensch gewesen – bis zu dem Tag, an dem Sandra Campbell in sein Leben getreten war. Schön und feurig, aufregend und anregend, hatte sie ihn angezogen wie das Licht die Motten. Ein vernünftiger Mann wäre es schon lange leid gewesen, sich ständig die Flügel zu verbrennen.

Leider waren Vernunft und Sandra Dinge, die sich nur schwer vereinbaren ließen. Sie ließ sich auf das kleine Sofa fallen und nahm den Telefonhörer ab. Sie wählte, wartete und sagte dann: »Onkel Wally! Also, wir haben es bis nach Dallas geschafft, aber du kannst dir gar nicht vorstellen, was wir durchmachen mußten.« Sie nickte. »Mit dem Auto ist alles in Ordnung, aber das Wetter ist schrecklich. Und als wir dann zum Marcourt Hotel wollten, hatten sie es kurzfristig wegen Asbestbelastung geschlossen. Und dann sind hier unzählige Konferenzen in der Stadt. Sämtliche Hotels sind bis zum letzten Bett belegt. Die Leute von der Zimmervermittlung haben Stunden gebraucht, bis sie dieses Zimmer hier auftreiben konnten. Außerdem verhungere ich gleich.«

Martin reichte ihr die aufgeklappte Hotelbroschüre mit der

Telefonnummer, damit sie sie ihrem Onkel durchgeben konnte. »Die Gäste des Marcourt wohnen hier zum halben Preis«, erinnerte er sie. »Wir sparen also eine ganze Menge.«

Sie wandte ihm den Rücken zu.

Er ging wieder zum Tisch und konzentrierte sich auf die Prospekte. Wenn sich das Wetter jemals bessern sollte, würde er sich die Stadt ansehen. Dallas war eine Stadt, die eine Vielzahl von Zerstreuungsmöglichkeiten bot; jede Menge Nachtleben und viele schöne Frauen. Er würde Sandra nicht nur aus seinem Kopf verdrängen, sondern sie vollkommen auslöschen.

Sich von einer Leidenschaft zu befreien war das gleiche, wie ein Angst loszuwerden. Gesteh sie dir ein, stell dich ihr, überwinde sie und dann mach weiter mit deinem Leben. Und zwar sofort. Nicht mehr beobachten, wie Sandras schlanke Hände mit der Telefonschnur spielen. Keine Tagträumereien mehr darüber, wie süß ihr Haar und ihre Haut duften. Kein Verlangen mehr nach ihrem seltenen und betörenden Lächeln. Nicht wieder ihre beharrliche Entschlossenheit bewundern oder sich von ihrer ansteckenden – wenn auch fehlgeleiteten – Energie mit Begeisterung erfüllen lassen.

Sandra seufzte laut und leidend. »Ich will mal sehen, ob ich ihn von der Bar wegreißen kann.«

Martin blickte auf. Sie hielt ihm den Hörer hin. Er nahm ihn entgegen.

Wally sagte: »Die Reise scheint nicht sonderlich gut zu laufen.«

»Könnte schlimmer sein.« Martin beobachtete Sandra, die sich einen Apfel auswählte. Sie biß hinein, senkte die Lider und hob ihr Kinn. Sein Blick wanderte ihren langen, schlanken Hals hinunter bis zu dem kleinen Grübchen in dem V-Ausschnitt ihrer Bluse.

»Es ist sicher nur der Hunger.« Wally hörte sich besorgt an. »Führe sie zum Dinner aus, dann wird sie wieder okay sein. Sie ist immer so gereizt, wenn sie Hunger hat.«

Oder wenn die Dinge nicht nach ihrem Kopf liefen. Was meistens der Fall war.

»Sieh zu, ob du ihr gesträubtes Gefieder nicht etwas glätten kannst, Marty. Ich weiß, daß sie etwas schwierig ist. Aber so hart wie sie gearbeitet hat, ist das ja auch kein Wunder.«

Er wurde von Sandras weißen, zubeißenden Zähnen und ihren saftglänzenden Lippen abgelenkt und hörte nur noch mit halbem Ohr Wallys Ratschlägen in bezug auf den Umgang mit seiner Nichte zu. Nachdem Wally aufgelegt hatte, konnte Martin nicht widerstehen und sagte mit lauter Stimme: »Mach dir ihretwegen keine Sorgen, Wally. Magere Rotschopfe mit einem großen Mundwerk sind bei mir absolut sicher aufgehoben. Ich würde sie nicht anfassen, selbst nicht mit einer Kneifzange und einem Brandeisen.« Dann legte er auf.

Sandra schnappte empört nach Luft. »Ich bin nicht mager.«

»Ich stelle fest, daß du das große Mundwerk nicht abstreitest.«

Sie drohte ihm mit dem Apfelbutzen. »Ich muß schließlich laut und lange reden, um mir Gehör zu verschaffen, wenn ihr beide euch gegen mich verschwört!«

Das war ihm ganz neu. Er legte den Kopf zur Seite. »Warum das denn?«

»Du schießt immer meine Budgets ab. Wie würdest du das denn nennen?«

Ihre Empörung warf ihn vollkommen aus der Bahn. Er diskutierte oft Kostenvoranschläge mit ihr, aber abschießen? Seit wann betrachtete sie ihre ganz normale Zusammenarbeit als eine Verschwörung gegen sie?

Sie griff nach ihren Taschen und stampfte aus dem Zimmer.

Na schön, dann geh doch. Kehr du ruhig wieder deine arrogante, unausstehliche, verzogene Ich-bin-die-Nichte-des-Chefs-Seite heraus!

Sein wirkliches Problem war, daß jedesmal, wenn er aufgehört hatte, sich einzureden, er hätte eine Chance bei ihr, sie mit einem ihrer hochtrabenden Vorschläge herausrückte, worauf die Arbeiter der Firma mit Meuterei drohten. Prompt war Martin wieder weich geworden und hatte ihr geholfen, die Sache wieder auszubügeln. Nicht, daß sie ihm das jemals gedankt hätte.

Aber nicht dieses Mal. Er war schließlich ein Mann mit einer Mission. Diesmal hatte er vor, sich so lange von ihr schikanieren zu lassen, bis er wütend genug wurde, um endlich die Realität zu akzeptieren.

Sandra erschien, den Kopf hoch erhoben, die Hände in die Hüften gestützt, ihr Blick zornsprühend. »Stonehouse, ist dir eigentlich klar, daß diese Suite nur ein Schlafzimmer hat?«

Es war wieder mal typisch für sie, daß sie nicht zugehört hatte, als die Empfangsdame die Suite beschrieb. Er hockte sich vor den Kamin. »Ja, und?«

»Es gibt nur ein einziges Bett.«

»Das überlasse ich dir, Liebling. Ich habe bereits nach einem Zusatzbett gefragt.« Die Holzscheite des Kamins, die irgendwie mit den Gasrohren verbunden waren, forderten seine ganze Aufmerksamkeit.

»Meiner Ansicht nach solltest du dir wirklich ein anderes Hotel suchen.«

Er riskierte es, sie anzublicken. Wenn Blicke töten könnten, hätte er jetzt ein Grab benötigt. »Nun reg dich mal wieder ab. Ich weiß wirklich nicht, wie du darauf kommst, mich immer als den Bösewicht hinzustellen. Angesichts der Tatsache, daß du so ziemlich die verrückteste Frau bist, die ich in meinem Leben kennengelernt habe, will ich es auch gar nicht wissen. Bis zum Ende unserer Reise schlag ich jedoch einen Waffenstillstand vor.«

Sie verschränkte die Arme.

Sag jetzt kein Wort mehr, ermahnte er sich. Sie sollte sich ihm von ihrer schlimmsten Seite zeigen. Er wollte all ihre Fehler sehen. Und doch sagte er: »Feuerpause?«

Wieder stürmte sie hinaus und knallte die Tür hinter sich zu. Er zuckte zusammen. Immerhin brauchte er nun keine Angst mehr zu haben, daß sie ihn angreifen würde.

Als er die Dusche hörte, entspannte er sich. Er machte ein Feuer und las nun endlich wirklich konzentriert die Hotelbroschüre. Was für ein Hotel: Restaurants, Unterhaltung, Sauna und Fitneßraum und ein Schwimmbad natürlich. Er zog sich die Stiefel aus und streckte sich auf dem Sofa aus. Trotz seines zerbrechlichen Aussehens konnte man auf dem Möbel recht bequem sitzen.

Durch das Prasseln des Feuers ermüdet, schloß er die Augen. Den ganzen Tag durch Sturm und Unwetter zu fahren, hatte ihn erschöpft. Sein Magen knurrte. Er grübelte darüber nach, ob er auch duschen und dann Sandra in einem der Restaurants treffen sollte – wo sie offensichtlich zu speisen vorhatte – oder aber seiner Bequemlichkeit nachgeben und den Zimmerservice bestellen sollte.

Sandra treffen, ha! Er hatte sie in den ersten paar Monaten ihrer Bekanntschaft des öfteren zum Essen eingeladen. Ihre Antwort war immer ein ganz eindeutiges Nein gewesen. Was hatte er nur getan, daß sie ihn so haßte ...

Sandra schrie.

Martin schnellte vom Sofa hoch und stieß sein Knie an dem Tischchen. Er hielt sich das Knie und humpelte gleichzeitig auf die Schlafzimmertür zu. Abgeschlossen.

»Sandra?« Er drückte sein Ohr gegen die Tür und hörte panische, schrille Schreie.

Er drückte die Klinke herunter. Die schreckliche Vorstellung, wie sie sich unter Schmerzen wand, quälte ihn. Er rannte wieder ins Wohnzimmer und auf den Balkon hinaus.

Regenwasser durchnäßte seine Socken, und der eisige Wind verschlug ihm den Atem, als er zu den Balkontüren lief, die in das Schlafzimmer führten. Bitte mach, daß sie nicht abgeschlossen sind, betete er. Er rannte ins Zimmer.

Er hatte Blut oder schrecklich verrenkte Glieder erwartet, aber ganz sicher nicht den Anblick, der sich ihm jetzt bot: Sandra stand, lediglich mit einem flauschigen Handtuch bekleidet, in der Mitte des Bettes und sah aus, als ob sie an die Zimmerdecke klettern wollte. Er blieb wie angewurzelt stehen.

Mit einer Hand sich in das Handtuch krallend und am ganzen Körper zitternd zeigte sie in Richtung des Balkons. »Ratte«, flüsterte sie. »Eine r-riesengroße Ratte! Gleich hinter dir!«

Er rieb sich den Hinterkopf und atmete tief ein, um sein rasendes Herz zu beruhigen. »Wie bitte?«

»Riesige, gigantische Ratte! Da draußen!« Sie hüpfte von einem Bein auf das andere, wobei die Sprungfedern des Bettes quietschten.

Er sah durch die offene Tür. Hier sollte es eine Ratte geben? Auf einem Balkon im vierten Stock? Er fand den Lichtschalter. Ein trauriges Geräusch ließ ihn aufmerken. In einer Ecke an die Wand gepreßt saß eine vollkommen ermattete Taube. Martin hielt sich die Hand vor den Mund.

Als er seinen Lachdrang erfolgreich unterdrückt hatte, sagte er: »Es ist nur eine Taube, Liebling.«

»Eine was?« Sie kroch ein paar Zentimeter näher an den Bettrand und reckte sich, um an ihm vorbeisehen zu können.

»Ein Vogel.« Er schloß die Tür.

»Bist du dir sicher?« Sie errötete. Sie sank auf die Knie und zupfte verlegen an ihrem Handtuch. »Es sah aus wie eine Ratte.«

»Also, für meine Begriffe sieht es wie ein nasser Vogel aus. Aber ich bin ja nur ein Landei, was weiß ich schon davon. Könnte natürlich auch eine riesige Stadtratte sein. Mit Flügeln.«

Sie preßte die Lippen zusammen und runzelte die Stirn. Dann zog sie das Handtuch noch fester über ihren Brüsten zusammen.

Schließlich fiel Martins Blick auf das Bett, und er sperrte verblüfft den Mund auf. Acht kleine Kinder oder vier normalgroße Erwachsene konnten bequem auf der breiten Matratze schlafen. Er blinzelte. Dann blinzelte er noch einmal und sah den schwarzlackierten Rahmen, der mit Rosen, Efeu und vergoldeten Girlanden bemalt war. Erstaunt blickte er auf Sandra. Sie hatte ihre wilden Locken zu einem dichten Zopf geflochten und ihr Gesicht so geschminkt, daß ihre Augen riesengroß hervortraten und ihre Lippen in einem zarten Korallenton leuchteten. Gegen den Hintergrund üppiger Brokatdraperien und umgeben von Spitze und Satinkissen sah sie wie eine Märchenprinzessin aus, die auf ihren Prinzen wartete. Mehr als alles auf der Welt wünschte er sich, er könnte ihren schlanken, von der Dusche und der Aufregung geröteten Körper in seine Arme nehmen. Er wollte sie trösten und ... Er mußte aus diesem Zimmer verschwinden.

Mit gesenktem Kopf und klopfendem Herzen machte er sich hastig aus dem Staub.

Martin knallte die Tür. Sandra zuckte zusammen.

Eine Taube, also wirklich! Sie würde ein anderes Hotel für sich finden. Selbst ein mieses, direkt an der Straße gelegenes, billiges Hotel voller Flöhe wäre immer noch besser, als hier mit Martin zu bleiben.

Kaum hatte sie diesen Gedanken zu Ende gedacht, als erneut Wut in ihr hochkroch – diesmal auf sich selbst.

Wenn er sie jetzt aus dem Glass Garden Hotel vertrieb, hätte er nur wieder einen neuen Grund, um sich mit den Arbeitern der Firma über sie lustig zu machen. Er würde sie zu einer Witzfigur abstempeln. Ha, ha, Jungs, das hättet ihr sehen müssen! Die Haare standen ihr zu Berge, sie schrie wie eine Irre, und alles nur wegen einer Taube.

Nun, in ihren Augen hatte das Tier verdammt rattenähnlich ausgesehen.

Sie stieg aus dem Bett.

Vergiß Martin, ermahnte sie sich, öffnete ihre Kleidertasche und zog ihr neues Kleid hervor. Es war aus eisblauer Seide, hatte ein weich drapiertes Oberteil und einen engen, geraden Rock, der fünfzehn Zentimeter über dem Knie endete. Seitdem sie das College abgeschlossen hatte, hatte sie nie wieder ein solch schönes Kleid besessen.

Vielleicht war ja unten in einem der Restaurants ein reicher Ölscheich oder ein international bekannter Playboy, der nur darauf wartete, einer Frau wie ihr zu begegnen. Ein kleiner Flirt war jetzt für ihr angeschlagenes Ego genau das Richtige. Verrückte; magerer Rotschopf ... was wußte Martin denn schon! Sie verteilte eine duftende Lotion auf ihrem nackten Körper und schlüpfte in einen Seidenslip und Strumpfhalter. Als sie ihre Strümpfe befestigt hatte, schob sie ihre Füße in silberne Sandaletten.

Selbst wenn sie keinem Mann begegnen sollte, war dies eine feine Sache. Bugle Creek war zwar ein schöner Ort zum Leben, aber Glamour und Extravaganz waren nicht gerade seine Stärke. Sie ging vor den verspiegelten Schranktüren auf und ab, straffte die Schultern und schob den Brustkorb vor.

Martin Stonehouse wußte überhaupt nicht, was ihm entging. Dieses einfältige Landei. Sein plumper Charme mochte vielleicht die naiven Mädchen zu Hause beeindrucken, aber nicht sie. Nein, niemals. Seine strahlenden Augen, seine Stimme, dieses bereitwillige Lächeln und diese gottverdammte Hilfsbereitschaft – sie nahm noch nicht einmal Notiz davon.

Das Kleid glitt wie eine zweite Haut über ihren Körper. Sie strich über ihr Haar und grinste beifällig ihr Spiegelbild an. Magerer Rotschopf! Dem würde sie es schon zeigen!

Martin lag auf dem Sofa und starrte ins Feuer, als ob es in den züngelnden Flammen ein Geheimnis zu entdecken gäbe. Sandra räusperte sich und hob einen Sektkelch. Er perlte nur noch schwach, aber es war ja die Geste, die zählte.

Er blickte über die Schultern, starrte wieder ins Feuer, dann richtete er sich auf und stellte die Füße auf den Boden. Er drehte sich herum: Seine Augen wurden groß und er sperrte verblüfft den Mund auf.

Sie nippte an dem Champagner. »Ist irgendwas?«

»Du siehst hübsch aus. Das Kleid ... gefällt mir.«

»Dieses alte Ding?« Sie rümpfte verächtlich die Nase. »Die Restaurants machen einen ziemlich eleganten Eindruck.«

Wieder zuckte ein Muskel an seiner Wange.

Sandra zog eine Augenbraue hoch. Er benahm sich wie ein Bulle, den man zwischen die Augen getroffen hatte. Wenn sie ihn nicht so gut gekannt hätte, wäre sie glatt auf die Idee gekommen, daß er beeindruckt war. Ha! Dafür war er viel zu eingebildet und von sich selbst eingenommen.

Sie spülte den Champagner hinunter. Die restliche Kohlensäure kitzelte ihr in der Nase, und sie mußte niesen. »Vielleicht habe ich ja Glück und treffe einen interessanten Mann.« Damit verließ sie hüftenschwingend die Suite. Am Aufzug drückte sie den »Abwärts«-Knopf. Während sie wartete, durchsuchte sie ihre Handtasche. Schlüssel, Brieftasche, Parfüm, Lippenstift ... die Türen öffneten sich, und sie betrat den Aufzug.

Sie bereute es augenblicklich. Ein Mann stand in der Kabine. Er hatte einen schwarzen Anzug und ein weißes Hemd mit dunkler Krawatte an und trug eine Brille mit dunklen Gläsern.

Der Fahrstuhl fuhr nach oben.

Sandra drückte den Knopf für die Hotelhalle, dann merkte sie, daß alle Knöpfe leuchteten. Der Mann drehte leicht den Kopf, bevor er wieder geradeaus starrte. Seine steife Gegenwart erinnerte sie unwillkürlich an Leibwächter oder Gangster.

Vom Hörensagen wußte sie, daß Männer gelegentlich Frauen in Fahrstühlen belästigten. Plötzlich erschien ihr ihr knappes, sexy Kleid alles andere als eine gute Idee. Sie drückte sich an die glänzende Stahlwand und blickte starr auf die Tür. Sie erreichten das Penthouse. Niemand wartete dort auf den Aufzug. Der Mann legte eine Hand an die Tür und lehnte sich hinaus. Er blickte sich suchend um – wonach? Nach Zeugen? Sandra öffnete ihre Handtasche. Die Tür schloß sich leise wieder, und ein Klingelzeichen kündigte ihre Abfahrt an. Dann hielt der Aufzug erneut. Wieder stand niemand dort, wieder hielt der Mann die Tür auf, während er sich im Gang umsah.

Sandra verließ den Aufzug so schnell, wie es ihre hohen Absätze zuließen. Ein leises Klingeln ließ sie zurückblicken. Die Türen schlossen sich, der Flur war leer. Mit zitternden Knien sank sie gegen die Wand und preßte eine Hand auf ihr heftig klopfendes Herz.

In Bugle Creek waren Kriminelle so selten wie ein Albinohecht, aber sie las schließlich Zeitungen und sah fern. Sie wußte, was für abscheuliche, grauenhafte Dinge unschuldigen Menschen angetan wurden, die nicht auf der Hut gewesen waren. Sie drückte eine schwere Tür auf und fand sich im Treppenhaus wieder. Es waren graue Beton- und Metallstufen, die nach Staub und alter Farbe rochen. Sie rümpfte die Nase. So leise wie möglich ging sie die Treppe hinunter. Die Tür am nächsten Treppenabsatz trug ein Schild »Nur für Angestellte«. Sie ging noch eine Etage tiefer. Diese Tür war mit »Zwischengeschoß« beschriftet.

Als sie erneut um die Kurve bog, sah sie auf dem Treppenabsatz unter ihr einen reglosen Körper liegen.

3

Martin betrachtete in dem dampfbeschlagenen Spiegel seine verschwommene Silhouette und trocknete sich die Haare. Wo hatte Sandra ein Kleid wie dieses seidige blaue Wunder aufgetrieben? Jedenfalls nicht in Bugle Creek, soviel war sicher. Die Vorstellung, wie sie von süßholzraspelnden Bewunderern belagert wurde, bereitete ihm Kopfzerbrechen. Noch schlimmer war die Vorstellung, wie sie ihr Lächeln erwiderte, ihre Lider senkte und mit den Wimpern klimperte, während sie ihre eleganten Beine zur Schau stellte.

Halt! Ständig an Sandra zu denken war genau das, was er nicht mehr tun wollte. Er würde nach unten gehen, allerdings nicht, um sie zu treffen. Er würde jemand anderem begegnen, einer netten Frau ... er kannte eine Menge netter Frauen. In Bugle Creek hatte er niemals Schwierigkeiten gehabt, jemanden zum Tanzen im Pinto Pony Saloon zu finden. Er hatte jede Menge weiblicher Bekanntschaften. Und nicht wenige hatten ihm zu verstehen gegeben, falls er jemals mehr als nur Freundschaft suchte ... er suchte tatsächlich mehr. Aber die einzige Frau, die er begehrte, benahm sich wie eine Reinkarnation von Iwan dem Schrecklichen. Wer brauchte das schon?

Schwach und kaum hörbar über das Brummen des Haartrockners hinweg glaubte er Sandras Stimme zu hören, die seinen Namen rief. Die Badezimmertür flog auf.

Sandra fiel ihm praktisch vor die Füße und konnte sich gerade noch am Waschbecken festhalten. Ihre Augen waren weit aufgerissen vor Entsetzen.

Er schaltete den Haartrockner aus. »Schon mal was von Anklopfen gehört?«

Sie blickte verstört um sich. Er schlang ein Handtuch um seine Taille. Daß sie ihn nackt gesehen hatte, bereitete ihm nicht halb soviel Sorge wie ihr keuchender Atem und ihr Zittern.

»Was ist es denn diesmal? Ist dir wieder eine Ratte über den Weg gelaufen?«

»Ein Toter.« Sie atmete bebend ein. »Ermordet. Tot.« Sie fuchtelte wild mit den Händen.

Sie hatte ja schon öfter mal eine tolle Geschichte erzählt, aber diese hier schlug sie alle. Martin kreuzte die Arme vor der Brust und lehnte sich mit der Hüfte gegen die Marmorwand. »Mord?«

»Treppenhaus.« Sie wirbelte herum, packte ihn an den

Schultern und schüttelte ihn mit erstaunlicher Kraft. Sein Kopf wackelte. »Im Treppenhaus liegt ein toter Mann! Er ist ermordet worden! Er ist tot! Wir müssen die Polizei rufen!«

Er griff nach ihrem Arm und führte sie ins Wohnzimmer. Dort drückte er sie auf einen Sessel und gab ihr ein Glas Wasser. Bei jedem anderen hätte er geglaubt, es handelte sich um einen Scherz. Sandra hütete ihren Humor jedoch so sehr, als befürchtete sie, daß er sich abnutzen würde, wenn sie ihn gebrauchte.

»Du redest völlig unzusammenhängendes Zeug«, sagte er. »Beruhige dich erst mal.«

»Ich kann mich nicht beruhigen.« Sie preßte ihre Faust an die Brust. Ihr Puls schlug wie der eines erschreckten Vögelchens. »Er lag da, ganz gebrochen und reglos und ... und ... es war einfach schrecklich!«

Er drängte sie, etwas Wasser zu trinken.

»Du zitterst ja wie eine Katze im Hundezwinger.« Er setzte sich neben sie und legte ihr den Arm um die Schulter. Sie hatte tatsächlich panische Angst. Er mißachtete seinen Vorsatz – nur vorübergehend; schließlich war dies eine Ausnahme – und besänftigte sie. »Beruhige dich, du bist ja in Sicherheit. Wie sah der Mann denn aus?«

»Tot!«

Ein Mord in einem Hotel wie diesem war nur schwer vorstellbar. Außerdem war es gut möglich, daß der Mann gar nicht wirklich tot war. »Vielleicht hat er sich ja nur ausgeruht.«

»In einem schmutzigen Treppenhaus? Auf einem harten Betonboden?«

Ein Schauder überlief sie. Martin nahm ihr das Glas ab, bevor sie das Wasser über ihren Rock schüttete. »Jemand muß ihn erstochen oder erschossen haben. Oder erwürgt! O Gott, wir müssen hier raus!«

Er verstärkte seinen Griff um ihre Schultern. Der frische saubere Duft ihres Haares ließ ihn die Zähne aufeinanderbeißen. »Ich muß schon sagen, du hast wirklich eine Art, voreilig Schlußfolgerungen zu ziehen ...«

Beleidigt fragte sie: »Willst du damit etwa sagen, daß ich lüge?«

Das war mal wieder typisch Sandra. Wie damals, als sie überzeugt war, daß man nachts in die Recyclinganlage eingebrochen hatte. Sie hatte vorgeschlagen, auf der Stelle bewaffnetes Wachpersonal einzustellen. Wally mußte ihr schließlich beichten, daß er einigen Arbeitern erlaubt hatte, ihre wöchentlichen Pokerpartien in seinem Büro abzuhalten. Oder das andere Mal, als sie einen eingeschriebenen Brief ungeöffnet eine ganze Woche liegengelassen und sich Sorgen über eine anstehende Steuerprüfung gemacht hatte, wo es sich lediglich um die Benachrichtigung über eine Änderung der Steuerformulare gehandelt hatte. Oder eine vom Sturm verwehte Taube mit einer Ratte zu verwechseln.

Wie immer war ihm zumute, als verwandelte ihre Nähe seine Knochen in etwas wie Zuckersirup. Nachgiebigkeit, das war sein tödlicher Fehler. Obwohl er es wußte, konnte er nicht aufhören, ihre samtenen Schultern zu streicheln. Er murmelte: »Bevor wir uns weiter aufregen, sollten wir erst einmal sichergehen, daß du dich nicht geirrt ...«

Sie schob ihn empört von sich. »Komm mir jetzt bloß nicht mit Logik und Vernunft! Ich habe einen ermordeten Mann gesehen, den man kaltschnäuzig im Treppenhaus deponiert hat. Ich rufe jetzt den Sicherheitsdienst an!«

Sandra hatte sich beruhigt, zumindest ein wenig. Der restliche Champagner hatte dabei unterstützend gewirkt. Daß Martin sich angezogen und nun etwas mehr als nur einen Lendenschurz auf den Hüften trug, hatte ebenfalls beruhigend auf Sandra gewirkt. Sie lief Champagner trinkend im Zimmer auf und ab und leerte nebenbei den Fruchtkorb. Sie wischte sich nervös den Saft eines Apfels von ihren Fingern. Endlich erschien eine Frau vom

Sicherheitsdienst, die sich als Miss Watters vorstellte. »Sie behaupten, eine Leiche im westlichen Treppenaufgang gesehen zu haben, Miss Campbell?« begann sie.

»Ich *habe* sie gesehen. Sie etwa nicht? Wo sind denn Ihre Leute? Auf der Suche nach dem Mörder?«

Miss Watters zog eine Augenbraue hoch. »Wo genau soll denn diese Leiche gelegen haben?«

Sandra deutete nach unten. »Das habe ich Ihnen doch schon gesagt. Auf dem letzten Treppenabsatz vor dem Foyer.«

»Können Sie die Leiche beschreiben?«

»Schauen Sie doch selbst nach! Der Mann ist tot! Er wird nirgendwo hingehen!«

Von dem Punkt an verschlechterte sich das Klima spürbar. Miss Watters war in ihrer trockenen, betont vernünftigen Art durchaus höflich. Sie hätte das Treppenhaus bereits überprüft, und, nein, sie würde nicht die Polizei rufen oder das gesamte Hotel durchsuchen lassen. Nachdem die Leiterin des Sicherheitsdienstes gegangen war, verschränkte Sandra empört die Arme vor der Brust. »Die glaubt wohl, ich bin vollkommen übergeschnappt.«

Martin kratzte sich am Hinterkopf. »Nun, Liebling, du hast tatsächlich eine enorme Phantasie. Vielleicht hast du ja etwas gesehen, das so aussah wie ...«

»Es war eine Leiche! Ein alter Mann mit weißem Haar und ...« Stirnrunzelnd versuchte sie sich an die Details zu erinnern. In ihrer Panik aber hatte sie lediglich einen flüchtigen Blick auf die Szene geworfen.

»Sag mal, was hattest du eigentlich im Treppenhaus zu suchen?«

Sie zuckte mit den Schultern. »Im Fahrstuhl war ein Mann.« Sie blinzelte durch ihre Wimpern hindurch zu Martin hinüber. »Ein Mann, der einem Angst einjagen konnte.«

Martin rieb sich das Kinn. Seine Augen blitzten vor unterdrücktem Gelächter.

»Warum sollte ich das alles erfinden?« fragte sie trotzig.

»Ich sage doch gar nicht, daß du lügst.«

»Wirst du es dir dann ansehen? Irgend etwas muß ja noch da sein. Irgendein Anhaltspunkt, Blut vielleicht ...«

Er hob die Hände hoch. »Schon gut, schon gut. Und danach gehen wir etwas essen. Bei der Gelegenheit können wir noch ein paar Ungereimtheiten aus deiner Präsentation ausmerzen.«

Er griff nach ihrem Arm, aber sie stieß ihn weg. »Du glaubst mir nicht.« Sie griff nach ihrer Handtasche. »Ich werde es dir beweisen.« Mit erhobenem Kopf und gestrafften Schultern rauschte sie aus der Suite, wobei sie leise vor sich hinmurmelte. Wie konnte er es wagen, sie derart von oben herab zu behandeln? Vor der Tür zum Treppenhaus blieb sie stehen. Das leuchtende »Ausgang«-Schild unter der stuckverzierten Decke sah irgendwie fremd und fehl am Platz aus.

Martin holte sie ein. Er trug schwarze Jeans, ein rot-blaues Westernhemd und Cowboystiefel. Er sah groß und selbstsicher aus. Ausnahmsweise einmal war sie froh, daß er so riesig und breit gebaut war. Er öffnete die Stahltür.

Sie beugte sich vorsichtig über das Metallgeländer, um den Treppenabsatz zu sehen. Mit zitternden Fingern öffnete sie ihre Handtasche und zog einen kurzen Schlagstock heraus.

»Steck das Ding weg«, sagte Martin.

»Schhh!«

»Jetzt bist du wirklich albern.«

»Ach, bin ich das?« flüsterte sie. »Hier gibt es bereits eine Leiche zuviel. Ich habe nicht die Absicht, das zweite Opfer zu werden.« Den Stock umklammernd, schlich sie die Treppe hinunter. Als sie das Zwischengeschoß erreicht hatte, konnte sie kaum noch atmen. Ihr Herz dröhnte förmlich in ihren Ohren. Sie zeigte auf etwas. »Da.«

Martin lehnte sich über das Geländer und reckte sich, um etwas erkennen zu können. »Ich kann nichts sehen.« Er ging die Stufen hinunter.

Sandra atmete mehrmals tief ein und aus, um sich zu beruhigen. Sie konnte Blut einfach nicht sehen. Allein der Gedanke daran machte sie krank. Sie kniff die Augen zusammen und tastete sich die Stufen hinuner.

»Hier?« fragte Martin.

Sie öffnete die Augen. Etwas Staub und eine Zigarettenkippe waren alles, was auf dem Treppenabsatz zu sehen war.

Sie bückte sich und berührte mit der Hand den Fußboden. Etwas Staub haftete an ihren Händen, aber kein Blut. »Ich schwöre es, Stonehouse, er lag genau hier, vollkommen verrenkt. Ein erbärmlicher Anblick. Er sah aus, als hätte er sich das Genick gebrochen.« Sie hob ihren Blick in einer stummen Bitte, ihr zu glauben.

Er reichte ihr die Hand. Sie ignorierte sie und stand auf. »Ich habe ihn gesehen, wirklich.«

Er blickte in den Keller, dann nach oben zu den Gästeetagen. Er betrachtete die schwere Feuertür, dann wanderte sein Blick zu der Glühbirne hoch oben an der Wand. »Das Licht hier ist wirklich merkwürdig.«

»Das Licht hat nicht getäuscht. Du glaubst, ich hätte vielleicht nur einen Schatten gesehen, aber so war es nicht!«

Er hob beschwichtigend eine Hand. »Moment mal. Ich habe ja auch nicht behauptet, daß du dir das nur eingebildet hättest. Ich habe lediglich gesagt, daß das Licht hier etwas merkwürdig ist. Vielleicht hast du ihn ja nicht so richtig sehen können.« Er hob eine Augenbraue. Seine Augen leuchteten unter der nacken Birne. »Hast du ihn berührt?«

Plötzlich bekam sie eine Gänsehaut und schlang die Arme um sich. Sie wollte nicht zugeben, daß sie sich nur bis zum Treppenabsatz vorgewagt hatte. »Nein.«

»Siehst du. Er war vielleicht gar nicht tot.«

»Aber ...«

»Hier in der Gegend wird viel getrunken. Er war vielleicht betrunken und hat seinen Rausch ausgeschlafen.«

Sie stampfte mit dem Fuß auf und horchte auf das Echo.

»Vielleicht hat der Mörder mich ja kommen gehört. Himmel, in diesem Treppenhaus hört man ja alles. Also hat er sich versteckt. Als ich dann die Treppen hinaufgerannt bin, hat er die Leiche weggeschafft.«

Sandra ging die Stufen hinauf und hinunter und suchte nach einer wenn auch noch so kleinen Spur von etwas, das eventuell Blut hätte sein können. Irgend etwas mußte doch hier sein. Mörder hinterließen immer ein paar Spuren.

Martin lehnte sich mit einer Schulter an die Wand und verschränkte die Arme. »Wally hat mir gesagt, daß du gerne Horrorfilme siehst. Und gerne Krimis liest.«

»Das muß ich mir von dir nicht bieten lassen!« Sie strebte energisch zur Tür.

Aber bevor sie sie aufziehen konnte, drückte Martin über ihren Kopf hinweg mit einer Hand die Tür. Der Duft von Shampoo und sauberer Männlichkeit überflutete sie. Die Nähte seines Hemds waren gespannt. Und seine Augen waren sehr grün.

Einen Augenblick stellte sie sich ihn nackt vor. Sie war viel zu verängstigt gewesen, um viel von ihm zu sehen – das jedenfalls hatte sie angenommen. Nur merkwürdig, wie viel sie behalten hatte: die tiefe Kuhle seines Schlüsselbeins, die festen Umrisse seiner muskulösen Schenkel, der kräftige Rücken, die breiten Schultern ... Ihr Mund wurde trocken.

»Hier ist nichts.«

Sie wollte ihm nicht vertrauen, tat es aber dennoch. Sie wollte nicht, daß seine tiefe Stimme die Stimme der Vernunft war, aber sie war es. »Glaubst du, daß ich ... Gespenster gesehen habe?«

Seine Brauen zogen sich zusammen, und sein Mund nahm einen seltsam weichen Zug an. »Jeder kann etwas sehen und es irrtümlich für etwas anderes halten als das, was es ist. Meiner Meinung nach hast du einen Betrunkenen gesehen.«

Hatte er möglicherweise recht? Sie konnte sich an keinerlei Einzelheiten mehr erinnern. Ihre Angst wurde von Verlegenheit verdrängt. Wie kam es nur, daß sie sich immer wieder in derart peinliche Situationen manövrierte? Und warum mußte ausgerechnet Martin Stonehouse immer in der Nähe sein und sie dabei beobachten?

Warum bekam sie plötzlich kaum Luft?

Seine Augen faszinierten sie. In Bugle Creek schlossen die Frauen Wetten darauf ab, ob er Kontaktlinsen trug, damit sie wie Smaragde leuchteten. Als Sandra jetzt so dicht vor ihm stand, konnte sie deutlich sehen, daß nichts zwischen ihr und der reinen, smaragdgrünen Tiefe seiner Iris war.

»Es war ein langer Tag für dich«, sagte er. »Erst die Fahrt von Bugle Creek, dann das ganze Theater mit dem Marcourt Hotel. Das reicht, um jeden ein wenig in seiner Wahrnehmungsfähigkeit zu beeinträchtigen.« Er drückte die Tür auf.

Seine Bewegung holte sie mit einem Ruck wieder in die Wirklichkeit zurück. Er war gar nicht anziehend! Er war nicht ... Sie zuckte mit den Schultern und strich sich übers Haar. »Na schön, dann kein Mord«, stieß sie zwischen den Zähnen hervor. Sie haßte es, aufzugeben, aber welche andere Wahl hatte sie denn? »Keine Leiche.«

»Vergiß es einfach und laß uns essen gehen.« Er öffnete die Tür und ließ ihr mit einer galanten Geste den Vortritt.

Je länger sie über Martins Argumente nachdachte, desto stichhaltiger erschienen sie ihr. Vielleicht war es ja doch nur der Streß gewesen.

Im Foyer wandte sie sich an Martin. »Ich muß erst noch an der Rezeption etwas regeln wegen des Konferenzzimmers.«

»Gute Idee.« Er blickte sie mit einer Intensität an, die ihre Ängste immer weiter in den Hintergrund zurückweichen ließ. Er lenkte sie ab.

Sogar das Hotel lenkte sie ab.

Die über drei Stockwerke hinaufreichende Glaswand ließ ihren Atem stocken. Blinkende, sternengleiche Lichter glitzerten zwischen dem üppigen Laub und rings um den hohen Springbrunnen und verliehen den Restaurantterrassen etwas Märchenhaftes. Sandra hätte fast erwartet, daß die Gäste plötzlich zu singen und zu tanzen anfangen würden.

Martin legte eine Hand um Sandras Ellenbogen, als er sie zur Treppe führte. Sie erinnerte sich gerade noch rechtzeitig, daß er sich über die nicht vorhandene Leiche nicht halbtot gelacht hatte und verkniff sich eine Bemerkung über männlichen Chauvinismus.

»Hast du so etwas schon einmal gesehen?« fragte er.

»Nein.« Sie hätte sich etwas Derartiges noch nicht einmal vorstellen können.

Oben auf der Treppe blieb er stehen und blickte auf den von der riesigen Glaswand umschlossenen Garten. Gespräche und Gelächter summten in der Luft. Irgendwo im Grün versteckt spielte ein Pianist einen Walzer.

»Ist das nicht großartig?« Martin pfiff anerkennend. »Ich begreife jetzt, warum viele Paare hier ihre Flitterwochen verbringen.«

Sie trat etwas zurück und sah ihn an. »Ich wußte gar nicht, daß du so romantisch bist.«

Er zuckte lässig mit den Schultern. »Es gibt noch mehr im Leben als Schalttabellen und Ölstandanzeigen. Findest du es denn nicht romantisch hier?«

Sie wand sich. »Doch, schon. Es ist sehr hübsch und ... sehr elegant und ...«

»Sexy?« fragte er mit freundlicher Miene.

Natürlich mußte er Sex ins Spiel bringen! Er hatte sich mit jeder unverheirateten Frau in Bugle Creek getroffen, und ohne Zweifel hatte er auch mit jeder einzelnen geschlafen. Er sollte bloß nicht glauben, daß er sie ebenfalls auf seine Liste der Eroberungen setzen könnte. »Du wirst nie begreifen, was ich als sexy empfinde, Stonehouse.« Mit hoch erhobenem Kopf machte sie sich auf die Suche nach dem Empfangschef.

Martin schlenderte mit Händen in den Hosentaschen hinter

ihr her. Sandra wurde zunehmend unsicherer über die Art, wie sie sich auf hohen Absätzen bewegte. Je energischer sie aufzutreten versuchte, desto wackliger wurde ihr Gang.

Am Empfang wartete sie ab, bis der Herr sein Telefonat beendet hatte. Er war so um die sechzig Jahre alt und einer der elegantesten Männer, die Sandra je gesehen hatte. Sein Jackett war frisch gebügelt und sein Hemd blütenweiß.

Martins Hand ruhte auf ihrem Rücken, und er flüsterte in ihr Ohr: »Der sieht ja aus wie der Kerl aus dem ›Denver Clan‹. Vielleicht hält er ja Joan Collins hier irgendwo versteckt.«

»Hör auf mit diesen Witzen«, zischte sie über ihre Schulter. Und hör auf, mich anzufassen, dachte sie. Sie versagte ihm jedoch das Vergnügen, ihre Gedanken laut auszusprechen.

Der Empfangschef, auf dessen Namensschild Tyrone stand, legte den Telefonhörer auf und wandte sich Sandra und Martin zu. »Wie kann ich Ihnen behilflich sein?« Für einen Mann seiner Größe hatte er eine überraschend leise Stimme.

Martin trat nach vorn. »Dies ist Sandra Campbell, ich bin Martin Stonehouse. Wir sind diejenigen, die die Suite im Marcourt nicht bekommen konnten. Wir benötigen einen Konferenzraum.« »Ich verstehe.«

»Für mein Geschäftstreffen«, fügte Sandra hinzu. »Ich brauche den Raum morgen für ein paar Stunden. Könnten Sie mir helfen?«

»Aber natürlich. Im Glass Garden Hotel gibt es keine Probleme. Hier gibt es lediglich Situationen, die eine Klärung erfordern.« Er zog ein großes, in Leder gebundenes Buch unter dem Tresen hervor und schlug es auf. »Welche Uhrzeit?«

Sandra erklärte, was sie brauchte. Als sie einen Blick auf die lange Reihe von Einträgen warf, zog sich ihr Magen zu einem Knoten zusammen. Wenn die Menge an schwarzer Tinte irgendwelche Rückschlüsse zuließ, dann hatte sie schon wieder ein Problem. Diese Geschäftsreise war wirklich wie eine Reise durch die Hölle.

Tyrone klopfte mit dem Kuli gegen seine Unterlippe. Er machte Geräusche wie ein Mechaniker, der unter die Motorhaube eines Autos blickte. Dann sah er mit einem väterlichen Lächeln auf. »Bitte überlassen Sie das ganz mir. Ihre Zimmernummer ist …?«

»Die Hochzeitssuite.« Martin ließ seine Finger über Sandras Rücken hinaufgleiten, bis er ihre nackte Haut berührte. »Wirklich schöne Räume.«

Sandra wich aus seiner Reichweite zurück. »Etwas anderes war nicht mehr frei. Wir sind aus rein geschäftlichen Gründen hier.«

»Aber natürlich«, stimmte Tyrone zu. »Machen Sie sich keine Sorgen, Miss Campbell. Meine Aufmerksamkeit konzentriert sich ausschließlich darauf, Ihre Wünsche zu erfüllen.«

»Vielen Dank, Sir.«

Sie schaffte es, so lange den Mund zu halten, bis Martin und sie um die Ecke gebogen waren. »Mußt du denn der ganzen Welt erzählen, daß wir die Hochzeitssuite bewohnen?«

Er blinzelte unschuldig. »Was soll ich denn sonst sagen? Das Zimmer hat doch keine Nummer.«

Warum versuchte sie nur, mit einem Ingenieur logisch zu argumentieren?

Sie stiegen die breite Treppe hinunter. Sandra malte sich aus, was für ein Spaß es sein würde, auf dem breiten, geschnitzten Geländer hinunterzurutschen. Mit fliegendem Haar, vor Freude jubelnd, während der Wind an ihren Ohren vorbeiströmte.

Als ob er ihre Gedanken lesen könnte, flüsterte Martin: »Soll ich dich anschubsen?« Sie warf ihm einen Seitenblick zu.

Der himmlische Duft von gegrilltem Fleisch und frisch gebackenem Brot stieg ihr in die Nase. Auf der rechten Seite des Gartens trugen die Dinnergäste förmliche Kleidung, links waren sie etwas lässiger gekleidet.

Sie deutete mit dem Finger nach links. »Laß uns ins ›Montague‹ gehen.«

Während sie auf den Eingang des Restaurants zusteuerte, blickte sie sich noch einmal um. Der Mann, dem sie im Aufzug begegnet war, kam gerade die breite Treppe herunter. Derselbe dunkle Anzug, dieselben getönten Brillengläser, dieselbe angespannte, finstere Ausstrahlung. Er wandte den Kopf, und das Licht spiegelte sich auf seinen Brillengläsern. Sie wußte, daß er direkt auf sie blickte. Ihr Atem stockte, und sie stolperte.

Martin hielt ihren Arm fest. »Ist dir der Champagner zu Kopf gestiegen?«

»Schnell, geh weiter«, flüsterte sie aus dem Mundwinkel heraus. »Dreh dich nicht um.«

Er wollte sich gerade umdrehen, als sie ihn heftig zwischen die Rippen knuffte. »Ich habe gesagt, nicht umdrehen. Es ist der unheimliche Mann aus dem Aufzug. Er verfolgt mich!«

4

In dem intim beleuchteten Inneren des »Montague« waren die Tische durch Bänke mit hohen Lehnen und Kübel mit Grünpflanzen voneinander getrennt. Kerzenlicht beleuchtete die Tische und hüllte die Gäste in einen rosigen Schein. Sandra spähte in die schwach erhellten Ecken und blickte immer wieder über ihre Schulter, während sie der Kellnerin beharrlich erklärte, daß sie einen Tisch draußen auf der Terrasse wollte.

Martin verdrehte angesichts ihres Verhaltens die Augen. Glaubte sie wirklich, daß ein Killer sich ihr in einem Restaurant nähern würde? Aber er sagte nichts. Vielleicht gehörte sie ja zu den Menschen, über die er in der Zeitung gelesen hatte und die süchtig nach Aufregung waren. Jeder Tag mußte ein Abenteuer sein, sonst waren sie nicht glücklich. Die Kellnerin führte sie zu einem Tisch im Garten. Erfreut über die Nähe zu dem großen Brunnen und den phantastischen Ausblick auf das stürmische Wetter, das draußen wütete, studierte Martin die Speisekarte. Nachdem sie ihre Bestellung aufgegeben hatten, reichte Sandra dem Kellner die Speisekarte zurück. Der Wind heulte gegen die Glaswand. Äste stöhnten. Sie zitterte angespannt.

Martin beugte sich vor. »Du benimmst dich wie ein aufgescheuchtes Huhn. Entspann dich.«

»Er hat mich verfolgt. Du hast ihn doch auch gesehen.«

Er lehnte sich in seinem Stuhl zurück und faltete seine Serviette auseinander. »Du hast mir verboten, mich nach ihm umzudrehen.« Er legte beschwichtigend seine Hand auf ihre. »Wenn dich ein Mann verfolgen sollte, dann sicherlich nicht deswegen, weil er dich überfallen will.«

Sie zog ihre Hand zurück und rieb sie. »Nenne mir einen guten Grund.«

Fang bloß nicht damit an. Es ist doch nur zu offensichtlich, daß sie vollkommen verrückt ist. Du solltest besser den Mund halten ...

»Vielleicht läuft er dir ja deshalb nach, weil du das hübscheste kleine Ding im ganzen Umkreis bist.«

»Sei nicht albern.« Ihre blassen Wangen röteten sich. Sie nippte hastig an ihrem Glas. »Du erkennst ihn sofort. Er trägt eine Brille mit dunklen Gläsern und einen schwarzen Anzug.« Sie blickte sich suchend nach beiden Seiten um.

Er sah über ihre Schulter hinweg. »Wie dieser Typ da drüben?«

Sie drehte sich so hastig um, daß sie fast vom Stuhl gefallen wäre. »Ha, ich hab' dich dazu gekriegt, daß du dich umdrehst.« Martin lachte tief in seiner Kehle.

»Du bist ja nicht mehr ganz bei Trost«, murmelte sie und hob ihre Serviette vom Boden auf. »Ich werde nicht mit dir essen, wenn du dich weiter über mich lustig machst.«

»Nun komm schon, das Leben kann ja nicht immer bierernst sein. Kein Wunder, daß du Leichen siehst.«

»Was soll das denn heißen?«

»Du mußt zugeben, daß du dir selbst jede Menge Streß zumutest. Du läßt niemals die Zügel locker. Die Welt gerät nicht gleich aus den Angeln, wenn du dir ein wenig Spaß gönnst. Oder dich einfach mal entspannst.«

»Soll ich vielleicht deinem Beispiel folgen und bei jeder sich bietenden Gelegenheit zum Angeln gehen?«

»Warum nicht?« Er blickte sich in der glitzernden Umgebung um. »Das Pech des Marcourt ist unser Glück. Sogar du hast zugegeben, daß es hier schön ist. Also entspann dich, hör der Musik zu, amüsier dich.«

Ihre Unterlippe zitterte fast unmerklich. »Meine Arbeit bedeutet eine große Verantwortung.« Ihre Hilflosigkeit verlieh ihren Worten den Hauch ihres texanischen Akzents, den sie normalerweise unter Kontrolle hatte. »Die Lohnabrechnung, die Steuererklärungen, die Kundenkontakte. Du hast keine Ahnung, was ich alles machen muß. Für mich ist das hier keine Vergnügungsreise.«

Ihre großen blauen Augen, so glänzend und betrübt, machten ihm das Herz schwer.»Ich will damit ja lediglich sagen, daß es noch andere Dinge im Leben gibt außer arbeiten. Und die ganze Zeit wie ein kopfloses Huhn herumzurennen.«

Sie zuckte zusammen. »Du verstehst mich einfach nicht.«

Kein Wort mehr. Halt um Gottes willen den Mund. Sieh dir die hübschen Frauen an, hör dem Klaverspieler zu, überlege dir, mit welchem Druck die Pumpe im Inneren des Springbrunnens betrieben wird ... schau ihr nicht in die Augen, und versuche nicht, ihr ein Lächeln zu entlocken.

»Glaubst du etwa, daß ich das für mich tue?« Sie schüttelte nachdrücklich mit dem Kopf. »Ich mache es für Onkel Wally. Er hat mir das Leben gerettet.«

Jetzt bring bloß nicht Wally ins Spiel. Trotz ihrer Fehler liebte sie ihren Onkel. Sie kümmerte sich um ihn, machte sich seinetwegen Sorgen und bewunderte ihn aufrichtig. »Hat er das?«

»Du hast ja wahrscheinlich den Klatsch über meine Eltern gehört.«

Martin hatte sogar reichlich davon gehört. Die Einwohner von Bugle Creek sprachen ausführlich über die seit langem weggezogenen Campbells. So klein, wie der Ort war, mußte der Klatsch Sandra ebenfalls zu Ohren gekommen sein. Er fragte sich, ob es ihr etwas ausmachte, oder ob es ihre Gefühle verletzte.

»Jedes Wort davon ist wahr. Mein Vater hat sich mit dieser Bardame aus Oklahoma City aus dem Staub gemacht. Meine Mama ist nach Las Vegas gegangen, um am Black-Jack-Tisch zu arbeiten. Sie haben mich verlassen.« Sie schnaubte verächtlich. »Midlife-Krise. Sie waren beide vollkommen verrückt.«

Obwohl sie mit betont sachlicher Stimme sprach, waren ihre Augen vom Schmerz getrübt.

»Ich war erst sechzehn. Gerade alt genug, um die Schule zu schmeißen.« Sie hob eine Schulter. »Und bereit, mit dem erstbesten Mann durchzubrennen, der mich nett behandelte. Onkel Wally hat mich aufgenommen.«

Plötzlich dämmerte ihm die Erkenntnis. Sie hatte Angst, und zwar nicht vor Ratten oder Leichen oder unheimlichen Männern. Sie war sich selbst vielleicht gar nicht bewußt, wie verängstigt sie war, oder konnte ihre Furcht benennen, aber sie saß offensichtlich sehr tief. Kein Wunder, daß sie so übergeschnappt war.

»Er hat mir ein Zuhause gegeben und sich darum gekümmert, daß ich keine dummen Sachen mache. Er hat mich aufs College geschickt. Meine Eltern rufen mich noch nicht einmal zum Geburtstag an, aber Wally ist immer für mich da.« Sie biß sich auf die Lippen und spielte mit dem Salzstreuer aus geschliffenem Glas.

Er wollte ihre Verrücktheit nicht entschuldigen, und er wollte auch nicht der stabile Rettungsanker für ihre stürmische Psyche sein. Das war ja der Sinn dieser Reise gewesen, sie aus seinen Gedanken zu verdrängen, sie zu vergessen, jemand anderen kennenzulernen. Und dennoch hallte in seinem Kopf der Lockruf der Hoffnung wider.

Als sei sein Gehirn von seinem Mund vollkommen unabhängig, sagte er: »Wally ist ein netter Kerl.«

»Der beste, den es gibt. Deshalb gebe ich auch mein Bestes für ihn. Alles muß so perfekt laufen, daß er sich um nichts mehr Sorgen zu machen braucht. Er ist ein alter Mann, fast sechzig Jahre alt. Er braucht mich jetzt.«

Wally hatte mehr Lebensenergie als sechs Dreißigjährige zusammen. Und was das Bemuttern betraf, so würde jeder mit einem solchen Ansinnen einen der äußerst seltenen Wutanfälle Wallys provozieren. »Ist das der Grund, warum du so erpicht darauf bist, die Verkäufe zu übernehmen?«

»Hast du etwa gedacht, daß ich das für mich tun würde? Ich nehme noch nicht einmal Prozente.«

Das überraschte ihn. Er wußte jedoch, daß es ihn nicht überraschen sollte. Sie fuhr ein altes, ratterndes Lastauto und lebte ganz bescheiden in Wallys Haus. Das seidene Kleid, das sie trug, war die erste Extravaganz, die er ja an ihr gesehen hatte.

Der Kellner brachte ihre Salate und einen Korb mit warmem Maisbrot und Sauerteigbrötchen. Sandra ließ sich von dem Kellner Pfeffer auf ihren Salat mahlen.

Zwischen den Bissen sagte sie: »Es gibt so etwas wie zuviel Großzügigkeit. Wally ist dafür das beste Beispiel. Er läßt Schulden immer unter den Tisch fallen und erhöht die Gehälter, von den Zulagen ganz zu schweigen. Jeder Pechvogel erscheint bei ihm auf der Türschwelle.« Sie machte mit dem Brot in der Hand eine Bewegung. »Die Nachfrage der Konsumenten nach Recyclingprodukten steigt. Ich möchte, daß auch Wally auf diesen profitablen Zug aufspringt.«

Martin beobachtete sie aufmerksam. Eines mußte man Sandra lassen – sie war ehrlich. Sie war zwar oft querköpfig, aber immer aufrichtig.

Sie wähnte sich allen Ernstes auf einer Rettungsmission. Für Wally hätte sie alles getan. Sie bot all ihre Energie, all ihre Begeisterung ohne jede Einschränkung für denjenigen auf, den sie liebte. Plötzlich sah es Martin ganz klar: Wally war die eine Person in ihrem Leben, die sie nie im Stich gelassen hatte. Und sie wollte sicherstellen, fast schon verzweifelt sicherstellen, daß das auch so bleiben würde.

»Glaubst du, ich sehe das falsch?« fragte sie.

Er schüttelte den Kopf und blickte auf seinen Salat.

»Du denkst doch über etwas nach. Worüber denn?« Sie ließ ihre Gabel fallen, die scheppernd auf die Porzellanschüssel fiel. Ärger stieg in ihm auf. Mit ihr zusammen zu Abend zu essen, war ein Fehler gewesen. Diese ganze Reise war ein einziger Fehler. Er wollte sie aus seinem Kopf verbannen. Sein dummes, hoffnungsvolles Herz sollte nicht vor lauter Verständnis überschäumen. »Ich habe mich in dir geirrt, mehr nicht.«

»Wie geirrt?«

»Egal.« Er hob seine Gabel auf. »Der Salat ist ausgezeichnet. Wie heißt diese Soße? Honig mit irgend etwas. Senf ist drin ...«

»Wechsle nicht das Thema! Inwiefern hast du dich in mir geirrt?«

Er wußte nicht, was schlimmer war: ihre starrköpfige Blindheit in bezug auf seine Gefühle für sie, oder daß er sich auf diese Unterhaltung überhaupt erst eingelassen hatte. »Wenn der Sturm etwas nachgelassen hat, könnten wir uns ein wenig umsehen. Morgen haben wir ein paar freie Stunden. Wir könnten in ein Kunstmuseum gehen oder nach Fort Worth fahren.«

Sie trommelte mit den Fingern auf den Tisch, wodurch die Blumen in ihrer Vase zu zittern anfingen. Wenn Sandra sich erst einmal in etwas verbissen hatte, dann ließ sie nicht mehr locker. Warum kümmerte es sie plötzlich, was er dachte?

Er knallte seine Gabel hin. »Du willst die Wahrheit hören? Also gut. Ich habe immer gedacht, daß du ein verzogenes Gör bist, das immer seinen Kopf durchsetzen muß. Ich hatte angenommen, daß dieses furchtbar wichtige Verkaufstreffen nur reine Angeberei sei.« Er hustete, und seine Stimme wurde ganz leise. »Ich habe mich geirrt.«

Er erwartete, daß sie wütend den Tisch verlassen würde. Oder ihn anbrüllen würde. Oder ihn mit eisiger Verachtung strafen würde.

Nur Tränen in ihren Augen hatte er nicht erwartet. Zu spät hatte er erkannt, daß er sie genau dort getroffen hatte, wo sie am verletzlichsten war. Er hätte sich am liebsten unter dem Tisch versteckt.

Sie schluckte hart und tupfte sich mit ihrer Serviette das Gesicht ab. »Denken alle so über mich?«

»Es ist doch vollkommen gleichgültig, was alle denken.« Er hatte zwar nicht mehr von ihr träumen wollen, aber er hatte sie auch nicht verletzen wollen. Er wandte sich verkrampft lächelnd dem Restaurant zu. Sein Gesicht schmerzte. »Da kommen unsere Spareribs. Ich kann sie jetzt schon riechen.«

»Ich muß doch Onkel Wally für all das entschädigen, was er für mich getan hat. Ich will, daß er stolz auf mich ist.«

»Er ist stolz auf dich. Jedesmal wenn er von dir spricht, platzt er fast vor Stolz.« Er lehnte sich zurück, damit der Kellner die Platte dampfender Spareribs und Reis-Pilaf auf den Tisch stellen konnte.

»Das ist sicher auch der Grund, warum er dich gedrängt hat, mich auf dieser Reise zu begleiten. Wally hat dich mitgeschickt, damit ich keine Dummheiten mache. Er verwöhnt mich lediglich, tätschelt mir den Kopf. Er will das verwöhnte Gör zum Schweigen bringen.«

Martin schlug mit der Hand auf den Tisch und rief zornig: »Fängst du schon wieder an, voreilig Schlüsse zu ziehen! Du kennst Wally nicht ganz so gut, wie du glaubst. Keiner kann ihn zu irgend etwas bewegen. Du bist hier, du wirst deine Sache gut machen, und Wally wird stolz auf dich sein. Mehr steckt nicht dahinter.«

Bitte sag jetzt nichts mehr, und sieh mich nicht mit diesen verletzten Augen an. Hör auf, mir das Gefühl zu vermitteln, ich hätte dir ein Bein gestellt.

Als ob sie seine Gedanken lesen könnte, konzentrierte sie sich auf das Essen.

Verunsichert durch das peinliche Schweigen machte Martin sie auf interessante Gäste aufmerksam oder stellte Überlegungen an, wieviel Stahl und Glas man für eine dreistöckige Glaswand brauchte. Sie verweigerte den Blickkontakt mit ihm.

Entschuldigungen lagen ihm auf der Zunge. Aber wofür sollte er sich denn entschuldigen? Etwa für die Wahrheit?

Als sie mit dem Essen fertig waren, tat er sich selbst mächtig leid. Er war vollkommen erschöpft. Die Schönheit des Glass Garden Hotels verblaßte. Er fühlte sich provoziert, mißbraucht – und wie ein Idiot von Weltklasseformat.

Schweigend kehrten sie in die Suite zurück. Er wollte nur noch eines, schlafen.

Als sie aus dem Fahrstuhl ausstiegen, murmelte Martin: »Hab noch nie jemanden getroffen, der so lange beleidigt spielt wie du.«

Sie hielt augenblicklich inne. »Ich spiele niemals beleidigt.«

»Ja, ja, schon gut.« Er suchte in seinen Taschen nach dem Schlüssel. »Du bist doch diejenige gewesen, die wissen wollte, was ich denke. Du hast mich gedrängt, ich habe mich nicht aufgedrängt.«

»Du hast deine Gefühle mir gegenüber nur zu deutlich zum Ausdruck gebracht. Jetzt halt einfach den Mund.«

Das war zuviel! Er fuchtelte mit dem Finger vor ihrem Gesicht herum. Sie wich zurück, bis sie an eine Tür mit der Aufschrift »Wäsche« stieß.

»Ich habe dir gesagt, was ich denke. Ich habe nicht ein Wort darüber gesagt, was ich für dich empfinde.«

Sie schluckte und umklammerte ihre Ellenbogen. »Das macht doch keinen Unterschied.«

»Es macht sogar einen großen Unterschied.« Eine mitleidige innere Stimme sagte ihm, daß seine Gefühle für sie sich wohl nie ändern würden. Vielleicht sollte er Bugle Creek verlassen und irgendwo anders von vorne anfangen. Vielleicht sollte er sich so weit wie irgend möglich von Sandra Campbell entfernen. Nach China vielleicht, oder auch nach Australien. Er marschierte den Gang entlang und bog um die Ecke.

Sandra folgte ihm. »Was soll das denn nun wieder?« Sie hielt ihn am Ärmel fest. »Solange ich es mit dir hier aushalten muß, Stonehouse, möchte ich wissen, woran ich bin.«

»Das möchtest du nicht.«

»Doch!« Sie zupfte an seinem Ärmel, bis er sich zu ihr umdrehte. »Du bist wie der sprichwörtliche Stachel in meinem Fleisch, seitdem ich mit der Arbeit in der Firma begonnen habe. Entweder lachst du mich aus, oder du kritisierst mich oder untergräbst meine Autorität.«

Was sie ihm vorwarf, war so weit von der Wahrheit entfernt, daß er nicht wußte, ob er lachen oder weinen sollte. Er war der einzige in der Firma, der sie hundertprozentig unterstützte. Sogar dann, wenn sie vollkommen falsch lag. Selbst dann, wenn die Arbeiter darüber schimpften, wie blind und rückgratlos er war, wenn es um die Nichte seines Chefs ging. Aber immer noch bedrängte sie ihn. »Wir sollten das alles einmal offen besprechen.«

Sie brachte es also wirklich fertig, ihm das Messer mitten ins Herz zu stoßen? Niemals würde er das zulassen. Er streckte seine Hand nach dem Messingtürknauf aus.

Die Tür stand etwa zehn Zentimeter weit offen. Seine Hand erstarrte mitten in der Bewegung. Sandra stand direkt hinter ihm und krallte sich in sein Hemd. »Der Mörder«, hauchte sie. »Er wartet auf mich.«

5

Martin schob Sandras Hände weg, als schlüge er nach einer lästigen Fliege. »Es gibt keinen Mörder.«

»Du hast doch die Tür verschlossen. Hast du dich denn nicht vergewissert, daß sie auch wirklich abgeschlossen war?« Sie sah sich hektisch nach einem Telefon um. Als sie einen Feuermelder entdeckte, machte sie einen Satz darauf zu.

Martin hielt sie mit einem Arm fest und hob sie hoch. »Hör jetzt auf damit! Wenn du den Alarm auslöst, werden wir beide hinausgeworfen.«

Sie wehrte sich heftig, aber er war wirklich so stark, wie sein kräftiger Körper vermuten ließ. Er ließ nicht locker, bis sie sich beruhigt hatte. Ihre Brüste prickelten vor Erregung, als sie so gegen seine harte Brust gedrückt wurde. Ihre Lippen fühlten sich plötzlich ganz warm an.

Erst zog er die Brauen hoch, dann runzelte er verwirrt die Stirn. Er stellte sie wieder auf die Füße, hielt sie jedoch weiter um die Taille fest. »Ich werde das Zimmer überprüfen. Du bleibst hier!« erklärte er.

Ihre Hände machten eine hilflose Bewegung. »Und wenn er nun eine Pistole hat?«

»Niemand hat eine Pistole.« Er sah sie warnend an und zog langsam seinen Arm weg. »Laß die Finger von dem Feuermelder. Ich meine es ernst.«

Vorsichtig zog er die Tür auf und spähte hinein. Mit zur Seite gelegtem Kopf lauschte er einen Augenblick lang, dann schlich er sich in den Flur. Dann lachte er und winkte Sandra in die Suite. Im Wohnzimmer richtete sich das Zimmermädchen gerade von dem Extrabett auf, das sie frisch bezogen hatte. Sie begrüßte das Paar mit einem breiten Lächeln.

Sandras Knie drohten unter ihr nachzugeben, und sie mußte sich haltsuchend am Türrahmen festklammern.

»Willkommen, die Herrschaften! Ich bin heute spät dran. Ich glaube, ich habe das Hotel noch nie so ausgebucht erlebt. Hundert Prozent Auslastung, unglaublich. Natürlich sind wir auch sonst ziemlich ausgebucht. Es ist das beste Hotel in der ganzen Gegend um Dallas und Fort Worth, ja sogar in ganz Texas.« Sie schüttelte ein Kissen auf. »Morgen früh werde ich das Bett einfach in einem Schrank verstauen, damit es Ihnen nicht im Weg steht. Soll ja alles hübsch und bequem hier sein.«

Sandra fragte sich, ob Etta wohl rund um die Uhr arbeitete. Und wenn ja, wie konnte sie dann immer so fröhlich sein? Sie sah sogar noch zufriedener aus als sonst.

Etta ging ins Schlafzimmer. Sandra beobachtete, wie die Frau mit einer gekonnten Bewegung aus dem Handgelenk die Decken zurückschug. »Draußen haben wir ja einen richtigen Sturm. Soll ich die Vorhänge zuziehen?«

Sandra erinnerte sich an die Taube und nickte. »Wohnen Sie hier im Hotel, Miss Etta?«

»Ich?« Ein Lächeln legte sich über ihr Gesicht. »Schön wär's. Ich bin wie die Marianna in *Die Macht der Träume*, ich lebe im Schatten des Luxus. Sie fragen sich sicher, warum ich zu so später Stunde immer noch hier bin. Aber es ist immer irgend etwas. Zur Zeit sind viele krank, eine Grippeepidemie. Und ich vertraue einfach keiner Aushilfe auf meiner Etage.« Sie zog die Vorhänge vor die hohen Fenster. »Alles in Ordnung mit Ihnen? Sie sehen etwas kränklich aus.« Sie durchsuchte ihren Korb und zog einen Teebeutel hervor. »Wie wär's mit Kamillentee? Der ist immer für alles gut.«

»Nein danke, mir geht es gut.« Sandra blickte Richtung Wohnzimmer und seufzte. Sie war immer noch ganz mitgenommen von dem, was Martin ihr während des Essens gesagt hatte. Das Schlimmste daran war, daß es ihre eigene Schuld war.

Nein, das Schlimmste war, daß er die Wahrheit gesagt hatte. Etta blinzelte mit einem Auge und tippte sich wissend ans Kinn.

»Eine so hübsche junge Frau wie Sie sollte all diese Probleme nicht haben.«

»Welche Probleme denn?«

»Wissen Sie, meine Liebe, ich bin nicht von gestern.« Sie strich sich über ihr aufgetürmtes Haar. »So wie ich mich um meine Gäste hier kümmere, nun, da fällt einem schon so dieses oder jenes auf. Wenn man beispielsweise diesen jungen Mann da nebenan im Wohnzimmer nimmt ...«

»Martin?« Verunsichert über die Mühelosigkeit, mit der diese Frau sie offenbar durchschaute, errötete Sandra. »Was ist mit ihm?«

»Ich sehe doch, wie er Sie ansieht. Sie werden sich pudelwohl fühlen, wenn Sie erst einmal aufgehört haben, die Unnahbare zu spielen.«

Sandra lachte überrascht auf. Wenn Martin sie überhaupt anblickte, dann lediglich mit Empörung. Das hatte er ja auch während des Essens zum Ausdruck gebracht. »Wie bitte?«

»Die Unnahbare zu spielen ist altmodisch. Ehrlichkeit ist der Schlüssel zu einer guten Beziehung.«

»Er mag mich noch nicht einmal!« platzte Sandra heraus. »Er hält mich für ein verwöhntes Gör.«

»Sind Sie das denn?«

Sandra dachte einen Augenblick nach. »Nein. Vielleicht ... ich weiß es nicht. Aber er macht sich nichts aus mir.« Und das war die Wahrheit, dessen war sie sich sicher. Er war nicht der Typ, der sich über einen längeren Zeitraum für ein und dieselbe Frau interessieren konnte. Das hatte er hinreichend bewiesen, indem er jedes Wochenende mit einer anderen ausgegangen war.

Etta tätschelte Sandras Arm. »Sie mögen ihn, also gibt es kein Problem. Schlafen Sie gut, meine Liebe. Und rufen Sie den Zimmerservice, falls Sie noch irgend etwas wünschen.«

Ettas Bemerkungen hatten Sandra sowohl schockiert als auch belustigt. Machte sie sich wirklich etwas aus Martin?

Ein Klopfen an der Tür ließ sie hochfahren. Sie griff nach

ihrem Morgenmantel und schlüpfte in die grünen Satinärmel. Dann öffnete sie die Tür.

Martin sah müde und abgekämpft aus, seine Augen waren halb geschlossen. Er hatte auf dem Weg nach Dallas die ganze Zeit am Steuer gesessen, und als Sandra im Marcourt Hotel ausgerastet war, war er es gewesen, der sich um eine andere Unterkunft bemüht hatte. Er war vollkommen erschöpft, und sie machte es noch schlimmer, indem sie bei jedem Geräusch und jedem Schatten vor Angst kreischte. Sie schämte sich.

»Der Empfangschef hat eine Nachricht hinterlassen. Die Konferenzräume sind alle ausgebucht. Du sollst dich morgen früh noch einmal an ihn wenden, dann will er sehen, was sich machen läßt.« Martin schmunzelte. »Kein Problem, hat er erklärt. So etwas wie Probleme gibt es im Glass Garden Hotel nicht.«

Sie sah sich schon die Verkaufskonferenz in der Hochzeitssuite abhalten. Während sie einen Vortrag über Gewinnspannen hielt, würden die Käufer die nackten Statuen anstarren. Plötzlich verschwamm alles vor ihren Augen.

»Wenn alle Stricke reißen, können wir die Sitzung ja in einem der Restaurants abhalten ...« Er hielt inne, und seine Augen weiteten sich.

Sandra folgte seinem Blick nach unten. Sie trug immer noch die Strumpfhalter, die Seidenstrümpfe und die silbernen Sandaletten. Ihr Satinumhang bedeckte nur knapp den oberen Rand ihrer Strümpfe. Sie schloß hastig die Tür.

»Schlaf gut«, rief Martin ihr nach.

Sie versuchte es.

Der Hauch von Rosenduft, der an den Bettlaken haftete, machte sie unruhig. Das schöne Bett war einfach zu groß, zu einsam und zu fremd. Sie wälzte sich hin und her, kämpfte mit dem Kopfkissen, stieß die Decken zurück und zog sie wieder hoch. Wenn sie die Augen schloß, stellte sie sich Martin nackt vor und fühlte wieder seine starken Arme um ihren Körper.

Wenn sie die Augen öffnete, hörte sie die Worte »verzogenes Gör« wie eine verkratzte Schallplatte wieder und wieder in ihrem Kopf hallen. Schließlich setzte sie sich auf und schlang die Arme um die Knie.

Verzogen? Sie war weiß Gott nicht verwöhnt. Sie hatte sich alles, was sie besaß, hart erarbeiten müssen. Und ihr einziges Ziel war es, für Onkel Wally alles zu tun, um seine Zuneigung ihr gegenüber zu rechtfertigen und ihm zu beweisen, daß er seine Zeit mit ihr nicht verschwendet hatte.

Warum fühlte sie sich dann trotz all dieser guten Vorsätze immer so traurig?

»Hey, Stonehouse.«

Eine zarte Hand griff nach seiner Schulter und schüttelte ihn. »Hm? Was ist los?« Er blinzelte, und ein schwaches Licht drang in seine Augen. Er mußte wohl träumen. Er preßte die Lider zusammen. Es war noch viel zu früh, um schon Morgen zu sein.

»Wir müssen reden.«

Das Bett senkte sich, und die Decke glitt ihm von den Schultern.

Sandra – die Frau war wirklich eine Plage! Schlimm genug, daß sie ihn verrückt machte. Aber mußte sie ihm nun auch noch den Schlaf rauben?

Sie seufzte dramatisch.

»Gott, Sandra«, murmelte er. »Wir werden morgen früh schon noch einen Konferenzraum finden. Geh wieder ins Bett.«

Sie schüttelte ihn. »Bin ich denn wirklich so schrecklich? Ich muß immer an das denken, was du gesagt hast, wie ich mich benehme und ... ach, das meine ich gar nicht. Ich will nur immer alles perfekt machen. Wally soll nicht denken, daß er seine Zeit mit mir verschwendet. Ich muß mich doch um ihn kümmern.«

Er rollte sich auf den Rücken und öffnete ein Auge. Sie zuckte etwas zurück und hielt den Kragen ihres Mantels zusammen.

Sein Herz setzte einen Schlag lang aus. Was, zum Teufel, dachte sie sich eigentlich dabei? Sie knipste das Licht über der Bar an. Ihre Haut schimmerte wie Elfenbein – und es war eine Menge Haut, denn ihre langen, schlanken Beine waren entblößt. Ihr ungeschminktes Gesicht und die üppigen Locken, die ihr über die Schulter hingen, ließen sie sehr jung und verletzlich aussehen.

Und schön.

Wenn sie sich nicht sofort aus dem Staub machte, dann würde er sie beide in eine peinliche Situation bringen.

Sie starrte auf den Boden. »Vielleicht bin ich ja auch ein wenig eifersüchtig. Wally und du habt immer so viel Spaß zusammen und geht gemeinsam angeln. Er redet die ganze Zeit davon, wie großartig du bist. In seinen Augen kannst du auf dem Wasser wandeln.« Sie warf ihm einen Blick zu.

Martin unterdrückte ein Stöhnen. Seine schmerzenden Hände erinnerten ihn daran, wie fest er die Decke umklammerte. »Liebes, geh jetzt wieder ins Bett.«

»Er sagt, daß ich dich viel zu streng beurteile. Damit hat er vermutlich recht. Ich habe mich nie bemüht, freundlich zu dir zu sein, oder dich wirklich kennenzulernen. Du wirkst immer so ... so selbstsicher. Ich habe immer das Gefühl, daß du mich ständig auslachst.«

Sie dachte offensichtlich gar nicht daran, wieder zu gehen. Sie würde hier sitzen bleiben wie ein übergeschnappter Engel und ihn quälen. Er mußte in seinem früheren Leben viele Sünden begangen haben. Er setzte sich auf und zog die Knie an.

Sie wandte sich ihm zu. »Ich weiß, daß du mich nicht magst. Ich war ja auch nicht gerade liebenswürdig. Manchmal denke ich, daß Onkel Wally mich auch nicht besonders gern hat.«

Vielleicht träumte er ja. Nein, in dem Fall wären sie jetzt beide in dem anderen Zimmer und würden sich auf dem großen Bett herumwälzen – und Sandra würde keine Monologe halten.

»Komm schon, Stonehouse, sprich mit mir«, sagte sie. »Ich

kann mich nicht ändern, wenn ich nicht weiß, was ich falsch mache.«

Kein Traum, ausgeschlossen. »Du machst gar nichts falsch. Du bist clever und arbeitest hart. Du müßtest nur ein klein wenig gelassener werden. Hör auf, aus jeder Kleinigkeit ein Riesenproblem zu machen.«

»Vielleicht ...«

»Die Welt wird nicht untergehen, wenn du nicht jeden Tag vierzehn Stunden arbeitest.« Die seidenen Laken raschelten, als er sich umdrehte. Er legte den Kopf auf die verschränkten Arme. »Meist kommt bei einem Plausch mehr heraus als bei einem formellen Geschäftstreffen.«

»Ist denn an meinen Konferenzen irgend etwas nicht in Ordnung?« Sie zog einen Schmollmund. »Tatsache ist, daß die Teilnehmer häufig wegen irgendwelcher Notfälle nicht erscheinen, wenn ich eine Konferenz angesetzt habe. Sogar Onkel Wally findet oft einen Vorwand, um nicht daran teilnehmen zu müssen.«

Als er ihre betrübte Miene sah, schmolzen seine Vorsätze dahin. »Du bist sehr fleißig, und das rechnen dir die Leute auch hoch an. Aber es stimmt, niemand geht gerne zu den Sitzungen.«

Sie richtete sich langsam auf und blickte ihm direkt in die Augen. »Wenn ich es recht bedenke, dann bist du überhaupt der einzige, der an den Sitzungen regelmäßig teilnimmt.«

Was sollte er darauf sagen? Sollte er ganz vernünftig antworten? Daß er sich als Ingenieur verpflichtet fühlte, an allen Konferenzen teilzunehmen? Oder sollte er die Wahrheit sagen? Daß er es einfach nicht ertragen konnte, wenn sie so hart arbeitete, nur um dann in einem leeren Raum zu sitzen.

»Was ist es denn noch, was die Leute an mir hassen?«

»Niemand haßt dich.«

»Was noch?«

Warum mußten Leute, die auf überflüssigen Besprechungen

bestanden, obendrein auch noch darauf bestehen, diese zu unmöglichen Zeiten abzuhalten? Warum mußte die anziehendste Frau der Welt sich dabei ausgerechnet auf sein Bett setzen? Ein Schlitz in ihrem kurzen Satinmantel ließ ihn vermuten, daß sich darunter nicht viel mehr als ihr wunderbarer Körper befand. Glut breitete sich in seinen Lenden aus.

»Antworte mir.«

»Zum Beispiel, daß du den Lastwagenfahrern den Zutritt zur Kantine verwehrst ...« Er knirschte vor Frust unhörbar mit den Zähnen und zwang sich, den Blick von ihren Beinen abzuwenden. »Das war ein schlechter Schachzug.«

Sie zuckte zurück. »Aber die Versicherung ... die Fahrer sind doch gar nicht befugt ...«

»Diese Fahrer sind alte Bekannte. Die Leute wollen gern den neuesten Klatsch hören. Wenn man sie davon ausschließt, ist das unhöflich. Ich weiß, daß du alles über Kosten und Nutzen gelernt hast, aber zum Geschäftemachen gehört mehr als nur Regeln, Tabellen und Fünf-Stufen-Pläne.«

Er legte eine Hand auf ihre Schulter und sah ihr in die Augen. Sie zu berühren erinnerte ihn an ihre sexy Seidenstrümpfe und an diese langen, langen Beine. Er riß seine Hand zurück. »Keiner findet dich unausstehlich. Aber es gibt schon einige, die dich gerne etwas entspannter und ausgeglichener sehen würden.«

»Auch Wally?«

Er zögerte. Er riskierte es, voll ins Fettnäpfchen zu treten, aber sie bat ihn ja geradezu darum. Er nickte.

Sie wandte den Kopf ab, zwickte sich in die Nase und gab kleine, mitleiderregende schniefende Geräusche von sich. »Und wie denkt Wally darüber, daß ich den Verkauf übernommen habe?«

»Da mußt du Wally schon selbst fragen.«

»Nun komm schon, ich bitte dich um eine ehrliche Antwort.«

Ehrlich, er war Hals über Kopf in sie verschossen. So sehr sie ihn auch irritierte, aber das letzte, was er wollte, war, sie zum

Weinen zu bringen. Und hier mit einer riesigen Erektion herumzusitzen, wurde allmählich verdammt ungemütlich. Er fingerte mit dem Bettzeug und zupfte am Material.

»Ich verstehe«, sagte sie. »Er läßt mich all das hier bloß machen, damit ich beschäftigt bin, stimmt's?«

»Müssen wir denn ausgerechnet jetzt darüber reden?«

»Bitte.«

»Willst du die Wahrheit wissen?«

Sie richtete sich auf und hob ihr Kinn. »Ja.«

»Gut. Meiner Meinung nach hast du noch nicht ausreichend Erfahrung gesammelt.« Er sprach schnell und mit heiserer Stimme. »Ich glaube, daß du zu viele Fachbücher liest und den Dingen, die um dich herum geschehen, nicht genügend Aufmerksamkeit schenkst. Du schreibst zu viele Berichte und stellst zu viele Tabellen und Regeln auf. Du benimmst dich, als ob Angestellte ein notwendiges Übel wären statt anständige Menschen, die anständige Arbeit leisten wollen. Du schwingst Reden darüber, wie die Dinge sein sollten. Aber du hast keine Ahnung, wie die Dinge wirklich sind.«

Sie atmete scharf ein. Ihre großen Augen wurden noch größer, ihr Blick war schmerzlich verschleiert. »Warum hat mir das denn bisher noch niemand gesagt?«

»Weil du nicht zuhörst.«

Ihr Kinn zitterte. »Und Onkel Wally denkt genauso?« Ihre Stimme klang rauh und zittrig.

Es tat ihm im Herzen weh. »Er denkt, wenn du erst einmal mehr Selbstvertrauen gewonnen hast, wirst du die Dinge besonnener angehen.«

»Ich habe mich vollkommen blamiert«, sagte sie bitter.

Er wollte sie tröstend berühren, konnte sich jedoch gerade noch zurückhalten. »Du mußt diesen ganzen theoretischen Kram vergessen, den man dir auf der Schule beigebracht hat. Wally ist ein guter Geschäftsmann. Du kannst viel von ihm lernen. Ich habe auch einiges von ihm gelernt.«

»Dann hast du dich also ... über mich lustig gemacht. Gott, was war ich dumm!«

»Sandra ...«

Sie kreuzte die Arme vor der Brust. »Ich schätze, dann bin ich wohl doch nur Onkel Wallys Sozialfall.«

Martins Gereiztheit verwandelte sich in Zorn. Sie hatte keinen Grund, so etwas über Wally zu sagen. Er versuchte, seine Wut im Zaum zu halten. Mit jedem anderen Menschen und in jeder anderen Situation wäre ihm das auch gelungen, aber jetzt bellte er zurück: »Es ist genau wie mit diesem Mann, den du angeblich im Treppenhaus gesehen hast. Du denkst nicht nach, du reagierst einfach. Deine Begeisterung ist wirklich bewundernswert, aber deine Neigung, bei jeder Kleinigkeit fast auszurasten, nicht. Du benimmst dich wie ein Idiot. So. Ist es das, was du hören wolltest?« Er fiel zurück und zog sich ein Kissen übers Gesicht.

Geh weg, bat er sie stumm. Verschwinde aus diesem Zimmer. Laß mich in Frieden leiden.

»Du haßt mich«, sagte sie mit kläglicher Stimme.

Knurrend und vor sich hinschimpfend setzte er sich wieder auf. »Es ist mitten in der Nacht. Geh jetzt zurück ins Bett.«

»Deine ewig gute Laune ist offenbar nur Fassade. In Wirklichkeit bist du ganz schön mürrisch.« Sie schneuzte sich.

»Willst du, daß ich mich entschuldige? Also gut, ich entschuldige mich. Es tut mir wirklich und aus tiefstem Herzen leid. Und jetzt geh endlich.«

»Du hast ja recht. Ich benehme mich wirklich wie eine ... herrische, verwöhnte Göre. Aber ich kann mich ändern. Ich werde mich bessern.« Sie biß auf ihrem Daumennagel herum und beobachtete sein Gesicht. »Manchmal bekomme ich es einfach mit der Angst zu tun. Wenn ich nicht mein Bestes gebe, dann wird Onkel Wally mich ... er wird mich nicht mehr um sich haben wollen.«

Er konnte nicht gewinnen. Sie hörte einfach nie zu. Also,

warum sollte er sich dann noch bemühen? Es gab jede Menge anderer Frauen auf der Welt, die ihn nicht bis zur Weißglut reizten und ihn dazu trieben, sich wie ein Idiot aufzuführen. Wenn er nur Sandra endlich vergessen konnte, dann könnte er eine andere Frau finden. Er schloß die Augen und ließ sich in die Kissen zurücksinken.

»Ich weiß ja, daß wir einen schlechten Start hatten. Ich kam aus dem College zurück und erwartete, als die rechte Hand von Onkel Wally zu arbeiten. Aber da warst du schon da. Ich hatte den Eindruck, du wärst sein bester Kumpel. Mich brauchte er gar nicht. Ich habe Dinge gesagt, die ich gar nicht wirklich gemeint habe. Können wir das nicht alles einfach vergessen und noch mal von vorne anfangen? Ich werde mir Mühe geben, wenn du auch dazu bereit bist.«

Er wollte nicht, daß sie ihm leid tat. Er wollte nicht verstehen. Und er wollte ganz sicher nicht weiterhin das Gefühl haben, als ob sie die einzige Frau auf der Welt für ihn wäre. Er knirschte mit den Zähnen.

»Bitte, Stone ... Martin?« Zögernd strich sie ihm über den Arm. Ihre weiche, glatte Hand schien seine Haut zu verbrennen.

»Himmel noch mal, Sandra! Ich bin auch nur ein Mensch!«

»Was soll das denn heißen?«

Er schlang seine Arme um ihre Schultern und drückte sie fest an seine breite Brust. Sie starrte in seine Augen. »Du begreifst aber auch gar nichts«, knurrte er und küßte sie.

Sandra war zu überrascht, um sich zu bewegen. Sie erstarrte, unfähig zu protestieren oder ihm zu widerstehen, als er seine weichen Lippen auf ihre drückte. Sein Duft, schläfrig-warm und maskulin, benebelte sie. Seine Muskeln spannten sich an, als er ihre Brüste gegen seine Brust drückte. Er legte eine Hand auf ihren Rücken.

Sie bekam kaum noch Luft.

Alle ihre Wahrnehmungen konzentrierten sich auf seine Zunge und den Druck seiner Finger auf der empfindlichen

Stelle knapp über ihrem Po und die besitzergreifende Art, wie er sie an sich gepreßt hielt. Sie konnte keinen klaren Gedanken mehr fassen.

Er verführte sie dazu, auf seinen leidenschaftlichen Kuß zu reagieren und seine Zunge tiefer zwischen ihre Lippen eindringen zu lassen. Sein süßer Geschmack sandte Schauer der Erregung durch ihren ganzen Körper. Ein heißes Feuer brannte zwischen ihren Schenkeln, und ihre Knie zitterten. Mit einem heiseren Aufstöhnen vergrub er seine Finger in ihrem Haar.

Plötzlich ließ er sie ebenso schnell wieder los, wie er sie an sich gezogen hatte. Seine Augen brannten, seine breite Brust hob und senkte sich schwer.

Sie verzehrte sich nach ihm.

Und diese Erkenntnis ängstigte sie zu Tode.

Ihr war überhaupt nicht bewußt, daß sie sich bewegt hatte, bis sie den klatschenden Laut hörte, ihre Handfläche brennen fühlte und den Abdruck ihrer Hand auf seiner Wange sah. Sie sprang vom Bett auf und starrte ihn entsetzt an. Sie hatte noch nie in ihrem Leben jemanden geohrfeigt.

Er befühlte seine Wange und grinste. »Irgendwie habe ich geahnt, daß du das tun würdest. Geh ins Bett.« Er legte sich zurück, drehte ihr den Rücken zu und zog die Decke über die Ohren.

Eine Entschuldigung lag ihr auf der Zunge, doch sie war nicht fähig, einen klaren Gedanken zu fassen. Keuchend starrte sie auf seinen unerbittlich abgewandten Rücken. Sie brüllte: »Wenn du glaubst, du könntest dich bei Wally einschmeicheln, indem du mir Feuer unterm Hintern machst, dann hast du dich aber geschnitten!«

»Geh weg«, sagte er mit erstickter Stimme.

6

Sandra kroch unter den Bettdecken hervor. Eine Weile beobachtete sie das silbrige Licht, das durch einen Spalt zwischen den Vorhängen fiel, und fragte sich, warum ihr alles so fremd vorkam. Schließlich erinnerte sie sich wieder, wo sie war und wie sie hier gelandet war.

Sie taumelte verschlafen ins Wohnzimmer. Das Extrabett war leer und die Suite offenbar ebenfalls. Die Porzellanuhr auf dem Kaminsims zeigte auf halb neun.

»Stonehouse?« Das Peitschen des Windes gegen die Fenster war die einzige Antwort.

Sie schlang die Arme um sich und ging zum Fenster. Draußen war alles grau. Nebelschwaden stiegen von dem Teich auf und umhüllten die Bäume, während Wolken die oberen Stockwerke der Wolkenkratzer in der Ferne verschwimmen ließen.

Alles, was Martin letzte Nacht gesagt hatte, verfolgte sie. Es stimmte, jedes einzelne Wort war wahr. Alles, was sie wollte, war, Onkel Wally nach besten Kräften zu unterstützen und seine Firma profitabler zu machen. Statt dessen hatte sie sich zum allgemeinen Gespött gemacht.

Hatte sie Martin tatsächlich beschuldigt, er habe sie nur deshalb geküßt, weil er sich mit Wally gutstehen wollte? Das war ja lächerlich. Martin war ein guter Ingenieur, der die Recyclinganlage am Laufen hielt. Alle mochten und vertrauten Martin, deshalb hatte er es nicht nötig, sich bei irgend jemandem einzuschmeicheln. Es war nicht nur die dümmste Anschuldigung, die sie hatte vorbringen können, sie war auch unfair und gemein.

Aber das erklärte noch nicht, warum er sie geküßt hatte. Oder warum sie dagesessen und seinen Kuß erwidert hatte.

Oder warum es so erregend gewesen war, ihn zu küssen.

Martin schlenderte in die Suite. In den Händen hielt er ein Tablett mit einer Kanne Kaffee und zwei Tassen. Er trug ein Paar knappe Shorts und ein T-Shirt mit abgerissenen Ärmeln. Ein dünner Schweißfilm glänzte auf seiner Haut, und die Adern auf seinen angespannten Oberarmmuskeln traten deutlich hervor. Sein lächelndes Gesicht war von Röte überzogen.

Sein Blick fiel auf ihre nackten Beine, und sein Lächeln gefror. Die gesunde Röte auf seinen Wangen färbte sich noch um eine Schattierung dunkler. »Hier ist Kaffee, damit du in Gang kommst.«

Sie wußte, daß sie mit ihrem Morgenmantel durchaus dezent bekleidet war, aber sie fühlte sich nackt. Oder vielleicht waren auch nur ihre Gedanken nackt. Ihre Beinmuskeln waren so angespannt, daß sie gleich einen Krampf bekommen würde. Sie ging langsam auf das Schlafzimmer zu. »Wo warst du denn?«

»Hier gibt es einen prima Fitneßraum. Krafttrainingsgeräte, eine Sauna.« Er stellte das Tablett ab. »Wenn du zuerst duschen willst, nur zu.« Er füllte eine Tasse mit Kaffee. Seine Hand zitterte.

»Geh du ruhig zuerst ins Bad. Du bist ja vollkommen verschwitzt.« Ganz zu schweigen von sexy und unglaublich attraktiv mit seinen lockigen Haaren, die an den Ohren und im Nacken an der Haut klebten. Die Shorts schmiegten sich eng um seine schmalen Hüften und das feste Hinterteil.

Keiner von beiden bewegte sich. Die Luft schien vor sinnlicher Spannung zu knistern. »Übrigens«, begann er. »Um noch einmal auf gestern abend zurück ...«

»Nicht!« Sie zuckte zurück und errötete. »Wir sollten es einfach vergessen.«

»Sandra, ich ...«

»Nicht.« Sie zwang sich, ihn anzusehen. »Ich habe dich gezwungen, mit mir zu reden. Ich wollte, daß du ehrlich mit mir bist. Und du warst ...« Sie schluckte. »... du warst ehrlich. Dafür bin ich dir dankbar. Aber ich möchte nicht weiter darüber sprechen.«

»Okay, aber ich denke, wir sollten ...«

Sie hob eine Hand. Wenn er noch ein Wort sagte, würde sie sich ihm in die Arme werfen. »Wir haben die Luft gereinigt. Das ist wichtig, weil wir zusammenarbeiten müssen. Wir sollten ...«

Warum sah er sie so an? Sein Blick war eindringlich und voller Wärme und vielleicht ein wenig schmerzlich. Sie konnte es nicht mehr ertragen und ging aus dem Zimmer. Die Tür zum Schlafzimmer schloß sie hinter sich ab.

Martin klopfte. »Mach auf.«

Sie öffnete, und er reichte ihr eine Tasse Kaffee.

Er sagte: »Ich werde schnell duschen. Es dauert nicht lange.«

Sie nahm die Tasse Kaffee, unfähig, seinem Blick zu begegnen. Er hatte soviel Sahne hinzugetan, daß der Kaffee die Farbe von Karamel hatte, genau wie sie es mochte. Wann hatte er bemerkt, wie sie ihren Kaffee gerne trank? Ihre Verlegenheit verstärkte sich noch. Zusammen mit diesem Gefühl kam eine langsame, überwältigende Woge des Verlangens.

Entsetzt über sich selbst schloß sie die Tür.

»Keine Ursache«, rief er.

Sie ging auf und ab und trank dabei ihren Kaffee. Was, um alles in der Welt, war nur mit ihr los? Vor einem kleinen Tisch mit einer mit Volants verzierten Decke und einer altmodischen Lampe hielt sie inne. Es war diese Suite, das war es. Niemand konnte objektiv bleiben und einen kühlen Kopf bewahren, wenn er von all diesem rosagrünen Schnickschnack und den vielen Spiegeln und den romantischen Gemälden umgeben war. Und dieses Bett! Jedesmal, wenn ihr Blick darauf fiel, stellte sie sich Martin vor. Die großzügigen Ausmaße würden gut zu seinem Körper passen.

Vielleicht begehrte sie ihn ja, aber sie konnte ihn unmöglich wirklich wollen. Er wechselte die Frauen wie andere Männer die Unterwäsche. Daß er niemals eine feste Freundin hatte, bewies doch nur, daß er zu einer festen Bindung gar nicht fähig war.

Dennoch mußte sie es nun zum ersten Mal mit ihm gemeinsam am selben Ort aushalten. Sie konnte weder fliehen noch irgendwelche Ausflüchte finden. Sie mußte ihn als Menschen anerkennen.

Aber sie sah ihn als Mann.

Schlimmer noch, sie wußte, wie unfair sie ihn behandelt hatte, wie schäbig und verächtlich. Warum? Doch ganz gleich wie hektisch sie im Zimmer auf- und ablief, sie konnte keine Antwort finden ... bis sich der unangenehme Gedanke in ihr Bewußtsein schlich, daß es leicht war, Martin für alles Negative in ihrem Leben verantwortlich zu machen, weil er ihr Sicherheit bot und immer für sie da war, wenn sie ihn brauchte.

Ein Klopfen an der Schlafzimmertür ließ sie hochschrecken. Martin rief: »Die Dusche ist frei.«

Sie duschte sich und versuchte, den verlockenden Duft des Aftershaves zu ignorieren, der in der Luft lag. Dann ging sie ins Schlafzimmer, um ihr Kostüm anzuziehen. Es war aus einem leichten grauen Wollstoff; die taillierte Jacke schmiegte sich eng an ihren Körper, und der schmale Rock endete oberhalb des Knies. Sie befestigte eine Brosche am Kragen ihrer Bluse.

Im Wohnzimmer wartete Martin auf sie. Er ließ die Morgenzeitung sinken. »Du siehst gut aus.« Seine Stimme war ungewöhnlich vorsichtig. »Sehr geschäftsmäßig.«

Sie versicherte sich noch einmal, daß ihre Haarnadeln, die die elegante Einschlagfrisur festhielten, auch richtig saßen. »Danke.« Ihr Blick wanderte über seine Jeans und das lässige Hemd. »Willst du denn keinen Anzug tragen?«

»Keine Sorge, ich habe einen dabei. Aber ich werde ihn erst dann anziehen, wenn ich muß.« Er faltete die Zeitung säuberlich zusammen. »Wie ich gehört habe, soll es im ›Montague‹ ein prima Frühstück geben.«

»Ich bin soweit.«

Während er die Tür abschloß, sagte sie: »Ich verspreche es.« Sie legte eine Hand auf ihr Herz. »Keine Leichen, keine Mörder.«

Seine Mundwinkel zuckten. »Wegen gestern abend ...«

Sie legte ihm einen Finger auf die Lippen. »Bitte, lassen wir das.« Es war einfach ein zu gutes Gefühl, ihn zu berühren. Sie war zwar gerne bereit, ihn als Freund zu betrachten, aber mehr durfte sie nicht riskieren. Sie zog hastig die Hand zurück. »Ich fange noch einmal ganz neu an. Ich werde mich bessern und nie mehr voreilige Schlüsse ziehen. Ich schwöre es.«

Er zuckte mit den Schultern.

»Du wirst es schon noch sehen«, fuhr sie fort. »Ich habe es mir fest vorgenommen. Du kennst mich doch. Ich kann mich ändern.«

Auf dem Weg nach unten versuchte Martin noch zweimal, die Sprache auf den vergangenen Abend zu bringen. Aber beide Male unterbrach sie ihn mit einem energischen »Vergiß es«.

Außer daß seine Blicke jeden Nerv in ihrem Körper vor Verlangen vibrieren ließen. Als ob ihr Verstand nichts mehr zu sagen hätte, fand ihr Körper ständig einen Vorwand, um ihn zu berühren. Sie streifte mit der Schulter seinen Arm, als er ihr den Stuhl zurückschob. Sie berührte flüchtig seine Hand, als sie nach dem Salzstreuer griff. Die versehentliche Berührung ihrer beider Knie unter dem Tisch durchzuckte sie wie ein elektrischer Schlag.

Wie sie es schaffte, das Frühstück zu überstehen, ohne sich in ein zitterndes Nichts aufzulösen, hätte sie nicht zu sagen vermocht. Martin redete, aber seine Worte berührten sie nicht. Sein weich geschwungener, großzügiger Mund lenkte sie ab. Seine Lippen hatten eine wunderschöne Form, fein geschnitten und dennoch voll. Martin zahlte. Er reichte ihr die Rechnung. »Und jetzt aber los.«

»Was?«

Er trat zurück. Eine Furche bildete sich zwischen seinen Augenbrauen. »Hast du letzte Nacht nicht genügend Schlaf bekommen?« fragte er trocken.

»Was?«

Er schnippte mit den Fingern. »Erde an Sandra. Wach auf, Liebling. Steckt dir vielleicht eine Grippe in den Knochen?«

»Mir geht es gut.« Sie riß sich gewaltsam zusammen und konzentrierte sich auf die vor ihr liegenden Aufgaben. »Du kannst ja mal schauen, was sich mit dem Konferenzzimmer ergeben hat. Ich erledige in der Zwischenzeit die notwendigen Anrufe.«

»Ich dachte, genau das hätte ich gerade vorgeschlagen.«

Nachdem Martin gegangen war und sie in der Suite allein war, rief sie den Einkaufsleiter der Papierfabrik an. Sie erreichte seinen Assistenten.

»Oh, Miss Campbell, ich bin ja so froh, daß Sie anrufen«, sagte der Assistent. »Ich konnte Sie leider nicht erreichen.«

»Wir mußten das Hotel wechseln. Gibt es ein Problem?«

»Es ist wegen des Wetters. Der Blitz hat einen der Transformatoren getroffen. Wir hatten einen dieser Unfälle, die nur alle tausend Jahre einmal passieren. Das ganze Ding ist in die Luft gegangen! Die Computer auf dem gesamten Gelände sind zerstört worden. Hier herrscht das reinste Chaos, und zu allem Überfluß hat auch noch die Hälfte unserer Belegschaft die Grippe.«

»O je.« Sandra hatte das ungute Gefühl, daß die Katastrophe in der Papierfabrik auch für sie eine Katastrophe bedeuten würde.

»Alle unsere leitenden Angestellten sind damit beschäftigt, den Schaden aufzunehmen und den Verlust an Daten aufzufangen. Ich will Sie nicht weiter mit den Details belästigen, aber Mr. Taylor kann heute unmöglich zu Ihnen kommen. Morgen früh vielleicht? Er hat nur eine Stunde Zeit, aber er würde Sie gern treffen.«

Eine Stunde. Und sie hatte eine vierstündige Präsentation vorbereitet! »Ja, klar. Um welche Uhrzeit? Wir sind im Glass Garden Hotel.«

»Das ist ein wunderschönes Hotel. Ich war dort am Valentinstag zum Ball.« Im Hintergrund hörte man Papier rascheln. »Wie wäre es mit einem Frühstückstreffen? Um acht?«

»Das paßt mir sehr gut«, stieß Sandra zwischen zusammengebissenen Zähnen hervor. Eine Stunde. »Ich rufe in Kürze wieder zurück und gebe Ihnen den genauen Ort durch.«

Nachdem sie aufgelegt hatte, starrte sie ihren Aktenkoffer und ihre Aktentasche an. Eine Stunde. Was war mit ihren visuellen Hilfsmitteln, ihren Kostenanalysen, den Diagrammen, Grafiken und sorgfältig ausgearbeiteten Angeboten? Wie kam es nur, daß sie so hart arbeitete und hundertundzehn Prozent Leistung erbrachte und am Ende doch nicht den geringsten Erfolg vorweisen konnte?

Was würde Martin dazu sagen? Die Rodin-Skulptur *Der Kuß* stach ihr ins Auge. Das nackte Liebespaar weckte verwirrende Erinnerungen, ihr Körper glühte.

Die Lara-Melodie ertönte. Sie beeilte sich, die Tür zu öffnen.

Der Page Chad spähte hinter einem Strauß rosa Rosen hervor. »Miss Sandra Campbell aus Bugle Creek, Texas? Solche Aufträge erledige ich am allerliebsten, Ma'am.«

»Für mich?« Sie nahm die Blumen entgegen. Sie steckten bereits in einer Vase aus Plastik, die mit einer breiten rosa Schleife verziert war. »Vielen Dank.«

Chad tippte lässig mit dem Finger an seine Mütze, schob die Hände in die Hosentaschen und entfernte sich pfeifend. Sandra trug die Rosen ins Wohnzimmer. Ein Lächeln spielte um ihre Lippen. Martin mußte sie geschickt haben. Vielleicht war sie ihm doch nicht so unsympathisch. Vielleicht mochte er sie sogar.

Sie durchsuchte die Blumen nach einer Karte. Nichts. Sie zog die rosa Schleife auf und schüttelte sie aus. Wieder nichts. Martin hätte doch sicher eine Karte mitgeschickt.

Sie trat von den Blumen zurück. Blumen sprachen eine ganz besondere Sprache. Wenn sie sich recht erinnerte, dann stand Rot für Liebe und Leidenschaft, Weiß für Sympathie, und Gelb war irgend etwas anderes. Was, in aller Welt, aber bedeutete Rosa?

Chads Worte gingen ihr durch den Kopf. *Miss Sandra Campbell aus Bugle Creek, Texas* ... nein, das hätte Martin dem Boten nie und nimmer aufgetragen.

Der Mann mit den dunklen Brillengläsern! Er mußte ihr diese Rosen geschickt haben. Was bedeutete, daß er ihren Namen, ihren Aufenthaltsort und ihren Wohnort kannte. Er wußte, daß sie die Leiche gesehen hatte.

Rosa Rosen mußten so etwas wie eine Warnung, ein Omen sein. Sie rannte zum Telefon. Wen sollte sie anrufen? Miss Watters? Die würde ihr nie und nimmer Glauben schenken. Die Polizei? Genau, sie würde die Polizei anrufen und ihnen alles erzählen: von der Leiche, dem unheimlichen Fremden und den Rosen.

Die Tür klapperte. Ihr Herz setzte einen Schlag lang aus, und sie taumelte.

»Hallo, Liebling, alles in Ordnung. Na ja, vielleicht nicht hundert Prozent. Wir müssen das Verkaufstreffen auf eine andere Zeit verlegen, und das Zimmer ist klein. Aber wir können ...«

Sandra schwankte; ihre Knie drohten unter ihr nachzugeben. Nur mit Mühe konnte sie den Drang unterdrücken, laut zu schreien. Martin blieb wie angewurzelt stehen und blickte sie erschrocken an. »Wirst du etwa krank? Dein Gesicht ist leichenblaß.«

Sie warf sich an seine Brust und schlang die Arme um ihn. »Martin!« schrie sie. »Er will mich umbringen!«

7

»Das ist das Dümmste, was ich je gehört habe.« Martin zog Sandras Arme von seinem Hals. »Wer will dich denn umbringen?«

Sie drehte sich ziellos im Kreis und rang die Hände. »Der Mann mit den dunklen Brillengläsern. Er hat Rosen geschickt. *Rosa* Rosen!«

Martin runzelte die Stirn und strich sich über das Kinn. Irgendein Mann hatte offenbar gestern abend ein Auge auf sie geworfen und war heute morgen mit einem Kopf voller Ideen aufgewacht. Den Kerl würde er gern mal in die Finger bekommen! Er atmete tief ein. »Das ist wirklich seltsam.«

»Wir müssen hier ausziehen«, flüsterte sie. »Er war sicher auch im Treppenhaus, als ich die Leiche gesehen habe. Er weiß, was ich gesehen habe. Er weiß, daß ich weiß, daß er der Mörder ist. Wir müssen gehen, wir müssen ...«

Schon wieder Mörder. War sie sich eigentlich überhaupt nicht bewußt, was für eine Herzensbrecherin sie war? Selbst in ihren üblichen Jeans und Stiefeln war sie schöner als jedes Modell. Jeder Mann, der nicht dieser Ansicht war, mußte entweder blind oder geistig zurückgeblieben sein. »Hast du nicht gesagt, daß er im Fahrstuhl war?«

Sie biß sich auf die Unterlippe.

»Mir scheint eher, daß du einen Bewunderer gewonnen hast.«

Und wehe diesem Bewunderer, wenn er sich hier blicken lassen sollte. »Du hast gestern abend wirklich großartig ausgesehen.«

»Mach dich nicht lächerlich! Dies ist eine Morddrohung!« Sie deutete auf die Blumen. »Sie sind rosa!«

Er verbarg sein Lächeln, indem er sich vorbeugte und an einer der Rosen roch. Warum war er nicht auf die Idee gekommen, ihr Rosen zu schenken? »Meiner Meinung nach sind rosa Blumen keine ernsthafte Bedrohung.«

»Was willst du denn noch für Beweise? Soll ich erst blutüberströmt im Treppenhaus liegen? Diese Geschäftsreise ist die Hölle. Stephen King hätte nichts Schlimmeres erfinden können. Ich fahre nach Hause.«

Sie ging festen Schrittes ins Schlafzimmer.

Martin schaute ihr perplex hinterher. Es war ihr offenbar ernst. Er eilte ihr nach und riß ihr den Kosmetikkoffer aus der Hand. »Jetzt warte doch mal …«

»Nein, du wartest. Du glaubst offenbar, ich ziehe wieder voreilige Schlußfolgerungen oder habe die ganze Sache nur erfunden. So ist es aber nicht. Ich habe Angst, und ich fahre nach Hause!«

Sie würde niemals glauben, daß die Blumen von einem Verehrer stammten. »Nun komm schon, du hast so hart gearbeitet. Du kannst doch jetzt nicht einfach alles hinschmeißen.«

»Bist du vollkommen verrückt geworden?«

Sie versuchte, ihm den grau-rosa Koffer zu entreißen. Martin hielt ihn außerhalb ihrer Reichweite, nicht bereit nachzugeben. Vielleicht, wenn er sie nochmals küßte … ihre Ohrfeige war schließlich nicht allzu heftig gewesen.

»Ich habe eine Leiche gesehen, und niemand glaubt mir. Ein Mann verfolgt mich, und niemand glaubt mir.« Sie machte eine unbestimmte Geste Richtung Wohnzimmer. »Er hat mir eine Warnung geschickt, und du willst mir noch immer nicht …«

»*Ich* habe dir die Blumen geschickt.« Martin ließ den Koffer auf das Bett fallen. Er kreuzte die Arme vor der Brust und schob das Kinn vor. Die Lüge war ausgesprochen; er konnte sie nicht mehr rückgängig machen.

Sie stolperte rückwärts. »Du?«

Er sah aus dem Fenster. Der Regen peitschte gegen das Glas. »Unten im Foyer ist ein Blumenladen. Ich dachte, sie würden dich aufheitern.« Sie versuchte, ihn dazu zu bringen, ihr in die Augen zu sehen, doch er wich ihrem Blick beharrlich aus.

Die Lüge lag ihm bleischwer im Magen.

»Du hast sie nicht geschickt.«

»Aber natürlich habe ich das.«

»Warum hast du dann keine Karte beigelegt?«

Er zuckte mit den Schultern. »Ich dachte, die Vorstellung,

einen heimlichen Bewunderer zu haben, würde dir gefallen.« Denk nach, du Idiot! »Ich ... äh ... es sollte eine Art Entschuldigung für gestern abend sein. Ich wußte ja nicht, daß du so darauf reagieren würdest. Das war dumm von mir, und es tut mir leid. Ich hätte sie dir persönlich überbringen sollen.«

»Schwöre bei allem, was dir heilig ist, daß du sie geschickt hast.«

Er hob die Hand. »Ich schwöre.« Er wandte sich halb der Tür zu. »Gott, ist das peinlich. Ich habe eine Dummheit gemacht, und es tut mir leid. Vergessen wir die ganze Angelegenheit.«

Die Wut in ihren Augen verblaßte. Sie fingerte an ihrem Jackettrevers herum. »Danke.«

Sie sank auf das Bett, schlang die Arme um ihre Knie und stützte das Kinn darauf. »Ich hab's wieder getan ... vorschnelle Schlüsse gezogen. Ich bin ein hoffnungsloser Fall. Was soll ich nur machen?«

Er setzte sich neben sie auf das Bett und stützte ebenfalls das Kinn in die Hände. Warum nur konnte sie nicht immer so sein? So weich, mit einem Lächeln, das ihre Mundwinkel umspielte, und fähig, über sich selbst zu lachen. »Ach, nun komm schon, du bist nicht hoffnungslos.«

»Doch, das bin ich. Und es wird immer schlimmer. Ich habe mit Mr. Taylors Assistent gesprochen.« Sie erzählte ihm von dem Telefongespräch und der Planänderung.

»Hmm.«

»Ich kann meine Präsentation aber nicht auf eine Stunde reduzieren. Diese ganze Reise ist verschwendete Zeit und Mühe. Was soll ich denn Onkel Wally sagen? Er wird mich nie wieder mit einer Verkaufspräsentation oder mit einer Geschäftsreise oder mit irgend etwas sonst beauftragen. Ich könnte es ihm noch nicht einmal verübeln, wenn er mir kündigen würde.«

»Niemand erwartet von dir, daß du beim Rodeo volle acht Sekunden auf dem Bullen drauf bleibst. Manchmal reicht es schon, daß man ihn überhaupt bestiegen hat.«

Sie zog eine Grimasse. »Was soll das denn nun heißen?«

»Es soll heißen, daß wir uns mit Mr. Taylor treffen und uns vorstellen und Kontakt zu ihm bekommen werden. Er hat sich zu einem Treffen mit dir bereit erklärt, weil er sich für unser Angebot interessiert. Das sind doch schon neunzig Prozent.«

»Aber mein Overhead-Projektor ... meine Vorschläge ...«

»Mr. Taylor möchte frühstücken, also werden wir ihn zum Frühstück einladen. Wir werden ihm ein paar Muster zusammenstellen und ihm einen Liefertermin vorschlagen, und das wär's fürs erste.«

Er setzte sich auf. Die Tagesdecke raschelte unter seinen Jeans. Sie richtete sich ebenfalls auf und sah ihn an. »Ich glaube, ich habe wirklich übertrieben«, sagte sie.

»Man kann nie wissen, ob etwas funktioniert oder nicht, bevor man es nicht ausprobiert hat.«

Sie strahlte über das ganze Gesicht – bis in sein Herz hinein.

Martin grinste. »Hier ist mein Vorschlag: Laß uns die Präsentation noch einmal überarbeiten.« Er blickte über die Schulter. »Wenn wir Glück haben, wird es nicht mehr regnen, wenn wir fertig sind. Im Museum läuft gerade eine Ausstellung über indianische Kunst. Dort könnten wir den Nachmittag verbringen.«

»Du meinst, wie ... wie eine Verabredung? Lieber nicht.«

Es ging schon wieder los. Er grinste den Fußboden an. »Du lehnst immer ab, wenn ich mich mit dir verabreden möchte. Nennen wir es doch einfach nur einen Nachmittag im Museum.«

Ihre Wangen röteten sich. »Ich lehne doch nur deshalb ab, weil ich ...«

Er wartete einen Augenblick. »Weil was?«

Ihre Brüste hoben und senkten sich schwer, während sie die Tagesdecke streichelte. »Weißt du, ich bin doch Wallys Nichte und ...« Ihre Stimme wurde zu einem leisen Murmeln. »Nein, das ist eine Lüge.« Sie wurde knallrot.

Er berührte ihren kleinen Finger. Verlangen raste wie ein Stromschlag durch seine Adern. »Was ist dann die Wahrheit, Liebling?«

»Du hast gesagt, ich wäre verrückt. Du hast sogar gesagt, ich wäre die verrückteste Frau, der du je begegnet bist.«

Er schmunzelte. »Aber ich habe nie behauptet, du wärst nicht interessant. Außerdem ist das nicht der Grund, warum du nein gesagt hast.«

Sie kreuzte die Beine, dann stellte sie die Füße wieder nebeneinander auf den Boden. Sie spielte mit den Knöpfen an ihrer Jacke. Emotionen flackerten in ihren blauen Augen.

Er wollte unbedingt wissen, warum sie so zurückhaltend war, aber sein Instinkt mahnte ihn zur Vorsicht. Lieber zerdrückte er den Stoff der Bettdecke zwischen seinen Fingern, als dem Drang nachzugeben, sie zu berühren.

Sie überraschte ihn mit einem flüchtigen Kuß auf die Wange. Sie legte ihre Hände auf die Knie und starrte grimmig darauf. »Jetzt kannst du mir eine Ohrfeige geben, dann sind wir quitt. Dann können wir Freunde werden.«

Freunde? Er hatte viele Freunde, aber es gab nur eine Sandra. Er legte seinen Finger unter ihr Kinn und zwang sie, ihn anzublicken. »Liebling«, sagte er. »Ich kann mir viele Dinge vorstellen, die mir mehr Spaß machen würden, als dich zu ohrfeigen.« Er strich über ihre weiche Wange. Der Anblick ihrer leuchtenden, hoffnungsvollen Augen weckte in ihm den Drang, sich gegen die Brust zu trommeln und zu brüllen.

»Was denn zum Beispiel?« flüsterte sie.

»Hallo!« ertönte plötzlich Ettas Stimme aus dem Wohnzimmer. »Jemand zu Hause?«

Sandra sprang auf. Martin glaubte, Erleichterung in ihrer Miene zu erkennen, und seine Hoffnung versiegte. »Ich lauf schnell mal nach unten und sage Tyrone, daß wir das Konferenzzimmer nicht mehr benötigen. Du rufst Mr. Taylor an. Frühstück im ›Montague‹ wird eine gute Sache sein.«

Sie nickte, ohne ihn anzublicken.

Sein freudiges Gefühl löste sich in Luft auf. Vielleicht mochte sie ihn schlicht und einfach nicht. Vielleicht hatte es nichts mit ihren Ängsten und alles mit seiner mangelnden Anziehungskraft auf sie zu tun. Auf dem Weg aus dem Zimmer sagte er: »Ruf Wally an und sag ihm, daß wir unsere Pläne ändern mußten. Er wird sicher noch ein paar Vorschläge haben.«

Sandra wartete ab, bis Martin das Zimmer verlassen hatte, bevor sie sich rückwärts auf das Bett fallen ließ. Während sie die Stuckverzierungen an der Zimmerdecke betrachtete, dachte sie voller Besorgnis über ihre widersprüchlichen Wünsche und Bedürfnisse nach. Sie wollte Martin. Sie war eine Närrin gewesen, sich jemals etwas anderes einzureden. Sie wollte aber noch mehr. Seine großen, zärtlichen Hände waren nicht genug. Sein liebevolles Lächeln und seine sanfte, freundliche Stimme waren nicht genug. Die Art, wie ein einziger Blick von ihm sie so erregend aus dem Gleichgewicht bringen konnte, war nicht genug. Sie wollte alles und für immer, und Martin war nicht der »für immer«-Typ von Mann.

Etta eilte geschäftig ins Zimmer und blieb abrupt stehen.

»Entschuldigung! Wenn Sie ...«

Sandra stand vom Bett auf. »Schon gut. Machen Sie ruhig weiter mit Ihrer Arbeit.« Sie ging ins Wohnzimmer, um zu telefonieren. Sie versuchte, Wally in der Firma zu erreichen, aber er war nicht da. Zu Hause war er auch nicht. Also rief sie Mr. Taylors Assistenten an und machte ein Treffen mit dem Einkäufer für den nächsten Morgen aus.

Ihr Jackett aufknöpfend, ging sie zurück ins Schlafzimmer. Etta sang begeistert, wenn auch etwas falsch »Love is a Many Splendored Thing« und verteilte in rosa Papier eingewickelte, herzförmige Bonbons auf den Kopfkissen.

Sandra sagte: »Ihr Job macht Ihnen offensichtlich Spaß.«

Etta sah sie vielsagend an. »Es ist nicht nur ein Job, meine

Liebe, es ist mein Leben. Mir tun die Leute immer leid, die ihre Arbeit nicht gern machen. Sie schaffen es kaum, aus dem Bett aufzustehen, und finden kein gutes Haar an ihrem Chef oder ihren Mitarbeitern. Ich würde lieber hungern, als so zu sein.« Sie reichte Sandra eine mit einem Korken verschlossene Flasche mit Granulat.

»Was ist das?«

»Badesalz. Gut für die Haut, gut für die Seele.« Dann sagte sie keck: »Und kein Mann auf der ganzen Welt kann dem Geruch widerstehen.«

Sandra versuchte zu lächeln. Es gelang ihr nicht. Sie wollte die Flasche zurückgeben, aber Etta verneinte.

Kopfschüttelnd sagte Sandra: »Ich brauche das nicht, Miss Etta.«

»Sagen Sie mir ruhig, was Sie bedrückt, Schätzchen. Dafür bin ich ja da.«

Sandra folgte dem Zimmermädchen aus dem Schlafzimmer. »Es bedrückt mich nicht allzu sehr, es ist nur ... Martin ist nicht ... es würde niemals klappen.«

Etta ersetzte die alte Handtücher im Bad durch frische. »Sag niemals nie, das sage ich jedenfalls immer. Wo liegt denn das Problem?«

»Es ist kein Problem.« Sie starrte niedergeschlagen auf die hübsche Flasche mit Badesalz. Sie bezweifelte, daß Martin jemals auf den Gedanken gekommen war, einer Frau zu widerstehen. »Er ist wirklich ein netter Kerl, keine Frage. Aber genau das ist das Problem. Ich meine, daß er so nett ist. Zu allen. Und ganz besonders zu Frauen.«

»Das soll ich glauben?«

Ettas Skepsis stachelte Sandra an. »Er geht jede Woche mit einer anderen Frau aus. Na ja, fast jede Woche. Ich kann mich unmöglich mit einem Mann einlassen, der derart unbeständig ist.«

Etta nickte zustimmend. »Alle typischen Anzeichen sind vorhanden, wie?«

»Was meinen Sie?«

»Er liebäugelt mit anderen Frauen, wenn er mit Ihnen zusammen ist.«

Sandra mußte erst darüber nachdenken. Aber so sehr sie sich auch anstrengte, sie konnte sich an keinen einzigen Moment erinnern, als sie zusammengewesen waren und Martin seine Aufmerksamkeit nicht ausschließlich auf sie konzentriert hätte. Tatsächlich hatte er sie sogar derart aufmerksam beobachtet, daß es manchmal so schien, als könnte er ihre Gedanken lesen.

Etta sagte: »Außerdem ist er überheblich, belästigt Frauen und sagt häßliche Dinge über sie.«

Fast hätte Sandra lachen müssen. Martin Stonehouse war einer der höflichsten Männer, denen sie jemals begegnet war. Er neckte sie zwar, aber niemand konnte ihm vorwerfen, ungehobelt oder aufdringlich zu sein. »Nun, das nicht gerade ...«

»Wenn er in Gesellschaft anderer Männer ist, sagt er unanständige Dinge über Frauen.« Etta zog eine Grimasse, als widerte sie die bloße Vorstellung an. »Redet über Frauen, als ob sie ein zerlegtes Hühnchen wären.«

Sie hatte oft Gesprächsfetzen mitbekommen, wenn Martin sich mit anderen männlichen Mitarbeitern in der Firma unterhalten hatte. Die Unterhaltung hatte sich immer um Autos oder Sport oder um Angelsport gedreht. »Natürlich nicht ...«

»Spielt eine Frau gegen die andere aus. Spielt mit ihnen wie mit Pokerkarten. Hat einen schlechten Ruf.«

Diese Beschreibung traf nun überhaupt nicht auf Martin zu. Er mochte Menschen, egal ob Mann oder Frau, und die Leute mochten ihn. Niemand hatte verächtlich von ihm gesprochen, weil er aus Oklahoma kam, geschweige denn, weil er ständig die Freundinnen wechselte. »Miss Etta, er ist nicht ...«

»Ich wette, er fährt einen von diesen ausländischen Angeberwagen. Rot und ordinär natürlich, oder ich will nicht mehr aus Texas stammen!«

Sandra sperrte verwundert den Mund auf. Wie kam Etta nur

auf solche Dinge? Der einzige Grund, warum Martin nicht die rostigste alte Klapperkiste der Stadt fuhr, war der, daß sie selbst den rostigsten, ältesten Pick-up der Stadt fuhr.

Etta tätschelte mütterlich Sandras Arm. Dann warf sie einen scheelen Blick auf die Rosen. »Scheint mir wirklich ein echt gefährlicher Typ zu sein. Vielleicht geht er ja mit so vielen Frauen aus, weil er gern in Gesellschaft ist und weil die Frau seines Herzens ihn nicht erhört. Aber warum sollten Sie das Risiko eingehen? Nein, Sie haben schon recht, man darf diese Anzeichen nicht übersehen. Sie trügen nie.«

Sandra erkannte benommen, daß Etta sie ausgetrickst hatte, konnte sich aber nicht erklären, wie es dazu gekommen war. Sie murmelte: »Ich werd's mir merken.« Noch lange, nachdem das Zimmermädchen gegangen war, starrte Sandra auf die Flasche mit dem Badesalz.

Auch wenn diese Reise vielleicht nicht den erhofften Erfolg brachte, so hatte sie doch zumindest erkannt, daß sie manche Dinge falsch eingeschätzt hatte. Viele Dinge sogar. Konnte es sein, daß sie sich in bezug auf Martin ebenfalls irrte? Gedankenverloren zog sich Sandra aus und streifte ihre Jeans über. Während sie nach ihren Stiefeln suchte, klingelte das Telefon.

Sie griff nach dem Hörer. Es war ihr Onkel, der wissen wollte, ob es Probleme gab.

Sie wollte gerade mit einer Litanei über all ihre Sorgen ansetzen, als sie sich erinnerte. »Nein, eigentlich nicht. Nur ein paar Änderungen meines ursprünglichen Plans.« Sie erzählte von den Problemen, die Mr. Taylor mit seinen Computern hatte, daß sie ihr Treffen verschoben hatten und sie ihre Präsentation stark kürzen mußte. Sie wartete angespannt auf Wallys Reaktion.

»Ich verstehe«, anwortete Wally. »Und jetzt bist du sicher enttäuscht.«

Beinahe hätte sie ihm zugestimmt, aber sie beherrschte sich gerade noch rechtzeitig. »So etwas passiert halt. Man muß die

Dinge nehmen, wie sie kommen. Wie Martin sagt, wir zeigen Mr. Taylor unsere Musterkollektion und machen ihm ein faires Angebot, und dann sehen wir weiter. Alles andere ist ja ohnehin nur Schaumschlägerei. Ich werde mein Bestes geben. Wir werden schon mit ihm abschließen. Bist du ... böse mit mir?«

»So wie Martin ...?«

»Nächstes Mal werde ich es besser machen, Onkel Wally. Das verspreche ich dir.«

»Meinst du ... unseren Marty? Kommt ihr beide gut miteinander aus?«

Er klang nicht enttäuscht, aber verwirrt, was wiederum sie verwirrte. »Ja.«

Wally kicherte. »Dann hatte ich also doch recht.«

»Womit?«

»Ich wußte, daß ihr gut miteinander auskommen würdet. Martin wollte auf keinen Fall mit dir fahren, aber ich hatte doch recht.«

»Moment mal. Willst du damit sagen, daß er mich nicht auf dieser Reise begleiten wollte?«

»Er meinte, es wäre keine gute Idee, weil du dann abgelenkt und nervös sein würdest. Er meinte, du würdest deine Sache besser machen, wenn er nicht dabei wäre. Aber meiner Ansicht nach sind zwei immer besser als einer. Gut zu wissen, daß ich recht hatte.«

Sie sank in einen Stuhl. Martin hatte geglaubt, daß sie ohne ihn bessere Arbeit leisten würde? Das hätte er ihr ja auch wirklich sagen können, statt sie jammern zu lassen und sich ihren Vorwurf anzuhören, daß er sich lediglich in ihrem Erfolg sonnen wolle.

Außer ... Martin beschwerte sich nur sehr selten über irgend etwas – oder machte sich über ihre lächerlichen Ideen lustig.

Wally fuhr fort: »Ich wußte, daß Martin und du miteinander auskommen würdet, wenn ihr müßt. Übrigens, hast du meine Blumen bekommen?«

Sie fuhr mit einem Ruck herum und starrte auf die rosa Rosen.

»Sandra? Bist du noch dran?«

»Ja. Ich habe sie bekommen, danke.« Warum diese ... wie konnte er ihr nur vorschwindeln, daß die Blumen von ihm stammten? Er hatte offensichtlich eine Chance gewittert, sie weichzukriegen und ... und ...

»Meine Art, dir Glück zu wünschen. Ich weiß, daß du deine Sache gut machen wirst. Ich vermisse dich, kann kaum bis morgen warten ...«

Wally mahnte sie zu besonderer Vorsicht auf der Rückfahrt nach Hause. Dann erzählte er ihr, daß während der ganzen letzten Nacht Tornadoalarm gewesen war. Sie hörte ihm nur mit halbem Ohr zu, während sie über Martins Lüge nachdachte. Wie konnte er es wagen, diese nette Geste für sich in Anspruch zu nehmen? Was für ein billiger, primitiver Trick! Er mußte sich ja halbtot lachen, wenn er daran dachte, daß sie sich derart über die albernen Rosen freute, daß sie geradewegs mit ihm ins Bett steigen würde. Als sie das Gespräch mit Wally beendet hatte, tat ihr der Magen weh.

Sie stand da, noch immer eine Hand auf dem Telefonhörer, während sie darüber nachgrübelte, wie sie es ihm am besten heimzahlen konnte.

Martin kam in die Suite zurück. Er starrte sie mit offenem Mund und großen Augen an.

Sie erinnerte sich, da sie mitten beim Umziehen gewesen war, als das Telefon geklingelt hatte. Sie trug also lediglich Jeans und einen BH. Nicht irgendeinen alten BH, sondern eine verführerische pfirsichfarbene Kreation mit Halbschalen und Spitze.

Martin wandte sich hastig um.

Erschrocken und verlegen kreuzte sie die Arme vor der Brust. Gleich darauf brach Zorn in ihr hoch. Sie ließ die Arme wieder sinken und hob das Kinn. Sollte doch dieser Lügenkönig Martin Stonehouse ruhig sehen, was ihm entging. »Ich habe gerade mit Onkel Wally gesprochen, er läßt grüßen.«

»Schön«, sagte Martin gepreßt.

Sie schlenderte durch das Zimmer. Mit locker herabhängenden Armen und gestrafften Schultern sagte sie: »Ich habe ihm von dem Treffen erzählt. Du hattest recht, er war überhaupt nicht enttäuscht. Er versteht durchaus, daß die Dinge auch mal schieflaufen können.«

Martin blinzelte über seine Schulter.

Das lodernde Verlangen in seinem Blick brachte sie aus der Fassung. Ihre Wut flaute abrupt ab, und die Worte, die sie sich zurechtgelegt hatte, flatterten ihr ziellos im Kopf herum. Wie ein Reh im Scheinwerferlicht witterte sie die Gefahr, war aber dennoch davon fasziniert. Sie benetzte ihre plötzlich trockenen Lippen mit der Zunge. Er starrte ihren Mund mit einem fast schmerzlichen Ausdruck an.

Der gegen das Fenster peitschende Regen war wie ein Echo ihres Herzschlags. Ihre Knospen schwollen und brannten, während sie sich gegen die pfirsichfarbene Spitze drückten. Wie von einer unsichtbaren Schnur gezogen, drehte sich Martin um.

»Wally sagt ... äh ... er wünscht uns ... viel Glück.«

Ihre Stimme klang rauchig und heiser, und ihr wurde plötzlich ganz heiß.

Martin machte steifbeinig einen Schritt auf sie zu. »Ich schätze, dann sollten wir uns mal an die Präsentation machen. Wird einige Arbeit erfordern, sie auf eine Stunde zu reduzieren.«

»Harte ... Arbeit«, hauchte sie.

Noch ein Schritt. Seine Augen glühten förmlich, sie glänzten und sprühten Funken. Er kam noch näher, während sie wie hypnotisiert in seine Augen blickte.

In Gedanken sah sie sich artig ins Schlafzimmer gehen, die Tür hinter sich abschließen, sich anziehen und dann die Präsentation bearbeiten. In der Wirklichkeit schlossen sich ihre Augen, und ihre Lippen öffneten sich. Martin berührte ihren Arm und streichelte sie zart, ganz zart mit den Fingerspitzen.

»Sandra«, murmelte er.

Sie sollte das hier eigentlich nicht tun. Er hatte sie angelogen. Er wollte nur eine einzige Nacht mit ihr verbringen, um sie als eine weitere Eroberung auf seiner langen Liste von Liebesabenteuern zu vermerken.

Aber sie wollte ihn! Seine Hand wurde kühner, wanderte über ihre Oberarme und ihre Schultern, berührte die Spitzenträger ihres BHs und streichelte ein paar Haarlöckchen in ihrem Nacken. Ihr Verlangen wuchs. Als er seinen Kopf beugte, hob sie ihm ihr Gesicht entgegen. Ihre Nasenflügel bebten, als sie den Duft seiner Haut einatmete. Er küßte sie zärtlich.

»Als wir uns das erste Mal begegnet sind ...« Seine Worte waren leise wie ein Seufzer.

Wieder küßte er sie. Er ließ seine Hand über ihren Rücken gleiten und zog sie an sich. Ihrer beider Körper paßten perfekt zusammen, Kurve schmiegte sich an Ausbuchtung, Schwellung an Kuhle. Er küßte sie verlangend und stürmisch, und sein Geschmack war erotisch und heiß.

Sie ließ ihre Hände über seinen Rücken gleiten und erkundete die harten Muskelstränge auf seinen Rippen, seine scharf abgegrenzten Schulterblätter und seinen geschmeidigen Rücken. Mit tastenden Fingern berührte er ihren Arm und fuhr auf dem schlanken Muskel entlang zu ihrer Schulter hoch. Seine andere Hand hielt besitzergreifend ihren Nacken, so daß alle Kraft aus ihrem Körper wich und alle Gedanken versiegten.

Einzig und allein Verlangen erfüllte sie. *War sie denn vollkommen verrückt geworden?*

Sie riß sich los. Er wollte sie zurückhalten, aber sie drückte ihre Hände gegen seine Brust und stieß ihn mit aller Kraft weg. Er torkelte, schwankte einen Moment lang auf den Füßen. Keuchend schlang sie die Arme um sich. Sie versuchte, seinem Blick auszuweichen, seinen erregten Atem nicht zu hören, seinen betörenden Duft zu ignorieren. »Wally wollte übrigens auch wissen, ob ich seine Blumen bekommen habe.«

»Seine was?« fragte Martin mit erstickter, heiserer Stimme.

Sie warf einen herausfordernden Blick auf die rosa Rosen. »Ist das nicht merkwürdig? Deine Blumen sind abgegeben worden, aber seine nicht. Er wollte mir damit viel Glück wünschen. Sollten wir nicht bei dem Blumenladen anfragen, ob etwas schiefgelaufen ist?«

Er schüttelte langsam den Kopf. Blumen waren offenbar das allerletzte, woran er jetzt dachte. Aber Sandra wußte, wenn ihn ihre Worte beunruhigten, dann nur deshalb, weil er Zeit brauchte, um seine Lüge auszuschmücken.

Und sie hatte nicht die Absicht, ihm diese Zeit zu geben.

8

Martin hämmerte mit der Faust gegen die Schlafzimmertür. »Verdammt, Sandra, mach die Tür auf!«

Nichts, kein Laut. Verdammt und zugenäht ... Schlimm genug, daß sie ihn zu einer Lüge getrieben hatte, aber ihn dabei zu erwischen und dann wütend zu werden? Sie konnte doch unmöglich erwartet haben, daß er ihr ihre »Mörder«-Theorie abkaufen würde.

Er ging auf den Balkon. Regen schlug ihm ins Gesicht. Sein Hemd war schon durchnäßt, noch bevor er das Schlafzimmerfenster erreicht hatte. Er kämpfte mit den schweren Vorhängen auf der Innenseite und gegen den Sturm von draußen, als er sich einen Weg in den Raum bahnte.

Sandra schrie: »Raus hier!« Sie lag auf dem Bett, die Hände hinter dem Kopf verschränkt, die Füße gekreuzt, und starrte an die Decke.

Er schloß die Tür hinter sich. »Warum bist du denn nur so wütend auf mich?« Er wischte sich das Wasser aus dem Gesicht.

Sie setzte sich auf und zeigte mit dem Finger auf ihn. »Ich

weiß ja, daß Leidenschaft aus Männern schleimige Charmeure macht, aber daß es so ...«

»Was hat denn Leidenschaft damit zu tun? Du wolltest auf der Stelle abreisen, also mußte ich mir schnell etwas einfallen lassen.«

Sie öffnete den Mund, und ihr Finger zitterte, als wollte sie ihm eine Standpauke halten, aber sie brachte kein Wort heraus. Wut und Ratlosigkeit mischten sich auf ihrem ausdrucksvollen Gesicht. Die Wirkung war so komisch, daß Martin fast lachen mußte. Er räusperte sich und sagte: »Du kannst nicht glauben, daß ein Mann dich hübsch findet, nein, natürlich nicht. Er muß ganz einfach ein Mörder sein. Es tut mir leid, daß ich dich angelogen habe. Es hat mir schon in dem Moment leid getan, als ich es gesagt habe, aber das wirst du mir wahrscheinlich nicht glauben.«

Ihr Blick schweifte über die Decke, das Bett, den Boden und die Wände – überall hin, nur nicht auf ihn. Sie schluckte hart.

»Und was soll dieser Unsinn über Leidenschaft? Ich wußte ja schon immer, daß du keine sehr hohe Meinung von mir hast. Aber daß du so wenig von mir hältst, hätte ich nicht gedacht.« Er zog an dem nassen Stoff, der auf seiner Haut klebte. Warum bemühte er sich eigentlich immer noch? Bei Sandra voranzukommen bedeutete einen Schritt vorwärts und fünfzig zurück. Er ging auf die Tür zu. »Ich hatte keine bösen Absichten, es tut mir aber trotzdem leid.«

Im Wohnzimmer zog er sich gerade ein neues trockenes Hemd über, als das Telefon klingelte. Er hob ab.

Sandra schlich ins Zimmer. Mit gesenktem Kopf und geknickter Miene holte sie ihre Stiefel neben dem Kamin ab.

Nach einer kurzen Unterredung hängte Martin ein. »Das war die Rezeption. Es gibt irgendein Problem mit der Rechnung.«

Sandra zog sich einen Stiefel über. »Was für ein Problem?«

»Das hat er nicht genau gesagt.« Aber er wußte genau, was *er* zu Sandra sagen wollte. Er wollte ihr sagen, daß seine Sonne mit ihr auf- und unterging, er wollte sie küssen und sie festhalten und sie niemals wieder loslassen. Aber ihre verdammte Art, ihn im einen Moment leidenschaftlich zu küssen und ihn im nächsten eiskalt abzuweisen, würde ihn noch umbringen.

Sie griff sich an den Hinterkopf, als ob sie ihr Haar lösen wollte, dann ließ sie die Arme wieder sinken. »Wir sollten das lieber gleich klären.«

»Wally wird einen Herzinfarkt bekommen, wenn er die gesamte Rechnung bezahlen muß.«

»Das auch.« Plötzlich wand sie sich auf dem Sofa. »Tut mir leid. Es ist nicht so, daß ich geringschätzig über dich denke, aber ... ach, ich weiß auch nicht, was es ist! Ich bin diejenige, der es leid tut. Du bist immer so nett zu mir gewesen, und ich bin schrecklich, aber du bist nett, und ich weiß nicht, warum ich solche dummen Sachen sage, und ich weiß schon gar nicht, warum du dir das gefallen läßt.«

Erstaunt strich er sich das feuchte Haar aus dem Gesicht.

»Ich werde aufhören, vorschnelle Schlüsse zu ziehen, das verspreche ich. Aber es ist so schwer.« Ihre Unterlippe zitterte. »Mir kommen immer alle möglichen Dinge in den Sinn, und dann ... reagiere ich einfach. Hinterher fühle ich mich dann immer ganz elend.«

Er lachte leise und legte den Kopf schief.

»Gibst du mir noch eine Chance?« fragte sie mit kleinlauter, bebender Stimme.

Keine weiteren Chancen, sagte ihm seine Vernunft. Wenn er sie nicht so lieben konnte, wie sie war, dann hatte er kein Recht, sie überhaupt zu lieben. »Das hängt ganz von dir ab, Liebling.« Es war eine unverbindliche Antwort, die sie nicht zu befriedigen schien. Ganz sicher aber war sie auch für ihn unbefriedigend.

Im Fahrstuhl fiel es Sandra schwer, Martin anzusehen. Sie konnte ihm allenfalls einen Blick von der Seite unter ihren Wimpern hervor zuwerfen. Die erschütternde, überwältigende

Wirkung, die er auf sie hatte, machte die Wahrheit so offensichtlich wie ein schwarzes Pferd im Schnee: Seine Fehler, ob nun wirklich oder eingebildet, machten ihr nichts aus. Aber sie hatte große Angst, daß er *ihre* Fehler sehen und sie als nicht liebenswert abtun würde.

In ihrer Wachsamkeit ihm gegenüber nachzulassen bedeutete, ihm zu vertrauen. Was, wenn sie ihm vertraute, ihm ihr Herz und ihre Liebe schenkte, und er sie dann verlassen würde?

Die Vorstellung machte ihr angst.

Die Türen öffneten sich. Martin ging voran in die Halle. Sein Schweigen quälte sie.

Sie hatte gerade genug Mut geschöpft, um etwas zu sagen, als sie eine Menschenmenge vor der Rezeption bemerkte. Das Foyer war voller Familien, Paaren in Alltagskleidung und Geschäftsleuten in Anzügen. Gepäckträger rollten mit Koffern beladene Wagen über den Marmorboden. Hinter dem Tresen starrten gehetzt wirkende Angestellte auf ihre Computerbildschirme, während sie den Ansturm von Gästen zu bewältigen versuchten. Sandra fühlte eine ihr wohlbekannte Ungeduld in sich aufsteigen.

»Immerhin paßt es ins Bild«, sagte Martin, während seine Stiefel auf dem glänzenden Boden klackerten.

Widerworte saßen ihr in der Kehle, aber sie schluckte sie herunter. Das hier war die Probe. Ihre Chance, um zu zeigen, da sie kleine Unannehmlichkeiten ohne weiteres wegstecken konnte. Die Anstrengung, ein Lächeln auf ihre Lippen zu zwingen, machte sie ganz benommen. Sie stellten sich in die Warteschlange.

Ein fröhliches Durcheinander erregte Sandras Interesse. Eine Braut posierte gerade vor dem großen, goldgerahmten Porträt von Mitsy Packard. Die Brautjungfern, die in raschelnden Taft gekleidet waren, drapierten die lange Schleppe der Braut. Am Rand stand der strahlende Bräutigam, während ein Fotograf mit den Armen fuchtelte und Anordnungen erteilte.

Die eben noch ungeduldig wartende Schlange von Gästen schien nun amüsiert. Ein leises Lachen ging durch die Menge. Kinder, ganz besonders die Mädchen, drängelten sich nach vorn, um besser sehen zu können.

Martin sagte: »Meiner Meinung nach gibt es auf der ganzen Welt nur zwei Dinge, die nicht möglich sind: ein Baby, das nicht süß ist, und eine Braut, die nicht schön ist. Sieht sie nicht wunderbar aus?«

Sandra wollte ihm gerade beipflichten, als sie aus dem Augenwinkel heraus einen Mann erblickte. Sein taubenblauer Smoking ordnete ihn der Hochzeitsgesellschaft zu, er machte allerdings keinen sehr glücklichen Eindruck. Er lehnte gegen eine Marmorsäule und schwankte, als ob seine Beine jeden Moment unter ihm nachgeben würden. Seine Haut war ganz grün, und sein weißes Haar stand wirr und zerzaust um seinen Kopf.

Sandra sperrte verdattert den Mund auf. Das war er, der Mann, den sie im Treppenhaus gesehen hatte – die Leiche!

Eine Frau hatte den Mann fest untergehakt. Sie lächelte dem Fotografen zu und machte allerlei Vorschläge. Dann wandte sie sich dem Mann zu und schimpfte mit leiser Stimme. Der Mann zuckte zusammen und zog eine Grimasse, als ob ihre Worte ihm körperliche Schmerzen bereiteten.

Martin flüsterte in Sandras Ohr: »Sieht aus, als hätte der alte Knabe etwas verfrüht auf das Wohl des Brautpaares getrunken.« Er pfiff leise durch die Zähne. »Und ich würde sagen, Mama ist nicht sonderlich glücklich darüber.«

Er hatte recht behalten, sie hatte schießlich doch nur einen Betrunkenen gesehen. Sie schloß die Augen und schimpfte sich im stillen eine Idiotin. Sie sah sich im Geist die Stufen mit diesen hohen Absätzen hochhasten und zu Martin ins Badezimmer hineinstürmen. Kein Wunder, daß Miss Watters sie angesehen hatte, als ob sie wahnsinnig geworden wäre.

Als sie schließlich an der Reihe waren, mußten sie ein paar Unterlagen aus dem Marcourt Hotel unterzeichnen. In drei Minuten war die Sache erledigt. Sandra hatte sich mit keinem Wort und keiner Geste ihre Ungeduld und Gereiztheit anmerken lassen.

»Na, das ging ja noch.« Martin schaute sie argwöhnisch an. Sie straffte die Schultern und hielt den Kopf hoch. »Wenn hier so ein Andrang herrscht, dann heißt das, daß auch die Wirtschaft gut läuft. Und das wiederum bedeutet jede Menge Papier. Das ist doch gut für uns, meinst du nicht?«

»Eine interessante Sichtweise der Dinge.«

War es nur Erstaunen, oder las sie so etwas wie Zustimmung in seinem Blick? Sie schlenderten zum Glasgarten. Der Sturm war noch heftiger geworden. Schwarze Wolken umhüllten das Hotel und behinderten die Sicht. Grollender Donner ließ das Glas erbeben.

Martin winkte sie zu sich heran. Freudig lief sie ihm auf den Marmorstufen hinterher bis zu dem Springbrunnen. Im Gegensatz zu dem draußen wütenden Sturm plätscherte und gurgelte der Brunnen.

Martin gab Sandra einen Penny.

»Was soll ich damit?«

»Man darf an keinem Brunnen vorbeigehen, ohne sich etwas zu wünschen.« Er zeigte ihr eine größere Münze.

»Warum habe ich dann nur einen Penny bekommen?«

Er ließ die Münze durch die Luft fliegen und fing sie wieder auf. »Ich habe es besonders nötig.« Er schloß kurz seine Augen, dann warf er sein Geldstück ins Wasser. Es sank auf den algenbewachsenen Boden, wo es zwischen all den anderen zahllosen Münzen glitzerte. »Du bist dran.«

»Was hast du dir denn gewünscht?«

Er schüttelte mit ernster Miene den Kopf. »Du bist dran.«

Sie schaute auf ihren Penny. *Ich will mich bessern. Ich werde mich bessern und ganz neu anfangen.* Sie küßte die Münze und warf sie in den Brunnen.

Der Penny streifte zunächst eine Wasserlilie, dann prallte er von den sehnigen Schultern eines Mannes ab, der mit einem Pferd kämpfte, rollte schließlich auf den welligen Rücken eines Drachens.

Martin senkte den Blick. Seine Schultern bebten vor unterdrücktem Lachen.

»Ich kann noch nicht einmal einen Wunsch richtig machen«, murmelte sie. »Zählt es denn überhaupt, wenn die Münze nicht ins Wasser fällt?«

»Das weiß ich nicht.« Er gab ihr noch einen Penny. »Versuch es noch einmal.«

Sie rollte mit den Augen, streckte ihre Hand über dem Wasserbassin aus und ließ die Münze fallen. »So.« Sie drehte sich um.

Auf der obersten Stufe der großen Treppe stand der Mann mit den dunklen Brillengläsern.

Sandra schlug das Herz bis zum Hals. Sie unterdrückte einen Schrei. Abrupt erinnerte sie sich daran, keine vorschnellen Schlüsse zu ziehen oder gleich das Allerschlimmste zu erwarten.

Martin sagte: »Ich will in dem Laden dort drüben noch ein paar Sachen einkaufen.«

Denke logisch ... Wie kann denn der furchterregende Mann ein Mörder sein, wenn die »Leiche« einen Kater hat und sich an einer Säule in der Halle festklammern muß? Der Mann im schwarzen Anzug war vermutlich ein Geschäftsmann. Und sie, Sandra Campbell, war verrückt.

Sie lachte laut auf und schlug beide Hände vor den Mund. Martin sah sie über die Schulter hinweg an. »Was ist denn so komisch?«

Ich bin komisch. Aber mir ist das alles viel zu peinlich, deshalb kann ich es dir nicht erklären – noch nicht jedenfalls. »Erzähl ich dir später, versprochen.«

Sandra sah sich die Auslagen an, während Martin den kleinen Geschenkeladen betrat. Es waren mehrere Läden im Hotel, unter anderem eine Boutique, ein Juwelier und eine Kunstgalerie. Sie betrachtete eine Auslage mit österreichischen Kristallschmuckstücken. Als sie sich ein wenig zur Seite bewegte, fing das Schaufenster das Licht in einem solchen Winkel ein, daß es zu einem Spiegel wurde. Die Menschen gingen hinter ihr auf und ab, aber nirgendwo war ein Mann in schwarzem Anzug und mit dunklen Brillengläsern zu sehen. Eines Tages, wenn sie ein wohlverdientes »Ich hab's dir ja gleich gesagt« würde akzeptieren können, würde sie auch Martin von ihren absurden Ideen erzählen können. Aber momentan begnügte sie sich damit, leise zu kichern.

»Hallo, Liebling.« Martin blickte von ihr auf das Schaufenster. »Irgendwas, das dir gefällt?«

»Ach, ich träume nur. Schöne Sachen sind das.«

»Wir haben bald den ganzen Morgen vertrödelt.« Er strich sich über seinen flachen Bauch. »Entweder es liegt an all diesem Luxus hier oder aber am Wetter. Ich bin jedenfalls schon wieder hungrig.«

»Ich auch«, erwiderte sie. »Wir lassen uns etwas vom Zimmerservice bringen und arbeiten dann beim Essen die Präsentation durch ...«

Martin unterbrach sie und schüttelte den Kopf. »Wenn ich esse, dann esse ich. Und wenn ich arbeite, dann arbeite ich.«

»Ich esse immer an meinem Schreibtisch. Das ist effizient.«

Er nahm mit festem Griff ihre Hand. »Dabei kannst du dein Essen nicht genießen. Außerdem werden die Unterlagen fettig.« Er legte den Kopf zur Seite und sah sie freundlich an. »Deine Arbeit würde dir viel leichter fallen, wenn du mit den anderen zusammen in die Kantine gehen würdest. Es ist erstaunlich, was man lernen kann, wenn die Leute über ganz alltägliche Dinge reden.«

Ihr fielen hundert Gründe ein, weshalb sie ihr Essen lieber im Büro einnahm. Hundert Ausreden. Sie senkte den Blick und gestand: »Die anderen wollen mich nicht dabeihaben. Sie mögen mich nicht.«

Er hakte sie unter und führte sie den mit Teppich ausgelegten Gang entlang. »Als Wally mich eingestellt hat, hat manch einer der Angestellten gedacht, er wäre verrückt geworden.«

»Warum das denn?«

»Erst siebenundzwanzig Jahre alt, aus einer anderen Stadt, sogar aus einem anderen Bundesstaat. Das hat mich ziemlich verdächtig gemacht.« Er grinste sie verschwörerisch an. »Aber einen Vorteil hatte ich doch.«

»Und welcher war das?«

»Sechs ältere Geschwister, Brüder und Schwestern. Wir sind auf einer sehr einsam gelegenen Ranch groß geworden. Ich hatte niemals jemanden, bei dem ich mich hätte beschweren können, selbst wenn ich es gewollt hätte. Ich habe durchgehalten. Daß man mir den Schreibtisch zugeklebt und Salz in meinen Kaffee geschüttet hat, war noch lange nicht das Schlimmste.«

»Die Angestellten haben dir Streiche gespielt?« War es nun gut oder schlecht, daß ihr niemals jemand einen Streich gespielt hatte? Vermutlich eher schlecht.

»Als sie dann gemerkt haben, daß ich meine Arbeit gut mache und Humor habe, haben sie mich akzeptiert.« Er führte sie in das »Kristall«. »Gib ihnen eine Chance, und sie werden dich ebenfalls akzeptieren. Glaub mir.«

Aus der Musikbox ertönte eine schwungvolle Melodie. Auf den Fernsehern in den Ecken konnte man Fußballübertragungen sehen. Die Kellnerinnen hielten ihre Tabletts voller Getränke hoch und bahnten sich wie Hindernisläufer ihren Weg durch die Menge. Der würzige Duft des Barbecues ließ Sandras Magen knurren.

Martin deutete auf das Speisenangebot. »Soviel-Sie-essen-können-Buffet. Ich wette, bei unserem Hunger werden wir die anderen alle unter den Tisch essen.«

Sie zahlten im voraus und stellten sich am Buffet an. Sandra lud sich Brathuhn, grünen Salat, Maisbrot und eine gebackene

Folienkartoffel auf den Teller. Sie setzten sich an einen Tisch in der Nähe des Fensters, von dem man auf die geschwungene Hotelauffahrt und den Eingang blicken konnte.

Martin runzelte die Stirn, als er auf den Regen draußen blickte. »Das hört ja wohl nie auf.«

Nach dem Essen gingen sie wieder in die Suite hinauf. Die reichliche Mahlzeit, das trübe Wetter und nur wenige Stunden Schlaf in der vergangenen Nacht hatten Sandra so müde gemacht, daß sie immerzu gähnen mußte.

Martin schob sie Richtung Schlafzimmer. »Leg dich ein wenig aufs Ohr.«

Kopfschüttelnd blickte sie auf die Papierstapel auf dem Tisch. »Es gibt zuviel Arbeit zu erledigen. Ich habe es wirklich verhunzt, stimmts's?«

Martin hantierte am Kamin herum. »Du hast überhaupt nichts verhunzt.« Er lehnte sich auf den Fersen zurück und betrachtete sie. »Wenn du alles noch einmal planen müßtest, wie würdest du vorgehen?«

Gute Frage. Für einen langen Moment kaute sie auf ihrer Unterlippe und verwarf die grandiosen Ideen, die sie überhaupt erst in diese mißliche Situation gebracht hatten. »Ich glaube ... ich würde wohl so viele Termine mit so vielen Käufern ausmachen, wie man innerhalb von zwei Tagen schaffen kann, und dann würde ich mich ganz zwanglos mit ihnen zusammensetzen und ihnen ein paar Muster zeigen.« Sie griff nach einer Folie und hielt sie gegen das Licht. »Schade. Auf einem großen Projektor wäre sie wirklich beeindruckend gewesen. Glaubst du, Onkel Wally wird mich noch einmal mit einem solchen Projekt beauftragen?«

Martin streichelte das neben ihm liegende Kissen. »Wir sollten über Wally und dich sprechen.«

Sie schlang die Arme um ihren Körper und senkte den Kopf.

»Nichts Schlimmes«, beruhigte er sie. »Aber es gibt da ein paar Dinge, die du begreifen mußt.«

Sie setzte sich zögernd und starrte ins Feuer.

»Wally liebt dich.«

Daran hatte sie keine Minute gezweifelt. Er war immer schon der Fels in der Brandung in ihrem sonst so unsteten Leben gewesen.

»Aber er macht sich Sorgen um dich.«

Das überraschte sie.

Martin nahm ihre Hand und betrachtete ihre Finger. Dann fuhr er mit seinem Finger an ihrer Hand entlang, als ob er sich die Form und das Gefühl einprägen wollte. »Er glaubt, daß du mit der Büroarbeit unglücklich bist.«

»Aber ich arbeite doch so gern für ihn!«

»Taten sagen mehr als Worte, meine Liebe.«

Sie wollte gerade protestieren, doch er hatte recht. Sie schloß ihre Hand um seine. »Ich bemühe mich zu sehr.«

Er lächelte sie zustimmend an.

»Aber was soll ich denn anderes tun? Seine finanzielle Situation ...«

»Ist durch und durch stabil. Er zahlt bar. Und er hat keinerlei Schulden.«

»Aber er ist nicht mehr der Jüngste.«

Martin lachte herzlich auf. »Wenn du mal mit ihm angeln gehen würdest, würdest du deine Meinung schnell ändern. Der Mann kann Bäume ausreißen. Er wird sich auch noch lange nicht zur Ruhe setzen. Er liebt seine Arbeit. Er wird so lange arbeiten, bis er tot umfällt.«

»Er braucht mich, damit ich mich um ihn kümmere«, sagte sie, aber sie war selbst nicht so recht davon überzeugt, und ihre Zweifel schwangen in ihrer Stimme mit.

»Klar braucht er dich. Du bist seine Familie, und er liebt dich. Er braucht aber keine Million oder die größte Recyclinganlage in ganz Texas.« Er sah sich in der luxuriösen Suite um. »Er glaubt, daß du unglücklich bist, weil du immer versuchst, die Dinge zu ändern.«

Er zupfte an ihrer Hand, bis sie zu ihm aufblickte.

»Eine Menge Dinge machst du ganz ausgezeichnet. Die Lohnabrechnungen sind immer perfekt. In der Beziehung kann sich niemand beklagen. Und das Computersystem kennst du in- und auswendig.«

Ein Lächeln umspielte ihre Lippen.

»Du kommst ausgezeichnet mit den Leuten vom Finanzamt aus. Bevor du die Sache übernommen hast, hat Wally oft tagelang nach den richtigen Formularen gesucht. Da hast du ihm eine riesige Last abgenommen.«

Echte Anerkennung schwang in seiner Stimme mit. Erst jetzt ging ihr auf, daß er sie viel genauer beobachtet haben mußte als sie ihn. Aber das würde sich von Stund ab ändern, das schwor sie sich.

Wenn er bereit war, ihr noch eine Chance zu geben.

»Willst du Wally glücklich machen, Liebling?«

Sie nickte heftig.

Er strich ihr eine lockere Haarsträhne von der Wange, wobei seine langen Finger zärtlich ihre Haut berührten. Liebevoll lächelnd sah er ihr in die Augen. »Schalte einfach einen Gang zurück. Nimm das Leben etwas leichter und amüsier dich ein bißchen. Hör auf, immer alles so verdammt ernst zu nehmen.«

»Ich werde es versuchen.«

Er schüttelte den Kopf. »Versuchen genügt nicht. Du mußt es auch wirklich tun.« Er kitzelte ihre Unterlippe. »Lächle mehr. Du bist wunderschön, wenn du lächelst.«

Sie atmete tief ein. Sich zu ändern, die Dinge etwas ruhiger anzugehen, ihre Ängste im Zaum zu halten – das war wirklich keine leichte Aufgabe.

»Ich werde es tun ... Martin.« Sie holte noch einmal tief Luft und nahm all ihren Mut zusammen, um ihm die eine Frage zu stellen, von der sie sich nie hätte träumen lassen, daß sie sie ihm jemals stellen würde: »Wirst du mir dabei helfen?«

9

»Ist das alles?« fragte Sandra. »Mehr brauchen wir nicht?« Sie ließ ihren Blick von dem dicken Stapel vorbereiteter Tabellen und Diagramme und Dias zu dem mageren Stapel wandern, der jetzt das neue Verkaufsangebot bildete.

Martin wappnete sich innerlich gegen einen ihrer Wutanfälle. Sie hatte wirklich Herz und Seele in die ursprüngliche Präsentation gelegt, da konnte er es ihr kaum verübeln, wenn sie daran festhalten wollte.

Sie hob seufzend einen dunkelroten Hefter auf und preßte ihn an die Brust. »Meine Marktanalysen? Ich könnte ... sie ihm doch einfach in die Hand drücken?«

Er schüttelte den Kopf. »Das hieße Eulen nach Athen tragen. Mr. Taylor weiß ganz genau, wie der Markt auf Produkte aus Altpapier reagiert.«

Ein Wechselspiel der Gefühle zeichnete sich auf ihrem ausdrucksvollen Gesicht ab, von Wut über Traurigkeit bis Resignation. Schließlich legte sie den roten Hefter auf den dicken Stapel, hob ihn hoch und packte ihn in ihre Aktentasche. Dann ließ sie die Tasche zuschnappen.

Martin war tief gerührt. Er glaubte jetzt, daß es ihr ernst war und daß sie wirklich ihre impulsiven Reaktionen unter Kontrolle halten wollte.

Sie warf den Kopf zurück, und ihre Augen blitzten. »Wenn er für mich nur eine Stunde seiner kostbaren Zeit erübrigen kann, dann soll es die beste Stunde werden, die er je verbracht hat.« Sie zuckte mit den Schultern. »Zumindest werden wir ein ordentliches Frühstück bekommen.«

»Das ist die richtige Einstellung, der Sache immer etwas Positives abzugewinnen.« Ihm war klar, daß sie bald ganz eigenständig arbeiten würde. Und jetzt sah er, was sein stures Herz die ganze Zeit in ihr gesehen hatte: die Sandra, die er lieben konnte. »Nun mach schon, leg dich ein wenig aufs Ohr. Du siehst erschöpft aus.«

»Und was ist mit dir?« Sie raschelte mit den Papieren und murmelte: »Ich weiß, daß du letzte Nacht nicht viel Schlaf bekommen hast.«

War das als Einladung zu verstehen? Sein Körper war sofort begeistert, aber sein Verstand konnte sich nicht entscheiden. Diese neuentdeckten Gefühle waren sehr zarte Gebilde. »Ich hör mir lieber mal den Wetterbericht an. Ich will wissen, ob wir morgen fahren können oder ein Boot mieten müssen.«

Sie blickte sich um. »Morgen schon ... wo ich mich gerade an diese Suite hier gewöhnt habe.«

»Niemand sagt, daß wir nicht eines schönen Tages wieder hierher zurückkommen werden.«

Sie warf ihm einen schelmischen Blick zu. »Gut und schön, aber bis dahin kann ich nicht warten. Ich werde jetzt gleich einmal diese schicke Badewanne ausprobieren.«

Bei dieser Vorstellung tauchten höchst interessante Bilder in Martins Kopf auf, Bilder, die bei dem Geräusch des laufenden Wassers, das wenig später aus dem Bad zu hören war, noch bunter und erotischer wurden. Er zündete den Kamin an. Das Feuer beruhigte ihn jedoch nicht, sondern die züngelnden Flammen beschworen Bilder von dunklen Nächten herauf, in denen er Sandra in den Armen hielt. Er sah fern, aber die Bilder auf dem Schirm verstärkten das turbulente Durcheinander in seinem Kopf nur noch.

»Martin?« Ihre Stimme klang ein klein wenig ängstlich.

»Martin!«

Was war jetzt wieder los? Eine Spinne? Oder hatte sich ihr Zeh im Ausguß eingeklemmt?

Er grinste und dachte, daß das Leben mit Sandra wohl immer ein bißchen verrückt sein würde, während er ins Bad eilte, um herauszufinden, was sie diesmal angestellt hatte.

»Martin!« Sandra versank tiefer in dem schützenden Schaum. »Bitte mach auf. Ich brauche Hilfe.«

Die Tür öffnete sich ein paar Zentimeter. Martins lockiger brauner Haarschopf erschien, dann ein Auge. »Was ist los?«

Trotz des heißen Wassers und des Schutzschildes von Seifenschaum zitterte sie vor Verlegenheit. »Mir ist ein Mißgeschick passiert. Komm rein.«

Er steckte seinen Kopf ins Zimmer. Seine Nase kräuselte sich.

»Das Badesalz. Ich habe die Flasche fallen lassen.« Sie deutete auf das zerbrochene Glas und die Seifenkristalle, die rund um die Badewanne verstreut lagen. »Ich habe das Etikett gelesen und wollte die Flasche abstellen, aber dann ist sie mir aus den Fingern gerutscht. Hast du es nicht gehört? Es hat einen lauten Knall gegeben.« Rosenduft erfüllte das dampfende Badezimmer. »Jetzt sind überall Glasscherben verstreut, und ich bin hier gefangen.«

Er machte ein merkwürdig ersticktes Geräusch.

»Lach du nur. Ich weiß, daß du am liebsten losprusten würdest.«

Er wischte die Glassplitter und das Badesalz mit einem zusammengefalteten Handtuch auf.

Sie beobachtete das Spiel seiner Muskeln, die sich unter seinem Hemd anspannten. Sein Haar reflektierte das Lampenlicht. »Ich komme mir schrecklich tolpatschig vor. Fast hätte ich die Flasche noch auffangen können. Fast.«

»So etwas passiert halt, Liebling.«

Durch sein Schmunzeln ermutigt, setzte sie sich soweit auf, daß ihre Arme auf dem Badewannenrand lehnten. Sie beobachtete seine flinken Hände. »Riecht aber irgendwie gut.«

Er atmete tief ein. »Gut und ziemlich intensiv.«

Sie stimmte ihm lachend zu. »Ich habe darüber nachgedacht ... sehr oft sogar. Du mußt immer den Retter in der Not spielen, wenn ich mich mal wieder in Schwierigkeiten gebracht habe.«

Er legte den Kopf zur Seite, und seine grünen Augen leuchteten. »Man könnte sagen, daß es mir inzwischen zur Gewohnheit geworden ist.«

»Eine gute oder eine schlechte Angewohnheit?«

Er hob die Schultern und gab ein unschlüssiges Geräusch von sich.

»Warum nur? Ich bin so häßlich zu dir und du ... du bist nie häßlich zu mir.« Sie berührte seine Wange. »Ich verstehe einfach nicht, wie du es mit mir aushalten kanst.«

Er befeuchtete ein Tuch und wischte damit die restlichen Scherben von dem Marmorboden.

»Warum nur, Martin?«

Er setzte sich auf die oberste Stufe. »Ich hoffe eben immer noch, daß du erkennst, daß wir keine Feinde sind.«

»So wie jetzt?«

Er senkte den Blick und schwieg nachdenklich. »Ja.«

Er machte keine Anstalten zu gehen. Die Situation bereitete Sandra ein gewisses Unbehagen, aber sie wollte auch nicht, daß er ging. »Darf ich dir eine dumme Frage stellen?«

»Nur zu.«

»Warum hast du keine feste Freundin?«

Er zuckte zusammen und riß die Augen auf. Sie nahm an, ihre Frage mußte wohl wirklich dumm gewesen sein, aber sie brannte darauf, den Grund zu erfahren. Er fuhr sich mit der Hand durchs Haar.

»Du triffst dich häufig mit Frauen«, sagte sie. »Ich sehe dich ständig mit einer anderen Frau.«

»Sie sind keine wirklichen Freundinnen.« Er zuckte die Schultern. »Ich tanze nun mal gern, aber es würde ein bißchen komisch aussehen, wenn ich allein auf der Tanzfläche stände. Es ist eher so, als würde ich mit Freunden ausgehen.«

Etta hatte gesagt, daß die Anzeichen niemals lügen, und Sandra spürte, daß auch Martin nicht log. »Dann gibt es also niemanden ...« Sie suchte nach dem passenden Wort.

»Niemand, der dir wirklich etwas bedeutet?«

»Doch, natürlich«, sagte er und starrte auf seinen Stiefel. Er trommelte mit der Hand rhythmisch auf sein Knie. »Aber sie scheint nicht gern zu tanzen. Sie lehnt immer ab, wenn ich sie einlade. Ins Kino will sie offenbar auch nicht; sie scheint sich nichts aus Filmen zu machen. Ich habe das Gefühl, sie will nicht, daß ich weiß, was sie möchte.« Er wandte den Kopf ein wenig, so daß er sie anblicken konnte. »Oder vielleicht weiß sie es auch selbst nicht. Kannst du mir einen Rat geben?«

»Sie klingt nicht gerade sehr aufregend.«

Er schüttelte den Kopf. »Ich bin ziemlich frustriert. Ich warte immer noch darauf, daß sie sich besinnt, aber ich weiß nicht recht, ob das jemals passieren wird. Meinst du, ich mache mir etwas vor?«

Sandra senkte beschämt den Kopf. Sie hätte Martin alles zugetraut, aber nicht, daß er sie gern mochte.

Er wandte ihr das Gesicht zu, schaute kurz wieder weg, dann lächelte er und küßte sie. Es war ein netter Kuß, sehr freundschaftlich und lieb. »Mache ich mir etwas vor?«

Sandra stand vor der Wahl: Sag ja, und du verlierst ihn für immer, oder antworte mit nein und nimm das Risiko auf dich, der Liebe zu begegnen. Beide Möglichkeiten jagten ihr fürchterliche Angst ein.

Sie fand die Antwort in einem freundlichen, geduldigen Blick. Diesen Ausdruck kannte sie, seit sie sich das erste Mal begegnet waren. Jetzt sah sie, wie sehr sie sich geirrt hatte: Er war kein Mann, der Frauen ausnutzte und dann verließ.

Sie legte ihren nassen Arm um seinen Hals und küßte ihn. Seine Lippen öffneten sich, und das zärtliche Duell ihrer Zungen wurde immer heftiger. Funken der Begierde explodierten zu Flammen und erfüllten ihre Lenden mit flüssiger Glut. Ihre Hüften schmerzten vor Sehnsucht, und ihre Brüste schienen anzuschwellen. Sie konnte nicht widerstehen, ihre Knospen gegen die glatte Oberfläche der Wanne zu pressen, während sie sich wünschte, daß Martin sie dort berühren würde. Er schlang seine Hand um ihren Hals und fuhr mit den Fingern durch ihr hochgestecktes Haar.

Plötzlich riß er sich los. Seine Pupillen waren wie schwarze Seen, von feurigen Smaragden umrandet. »Gute Antwort, Liebling. Aber ich sollte lieber aufhören, solange ich es noch kann.«

Sein bloßer Anblick drohte sie zu blenden. Und ihn nicht anzublicken erwies sich als unmöglich. »Willst du denn aufhören?«

»Hmm, ja«, antwortete er mit tiefer, heiserer Stimme. Sein Adamsapfel hüpfte nervös auf und ab.

»Gibst du mir ein Handtuch?«

Er stand steifer als gewohnt auf. Sandra wappnete sich innerlich und zog den Stöpsel aus der Wanne. Er drehte sich um, ein großes weißes Handtuch in den Händen.

Das Wasser lief schnell ab. Der Schaum rann ihre Brüste hinab über ihren Bauch, ihre Hüften und ihre Schenkel. Sie zitterte, allerdings nicht von der Kälte. Warum sagte er denn nichts? Warum tat er nichts? Sie schluckte hart, wohl wissend, daß es ihr überlassen blieb, den nächsten Schritt zu tun. Sie hielt sich am Badewannenrand fest und stand auf.

»Das Handtuch, bitte.«

Seine Mundwinkel verzogen sich zu einem trunkenen Lächeln. Er stellte einen Fuß auf die oberste Stufe und breitete das Tuch wie zwei Schwanenflügel aus. Sie stieg in das flauschige, weiche Handtuch, und Martin hüllte es um ihren Körper. Er hielt sie einen Augenblick lang umarmt, und sie spürte, wie ihn ein Zittern überlief.

Er vergrub seine Nase in ihrem Haar. Zum ersten Mal in ihrem Leben fühlte sie sich vollkommen sicher und geliebt. Er führte sie die Stufen auf die flauschige Matte hinunter. Dann begann er, den Schaum und das Wasser abzutrocknen. Sie schmolz fast dahin unter seinen langsamen Liebkosungen auf ihrer heißen Haut und suchte seinen Mund, seinen Kuß, während sie nach den Knöpfen seines Hemds tastete. Als er ihre

Schultern und ihren Rücken abgetrocknet hatte und sich langsam auf ihren Po zubewegte, hatte sie seine Brust freigelegt.

Sie stöhnte tief und hilflos auf, als sie sein Hemd aus den Jeans zog. Er kniete sich vor sie, um ihre Hüften und Beine abzutrocknen.

Er hob erst den einen, dann den anderen Arm, damit sie sein Hemd ausziehen konnte. Seine Haut wirkte dunkel gegen ihre elfenbeinweiße. Wo sie schlank und schmal war, hatte er feste Muskeln.

Und was er alles mit seinen Händen tun konnte!

Er trocknete jeden Zentimeter ihres Körpers und machte sie schwindelig vor Erregung und vor Sehnsucht nach mehr.

Sie hätte sich fast auf den Boden sinken lassen. Er wickelte sie zärtlich in ein Handtuch, bevor er sie aus dem Bad führte. In der Tür zum Schlafzimmer blieb er stehen und bedeutete ihr mit einer Geste zu warten.

Sie zog das Handtuch fest um ihre Schultern und beobachtete hungrig jede seiner Bewegungen, als er Stiefel und Socken auszog. Wie ein Kind vor einem Spielzeugladen wußte sie nicht, wohin sie zuerst blicken sollte: auf seine kräftigen, muskulösen Arme oder das Spiel der Muskeln auf seinen Schultern oder in sein attraktives Gesicht, ebenso erhitzt und strahlend, wie ihres sein mußte. Er zeigte mit einer schwungvollen Geste auf das riesige, mit rosa Satin bedeckte Bett.

»Hast du nicht etwas vergessen?« fragte sie.

Er runzelte kurz die Stirn. Zu ihrer Überraschung ging er weg. Amüsiert hörte sie, wie er die Schubfächer öffnete. »Aha!« sagte er und zeigte ihr auf dem Weg zum Flur das »Bitte nicht stören«-Schild.

Als er wiederkam, kicherte sie. »Gute Idee, aber ich meinte eigentlich deine Hosen.« Sie öffnete seinen Gürtel. Er trug geknöpfte Jeans, und als sie die Metallknöpfe einen nach dem anderen öffnete, versteifte er sich und zitterte leicht. An seinem Kiefer zuckte ein Muskel, und sein Blick verschleierte sich. Sie schob seine Jeans bis auf die Hüften hinunter und entblößte seine langen, kräftigen Schenkel. Unter seiner Unterhose zeichnete sich eine Erektion ab, die jede Frau mit einigermaßen Verstand erschreckt hätte ... zum ersten Mal in ihrem Leben war sie froh darüber, nicht zu dieser Kategorie zu gehören.

Als sie ihn endlich ausgezogen hatte, wagte sie es nicht, ihn anzusehen. Und tat es dann doch.

Gott im Himmel! Er war ... schön. Kein anderes Wort wäre ihm gerecht geworden.

»Liebling«, flüsterte er mit rauher Stimme. »Ich muß immer an dieses Bett denken.«

Er nahm ihre Hände in seine und führte sie rückwärts durch die Tür. Das Handtuch glitt von ihrem Körper. Als sie die unterste der drei Stufen erreicht hatten, hob er sie hoch und schwang sie übermütig im Kreis. Lachend landete sie wieder auf den Füßen. Er zog die Nadeln aus ihrem Haar und ließ sie achtlos fallen, während er langsam mit ihr auf das märchenhafte Bett zutanzte.

Ihre Waden berührten den Satinstoff des Bettes. Sie konnte nichts anderes tun, als sich fallen zu lassen.

Er ließ sich neben sie sinken, stützte sich zu beiden Seiten ihres Körpers auf seine Ellenbogen und beobachtete erwartungsvoll ihr Gesicht. Sie wand sich unter seinem heißen, drängenden Schaft, der sich gegen ihren Bauch preßte. »Küß mich«, drängte sie ihn. »Ich liebe es, wenn du mich küßt.«

Er fuhr mit den Händen durch ihr Haar und küßte sie so leidenschaftlich, wie sie es sich selbst in ihren wildesten Träumen nicht hätte ausmalen können. Er küßte ihre Wangen und ihre Lider. Seine Lippen brannten einen Weg über ihr Kinn und ihren Hals hinunter.

Sie wand sich vor Wonne und schlang ein Bein um seine Hüften, während sich ihr anderer Fuß in den samtenen Teppich grub. Er küßte ihren Halsansatz und ihr Schlüsselbein. Dann schob er ihre Arme hoch, um die empfindlichen Innenseiten zu streicheln. Als er ihre Rippen mit seinen gewagten Liebkosungen erreicht hatte, rang sie keuchend nach Luft. Behutsam zog er eine ihrer samtigen Knospen zwischen seine Lippen. Ein heftiger Schauer der Erregung überlief ihren Körper, und Verlangen strömte wie flüssige Lava durch ihre Adern. Er küßte lange und liebevoll ihre Brüste und saugte an ihren Knospen, bis sie lustvoll aufschrie. Dann zog er eine Spur von Küssen über ihren Bauch und fachte das Feuer in ihrem Inneren noch stärker an. Sein Duft, maskulin und herb, füllte ihre Sinne.

Abrupt ließ er von ihr ab. Seine schönen Augen waren dunkel vor Erregung, verborgen von Schatten. In dem stürmischen grauen Licht, das vom Balkon hereinfiel, war er ihr Schattenliebhaber, geheimnisvoll und vor Erregung zitternd. Er hob sie hoch und setzte sie auf der Mitte des Bettes ab.

»Martin, bitte ... ich kann es nicht mehr aushalten.« Sie war sich ihres schamlosen Bettelns bewußt, aber es war ihr egal.

»Ich bin mit dem Küssen noch nicht fertig«, erwiderte er schelmisch und hob ihren Fuß an seine Lippen. Er küßte ihren Spann, und das Kitzeln brachte sie zum Lachen. Seine langen Finger umkreisten ihre Fesseln. Er küßte sie neckend die Wade hinauf. »Ich werde wohl nie wieder Rosen riechen können, ohne an dich zu denken.«

»O Gott ...« Sie gab auf und gab sich ihm hin, während sie in dem Gefühl seiner Lippen und seiner tastenden Finger schwelgte, die erst langsam an ihrem einen Bein hinaufwanderten und dann am anderen.

Als er das Dreieck zwischen ihren Schenkeln erreicht hatte, hatte sie jede Kontrolle über ihre Knie verloren, und sie konnte nichts anderes tun, als sich hilflos zitternd an der Tagesdecke festzukrallen. Eine köstliche Qual spannte jeden Muskel in ihrem Körper an.

Er gab ihr den süßesten Kuß, den sie je bekommen hatte, und versüßte ihn noch zusätzlich durch das geschickte Spiel seiner Finger.

Lust explodierte in ihrem Inneren. Sie griff mit beiden Händen nach seinem Haar, während sie von Kopf bis Fuß von Wogen der Wollust durchflutet wurde. War sie es, die diese Geräusche von sich gab? Diese kehligen Schreie und das tiefe Stöhnen? Es war ihr gleichgültig.

Mit verklärtem Blick und verwegenem Lächeln beobachtete er ihr Gesicht. Er zog sich von ihr zurück und stand vom Bett auf, ohne seinen Blick eine Sekunde von ihr abzuwenden.

»Wohin gehst du?« flüsterte sie. Sie hätte sich nicht bewegen können, selbst wenn das Bett in Flammen gestanden hätte. Eine dumpfe Panik stieg in ihr auf. »Verlaß mich nicht. Komm zurück!«

Er hob scherzhaft mahnend den Zeigefinger und eilte aus dem Zimmer, um wenig später mit einem kleinen Päckchen zurückzukehren. Sie stützte sich auf die Ellenbogen. Plötzlich dämmerte ihr die Erkenntnis, und sie wußte, was er in dem kleinen Laden in der Hotelhalle gekauft hatte.

»Immer bereit, stimmt's, Stonehouse?«

»Ich bemühe mich jedenfalls, Liebling.« Er blickte auf den verhangenen Himmel draußen und auf das Muster, das der Regen auf den Fenstern hinterlassen hatte.

»Ich glaube nicht, daß aus unseren Besichtigungstouren noch viel wird.« Er warf ihr die Schachel Kondome zu, die neben ihrer Hüfte landete.

Sie hob die Schachtel auf und betrachtete sie. »Nur fünf. Glaubst du, das reicht?«

Er hob lässig die Schultern und kam auf das Bett zu. »Das wird sich zeigen.«

10

Sandra betrat das Wohnzimmer. Sie trug ihr elegantes graues Kostüm und hatte ihre Haare in einem Zopf gebändigt. Martin schluckte hart und fuhr sich mit dem Finger unter dem Hemdkragen entlang. Wegen des bevorstehenden Geschäftstreffens trug er Anzug und Krawatte, die ihm plötzlich die Luft abzuwürgen schienen.

Sie sah hübsch und adrett aus, so ganz anders, als der wild entflammte Rotschopf, mit dem er den gestrigen Nachmittag und die halbe Nacht Liebe gemacht hatte.

Sie blickte auf den Kamin, und Röte kroch ihr ins Gesicht. Martin grinste. Der dicke Teppich vor dem Kamin war wirklich so weich gewesen, wie es den Anschein gehabt hatte, weitaus weicher als die Whirlpoolwanne und fast ebenso interessant. Er bedauerte lediglich, daß das Wetter zu kalt gewesen war, um auch noch den Balkon auszuprobieren.

Als ihr Schweigen anhielt, fragte Martin sich, ob sie vielleicht Bedauern empfand. Sie benahm sich so steif und unsicher, als ob ihr irgend etwas peinlich sei.

Sie straffte die Schultern und streckte den Rücken. »Meine Sachen sind gepackt. Hast du die Rezeption benachrichtigt?«

»Der Page kommt etwa halb elf, um unser Gepäck abzuholen.«

Sie nahm ihre Aktentasche. »Ich bin soweit. Laß uns jetzt gehen und Mr. Taylor beeindrucken.«

Martin hätte sie am liebsten angebrüllt: Was ist los, was habe ich jetzt schon wieder getan, um dich zu verärgern? Er fühlte sich zutiefst verunsichert, seine Zunge schien plötzlich zu groß für seinen Mund. Ihre Weigerung, ihn anzusehen, schmerzte ihn so tief und heftig, daß seine Knie zitterten. Zum ersten Mal in seinem Leben fehlte ihm der Mut, eine einfache Frage zu stellen.

»Wir sollten lieber gehen, ich will nicht zu spät kommen.« Sie ging zur Tür.

Im Fahrstuhl hantierte sie nervös an ihrem Revers, glättete ihren Rock, spielte mit ihrer Aktentasche und seufzte mehrmals. Ihre Haut war blasser als gewöhnlich. Ein Dutzend Male wollte Martin sie nach dem Grund ihrer Nervosität fragen, und ein Dutzend Male hielt ihn die Angst davor zurück, daß sie ihm antworten würde, die vergangene Nacht wäre ein Fehler gewesen.

Als sie ihren Tisch erreicht hatten, war jegliche Farbe aus ihrem Gesicht gewichen.

Martin deutete auf die Glaswand. »Sieht so aus, als ob das Wetter auf der Heimfahrt gut werden wird.« Die Sonne schien durch die Wolken hindurch, und die Regentropfen schimmerten wie Diamanten auf dem Glas. Die Oberfläche des Sees hinter dem Hotel war dunkel und ruhig. Enten, Gänse und Schwäne bildeten helle Farbtupfer vor dem dunklen Hintergrund. Sandra hatte kaum einen Blick dafür übrig.

Sie öffnete die Aktentasche und zog ihre Unterlagen heraus. Martin fühlte sich plötzlich unsichtbar und sank in sich zusammen. Was hatte er denn jetzt wieder getan, um sie zu beleidigen? Vor wenigen Stunden noch waren sie Arm in Arm zusammen eingeschlafen. Vor wenigen Stunden noch war er so verliebt gewesen, daß er gegen einen Drachen hätte kämpfen oder Bäume hätte ausreißen können. Sie gehörte nicht zu den Frauen, die einen Mann benutzten und ihm dann den Laufpaß gaben. Nicht Sandra – oder etwa doch? Momentan jedenfalls schien sie nicht das geringste mit ihm zu tun zu haben wollen.

Acht Uhr verstrich. Um zehn Minuten nach acht hatte sich die Haut um ihre Augen und ihren Mund angespannt. Um Viertel nach acht gab Martin den Versuch auf, Konversation zu machen. Er schlug vor, jetzt das Frühstück zu bestellen. Das Restaurant füllte sich allmählich mit Gästen. Es würde sicherlich bald voll besetzt sein, und die Bedienung würde alle Händevoll zu tun haben. Sandra sah ihn an, als ob er vorgeschlagen hätte, ein Huhn auf dem Frühstückstisch zu opfern.

Fünfundzwanzig Minuten nach acht brachte der Kellner ein schnurloses Telefon an den Tisch. »Miss Campbell? Ein Anruf für Sie.«

Martin brauchte die Stimme am anderen Ende der Leitung nicht zu hören, um zu wissen, wer der Anrufer war und warum er anrief. Er brauchte nur Sandras Gesicht zu beobachten.

Sie atmete zitternd ein. »Ich verstehe. Aber nicht doch, ich werde ihn in einer Woche wieder anrufen. Vielen Dank für Ihren Anruf.«

Sie legte den Hörer auf den Tisch.

»Hat er abgesagt?«

»Das war der Assistent von Mr. Taylor. Mr. Taylor hat sich heute morgen mit Grippe krank gemeldet.« Ihre Unterlippe zitterte, und ihre Augen glänzten vor Tränen. »Tja, das war's wohl!« Sie stopfte hastig die Papiere in die Aktentasche.

Er nahm ihre Hand in seine. »Ist schon in Ordnung, Liebling. So was kann passieren.«

Sie riß sich los. »Kann passieren? Komisch, daß solche Dinge immer nur mir passieren! Ich bin mit den Nerven am Ende. Mein Magen tut mir weh. Ich habe noch nie in meinem Leben etwas verkauft, und ich war schon ganz krank vor Sorge, daß ich mich blamieren würde. Und jetzt hat er noch nicht einmal den Anstand, hier zu erscheinen!«

Verblüfft lehnte sich Martin auf seinem Stuhl zurück. Sie war also gar nicht wütend auf ihn. Ihre Nervosität und Gereiztheit hatten nichts mit ihm zu tun. Erleichterung durchflutete ihn, und er lachte. Sandra warf den Kopf zurück wie ein scheuendes Pferd und fauchte: »Das ist nicht komisch!«

Er bedachte die Gäste in ihrer Nähe mit einem entschuldigenden Lächeln. »Nicht so laut. Ich lache doch gar nicht über dich.«

»Doch, genau das tust du. Ich habe es doch gehört.« Sie schob ihren Stuhl zurück und sprang auf. »Das ist alles überhaupt nicht komisch! Es ist ... es ist ... eine Tragödie!«

Noch bevor er sie beruhigen oder sich entschuldigen konnte, stürmte sie davon. Zum zweiten Mal an diesem Morgen hatte es ihm die Sprache verschlagen. Er sah ihr hinterher.

Der Kellner kam an den Tisch. Falls der junge Mann Sandras seltsames Benehmen bemerkt haben sollte, so ließ er sich es jedenfalls nicht anmerken. »Möchten Sie jetzt bestellen, Sir? Oder möchten Sie sich lieber am Buffet bedienen?«

Martin betrachtete seine leere Kaffeetasse. »Nein, danke. Ich hätte gern die Rechnung für den Kaffee.«

Der Kellner schrieb die Rechnung.

Martin stand auf und sah sich nach Sandra um. Sie stand auf der obersten Stufe der großen Treppe. Nach der Haltung ihrer Schultern zu urteilen und der Art, wie sie ihre Aktentasche schwenkte, war sie außer sich vor Wut. Warum hatte er auch gelacht? Das war von allen dummen Reaktionen sicherlich die dümmste gewesen.

Etwa zehn Stufen unterhalb von Sandra bemerkte er einen Mann im schwarzen Anzug auf der Treppe. Als der Fremde über seine Schulter zurückblickte, reflektierte das Sonnenlicht auf seinen dunklen Gläsern. Der Mann sah sich mit ausdrucksloser Miene in der Halle um, dann eilte er immer zwei Stufen auf einmal die Treppe hinauf. Er bog nach rechts ab und folgte Sandra.

Martin suchte nervös in seinen Taschen. Der Mann konnte Sandra doch wohl nicht verfolgen. Allein schon der Gedanke war lächerlich, vollkommen absurd. Er drückte dem Kellner hastig einen Fünfdollarschein in die Hand.

Sämtliche Tische waren besetzt, und Leute mit vollbeladenen Tabletts blockierten die schmalen Durchgänge. Sich durch die Menge drängend, murmelte Martin: »Entschuldigen Sie, Verzeihung, entschuldigen Sie.« Er stieß einen Kellner an, der gerade noch seine Kaffeekanne festhalten konnte. Martin würdigte ihn kaum eines Blickes.

Er hastete immer drei Stufen auf einmal die Treppe hoch.

Er erreichte das Zwischengeschoß gerade noch rechtzeitig, um den Mann mit dem schwarzen Anzug durch die Tür Richtung Westturm verschwinden zu sehen.

Wo, zum Teufel, steckte Sandra?

»Was ist nur los mit mir?« murmelte Sandra. Sie saß auf einer samtgepolsterten Bank und beobachtete geknickt die Gäste, die durch das Zwischengeschoß schlenderten.

Mach ein freundliches Gesicht, befahl sie sich. Und geh wieder zurück und iß dein Frühstück. Martin hatte ganz recht, daß er gelacht hatte. Dies war keine Geschäftsreise, sondern ein Witz. Sie mußte lächeln. Ein Unwetter, geschlossene Hotels, zusammengebrochene Computer, Betrunkene im Treppenhaus – sie lachte laut auf.

Dann entdeckte sie Martin. Er raste die Treppe hoch, als ob ihm ein Rudel Wölfe auf den Fersen wäre. Sein Anblick – der Ritter in schimmernder Rüstung, der zu ihrer Rettung herbeieilte – ließ sinnliche Erinnerungen an die vergange Nacht aufsteigen, und ihre Knie wurden plötzlich weich. Er hatte vollkommen recht gehabt zu lachen. Und wenn sie sich wirklich ändern wollte, dann sollte sie auch besser zu lachen lernen – ganz besonders über sich selbst.

Vergiß das Frühstück. Sie hatten noch Stunden, bis sie aus dem Zimmer mußten. Die Suite und das wunderbare Bett waren bezahlt bis ...

Martin eilte an ihr vorbei. Sie beugte sich um eine üppige Grünpflanze herum und rief ihn, aber er blickte weder in ihre Richtung, noch verlangsamte er seinen Schritt.

Sie nahm ihre Aktentasche und folgte ihm.

Martin erreichte die breiten Doppeltüren, die zu den Konferenzzimmern und Bankettsälen des Westturms führten. Er fing an zu rennen. Sandra wußte, daß er gerne Sport trieb, aber das war nun wirklich übertrieben. Als sie die Tür erreicht hatte, legte sie die Hände trichterförmig an den Mund und rief: »Martin!«

Er blickte über seine Schulter zurück, ohne sein Tempo zu drosseln. In dem Moment trat ein Mann aus einer Nische hervor, direkt in Martins Weg. Die beiden Männer prallten zusammen.

Gleichzeitig öffneten sich auf der anderen Seite des Korridors mehrere Türen, und Geschäftsleute strömten aus einem der Räume heraus. Martin fuchtelte hilflos mit den Armen und versuchte vergeblich, auf den Füßen zu bleiben. Der andere Mann stolperte über einen großen Ficusbaum, und beide Männer landeten auf dem Teppich. Der Ficusbaum kippte um und traf eine Frau hart auf den Kopf. Sie schrie auf und fiel einer anderen Dame in die Arme, die daraufhin der Länge nach hinschlug. Der Ficusbaum folgte beiden Frauen zu Boden.

Sandra schlug sich die Hand vor den Mund. »Himmel«, flüsterte sie.

Voller Sorge, daß Martin verletzt war, lief sie, so schnell es ihr enger Rock und ihre hohen Absätze zuließen, zu ihm. Er kniete bereits, als sie ihn erreichte. Sie hielt ihm die Hand hin, um ihn hochzuziehen.

»Alles in Ordnung?« fragte sie und strich ihm besorgt über das Gesicht.

Er zog sie in seine Arme und drückte sie so fest an sich, daß es ihr die Luft nahm.

Andere Gäste kümmerten sich um die hilflosen Opfer des Ficusbaums. Abgesehen von zerzaustem Haar und geknickter Würde, so versicherten beide Frauen der herbeiströmenden Menge, sei alles mit ihnen in Ordnung.

Der Mann, den Martin angerempelt hatte, saß immer noch auf dem Boden. Er starrte benommen auf seine zersplitterte Sonnenbrille, als frage er sich, wie er die verbogenen Bügel jemals wieder seinem Kopf anpassen sollte.

Sandra wand sich so lange in Martins Armen, bis er seinen festen Griff lockerte. Sie fragte: »Warum bist du denn den Gang hinuntergerannt?«

Martin deutete anklagend auf den Fremden zu seinen Füßen. »Du hattest doch recht! Er hat dich verfolgt. Ich habe beobachtet, wie er dir auf den Fersen war.«

Damit war ihm die Aufmerksamkeit aller Umstehenden sicher. Sandra versuchte zu lächeln. »Äh … niemand hat mich verfolgt.«

Ein Mann und eine Frau drängten sich durch die Menge. Sie trugen schwarze Anzüge, der Mann hatte dunkle Brillengläser. »Sicherheitsdienst, bitte lassen Sie uns durch.« Die Frau hockte sich neben den Mann auf dem Boden. »Alles in Ordnung, Roger? Was ist denn passiert?«

Sandra erkannte den Neuankömmling als den Mann, dem sie im Aufzug begegnet war. Sicherheitsdienst? Ach du lieber Himmel! Martin blickte sie vollkommen entsetzt an und sprang zur Seite. Er reichte dem Mann auf dem Boden die Hand. »Es tut mir wirklich leid. Alles meine Schuld. Ich bin viel zu schnell gelaufen und konnte dann nicht mehr rechtzeitig bremsen. Ich wollte Sie wirklich nicht umrempeln. Ist alles okay?«

Der Mann schüttelte sich und erlaubte seinen Kollegen, ihn auf die Füße zu ziehen. Er machte eine Handbewegung, die besagen sollte, daß ihm nichts fehle.

Martin fuhr sich mit beiden Händen durch die Haare. »Meine … Sandra dachte, sie würde von einem Mann verfolgt. Ich habe ihr nicht geglaubt, aber als ich Sie dann auf der Treppe sah, sah es so aus, als ob Sie ihr folgten. Und da dachte ich … es schien … ich hatte den Eindruck …«

Armer Martin, dachte Sandra. Er sah so verwirrt und so durch und durch entgeistert aus, daß sie wußte, sie mußte etwas sagen. Ihre Kehle wurde eng vor Anstrengung, ein Lachen zu unterdrücken.

Martin wandte sich um. »Sandra, hilf mir doch.«

Wenn sie jetzt den Mund öffnete, dann würde sie nicht mehr an sich halten können. Sie preßte eine Hand auf die Brust und brachte lediglich ein paar erstickte Laute hervor. Links von sich hörte sie ein Kichern, das zu prustendem Gelächter anschwoll. Die Frau, die von dem Ficusbaum getroffen worden war, zupfte sich ein Blatt aus dem Haar. Von allen Seiten stieg jetzt Gelächter auf. Ein Mann lachte so schallend, daß er alle anderen übertönte.

Martin streckte Sandra hilfesuchend beide Arme entgegen. »Erzähl ihnen von der Leiche!«

Sie schluckte, krampfhaft bemüht, ihre Gesichtsmuskeln unter Kontrolle zu bringen. »Es gibt keine Leiche, Martin. Und es hat auch niemals eine gegeben.« Dann konnte sie nicht mehr. Sie lachte so sehr, daß sie stolperte und gegen die Wand fiel. Sie lachte, bis ihr die Tränen über die Wangen kullerten. Als sie sich endlich wieder beruhigt hatte, war Martin nicht mehr da.

Sie fand Martin in der Hochzeitssuite. Er hatte das Telefon in der Hand und den Hörer zwischen Kinn und Ohr geklemmt, als sie sein wütendes, hochrotes Gesicht sah.

»Wen rufst du denn an?« So hatte sie ihn noch nie gesehen. Sie hatte nicht geahnt, daß er so viel Wut in sich aufgestaut haben könnte.

Fluchend knallte er das Telefon auf den Tisch. »Ich versuche, Wally zu erreichen, aber niemand kann ihn auftreiben und... ach verdammt! Ich gehe jedenfalls nicht zurück nach Bugle Creek! Fahr doch alleine! Und erzähl Wally, warum ich gekündigt habe.«

Sandra taumelte und konnte sich gerade noch am Sofa festhalten. »Gekündigt... was redest du denn da?«

Er drohte ihr mit der Faust und schrie: »Du hast mich an der Nase herumgeführt, aber wie! Ich bin noch niemals im Leben so gedemütigt worden! Ich kann kaum glauben, daß ich jemals in dich verliebt gewesen bin. Verdammt, seit wann hast du das hier schon geplant?«

»Du bist in mich verliebt?«

»Glaub mir, Liebling, ich werde darüber wegkommen. Geh mir nur aus dem Weg und verschwinde aus meinem Leben.«

»Du Lügner. Wenn du mich wirklich lieben würdest, dann würdest du mich nicht verlassen.« Tränen schossen ihr in die Augen, und ihre Kehle war wie zugeschnürt.

»Ich weiß ja nicht, was für einen Trick du da mit dem Sicherheitsmann abgezogen hast, aber ich bin nicht dein Hampelmann. Nicht mehr.« Er fuchtelte mit beiden Händen in der Luft herum. »Mir reicht's!«

Sie versteifte sich und ballte die Hände zu Fäusten. »Und da behauptest du, daß *ich* vorschnell Schlüsse ziehe?«

»Welche Schlußfolgerung sollte ich denn ziehen? Du hast doch das alles angezettelt. Ich habe geglaubt, er wollte dich umbringen. Aber nein, du kannst noch nicht einmal zugeben, daß da eine Leiche war. Erst jagst du mir eine Höllenangst ein, und dann läßt du mich im Regen stehen und wie einen Idioten quasseln, während ich von allen Seiten ausgelacht werde. *Du* hast mich ausgelacht.«

Sie sah ihn jetzt auf die Art, wie er sie wohl oft gesehen haben mußte: aufgeregt, wütend, verwirrt und völlig unlogisch. Kein erfreulicher Anblick.

»Ich kann alles erklären.« Sie streckte die Arme nach ihm aus, aber er wandte ihr die kalte Schulter zu. Wut stieg in ihr hoch, doch sie unterdrückte sie. Der Drang, einfach kehrtzumachen und hinauszustürmen, überkam sie, aber sie kämpfte dagegen an. Sie hatte endlich den Mann gefunden, den sie lieben und dem sie vertrauen konnte, und sie hatte nicht die Absicht, ihn wegen ihrer dummen Impulse zu verlieren.

»Verdammt noch mal, hör mir wenigstens zu. Wenn du das nicht tust, dann bist du genauso schlimm wie ich.«

Er starrte sie an.

»Fünf Minuten.«

Mit gesenktem Kopf und finsterer Miene setzte er sich aufs Sofa. Er verschränkte die Arme und schob streitsüchtig das Kinn vor. Sandra setzte sich vorsichtig neben ihn auf das Sofa und legte ihre Hände in den Schoß. »Kannst du dich an die

Braut im Foyer erinnern? Und an den alten Mann mit dem Kater? Das war der Tote.«

Verwirrt runzelte er die Stirn. »Wovon redest du?«

Wieder mußte sie ein Lachen unterdrücken. Wenn sie sich jetzt nicht zusammenriß, dann würde sie ihn für immer verlieren. »Du hattest recht, es war wirklich ein Betrunkener, den ich im Treppenhaus gesehen habe. Keine Leiche, kein Mörder. Und niemand hat mich jemals verfolgt.«

Seine Schultern entspannten sich ein wenig. »Hast du das gestern schon gewußt?«

Sie zuckte zusammen. »Nun, ich habe ihn gesehen und sofort begriffen, wie dumm ich mich benommen hatte. Ich habe mich einfach zu sehr geschämt, um es dir zu erzählen. Ich wollte mich nicht von dir verspotten lassen.«

Er saß so lange stumm und reglos da, daß sie nervös und unruhig wurde. Sie biß sich auf den Daumennagel, rutschte auf den Polstern hin und her und versuchte, ihren schnellen Herzschlag zu überhören.

Als sie die Stille nicht mehr aushalten konnte, sagte sie: »Du wolltest mich retten. Ich weiß, daß ich dir etwas bedeute.«

»Das habe ich niemals abgestritten.« Er beugte sich vor und ließ seine Hände auf den Knien baumeln. »Ich schätze, diesmal war ich derjenige, der vorschnell Schlüsse gezogen hat.«

Ihr Herzschlag verlangsamte sich wieder etwas. »Verlaß mich nicht, Martin. Wenn du mich wirklich liebst, dann gib mir noch eine Chance. Ich brauche dich.« Sie starrte ihre Hände an. »Ich liebe dich.« Dann kniff sie die Augen zu.

Er machte ein leises Geräusch. Sie brauchte einen Moment, um zu erkennen, daß er lachte. Sie warf ihm einen verstohlenen Blick zu. Er lehnte mit den Ellenbogen auf den Knien und lachte so sehr, daß seine Schultern bebten. »Wirst du mich wirklich vergessen können?« fragte sie.

»Nein.« Jetzt lachte er schallend. Es war ein lautes, herzhaftes Lachen. Schließlich brachte er mühsam hervor: »Ich glaube, ich würde dich niemals vergessen können, Liebling. Mir ist noch nie jemand begegnet, der mich derart auf Trab bringen kann wie du. Du bist doch immer wieder für eine Überraschung gut.«

Sandra nahm seine Hand und drückte sie an ihre Brust. »Gib mir noch eine Chance. Ich liebe dich wirklich. Und ich werde versuchen, vernünftig zu sein und ... und ... und du bist derjenige, der voreilig Schlüsse gezogen hat, also bedeutet das, daß du genauso verrückt bist wie ich!«

Er hob eine Augenbraue.

»Schon gut«, gab sie zu. »Aber es gibt Augenblicke, da spinnst auch du ein bißchen. Liebst du mich wirklich von ganzem Herzen?«

Er lächelte zärtlich. »Ich liebe dich sogar dann von ganzem Herzen, wenn du unausstehlich bist.« Er schlang einen Arm um ihre Schultern und zog sie an sich.

»Ich liebe dich, Martin, wirklich.«

»Ich dich auch, Liebling. Für immer und ewig.« Als ob Worte nicht ausreichten, küßte er sie.

Etta Hannibal hob eine Haarnadel vom Boden auf. Dann noch eine und noch eine, während sie der Spur bis zum Schlafzimmer folgte. Grinsend steckte sie sie in ihre Schürzentasche. Sie atmete den Duft der Rosen tief ein. Alle Anzeichen deuteten darauf hin, daß Sandra und Martin wieder in die Hochzeitssuite zurückkehren würden, aber ganz sicherlich nicht aus geschäftlichen Gründen.

Und die Anzeichen trügen nie.

Ausgewählte Belletristik bei Blanvalet

Bernard Cornwell
Der Schattenfürst
Roman. 544 Seiten

Clive Cussler
Schockwelle
Roman. 608 Seiten

Diana Gabaldon
Ferne Ufer
Roman. 1088 Seiten

Elizabeth George
Denn sie betrügt man nicht
Roman. 704 Seiten

Charlotte Link
Das Haus der Schwestern
Roman. 608 Seiten

Ruth Rendell
Die Herzensgabe
Roman. 416 Seiten